GARY BRAVER

Das Elixier

Buch

Als der engagierte Biochemiker der Firma Darby Pharmaceuticals, Chris Bacon, auf der Suche nach einer »Wunderdroge, die auf Bäumen wächst« nach Papua-Neuguinea reist, entdeckt er weit mehr als die empfängnisverhütenden pflanzlichen Steroide, die er zu finden hoffte. Er stößt auf »Tabukari«, die »verbotene Blume des langen Tages« – eine Blüte mit unfassbaren Kräften. Sie enthält eine Substanz, die das Leben unendlich zu verlängern vermag, vorausgesetzt, sie wird regelmäßig eingenommen. Das Vergessen der Einnahme führt allerdings zu fatalen Folgen. Als Chris' Vorgesetzte und andere mächtige Kreise herausfinden, dass eine chemische Formel für die Unsterblichkeit gefunden wurde, werden der Wissenschaftler und seine Familie Opfer einer erbarmungslosen Menschenjagd. Doch was niemand weiß: Chris ließ es nicht damit bewenden, sein Elixier den Laborratten zu injizieren. Er selbst machte sich zum Teil eines höchst gefährlichen Experiments, das die Grundlagen des Lebens für immer verändern könnte.

Autor

Gary Braver ist das Pseudonym eines US-amerikanischen Schriftstellers und Professors an der Northeastern University in Boston.

GARY
BRAVER

Das Elixier

Roman

Ins Deutsche übertragen
von Carmen Jakobs und
Thomas Müller-Jakobs

BLANVALET

Die Originalausgabe erschien unter dem Titel »Elixir«
2000 bei Forge, Tom Doherty Associates, New York

Umwelthinweis:
Alle bedruckten Materialien dieses Taschenbuches
sind chlorfrei und umweltschonend.

Blanvalet Taschenbücher erscheinen im Goldmann Verlag,
einem Unternehmen der Verlagsgruppe Random House GmbH.

Deutsche Erstveröffentlichung 9/2001

Umschlaggestaltung: Design Team München
Umschlagfoto: Photonica/Sugiyama
Satz: Uhl + Massopust, Aalen
Druck: Elsnerdruck, Berlin
Verlagsnummer: 35482
Redaktion: Marie-Luise Bezzenberger
V B · Herstellung: Heidrun Nawrot
Printed in Germany
ISBN 3-442-35482-X
www.blanvalet-verlag.de

1 3 5 7 9 10 8 6 4 2

Und so reifen und reifen wir von Stunde zu Stunde,
und dann verrotten und verrotten wir von Stunde zu Stunde,
und daran hängt unsere ganze Geschichte.

WILLIAM SHAKESPEARE, WIE ES EUCH GEFÄLLT

Prolog

Im Regenwald von Papua-Neuguinea

Oktober 1980

Es gibt keine angenehme Art zu sterben. Doch dies hier war sicher eine der schlimmsten.

Christopher Bacon richtete seine Pistole auf eine Stelle im Busch, war sich jedoch nicht sicher, ob dort tatsächlich jemand war oder ob er sich das nur einbildete. Was Iwati den »Buschwahn« nannte – wenn die grüne Wand sich immer dichter um einen schloss und Schatten lebendig wurden und sich bewegten wie Tiere auf der Jagd. Wenn das Summen der Moskitos bis ins Innerste des Gehirns drang und sich zur Erschöpfung Klaustrophobie gesellte. Und irgendeine verdammte Juju-Blume die Luft mit ihrem erstickenden Gestank erfüllte.

Doch Chris spürte Bewegung – ein Rascheln hinter diesem schwarzen Vorhang aus Ranken und Ästen, ein kaum wahrnehmbares Wispern. Er konnte in der Dunkelheit nichts erkennen, nur Schatten vor dem Licht des Feuers. Und das einzige Geräusch war das Schnarchen der Insekten und Baumfrösche – als ob gleich etwas passieren würde.

Der Regen hatte aufgehört, doch die Luft war so schwül, dass er am ganzen Körper klitschnass war; sein Hemd klebte ihm auf der Brust, seine dreckverkrustete Hose scheuerte an den Beinen, seine Zehen fühlten sich in den Stiefeln klebrig an. So nass, wie er in den vergangenen zwei Wochen ständig gewesen war, selbst wenn es gerade nicht regnete. So nass, dass sich sein Gesicht wie Gelee anfühlte und seine Fußsohlen mit toter, weißer Haut bedeckt waren, die er mit den Fingernägeln abschälen konnte. Der Boden bestand aus verrottendem Schlamm. Und alles tropfte. Der Regenwald tropfte immer. Ein unablässiges grünes Tropfen, das in seinem Kopf widerhallte.

Vielleicht hatte Iwati Recht: Dreizehn Nächte hatten ihn zerrüttet, hatten ihn auf ein Bündel bloßliegender Nerven reduziert, die aus dem kleinsten Geräusch Hirngespinste fabrizierten.

Vielleicht.

Doch all seine Instinkte sagten ihm, dass er nicht allein war, dass er beobachtet wurde, dass unmittelbar hinter diesen Ranken ein hungriger Schatten lauerte, der jede Sekunde ins Licht hervorbrechen und ihm die Eingeweide herausreißen würde.

Seit zwei Tagen hatte Chris das Gefühl gehabt, dass sie verfolgt wurden. Seit Iwati ihn und die fünf Träger in diese entlegene Gegend am Sepikfluss jenseits der Grenze zu Westirian geführt hatte – eine Tabuzone, vor der selbst der Wanebi-Stamm sie gewarnt hatte. Doch Iwati hatte trotz der Proteste seiner Träger auf diesem Abstecher bestanden. Also hatten sie sich einen Weg durch den dichten Dschungel gehackt bis zu diesem See im Schatten des vor Jahrhunderten erloschenen Omafeki-Vulkans – und das alles für diese Juju-Blume, die nach Äpfeln und verwesendem Fleisch stank. Und seitdem waren sie ständig auf der Hut gewesen, waren bei jedem ungewöhnlichen Geräusch zusammengeschreckt, sicher, dass es von den Okamolu kam, jenem zurückgezogenen Hochlandstamm, der mit Speeren und Pfeilen und einem heftigen Verlangen nach dem Fleisch des »langen Schweins« Jagd auf Eindringlinge machte.

Doch Iwati blieb unerschütterlich. Er zog an seiner Pfeife und sagte, es seien nur Baumkängurus oder Buschratten.

»Kein Grund zur Sorge, mein Freund. Hier ist sonst niemand.« Chris tröstete sich mit dem Gedanken, dass sein alter Schulfreund ein Schamane des Tifalmin-Stammes war und sich in dieser Gegend auskannte. Baumkängurus, sagte sich Chris nun – und eine lebhafte Fantasie.

Und wo zum Teufel steckte Iwati? Während Chris ein Feuer anfachte, hatte Iwati seine Männer zu einer Lichtung geführt, um dort das Lager aufzuschlagen. Doch das war nur ein Stück weit den Pfad hinunter. Und er war jetzt seit mehr als einer halben Stunde verschwunden.

Chris kauerte sich hinter einen umgestürzten Baum, umklammerte die Pistole mit beiden Händen und machte sich bereit zu schießen. Hinter ihm glühte der Vulkan im feurigen Licht des Sonnenuntergangs. In Kürze würde die Nacht anbrechen.

»Iwati!«

Keine Antwort, aber Chris' Stimme hatte den Busch wie ein Gewehrschuss durchdrungen, und die aufgeschreckten Tiere brachen in lautes Schnattern aus.

Unsichtbare Wesen mit Flügeln fraßen ihn bei lebendigem Leib auf. Seine Augen, Ohren und Lippen waren geschwollen, und winzige, bohrende Käfer waren in seine Schuhe eingedrungen und füllten seine Füße mit Gift. Tagsüber hatte er sich mit einem Mittel eingeschmiert, das Iwati aus Justicawurzel und Schweinefett zusammengebraut hatte. Doch es war längst von seinem Gesicht gewaschen worden, und das Zeug befand sich jetzt in Iwatis Tasche. Im Busch von Papua-Neuguinea waren Dutzende von Tieren in der Lage, einen Mann zu töten – von den Giftnattern über Wildschweine bis hin zu sechs Meter langen Krokodilen. Doch es waren die verfluchten Insekten, die ihn in den Wahnsinn trieben. Unsichtbare Wesen, die sein Fleisch und Blut fraßen. Und dazu dieser modrig-süße Gestank, der ihm die Kehle zuschnürte.

Plötzlich kam ihm ein furchtbarer Gedanke: Und wenn die Okamolus Iwati getötet hatten? Ein plötzlicher Pfeilregen, und Iwati und seine Männer wären tot, geräuschlos.

Oder vielleicht hatten die Träger gemeutert? Sie waren nervös gewesen, seit sie Wanebabi verlassen hatten. Was wäre, wenn sie Iwati ein Messer in den Rücken gejagt hatten und über den Fluss geflohen waren? Warum nicht? Die Okamolu waren für ihre Grausamkeit berüchtigt.

Chris fiel die Geschichte von einer japanischen Patrouille ein, die sich während des Krieges einen Weg hier heraus freigeschlagen hatte, um die Einheimischen dazu zu bringen, eine Landebahn zu bauen. Plötzlich waren sie von Okamolu-Kriegern umringt gewesen. Die Japaner mit ihren automatischen Gewehren sahen sich einer Übermacht an Speeren gegenüber, und nach einem spannungsgeladenen Zögern hatte der japanische Kommandant als Friedensgeste sein Gewehr fallen lassen. Der Anführer der Okamolu folgte seinem Beispiel und stieß seinen Speer in die Erde. Die Krise, so schien es, war vorüber. In der folgenden Nacht jedoch war acht der neun Männer im Schlaf die Kehle durchgeschnitten worden, und sie endeten am nächsten Tag mit Yams und anderen Wurzeln über Mumufeuern ohne Kopf wie Schweine. Das Letzte, woran sich der einzige Überlebende erinnern konnte, waren Kinder, die an einem verkohlten Bein nagten.

»Iwati!«

Chris presste sich gegen den Baum. Er war sich sicher, dass er bei Morgengrauen von Malaria geschüttelt werden würde, falls er die Nacht überleben sollte. *Bastarde!* Er wünschte, sie würden den Bann brechen und die Sache hinter sich bringen. Er hatte die Pistole für Krokodile mitgebracht, nicht für einen Schusswechsel mit Kannibalen. Selbst wenn er sich den Weg freischießen könnte, würde er es nie allein bis zum Fluss schaffen. Er würde sich entweder verirren oder in Treibsand geraten.

Dann geschah es. Der Vorhang aus Lianen teilte sich langsam.

Chris' Finger zitterte am Abzug. Jemand kam auf ihn zu. Das war kein Lichtreflex. Kein Insulintief. Keine Halluzination. Die Lianen wurden beiseite geschoben. Der Angriff stand unmittelbar bevor. Showdown.

Im letzten Augenblick war Chris Bacon von dem Bild erfüllt, wie Wendy ihren neugeborenen Sohn Ricky in den Armen wiegte. Und von dem Gedanken: *Dies ist mein Tod.*

Er hatte vor 13 Tagen begonnen. Sie waren vom Dorf der Tifalmin aufgebrochen, um Pflanzenproben zu sammeln, die Chris mit in die Vereinigten Staaten nehmen wollte. Chris arbeitete als Biochemiker für Darby Pharmaceuticals, ein Laboratorium in Boston, das auf dem Gebiet der synthetischen Herstellung und Weiterentwicklung aller Heilmittel verschiedener Kulturen Vorreiter war. Seit der Entdeckung, dass Alkaloide von *Catharantus roseus* Hodgkin-Tumore zu schrumpfen vermochten, lieferte sich Darby ein Wettrennen mit anderen Pharmafirmen, überzeugt, dass noch andere Wunderdrogen auf Bäumen wuchsen. Chris war insbesondere damit beschäftigt, pflanzliche Steroide in tierische Steroide umzuwandeln und auf ihre mögliche empfängnisverhütende Wirkung zu testen. Darbys Ziel war es, die erste Pille für den Mann zu entwickeln. Dies wäre ein bahnbrechender Erfolg, der die Aktien des Unternehmens in den Himmel schießen lassen würde.

Chris Bacon war als Forschungsleiter der Hoffnungsträger von Darby, nicht zuletzt deshalb, weil er im Busch von Papua-Neuguinea aufgewachsen war. Sein Vater war in den späten 50er-Jahren amerikanischer Botschafter in Australien gewesen, und Chris hatte die Königliche Knabenakademie in Port Moresby besucht, wo er im Alter von 14 Jahren

Iwati kennen gelernt hatte, einen der wenigen einheimischen Jungen aus der Hochebene, die die Schule besuchten. Iwatis Dorf hatte 1943 den amerikanisch-australischen Streitkräften geholfen, eine Landebahn in der Nähe des Dorfes der Tifalmin zu bauen. Das verschaffte den Alliierten einen Stützpunkt im Landesinneren und Zugang zum Chinconabaum, aus dessen Rinde Chinin hergestellt wurde, das wirkungsvollste Mittel gegen Malaria. Es war der erste Kontakt der Tifalmin zu Männern mit weißer Haut und mit Stahl – ein Kontakt, der dazu führte, dass Iwati mit der englischen Sprache aufwuchs. Und weil er intelligent war, finanzierten australische Missionare seine Ausbildung. Iwati war Diabetiker, wie Chris, und sie begegneten sich regelmäßig in der Krankenstation der Schule, wo ihr Blutzuckerspiegel gemessen und ihnen Insulin verabreicht wurde. Im Laufe der vier Jahre wurden Chris und Iwati Freunde – und ihre Freundschaft wurde auf ewig zementiert, als Chris Iwati in ihrem letzten Sommer das Leben rettete. Obwohl der Junge am Ufer des Sepikflusses aufgewachsen war, hatte er ironischerweise nie schwimmen gelernt, eine Tatsache, die Chris entdeckte, als ein anderer Junge Iwati am tiefen Ende ins Schwimmbecken stieß. Iwati ging unter wie ein Stein und wäre ertrunken, wenn Chris nicht gewesen wäre.

Wie schon sein Vater vor ihm, so war auch Iwati der Medizinmann der Tifalmin. Trotz all seines Juju-Schmucks und des ganzen Hokuspokus war er jedoch stark westlich geprägt. Er trug Bermudashorts, ein Harvard T-Shirt und die neue Bulova-Uhr, die Chris ihm mitgebracht hatte, wohingegen seine Männer nur im Lendenschurz durch den Busch marschierten. Wie sein Vater besaß Iwati die Gabe, zu erkennen, welche Pflanzen Heilkräfte besaßen und welche töteten, eine Gabe, die Chris um den halben Globus hatte reisen lassen. Iwati kannte eine Pflanze gegen jede Krankheit – Fieber, Zahnschmerzen, Magengeschwüre, Schlangenbisse,

Wunden, Malaria, Syphilis. Und darin lag die Zukunft der Medizin der westlichen Welt.

Zum dritten Mal in zwei Jahren hatte Darby Chris auf Reisen geschickt. Doch diesmal war es ihm gelungen, Geld bei der Firma locker zu machen, um im Dorf der Tifalmin eine Schule zu bauen. Eine langfristige Investition in den Schamanenzauber. Und jetzt sollte das alles durch Speere und Pfeile enden.

Chris hob die Waffe und hielt den Atem an.

Keine Lichttäuschung. Keine paranoide Wahnvorstellung. Ein Mensch nahm in den dichten Schatten der Äste Gestalt an.

»Komm raus, du Dreckskerl!«, rief Chris.

Die Gestalt hielt inne, und für einen Augenblick wurde der Dschungel zum Stillleben.

Als die Gestalt plötzlich auf Chris zustürzte, durchbrachen grelle Schreie aus allen Richtungen die Stille. Reflexartig schoss er und hörte nicht auf, bis alle sechs Kammern des Colts leer waren und er klickend auf einen nackten Körper mit gefesselten Füßen abdrückte, der in der Luft hin und her schwang.

An den Opfermalen auf den Schultern erkannte er Maku, einen der Träger. Seine Brust war von den Kugeln aufgerissen worden, doch er war bereits tot gewesen. Er hatte keinen Kopf mehr.

Entsetzt beobachtete Chris, wie der Leichnam hin und her pendelte, bis er wenige Meter vor ihm zur Ruhe kam. Er riss Patronen aus seinem Gürtel, um nachzuladen, als plötzlich ein Dutzend Okamolu-Krieger aus den Schatten auftauchten, einen Kreis um ihn bildeten und ihre Speere drohend in der Luft schwenkten. Ehe Chris nachladen konnte, trat ein kleiner, runzliger Mann auf ihn zu. Er war nackt wie die anderen, trug aber eine lange weiße Feder durch die Nase, ein Halsband mit einem Halbmond und einen Kopfschmuck aus Federn. Sein Gesicht war mit weißen Streifen bemalt. Der Juju-Mann.

In seiner Hand hielt er einen Speer mit Makus Kopf, von dem noch das Blut troff. Er trat näher an Chris heran und plapperte in einer Sprache auf ihn ein, die Chris nicht kannte. Er versuchte sich darauf zu konzentrieren, Kugeln in die Kammern zu laden, doch der Juju-Mann stieß ihm Makus Kopf ins Gesicht. Eine Wolke aus schwarzen Fliegen umschwirrte ihn. Chris konnte das Blut riechen. Dunkle, warme Flüssigkeiten tropften auf seine Schuhe, und er musste würgen.

Der Juju-Mann hatte wilde Augen, und sein Mund war leuchtend rot von den Betelnüssen, die er kaute. Alle paar Sekunden spuckte er dicke rote Klumpen aus, als habe er den Kopf mit seinen eigenen Zähnen abgerissen. Mit seiner freien Hand berührte er Chris' Gesicht und Arme, als wolle er überprüfen, ob seine Hautfarbe echt sei. Er schrie etwas, und seine Männer antworteten ihm im Chor. Einer von ihnen rief etwas Zorniges, und die anderen stimmten zu. Es klang wie ein Todesurteil. Sogleich begannen sie zu singen und wieder ihre Speere durch die Luft zu schwingen. Als der alte Mann zurücktrat, um das Ziel freizugeben, ließ ein durchdringendes Heulen die Speere in der Luft erstarren.

Aus dem Busch trat ein großer Mann, der einen Rock aus Laplap-Gras und einen kunstvollen Kopfschmuck aus den Federn des Paradiesvogels trug. Er wirkte besonders furchterregend, weil sein Gesicht mit leuchtend gelber Farbe bemalt und seine Augen rot umrandet waren. An Stelle der Muschelkette des Schamanen trug er eine Schnur mit Krokodilszähnen, an der ein geschrumpfter menschlicher Kopf baumelte, um den Hals.

In perfektem Englisch sagte er: »Sie werden dir nichts tun.«

Iwati.

Er trat an Chris vorbei zu dem Juju-Mann und sagte etwas mit klarer, ruhiger Stimme. Chris verstand kein Wort, doch die Wirkung war sofort erkennbar. Der alte Mann murmelte etwas, und die Krieger ließen ihre Waffen sinken. Dann senkten sie zu Chris' ungläubigem Staunen demütig die Köpfe.

Chris lud rasch seine Pistole. »Die wirst du nicht brauchen«, versicherte Iwati.

»Mein Gott, Mann, schau dir an, was sie getan haben.« Makus Rumpf baumelte wenige Meter von ihnen entfernt; aus dem Stumpf seines Halses rann noch immer Blut.

Iwati nickte. »Sie werden dir nichts tun.«

Es war nicht nur Iwatis Auftreten, das Chris zurückhielt. Es war die Reaktion der Okamolu.

Sie ähnelten jetzt mehr einem Haufen verängstigter Schuljungen als berüchtigten Kannibalen.

»Wie kommt es, dass sie solche Angst haben? Sie haben doch schon öfter weiße Männer gesehen?«

Iwati antwortete nicht.

»Was wollen sie?«

»Sie sind nur neugierig.« Dann sagte Iwati etwas in der Stammessprache.

Der Juju-Mann murmelte seinen Männern etwas zu. Er schickte sie weg, und sie schienen dankbar zu sein, dass sie gehen durften. Sie drehten sich um und zogen sich auf dem gleichen Wege in das dunkle Unterholz zurück, auf dem sie gekommen waren. Bevor sie verschwanden, blickte jeder von ihnen noch einmal zurück. Und Chris hätte schwören können, dass das, was er in ihren Gesichtern sah, nackte Angst war.

Sie begruben Makus sterbliche Überreste auf einer Lichtung und entzündeten ein Feuer auf dem Grab, um Aasfresser fern zu halten. Die Träger blieben im Lager zurück, und Iwati führte Chris zum See. Das Wasser sah aus wie schwarzes Glas. Der Kegel des urzeitlichen Omafeki zeichnete sich als Silhouette im letzten Tageslicht ab. Eine erfrischende Brise war aufgekommen und hatte die Ekel erregende Süße davongeweht. Unter ein paar Palmwedeln zog Iwati einen kleinen Einbaum hervor.

»Wohin fahren wir?«

Iwati deutete über das Wasser. Im schwachen Licht konnte Chris eine kleine Insel erkennen, die ein paar Hundert Meter vom Ufer entfernt war. »Was ist dort draußen?«, fragte er. Iwati antwortete nicht.

Chris hockte vorn im Kanu, während Iwati im Mondlicht auf die Insel zupaddelte. Je näher sie kamen, desto stärker wurde der eklige Geruch. Sie legten an einer schmalen Lichtung an, die von mit Kletterpflanzen überwucherten Bäumen umringt war. Chris wollte aussteigen, doch Iwati hielt ihn zurück. Aus seiner Tasche zog er ein totes Baumkänguru und schleuderte es in Richtung Ufer. Im Mondlicht sah Chris, wie es auf eine Stelle zusegelte, an der besonders viele Blüten hingen. Einen Bruchteil einer Sekunde, bevor es zu Boden fiel, brach etwas Riesiges aus dem Dunkel hervor und schnappte es. Ein gewaltiges Um-sich-Schlagen und das Aufblitzen eines Bauches, dann verschwand es wieder in der Schwärze. Ein riesiges Krokodil.

»Es wartet auf Vögel«, erklärte Iwati.

Das Reptil tauchte ein Stück weit entfernt noch einmal auf. Sein Schwanz zeichnete eine Schlangenlinie im Mondlicht, als es sich entfernte wie ein frühzeitlicher Wächter, der seinen Tribut kassiert hat.

Sie gingen an Land, und wenig später saßen sie auf einer Klippe über dem Wasser vor einem Feuer. Iwati warf ein Bündel Baumstöcke in die Flammen, um die Moskitos fern zu halten. Er trug einen Breiumschlag aus Piperblättern und den Früchten des Mammeabaumes auf Chris' Gesicht auf, um die Schwellungen und den Juckreiz zu lindern. Dann lehnte er sich zurück und zog an seiner alten Bruyèrepfeife. Er wirkte seltsam in sich gekehrt – wahrscheinlich von dem Zeug, das er rauchte, mutmaßte Chris.

Die Bootsfahrt hatte Chris beruhigt, doch er fragte sich immer noch, warum sie hier herausgerudert waren. Iwati hatte seinen Kopfschmuck abgelegt, nicht aber den Schrumpfkopf um seinen Hals. Das Ding war abstoßend, schlimmer als ein frisch abgeschlagener Kopf. Es war die obszöne Parodie einer kunstvollen Maske. Iwati hatte ihm geschworen, dass sein Volk den Kannibalismus und die Kopfjagd seit langem aufgegeben hatte, dass nur noch ein paar zurückgezogene Stämme wie die Okamolu dieser Praxis anhingen, weil sie glaubten, die Lebenskräfte ihres Feindes in sich aufzunehmen, wenn sie sein Fleisch verzehrten.

Chris betrachtete den Talisman und dachte, wie wenig er doch über Iwati wusste. Ja, sie waren in ihrer Kindheit Freunde gewesen, doch 20 Dschungeljahre hatten sie voneinander entfernt. Iwati hätte Arzt in Port Moresby oder Sydney werden können, wenn er seine Ausbildung fortgesetzt hätte, stattdessen hatte er sich dafür entschieden, in die Steinzeit zurückzukehren, zu dem Lebensstil seiner Vorfahren mit ihren Grasröcken und Schrumpfköpfen, als sei die Zeit stehen geblieben. Statt einen Arztkittel und ein Stethoskop zu tragen und Penicillin zu verabreichen, heilte er mit gemahlenen Käfern und Pflanzensalben. Nein, es trennten sie weit mehr als zwei Jahrzehnte: Jahrtausende. Im Geiste sah Chris Iwati vor sich, wie er sich über diesen Kopf beugte, ihm sorgfältig die Augen ausstach und Hirnmasse aus den Augenhöhlen kratzte, die Schädel- und Kieferknochen zertrümmerte und stückweise entfernte, die Augenlider und den Mund mit Kängurudarm zunähte, wie er die Haut mit Schweinefett einbalsamierte und den Hautsack mit heißem Sand füllte, bis er zu diesem obszönen kleinen Affengesicht mit dem glänzenden Haar getrocknet, geschrumpft und gedunkelt war, das wie ein Orden um den Hals getragen wurde.

»Iwati, was ist da vorhin geschehen? Diese Männer hatten Angst, und ich glaube, du weißt warum.«

Iwati paffte, ohne zu antworten. Er erklärte auch sein Schamanengewand nicht, das, wie Chris wusste, für Dorfrituale und Stammestreffen vorbehalten war. Trotzdem hatte Iwati es auf diese Expedition mitgenommen.

»Ich habe dich etwas gefragt«, beharrte Chris. »Du hast mir das Leben gerettet, aber ich verstehe nicht, wie.«

Nichts.

»Dann sag mir, warum in Gottes Namen du mich den ganzen Weg hier rausgeschleppt hast, Mann. Ich muss das Land in fünf Tagen verlassen, und wir werden allein zwei Tage brauchen, um den Fluss zu erreichen, und noch mal zwei, um an die Küste zu kommen.« Und dann würden weitere vier Tage Flüge mit häufigem Umsteigen folgen, bevor er wieder in der sauberen, gut beleuchteten Welt von Boston sein würde. »Und wenn wir schon einmal dabei sind, warum zum Teufel sind wir hier draußen und nicht im Lager? Und überhaupt, was ist das für ein Gestank hier?«

Iwati zündete seine Pfeife am Feuer neu an. »Ja.«

»Ja *was*?«

»Ja, ich werde es dir erklären. Aber du musst versprechen, es niemandem weiterzuerzählen, mein Freund.« Iwati sprach mit gesenkter Stimme, obwohl seine Männer außer Hörweite im Lager am anderen Ufer waren und keiner von ihnen Englisch verstand.

»Okay.«

»Schwöre bei deiner Seele.«

Chris musste über dieses alberne alte Schuljungenritual lächeln, doch Iwati war es todernst. »Ich schwöre bei meiner Seele.«

»Schwöre bei der Seele deiner Großmutter.«

»Ich schwöre bei der Seele meiner Großmutter.«

»Schwöre bei der Seele der Queen.«

»Ich schwöre bei der Seele der Queen.«

»Schwöre bei der Seele von Jesus.«

»Um Himmels willen, Mann, hör endlich auf mit dem Spielchen.«

»Schwöre es!« Iwatis Augen schauten ihn eindringlich an.

»Okay, ich schwöre bei der Seele von Jesus.«

Iwati hatte die Reihenfolge nicht vergessen, den Eid, den sie als Kinder geschworen hatten, wenn sie heimlich Zigaretten rauchten. Doch nichts in Iwatis Gesicht deutete darauf hin, dass er ein Spiel spielte.

Als er schließlich zufrieden war, sagte er nur ein einziges Wort: »Tabukari.«

»Tabu wie?«

»Tabukari.«

Iwati ging zu dem Baum hinüber, der unten am Ufer wuchs und bis zu ihnen heraufreichte. Wie Pythons hingen dicke Ranken an ihm, die voller kleiner weißer Blüten waren – die Quelle des ekligen, süßen Gestanks. Er schnitt ein Stück der Ranke ab und reichte es Chris. »Tabukari. Eine besondere Blume.«

Im Feuerschein waren die Blütenblätter dick und weiß; ihr Inneres mündete in einen blutroten Fleck. Es war eine Art Orchidee, jedoch anders als alle, die Chris bisher gesehen hatte. Die fleischigen Blütenblätter und der rote Fleck verliehen ihr etwas Sinnliches, fast Animalisches. Doch am ungewöhnlichsten war der Geruch. Aus einiger Entfernung war es ein fruchtiger Duft, doch von Nahem machte die Süße einer Übelkeit erregenden Schärfe Platz; Äpfel und darunter der Gestank von verwesendem Fleisch. Das, was Eva Adam gegeben hatte, würde Chris sich später sagen.

»Der Geruch lockt Insekten an«, erklärte Iwati. »Und die Insekten Wasservögel.«

»Was das Krokodil erklärt.«

»Ja. Sie kommen wegen der Vögel. Dies ist die einzige Stelle im ganzen Dschungel, wo Tabukari wächst.«

Chris war kein Botaniker, doch er war sich sicher, dass die Einzigartigkeit dieser Pflanze mit den örtlichen Gegebenheiten zusammenhing: Die Vulkanasche im Erdreich, der See mit seinen Mineralien, die nebelige Hochlage und natürlich der Regenwald. »Was ist daran so besonders?«

Zum ersten Mal an diesem Abend lächelte Iwati. »Alles.« Doch er führte dies nicht weiter aus.

»Wie verwendest du sie?«

Iwati blies eine Rauchwolke zu ihm herüber. Er hatte die Blüten die ganze Zeit über geraucht. »Manchmal mache ich Tee daraus. Manchmal mische ich sie unter Yamspüree. Aber das ist nur für den Medizinmann. Möchtest du mal probieren?«

»Nein.«

Ein viertägiger Umweg durch den Urwald voller Moskitos, Kannibalen und Monsterkrokodile. Nur um Iwatis privaten Drogengarten zu besuchen. Chris war müde, schmutzig und konnte es kaum erwarten, zum Lager zurückzufahren und sich auf seiner Matte zusammenzurollen. Er konnte es nicht erwarten, nach Boston zurückzukehren, wo die Luft kühl und trocken war, wo er ein gutes Steak essen und ein langes, heißes Bad nehmen konnte, ohne sich Gedanken wegen Blutegeln oder Krokodilen machen zu müssen. Wo er endlich wieder richtig trocken werden konnte. Wo er sich an Wendy und Ricky kuscheln konnte und keine Tausendfüßler abwehren musste. Iwati hatte ihn im Stich gelassen.

»Der Name bedeutet ›die verbotene Blüte des langen Tages‹.«

In Chris' Ohren klang das albern, doch das sprach er nicht aus. »Und ich vermute, sie verschafft einem ein gutes Gefühl.«

»Ja.«

»Naja, das tut Scotch auch – und dafür braucht man sich nicht einen Weg durch den halben verdammten Urwald zu schlagen.«

»Nein, nein, so nicht.« Dann fügte er hinzu: »Sie ist gefährlich. Sie macht sehr abhängig.«

Vermutlich eine hiesige Art des Kokabusches, mutmaßte Chris. »Ich verstehe.«

»Nein, du verstehst nicht. Sie macht die Seele süchtig.« Er klopfte sich auf die Brust. »Sie ist gefährlicher als all deine Pülverchen. Deshalb heißt sie *tabu.*« Iwati hielt den Blütenzweig hoch und flüsterte: »Niemals alt werden.«

»Wie bitte?«

»Niemals alt werden.«

Für eine Weile hingen seine Worte in der Luft. Über den Kreis glühender Asche hinweg starrte Chris Iwati an, dessen Augen umschattet waren und wie Höhlen in seinem Schädel aussahen.

»Ich verstehe nicht.«

Iwati nickte. Wieder Schweigen.

Doch der Boden unter ihnen schien leicht zu beben, als sei ein Schauder der Erkenntnis durch die Erde gelaufen. »Du willst damit sagen, dass diese Blume… das Leben verlängert?«

»Ja.«

»Wie lange?«

»Sehr lange.«

»Und was hat sie für dich getan?«

Er lächelte. »Ich bin immer noch hier.«

Sein Grinsen entblößte Zähne, die vom jahrelangen Rauchen des Zeugs braun geworden waren. Doch wie viele Jahre? Vor 20 Jahren in der Schule war Chris 16 gewesen, und er hatte angenommen, dass Iwati ungefähr im gleichen Alter war. In der Zwischenzeit hatte er sich nicht sehr verändert, doch bei den Papuanern war das schwer zu sagen. Ihre Haut war fettig, und sie schmierten sich zum Schutz vor der Sonne und vor Insekten mit Pflanzensalben und Schlamm ein. Schlank wie er war, könnte Iwati als Teenager durchgehen.

»Also, wie alt bist du?«

Iwati schüttelte den Kopf.

»Das willst du mir auch nicht verraten?«

»Ich weiß nicht, wie alt ich bin.«

Urwaldbewohner lebten nach der Bewegung der Sonne; sie zählten die Jahre. Außerdem liebte Iwati Uhren. »Wie kannst du nicht wissen, wie alt du bist, Mann?«

»Ich wurde geboren, bevor die Missionare kamen.«

Das konnte hinkommen. »Die Missionare vom Roten Kreuz waren während des Krieges hier.« Das würde bedeuten, dass Iwati irgendwann Anfang der vierziger Jahre geboren worden war.

»Nicht die Missionare vom Roten Kreuz«, korrigierte Iwati ihn. »Die Maristen.«

Chris lief es eiskalt den Rücken hinunter. »Die Maristen? Das war 1857.«

»Ja.«

»Aber das ist unmöglich! Dann wärest du mindestens... hundertdreiundzwanzig Jahre alt.« Er fing an zu lachen, doch Iwatis eindringlicher Blick ließ ihn verstummen. »Das ist unmöglich. Du kannst nicht älter als vierzig sein.«

Iwati lächelte nachsichtig. »Ich bin aber älter. Viel, viel älter.«

»Du *kannst* nicht so alt sein, Iwati. Das lässt unsere Biologie nicht zu.«

»*Deine* Biologie.«

»Iwati, das ist doch lächerlich.« Er wollte sagen, dass Iwati nur versuchte, ihm Angst einzujagen, dass sie vier Jahre lang in derselben rationalen Welt der Wissenschaft gelebt hatten –, doch das schien plötzlich so weit entfernt. Und Iwati ebenfalls.

»Ich war fünfzehn, als ich von meinem Vater gelernt habe, welche Kraft Tabukari hat.«

»Und wann wurde er geboren?«

»Das weiß niemand. Irgendwann vor der Kontaktaufnahme.«

»Vor der Kontaktaufnahme? Mein Gott, Mann, hältst du mich für einen kompletten Idioten? Du redest vom 17. Jahrhundert.«

Iwati nickte.

»Und was ist aus ihm geworden?«

»Die Portugiesen haben ihn umgebracht. Die Expedition unter Antonio d'Orbo.«

Antonio d'Orbo war der erste weiße Mann gewesen, der den Sepik hinaufgefahren war, Mitte des 19. Jahrhunderts, erinnerte sich Chris. Nur eine Hand voll seiner Männer war zurückgekehrt.

»Du glaubst mir nicht«, stellte Iwati fest.

»Ehrlich gesagt, nicht ein Wort.«

Iwati starrte ihn einen Augenblick lang an, dachte über irgendetwas nach. Dann nahm er den Schrumpfkopf von seinem Hals und streckte ihn Chris entgegen. »Schau. Schau ihn dir an.«

So abstoßend er auch war, Chris betrachtete den Schädel im Feuerschein. Das Gesicht war klein und verschrumpelt, die Haut wie dunkles Leder, Lippen und Augenlider waren zugenäht. Chris hatte in Museen schon mehrere solche Köpfe gesehen, doch dieser hier war irgendwie anders. Einen Augenblick lang konnte er nicht einordnen, was es war. Dann fiel es ihm auf: die Haare. Anders als bei den anderen waren sie nicht schwarz, sondern hellbraun, und nicht kraus, sondern glatt. Der Kopf hatte einem Weißen gehört. Iwati hob den Zopf an und legte ein Ohr frei. Es sah aus wie eine schwarze Aprikose, nur war das Ohrläppchen mit Metall durchstochen, an dem eine Goldmünze hing. Die Inschrift darauf war ein wenig abgeschliffen, doch Chris konnte römische Buchstaben ausmachen – die Worte Anno Dei und arabische Zahlen.

»Da steht 1866«, sagte Chris. »Was beweist das?«

»Das ist er.«

»Wer?«

»Antonio d'Orbo.«

»Iwati, was zum Teufel redest du da?« Iwati antwortete nicht. Starrte ihn nur an. »Willst du damit sagen, dass du Antonio d'Orbo umgebracht und seinen Kopf geschrumpft hast?«

»Er hat meinen Vater getötet.«

Chris hob die Hände und schüttelte den Kopf. »Tut mir Leid, mein Freund, aber ich glaube dir nicht. Kein Wort.« Er stand auf und wollte gehen. »Danke für die Gutenachtgeschichte, aber jetzt würde ich mich gern schlafen legen.«

Iwati erhob sich. »Christopher, hör mir zu. Ich sage die Wahrheit. Ich schwöre es.« Iwati wirkte durch und durch aufrichtig. »Ich bin es dir schuldig, weil du mir das Leben gerettet hast.«

Chris blickte in Iwatis Augen, doch sie waren ohne Arg. Plötzlich schoss Chris das Bild der verängstigten Okamolu-Krieger durch den Kopf. Und das des kleinen Juju-Mannes. Sie glaubten daran.

Sie glaubten daran!

Als seien seine Ohren plötzlich frei geworden, begannen die Dinge, auf seltsame, erschreckende Art und Weise einen Sinn zu ergeben. Es war nicht Chris' Hautfarbe gewesen, die die Okamolu zu furchtsamen kleinen Jungen hatte werden lassen. Sie hatten schon früher weiße Männer gesehen, vermutlich hatten sie sogar schon einige verzehrt. Auch nicht die Pistole. Es war Iwati gewesen, der sie in Angst und Schrecken versetzt hatte. Iwati! Zuerst waren sie sich nicht sicher gewesen, ob er es war, mit seinem T-Shirt, den Shorts und der Sonnenbrille. Erst als er sein Gesicht bemalt und seinen zeremoniellen Kopfschmuck und den Schrumpfkopf angelegt hatte. Die Zurschaustellung seiner Juju-Identität. Nicht einfach ein Schamane eines anderen Stammes, sondern Iwati mit dem geheimen Tabukari-Zauber. Vielleicht war das auch der Grund, weshalb die Träger ihn als Gott betrachteten. Der Grund, warum sie ihm zwei Wochen lang sogar ins Tabuland der Kannibalen gefolgt waren. Der Grund, weshalb ihre Köpfe noch auf ihren Schultern saßen und nicht auf Okamolu-Speeren steckten.

In ihren Augen war Iwati unsterblich.

Iwati nickte, als könne er Chris' Gedanken lesen. Dann zuckte er die Achseln und legte sich den Schrumpfkopf wieder um. »Vielleicht ist es besser so, mein Freund«, sagte er und warf die blütenbesetzte Ranke in die Glut.

Die Flammen loderten auf. Doch bevor sie die weißen Blüten verschlingen konnten, fuhr Chris' Hand ins Feuer und zog sie heraus.

Erster Teil

3 155 414 400 Sekunden
52 590 240 Minuten
876 504 Stunden
36 521 Tage
5218 Wochen
1200 Monate
400 Jahreszeiten
100 Jahre
1 Leben

Leonard Hayflick

1

APRICOT CAY, KARIBIK

Oktober 1986

Quentin trank einen Schluck Champagner. »Mein höchstes Angebot ist drei Millionen Dollar, Sie können es annehmen oder ablehnen.«

»Abgelehnt«, sagte Antoine Ducharme ohne zu zögern.

Du Drecksack!, dachte Quentin. »Dann haben wir ein Problem.«

»Nein, mein Freund, *Sie* haben ein Problem. Der Preis beträgt fünf Millionen pro Tonne.«

Quentin Cross, mit 37 Jahren Finanzmanager und künftiger Chef von Darby Pharmaceuticals, saß in unbehaglichem Schweigen auf dem hinteren Deck der *Reef Madness*, einer langen, schnittigen Jacht, die Antoines Freundin Lisa gerade zwischen den Korallenbänken hindurchsteuerte. Um die Anlegeleine kümmerte sich im Bug Marcel, einer von Antoines Wachleuten, der einen Revolver mit kurzem Lauf und ein Paar Handschellen an seinem Gürtel trug.

Sie befanden sich inmitten des Korallenriffs an der Nordküste von Apricot Cay, einer palmengesäumten Insel 15 Meilen südöstlich von Jamaika, die Antoine Ducharme gehörte, einem eleganten und hochgebildeten Jachtbesitzer, Unternehmer und Drogenhändler. Antoine war seinem Aussehen nach zu schließen Mitte vierzig, groß und kräftig gebaut, mit kurzem, grau meliertem Haar und einem offenen Gesicht, das hinter seiner randlosen Brille wie das eines Gelehrten aussah. Es war ein Gesicht, das daran gewöhnt war, wichtige Entscheidungen zu treffen, und das binnen eines Augenblicks versteinern konnte.

Antoine trug einen grünen Freizeitanzug. Er hatte seine zehn Teilhaber zu einem Abendessen bei Sonnenuntergang eingeladen: Hummerschwänze, sautierte Brotfrucht und französischer Käse, gefolgt, natürlich, von frischen Aprikosen.

Quentin wusste sehr wenig über die anderen Männer, außer dass sie alle zu einer internationalen Gruppe sehr wohlhabender und einflussreicher Männer mit einem Hang zu undurchsichtigen Investitionen und Extravaganzen gehörten. Ihre Verbindung zu Antoine Ducharme ließ vermuten, dass sie keine ethischen Bedenken hegten, sich die Hände schmutzig zu machen. Sie wurden einander nicht vorgestellt. Die Männer aßen an einem anderen Tisch und unterhielten sich beim Essen in Französisch und Deutsch, dann zogen sie sich in die Kabine zurück und sahen sich ein Fußballspiel an, das sie über die Satellitenschüssel auf der Jacht empfangen konnten. Für Quentin waren sie einfach »das Konsortium«.

Bei Quentin und Antoine saß ein etwa 35-jähriger Amerikaner. Vince Lucas war Antoines »Finanzoffizier«; schlank und attraktiv, strahlte er etwas Wildes aus. Er hatte glatte, fleischige Lippen, ein gebräuntes, schmales Gesicht und glänzendes schwarzes Haar, das glatt nach hinten gekämmt war, sodass sein in der Stirnmitte spitz zulaufender Haaransatz zu sehen war. Seine Brauen bildeten makellose schwarze Linien, und seine Augen waren so dunkel, dass sie nur aus den Pupillen zu bestehen schienen. Auf seinem Unterarm prangte die Tätowierung eines Raubvogels mit einem Totenschädel. Er sah anders aus als alle Finanzfachleute, denen Quentin je begegnet war.

»Wenn Sie mich fragen, sind fünf Millionen ein Schnäppchen«, sagte Vince Lucas.

»Fünf Millionen Dollar kommen nicht in Frage«, bekräftigte Quentin. Doch er wusste, dass sie ihn im wahrsten Sinne des Wortes an der Kehle hatten.

Lisa räumte die Teller ab. Sie trug einen knappen schwarzen Bikini, ein gelbes Haarband und die Tätowierung einer Rose auf der Schulter. Sie war eine umwerfende, exotische Frau von Anfang zwanzig mit kakaofarbener Haut und tiefen, hemmungslosen Augen. Wenn diese Augen Quentin ansahen, wurde er sich seines großen rosafarbenen Gesichts, seiner schütteren Haare und seines über die Shorts hängenden Bauches schmerzlich bewusst. Als sie mit Abräumen fertig war, gab sie Antoine, der doppelt so alt war wie sie, einen langen, leidenschaftlichen Kuss und ging, gefolgt von Marcel, nach unten, damit die Männer ungestört über ihre Geschäfte reden konnten.

»Hören Sie mir gut zu, mein Freund«, sagte Antoine. »Wir haben hier über achthundert Hektar Regenwald im Hochland, weitere vierhundert Hektar Obstplantagen mit Bergströmen zur Bewässerung, geschützte Häfen, eine eigene Landebahn, Speichergebäude – das ganze Drum und Dran, wie ihr Amerikaner sagt. Und vor allem: völlige Ungestörtheit.«

Quentin hatte all das schon vorher gehört. Er hatte die Insel und den Regenwald besichtigt. Doch es war nicht die biologische Vielfalt, die ihn interessierte. Und auch nicht die Cannabisfelder, die in den Plantagen verborgen waren. Ebenso wenig die getarnten Schuppen, in denen importierte Kokablätter zum raschen Transport nach Norden zu Kokain verarbeitet wurden, ein Unternehmen, das Apricot Cay zum gelobten Land der Drogen in der westlichen Hemisphäre machte.

Was Quentin Cross wollte, waren Aprikosen, und zwar eine bestimmte Sorte, *Prunus caribaeus*, die es nur in Apricot Cay gab. Und er war bereit, drei Millionen Dollar für eine Tonne davon zu bezahlen.

Nein, Darby Pharmaceuticals wollte seine Produktion nicht auf Früchte ausweiten. Was diese Sorte so einzigartig machte, waren die Kerne: Sie enthielten Zyan-Verbindungen, die hochgiftig auf Krebszellen wirkten. Die Wirkstoffe der Aprikosen hatten bei der Behandlung von mexikanischen Patienten mit bösartigen Tumoren die erstaunliche Erfolgsquote von 80 Prozent erzielt. Die US-Gesundheitsbehörde FDA hatte noch keine klinischen Tests in den Vereinigten Staaten genehmigt, doch nach Quentins Ansicht versprach das Mittel mit dem geplanten Handelsnamen Veratox die erste Krebswunderdroge der Welt zu werden.

Darby Pharms hatte den Wirkstoff hauptsächlich aus zwei Gründen geheim gehalten. Zum einen hatte die FDA das Mittel noch nicht abgesegnet, doch das war kein Problem, da Ross Darby ein alter Studienfreund von Ronald Reagan war. Der zweite Grund hieß Antoine Ducharme. Bei Darby wusste außer Quentin niemand, dass er ein internationaler Drogenbaron war, auch Ross Darby nicht, Quentins Schwiegervater und der derzeitige Chef der Firma, ein Mann von untadeliger Moral. Wenn das herauskäme, würde Darby Pharmaceuticals nicht nur seine Zulassung zur Medikamentenherstellung verlieren, sondern könnte darüber hinaus noch in polizeiliche Ermittlungen verwickelt werden, die Quentin Cross und Ross Darby für Jahre hinter Gitter bringen könnte.

Antoine wusste das und forderte dafür seinen Preis. Was Quentin zudem Sorge bereitete, war Antoines Unberechenbarkeit. Sollte Veratox die heißeste Wunderdroge der Welt werden, könnte Antoine den Preis künftiger Lieferungen einfach verdoppeln. Oder er könnte eine Auktion für Bieter mit unbegrenzten Mitteln einberufen, etwa Eli Lilly oder Merck. Die einzige Lösung dieses Dilemmas war, das Mittel künstlich herzustellen. Doch trotz monatelanger Bemühungen von Darbys Chefchemiker Christopher Bacon blieb das

Toxogen schwierig zu reproduzieren. Der Prozess erforderte so viele Zwischenschritte, dass der Ertrag winzig ausfiel. *Prunus caribaeus* erwies sich bislang als eine Aprikose, die nur die Natur herstellen konnte.

»Ich muss Sie daran erinnern, dass es sie nur in Apricot Cay gibt. Und wissen Sie warum?« Antoine entblößte wieder seine Zähne zu einem Lächeln. »Weil ein Pilz, der nur *Prunus caribaeus* befällt, seltsamerweise die gesamten Aprikosenbestände auf den benachbarten Inseln vernichtet hat.«

Quentin wollte schon fragen, wo dieser Pilz hergekommen war, doch etwas in Antoines Augen verriet ihm die Antwort. Der Dreckskerl war sogar noch gerissener, als er vermutet hatte.

»Und was verhindert, dass der Pilz auch auf diese Insel gelangt?«

»Die Tatsache, dass hier niemand ohne meine Erlaubnis anlegen darf.«

Das stimmte. Antoine hatte die Strände der Insel mit ausgeklügelten elektronischen Sicherheitssystemen versehen lassen – Kameras, Bewegungsmelder, Stacheldrähte –, ganz zu schweigen von den bewaffneten Männern, die ständig von Türmen und Jeeps aus die Insel überwachten. Er hatte sogar Autowracks in den flachen Gewässern der Bucht versenken lassen, damit sich Korallenbänke bildeten, die die Durchfahrt der Boote gefährlich machten. Apricot Cay war eine tropische Festung.

»Sie verlangen zu viel.«

»Dem *Wall Street Journal* zufolge nicht«, bemerkte Vince Lucas. Aus seinem Aktenkoffer zog er eine Ausgabe der Zeitung. »Darby Pharms' Profit ist im vergangenen Jahr um dreißig Prozent gestiegen – etwa fünfzig Millionen Dollar. Barron's bezeichnet Darby sogar als ein Wachstumsunternehmen par excellence. Außerdem ist Ihr Mr. Darby ein alter Freund von Ronald Reagan. Wenn Sie erst einmal den Segen der FDA haben, wird Darby auf der *Fortune*-Liste der fünfhundert Top-Unternehmen landen, *n'est-ce pas?*«

Quentin wünschte sich, er hätte die Verbindung zum Weißen Haus nie erwähnt. In einem Anfall von Großspurigkeit hatte er einmal damit geprahlt, dass Ross Darby und Reagan zusammen in der Footballmannschaft des Eureka College gespielt hatten und dass Darby hunderttausende Dollar für Reagans Wahlkampf gespendet und durch die Organisation von Spendenveranstaltungen für die Republikaner weitere Millionen zusammengebracht hatte. Ironischerweise hatte Ross sogar Nancy Reagans Anti-Drogen-Initiative mit dem Motto »Sag einfach nein« großzügig unterstützt. Diese Prahlerei hatte den Preis der Aprikosen vermutlich verdoppelt.

Quentin trat an die Reling. Die Sonne war am wolkenlosen Horizont untergegangen und hatte das Meer mit flammendem Orangerot übergossen. Selbst wenn Reagan Druck auf den FDA-Vorstand ausübte, könnte es noch zwei Jahre dauern, eine Genehmigung zu bekommen. Dann noch weitere zwei Jahre, bis Veratox auf den Markt käme. Bis dahin stünde Darby mit 25 Millionen Dollar bei einem karibischen Verbrecher in der Kreide. Was die Sache noch schlimmer machte, war, dass ihr bester Mikrobiologe, Dexter Quinn, vor zwei Monaten in den Ruhestand gegangen war. Damit blieben für ihr Paradeprojekt nur noch Chris Bacon und zwei Assistenten. Sie arbeiteten rund um die Uhr, hatten jedoch noch keine Fortschritte bei der künstlichen Herstellung des Stoffes gemacht. Und etwas an Bacon beunruhigte Quentin. Er wirkte ständig abgelenkt, als verfolge er unter der Oberfläche einen ganz anderen Plan.

»Natürlich«, sagte Antoine und trat zu ihm an die Reling, »ist es immer möglich, dass sich eine andere Firma für unsere schöne Ernte interessiert, nicht wahr?« Antoine lächelte breit.

Der Bastard hatte ihn im Sack. Auf dem Tisch lagen die in Leder gebundenen Geschäftspläne der Scheinfirma, die Quentin gegründet hatte, um tropische Früchte zu exportieren, mit allen Verkaufsbedingungen, allen Zahlen und Paragrafen im schönsten Juristenlatein. Es war alles sehr raffiniert und legitim, säuberlich in Französisch und Englisch formuliert. Das Ganze war hieb- und stichfest und würde vor jedem Gericht Bestand haben.

Quentin spürte, wie er innerlich nachgab. Veratox war ein Molekül, das Milliarden wert war, und er würde der nächste Chef der Firma sein. Wenn es Chris Bacons Gruppe erst einmal gelungen wäre, den Extrakt künstlich herzustellen, würden sie Antoine Ducharme und seine Insel nicht mehr brauchen. »Sie verhandeln ganz schön hart.«

»Aber nein, mein Freund. Das ist ein echtes Sonderangebot.«

Quentin schlurfte zurück zum Tisch und unterschrieb den Vertrag. Bis zum ersten November musste er zweieinhalb Millionen Dollar als Vorschuss auf ein Konto bei einer Bank auf den Bahamas überweisen. Eine zweite Zahlung in derselben Höhe würde dann im Juni fällig werden. Und niemand würde davon erfahren, weil Quentin doppelte Bücher führte und die Erträge aus den Auslandsverkäufen anderer Produkte abzweigte.

Antoine schenkte Champagner nach, und sie saßen da und sahen zu, wie der Himmel schwarz wurde, während die anderen drinnen beim Fußballspiel johlten. Nach ein paar Minuten erhob sich Antoine. »Vertrauen, meine Freunde. Es ist sehr wichtig, nicht wahr?«

Die Frage brachte Quentin aus der Fassung. Vince Lucas zuckte nur die Achseln.

»Wichtiger als Liebe.« Antoines Augen leuchteten mit seltsamer Intensität.

Quentins erster Gedanke war, dass Antoine betrunken

war. Doch dieser ging zielsicher auf eine Wand neben der Instrumentenkonsole des Bootes zu und schob die Verkleidung zurück. Dahinter war ein kleiner Fernsehmonitor zu sehen. Er drückte ein paar Knöpfe, und ein Farbbild erschien auf dem Schirm. Einen Augenblick lang dachte Quentin, es sei ein Pornovideo. Zwei Menschen beim Sex. Antoine murmelte etwas auf Französisch, harsch und resigniert, dann drehte er an einem Knopf. Die Kamera zoomte auf Lisa, die vom Orgasmus geschüttelt wurde, während Marcel, der immer noch sein rotes Hemd trug, hart in sie hineinstieß.

Antoines Gesicht nahm einen seltsam neutralen Ausdruck an. Er schaltete das Gerät aus, dann ging er zum Telefon und sagte etwas auf Französisch. Keine Minute später kam Marcel auf Deck. Er war vollständig angezogen, am Gürtel trug er immer noch seine Pistole im Holster.

Quentin spürte, wie sich sein Herzschlag beschleunigte.

»Alles klar da unten?«, fragte Antoine.

»Ja, natürlich«, sagte Marcel. Er wirkte nervös.

»Gut.« Dann wandte sich Antoine an Quentin. »Mein amerikanischer Geschäftspartner schließt sich uns nämlich an. Er wird kräftig in unser Unternehmen hier investieren, und wir müssen ihm zeigen, dass unser Sicherheitssystem lückenlos ist, *n'est-ce pas*?«

»Aber natürlich.«

Antoine trat auf Marcel zu und erhob einen Finger wie ein Lehrer, der einen Merksatz zitiert. »Vertrauen«, sagte er, dann griff er an Marcels Seite und zog die Pistole aus dem Holster. Marcel rührte sich nicht. »Siehst du? Vollkommenes Vertrauen.« Marcel grinste unsicher. Antoine erhob einen zweiten Finger. »Vollkommene Sicherheit«, fuhr er fort. »Wesentliche Bestandteile des Erfolgs, nicht wahr?«

Vince Lucas lächelte und forderte Marcel mit wie zum Toast erhobener Hand auf, die Charade mitzuspielen.

Dann bedeutete Antoine Marcel, die Hände auszustrecken. Der Mann sah verblüfft aus, aber Antoine war sein Boss, der gerade einen Gast beeindrucken wollte. Also spielte Marcel mit, während Antoine die Handschellen von seinem Gürtel löste und ihm einen der beiden Metallringe um ein Handgelenk schloss. »Absolutes Vertrauen, nicht wahr?«

Marcel nickte, dann bedeutete Antoine ihm, sich umzudrehen, was er auch tat und dabei fast stolz die zweite Hand in vollkommenem Gehorsam hinter sich hielt. Antoine legte ihm die zweite Handschelle an und redete dabei weiter, während Quentin ängstlich und fasziniert zugleich zusah. »Ohne Vertrauen scheitern Freundschaften, lösen sich Familien auf, brechen Imperien zusammen.«

Er führte Marcel an die der Hafenseite zugewandte Reling. Jenseits des Wassers glitzerte Antoines Villa wie das Ausstellungsstück eines Juweliers. Über ihnen dehnte sich das unendliche schwarze Himmelsgewölbe, verziert mit Millionen von Sternen und einem Halbmond, der dicht über dem Horizont schwebte. »Und es ist für all dies«, fuhr Antoine fort, »eine Paradiesinsel in einem Paradiesmeer unter einem Paradieshimmel – die Sterne, der Mond, die Luft. All jene Augenblicke, die wir den Göttern stehlen. Wir sind der Unsterblichkeit so nahe, wie Menschen es nur sein können.«

»Ja, Monsieur.«

»Ja, Monsieur«, wiederholte Antoine. Er wies Marcel an, hinunter ins Wasser zu schauen. »Aber nicht das Gesicht des Verrats.«

Bevor Marcel antworten konnte, nickte Antoine Vince Lucas zu, der Marcel mit einer einzigen geschmeidigen Bewegung über die Reling wuchtete.

Marcel kam hustend und röchelnd an die Wasseroberfläche.

»Du hast den falschen Leib bewacht, mein Freund«, rief Antoine.

Marcel schrie und flehte Antoine an, ihm eine Strickleiter

zuzuwerfen. Er wusste genau, dass sie über eine halbe Meile weit draußen waren und dass ein kräftiger Wind ihn dorthin trieb, wo die Brandung gegen das zerklüftete Riff donnerte und zu Schaum zerstob.

Vince zog eine Pistole unter seinem Hemd hervor und zielte damit auf Marcels Kopf.

»Nein, lass der Natur ihren Lauf«, befahl Antoine. »Das verlängert den Spaß.«

Lisa kam nach oben an Deck geklettert. Sie hatte Marcels Schreie gehört. »Was ist passiert? Was hast du mit ihm gemacht?«

Antoine wirbelte heftig zu ihr herum. »Er wollte sich den Schwanz nass machen.«

Entsetzt starrte sie ihn an, dann die beiden anderen Männer, die mit ihren Champagnergläsern daneben standen, während das Konsortium drinnen ein Tor bejubelte. Sie wollte zurückweichen, doch Antoine stieß sie zur Reling. Er wollte auch sie über Bord schleudern, doch Quentin rief: »Nein, bitte nicht, Antoine. Tun Sie das nicht. Bitte!«

Antoine fuhr zu ihm herum, wütend über die Einmischung. Doch dann fing er sich und ließ die Frau los. »Du kannst gehen«, zischte er. »Aber du wirst denselben Fehler nicht noch einmal machen, nicht wahr?«

Sie blieb stehen und keuchte in ungläubigem Entsetzen, während Marcel unten im Wasser seine letzten röchelnden Atemzüge tat.

»Nicht wahr?«

»Nein«, jammerte sie, dann stolperte sie rückwärts die Treppe hinunter zu ihrer Kabine.

Gelähmt vor Entsetzen schaute Quentin Hilfe suchend Vince an, der ihm jedoch nur zuzwinkerte und auf eine Sternschnuppe deutete, während Antoine sich mehr Champagner einschenkte und dann an die Reling zurückkehrte, um Marcel beim Sterben zuzusehen.

Zwei furchtbare Minuten lang würgte er und bettelte um sein Leben. Seine Worte gurgelten durch die dunklen Wellen, seine Beine traten mit letzter Kraft, um seinen Kopf über der nächtlichen Brandung zu halten, bis er völlig erschöpft in der Schwärze versank.

Quentin brachte vor Schrecken kein Wort heraus. Er starrte in sein Glas und dachte über die grausame Gerechtigkeit Antoine Ducharmes nach, über die Beiläufigkeit, mit der Vince Lucas zugesehen hatte, als werde er ständig Zeuge von Morden, darüber, welche Strafen Antoine wohl für Lisa auf Lager hatte. Zugleich war ihm völlig klar, dass er es mit einem Menschenschlag zu tun hatte, der in einer finsteren und protzigen Welt lebte, einer Welt, deren Prinzipien dem Rest der zivilisierten Gesellschaft fremd waren.

Doch was Quentin Cross fast ebenso sehr zu schaffen machte wie das Ertrinken des jungen Mannes, war das Wissen, dass er jetzt Teil dieser Welt war, ein Komplize und Teilhaber, der seine Unterschrift in Blut geleistet hatte.

Und sein einziger Ausweg war Christopher Bacon.

Oder sein eigener Tod.

2

CANTON, OHIO

November 1986

Karen Kimball hätte es nicht genau sagen können, doch der Typ in dem braunen Jackett kam ihr irgendwie bekannt vor.

Es waren seine Augen. Die schweren Lider, die dunkelblaue Iris mit den tanzenden Sternen darin. Es ist schwer, Augen zu vergessen, ganz gleich, was mit dem übrigen Gesicht geschieht. Sie hatte diese Augen vor langer Zeit gekannt. Und die Art, wie sie ihr folgten. Nicht lüstern, nicht unanständig, sondern mit einer Art von warmem Interesse. Doch er war zu jung, um ihr nachzustellen.

Sie wischte den Tisch in der Nische gegenüber der seinen ab und schalt sich selbst. Sie war schließlich 59, eine geschiedene Frau mit Übergewicht, drei Kindern und einem Enkel, kein Teenager, der bei jedem gut aussehenden Kerl, der ihr über den Weg lief, knallrot anlief.

Sie trocknete sich die Hände ab und zückte ihren Block. »Möchten Sie etwas trinken, Sir?«

Er betrachtete ihre Kellnerinnenuniform. »Sind Sie nicht die Besitzerin?«

Das wusste jeder in der Stadt. »Eines meiner Mädchen hat sich krank gemeldet, also müssen Sie mit mir vorlieb nehmen. Was darf's denn sein?«

»Ich denke, ich nehme ein Black Cow.«

»Ein was?«

»Vermutlich machen Sie die nicht mehr. Also stattdessen ein Heineken.«

Karen spürte einen Augenblick lang Ärger in sich aufsteigen. Er machte sich über sie lustig, weil sie keine Bar hatte, die neumodische Drinks mixte. Doch als sie seinen Tisch verließ, fiel ihr ein, was er bestellt hatte – ein Black Cow: Rootbier mit Vanilleeis. Sie hatte den Namen seit Jahren nicht mehr gehört. Nicht mehr seit ihrer Schulzeit, als sie bei Lincoln Dairy gejobbt hatte.

Karen holte sein Bier und ging an den Tisch zurück. Sie fühlte sich jetzt ein wenig unwohl in ihrer Haut. Während sie seine Bestellung aufnahm, betrachtete sie sein Gesicht genau. Ein gutes Gesicht: offen und angenehm, mit schmalen, leicht geschwungenen Lippen, einem ausgeprägten Kinn mit einer Kerbe, dichtem braunen Haar und diesen sternenfunkelnden blauen Augen.

Mein Gott, ich kenne dieses Gesicht, sagte sie sich. Und

diesen Blick. Jedes Mal, wenn ihre Augen sich trafen, konnte sie spüren, dass etwas zwischen ihnen geschah, etwas, das über das normale Verhältnis zwischen Gast und Kellnerin hinausging.

Sie kehrte in die Küche zurück und beobachtete den Mann durch das kleine Fenster in der Schwingtür. Sie merkte ihm an, dass er sie kannte, obwohl sie ihn nirgendwo einordnen konnte. Und er schien sein Verwirrspiel zu genießen. Er sah aus, als sei er zwischen 30 und 40 Jahre alt. Vielleicht war er der Sohn eines Freundes, eines Mannes, den sie seit ihrer Kindheit nicht gesehen hatte. Sie rief Freddie zu sich. »Kennst du den Kerl an Tisch sieben?«

Freddie spähte durch das Fenster. »Nie gesehen. Warum, macht er Ärger oder so was?«

»Nein, er kommt mir nur bekannt vor.«

»Warum fragst du ihn nicht einfach?«

Sie nickte und erforschte ihr Gedächtnis einige Augenblicke lang nach einer Verbindung, beobachtete ihn, wie er sich umsah, als suche er nach bekannten Gesichtern. Die Art, wie er seinen Kopf bewegte und sich mit der Hand durch die Haare strich, die Linie seines Kinns. Und diese Augen. *Diese Augen.*

Großer Gott. Es machte sie noch wahnsinnig. Vielleicht hatte sie ihn in einem Kinofilm oder im Fernsehen gesehen. Doch was hätte so jemand in der Casa Loma zu suchen? Es war ein nettes Familienlokal, aber nicht gerade das Ritz.

Sie starrte durch das Fenster und konzentrierte sich, so sehr sie konnte; sie spürte, wie es ihr fast einfallen wollte, wie ein Vogel, der von draußen aus der Dunkelheit hereinfliegt und sich, kurz bevor er landet, umdreht und wieder davonflattert.

Das ist doch lächerlich, sagte sie sich. Sie bediente andere Tische, versuchte, neutral auszusehen, beobachtete ihn jedoch weiter aus dem Augenwinkel. Als sein Essen fertig war, nahm sie ihren ganzen Mut zusammen und fragte ihn: »Ich möchte nicht unhöflich sein, aber kenne ich Sie nicht von irgendwoher?«

Der Mann lächelte schüchtern. »Könnte schon sein.«

»Sind Sie hier aus der Gegend?«

»Nicht mehr.« Wieder dieses neckische Lächeln. Er nippte an seinem Bier.

»Es ist nur, weil Sie mir bekannt vorkommen.«

»Na ja«, begann er, doch dann beschloss er offenbar, sein Spielchen weiterzuspielen, sie noch ein wenig zappeln zu lassen.

»Vermutlich nicht«, sagte sie kurz und wandte sich ab. Dabei dachte sie: *Zum Teufel damit!*

Wenn er jemand war, den sie kennen sollte, dann sollte er sich verdammt noch mal zu erkennen geben. Sie würde sich keinesfalls auf ein Spielchen mit irgendeinem Spinner einlassen, der den Laden ein bisschen aufmischen wollte, bevor er wieder aus der Stadt verschwand.

Karen brachte ihm sein Essen ohne ein weiteres Wort oder einen Blick. Sie stellte den Teller auf das Platzdeckchen vor ihn und drehte sich auf dem Absatz um, so cool und professionell sie konnte. Doch als sie sich entfernte, begann der Mann leise einen Refrain zu singen: *»Sometimes I wonder why I spend the lonely nights dreaming of a song. The melody haunts my reverie …«*

Karen tat so, als hörte sie ihn nicht, und eilte durch das Lokal in die Küche, ohne sich umzudrehen.

Freddie sah vom Herd zu ihr herüber. »Hey, alles in Ordnung? Du siehst aus, als hättest du gerade ein Gespenst gesehen.«

Karen lehnte sich gegen die Wand und starrte durch das Fenster. Die Augen. Der ganz leicht schiefe Mund. Die kleine Narbe im Winkel seiner linken Augenbraue.

»Das kann nicht sein«, sagte sie laut.

»Was kann nicht sein?«

Sie schüttelte den Kopf, um ihm zu bedeuten, dass es nichts weiter sei.

Dieses Lied. »Stardust.« Plötzlich war sie wieder in der Turnhalle der Alfred E. Burr Junior Highschool und tanzte zu Helen O'Connor und der Jimmy Dorsey Band. Es war ihr Lieblingslied. Sie hatte gesagt, dass seine Augen wie Sternenfunken aussahen – Stardust.

Unmöglich! Er ist zu jung. Zu jung!

»Macht dieser Typ dir Ärger?«

»Nein, verdammt noch mal!« Sie wusste nicht, warum sie aufbrauste, doch mit einem Mal fühlte sie sich aufgewühlt und desorientiert. Sie trat zur Hintertür hinaus, zündete sich eine Zigarette an und versuchte, ihre innere Ruhe wiederzufinden.

Der Parkplatz füllte sich. Die Bäume, die sich im Osten vor dem Himmel abhoben, hatten ihre Blätter verloren; die Äste bildeten vor dem Licht der Straßenlampen knorrige Muster. Als sie dorthin starrte, befand sie sich plötzlich auf einer hölzernen Hollywood-Schaukel in einem Garten in der Brown Street am südlichen Ende von Canton. Er saß neben ihr und lächelte dieses alberne, schiefe Lächeln. Diese Sternenaugen. Er redete vom College und davon, dass er eines Tages Wissenschaftler werden wollte, und im nächsten Augenblick küsste er sie.

Die Woge der Erinnerung überrollte sie so plötzlich, dass sie sich ganz schwach fühlte.

Sie ging wieder hinein und durchquerte die Küche. Freddie fragte sie etwas, doch sie winkte ab und schloss sich in der Personaltoilette ein. Drinnen kämmte sie ihr Haar und zog sich die Lippen nach. Das Gesicht im Spiegel wirkte bestenfalls fünf Jahre jünger, als es war. Und er sah aus wie ein junger Mann.

Er konnte es nicht sein. Aber warum zitterte sie dann

plötzlich, richtete ihr Gesicht her und gurgelte mit Mundwasser?

Das war doch verrückt!

Sie trat durch die Küchentür ins Lokal.

Er hatte seine Mahlzeit beendet, saß aber immer noch dort und sah sie an. Dieselben Augen. Dieselbe Kerbe im Kinn. Dieselbe Narbe. Sie verspürte eine merkwürdige Angst, weil das alles keinen Sinn ergab. Er sah halb so alt aus wie sie. Während sie noch nach den richtigen Worten suchte, bemerkte sie etwas in seiner Hand.

Dann wurde ihr klar, dass er nicht mehr lächelte. Und dass seine Augen riesig und rund geworden waren. Sein Mund öffnete sich, und ein Speichelfaden tropfte auf sein Hemd. Aus seiner Kehle drang ein tiefes, gurgelndes Stöhnen. Plötzlich begann sich seine Brust zu heben.

Karens erster Gedanke war, dass er zu ersticken drohte, dass er keine Luft mehr bekam, dass sie den Heimlich-Handgriff anwenden musste, denn sein Gesicht verlor schon jegliche Farbe.

Doch dann begann sein Körper zu zucken wie unter einem elektrischen Schock. Mit einer einzigen Bewegung seiner Hände fegte er das Geschirr zu Boden, und zugleich traten seine Füße wie in einem furchtbaren Reflex um sich. Doch was Karen aufschreien ließ, war die Art, wie sein Gesicht sich vor Qual anspannte und wie er den Kopf zurückwarf, als wolle er ihn von seinem Hals losreißen.

»Schnell, ruft einen Arzt!«

Mein Gott!, dachte sie. *Er hat einen Herzinfarkt.* Sie schrie einem ihrer Kellner zu, sofort einen Krankenwagen zu rufen.

Plötzlich war das ganze Lokal in Bewegung; Gäste riefen und sprangen auf, um zu helfen; ein Mann sagte, er sei Arzt.

Während Menschen um sie herumschwirrten und der Arzt versuchte, die Krawatte des Mannes zu lockern, stand

Karen wie erstarrt da. Etwas Merkwürdiges passierte mit dem Gesicht des Mannes.

Während er sich wand und den Kopf hin und her warf, hätte Karen schwören können, dass die Haut seines Gesichtes sich veränderte, sich verschob, dunkle Flecken bekam. Doch darüber hinaus schien sie sich zu bewegen, sich zu verbiegen, als löse sie sich von innen, als wäre es plötzlich zu viel Haut für seinen Schädel.

Zuerst konnte sie nicht glauben, was sie sah, zumal sie durch die Zuckungen und das Gurgeln in seiner Brust abgelenkt war. Dann bemerkte sie seine Hände. Auch an ihnen veränderte sich die Haut – verrunzelte und welkte, als löse sich das Fleisch darunter auf, verwandelte sich in durchsichtiges Pergament, durch das die Venen lange blaue Vs auf den Handrücken formten. Auch andere bemerkten dies, und ihre Stimmen wurden leiser, während sie dem Schauspiel zusahen. Dann begannen die Leute zu schreien und den Arzt zu drängen, etwas zu tun.

Doch das hier war kein Herzinfarkt, auch kein Schlaganfall oder ein Aneurysma oder irgendetwas anderes, das Karen sich vorstellen konnte. Und auch nichts, das irgendeiner der Umstehenden, die sich gegen sie pressten, kannte, der Arzt eingeschlossen. Vergebens hatte er die Krawatte des Mannes gelockert, in dem Wissen, dass er hier Zeuge von etwas wurde, das er noch nie gesehen hatte, etwas, auf das ihn seine medizinischen Lehrbücher nicht vorbereitet hatten, etwas, das nichts mit der normalen menschlichen Pathologie zu tun hatte. Welche Krankheit konnte den menschlichen Körper so schnell und mit solch brutaler Gewalt verfallen lassen? Kein Virus, kein Bakterium, keine Seuche, von der er je gehört hatte. Was auch immer diesen Mann ereilt hatte, hatte einen Blitzkrieg gegen die DNA in seinen Zellen geführt.

Während andere nach Luft schnappten und schrien, stand

Karen wie festgenagelt da. Ein Schrei steckte ihr in der Kehle, während sie beobachtete, wie der Mann vor ihren Augen ein halbes Jahrhundert alterte, wie er zugleich schwer wurde und zu einer aufgeblähten Mumie seines ehemaligen Selbst zusammenschrumpfte. Nur Minuten zuvor hatte dort ein großer, gut aussehender junger Mann gesessen. Jetzt war er in der Ecke der Nische zusammengesunken, die Schultern vornüber gebeugt, der Hals geschrumpft, die blicklosen, entzündeten Augen auf die Zuschauer gerichtet, der Mund umgeben von faltigem Fleisch, das zu einem stummen Schrei erstarrt war.

Dann drang ein langer, dünner Schrei aus Karens Lungen. Sie hatte seine verdorrte Klaue aufgebogen. Darin hatte er ein Schwarz-Weiß-Foto umklammert, das er ihr mitgebracht hatte, ein Foto, das sie nur zu gut kannte, ein wenig vergilbt und zerknittert zwar, doch nicht genug, um das Bild von ihnen beiden in Smoking und Abendkleid beim Schul-Abschlussball unkenntlich zu machen: »Stardust Night – 1948«.

Ein Duplikat davon klebte zu Hause in ihrem Fotoalbum, mit einer Widmung auf der Rückseite: *In Liebe auf immer, Dexter.*

3

BOSTON

13. Dezember 1986

Chris Bacon sah in den Rückspiegel und zupfte sich abwesend ein weißes Haar aus der Augenbraue. »Was würdest du sagen, wie alt du bist, wenn du es nicht wüsstest?«

»Ist das eine Art Fangfrage?«, wollte seine Frau Wendy wissen.

»Nein.«

»Na ja, an manchen Tagen fühle ich mich wie neunzig«, scherzte sie.

»Du weißt schon, was ich meine.«

»Ich weiß nicht, Schatz... Irgendwas über dreißig, vermute ich.« Heute war ihr 42. Geburtstag, doch sie sah mindestens zehn Jahre jünger aus. Sie war schlank und attraktiv, mit heller, glatter Haut, glänzendem kastanienbraunen Haar und großen, intelligenten Augen von fast derselben Farbe. Ihr voller, ausdrucksvoller Mund, die hohen Wangenknochen und das herzförmige Kinn verliehen ihr eine fast hoheitliche Ausstrahlung, die sie noch jugendlicher aussehen ließ. Außerdem machte es sich bemerkbar, dass Wendy gut auf sich achtete und regelmäßig joggte. »Warum?«

»Wie fändest du es, wenn du dich für den Rest deines Lebens wie knapp über dreißig fühlen könntest?«

»Ich denke, das käme darauf an, wie lange der Rest meines Lebens dauern würde.«

»Wie fändest du es, wenn du, sagen wir mal, noch hundert Jahre leben und dich dabei immer noch wie dreißig fühlen könntest?«

Etwas in Wendys Gesicht sagte ihm, dass ihr das Thema unbehaglich wurde. »Aber das ist nicht möglich.«

»Und wenn wir einmal annehmen, dass es doch möglich wäre?«

Wendy dachte einen Augenblick nach. Dann sagte sie: »Warum sollte ich noch hundert Jahre leben wollen?«

»Warum? Du meinst, du ziehst es vor, nur siebzig Jahre zu leben statt doppelt so lange?«

»Na ja, alle die ich kenne, wären längst tot. Ich wäre ein lebender Anachronismus. Was wäre das denn für ein Leben?«

»Und wie wäre es, wenn alle Menschen so alt werden könnten?«

»Wäre das nicht noch schlimmer? Bis zum Ende des Jahrhunderts würden zehn Milliarden Menschen auf der Erde leben.«

»Und wenn es nicht für alle möglich wäre? Nur für die Menschen, die du liebst?«

Wendy rutschte unruhig auf ihrem Sitz herum. »Chris, können wir bitte das Thema wechseln? Nichts von dem, was du beschreibst, kann passieren.«

»Liebling, nimm es doch einfach mal an, nur so zum Spaß. Wenn du die Möglichkeit hättest, sagen wir mal, fünfzig Jahre länger zu leben, ohne dabei zu altern, mit mir und deiner Schwester …«

»Und wie würdest du unseren Nachbarn erklären, warum sie altern und du nicht?«

»Wir würden einfach woanders hinziehen.«

Sie begann zu lachen. »Du meinst, alle zehn oder fünfzehn Jahre, wenn alle um uns herum alt und grau werden, packen wir einfach unsere Sachen und ziehen in eine andere Stadt?«

»So etwas in der Art.«

»Dann müssten wir ja wie Flüchtlinge leben.«

»Und wenn wir ins Haus deiner Familie in den Adirondacks-Bergen ziehen würden?«

»Du meinst, wir sollten uns die letzten achtzig Jahre unseres Lebens in den Wäldern verstecken? Dann würde ich, ehrlich gesagt, lieber jung sterben.«

Sie waren unterwegs zum Logan-Flughafen, um Wendys Schwester Jenny und ihr neugeborenes Baby abzuholen, die übers Wochenende zu Besuch kommen wollten. Und Chris feierte zusammen mit Wendys Geburtstag insgeheim auch den Geburtstag einer Maus.

Nicht Mickymaus. Das war vor zwei Jahren gewesen, und Wendy hatte damals geschworen: nie wieder. Nein, dies hier war eine echte Labormaus. Obwohl *mus musculatus sexto-*

nis leicht mit anderen Labormäusen zu verwechseln war, handelte es sich um eine seltene Mutante mit der zweifelhaften Ehre, die kurzlebigste Maus auf Erden zu sein – nur elf Monate, verglichen mit den 23 Monaten der meisten anderen Mausarten. Im Laufe der vergangenen Jahre hatte Chris bei einem Züchter in Maine rund 500 dieser Mäuse gekauft. Von der ursprünglichen Lieferung hatten mehr als 60 Prozent die in ihrer DNA festgeschriebene Lebensuhr um den Faktor vier geschlagen. Und eine, ein schlankes Albinomännchen mit rosafarbenen Augen, hatte sie alle überlebt, hatte als Einziger die jahrelangen geheimen Experimente überstanden. Chris hatte ihn Methusalem getauft, weil er seine Lebenserwartung um den Faktor sechs vervielfacht hatte und heute seinen 66. Lebensmonat feierte.

Seine Rechnung war tatsächlich aufgegangen: Iwatis Blume wirkte!

Chris hatte sich an seinen Schwur gehalten. Sechs Jahre lang hatte nur eine einzige Person bei Darby von seiner Forschung erfahren. Sie hatten heimlich daran gearbeitet, nachts und an Wochenenden – hatten den Extrakt der Blüte isoliert, konzentriert und synthetisch erzeugt und dann damit experimentiert. Chris hatte sich dies erlauben können, weil er als Forschungsleiter vollkommene Freiheit im Labor hatte und seinen Verbrauch an Versuchstieren und Materialien auf andere Projekte umschreiben konnte. Niemand in der Firma, angefangen beim Top-Management bis ganz nach unten, hatte die geringste Ahnung, dass Chris neben seiner Arbeit an der Aprikosensubstanz mit dem Elixier der Tabukari-Blüte experimentierte. In den Augen Außenstehender war Dr. Christopher Bacon der ideale Angestellte: ein Mann, der sich ganz seiner Forschung, seiner Firma und seinen Mitmenschen widmete.

Wie bei dem Aprikosenwirkstoff war auch die Herstellung des Tabukari-Elixiers ein komplexer Prozess, doch anders als bei Veratox war der Ertrag hoch. Der aktive Bestandteil enthielt 46 Moleküle, darunter eine leicht abgewandelte molekulare Verbindung des Steroids Fluoxymesteron, ein Hormonstoff, den Chris noch nie in einer Pflanze gefunden hatte. Er nannte ihn *Tabulon.*

Chris experimentierte mit Tabulon nicht nur an Mäusen, sondern auch an Zellkulturen – mit verblüffenden Ergebnissen. Aus der medizinischen Literatur wusste er, dass normale, nicht von Krebs befallene Tierzellen sich zwischen Geburt und Tod nur eine bestimmte, genau festgelegte Anzahl von Malen reproduzieren. Bei Mäusen war es im Schnitt sechsmal, bei Hühnern 26-mal, bei Elefanten 110-mal. Bei Menschen etwa 50-mal. Vor vier Jahren hatte Chris in einer Petrischale eine sensationelle Entdeckung gemacht. Er hatte zwei verschiedene Kulturen aus Gehirnzellen von Mäusen angelegt. Die eine Kultur hatte er mit flüssigen Nährstoffen und einem ungiftigen blauen Farbstoff angereichert und bei Körpertemperatur angesetzt. Mit der zweiten Kultur verfuhr er ebenso, doch zusätzlich fügte er Tabulon hinzu. Nach fünf Tagen hatte die erste Kultur ihre vollen sechs Replikationen durchlaufen und war dann abgestorben. Unter dem Mikroskop war zu erkennen, dass die Zellwände brüchig geworden waren und die blaue Farbe hatten eindringen lassen. Die Zellkultur, die er mit Tabulon behandelt hatte, blieb hingegen klar und gesund wie am ersten Tag. Allem Anschein nach hatte Tabulon die biologische Uhr angehalten. Dieselben Zellen lebten und gediehen noch heute.

Irgendwie hatte Tabulon eine Art Schutzschild um die Testzellen errichtet. Chris verstand nicht, was genau auf der molekularen Ebene vor sich ging, und er wünschte, er könnte einen Genetiker hinzuziehen. Doch sechs Jahre und 300 Mäuse später wusste er, dass er der biologischen Unsterblichkeit so nahe gekommen war wie nur irgend möglich. Was als Suche nach der bestmöglichen Empfängnisverhütung für den Menschen begonnen hatte, hatte ironischerweise eine unsterbliche Maus zum Ergebnis. Und Darby hatte nicht die leiseste Ahnung. Und er würde es ihnen auch nicht sagen, bevor er nicht ein paar unangenehme Nebenwirkungen des Wirkstoffes beseitigt hatte.

Trotzdem war Chris unsicher. Was ihn beunruhigte, war das Ausmaß der Konsequenzen: Wenn Tabulon bei Menschen genauso wirkte, stand er an der Schwelle zum erstaunlichsten Durchbruch in der Medizingeschichte – einem Durchbruch, der die Grundlagen des menschlichen Lebens neu definieren würde.

»Du meinst, sie sterben nicht?«, fragte Wendy.

»Doch, irgendwann werden sie sterben, aber nicht an altersbedingten Krankheiten – Nierenversagen, Herz- oder Lebererkrankungen. Theoretisch könnten sie noch ein paar Lebensspannen so weitermachen.«

»Aber nur weil ein paar Mäuse ihre Lebenserwartung überschritten haben, heißt das noch lange nicht, dass du einen Jungbrunnen für die Menschheit entdeckt hast. Du bist Wissenschaftler, Chris. Du solltest es besser wissen, als dich wilden Spekulationen hinzugeben.«

»Und was ist mit Iwati?«

»Ich soll glauben, dass ein Buschmann in Papua-Neuguinea hundertdreiundzwanzig Jahre alt ist und nicht einen Tag älter aussieht als dreißig? Komm schon, Chris.«

»Und wenn es doch wahr ist?«

»Dann täte er mir Leid, denn dann wäre er gezwungen, noch lange zu leben, nachdem die Menschen, die er geliebt hat, alt geworden und gestorben sind. Er wäre eine Monstrosität, ganz allein mit seinem Geheimnis.«

Eine Monstrosität allein mit ihrem Geheimnis.

Der Satz bohrte sich wie ein Dorn in Chris' Kopf.

Vielleicht war das der Grund, weshalb Iwati in den Busch

zurückgekehrt war. Es war der einzige Ort, wo die Zeit stehen blieb, wo er 150 Jahre und länger leben konnte, ohne je den Druck der Veränderung zu spüren. In Port Moresby oder Sydney oder jeder anderen Stadt manifestierte sich die Zukunft in jedem Augenblick. Doch im Steinzeitalter des papuanischen Hochlandes hatte er ewiges Leben und einen gehobenen Status gefunden. Er war der Heiler der Tifalmin, verteilte Salben für dieses oder jenes Leiden, während er das ultimative Heilmittel für sich behielt – jenes Tabu, das er nur mit seinen Nachkommen teilen würde. Das höchste Vermächtnis seines Vaters an seinen erstgeborenen Sohn.

»Chris, der Tod macht unsere Menschlichkeit aus«, sagte Wendy. »Ich möchte nur lange genug leben, um alt zu werden.«

Sie fuhren aus dem Callahan-Tunnel heraus, fädelten sich in den Verkehr ein und bogen nach rechts in die Einfahrt zum Logan-Flughafen ein.

»Wendy, die meisten Menschen in diesen Autos werden in dreißig Jahren nicht mehr da sein. Sie würden morden, um ihre Lebensspanne zu verdoppeln oder zu verdreifachen. Du bist Englischlehrerin. Stell dir mal vor, was Shakespeare hätte schaffen können, wenn er noch fünfzig Jahre gelebt hätte. Oder Michelangelo oder da Vinci oder Einstein. Bei dem Gedanken wird einem ganz schwindlig. Denk doch nur, wie viel mehr du schreiben könntest, wie viel mehr Leben du genießen könntest.«

»›Der Tod ist die Mutter der Schönheit‹«, zitierte sie. Ihre Stimme klang jetzt flach. Sie hatte ihre Versuche, auf ihn einzugehen, eingestellt.

»Vielleicht, bloß dass Wallace Stevens keine Alternative gesehen hat.«

»Chris, es gibt einen Grund dafür, dass wir sterben. Du pfuschst der Natur ins Handwerk, du hast es mit Prozessen zu tun, die in Milliarden von Jahren gewachsen sind. Und das ist gefährlich. Hast du dir im Übrigen Gedanken über die sozialen Probleme gemacht, wenn das Zeug tatsächlich bei Menschen funktionieren sollte – zum Beispiel darüber, wer es sich leisten könnte? Oder über die Bevölkerungsexplosion? Oder darüber, was passiert, wenn der Stoff Kriminellen oder einem Hitler in die Hände fallen sollte? Das Gute am Tod ist, dass er auch die Bösen erwischt.«

Chris winkte ab. »Gegen all das könnte man Vorsichtsmaßnahmen treffen. Es geht doch darum, dass ich gern am Leben bin. Ich mag die Augenblicke meines Lebens. Und in dreißig Jahren werde ich für immer tot sein. Weißt du, was *für immer* bedeutet? Es bedeutet, nie wieder ein Bewusstsein zu haben. Es bedeutet, nie wieder am nächsten Morgen aufzuwachen und die Welt zu sehen, zu denken, Farben und Töne wahrzunehmen. Es bedeutet, dich nie wieder zu sehen, und das macht mich krank.«

»Du hast noch mindestens vierzig Jahre vor dir, vielleicht sogar fünfzig, so gut wie du auf dich achtest.«

Es stimmte, dass er sich gesund ernährte und regelmäßig Sport trieb. Er lief jeden Morgen vor der Arbeit drei Meilen. Und das hatte er seit seinen Studientagen in Yale so gehalten, als er in der Ringermannschaft gekämpft hatte. Mit 42 Jahren hatte er immer noch volles, sandfarbenes Haar und sah zehn Jahre jünger aus – wie ein junger Nick Nolte, hatte Wendy einmal bemerkt. Doch sein athletisches gutes Aussehen würde eher früher als später verschwinden, und im Augenblick lehnte er es ab, sich beschwichtigen zu lassen.

Als sie durch die Zahlschranke fuhren, fragte Chris: »Was wäre, wenn Ricky hätte gerettet werden können?«

Sofort wurde Wendys Stimme hart. »Das wurde er aber nicht.«

»Nein, aber wenn es möglich gewesen wäre, würdest du ganz anders darüber denken, nicht wahr?«

»Aber so war es nicht. Und ich möchte nicht mehr darüber reden.« Ihre Stimme klang brüchig.

In angespanntem Schweigen fuhren sie weiter. Chris hatte wieder diese furchtbare schwarze Büchse getroffen. Er hatte es nicht gewollt, doch er hatte sich nicht zurückhalten können. Er musste es wissen. Und während er auf das Flughafengebäude fuhr und seine Frau versuchte, ihre Fassung zurückzugewinnen, dachte er daran, dass er die Lebensspanne einer verdammten Maus vervielfacht hatte, seinen eigenen Sohn aber nicht einen Tag vor dem Tod hatte bewahren können.

Micky. Die andere Maus, und Rickys Lieblingstier.

Micky war an dem Tag, als er starb, bei ihm gewesen, ebenso wie Chris und Wendy, die zu beiden Seiten seines Bettes im Kinderkrankenhaus von Boston gesessen hatten. Jeder von ihnen hatte eine seiner Hände gehalten. So war Ricky von ihnen gegangen. Zwei Jahre lang hatten sie alles versucht, unter anderem eine Knochenmarkstransplantation von Chris und reihenweise experimentelle Medikamente. Dies war der Grund gewesen, weshalb Chris wie besessen an Veratox gearbeitet hatte, in der Hoffnung, die Substanz künstlich erzeugen zu können, einen Durchbruch zu erzielen, der den Segen der FDA erhalten und das Leben seines Sohnes retten würde, ehe die Krebszellen die Oberhand gewannen.

Dies war der Grund gewesen, weshalb Chris weiter an Tabulon geforscht hatte. Doch die Zeit war zu knapp gewesen. Ricky war im statistisch gesehen besten Alter gestorben, dem Alter, in dem landesweit die wenigsten Menschen sterben. Dem Alter, in dem die Wahrscheinlichkeit, einen weiteren Tag zu erleben, höher ist als zu jedem anderen Zeitpunkt im menschlichen Leben: fünf Jahre und acht Monate. Aufgefressen von Kannibalen – winzig klein und unsterblich.

Als klar war, dass es keine Hoffnung mehr gab, nur noch ein Leben in einem Stadium fortdauernden Verfalls, hatten sie darum gebeten, das Beatmungsgerät abzuschalten, damit Ricky in Ruhe sterben konnte. Es hatte noch nicht einmal zwei Stunden gedauert. Als er starb, hatte er ebenso wenig Haare wie bei seiner Geburt. Doch anders als sein Babyhaar waren diese Haare schütter und sahen abgestorben aus, seine Kopfhaut war schuppig, sein Gesicht ausgezehrt, seine Augen eingesunken und zu Schlitzen geöffnet, aus denen er leer hervorblickte. Der Krebs hatte seinen kleinen Körper verschlungen, hatte ihn zu einem runzligen, vogelgesichtigen alten Mann gemacht. Sie wussten nicht, ob er am Ende noch spürte, dass sie bei ihm waren, doch Wendy hörte nicht auf, ihm ins Ohr zu flüstern, dass die Engel im Himmel sich gut um ihn kümmern würden.

Drei Jahre später war der Schmerz immer noch lebendig, doch sie hatten eine harte Schale darum wachsen lassen. Beide durchlebten sie Phasen des Zornes – auf das Universum, auf den Tod, der ihnen ihr Baby genommen hatte. Und auf Gott. Wendy, die katholisch erzogen worden war, konnte Ihm nicht vergeben. Nach zwei Fehlgeburten und Rickys Tod hatte Er jeglichen Wunsch in ihr abgetötet, noch ein Kind zu bekommen.

Während er über das Flughafengelände fuhr, dachte Chris über Ricky und Wendy und Methusalem nach.

Er dachte an das Kinderzimmer mit der Cowboytapete und den Pokal der Zwergenliga, den Ricky gewonnen hatte, und an die Fotos aus dem Kindergarten auf seiner Kommode, auf denen Rickys engelsgleiches Gesicht in die Kamera strahlte. Daran, wie Wendy es wochenlang nicht über sich gebracht hatte, dieses Zimmer zu betreten. Wie sie das ganze Zimmer in einem Wutanfall auseinander genommen, die Dinge, von denen sie sich nicht trennen wollte, in Kisten verpackt, Kleidung an Wohltätigkeitsorganisationen gespendet und sämtliche Erinnerungsstücke an den Sohn, der nie erwachsen werden würde, von den Wänden gerissen hatte.

Er dachte an seinen Vater in einem Pflegeheim in Connecticut, von Arthritis und Alzheimer gezeichnet, verdorrt. Dachte daran, dass dieses grausame Schicksal auch in seinen eigenen Genen festgeschrieben sein könnte.

Dachte an Methusalem, der so voller Leben war – der fraß, trank, in seinem Rad lief und durch sein Labyrinth rannte wie Mighty Mouse, ein perpetuum mobile.

Dachte daran, dass er die Schlüssel zum Königreich besaß.

»Wann wirst du es ihnen sagen?«, fragte Wendy. »Ich meine, du bastelst doch jetzt schon sechs Jahre im Labor daran herum.«

»Ich weiß nicht, ob ich es ihnen überhaupt sagen werde.«

»Warum nicht?«

»Es macht mir höllische Angst.«

Sechs Jahre genialen Betrugs wären genug, um ihn zu feuern, ihn anzuzeigen und ihn in der ganzen Branche anzuschwärzen. Doch es war nicht die Vorstellung, überführt zu werden, die ihn mit Furcht erfüllte, sondern der Gedanke, dass der Geist, wenn er erst einmal aus der Flasche gelassen war, nicht wieder eingefangen werden konnte.

Und hinter dieser Angst steckte Quentin Cross. Obwohl Quentin nächstes Jahr Ross Darby ablösen würde, traute Chris ihm nicht. Er ging dumme Risiken ein und trickste mit den FDA-Bestimmungen herum. Es war seine Idee gewesen, Veratox in Mexiko an Menschen zu testen und damit die Bestimmungen in den USA zu umgehen. Quentin hatte damit nicht gegen das Gesetz verstoßen, lediglich gegen die ethische Praxis. Und das beunruhigte Chris. Er konnte nicht vorhersagen, was Quentin mit Tabulon tun würde.

Das andere Problem waren die Tests an Menschen. Selbst

wenn der Stoff auch bei höheren Gattungen wirkte, so lebte ein durchschnittlicher Rhesusaffe doch 25 Jahre. Chris wäre ein alter Mann, bis er schlüssige Ergebnisse auf der nächsten Testebene hätte. Dazu fehlten ihm nicht nur die Mittel – finanzielle und sonstige –, er hatte auch nicht genug Zeit. *Schöne Ironie*, dachte er. *Nicht genug Zeit, um festzustellen, ob du für immer leben könntest!*

Schlimmer noch, er war jetzt auf sich allein gestellt. Sein einziger Mitarbeiter, ein vertrauenswürdiger, begabter Mikrobiologe, war vor wenigen Monaten nach einem leichten Herzinfarkt in den Ruhestand getreten. Er hatte gesagt, er wolle verlorene Zeit aufholen, solange ihm noch Zeit bleibe.

Sie erreichten das Terminal von United Airlines, wo Jenny mit ihrem Gepäck und ihrer kleinen Tochter auf sie wartete. Taxis und andere Autos fuhren kreuz und quer durch die Gegend. Als Chris am Bordstein hielt, fragte er sich, was sein einziger Vertrauter bei Darby wohl im Ruhestand machte. Er war immer ein nostalgischer Typ gewesen, also war er vermutlich zurück nach Canton, Ohio, gegangen und amüsierte sich mit seiner Jugendliebe.

Mein Gott, er vermisste Dexter Quinn richtig!

4

»Oh, sieh nur, da sind Tante Wendy und Onkel Chris«, gurrte Jenny dem Baby in ihren Armen zu.

Es war das erste Mal, dass sie Abigail sahen, die inzwischen vier Monate alt war. Wie üblich war Jenny bester Laune, obwohl Turbulenzen das Baby die ganze Strecke von Kalamazoo bis hierher wach gehalten hatten. Jenny war genau das, was Wendy jetzt brauchte, um ihre Stimmung zu heben. Seit Chris rund um die Uhr arbeitete, hatte sie sich einsam gefühlt und sich gelangweilt. Allerdings konnte sie nicht sagen, wie es sich anfühlen würde, wieder ein Baby im Haus zu haben.

Es herrschte nicht viel Verkehr, sodass sie nur eine halbe Stunde zurück nach Carleton brauchten. Chris und Wendy lebten in einem Haus im Kolonialstil mit acht Zimmern und einem weitläufigen Vorgarten, der jetzt unter einer Schneedecke lag. Das Innere war weihnachtlich dekoriert, und Jenny war ganz begeistert darüber, wie festlich das Haus wirkte. Chris trug ihr Gepäck ins Gästezimmer hinauf. Als Jenny außer Hörweite war, sagte er zu Wendy, er müsse noch einmal ins Labor zurück.

»Zurück ins Labor! Sie sind doch gerade erst angekommen«, erwiderte Wendy. »Ich dachte, wir würden uns einen netten, entspannten Abend machen.« Im Wohnzimmer prasselte ein Feuer im Kamin neben dem Weihnachtsbaum, und sie hatte guten Wein, Käse und Paté gekauft.

»Liebling, es tut mir Leid, aber es hat sich etwas Wichtiges ergeben. Ich muss wirklich zurück.«

Chris' Augen hatten verschiedene Farben – eines war braun, das andere grün. Jemand hatte ihm einmal gesagt, dadurch sehe er aus, als habe er zwei verschiedene, übereinander liegende Gesichter. Jetzt schienen die beiden Hälften vor innerer Unruhe auseinander zu streben. Chris hatte in letzter Zeit häufig so ausgesehen, etwas, das Wendy ihm inzwischen übel nahm.

»Kann das nicht warten? Du hast Jenny seit Jahren nicht gesehen. Außerdem ist heute mein Geburtstag, falls du das vergessen haben solltest.«

Das hatte er tatsächlich. »Verdammt, es tut mir Leid. Das war mir völlig entfallen, wirklich.«

Doch das war Wendy egal. Ebenso wenig interessierte es sie, was für wichtige Entwicklungen es im Labor gab. Manchmal wünschte sie, das Labor würde in die Luft fliegen, weil es ihn so sehr in Anspruch nahm. Und wofür? Für die törichte Illusion, er könne den Lauf der menschlichen Biologie verändern. Sie packte seinen Arm. »Chris, ich will nicht, dass du gehst.« Ihre Stimme begann zu zittern. Sie hatte sich ein nettes, gemütliches Wiedersehen am Kaminfeuer vorgestellt. Sie drei und das Baby. »Bitte.«

Chris streifte seine Handschuhe über. »Liebling, ich kann nicht. Es tut mir Leid, aber ich muss weg. Quentin sitzt mir im Nacken, einen höheren Ertrag zu erzielen.«

»Darum geht es doch gar nicht wirklich.«

Doch Wendy verstummte, weil Jenny mit dem Baby im Arm ins Wohnzimmer trat. Sie spürte sofort die Spannung zwischen den beiden und begann wieder davon zu schwärmen, wie hübsch das Zimmer doch aussehe. Dann rückte sie die Sofakissen und den Weihnachtsnippes auf dem Tisch zurecht. So war Jenny: Sie hatte ein übertriebenes Ordnungsbedürfnis – in emotionaler und anderer Hinsicht. Sie vermied Konflikte um jeden Preis, selbst wenn das bedeutete, dass sie Schmerz und Wut durch Lächeln und endloses Geplauder überspielen musste. Diese Obsession hatte einen entscheidenden Haken: Man wusste nie, wenn etwas sie wirklich belastete.

Chris wandte sich an Jenny: »Bitte nimm es mir nicht übel, aber ich muss unbedingt ins Labor zurück. Wir haben gerade eine Testreihe laufen, bei der es auf das richtige Timing ankommt, und mein Assistent liegt mit Grippe im Bett. Ich weiß, dass es ein ungünstiger Zeitpunkt ist.«

Wenn Jenny beleidigt war, so zeigte sie es nicht. Mit freundlicher Stimme sagte sie: »Gar kein Problem. Geh du nur und kümmere dich um deine Tests. Wir sind schließlich bis Sonntag hier. Du wirst uns noch genug zu sehen kriegen. Außerdem wirst du die Welt vom Krebs erlösen, stimmt's?«

»Das hoffen wir.«

Mistkerl!, dachte Wendy. Die Aprikosensubstanz war nur

ein Vorwand. Es war diese verdammte Blume aus Neuguinea, zu der er zurückrannte.

»Das ist viel wichtiger, als hier herumzusitzen und sich den Bauch voll zu schlagen«, fuhr Jenny fort. »Außerdem haben deine Frau und ich uns eine Menge unter Schwestern zu erzählen.«

»Jenny, wirklich, es tut mir Leid. Ehrlich. Und auch für Abby.« Er umarmte sie und küsste das Baby auf den Kopf.

Dann drehte er sich um und gab Wendy einen Kuss auf die Stirn. »Happy Birthday«, flüsterte er. »Es tut mir Leid.«

Wendy sah in seine unmöglichen Augen und nickte, doch sie sagte nichts.

»Na los, mach dich auf den Weg. Du vergeudest kostbare Zeit«, rief Jenny. »Und sie zieht es vor, Abigail genannt zu werden.«

Jenny hatte es auf ihre diplomatische Art geschafft, ihn davonkommen zu lassen.

Nach dem zweiten Glas Wein fühlte Wendy sich besser, obwohl sie noch immer enttäuscht und ein wenig verletzt war, weil Chris sie an ihrem Geburtstag im Stich gelassen hatte. Kein anderes Projekt im Labor hatte ihn je so sehr in Anspruch genommen. Oder ihm eine solche Befriedigung verschafft. Und das beunruhigte sie noch mehr als seine Abwesenheit. Es war, als habe er eine Affäre mit einer finsteren Halbschwester von Mutter Natur.

Als es Zeit war, das Baby schlafen zu legen, führte Wendy die beiden hinauf. In Jennys Gegenwart war sie sich immer ein wenig unsicher wegen ihres Hauses. Es wirkte so »bewohnt«, wohingegen es bei Jenny stets so peinlich aufgeräumt war, dass es fast einem Sakrileg gleichkam, die Möbel tatsächlich zu benutzen. Sobald sie das Gästezimmer betraten, begann Jenny automatisch, Bilder gerade zu rücken und die Gegenstände auf dem Tisch zu ordnen. Es war bei ihr mehr als nur ein ästhetischer Reflex. Jenny fühlte sich regelrecht belästigt, wenn Dinge in Unordnung waren. Schon als Kind hatte sie eine ausgeprägte Ordnungsliebe an den Tag gelegt. Sie hatte Stunden damit zugebracht, die Sachen in ihrem Zimmer zu sortieren: Puppen, Bücher, Spielsachen. Eines Tages, als Jenny nichts zu tun hatte, ertappte Wendy sie an ihrem Schreibtisch, wie sie die unzähligen Muscheln, die sie über die Jahre gesammelt hatten, der Größe nach zu einer vollkommenen Spirale legte – von den kleinsten in der Mitte zu den größten ganz außen.

Auf dem Weg zum Gästezimmer zeigte Wendy ihrer Schwester das Arbeitszimmer, das sie sich in einem bis dahin unbenutzten Raum eingerichtet hatte. Neben dem neuen IBM-Computer und dem Drucker lag das fast fertige Manuskript eines Kriminalromans, an dem sie schrieb. Es war ihr Traum, sich durch das Schreiben aus der Englischabteilung der Highschool von Carleton zu lösen, wo sie seit 18 Jahren arbeitete. Sie fühlte sich ausgebrannt und war es leid, Kinder zu unterrichten.

»›*Müde bin ich…*‹ Guter Titel«, kommentierte Jenny, während sie das Manuskript durchblätterte.

Es sollte der erste Roman einer Trilogie sein, mit einer temperamentvollen forensischen Psychologin im Mittelpunkt. Wendy hatte sich noch nicht die Handlung der Fortsetzungen ausgedacht, doch sie wusste schon die Titel: *»…geh' zur Ruh«* und *»Schließe meine Augen zu«*.

»Ich bewundere dich, Wendy. Ich könnte noch nicht mal dann eine Geschichte erfinden, wenn mir jemand eine Pistole an die Brust setzen würde.«

Wendy lachte. »Solche Tage kenne ich auch.«

Sie sah zu, wie Jenny das Manuskript durchblätterte. Es war über ein Jahr her, seit sie sich das letzte Mal gesehen hatten. Jenny hatte durch ihre Schwangerschaft zugenommen. Allerdings hatte sie stets eine Neigung zur Fülle gehabt, anders als Wendy, die immer noch schlank war. Jenny mied die Sonne, daher war ihre Haut bemerkenswert hell, wie Sahne. Von ihrer Mutter hatte sie die tiefbraunen Augen und die dunklen Haare geerbt, die sie kinnlang mit Pony trug. Mit ihrem strahlenden, runden Gesicht und dem grün-rot karierten Pullover sah sie aus wie ein Bauernmädchen in einem Weihnachtssingspiel.

Ihr Blick blieb an einer Textstelle im Manuskript hängen. »Ceren Evadas! Das hast du mit reingenommen!«

»Es stimmt eben, dass man über das schreibt, was man gut kennt.«

Als sie klein waren, hatte Wendy sich für Jenny Gutenachtgeschichten ausgedacht. Auf diese Weise hatte sie ihre Position als überlegene ältere Schwester gefestigt und zugleich ihr Talent fürs Geschichtenerzählen entwickelt. Eine der Geschichten handelte von zwei Mädchen, die sich ein Geheimversteck ausdachten, um Monstern zu entkommen. Sie nannten es »Ceren Evadas« – ein Anagram für Andreas Cave, eine Höhle in der Nähe ihres Sommerhauses am Black Eagle Lake in den Adirondacks. Wann immer sie den Drang dazu verspürten, flüsterten sie »Ceren Evadas« und flüchteten sich in Gedanken in ihre Höhle. Gegen Ende von Wendys Roman suchte die Heldin in einem solchen Kindheitsversteck Zuflucht vor den Bösen.

»Es muss Spaß machen, Geschichten, Personen und Situationen zu erfinden. Du hast die totale Kontrolle – als würdest du Gott spielen.«

Und es gewinnen immer die Guten, nicht die Bösen, dachte Wendy. *Und Kinder sterben nicht an Krebs.*

»Zu dumm, dass es im wirklichen Leben nicht so ist.« Jennys Gesicht verdüsterte sich, und sie legte die Seite weg.

»Ist alles in Ordnung mit dir?«, fragte Wendy.

»Aber natürlich, mir geht es fantastisch. Oh, sieh nur diese Fotos.« Etwas bedrückte sie ganz offensichtlich.

Jenny trat vor eine kleine Ansammlung von alten Familienfotos und nahm ein Bild von Sam in die Hand, dem Vater von Chris. Er stand neben Dwight Eisenhower. »Wie geht es ihm inzwischen?«

Wendy schüttelte traurig den Kopf. »Immer schlechter.«

Samuel Adam Bacon, einst amerikanischer Botschafter in Australien, Geschichtsprofessor am Trinity College und ein großer Erzähler, verbrachte seinen Lebensabend in einem Pflegeheim in West Hartford, Connecticut. Vor zwei Jahren hatte man bei ihm Alzheimer diagnostiziert. Sein Verstand, der einst so klar und stark gewesen war, der mit dazu beigetragen hatte, wichtige Handelsverträge zwischen den USA und den pazifischen Nationen zu entwerfen, taumelte jetzt Stufe für Stufe hinab ins Nichts.

»Es ist eine solche Schande. Wie wird Chris damit fertig?«

»So gut, wie man es erwarten kann. Sam ist schließlich erst vierundsechzig.« Wendy erwähnte nicht, dass sich bei Chris der Kummer mit der Angst mischte, ihm stünde dasselbe Schicksal bevor. Jedes Mal, wenn er einen Namen vergaß oder seine Schlüssel verlegt hatte, war er davon überzeugt, dass auch er sein Gedächtnis verlor.

Sie erreichten das Gästezimmer – einst Rickys Zimmer. Chris hatte das alte Babybett aus dem Versteck im Keller geholt, hatte es wieder zusammengebaut und für Abigail nach oben getragen. Wendy schaute zu, wie Jenny das Baby wickelte und es schlafen legte. Abigails Haare waren weich wie Seide, und sie hatte große, runde, fragende blaue Augen.

Wendy ergriff einen von Abigails nackten Füßen und lachte leise. »Ihre Zehen sind so klein wie Maiskörner«, sagte sie und ließ ihre Gedanken dabei über all die Möglichkeiten wandern.

Jenny schien ihre Gedanken zu lesen. »Warum bekommst du nicht auch noch ein Baby?«

»Weil ich nicht glaube, dass ich bereit bin für ein neues

Kind. Ich bin mir noch nicht einmal sicher, ob ich überhaupt noch eines möchte.«

»Wendy, es ist jetzt drei Jahre her. Es ist Zeit, weiterzumachen. Zeit, neu anzufangen. Chris wäre liebend gern wieder Vater.«

Das stimmte. Als Jenny schwanger geworden war, hatte er vorgeschlagen, dass sie es auch noch einmal versuchen sollten. »Aber ich bin zweiundvierzig, weißt du.«

»Das ist nicht zu alt. Eine Frau in unserer Straße hat gerade mit fünfundvierzig ihr erstes Kind gekriegt. Sieh doch nur, was dir entgeht. Abigail ist das Beste, was mir je passiert ist.«

Jenny hatte natürlich nicht immer so über Kinder gedacht, denn ihre erste Tochter, Kelly, die inzwischen 15 war, hatte Probleme gehabt, seit ihr Vater gestorben war, als sie fünf Jahre alt gewesen war. Mit sieben Jahren hatte sie therapeutische Hilfe gebraucht. Heute war sie wegen Depressionen und Drogenmissbrauchs in Behandlung. Abigail war für Jenny ein Neuanfang, obwohl sie jahrelang erklärt hatte, dass sie nie wieder ein Kind wollte. »Sie werden groß und brechen dir das Herz«, hatte sie immer gesagt. Dann war sie ungeplant schwanger geworden und hätte abtreiben lassen, wenn nicht ihr zweiter Mann, Ted, heftig protestiert hätte. Neun Monate lang war sie praktisch vor Angst gelähmt gewesen. Dann wurde Abigail geboren, und etwas in ihr hatte Klick gemacht, sodass Jenny ihre neue Mutterschaft mit purer Freude annahm.

Das Baby seufzte leise, als es einschlief. Dann, als sie schweigend über dem Bettchen standen und das Kind betrachteten, sagte Jenny mit kaum hörbarer Stimme: »Kelly hat versucht, sich umzubringen.«

»Was?«

»Sie hat versucht, Selbstmord zu begehen.«

»Oh Gott, nein.«

»Sie hat eine Überdosis genommen. Aber jetzt ist sie in einem guten Krankenhaus, mit einer eigenen Abteilung für Jugendliche. Es ist sauber, und das Personal ist sehr professionell.« Tränen strömten ihr übers Gesicht. »Wir reden offen miteinander. Und ich vermute, das ist gut so...« Plötzlich schlug ihre Stimmung um. »Wendy, sie hasst mich. Sie sagt, ich hätte sie verrückt gemacht. Sie sagt, sie wird einmal genauso werden wie ich, von Pillen abhängig sein und dauernd versuchen, nicht den Verstand zu verlieren.« Sie lachte freudlos. »Der Apfel fällt nicht weit vom Stamm. Sie hat meine verrückten Gene abgekriegt. Jede Familie hat einen Wahnsinnigen, und ich vermute, bei uns bin ich das.«

»Jenny, das ist doch lächerlich! Du bist nicht wahnsinnig, um Gottes willen.«

»Manchmal fühle ich mich aber so. Wirklich.«

»Das tun wir doch alle manchmal. Das ist nur menschlich. Aber du bist nicht verrückt, und du hast auch Kelly nicht verrückt gemacht.«

»Trotzdem ist etwas schief gelaufen. Ich habe die Kontrolle verloren. Sie ist in einer Anstalt, und ich kann nicht zu ihr durchdringen. Etwas ist schief gelaufen. Ich habe nicht gut genug auf sie aufgepasst.«

»Hör auf, dir Vorwürfe zu machen. Jim ist gestorben und hat dich mit einem kleinen Kind allein gelassen.«

»Andere allein stehende Mütter kommen doch auch zurecht. Ich habe die Kontrolle verloren. Ich hätte besser auf sie aufpassen müssen. Ich bin Krankenschwester, zum Teufel noch mal.« Sie holte tief Luft und steckte die Decke um das Baby fester. »Aber bei ihr wird alles anders werden. Sie gibt mir die Kraft, weiterzumachen. Das tut sie wirklich.«

Wendy umarmte Jennifer. »Das weiß ich, und ich danke Gott dafür, dass du sie hast.«

»Und deshalb denke ich, dass du auch noch ein Kind bekommen solltest.«

»Da bist du ja geschickt wieder zum Thema zurückgekommen«, lachte Wendy.

Doch Jenny reagierte anders, als sie erwartet hatte. Als spreche sie mit sich selbst, murmelte sie: »Natürlich liegen noch die ›furchtbaren Zwei‹ vor uns, dann die ›schrecklichen Drei‹ und die ›heftigen Vier‹. Ehrlich gesagt, glaube ich, dass fünf das beste Alter ist. Da bist du noch das Zentrum ihres Universums, und sie sind noch nicht alt genug, um von anderen beeinflusst zu werden oder dich zurückzuweisen. Das ist das Alter, in dem man am besten mit ihnen zurechtkommt, findest du nicht?«

Mein Gott!, dachte Wendy. *Hat sie vergessen, wie alt Ricky war, als er gestorben ist?* Doch sie antwortete nur: »Ja.«

Noch immer wie halb in Trance schaute Jenny auf ihre Tochter hinab. »Ich wünschte, es könnte für immer so bleiben.« Dann war sie mit einem Mal wieder bei sich. »Meine Güte, was ist nur los mit mir?«

Wendy sagte nichts, doch sie vermutete, dass Jenny einen ihrer Aussetzer gehabt hatte.

In ihrer Kindheit hatten die Ärzte bei ihr eine leichte Schizophrenie festgestellt, weil sie sich manchmal ganz in sich selbst zurückzog und sich ihres Verhaltens nicht mehr bewusst war. Medikamente hatten geholfen, und die Zeit auch. Als sie erwachsen wurde, hatte sich ihr Zustand stabilisiert, obwohl sie immer noch gelegentliche Anfälle hatte.

Doch weil sie ihre kleine Schwester schonen wollte, erwähnte Wendy das jetzt nicht. »Selbst wenn ich schwanger werden wollte«, fuhr sie fort, »ist Chris nie lange genug zu Hause, um zur Sache zu kommen.«

»Sogar Top-Wissenschaftler müssen manchmal ins Bett gehen.« Jenny nahm Wendys Arm und ging zur Tür. »Du musst Verständnis für ihn haben. Er ist brillant, und eines Tages wird er den Nobelpreis für sein Krebsmittel bekommen.«

Weil alles ein so großes Geheimnis war, konnte Wendy ihr nichts von seiner tatsächlichen Forschung erzählen. Noch konnte sie ihr nicht erklären, wie obszön sie diese fand. *Nobelpreis: Wäre sein Ziel doch nur so bescheiden*, dachte Wendy und machte das Licht aus.

Quentin drehte sich der Magen um, als er die Stimme erkannte.

Vince Lucas brauchte nicht zu erklären, weshalb er anrief. Die 2,5 Millionen Dollar für die Aprikosenkerne hätten bis zum 1. November bei der Bank auf den Bahamas eintreffen müssen, und jetzt war es bereits Mitte Dezember. Zwei Mal hatte er einen Aufschub bekommen, und in sechs Monaten war bereits die nächste Zahlung fällig.

Er hatte Antoine gesagt, es gebe Probleme beim Eintreiben von Schulden bei osteuropäischen Geschäftspartnern. Doch der wahre Grund für die Verzögerung war, dass er Chris Bacon mehr Zeit verschaffen wollte, um das Toxogen künstlich herzustellen. Alle anderen Faktoren stimmten: das chemische Patent, hervorragende klinische Ergebnisse, Marketingstrategien. Und dank der Hilfe von Ronald Reagan stand die Zulassung durch die FDA unmittelbar bevor. Das Einzige, was fehlte, war ein kommerziell nutzbarer Ertrag bei der künstlichen Erzeugung, dann könnte er seine Schulden bezahlen und sich aus dem Klammergriff Antoine Ducharmes und seines Konsortiums befreien, und von dessen lausigen Aprikosen, die sie fast 30 Dollar pro Kern kosteten, ein Preis, der das Toxogen astronomisch teuer machen würde.

Doch noch war es nicht so weit. Bacon hatte gesagt, er brauche mehr Zeit – Monate. Der Scheiß-Goldjunge, seit Jahrzehnten der jüngste Doktor am Massachusetts Institute of Technology, und war nicht in der Lage, ein vernünftiges Ergebnis zu erzielen!

Was Quentins Herz fast stillstehen ließ, war die Tatsache, dass Vince Lucas in der Stadt war. Seine Botschaft war kurz gewesen: Er sollte sich am Abend um 21 Uhr auf dem Parkplatz des Concord Emerson Hospital mit ihm treffen, das nur ein paar Meilen vom Labor entfernt war. Kein Wort von Geld oder Zahlungsfristen. Doch es würde mit Sicherheit keine freundschaftliche Zusammenkunft werden. Und es war etwas ganz anderes, als Schulden bei legitimen Geldgebern oder beim Finanzamt zu haben. Quentin befand sich in der Gewalt von Männern, die Wortbruch mit dem Tod bestraften.

Doch das konnten sie mit ihm nicht machen, redete er sich gut zu. Sie brauchten ihn, weil er das einzige Verbindungsglied zu dem Geld war. Ross wusste nichts von Antoine; seine einzige Sorge war es, dass das Unternehmen von den Launen der Natur beeinträchtigt werden könnte – etwa durch den Befall mit irgendeiner Raupenart, die verrückt nach Aprikosen war, oder durch einen tropischen Sturm. Wenn Quentin etwas zustoßen sollte, wären alle Abkommen hinfällig.

Quentins Augen wanderten zu dem Foto an der gegenüberliegenden Wand hinüber – das Footballteam von Eureka. Ross stand darauf hinter Ronald Reagan, der das Foto in Anlehnung an seinen Spitznamen mit den Worten signiert hatte: »Hol den Punkt für den Gipper«. Vor zwei Wochen hatte Quentin Ross dazu überredet, nach Washington zu fliegen und Reagan dazu zu bringen, das FDA-Verfahren zu beschleunigen. Ross hatte sich zunächst geweigert, ihre alte Freundschaft auszunutzen, doch Quentin hatte ihn daran erinnert, dass Reagan stolz darauf war, seinen Freunden helfen zu können. Es waren Leute wie Ross, die ihn zum Präsidenten gemacht hatten – und die Millionen Dollar aufgebracht hatten, um Nancys neue Inneneinrichtung für das Weiße Haus zu finanzieren, das elegante Porzellan mit inbegriffen.

Ross hatte schließlich nachgegeben, doch ihm fehlte der rechte Kampfgeist. Er war kein Opportunist wie Quentin. Nur gut, dass er bald in den Ruhestand treten würde. Er war zu weich geworden, hielt den Fortschritt auf.

Kurz vor 21 Uhr parkte Quentin seinen Mercedes unter einer Laterne. Nur eine Hand voll anderer Autos stand auf dem Parkplatz. Ein Krankenwagen stand mit ausgeschalteten Lichtern neben der Notaufnahme. Hinter ein paar höher gelegenen Fenstern des Gebäudes blinkte Weihnachtsbeleuchtung und verlieh der Szenerie etwas Tröstliches. Um seine Nerven zu beruhigen, stellte Quentin einen Radiosender ein, der Weihnachtsmusik spielte. Gegen 21:15 Uhr, mitten im Lied »Here Comes Santa Claus«, rollte Vince Lucas' Wagen neben Quentins Mercedes. Mit einer Kopfbewegung bedeutete er Quentin, zu ihm in den Wagen zu steigen. Quentin ging zur Beifahrertür und öffnete sie zögernd.

»Sie lassen die Kälte rein«, begrüßte ihn Vince.

Mit hämmerndem Herzen stieg Quentin ein und schloss die Tür. »Schön, Sie zu sehen, Vince«, flötete er und streckte ihm wie einem alten Geschäftsfreund die Hand entgegen. Vince trug Lederhandschuhe, die er nicht ablegte. Er ergriff auch Quentins Hand nicht.

»Blödsinn«, erwiderte Vince. »Es ist nicht schön, mich zu sehen«, und fädelte sich in den Verkehr ein.

Etwas zog sich in Quentins Brust zusammen. Dies würde kein guter Abend werden. Der Wagen bog auf die Route 2 ab, dann in eine Seitenstraße, die Richtung Stadtmitte führte.

»Wohin fahren wir?« Quentin versuchte, einen leichten Ton anzuschlagen.

»Kleine Spritztour.«

»Mhm.« Nach einer langen Pause begann Quentin: »Hören Sie, Vince, ich weiß, weshalb Sie hier sind. Ich habe Antoine schon erklärt, dass ich Zeit bis zum Jahresende brauche. Es ist Geld aus der Schweiz fällig. Es dauert nur länger als erwartet.«

Vince sagte immer noch nichts. Von Concord aus fuhren sie weiter nach Lincoln, wo Quentin wohnte. Die Häuser entlang der Straße waren weihnachtlich erleuchtet. Quentin setzte erneut an: »Vince, wir sind Geschäftsleute. Wir haben einen Vertrag, den ich zu erfüllen gedenke, aber solche Dinge passieren eben zum Jahresende, und Antoine weiß das. Sie bekommen Ihr Geld –«

Vince fuhr an den Straßenrand und brachte das Auto mit einem Ruck zum Halten. Zu Quentins Entsetzen standen sie vor seinem eigenen Haus. Durch das Wohnzimmerfenster war der Weihnachtsbaum zu sehen. Das Obergeschoss war dunkel, mit Ausnahme des Elternschlafzimmers, wo Margaret im Bett las oder fernsah.

»So, jetzt reden wir.« Vince wandte sich zu Quentin um. Sein Gesicht lag halb im Schatten, und seine Zähne blitzten weiß auf, als er sprach. »Antoine Ducharme ist zweitausend Meilen von hier entfernt. Als Sie das letzte Mal mit ihm gesprochen haben, hat er Ihnen eine Verlängerung bis zum 1. Dezember gewährt, der bereits zehn Tage zurückliegt. Sie haben den Termin verpasst, und jetzt sind Sie *meine* Sache. Und bei mir gibt es keinen Aufschub.«

»Hören Sie, Vince, bitte… Bei Geldtransfers kommt es nun einmal zu bürokratischen Verzögerungen. Ich schwör's bei meinem Leben.«

»Ihr Leben hat überhaupt keine Bedeutung.« Er deutete auf das im Dunklen liegende Eckzimmer im ersten Stock des Hauses. »Hinter dem bunten Fensteraufkleber da befindet sich ein rosa Schlafzimmer mit einem rosa Bett, in dem Ihre hübsche rosa Tochter Robyn schläft.« Bevor Quentin etwas sagen konnte, überreichte Vince ihm drei Fotos. Auf jedem davon war Robyn zu sehen: an ihrem Zimmerfenster an diesem Morgen, vor ihrer Schule und auf dem Schulhof.

»Hören Sie, Vince –«, begann er wieder.

Vince umklammerte Quentins Kiefer mit seiner behandschuhten Hand. »Nein, jetzt hören Sie mir zu.« Sein Gesicht kam noch näher, sodass Quentin den Knoblauch vom Abendessen in seinem Atem riechen konnte. Mit seidenweicher Stimme sagte Vince: »Sie haben Zeit bis Freitag. Verstanden? Übermorgen. Wenn Sie wieder nicht liefern, stehe ich schlecht da, und damit kann ich nicht leben. Und Ihre Tochter auch nicht.« Er drückte so fest zu, dass Quentins Kiefer zu bersten schien. »Zwei Tage. Zweieinhalb Millionen Dollar. Plus zweihunderttausend Dollar für meine Reisekosten, die Sie auf ein anderes Konto überweisen werden. Die Nummer steht auf der Rückseite.« Er steckte eine seiner Visitenkarten in Quentins Tasche.

Quentin wollte protestieren, besann sich jedoch eines Besseren. Er grunzte, dass er verstanden habe, und Vince wandte sich ab. In tödlichem Schweigen fuhren sie zurück zum Krankenhaus. Unterwegs massierte Quentin seinen Kiefer und fragte sich, wie er die Konten von Darby manipulieren könnte, dachte an das Leben seiner Tochter, das jetzt auf dem Spiel stand.

»Ich parke hier«, sagte Quentin, als sie an seinem Mercedes vorbeifuhren. Doch Vince bremste erst am Eingang zur Notaufnahme. »Mein Wagen steht aber dort hinten«, wiederholte Quentin.

Als Vince anhielt, streckte er seine behandschuhte Hand aus. Quentin ergriff sie, dankbar, dass sie mit einer zivilen Geste auseinander gehen würden. Nur dass Vince nicht losließ. Stattdessen schloss sich auch seine andere Hand um Quentins.

»Hier ist es näher.«

»Ich verstehe nicht.«

»Sie werden einen Arzt brauchen.« Vince hielt noch immer Quentins Hand fest.

»Wie bitte?«

Daraufhin packte Vince mit einer Hand seinen Zeigefinger und bog ihn zurück, bis er mit einem Ekel erregenden Knacken direkt am Gelenk brach. Quentin fuhr mit einem markerschütternden Schrei hoch, doch Vince presste ihm sofort den Handschuh auf den Mund. Schmerz durchfuhr Quentin wie ein elektrischer Schock, Schmerz versengte die Nervenenden von seiner Hand bis hinauf ins Gehirn und hinunter in seine Genitalien, sogar bis in seine Fußsohlen.

Während Quentin schrie und sich in seinem Sitz wand, lockerte Vince den eisernen Griff um seinen Mund nicht. Er hielt ihn mehrere Minuten lang fest, bis Quentins Schreie zu einem Wimmern geworden waren.

Seine Hand war fast zu ihrer doppelten Größe angeschwollen, und sein Finger hing wie eine tote Wurzel in einem unnatürlichen Winkel herab.

Vince öffnete die Beifahrertür und sagte wieder mit dieser seidenweichen Stimme: »Das nächste Mal ist es der Hals Ihrer Tochter.«

Dann stieß er Quentin aus seinem Auto und fuhr davon.

Am Morgen nach Jennys und Abigails Abreise stand Wendy nackt vor dem mannshohen Spiegel, und ihr Herz wurde schwer. Sie sah kein bisschen jünger aus als ihre 42 Jahre. Früher hatte sie 51 Kilogramm gewogen und Größe 36 getragen. Jetzt war sie zwei Größen und sieben Kilogramm schwerer. Ihre Taille und ihre Schenkel sahen dick und puddingartig aus. Um Augen und Mund breiteten sich Krähenfüße aus, und Lachfältchen hatten sich tief in ihre Haut eingegraben.

Noch schlimmer war, dass sie sich schon jetzt als alte Frau sehen konnte: ein gebeugtes und verhutzeltes Wesen mit schlaffer Haut, dünnem Haar, grauen, schadhaften Zähnen, faltiger Augenpartie, einem Nacken, der zum bei Osteoporose typischen Witwenbuckel zusammengesunken war, weißen, stockdünnen Beinen mit Krampfadern, die Hände knotig und voller Altersflecken. Es war das Bild ihrer Mutter, das sie aus dem Spiegel anschaute, einer Frau, die im Alter von 68 Jahren an Brustkrebs gestorben war, die aber infolge eines Schlaganfalls, der sie gelähmt hatte, damals schon 15 Jahre älter ausgesehen hatte. Es war ein Bild, das sie aufrüttelte.

Zwar hatte sie gelernt, die grausame Unausweichlichkeit des Alterns zu akzeptieren, doch am eigenen Körper war sie trotzdem schockierend. Chris hatte es das Todesgen genannt, diesen gemeinen kleinen DNA-Schalter, der bei jedem Menschen mit tödlicher Sicherheit umgelegt wurde und den langen Abstieg ins Grab einleitete.

Aber verdammt noch mal!, sagte Wendy sich. *Jenny hatte Recht. Zweiundvierzig ist noch jung.* Und sie war gesund. Was nützte es, ihre guten Jahre damit zu vergeuden, über ihre eigene Sterblichkeit zu jammern. Nein, sie konnte zwar die Schwerkraft und den Verfall der Zellen nicht umkehren, aber sie konnte den Prozess wenigstens verlangsamen.

»Der Wein ist süß, wann immer du ihn trinkst.«

Das Zitat, das Chris gebraucht hatte, klang in ihrem Kopf nach.

Einem inneren Drang folgend, zog sie ihren Jogginganzug und Laufschuhe an. Wenige Minuten später trabte sie auf dem Fußweg um den Mystic See herum und führte innerlich eine Diskussion mit sich selbst. *Du bist zweiundvierzig. In zwanzig Jahren wirst du zweiundsechzig. In dreißig Jahren zweiundsiebzig.* Es hatte keinen Sinn, nicht in ihrem Alter.

Doch warum nicht? Warum nicht sie?

Sie lief durch Säulen aus Sonnenlicht und dachte darüber nach, dass die Entscheidung, die sie jetzt traf, bestimmen würde, wie sie den Rest ihres Lebens verbringen würde: Der

Kummer über Rickys Tod würde sie immer begleiten, doch es war an der Zeit, die Trauer zu beenden.

Unbewusst strich sie mit einer Hand über ihre Brüste, während sie weiterlief. Wie Jenny schon gesagt hatte, Frauen von über vierzig Jahren bekamen andauernd Babys.

Jennys Besuch hatte das ausgelöst, der Anblick ihrer aufrichtigen Freude. Und wieder ein Baby im Haus zu hören – Laute, die Wendy an glücklichere Tage erinnert hatten. Jenny hatte Wendy ein Paar Ohrringe geschenkt, doch ihr wahres Geburtstagsgeschenk war es, in Wendy die Sehnsucht nach derselben Freude geweckt zu haben; und jetzt reichte allein der Gedanke daran, um sie mit verblüffter Hoffnung zu erfüllen. Warum nicht? Sie war doch noch gesund.

»Der Wein ist süß, wann immer du ihn trinkst.«

Ja!, sagte sie sich. *JA!* Und während sie leichtfüßig den Pfad hinunterlief, dachte sie sich Babynamen aus.

In derselben Nacht schaute Chris durch sein Mikroskop und erblickte die Landschaft der Ewigkeit. Ihm stockte der Atem.

Er betrachtete Zellen seines eigenen Körpers, Zellen mit allen Informationen, die ihn zu Christopher Bacon machten. Zellen, die sich leuchtend blau verfärben und vor seinen Augen hätten absterben sollen – und die doch prächtig gediehen.

Vor acht Wochen hatte er ein wenig Schleimhaut von der Innenseite seiner Wangen abgeschabt. Er hatte die Probe verflüssigt und in zwei gleich große Mengen aufgeteilt. Eine hatte er mit Nährstoffen angereichert, mit Wachstumsmitteln, Hormonen, Vitaminen, Insulin und einer Menge anderer Chemikalien, die die Zellteilung beschleunigten und die verbleibende Lebensspanne seiner eigenen, 42 Jahre alten Zellen auf zwei Wochen verkürzten. Der anderen Probe hatte er dieselben Nährstoffe und zusätzlich Tabulon zugesetzt. Innerhalb von 24 Stunden war die Oberfläche beider Petrischalen mit frischen Zellen bedeckt gewesen. Aus diesen Zellen legte er Subkulturen an. So verfuhr er weiter, bis die unbehandelten Zellen aufhörten, sich zu teilen, und abstarben. Gleichzeitig gediehen die mit Tabulon behandelten Zellen weiter. Zwei Monate später teilten sie sich noch immer. Wenn er so weitermachte, würde er Tonnen seiner eigenen Zellen herstellen.

Die Erkenntnis war umwerfend: Die Zellen seines eigenen Körpers reproduzierten sich unendlich weiter.

Dies konnte nur bedeuten, dass der Tod des Menschen nicht in seinen Genen festgelegt war, sondern das Ergebnis eines Programms von Zellteilungen war, eines endlichen Prozesses, der seinen Schlusspunkt im Zusammenbrechen der Zellwände hatte. Mit anderen Worten, wir leben so lange, wie unsere Zellen sich weiter teilen. Aber warum hören sie nach 50 Jahren damit auf?

Er verstand die genetischen Zusammenhänge nicht, doch das alles bestätigte seine Vermutung, dass das Altern in der Evolution keinem eindeutigen Zweck diente. Die üblichen Erklärungen in den Lehrbüchern, wonach Platz für die nächste Generation geschaffen werden musste, ergaben keinen Sinn, da die meisten Tiere ohnehin nicht alt wurden. Sie wurden von Raubtieren gefressen oder starben an Krankheiten. Es gab keinen Grund, warum die natürliche Selektion den Tod genetisch vorziehen sollte, sagte sich Chris. Er diente keinem Zweck.

Sein Blick fiel auf die Uhr an der Wand, auf den Minutenzeiger. Wie alle seine Uhren ging auch diese zehn Minuten vor, eine alberne Angewohnheit von ihm, damit er sich einreden konnte, es sei noch nicht spät, er habe noch ein paar Minuten, für die er keine Rechenschaft ablegen müsste.

Während im Hintergrund leise Radiomusik lief, beobachtete Chris, wie der Zeiger unerbittlich weiter seine Runden drehte.

Und er dachte: *In der nächsten Stunde werden 10 000 Menschen sterben, einige durch Feuer, einige durch Fluten, einige durch Hunger, einige durch Unfälle, einige durch Mord.* Doch die meisten Menschen über 65 würden eines »natürlichen Todes« sterben, als Folge des Alterungsprozesses. Keiner von ihnen würde älter als 112 Jahre sein. Doch wer sagte, dass die Obergrenze nicht angehoben werden konnte? Oder dass Menschen nicht nur noch durch Unfälle sterben sollten?

Sein Blick wanderte zu seinem Arbeitstisch, auf dem ein einzelnes Reagenzglas mit Tabulon stand.

Während er es anstarrte, blitzte aus seinem Unterbewusstsein ein Gedanke auf: *Wann wirst du es selbst ausprobieren, hm? Wann wirst du ein paar Milliliter in einer Spritze aufziehen und sie dir verabreichen?*

Chris erstarrte. *Gefährliche Gedanken*, ermahnte er sich. *Sehr gefährlich.*

Solche Spekulationen hatten er und Dexter Quinn sonst nach dem dritten Glas Guinness angestellt. Gedankenspiele, die in Ordnung zu sein schienen, wenn man einen leichten Rausch hatte. Allerdings erinnerte er sich noch immer an das seltsame Leuchten in Dexters Augen, als ziehe er diese Idee ernsthaft in Betracht. Chris konnte das verstehen. Dex war 20 Jahre älter als er und hasste den Gedanken, alt zu werden, weil er nie geheiratet hatte und keine Familie hatte, die ihn überleben würde. Außerdem hatte er einen Herzfehler.

»Willst du wissen, wann du alt bist?«, hatte Dexter einmal gefragt. »Wenn du keinen mehr hochkriegst und es dir egal ist, dass du keinen mehr hochkriegst.«

Chris hatte zu lachen begonnen, doch der Ausdruck trauriger Resignation auf Dexters Gesicht hatte ihn verstummen lassen.

Wenn dir ein Zahn ausfällt und du nicht zum Zahnarzt gehst. Wenn du aufhörst, dir die Haare zu färben. Wenn du dir keine Gedanken über diese Schwellung unter deinem Arm machst.

Wenn du den Versuch aufgibst, dagegen anzukämpfen. Das nennt man Verzweiflung: *Wenn nur noch der Countdown bleibt.*

Dexter war dem Countdown näher als Chris, doch Chris konnte nachvollziehen, wie sich diese Niederlage anfühlte. Er verstand auch die bierselige Sehnsucht nach Unsterblichkeit. Er hatte sie selbst schon gespürt. Jedes Mal, wenn er seinen Vater besuchte, war sie ihm dicht auf den Fersen: die hilflose Suche selbst nach den gängigsten Worten, die plötzliche Verwirrung und Bestürzung, die Wiederholung von Sätzen und kleinen Bewegungen, das Nachlassen des Gedächtnisses. Ein Mann, der einst Eisenhower beraten hatte und sich jetzt nicht mehr an den Namen des gegenwärtigen Präsidenten erinnern konnte. Ein Mann mit einem sprühenden Geist, der sich jetzt nur noch bruchstückhaft ausdrücken konnte. Ein Mann, der am vergangenen Memorial Day daran erinnert werden musste, wer Ricky war. Der Gedanke, dass dieses grausame Schicksal in seinen eigenen Genen vorprogrammiert sein könnte, jagte Chris eiskalte Angst ein.

Für Sam war es zu spät, doch nicht für ihn selbst.

Während er vor seinem Mikroskop saß, traf ihn die Erkenntnis mit voller Wucht:

Gib es zu! Der wahre Grund, warum du nicht willst, dass jemand von Tabulon erfährt, ist, dass du es für dich selbst willst, mein Freund. Dieses ganze Gerede über soziale Probleme, Frankenstein-Albträume und Angst vor Strafverfolgung, das ist doch nur Schönfärberei für deine Frau und dein Kopfkissen. In Wahrheit läufst du ein Rennen gegen das, was dir entgegenstarrt, wann immer du in den Spiegel siehst – die kleinen weißen Haare, die Stirnfalten, die immer tiefer wer-

den, der Truthahnlappen, der sich unter deinem Kinn auszubilden beginnt. Die Anfälle von Vergesslichkeit.

Das Einzige, was zwischen dir und dem steht, was Sam zu einem hirnlosen Sack alter Knochen macht, ist dieses Reagenzglas voll farbloser, geruchloser Flüssigkeit auf dem Regal dort. Dein privater kleiner Jungbrunnen.

Diese Gedanken wirbelten gerade durch Chris Bacons Kopf, als Quentin Cross in sein Labor gestürmt kam.

Sein Gesicht sah aus, als sei es aus rosafarbenem Granit gehauen. Er schaltete das Radio aus, mitten in einer Meldung, dass Reagan einen erbarmungslosen Krieg gegen Drogen im eigenen Land und im Ausland angekündigt hatte. »Wie war der Ertrag bei dem neuen Enzym, wie heißt das verdammte Zeug doch gleich?«

Quentin hatte ein besonderes Talent dafür, Chris auf die Nerven zu gehen. Er war aufgeblasen, aufdringlich und hatte oft keine Ahnung. Und für den Finanzchef und künftigen Geschäftsführer eines Unternehmens hatte er die Finesse eines Elefanten im Porzellanladen.

»Nicht besser als mit Äthylacetat oder jedem anderen Lösungsmittel.«

»Verdammt!«, brüllte er und schlug mit seiner gesunden Hand auf den Tisch. Die andere Hand trug er in Gips, infolge eines Sturzes, wie er gesagt hatte. Quentins Augen verengten sich zu zwei winzigen Kugeln. »Ich sage Ihnen, Sie müssen den Ertrag erhöhen, oder die Firma und ihre Angestellten stecken tief in der Scheiße.«

»Warum denn plötzlich diese Dringlichkeit?«

»Ich habe Sie nach dem Ertrag gefragt.«

Quentin war ein beleibter, schwabbeliger Mann mit einem breiten, fleischigen Gesicht, das in diesem Augenblick den ganzen Raum einzunehmen schien. Chris schlug sein Notizbuch auf.

»Ein Kilogramm Ausgangsmaterial hat nur fünf Milligramm des Toxogens ergeben.«

»Fünf Milligramm?«, quiekte Quentin. Sein linkes Auge begann zu zucken, wie immer, wenn er nervös wurde. »Fünf Milligramm?«

Bei dieser Quote würden sie fast eine halbe Tonne brauchen, um ein einziges Pfund der Substanz herzustellen, die dann, so hatte Chris berechnet, nach der Beseitigung aller Unreinheiten 1000 Dollar pro Milligramm kosten würde. Das war kaum der Mühe wert.

»Versuchen Sie es mit anderen Lösungsmitteln, versuchen Sie es mit anderen Auftrennungsmethoden, versuchen Sie es mit anderen Katalysatoren, anderen Enzymen. Alles, es schert mich einen Dreck, wie viel es kostet.«

Quentin begriff einfach nicht. Sie hatten ihre besten Leute darauf angesetzt, wendeten die neuesten Verfahren an und hatten Monate und Millionen Dollar darauf verwandt. »Quentin, ich sage Ihnen doch, wir haben alles versucht, aber es funktioniert nicht.« Er hatte Quentin noch nie so aufgebracht gesehen. Hier ging es noch um irgendetwas anderes. Oder er litt unter pathologischer Realitätsverleugnung. »Quentin, das Molekül hat multiple asymmetrische Zentren – sie sind fast unmöglich zu replizieren. Wir können ein molekulares Spiegelbild erzeugen, aber nicht den Isomer.«

»Warum zum Teufel nicht?«

»Weil die Natur asymmetrisch ist, die organische Chemie aber nicht. Es ist so, als würden Sie versuchen, Ihre rechte Hand in einen linken Handschuh zu stecken. Es geht einfach nicht.«

Quentin starrte Chris an. Sein großes, rosarotes Gesicht rang um Fassung. Er sah aus, als werde er gleich in Tränen ausbrechen. Das alles ergab keinen Sinn. »Quentin, es tut mir Leid, aber das liegt jenseits unserer technologischen

Möglichkeiten, vielleicht sogar jenseits unserer wissenschaftlichen Möglichkeiten.«

»Dann erfinden Sie neue Technologien und eine neue Wissenschaft. Sie sind hier der Goldjunge. Wir bezahlen Ihnen sechzig Riesen im Jahr, fünfzehn mehr, als Sie bei Merck oder Lilly kriegen würden. Entweder Sie entwickeln eine effizientere Synthese, oder wir stellen jemanden ein, der dazu in der Lage ist.«

»Quentin, ich bin nicht sehr bewandert in den Feinheiten des internationalen Handels, aber wir bringen uns hier um, um ein Molekül herzustellen, das fertig auf Bäumen wächst. Und wir haben einen unerschöpflichen Vorrat an Kernen und die Exklusivrechte darauf. Bitte erklären Sie mir, was ich übersehe, denn ich begreife es nicht.«

»Einfach nur, dass wir nicht von Rohstoffen aus ausländischen Quellen abhängig sein wollen.«

Chris wollte etwas erwidern, doch im selben Augenblick erklang im hinteren Labor ein Alarmton.

»Was war das?«

»Gar nichts«, gab Chris vage zurück, doch das Geräusch durchfuhr sein Gehirn wie ein Donnerschlag. »Nur einer der Kontrollmonitore.« Er wollte Quentin loswerden. Jede seiner Kontrollmäuse hing an einem Alarmsystem. Ein Infusionsschlauch musste ausgefallen sein, was bedeutete, dass ein Tier vom Tabulon-Nachschub abgeschnitten war. Er konnte die möglichen Folgen nicht erklären, denn Quentin Cross wusste nichts von dem, was Chris dort hinten tat. Niemand wusste davon. Doch er musste das Tier umgehend wieder an die Versorgung anschließen.

»Was für ein Kontrollmonitor?«

»Nur bei einem der Tiere.« Chris winkte ab, in der Hoffnung, dass Quentin den Hinweis verstehen und verschwinden würde. Doch stattdessen trat er auf die Tür zum hinteren Labor zu.

Großer Gott! Ausgerechnet jetzt. Chris könnte gefeuert, sogar wegen Missbrauchs von Firmenmaterialien angezeigt werden. Und wenn Quentin mit ihm fertig wäre, würde niemand in Nordamerika ihn je wieder einstellen. »Es ist nichts.« Er versuchte, beiläufig zu klingen. Doch Quentin war bereits an der Tür. Chris gab sich gleichgültig und zog seine Schlüssel heraus.

Drinnen standen Reihen von Glaskäfigen mit seinen 18 ältesten Testtieren. Jedem von ihnen war eine Metallkanüle in den Schädel implantiert worden. Wenn die Versorgung unterbrochen wurde, löste dies sofort den Alarm aus. Nach Jahren der dauernden Versorgung waren sie völlig abhängig von dem Serum geworden, wie Diabetiker oder Heroinabhängige.

Quentin folgte Chris nach drinnen, dorthin, wo ein kleines rotes Licht blinkte.

Methusalem.

Er hatte den Schlauch durchgebissen, und jetzt tropfte die Substanz in die Sägespäne. Wenn das bei einer der jüngeren Mäuse passiert wäre, so wäre es kein Problem gewesen. Doch Methusalem war die älteste Testmaus, er hatte seit fast sechs Jahren ununterbrochen Tabulon bekommen.

Chris schaltete den Alarm und die Tropfanlage aus und streichelte die Maus mit einem Finger. Noch sah das Tier gesund aus, doch es musste umgehend wieder an den Tropf angeschlossen werden. »Ich muss ihn wieder anschließen, also wenn es Ihnen nichts ausmacht ...«

Doch Quentin machte es etwas aus. »Was machen Sie denn hier mit all den Mäusen?«

»Die Toxizität testen.«

»Toxizität wovon?«

»Veratox.«

»Das ist präklinisch. Wir testen das Zeug doch schon an Menschen.«

»Das weiß ich, aber diese Tiere haben Krebs.«

»Sie meinen, Sie versuchen, sie zu heilen?«

Gott! Warum ging er nicht endlich?

»Schauen Sie, ich muss ihn jetzt wirklich wieder an den Tropf hängen.« Doch Quentin blieb, während Chris den Schlauch wieder anschloss.

Er war beinahe fertig damit, als ihm etwas Merkwürdiges an Methusalems Bewegungen auffiel. Das Tier torkelte wie betrunken durch den Käfig.

»Was hat der denn für ein Problem?«

Bevor Chris antworten konnte, taumelte Methusalem in eine Ecke. Seine Augen wölbten sich vor wie rosafarbene Murmeln.

Dann standen Chris und Quentin lange wie gelähmt da und versuchten zu begreifen, was ihre Augen aufnahmen.

Methusalem fiel auf den Rücken, sein Körper wurde von Krämpfen geschüttelt. Sein Maul öffnete sich zitternd, und ein hoher Schrei durchschnitt den Raum, ein qualvoller Laut, der von einem viel größeren Tier zu kommen schien. Plötzlich explodierte eines seiner Augen in der Höhle, und Quentin schnappte entsetzt nach Luft. Methusalems Körper schien sich unter seinem Fell zu winden und gleichzeitig anzuschwellen, seinen Umfang durch klumpige Tumore zu verdoppeln, von denen einige durch das Fell brachen wie leuchtend rote Pilze, die mit unglaublicher Geschwindigkeit wucherten.

»Großer Gott!«, schrie Quentin. »Was zum Teufel passiert mit ihm?«

Chris war so verblüfft, dass er Quentins Gegenwart gar nicht mehr wahrnahm. Fast ebenso schnell, wie es begonnen hatte, hörte Methusalems Körper auf zu explodieren und schrumpfte zu einem Sack aus knotigem, blutigem Pelz zusammen, als trocknete sein Inneres mit der Geschwindigkeit eines Buschbrandes aus. Sein Kopf verschrumpelte zu einem haarigen Kegel von seiner halben ursprünglichen Größe, und Maul und Augenhöhlen verdorrten. Zur selben Zeit krümmten sich seine Pfoten zu winzigen schwarzen Fäusten. Als die Spasmen schließlich aufhörten, war von Methusalem nur noch ein gliederloser, unförmiger, ausgetrockneter Haufen Fell übrig, der mit dunkler Körperflüssigkeit verkrustet war. Ein Verfall, der normalerweise Wochen gedauert hätte, hatte innerhalb weniger Minuten stattgefunden.

»Was ist mit ihm passiert?«

»Ich weiß es nicht.« Chris hatte schon viele seiner Mäuse sterben sehen, doch noch niemals so. Nie.

»Was soll das heißen, Sie wissen es nicht?«, quiekte Quentin. »Was zum Teufel haben Sie da in ihn reingepumpt? Was ist das für ein Zeug?«

»Das Toxogen.«

Quentin glaubte ihm nicht eine Sekunde. »Wir haben Veratox ein Jahr lang an Tieren getestet, und nie ist so etwas passiert.«

Quentins Augen bohrten sich in Chris, forderten eine Antwort. »Ich vermute, die Pathologie hat sich irgendwie beschleunigt.«

»Beschleunigt? Es ist nichts mehr von ihm übrig. Es ist, als sei er im Zeitraffer gestorben.«

»Ich werde eine Autopsie vornehmen«, murmelte Chris. »Vielleicht war er krank, oder es war ein unbekannter Virus.« Er wusste nicht, ob Quentin ihm das abkaufen würde oder nicht, doch er machte weiter, zog sich Latexhandschuhe über, legte die Überreste von Methusalem in eine Plastiktüte und deponierte sie im Kühlschrank, um eine Autopsie durchzuführen, wenn er allein wäre.

»Ich weiß nicht, was Sie hier drin machen, aber ich schlage vor, dass Sie sich künftig darauf konzentrieren, Veratox herzustellen. Das ist es, wofür wir Sie bezahlen, nicht dafür, ein paar verfluchte Mäuse zu retten.«

Damit drehte Quentin sich auf dem Absatz um und stürmte hinaus. Chris blieb wie versteinert stehen, während die Worte wieder und wieder in seinem Kopf widerhallten: *Es ist, als sei er im Zeitraffer gestorben.*

5

Chris kam gegen 21 Uhr nach Hause, noch immer schwer erschüttert. Methusalems Tod ähnelte nichts, was er je gesehen hatte. Ein beschleunigter Alterungsprozess kam auch bei anderen Tieren vor, bevor sie starben, doch niemals derart extrem; er dauerte Tage oder Wochen, nicht Minuten. Nachdem der Krebs sechs Jahre lang unterdrückt worden war, war er offenbar über die gesunden Zellen hergefallen und hatte sich mit explosiver Wucht vermehrt. Und um das Ganze noch schlimmer zu machen, stellte Quentin jetzt vermutlich Chris' Einsatz für Veratox in Frage.

Als Chris sich auf ihrem breiten Doppelbett ausstreckte, wusste er, dass seine Tage bei Darby Pharmaceuticals gezählt waren. Quentin hatte deutlich genug damit gedroht, ihn zu ersetzen, zweifellos mit einem jungen Talent, das geniale neue Ideen für die künstliche Synthese mitbrachte. Er war in flagranti bei seinem eigenen privaten Forschungsprojekt ertappt worden, für das er Material, Arbeitszeit und Gelder der Firma verwendet hatte. Wie zum Teufel sollte er mit 42 Jahren einen neuen Job finden, in einer Zeit, da die Pharmaindustrie blutjunge Leute frisch von der Universität anheuerte? Wie zum Teufel sollten sie allein von Wendys Gehalt als Englischlehrerin leben?

Chris versuchte, innerlich zur Ruhe zu kommen. Sein Blick fiel auf eine gerahmte Tafel an der Wand ihres Schlafzimmers. Es war ein alter armenischer Hochzeitsspruch, der in Schönschrift in der Originalsprache und in Englisch eingraviert war – das Hochzeitsgeschenk eines Studienfreundes. *»Mögen eure beiden Köpfe auf einem Kissen alt werden.«*

Lange starrte er auf die Worte, dann schloss er die Augen.

Wendy duschte, und das Rauschen des Wassers erfüllte seinen Kopf wie eine geflüsterte Unterhaltung. Vor seinem inneren Auge lief eine Nahaufnahme von Methusalems letzten Sekunden ab, wie die Krebsgeschwüre hervorgebrochen waren und wie er dann zu einem ausgedörrten Fellsack verschrumpelt war.

Wer würde das auch nur mit der Pinzette anfassen wollen?

Es hatte nur zehn kurze Minuten gedauert.

Als sei er im Zeitraffer gestorben.

Es könnte Jahre dauern, diese Nebenwirkung des Mittels auszutesten, zuerst an Mäusen, dann an Kaninchen und Hunden, schließlich an Primaten. Und das auch nur unter der Voraussetzung, dass er den genetischen Mechanismus definieren könnte. Traurigerweise verfügte er weder über die Kenntnisse noch über die Ausrüstung für die notwendige Forschung. Es gab keine Möglichkeit, dies allein und heimlich zu tun.

Keine Möglichkeit.

Keine Zeit …

Chris wusste nicht, wie lange er gedöst hatte. Vermutlich nur ein paar Minuten, doch in dieser Zeit hatte er zu träumen begonnen. Er stand an der Tür zum Pflegeheim, und Sam saß in seinem Rollstuhl, doch die ganze Szene wirkte so absurd, als sei sie aus *Alice im Wunderland*. Der Rollstuhl war zu groß für Sam, der so klein war wie ein Kind und Windeln trug. Zugleich jedoch war er immer noch ein alter Mann mit schütterem Haar und traurigem, schlaffem Fleisch. Er grinste. Ein kleiner Junge und ein alter Mann zugleich. Dann winkte er. »Bye bye, Seemann.«

»Hey, Seemann, Lust zu feiern?«

Chris riss die Augen auf.

Wendy stand neben dem Bett. Sie trug nur ein durchsichtiges Negligé.

Die Beleuchtung war gedämpft, und auf der Anlage lief »Young at Heart« von Frank Sinatra.

»Ich habe gefragt, ob du Lust zu feiern hast.« Sie grinste verlegen.

Plötzlich war Chris hellwach. Wendy stieg ins Bett und schwang sich auf seine Schenkel.

»Mein Gott!«, flüsterte er. »Die Hure von Babylon.«

Sie lachte glücklich und küsste ihn.

»Wie komme ich zu der Ehre? Festliches Abendessen, teurer französischer Wein, und jetzt Playboy im Dunklen.« Er hatte ihr das Negligé vor ein paar Jahren zum Valentinstag geschenkt, hatte es jedoch längst vergessen.

Das Licht aus dem Badezimmer tauchte sie in einen goldenen Schimmer. »Wie wäre es damit, dass ich dich liebe?«

»Obwohl ich ein verrückter Frankenstein bin, der versucht, Mutter Natur aufs Kreuz zu legen?«

»Liebe ist blind.«

»Gott sei Dank.«

Sie lächelte und zog seine Hände auf ihre Brüste. Er öffnete ihr Negligé und ließ es zu Boden gleiten. Immerhin konnte sie Witze darüber machen, dachte er.

Innerhalb eines Augenblicks schob er den ganzen Mist in seinem Kopf zur Seite. Und während Wendy ihn streichelte, verlor Chris sich in seiner Liebe zu ihr. In dem bernsteinfarbenen Licht betrachtete er ihre schönen, feinen Gesichtszüge und ihre dunklen Augen, ihre langen Arme und den schlanken Hals, der sich schimmernd in der Dunkelheit wölbte.

Wendy führte seine Hände über ihren Körper, von ihren

Brüsten zu ihrem Bauch und zwischen ihre Schenkel. Er streichelte sie sanft, und sie senkte ihr Gesicht auf seines herab, bewegte ihre Hüften sinnlich langsam mit der Musik. Seit Jahren war sie nicht so offensiv in der Liebe gewesen.

Der Duft ihres Parfüms erfüllte seinen Kopf. Er küsste sie und spürte, wie ihn Gefühle überfluteten, die aus einer anderen Zeit zu kommen schienen. Plötzlich war er wieder in der engen kleinen Wohnung in Cambridge, die sie nach ihrer Hochzeit bezogen hatten. Sie hatte gerade ihren Englischabschluss bestanden, und er hatte seinen Doktor in Harvard gemacht. Hellere Tage, an denen ihre Leidenschaft unendlich schien und die Sonne träge am Himmel stand.

»Du trägst dein Diaphragma nicht.«

»Stimmt.«

»Ist es sicher heute?«

»Nein.«

»Ist das nicht ein zu großes Risiko?«

»Doch.« Sie nahm sein Gesicht zwischen ihre Hände. »Lass uns ein Kind bekommen.«

»Was?«

»Du hast richtig gehört.«

»Wendy, bist du sicher, ich meine ...?«

Sie legte einen Finger auf seinen Mund. »Ja, ich bin sicher. Sehr sicher.«

»Aber vielleicht sollten wir darüber nachdenken, darüber reden. Ich meine, wir sind zweiundvierzig. Sind wir nicht ein bisschen zu alt?«

»Aber jung im Herzen.«

Sie lächelte, und ihre Augen strahlten, als sei in ihnen ein längst erloschenes Licht wieder entfacht worden. Er wollte fragen, was ihren Sinneswandel bewirkt, welcher Zauberspruch den dunklen Fluch gebannt hatte. Vielleicht waren es die vier Tage gewesen, die Abigail bei ihnen im Haus gewesen war.

»Ich möchte noch ein Baby. Ich will es. Wirklich.«

Seine Gedanken galoppierten, suchten nach Einwänden, doch er fand keine. Seit Jahren hatte er sich noch ein Kind gewünscht, doch die beiden Fehlgeburten und Rickys Tod hatten wie ein langsames Gift gewirkt. Wendy hatte sich geweigert, das Wagnis noch einmal einzugehen. Er hatte sich damit abgefunden und sich darauf eingestellt, für den Rest seines Lebens kinderlos zu bleiben.

Sie küsste ihn voller Wärme und grinste. »Was sagst du?«

»Ja, sicher«, flüsterte er.

»Ich liebe dich.«

Er glitt in sie hinein und zog ihr Gesicht an seines. »Ich liebe dich auch. Oh, wie sehr ich dich liebe!«

Einen Augenblick später bewegten sie sich eng umschlungen zum Rhythmus eines fast vergessenen Liebesliedes.

»Zum Teufel!«

Quentin saß in seinem Büro über den Computer gebeugt. Alle anderen hatten Feierabend gemacht.

Vor drei Wochen hatte er Antoine 2,5 Millionen Dollar für eine einzige Tonne Aprikosenkerne überwiesen, und weitere 200 000 Dollar an Vince. Ihm war übel. Er hatte die Bücher so manipuliert, dass die Einnahmen aus einem Neuropeptid und anderen Produkten verschleiert wurden, die sie an eine Schweizer Firma verkauft hatten. Doch damit waren seine Probleme nicht gelöst. In sechs Monaten würde er weitere 2,5 Millionen Dollar bezahlen müssen, es sei denn, Chris Bacons Labor erzielte irgendeinen Durchbruch, was nicht sehr wahrscheinlich war. Die einzige gute Nachricht lautete, dass sich Ross' Besuch bei Reagan ausgezahlt hatte: Die Zulassung von Veratox hatte bei der FDA jetzt oberste Priorität.

Fast eine Stunde lang hatte Quentin die Finanzunterlagen über das Toxogen studiert. Es machte ihn fast krank zu sehen, dass sie Millionen Dollar für die Erforschung und Entwicklung eines Wirkstoffes ausgegeben hatten, der einfach zu teuer war, um industriell hergestellt zu werden.

Doch als er die Zahlenreihen durchging, blieb sein Blick an etwas hängen, das keinen Sinn ergab.

Über einen Zeitraum von sechs Jahren hatten sie bei Jackson Labs in Maine rund 900 Mäuse gekauft, die meisten davon für Chris Bacons Gruppe. Was Quentin daran auffiel, waren die Termine und die Preise. Aus dem Katalog, den er in der Firmenbibliothek gefunden hatte, wusste er, dass Jackson hunderte verschiedener Mausarten mit allerlei genetischen Mutationen oder biomedizinischen Konditionen anbot, mit Diabetes, Leukämie, Hepatitis etc., darunter auch Mäuse mit verschiedenen Krebsarten.

Es musste ein Irrtum vorliegen. Der durchschnittliche Preis für eine Maus mit einem bösartigen Tumor lag bei etwa vier Dollar – der Preis, den sie über die Jahre für etwa 300 Mäuse bezahlt hatten. Allerdings zeigten die Unterlagen von Darby auch, dass sie eine Mausart geordert hatten, die als »besondere Mutante« aufgeführt wurde und mit 170 Dollar pro Tier fünfmal so teuer war wie jede andere Maus im Katalog. Innerhalb von sechs Jahren hatten sie 582 dieser Mäuse für insgesamt fast 99 000 Dollar gekauft.

Die Unterschrift unter jeder Bestellung lautete Christopher Bacon.

Doch was Quentin aufmerken ließ, war der Begleittext im Katalog: *»Kurzlebigste Mausart – Alterungsstudien.«*

An einem ruhigen Freitagvormittag ein paar Wochen später traf der Umschlag ein. Chris hatte sich den Tag frei genommen, weil er sich ausgebrannt fühlte. In sieben Monaten mit vielen Zwölf-Stunden-Tagen hatte er den Ertrag von Veratox nur um ein tausendstel Prozent erhöhen können. Eine künstliche Herstellung war nicht möglich – nicht mit den

Kenntnissen und Möglichkeiten, über die sein Team verfügte. Wendy war bei ihrem Arzt. Ihre Periode war ausgeblieben, doch sie wollte sichergehen, und die Schwangerschaftstests aus der Drogerie waren ihr nicht zuverlässig genug.

Der Umschlag, der in Canton, Ohio abgestempelt war, enthielt eine kleine Karte und einen Zeitungsartikel, der einen Monat alt war.

Canton, Ohio. Die Gesundheitsbehörde rätselt über den unerklärlichen Tod eines aus Ohio stammenden Mannes, Dexter Quinn, der während einer Mahlzeit im Restaurant Casa Loma starb.

Nach Angaben von Augenzeugen hatte der 62-jährige Quinn, der kürzlich in den Ruhestand getreten und zuvor bei einem Pharmakonzern in Massachusetts tätig war, gerade seine Mahlzeit beendet, als er Krämpfe bekam. Restaurantbesucher und Angestellte versuchten, dem Mann zu helfen, doch Quinn schien vor ihren Augen rasch zu altern. »Als es vorbei war, sah er aus wie neunzig, ganz verrunzelt und zusammengeschrumpft«, berichtete Virginia Lawrence, die an einem Tisch in der Nähe gesessen hatte. »Es war entsetzlich. Er ist einfach so verschrumpelt.«

Noch merkwürdiger ist, dass mehrere Augenzeugen aussagten, Quinn habe vor dem seltsamen Anfall bedeutend jünger ausgesehen, als er war. »Ich dachte, er sei um die vierzig«, sagte Kellner Nick Hoffman. Karen Kimball, die Besitzerin der Casa Loma, die Quinn bedient hatte, war zu verstört, um Fragen zu beantworten.

Nach Angaben von George Megrich, dem Pathologen, der die Autopsie vornahm, wurden keine »ungewöhnlichen chemischen Substanzen« in Quinns Körper entdeckt. Er erklärte außerdem, dass die inneren Organe des Toten Verschleißerscheinungen aufwiesen wie bei einem alten Mann.

»Seine Prostata war stark vergrößert, und Leber und Nieren ähnelten in Farbe und Beschaffenheit den Organen wesentlich älterer Menschen, die starke Funktionsstörungen haben.«

Megrich, verblüfft über die Befunde, mutmaßte, dass Quinn an einer besonders virulenten Form des Werner'schen Syndroms gestorben sein könnte, einer seltenen genetischen Erkrankung, die ihre Opfer ungewöhnlich schnell altern lässt. »Fünfzig Jahre Alterungsprozess können zu fünfzehn Jahren komprimiert werden«, sagte Megrich, »aber nicht zu fünfzehn Minuten. Offen gestanden habe ich keine Ahnung, was mit diesem Mann geschehen ist. Es ist sehr, sehr merkwürdig …«

»Auf einer Karte in seiner Brieftasche stand Ihr Name.« Die Notiz war unterschrieben mit: »Karen Kimball, eine alte Freundin von Dexter.«

Chris fühlte sich schwach. Er überlegte, ob er nach Ohio fliegen und mit dem Arzt und dem Pathologen sprechen sollte. Doch er wusste auch so, was geschehen war.

Kein Virus, keine Seuche, keine bekannte Krankheit.

Es war Tabulon. Dexter Quinn hatte es an sich selbst ausprobiert.

Veratox war die Aufmachermeldung in den Elf-Uhr-Nachrichten. Wendy saß neben ihm, und Chris versuchte, sich auf den Bericht zu konzentrieren, doch in Gedanken war er woanders – an einem Tisch in einem Lokal in Canton, Ohio. Er hatte Wendy erzählt, dass er gerade von Dexters Tod erfahren hatte, ihr den Zeitungsartikel aber nicht gezeigt. Er sagte einfach, es sei ein Herzinfarkt gewesen.

»Willst du wissen, wann du alt bist? Wenn nur noch der Countdown bleibt.«

Chris versuchte sich einzureden, dass er Wendy diese Horrorgeschichte ersparen wollte. Doch tief in seinem Herzen kannte er den wahren Grund. Wendy war ohnehin schon sehr gegen das Tabulon-Projekt eingenommen. Die Wahrheit würde ihre Ablehnung nur verstärken.

Noch mehr belastete ihn die Erkenntnis, dass er in eine Art Doppelleben hineingeschlittert war. Er führte eine offene und eine verborgene Existenz. Wie Dr. Jekyll und Mr. Hyde. Der Moderator auf Kanal 5 verkündete gerade, dass die FDA ein neues und hoch wirksames Krebsmittel namens Veratox zugelassen hatte, das von Darby Pharmaceuticals in Lexington vertrieben wurde. Der Bericht beschrieb die bisher einzigartige Wirkung auf bösartige Tumore. Dann folgte ein Schnitt von Aprikosen in einem Supermarkt zu Krebspatienten im General Hospital von Massachusetts und schließlich ein Interview mit dem Leiter der dortigen Onkologie, der sich darüber ausließ, was für ein Wundermittel Veratox war.

Doch Chris konnte sich kaum konzentrieren, nicht nur, weil der Fernsehbericht oberflächlich war – trotz der FDA-Zulassung konnten sie das Toxogen noch immer nicht so herstellen, dass es marktfähig wäre. Was ihn nicht losließ, war der Gedanke, dass Dexter auf die gleiche Weise gestorben war wie Methusalem. Vermutlich hatte er heimlich kleine Mengen Tabulon abgezweigt und aufbewahrt, um es sich selbst zu spritzen, nachdem er in Rente gegangen war. Doch irgendetwas musste furchtbar schief gelaufen sein. Vielleicht war ihm der Nachschub ausgegangen. Vielleicht hatte er vergessen, sich eine Dosis zu verabreichen. Vielleicht hatte er sich bei der Menge verrechnet. Vielleicht aber auch nichts von alledem.

Während in dem Fernsehbericht Ärzte den Krankenhäusern im ganzen Land nahe legten, Veratox bevorzugt einzusetzen, kam ihm ein Gedanke.

»Ich dachte, er sei um die vierzig.« Wie konnte ein 62-jäh-

riger Mann für so viel jünger geschätzt werden, insbesondere da Dexter für einen Mann von über sechzig nicht besonders jugendlich ausgesehen hatte? Er hatte einen Herzfehler, daher konnte er kaum Sport treiben. Bestenfalls konnte er für Ende fünfzig durchgehen. Aber nicht für vierzig. Es war, als habe er sich irgendwie verjüngt.

Ross Darby strahlte hinter seinem Schreibtisch in die Kamera. »Ich habe volles Vertrauen, dass Veratox ein Wendepunkt im Kampf gegen jene Krankheit werden könnte, die mit Sicherheit die größte Bedrohung für die menschliche Gesundheit und Lebensdauer darstellt …«

Vielleicht war Dexters Tod ein dunkles Zeichen der Götter, sagte sich Chris. *Vielleicht ist dies eine Warnung, an die du denken solltest, wenn du das nächste Mal mit dem Gedanken spielst, dir selbst eine Spritze zu geben.*

»Glückwunsch.« Wendy drückte Chris' Hand und holte ihn in die Gegenwart zurück.

»Das hast du doch schon letzte Woche gewusst.«

»Ich meine doch nicht Veratox, du Trottel.« Wendys Augen blickten ihn groß und eindringlich an, und sie grinste so breit, als würde sie jeden Augenblick in lautes Gelächter ausbrechen.

»Was willst du mir sagen?«

»Papa, Mama, ata.«

Chris fuhr hoch. »Was?«

»Wir sind schwanger, mein Schatz. Wir bekommen ein Kind.« Sie strahlte glücklich.

»Juhuuuu!« Er zog sie an sich.

»Wann?«

»Am 3. November.«

Sie schlang die Arme um ihn.

»Ich glaube es einfach nicht«, sagte er und wiegte sie in seinen Armen.

Wenige Augenblicke später hatten sie die Lichter ausgeschaltet und lagen nackt unter der Decke, eng umschlungen. Chris gab sich ganz der warmen Freude dieses Augenblicks hin, während sie sich liebten und er daran dachte, dass er wieder Vater werden würde.

Und durch das Fenster lächelte ein Halbmond durch eine rasch vorbeiziehende Wolkenwand auf sie herab.

Derselbe Halbmond lächelte 1500 Meilen weiter südlich auf Antoine Ducharme herab.

Er fuhr aus dem Schlaf hoch. Alles war still, auch Lisa, die neben ihm in dem großen runden Bett schlief. Der Deckenventilator summte, und das einzige Geräusch kam von den Rollos, die sanft in der Brise schwankten. Wenn jemand unbefugt das Gelände betreten hätte, hätten die Wachleute ihn gehört, und die Hunde würden sich die Seele aus dem Leib bellen.

Mit 46 Jahren hatte Antoine einen leichten Schlaf; schon die geringste Störung weckte ihn. Doch das war nicht weiter schlimm. Er würde den Schlaf morgen nachholen. Außerdem liebte er es, von seinem Balkon aus in die Nacht zu schauen. Das gab ihm die Gelegenheit, über sein Vermögen nachzudenken. Und wenn er dann immer noch hellwach sein sollte, würde er zu einem guten Buch greifen. Antoine war ein begeisterter Leser von Kriminalromanen, vor allem von Autorinnen, sowohl von Klassikern wie Agatha Christie und Dorothy Sayers als auch von zeitgenössischen amerikanischen Autorinnen. Ihm gefiel die Art, wie Frauen mit Verbrechen umgingen, mit einer sanften Vernunft, getrieben von einem größeren Drang nach Ordnung als männliche Autoren.

Antoine tappte durch die Doppeltür aus Glas auf die Veranda mit dem Marmorgeländer hinaus, von der aus man über die Nordspitze der Insel schauen konnte. Seine Villa, die er nach dem Film »La Dolce Vita« benannt hatte, war ein palastartiges Gebäude, das hoch oben auf einem Hügelkamm thronte und einen uneingeschränkten Ausblick auf das Meer bot. Üppige grüne Hügel wölbten sich bis hinunter zum türkisfarbenen Wasser, das zur Linken von einem weißen Sandstrand, zur Rechten von einem kleinen, geschützten Hafen begrenzt wurde, wo nachts die *Reef Madness* angestrahlt wurde. Es war eine Aussicht, die den härtesten Mann sentimental werden lassen konnte.

Seine Armbanduhr zeigte 3:12 Uhr. Er streckte sich auf einer Liege unter dem mit Sternen übersäten Himmel aus. Wie immer war die Nachtluft angenehm kühl und durchsetzt mit Aprikosengeruch und anderen Düften. Er goss sich einen Brandy ein und ließ sich die Süße zu Kopf steigen.

Die Lage war ihm vollkommen klar. Sobald Veratox künstlich hergestellt werden konnte, würde Darby seine Aprikosen nicht mehr brauchen. Doch er wusste auch, dass die künstliche Erzeugung überaus schwierig war und Jahre dauern konnte. Bis dahin hatte er Darby Pharms bei den Eiern, wie die Amerikaner zu sagen pflegten. Es hatte Quentin einen Finger gekostet, doch er hatte bezahlt. Das war das Nette daran, der Chef zu sein. Man hatte seine Leute, die die eigenen Forderungen durchsetzten. Nicht dass Antoine nicht mehr die Nerven dafür gehabt hätte. Er hatte zu seiner Zeit 18 Menschen getötet, die meisten von ihnen, als er noch am Anfang stand. Das Töten hatte ihm sogar Vergnügen bereitet. Doch jetzt war er im mittleren Alter, und er konnte es sich leisten, andere diese Dinge für sich erledigen zu lassen. Das ließ ihm mehr Zeit für elegantere Vergnügungen. Das Leben war schön.

Draußen auf dem Meer blinkte das Licht eines Frachters am Horizont. Ein paar Sternschnuppen zogen über die Plejaden in der Konstellation des Stieres, was für diese Jahreszeit ungewöhnlich war. Ein Omen, sinnierte er. Während er in den Himmel starrte, dachte er an Lisa, die drinnen schlief, dachte daran, sie aufzuwecken und Sex mit ihr zu haben. Sie hatte den Körper einer Göttin, der ihm eine Quelle großer körperlicher Freude war, der Hauptgrund dafür, dass er ihr Leben verschont hatte. Nachdem er ihren Seitensprung mit Marcel entdeckt hatte, hatte er einen homosexuellen Wachmann angeheuert, der sie nicht aus den Augen ließ. Sie hatte Antoine angefleht, ihr zu vergeben und zu vergessen, was geschehen war. Er hatte ihre Bitte halb gewährt. Es würde der Tag kommen, an dem sie fett und er ihrer müde werden würde, und dann würde er seine Vergeltung bekommen. Doch für den Augenblick waren die Dinge, wie sie sein sollten. Das Zentrum hielt stand.

In etwa 30 Grad Nordost konnte er gerade eben den Flughafen von Kingston ausmachen. Ein paar Grad weiter östlich durchschnitten die Lichter des Frachters die Dunkelheit. Dahinter flackerte Wetterleuchten. Morgen würde es Regen geben, doch nur kurz, und dann würde die Sonne wieder zum Vorschein kommen und alles trocknen – ein immer wiederkehrendes Muster von Nahrung und Pracht, die natürlichen Rhythmen des Paradieses. Und er war ein Teil davon. Er besaß sogar ein Stück davon.

Er schloss die Augen und dachte daran, wie reich sein Leben doch war. Er sinnierte, wie wunderbar es wäre, das Leben in solchen Augenblicken einzufrieren, um sie für immer zu erleben. Ein Jammer, dass der Mensch die Uhr nicht anhalten konnte. Mit all seinen Millionen war er ebenso sterblich wie ein Bettler.

Antoine riss die Augen auf.

Ein merkwürdiges Geräusch. Anders als das Schlagen der Wellen gegen den Strand. Das Zirpen der Baumfrösche. Das Wispern der Antillenwinde in der Bougainvillea. Einen Augenblick lang dachte er, der Brandy lasse ihn Gespenster hören.

Motoren. Aber nicht der Jeep der Wachleute. Auch kein

Boot. Ein hartnäckiges, grollendes Dröhnen. Er ging hinein und holte ein starkes Fernglas. Das Geräusch wurde lauter.

Kein Frachter. Dafür waren es zu viele Lichter, die immer größer wurden. Antoine spürte, wie sich sein Herzschlag beschleunigte. Flugzeuge näherten sich der Insel von Nordosten her. Doch für heute Nacht waren keine Flüge angesetzt. Und aus dieser Richtung kamen sonst nie Flugzeuge. Schon gar nicht so tief. Sie konnten nicht mehr als 30 Meter über der Wasseroberfläche fliegen. Und es waren viele. Es mussten ein halbes Dutzend Maschinen in dichter Formation sein, die auf Apricot Cay zuhielten. Kleine, schnelle Flugzeuge.

Irgendwo begannen Hunde zu bellen. Dann riefen die Wachleute. Das Alarmtelefon klingelte drinnen, doch bevor er den Hörer abnehmen konnte, schossen etwa eine Meile weit draußen acht Düsenjets von der Wasseroberfläche hoch und breiteten sich fächerförmig über die Insel aus.

Plötzlich erschütterte eine Salve von Explosionen die Villa und erleuchtete den Himmel. Die Flugzeuge bombardierten seine Insel mit Napalm. Binnen Minuten standen die Wälder in Flammen, und der Himmel füllte sich mit dickem, schwarzem Rauch.

Lisa schrie, doch wegen des Lärms hörte er sie kaum. Alarmsirenen heulten, und die Wachmänner feuerten hilflos mit ihren automatischen Waffen, während die Bomben weiter auf die Insel herabregneten und die Nacht mit erstickendem Qualm und dem Gestank der brennenden Aprikosen- und Marihuanaplantagen erfüllte.

Im Süden zerstörten zwei Treffer den Hafen und die Fabrik; explodierende Äthertonnen sandten flammende Pilze in den Himmel. Ein weiterer Angriff vernichtete die Landebahn und riss drei seiner Flugzeuge in Stücke. Als eine Bombe die Straße hinter der Villa traf, rannte Antoine ins Haus. Lisa lag auf dem Fußboden und schrie hysterisch, doch keine der Raketen hatte das Haus getroffen. Nicht Antoine Ducharmes Tod war das Ziel dieses Überfalls gewesen. Nur seine Anlage sollte ein für alle Mal zerstört werden.

In weniger als 30 Minuten setzten die acht F-14-Jäger die halbe Insel sowie sämtliche Fabrik- und Lagergebäude in Brand, außerdem, wie Antoine später erfahren sollte, ein kleines Frachtschiff mit einer Ladung Aprikosenkerne, das am nächsten Tag in Richtung Boston Harbor hätte in See stechen sollen. Und was das Napalm nicht zerstörte, erledigte ein einzelner B-52-Bomber in drei Schleifen über dem südlichen Hügel mit Agent Orange.

Als es vorüber war, löste sich ein Kampfjet aus der Formation und feuerte zwei Raketen auf die *Reef Madness* ab.

Antoine Ducharme stand geduckt hinter einem Fenster und sah zu, wie sein Schiff explodierte. Während seine Wälder in Flammen standen, konnte er nur einen Gedanken fassen: dass dies nicht hätte passieren dürfen. Dass dieser Mann einen Freund im Weißen Haus hatte. Dass der Schwiegervater dieses Mannes ein Busenfreund Ronald Reagans war.

Dieser hinterhältige kleine Bastard Quentin Cross. Er würde hierfür bezahlen, mit allem, was er besaß.

6

WEISSES HAUS

Ronald Reagan saß im Bademantel in seinen Privaträumen im Westflügel und nahm ein Frühstück aus Rührei und gedünsteten Aprikosen zu sich, als sein Sekretär mit der Mitteilung anrief, Ross Darby warte mit einem dringenden Anliegen in der Leitung. Es war 6:55 Uhr.

Der Präsident drückte auf den erleuchteten Knopf. »Ich

habe um halb acht ein Treffen mit Caspar Weinberger. Was kannst du zu deiner Entschuldigung vorbringen?«

»Es tut mir Leid, Sie um diese Zeit anzurufen, Mr. President, aber ich habe ein Problem.«

Obwohl sie sich seit fast einem halben Jahrhundert kannten, konnte Ross Darby seinen alten Kumpel nicht einfach mit seinem Vornamen anreden, weil dies eine offizielle Angelegenheit war.

»Ich habe gerade einen Anruf von einem Mitarbeiter erhalten, dass US-Marinejets Apricot Cay in der Karibik bombardiert haben. Ich bin sicher, dass Sie über diese Tatsache unterrichtet sind, da Sie zweifellos die Anordnung dazu gegeben haben.«

Eine lange Pause trat ein, während Darby auf die Antwort des Präsidenten wartete. Dann räusperte sich Reagan und sagte: »Also, du bringst mich da in eine schwierige Lage, Ross. Offen gestanden ist dies eine Angelegenheit der Nationalen Sicherheit.«

»Nationale Sicherheit?«

»Ja. Wo liegt das Problem?«

»Mr. President, ich weiß nicht, ob Ihnen bekannt war, dass Apricot Cay der einzige Ort war, an dem die besondere Aprikosenart wächst, aus der unser neues Krebsmedikament hergestellt wird. Wir haben gerade gestern die Zulassung der FDA erhalten, wie Sie wissen.«

»Dieselbe Insel?«

»Ja, nach allem, was ich erfahren habe, wurden sämtliche Plantagen und die gesamte Ernte vernichtet. Sie wurden bis zum letzten Baum mit Napalm niedergebrannt, und es sieht so aus, als sei die Insel darüber hinaus noch mit einer Art Entlaubungsmittel eingesprüht worden.«

Wieder ein langes Schweigen, während der Präsident seine Worte abwog. »Und du rufst an, um nach dem Grund zu fragen.«

»Ron, ich habe Millionen in diese Insel investiert und die Zukunft der Firma auf diese Ernte gesetzt, ganz zu schweigen davon, dass auf diesen Bäumen das Heilmittel für viele Krebspatienten wuchs.«

»Verdammt, es tut mir Leid, Ross.« Reagans Stimme klang tief und kratzig. »Aber warum in Gottes Namen hast du dir auch dieselbe Insel ausgesucht?«

»Dieselbe Insel wie was?«

»Ross, es ist sieben Uhr morgens, und ich habe einen langen Tag vor mir, also lass uns aufhören, Spielchen zu spielen.«

»Ich weiß nicht, worauf du hinauswillst.«

»Darauf, dass Apricot Cay jedes Jahr Kokain und Marihuana im Wert von bis zu zwanzig Milliarden Dollar auf den Markt gebracht hat, und zwar ausschließlich auf die Straßen von Amerika.«

»*Was?*«

»Ross, jeden Tag sind von dort Lieferungen auf dem Land- und Luftweg angekommen und rausgegangen, als wäre es der Hafen von New York. Ich möchte bloß wissen, wie du es riskieren konntest, in einen solchen Ort zu investieren, vor allem vor dem Hintergrund unseres Krieges gegen den internationalen Drogenhandel. Ich weiß nicht, wie ich es sagen soll, aber ehrlich gesagt, fühle ich mich persönlich betrogen, und Nancy wird es genauso gehen.«

»Ron, das habe ich nicht gewusst.«

»Wie zum Teufel konntest du das nicht wissen? Du musst doch auf der Insel gewesen sein, bevor du investiert hast. Du warst doch da, oder?«

»Nein.«

»Also, wer auch immer dir das Geschäft vermittelt hat, muss Bescheid gewusst haben. Der Geheimdienst sagt, die Insel glich einer Festung.«

Darby hörte wie betäubt zu, während der Präsident weitersprach. Bevor er auflegte, sagte Reagan: »Ross, ich werde vergessen, dass dieses Gespräch je stattgefunden hat.«

»Danke, Mr. President«, erwiderte Ross und legte auf.

Lange starrte er aus dem Fenster in das graue Licht hinaus. Er zitterte, als sei das Innere seines Körpers aus Eis. Vor 18 Jahren war er Professor für Pharmakologie an der Middlesex State University gewesen und Darby Pharmaceuticals nichts weiter als ein befehlsmäßiges Labor in seinem Keller, wo er neue Substanzen entwickelte und die Patente an Konzerne wie Pfizer und Merck verkaufte. Im Laufe der Jahre hatte er Darby Pharms in ein 70-Millionen-Dollar-Unternehmen verwandelt, dank seiner Gabe, profitable Medikamente mit Prestige und universellen Anwendungsmöglichkeiten zu entwickeln, wie künstliche Östrogene, Mittel zur Senkung des Cholesterinspiegels und – Veratox. Plötzlich jedoch sah er sich selbst als törichten alten Mann, dem jeder nach dem Mund redete, dem jedoch niemand die Wahrheit darüber sagte, dass der Himmel einzustürzen drohte.

Quentin saß ihm gegenüber und schaute angelegentlich auf den Teppich. Sein Auge zuckte unkontrollierbar. Heute Morgen gegen 4:30 Uhr hatte er Ross mit der Neuigkeit von der Bombardierung angerufen. Als Darby nach einer Erklärung für die Militäraktion fragte, wusste Quentin keine Antwort. Daraufhin hatte Ross Darby im Weißen Haus angerufen.

»Er hat gesagt, die Insel sei der wichtigste Drogen-Umschlagplatz der westlichen Hemisphäre gewesen. Hast du das gewusst?«

Quentin konnte ihm nicht in die Augen sehen. »Glaubst du etwa, ich würde Geschäfte mit einem Drogenbaron machen?«

»Genau das habe ich dich gefragt, zum Teufel noch mal.«

»Ich war dort, um Aprikosen zu kaufen. Ich hatte keine

Ahnung, dass er mit Drogen handelt. Nicht die geringste Ahnung.«

Darby nickte und dachte, was für ein gotterbärmlicher Lügner sein Schwiegersohn doch war. »Wir sind ruiniert. Ich hoffe, das ist dir klar.«

Quentin betrachtete stumm seine Fingernägel. Dann stand er auf und trat ans Fenster.

Es war Ende November, und die meisten Bäume hatten ihre Blätter verloren. Ein leichter Regen fiel und benetzte sein graues Mercedes Coupé auf dem Parkplatz der Geschäftsführung. Quentin konnte gerade noch den Aufkleber von Nantucket auf der Windschutzscheibe erkennen. Im vergangenen Monat hatten Arbeiter den Bau seines neuen Sommerhauses auf dem Steilufer von Siasconset fertig gestellt. Es war ein großes, weitläufiges Haus mit Namen *New Dawn*, für das er sich hoch verschuldet hatte in der Annahme, dass er demnächst den Pharmakonzern mit dem Patent für das erste Krebsmittel der Welt übernehmen würde.

»Ich habe es nicht gewusst.«

»Dreh dich um!« Darbys Stimme klang wie ein Pistolenschuss.

Quentin wandte sich zu ihm um.

»Sieh mir in die Augen und sag das noch mal.«

»Ich, ich ...« Angesichts von Darbys Blick verstummte er.

»Das habe ich mir gedacht«, sagte Ross. Er holte tief Luft und zischte durch die Zähne: »Deinen Büchern zufolge stehen wir mit einer halben Million Dollar bei deinem Drogenkumpel in der Kreide. Eine halbe Million für so viel Holzkohle, wie wir uns nur wünschen können.« Er knallte seine Kaffeetasse auf den Tisch. »Er hat gesagt, dieser Dreckskerl sei der Don Corleone der Karibik. Er hätte da unten eine Festung mit einer eigenen Armee, einer Flugzeugflotte, Fabriken und Schiffsdocks unterhalten.

Und du hast das nicht gewusst. Die gottverdammte Drogenbehörde hat ihn seit einem Jahr aus einer Höhe von dreihundert Meilen mit einem Spionagesatelliten beobachtet, und du willst aus nächster Nähe nichts gemerkt haben. Wofür zum Teufel hältst du mich?«

Quentin wandte den Blick ab. Die tatsächliche Zahl lautete 2,5 Millionen Dollar, doch das würde Ross nie erfahren. Er würde ihn auch nicht auffordern, zurückzutreten, denn es gab niemanden sonst, der die Nachfolge antreten könnte. Außerdem, wie sollte Ross das Margaret und den Kindern erklären?

»Nicht zu reden von weiteren 2,8 Millionen Dollar in den vergangenen zwei Jahren, um das Zeug künstlich zu erzeugen. Das ist ebenfalls eine Sackgasse. Du hast uns ruiniert, Quentin, und du hast mich vor dem Präsidenten der Vereinigten Staaten wie ein Arschloch ersten Ranges dastehen lassen. Vermutlich habe ich es nur seinem Mitleid zu verdanken, dass ich nicht auch noch angezeigt werde.

Aber ich vermute, alles hat sein Gutes: So brauche ich meinen Ruhestand nur im finanziellen Ruin zuzubringen, statt im finanziellen Ruin *und* im Staatsgefängnis.« Darby ließ sich in seinen Stuhl zurückfallen, schloss die Augen und massierte sich die Schläfen.

Es wurde still im Raum. Nur das Trommeln des Regens gegen die Scheibe war zu hören.

»Vielleicht auch nicht«, sagte Quentin.

Darby blickte auf. »Vielleicht *was* nicht?«

Während Ross ihn anfunkelte, nahm Quentin den Hörer ab und tippte sieben Ziffern ein.

Chris schlief tief, als das Telefon klingelte. Er nahm rasch ab, doch Wendy war schon aufgewacht. Es war Quentin Cross. Was er zu sagen hatte, war kurz und bündig: Er sollte sich um 8:30 Uhr mit ihm und Ross im Büro treffen.

»Es ist Samstag, um Gottes willen.« Sie drehte den Kopf,

um auf die Uhr zu sehen. Es war kurz nach sieben. »Was hat er gesagt?«

»Nur dass es eilt.« Chris stand auf und begann sich anzuziehen. »Wahrscheinlich wieder so eine schwachsinnige Idee, wie man das Toxogen herstellen könnte.« Doch die Anspannung in seinem Gesicht zeigte ihr, dass ihn etwas beunruhigte. »Liebling, was ist los?«

Sie sah ihm an, dass er sie nicht aufregen wollte, doch es war Zeit, die Karten auf den Tisch zu legen. »Ich glaube, sie werden mich rauswerfen.«

»Rauswerfen? Weswegen?«

»Weil ich keinen besseren Ertrag erzielt habe.«

»Das ist lächerlich. Sie können dich doch nicht feuern, wenn es einfach nicht machbar ist.«

»Ich habe nicht gesagt, dass es nicht machbar ist. Nur dass *ich* es nicht schaffen kann. Also werden sie jemanden finden, der es kann.«

»Das können sie nicht machen«, wiederholte Wendy. Tränen stiegen ihr in die Augen. Chris war ein anständiger Mann und ein brillanter Wissenschaftler, der seine gesamte berufliche Laufbahn in den Dienst der Menschheit gestellt hatte. Zwei Jahre lang hatte er unermüdlich daran gearbeitet, das Mittel herzustellen. Wenn sie ihm jetzt kündigten, wäre das grob ungerecht.

»Es ist ihre Firma. Sie können tun, was sie wollen.«

»Kannst du nicht gegen sie angehen? Dir einen Anwalt nehmen?«

»Es verstößt nicht gegen das Gesetz, jemanden rauszuwerfen, der seine Arbeit nicht tut.«

»Aber du hast deine Arbeit getan. Es ist nicht dein Fehler, dass du das verdammte Zeug nicht mit einem besseren Ertrag synthetisieren kannst. Gibt es denn niemanden, den du anrufen kannst? Jemanden, der neue Techniken kennt?«

»Ich habe es bei allen probiert. Wenn es machbar ist, so

liegt es jenseits meiner Fähigkeiten.« Er suchte seine Kleider zusammen.

»Du bist der Beste, den sie haben.«

»Vielleicht ist genau das das Problem.« Chris wischte ihr die Tränen aus dem Gesicht und küsste sie. Dann verabreichte er sich seine Insulinspritze, zog sich an und verließ das Haus.

Darby Pharms hatte seinen Sitz in einem kleinen Komplex von Ziegelgebäuden im Tudorstil. Das ursprüngliche Gebäude war einst ein Privatwohnsitz gewesen, der im Laufe der Jahre immer wieder erweitert worden war, als die Firma sich auf 60 Angestellte vergrößerte. So war eine Reihe von hübsch gestalteten Häusern entstanden, die wie ein kleines englisches Dorf aussahen.

Um 8:20 Uhr fuhr Chris in seine Parklücke. Zwei Wagen standen auf dem Parkplatz der Geschäftsleitung: Ross Darbys großer schwarzer Mercedes und Quentins graues 450 SL Coupé. Die Farben der Macht und der Möchtegern-Macht.

Chris ging hinein. Drinnen war es unheimlich still, als halte das Gebäude den Atem an. Bereits in der Eingangshalle konnte er die Spannung spüren. Er durchquerte das Labyrinth von Büros. Quentin stand mit einem Kaffeebecher in der Hand an der Tür zu Ross' Büro. Er trug Jeans und ein Sweatshirt und sah aus, als sei er die ganze Nacht auf gewesen.

»Setzen Sie sich«, sagte Darby, als Chris eintrat. Auch er war lässig gekleidet, in ein blaues Hemd und einen schwarzen Pullover mit V-Ausschnitt. Sein Gesicht war aschfahl und abgespannt. Beide sahen so grimmig aus, dass Chris sicher war, gefeuert zu werden.

Quentin begann: »Chris, wir haben Sie gerufen, weil wir offen gestanden ein Problem mit Ihrer Arbeit hier haben. Sie sind seit fünfzehn Jahren bei uns, und in diesen fünfzehn Jahren haben wir uns immer auf Sie verlassen –«

Chris unterbrach ihn. »Quentin, wenn Sie mich rauswerfen wollen, sagen Sie es einfach, das erspart uns eine Menge Ärger.«

Quentin stieg das Blut ins Gesicht. »Mir gefällt Ihre Einstellung nicht.«

»Und mir gefällt es nicht, dass Sie mich an einem Samstagmorgen um sieben Uhr anrufen, ohne mir eine Erklärung dafür zu geben.«

»Es geht um Ihre Mäuse«, sagte Quentin.

»Das sind wir doch schon durchgegangen.«

»Ich möchte, dass Ross sich das anhört.«

Ross erhob sich. Er brauchte einen Augenblick, um sich aufzurichten. Er ging zur Kaffeemaschine, streckte sich, offenbar, um seine Kreuzschmerzen loszuwerden, dann goss er sich noch eine Tasse ein. Trotz seiner chronischen Rückenprobleme sah er für einen Mann von über 70 Jahren gut aus. Er war groß und ziemlich fit, und sein Gesicht hatte normalerweise eine gute, gesunde Farbe, die er regelmäßigem Tennisspielen verdankte. Es war leicht, sich den schneidigen jungen Stürmer von Eureka vorzustellen. Heute jedoch sah man Ross Darby sein Alter an. Sie waren vermutlich seit Stunden auf gewesen, um die Konditionen seiner Kündigung durchzugehen.

»Chris, ich möchte mich für die Geheimniskrämerei entschuldigen, aber ich ziehe es vor, persönlich mit Ihnen zu sprechen. Quentin hat mir berichtet, was Sie gesagt haben, aber ich würde es gern aus erster Hand hören, wenn es Ihnen nichts ausmacht.«

Chris mochte Darby, weil er Stil hatte und sich auf Menschenführung verstand. Er behandelte die Leute stets mit Respekt und Geduld und brauchte nie die Stimme zu erheben. Wenn man mit ihm sprach, vermittelte er einem das Gefühl, dass es im ganzen Universum nichts gab, was er lieber täte als seinem Gegenüber zuzuhören. Im Gegensatz zu Quentin war er niemals kleinlich; wenn ihn etwas ärgerte, ließ er es sich nicht anmerken, es sei denn, es war wichtig. »Wie ich schon erklärt habe, ich habe versucht, uns Zeit zu sparen, indem ich die Toxizität getestet habe.«

»Wir sind schon seit mehr als einem Jahr über die Phase der Tierversuche hinaus.«

»Ich wollte die Tiere nicht einfach abkratzen sehen.«

»Also haben Sie seit zwei Jahren auf unsere Kosten den Mäusedoktor gespielt«, warf Quentin ein.

Es sah ihm ähnlich, Chris wegen der Kosten in die Zange zu nehmen, um Ross zu imponieren, bevor er ihn rauswarf. Wenn kleine Männer lange Schatten warfen, wusste man, dass die Sonne bald untergehen würde.

»Genau«, antwortete Chris.

»Das ist doch gequirlte Scheiße.«

»Quentin, komm zur Sache«, ermahnte Darby ihn.

Quentin holte einen Packen Papiere hervor und überreichte ihn Chris. »Kommen Ihnen die hier bekannt vor?«

»Ist das eine Art Bestandsaufnahme?«, erwiderte Chris.

»Ganz genau. Und wissen Sie auch, wovon?«

Wieder schaltete sich Darby ein. »Quentin, wir sind hier nicht bei Perry Mason.«

»Das ist eine Aufstellung der Bestellungen aus Ihrem Labor«, fuhr Quentin fort. »Und vielleicht können Sie uns ein paar Dinge darin erklären.«

»Zum Beispiel?«

»Zum Beispiel, warum Sie über einen Zeitraum von fünf Jahren seit 1980 fünfhundertzweiundachtzig exotische, mutierte Mäuse zu einem Stückpreis von hundertsiebzig Dollar geordert haben, ein Stückpreis, der fünfmal höher ist als der für die nächstbilligere Maus, sollte ich hinzufügen, für insgesamt 98 940 Dollar. Ich habe bei Jackson Labs angerufen, und dort hat man mir gesagt, dass *mus musculatus sextonis* mit der Bestellnummer JR 004134 ein Albino Mutant Amazonian Agouti – was zum Teufel das auch sein mag – mit einer Lebensspanne von elf Monaten ist. Was wir gerne wüssten, ist, was zum Teufel Sie mit kurzlebigen, mutierten Mäusen im Wert von 100 000 Dollar angestellt haben.«

»Ich habe Studien über ihre Lebenserwartung angestellt.«

»Tatsächlich? Für ungefähr ein Fünfzigstel des Preises hätten Sie Mäuse mit der doppelten Lebenserwartung haben können. Wozu zum Teufel die Eile?«

»Sie waren doch derjenige, der darauf bestanden hat, dass wir uns nicht auf Rohmaterialien verlassen können, sondern den Stoff selbst herstellen müssen.«

»Mhm. Wie steht es dann mit diesen Bestellungen von Chemikalien? Sie haben organische Substanzen geordert, die nichts mit Aprikosen oder irgendwelchen anderen Interessen dieses Labors zu tun haben. Zum Beispiel am 23. September vor fünf Jahren achtzehn Liter Acetonitril.«

»Das ist ein Lösungsmittel, um das Toxogen aus den Aprikosenkernen zu lösen.«

»Tatsächlich? Nun, meine Chemiekenntnisse sind vielleicht ein bisschen eingerostet, also habe ich das nachgeprüft. Und jeder, aber wirklich jeder hat mir gesagt, dass das beste Lösungsmittel Ethanol ist, nicht Acetonitril, das, wie Sie sehr wohl wissen, in organischen Prozeduren verwendet wird.« Er rückte seine Brille zurecht und kam sich offenbar sehr klug vor. »Dann, im Dezember '84, fünfundsiebzig Gramm L-N5 Minoethyl Ornithin, und drei Monate später insgesamt zwanzig Liter Hexamethylphosphamid. Und bevor Sie sich bemühen und uns eine neue Lüge auftischen, auch das habe ich überprüft und, stellen Sie sich vor, kein Mensch hat auch nur die geringste Ahnung, wozu Sie solche raffinierten organischen Substanzen benötigten. Tatsache ist, dass HMPA ein gottverdammtes Karzinogen ist, das uns übrigens über zweitausend Dollar gekostet hat.« Er schlug mit dem Papierpacken auf den Tisch. »Tatsache ist, dass Sie einige ziemlich seltsame Materialien geordert haben, seit wir

Sie damals 1980 nach Papua-Neuguinea geschickt haben. Möchten Sie uns vielleicht sagen, was zum Teufel Sie in den letzten sieben Jahren in diesem Labor getrieben haben, wenn niemand hingeguckt hat?«

Beide starrten ihn an, forderten eine Erklärung.

Nach einer langen Pause sagte Chris: »Nichts Wichtiges.« Er stand auf, um zu gehen.

Doch Quentin fuhr fort. »Und was war mit dieser Konferenz über Neurologie und Gerontologie in Yale im vergangenen November? Zwei Tage, an denen Sie sich bei uns krankgemeldet hatten?«

»Sie haben mir nachspioniert. Ich glaub's nicht.«

»Glauben Sie es ruhig«, sagte Quentin. »Und glauben Sie auch, dass Missbrauch von Firmeneigentum und die Umdeklarierung von Mitteln ein Verbrechen ist, das mit Diebstahl gleichzusetzen ist.«

Chris ging auf die Tür zu.

»Nun, vielleicht wird uns das hier Aufschluss geben.« Quentin hielt einen schwarzen, gebundenen Hefter hoch, der Chris' Notizen über das Tabukari-Elixier und seine Auswirkungen auf Tiere bis zurück ins Jahr 1980 enthielt. Er hatte den abgeschlossenen Aktenschrank in Chris' Büro aufgebrochen.

»Und bevor Sie mir jetzt sagen, dass das Ihr persönliches Eigentum ist, lassen Sie mich Ihnen Ihren Vertrag in Erinnerung rufen, in dem es heißt: ›Sämtliches Forschungsmaterial, Ausrüstung, Tiere, Verfahren, Patente, Erfindungen, Entdeckungen und Notizen sind Privatbesitz von Darby Pharmaceuticals.‹ Drücke ich mich klar aus?«

Fotokopien von Chris' Notizen lagen vor Ross, der Chris schweigend und ausdruckslos ansah.

»Und übrigens«, fuhr Quentin mit glühendem Gesicht fort, »diese Maus, die vor ein paar Wochen so furchtbar verendet ist? Nun, ich habe die Unterlagen überprüft und herausgefunden, dass sie vor sechs Jahren gekauft wurde – ich wiederhole, vor *sechs Jahren.* Also, ich weiß ja nicht viel über Mäuse, aber das erschien mir doch höchst unwahrscheinlich, also habe ich bei Jackson angerufen, und dort hat man mir bestätigt, dass die Originalbestellung von zwanzig solcher Mäuse 1980 eingegangen ist. Als ich ihnen gesagt habe, dass es dieselbe Maus ist, hat man mir gesagt, das sei ganz und gar unmöglich, da die Lebensspanne nur elf Monate betrage. Es müsse ein Irrtum vorliegen, denn keine Maus unter der Sonne – ganz gleich welcher Art oder Züchtung – würde sechs verfluchte Jahre leben.«

Sie starrten ihn an, verlangten eine Antwort.

»Was wollen Sie von mir?«

»Was wir wollen, ist, dass Sie sich hinsetzen und uns alles über das Tabukari-Elixier erzählen.«

7

»Werde ich nun gefeuert oder nicht?«

Sie hatten alle seine Aufzeichnungen gelesen. In diesen Notizen hatte er die gesamte medizinische Geschichte seiner Mäuse dokumentiert, auch die von Methusalem – sechs Jahre heimlicher Forschungstätigkeit bei Darby. Wenn sie wollten, säße er auf der Straße und müsste sich vor Gericht wegen Diebstahls verantworten.

»Gefeuert?« Ross Darby stand auf und ging um seinen Schreibtisch herum. »Wenn Sie einen Stoff entwickelt haben, der die Lebensspanne von Mäusen vervielfacht hat, möchte ich wissen, was dies für den Menschen bedeuten könnte. Und ich möchte, dass Sie das herausfinden. Tatsache ist, ich möchte, dass Sie dieser Frage Ihre gesamte Arbeitszeit widmen.«

Großer Gott! Er hatte den Geist aus der Flasche gelassen, und jetzt wollten sie, dass er mit ihm tanzte. »Und was ist mit Veratox?«

»Es ist ganz offensichtlich, dass die künstliche Erzeugung nicht funktioniert, und wir haben mehr als genug Geld investiert, um das herauszufinden. Wir schätzen Ihre Bemühungen, aber solche Dinge passieren eben.«

»Es steht doch noch eine Lieferung des Rohstoffs aus, nicht wahr?«

»Ohne ins Detail gehen zu wollen: Nein, das stimmt nicht.« Ross wich ihm aus.

Dies erklärte ihre stoische Haltung. Veratox war ein Fehlschlag, und Chris' Elixier war ihnen in den Schoß gefallen, um die Verluste auszugleichen.

»Also«, fragte Ross, »was kann das Zeug bei Menschen bewirken?«

Chris sah zu Quentin herüber, der sich zurücklehnte und darauf wartete, dass er seine Karten auf den Tisch legte. Wenn er protestierte oder sich weigerte, konnten sie ihn immer noch hinauswerfen und seine Aufzeichnungen und die Materialien in seinem Labor beschlagnahmen. Was bedeuten würde, dass sein Flaschengeist mit jemand anderem tanzen würde. »Ich weiß es nicht.«

»Und woher wussten Sie dann von seinen lebensverlängernden Fähigkeiten?«

»Durch Gerüchte von Dorfbewohnern in Papua-Neuguinea.«

»Die wie lauteten?«

Er wog seine Worte sorgfältig ab. Diese plötzliche Enthüllung ging zu schnell. »Dass es den Alterungsprozess verlangsamen kann.«

Chris erzählte nichts von Iwati. Sein Name tauchte nicht in seinen Notizen auf, und auch nicht Chris' Überlegungen, dass die Substanz die menschliche Lebenserwartung verdoppeln, verdreifachen oder sogar noch mehr vervielfachen könnte. Niedergeschrieben hatte er nur die pharmakologische und biologische Geschichte seiner Mäuse: Dosierungen, Verfahrensweisen, Messungen der Blut- und Zellwerte, Neurophysiologie und so weiter.

»Nun, ich bin neugierig, warum Sie eine solche Geheimniskrämerei betrieben haben«, sagte Darby. »Sie haben seit 1980 daran gearbeitet und kein Wort verlauten lassen.«

»Es erschien mir angesichts der Einschränkungen nicht als profitversprechende Forschung.«

»Jedenfalls nicht, solange Sie hier bei uns waren, meinen Sie«, warf Quentin ein.

»Wie bitte?«

Quentins Gesicht nahm jenen Ausdruck verschlagener Schlauheit an, den er immer zeigte, wenn er Darby beeindrucken wollte. »Ich frage mich bloß, ob Sie vielleicht deshalb alles unter der Hand gehalten haben, um die Substanz zu perfektionieren und dann mit dem Patent von Bord zu gehen und Ihre eigene Firma zu gründen.«

»Quentin, ich bin Biologe, kein toller Hecht von einem Unternehmer wie Sie.«

»Ihre Motive interessieren mich nicht«, unterbrach Ross. »Sie haben einen Stoff entwickelt, der die Lebensspanne von Mäusen vervielfacht hat. Das ist ein enormer Durchbruch. Und das ist es, was Sie jetzt für uns weiterentwickeln sollen. Sind Sie daran interessiert?«

Nach Chris' Einschätzung war Ross Darby die Art von Geschäftsmann, von denen Ayn Rand begeistert gewesen wäre. In weniger als 20 Jahren hatte er aus einem Garagenlabor ein mehrere Millionen Dollar schweres Unternehmen gemacht. »Sicher.«

»Sie haben gewisse Einschränkungen erwähnt.«

»Beschleunigtes Altern, turboschnelles Altern – wie es mit Methusalem passiert ist.«

»Dann sollte die Eliminierung dieses Faktors Ihr Hauptziel sein«, erwiderte Ross. »Ich muss Sie dafür bewundern, wie Sie die ganze Sache unbemerkt durchgezogen haben. Was mich daran beunruhigt, ist die Frage, was das über unsere Buchführung aussagt.« Er warf Quentin einen Blick zu. »Ich würde diese Mäuse gern sehen, wenn es Ihnen nichts ausmacht.«

Chris nahm sie mit in sein Labor zu den Mäusekäfigen, in denen die Tiere über ihr Schädelimplantat an den Tabulon-Tropf angeschlossen waren.

»Sie haben sechs Jahre investiert und die Lebensspanne von Mäusen um den Faktor sechs verlängert. Also müssen Sie auch Hoffnung für den Menschen sehen.«

»Wenn wir die richtigen Chemikalien finden, gibt es keinen Grund, warum wir unsere Lebensspanne nicht unbegrenzt verlängern können – wie bei diesen Kerlchen hier«, antwortete Chris.

Ross betrachtete die Mäuse, als habe er magische Wesen vor sich. »Eine verlockende Aussicht, vor allem für jemanden in meinem Alter.«

»Wir haben eine riesige Babyboomer-Generation, die brav ihre Haferflocken isst und sich die Seele aus dem Leib joggt«, warf Quentin ein. »Wir reden von einem Molekül, das Milliarden wert ist.« Sein Gesicht rötete sich angesichts dieser Aussicht.

»Wie sieht die Zusammensetzung aus?«, fragte Ross.

Chris schlug seine Notizen bei einer Zeichnung auf.

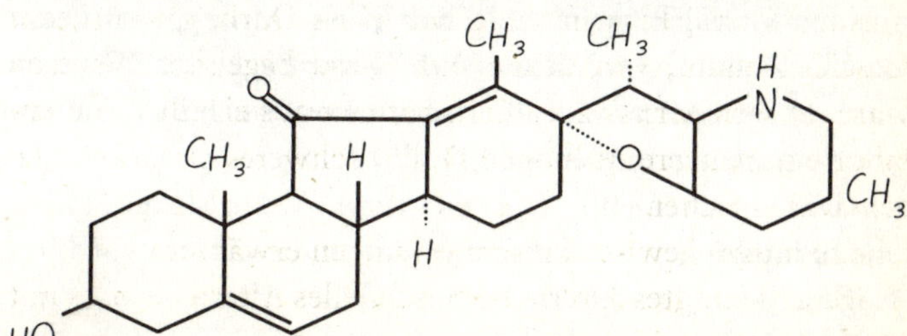

Ross studierte sie aufmerksam. »Eine steroidale Struktur, nur dass die C- und D-Ringe vertauscht sind. So etwas habe ich noch nie gesehen.«

»Ich vermute, das hat noch niemand getan«, erwiderte Chris. Was die Zusammensetzung so einzigartig machte, war das spirale Ringsystem – zwei Ringe, die an einem einfachen Kohlenstoffatom hingen, etwas, das in Steroid-Strukturen sonst nicht vorkam.

»Was für eine Pflanze ist das?«

»Eine Ranke mit kleinen, orchideenartigen Blüten. Man hat mir gesagt, dass sie nirgendwo sonst auf der Welt wächst.«

»Das hat man auch über die Aprikosen gesagt«, murmelte Ross. Er studierte das Diagramm.

»Wo haben Sie die Synthese und die Klärung des Stoffes vornehmen lassen?« Ross war besorgt, dass andere Labore Darby das Exklusivpatent der Substanz streitig machen könnten, vor allem, sobald das Profil des Moleküls erst einmal bekannt wurde. Doch das alles hatte Chris berücksichtigt. Ohne etwas über die mögliche Wirkung des Stoffes zu verraten, hatte er die Analysen am Massachusetts Institute of Technology (MIT), der Northeastern Universität und in Privatlaboren vornehmen lassen. Niemandem war etwas aufgefallen. Dazu trug auch die Tatsache bei, dass niemand mehr Steroidforschung betrieb.

Darby starrte auf die durchsichtige Flüssigkeit in den Infusions-Vorrichtungen. »Sie haben ein Molekül entdeckt, das die Zelluhr von Mäusen auf Zeitlupe schaltet. Wenn Sie das auf den Menschen übertragen können, haben Sie den Jungbrunnen gefunden.«

»Das entscheidende Wort ist ›wenn‹. Wenn Sie die Schläuche herausziehen, altern und verenden diese Tiere vor Ihren Augen.«

Ross betrachtete die Maus in dem Käfig, der ihm am

nächsten stand. Vom Schädel des Tierchens ragten Elektroden auf wie von einem winzigen Taucherhelm. »Wie alt ist diese hier?«

»Rein rechnerisch – 62 Monate. Biologisch – ich habe keine Ahnung. Wie die meisten Tiere altern Mäuse nicht sichtbar. Sie werden nur größer. Und klüger. Ihre kognitiven Fähigkeiten haben messbar zugenommen.«

Im Geiste sah Chris seinen Vater vor sich, wie er zwei verschiedene Schuhe trug, wie er sich das Hirn nach dem richtigen Wort zermarterte ... nach dem Namen seines Sohnes. Wie er versuchte, den Nebel fern zu halten, der sich langsam immer dichter um ihn schloss.

»Was, glauben Sie, löst diesen beschleunigten Alterungsprozess aus?«

»Ich weiß es nicht, aber aus dem Bauch heraus würde ich sagen, dass es im Molekül selbst mit angelegt ist. Das Ding ist groß, was bedeutet, dass das Problem in der Bindungsstruktur liegen könnte. Vielleicht legt sich etwas in dem Ring an die Neurorezeptoren und blockiert den natürlichen Alterungsprozess, und sobald es abgezogen wird, vermehren sich die Faktoren, die das Altern bewirken. Vielleicht wirkt das Molekül aber auch direkt auf die DNA-Struktur.«

»Gibt es Gerüchte über Menschen in Papua-Neuguinea, die besonders schnell altern?«

»Nicht dass ich wüsste.«

Ross war anzusehen, dass er von dem Potenzial des Mittels überzeugt war. »Als ersten Schritt müssen wir ein Patent anmelden. Das ist unbedingt notwendig.«

Weil Geheimhaltung unverzichtbar war, würden sie ein Patent auf die Zusammensetzung beantragen, und nicht auf die Verwendung. So könnten sie die Notwendigkeit umgehen, die Substanz als Mittel gegen das Altern beschreiben zu müssen. Chris wusste, dass es mit der Nebenwirkung des beschleunigten Alterns nie die Genehmigung der FDA erhalten würde.

»Was brauchen Sie, um weiterzumachen?«, fragte Ross.

Chris hatte diese Frage erwartet, und jetzt zählte er die Einrichtung seines Traumlabors auf: Hochleistungscomputer mit ausgeklügelten Grafikprogrammen, modernste Kernspinchromatografen, Massenspektrometer, und so weiter. Mit einem Fingerschnippen bedeutete Ross Quentin, alles mitzuschreiben.

»Außerdem Genetiker, Pharmazeutiker, Chemophysiker mit pharmakologischem Hintergrund. Ich kann Ihnen Namen nennen. Und Versuchstiere, vor allem Rhesusaffen – sehr alte und virenfreie Exemplare.«

Als er fertig war, schaute Quentin auf die Liste, die er aufgestellt hatte. »Das ist eine enorme Investition.«

»Und es könnte ein Fehlschlag werden«, fügte Chris hinzu.

»Aber ich glaube, dass Sie hier vor einer ganz großen Sache stehen«, sagte Ross. »Also werden wir alles tun, was nötig ist. Ich möchte, dass Sie die beste Mannschaft und das beste Labor zusammenstellen, das man für Geld kriegen kann.«

Chris nickte. Es amüsierte ihn, dass er in weniger als zwei Stunden vom Dieb zum Messias der Firma aufgestiegen war. »Ich werde mein Bestes tun.«

»Und je eher, desto besser«, sagte Darby. »Mir bleiben nur noch ein, zwei Jahre. Wenn es bei alten Affen funktioniert, bin ich als Nächster an der Reihe.«

»Wenn es funktioniert«, sagte Quentin, »sind Sie berühmter als Gott und doppelt so reich.«

Chris lächelte. Ruhm und persönlicher Reichtum standen ganz unten auf seiner Prioritätenliste. Er war von Natur aus ein zurückgezogener Mensch und verdiente bereits genug, um seine und Wendys Bedürfnisse zu erfüllen. Ja, es wäre nett, ein paar tausend Dollar zusätzlich zu haben, vor allem jetzt, da Wendy schwanger war und beschlossen hatte, an der Schule einen ausgedehnten Erziehungsurlaub zu nehmen. Doch plötzlicher Reichtum würde nur unnötige Unruhe in ihr Leben bringen, Sorgen, wie sie wohl auch für Quentins dunkle Augenringe verantwortlich waren. Vielleicht war diese Einstellung aus der Mode gekommen, doch er war Wissenschaftler und wurde ausschließlich von intellektuellen, nicht von finanziellen Herausforderungen getrieben. Selbst wenn er sich mehr leisten könnte, würde er jederzeit eine Windjacke von L. L. Bean einem Armani-Jackett vorziehen, einen Jeep einem Mercedes, einen Urlaub im Ferienhäuschen von Wendys Familie in den Adirondacks einem Chateau an der Riviera.

Ross hatte noch eine Frage, bevor sie gingen. »Weiß sonst noch jemand von dieser Sache? Kollegen oder Freunde?«

»Nur meine Frau.«

»Gut«, sagte Darby, »dann wollen wir es dabei belassen. Denn wenn herauskäme, dass wir all unsere Ressourcen in die Erprobung eines Mittels gegen das Altern stecken, würden die Medien wie die Geier über uns herfallen, und die Konkurrenz würde alles dransetzen herauszubekommen, was wir in der Hand haben. Betrachten Sie dies als unser Manhattan-Projekt.«

Später, als er unterwegs nach Hause war, schwirrten Darbys Worte durch Chris' Kopf. Es war nicht die Forderung nach Geheimhaltung, die ihn beunruhigte; daran war er schließlich gewöhnt. Es war die Erinnerung an die ersten Worte Robert Oppenheimers, wenige Augenblicke, nachdem das ursprüngliche Manhattan-Projekt eine 15 Kilometer hohe radioaktive Säule über Almagordo hatte aufsteigen lassen: *»Ich bin der Tod geworden.«*

Zweiter Teil

»Von allen Dingen, die einem Mann zustoßen,
ist das Alter am unerwartetsten.«

Leon Trotzky

8

Juni 1987

Chris konnte vor Aufregung kaum schlafen. In wenigen Monaten würde Wendy ihr Baby zur Welt bringen. Und in der Zwischenzeit setzte Darby Pharms ganz auf Tabulon. Manchmal hätte er nicht sagen können, was ihm mehr Auftrieb verlieh.

Wendys frühere Angst vor einem weiteren Kind hatte sich verflüchtigt wie ein leichtes Fieber. Jetzt freute sie sich auf die Geburt im November und auf ein Jahr Erziehungsurlaub. Um ihr Glück komplett zu machen, hatte sie *»Müde bin ich…«* vollendet, und ein Literaturagent hatte das Manuskript nach nur zwei Versuchen an einen Verlag verkauft. Der Vorschuss war zwar bescheiden ausgefallen, doch der Verlag war von dem Manuskript und von der Aussicht auf eine Serie begeistert. Im Februar kommenden Jahres würde das Buch erscheinen. Wendy war überglücklich. Ein Baby und ein Buch, und das innerhalb weniger Monate – besser konnte es gar nicht laufen.

In der vergangenen Woche war Jenny noch einmal zu Besuch gekommen. Ihre gute Nachricht lautete, dass ihre Tochter Kelly aus der Klinik entlassen worden war und vorhatte, im Herbst auf die Schule zurückzukehren. Und Abigail entwickelte sich zu einem fröhlichen und gesunden Kleinkind.

Unterdessen hatte eine schnelle Einsatztruppe von Arbeitern binnen weniger Monate Chris' altes Labor in eine topmoderne Forschungsstätte verwandelt. Wände waren eingerissen und die Arbeitsfläche verdoppelt worden. Fast täglich trafen aus dem ganzen Land die besten Geräte ein. Auch Versuchstiere. Die Mäuse bezogen sie weiterhin von Jackson Labs. Doch es hatte sich als problematisch erwiesen, die richtigen Affen ausfindig zu machen. Zwar gab es im ganzen Land Anbieter, doch nur einer – eine abgeschiedene Kolonie auf den Keys in Florida – hatte virenfreie ältere Exemplare. Chris bestellte gleich zwei Dutzend Tiere im Alter von 21 bis 29 Jahren.

Der Älteste hieß Jimbo und entsprach mit seinen 29 Affenjahren einem Mann von 105 Menschenjahren. Die jüngeren Tiere kosteten 4000 bis 6000 Dollar pro Exemplar, Jimbo dagegen, der möglicherweise älteste virenfreie Rhesusaffe der Welt, hatte den stolzen Preis von 10 000 Dollar.

Als Projektleiter hatte Chris außerdem die besten Mitarbeiter angeheuert, die er finden konnte. Sie anzuwerben erforderte große Kunstfertigkeit, denn er musste ihnen das Projekt schmackhaft machen, ohne dabei das Ziel zu verraten. Er erklärte, dass Darby ein Projekt begonnen hatte, das es nie zuvor in der pharmazeutischen Industrie gegeben hatte. Wie erwartet waren seine künftigen Mitarbeiter fasziniert davon, dass ein angesehenes Unternehmen Millionen Dollar in ein Steroid investierte. So einzigartig die kristalline Struktur auch war, Steroide waren ein Gebiet, mit dem sich heutzutage nur wenige abgaben. Fasziniert waren sie auch von den Einstiegsgehältern – doppelt so viel, wie sie bis dahin verdient hatten. Als Chris mit den Bewerbungsgesprächen fertig war, hatte er sechs erstklassige Forscher eingestellt: zwei Pharmakologen, einen Biochemiker, einen Mikrobiologen, einen Chemiker, der auf Eiweiße spezialisiert war, und einen Genetiker. Es war eine erstklassige Mannschaft.

Die nächste gute Nachricht war, dass Darby Pharms ein

Patent auf Tabulon erhalten hatte, was bedeutete, dass 17 Jahre lang keine andere Institution an dem Molekül forschen durfte.

Bis zum Winter war das Krebstoxogen trotz der anfänglichen Medieneuphorie merkwürdigerweise aus der öffentlichen Wahrnehmung verschwunden. Die offizielle Erklärung lautete, dass ein Schädling die Aprikosenbäume abgetötet habe. Der Verlust war die Firma teuer zu stehen gekommen, und Chris vermutete, dass Quentin deshalb unter Beschuss stand. Was auch immer in Wahrheit geschehen war, Ross hatte es geschafft, bei Risikoanlegern Millionen für das neue Labor locker zu machen. Gelungen war ihm dies mit Geschichten über ein Wundermittel, das einem Jungbrunnen gleichkam und das die Investoren zu Milliardären machen würde.

Zu diesem Zweck waren Chris, Quentin, Ross Darby und zwei weitere Mitarbeiter im Juni zu einer Sondersitzung zusammengekommen, um einen Handelsnamen für Investoren, Forschungsdokumente und die FDA-Bewerbung zu finden. Sie trafen sich im Konferenzzimmer, und Chris notierte die Vorschläge an der Tafel. Der Name »Tabulon« beeindruckte angesichts des immensen Potenzials des Produkts niemanden. Quentin sagte, das klinge eher wie ein italienisches Dessert.

»Was wir brauchen, ist etwas Schlagkräftiges«, forderte Ross. »Etwas, das aussagt, wofür es steht – Langlebigkeit – aber nicht zu plastisch ist. Sie wissen schon, etwas, das exotisch klingt und Aufmerksamkeit erregt.«

Fast zwei Stunden spielten sie mit Namen herum, bis die Tafel voll und Chris von oben bis unten mit Kreidestaub bedeckt war.

Eternity
Vitalong

VitaYou
VitaLife
AgeNot

Eine Weile hielten sie sich mit Wortspielen und abgewandelten Schreibweisen auf, bis die Vorschläge irgendwann albern wurden. Sie versuchten es dann mit verschiedenen Assoziationen zu den Themen Zeit, Uhren, Leben, anschließend mit lateinischen und altgriechischen Sprachwurzeln, mythologischen und biblischen Namen. Und weil der Wirkstoff ein Steroid war, das Testosteron ähnelte, spielten sie mit der Endsilbe *-on* herum, was einige verrückte Zungenverdreher wie *Immorticon* und *Methuselon* hervorbrachte.

Dann experimentierten sie mit Vorsilben wie *ever* und *eva*, was *EvaGreen, EvaYoung* und *EvaYou* und so weiter ergab. Sie machten mit *vita-, mega-* und *omni-* weiter. Die frustrierte Stimmung hob sich, als jemand *Fuk4Eva* vorschlug und alle jubelten.

Schließlich, gegen Ende der zweiten Stunde, ging Chris zur Tafel und schrieb in großen Blockbuchstaben:

ELIXIER

Einen Augenblick herrschte Stille, als die Gruppe das Wort auf sich wirken ließ. Dann begannen alle zu nicken. Ross richtete sich in seinem Stuhl auf; seine Augen wurden größer, als er das Wort ausprobierte. »Ja, das gefällt mir. Exotisch, aber nicht zu geheimnisvoll. Untertöne von Alchemie, dazu aber ein sexy wissenschaftliches X in der Mitte.« Er schlug auf den Tisch und stand auf. »Das ist es. *Elixier*«, verkündete er, als intoniere er einen Zauberspruch. »Elixier. Das ist perfekt. Sehen Sie nicht schon die tollen Hochglanzbroschüren und Fernsehspots vor sich? Ja! So werden wir es nennen. Elixier!«

Und alle stimmten zu.

Elixier.

»Elixier?«

»Was hältst du davon?«

»Es hat etwas.«

Es war das erste Mal seit Jahren, dass Wendy das Labor besuchte. Chris hatte sie mitgenommen, um ihr die neue Einrichtung zu zeigen. Auf dem Fußboden stapelten sich noch unausgepackte Materialkisten, doch die Bauarbeiten waren beendet, und die Ausrüstung funktionierte.

Wendy täuschte Interesse vor, als Chris ihr all die modernen Geräte vorführte.

In einem Raum stand sein ganzer Stolz, ein Massenspektrometer, mit dem die chemische Zusammensetzung und das Molekulargewicht von Substanzen gemessen werden konnten. In einem anderen befand sich ein Gerät, das aussah wie aus einem Science-Fiction-Film: der hochauflösende Kernspinchromatograf. »Sehr hübsch«, sagte sie. »Was macht man damit?«

»Es sagt uns, aus wie vielen Atomen ein Molekül zusammengesetzt ist und wie sie miteinander verbunden sind. Tabulon ist sehr kompliziert. Es besteht aus einer Menge interessanter Verzweigungen und Verbindungen.«

»Warum ist das so wichtig?«

»Um den Nebenwirkungen des beschleunigten Alterns auf die Spur zu kommen. Weil das Molekül so flach ist, ist es möglich, dass es sich zwischen den Windungen der DNA festsetzt und eine Mutagenesis verursacht. Wenn das der Fall sein sollte, könnte es uns gelingen, die problematische Verbindung zu verändern. Andernfalls wird es kein Elixier geben.«

»Aber du weißt noch nicht einmal, ob es bei Menschen funktioniert.«

»Außer bei Iwati.«

Das hatte sie beinah vergessen. Ein Juju-Zauberer aus Papua-Neuguinea lebte und gedieh im 20. Jahrhundert in Boston. »Wenn er den Stoff plötzlich nicht mehr einnehmen würde, würde er dann altern?«

»Das weiß ich wirklich nicht. Der nächste Schritt ist, herauszufinden, was mit Primaten geschieht, und das bedeutet, dass wir die richtige Dosierung ermitteln müssen. Sie stehen genetisch nur ein paar Stufen über Mäusen, und meine Vermutung ist, dass das Zeug auch ihr Leben verlängern wird.«

Wendy war froh darüber, dass Chris endlich mit der Heimlichtuerei Schluss gemacht hatte und dass seine Geheimforschung jetzt ein wichtiges wissenschaftliches Projekt war. Sie genoss seine Erregung, denn er erschien ihr wie ein anderer Mensch, ein wunderbarer, großer, gut aussehender, liebenswerter Junge. Zugleich jedoch hatte sie bei dieser Laborführung insgeheim das Gefühl, dass hier Wissenschaftler die falsche Hoffnung weckten, den Tod besiegen zu können. Es gab kein Wundermittel, sagte sie sich. Menschen wurden krank und starben. Wie Ricky. Das war eine Unausweichlichkeit, die Chris nicht akzeptieren wollte. Eine große Illusion. Sie betete nur, dass es ihn nicht niederschmettern würde, wenn er dies schließlich herausfinden würde.

Chris führte sie zu einem Computer und drückte ein paar Tasten, und wie durch Zauberhand erschien das Elixier-Molekül in verschieden gefärbten Kugeln auf dem Bildschirm. Langsam drehte sich die Figur wie eine Seifenblase im Wind, zeigte sich in 3-D von allen Seiten und führte ihre endlosen Rundungen vor.

Sie legte ihm die Hände auf die Schultern und betrachtete den Monitor. »Hübsch. Was kannst du damit machen?«

»Wenn du die Verbindungsstellen kennst, kannst du sehen, wie die Atome zusammenpassen, und dann an der Geometrie herumspielen.« Er schnitt eine Wasserstoff-Sauerstoff-Verbindung ab und ersetzte sie durch eine Kohlenstoff-Wasserstoff-Gruppe. »Jetzt haben wir ein anderes Molekül mit anderen Eigenarten.«

»Du entwirfst neue Materie.«

»Nein, ich bastele eher an der alten herum.«

»Du willst die Natur verbessern«, sagte sie.

Er sah mit ausdruckslosem Gesicht zu ihr auf. »Wendy, du wirst mir jetzt nicht wieder eine Öko-Moralpredigt halten, oder?«

»Jetzt wo du es erwähnst …«, scherzte sie.

Zuletzt besichtigten sie die Affen. Sie wurden in Stahlkäfigen gehalten, die in einer Reihe an einer langen Wand standen. In jedem Käfig saß ein einzelner Rhesusaffe. Wendy blieb vor einem Käfig stehen, an dem ein Schild mit dem Namen FRED und dem Geburtsdatum 13. 3. 65 hing. Er sah sie mit ängstlichen Augen an. Es war so unfair, dachte sie. In ein paar Wochen würde sein Kopf in Klemmschrauben stecken, sein Körper wäre gelähmt, seine Schädeldecke wäre entfernt worden, sodass sein Gehirn frei lag und mit Elektroden gespickt werden konnte, die seinen Tod dokumentierten. »Armer kleiner Kerl.«

»Ich weiß, was du denkst. Aber wenn es dir ein Trost ist, es könnte sein, dass er uns darüber Aufschluss gibt, wie wir das menschliche Leben verlängern können.«

»Davon halte ich auch nichts.«

»Nun, das ist ja nichts Neues«, lachte er. »Aber offen gestanden, mich reizt es.«

Sie wusste, worauf er anspielte. »Liebling, du hast kein Alzheimer.«

»Das kannst du nicht wissen.«

»Du auch nicht.«

»Ja, aber manchmal kann ich fast spüren, wie es kommt. Gestern konnte ich mich plötzlich nicht mehr an Stans

Durchwahl erinnern. Es gibt Tage, an denen ich ihn ein halbes Dutzend Mal anrufe. Wie konnte ich die Nummer vergessen?«

»Das ist nur natürlich. Du stehst unter enormem Stress.«

»Und dass ich letzte Woche unseren Hochzeitstag vergessen habe? Es ist das erste Mal in sechzehn Jahren, dass mir das passiert ist. Oder deinen Geburtstag letztes Jahr?«

»Du hast einfach andere Dinge im Kopf. Außerdem bekommen Menschen mit über sechzig oder siebzig Jahren Alzheimer, nicht Vierzigjährige.«

»Das stimmt nicht. Ich hab's nachgeschlagen. Es kann sogar schon mit Ende dreißig anfangen.«

Wendy starrte in Chris' verschiedenfarbige Augen. Ein alter Freund hatte einmal gesagt, dass er damit aussehe, als habe er zwei übereinander liegende Gesichter. In diesem Augenblick war er zugleich ein brillanter Wissenschaftler mit kühlem Kopf und ein verbohrtes Kind. »Chris, du bist albern. Du hast kein Alzheimer.«

»Vielleicht nicht. Doch mein Instinkt sagt mir, dass es mir vorherbestimmt ist. Wie auch immer, es läuft doch alles darauf hinaus, dass Altwerden beschissen ist. Dieses ganze Gerede über Weisheit im Alter ist doch nur ein fauler Trost, ein Haufen Müll.«

Wendy schaute Fred zu, der mit den Fingern in den Holzspänen wühlte. Sie sah den alten ausgereizten Streit wieder auf sich zukommen, schob diesen Gedanken jedoch zur Seite. »Nur eine Frage: Angenommen es funktioniert wirklich, angenommen es gelingt dir, das Problem des beschleunigten Alterns zu beseitigen. Wie würden die Menschen miteinander leben, wenn einige altern würden und andere nicht?«

»So weit habe ich noch nicht gedacht.«

»Vielleicht solltest du das aber tun, wenn die Zukunft einen Sinn haben soll.«

Chris erwiderte nichts, sondern reichte Fred einen Orangenschnitz. Damit signalisierte er, dass er das Thema wechseln wollte.

»Und wenn es so teuer wird, dass es sich nur die Reichen leisten können?«

»Das hat man auch einmal über Penicillin und den Polio-Impfstoff gesagt, und heute sind sie jedem zugänglich.«

»Und was ist mit dem Bevölkerungswachstum?«

»Das kann man durch die richtige Regulierung in den Griff bekommen.«

»Klar, vielleicht kann man ja ein Ministerium für Geburten gründen.«

»Trotz aller Endzeitprognosen kam nach 1984 ein 1985. Und außerdem dachte ich, du hättest von nur einer Frage gesprochen.«

Wendy wollte etwas erwidern, doch eine Bewegung in ihrem Bauch ließ sie scharf Luft holen.

»Was ist los? Was war denn?«, fragte Chris.

Wendy lächelte, nahm seine Hand und legte sie auf ihren Bauch, damit er es fühlen konnte. »Eine Zukunft, die einen Sinn haben wird.«

Es war wieder eine furchtbare Nacht. Antoine hatte aus Puerto Rico angerufen, um ihn daran zu erinnern, dass am 1. Juli noch einmal 2,5 Millionen fällig waren. Ja, die Aprikosen waren durch Reagans Luftangriff im vergangenen Jahr vernichtet worden, doch er wollte sein Geld trotzdem. Quentin hatte keine Wahl. Er würde es aus eigener Tasche bezahlen müssen, denn die durch die Elixier-Forschung bedingte finanzielle Neuordnung der Firma machte es ihm unmöglich, noch einmal Gelder beiseite zu schaffen. Sein Vermögen, rund zwei Millionen Dollar, war fest angelegt. Er konnte es nicht anrühren, ohne dass seine Frau es herausfinden würde. Und die kochte immer noch vor Wut darüber, dass er um ein Haar den Namen ihres Vaters und seine Firma ruiniert hätte. Seine einzige Möglichkeit war, insgeheim bei Banken Kredite aufzunehmen.

Was ihn nachts in Angstschweiß ausbrechen ließ, war die Tatsache, dass das Geld diesmal nicht überwiesen werden sollte. Die Übergabe würde persönlich stattfinden am Freitag, dem 1. Juli um 14:30 Uhr am George-Washington-Denkmal im Boston Garden, in nicht gekennzeichneten Hundert-Dollar-Scheinen; 25 000 Stück.

»Chris, ich glaube, du solltest so rasch wie möglich herkommen.«

Es war Vartan Dolat, der Molekularbiologe, den Chris vom Massachusetts Institute of Technology angeworben hatte.

Er rief aus dem Labor an, und wie üblich war er am Telefon vorsichtig. Seine Stimme klang vollkommen ausdruckslos.

Doch Chris' Herz fing an zu hämmern. Es war neun Uhr morgens an seinem freien Tag. »Gibt es Probleme?«

Vartan wich der Frage aus. »Dann bis um zehn.«

Als Chris eintraf, erwartete Vartan ihn vor dem Labor. »Es geht um Jimbo.«

»Geht es ihm nicht gut?«

Vartan antwortete nicht, sondern zog ihn eilig durch die Tür. Chris sprach ein stummes Gebet, dass er Jimbo nicht verschrumpelt und sterbend vorfinden würde.

Sie wurden von Stan Chow, Derek Wyman und Betsy Watkins erwartet, einer Genetikerin von der Northeastern University, die sich auf den menschlichen Alterungsprozess spezialisiert hatte. Chris konnte die Affen schnattern hören, doch Jimbos Käfig war leer. Betsy öffnete die Hintertür zu dem weitläufigen, umzäunten Hof, in dem die Tiere sich an der frischen Luft bewegen konnten. Chris erkannte das rote

J, das mit ungiftiger Farbe auf die Brust des alten Affen gemalt war. »Ist er das?«

Jimbo saß hoch über dem Boden auf einer Stange und lauste Fred, einem Männchen, das zehn Jahre jünger war als er, das Fell.

»Jetzt ist er ruhiger, aber die letzten zwei Stunden ist er herumgetollt wie ein Jungtier«, berichtete Vartan.

Jimbo entdeckte Chris und schnatterte ihm ein lautes Hallo zu.

»Das glaube ich einfach nicht.«

Als Jimbo vor vier Monaten eingetroffen war, hatte er seine Tage damit zugebracht, in einer Ecke zu sitzen oder zu schlafen. Die wenigen Bewegungen, die er vollführte, waren durch seine Arthritis behindert. Wenn er in den Hof gebracht wurde, ignorierte er die anderen Tiere entweder oder schlug nach ihnen, sobald sie sich ihm näherten. 29 Lebensjahre hatten Jimbo zu einem lethargischen, müden, antisozialen Brummbären werden lassen. Jetzt sah er unglaublicherweise aus wie neugeboren.

»Er hat sogar versucht, Molly anzumachen«, schaltete sich Betsy ein.

»Das soll wohl ein Witz sein.«

»Er hat ihr zuerst den Hof gemacht und dann versucht, sie zu besteigen. Wir mussten sie trennen, weil sie immer noch fruchtbar ist.«

Chris grinste den Affen an. »Du alter Haudegen, du.«

Vartan überreichte Chris die Karteikarten mit Jimbos Daten. »Interessant ist auch, dass er weniger gefressen hat, aber fast ein Pfund zugenommen hat, vor allem Muskelmasse.«

Fred beschloss, dass es Zeit war, ein bisschen zu spielen, und sprang von der Stange. Sofort war Jimbo hinter ihm her, schnatterte und schwang sich durch den Hof. Seine Bewegungen waren langsamer als Freds, jedoch trotzdem geschmeidig. Er wirkte wie ein älterer Mann, der mit Amphetaminen aufgeputscht worden war.

»Noch bemerkenswerter ist, dass sein Blutzucker um achtzig Prozent runtergegangen ist. Ebenso diejenigen Proteinsubstanzen, die Arterien blockieren, Gelenke steif werden lassen, Katarakte verursachen und Hirnmasse verkleben.«

»Alles Altersanzeichen«, bemerkte Chris.

»Ja. Tabulon scheint den Prozess umgekehrt zu haben. Ich glaube nicht, dass er wieder so fit werden wird wie ein ganz junger Kerl, aber das Zeug hat ihn um ein paar Jahre verjüngt. Ich vermute, dass sich dieser Zustand stabilisieren wird, wie bei den Mäusen.«

Chris war verblüfft. Sie hatten diesen Effekt bei den Mäusen einfach nicht bemerkt.

Also verlängerte Elixier das Leben nicht nur, sondern hatte sogar eine verjüngende Wirkung.

Noch merkwürdiger ist, dass mehrere Augenzeugen ausgesagt haben, Quinn habe vor dem seltsamen Anfall bedeutend jünger ausgesehen, als er war.

Mein Gott!, dachte Chris. So musste es bei Dexter gewesen sein.

Er hatte einen Herzfehler, von dem er wusste, dass er ihn bald umbringen würde. Vielleicht hatte er Tabulon aus einem Impuls heraus an sich selbst ausprobiert und dadurch eine ähnliche Verjüngung erlebt wie Jimbo. Es musste eine völlig neue Erfahrung für ihn gewesen sein. Kein Speed und kein Heroin. Das ultimative Rauschgefühl: Das Feuer der Jugend zurückgewinnen.

Selbst Betsy Watkins, die in dem Ruf stand, eine sachliche Forscherin zu sein, die sich selten zu Superlativen hinreißen ließ, war fasziniert. »Tabulon scheint die DNA so wiederherzustellen, dass in den Zellen eine Art Umkehrungsprozess eingeleitet wird. So etwas habe ich noch nie gesehen. Ich glaube nicht, dass irgendjemand das kennt. Es ist ein richtiges Wunder.«

»Weiß Ross Bescheid?«, fragte Chris.

»Ja, er weiß es.« Quentin bog um die Ecke. Er strahlte. »Die Frage ist jetzt: Wie sieht der nächste Schritt aus?«

Chris konnte Alkohol in seinem Atem riechen, dabei war es noch nicht einmal Mittag. Was Quentin in Wahrheit wissen wollte, war, wann sie bei der FDA die Zulassung beantragen konnten. »Ich denke, es dauert noch ein paar Jahre.«

»Jahre? Warum so lange? Ich meine, Sie haben einen Affen, der um zehn Jahre verjüngt wurde. Wir sollten daran denken, uns Menschenversuchen und all so was zuzuwenden.«

»Wir müssen uns an die Richtlinien halten. Das wissen Sie doch genau«, wandte Betsy ungläubig ein. »Wenn wir diese Tiere von der Versorgung abschneiden, werden sie sterben.«

»Dann schneiden Sie sie nicht ab, und sie werden ewig leben.«

Betsy brach in Gelächter aus, fing sich jedoch wieder, denn Quentin war todernst. »Quentin, das hier ist eine Substanz, die sie auf der Stelle an Altersschwäche sterben lässt, wenn wir die Dosierung zu hoch oder zu niedrig ansetzen. Wir sind längst noch nicht weit genug, sie an Menschen auszuprobieren.«

»Betsy, wir versorgen die meisten Krankenhäuser und Kliniken mit Proctizam, und das ist hochgiftig.«

»Proctizam ist ein experimentelles Mittel für Krebspatienten, die dem Tod nahe sind«, schoss Betsy zurück.

»Elixier ebenfalls! Es gibt Menschen, die teuer dafür bezahlen würden, es so zu bekommen, wie es jetzt ist, mit allen Risiken.«

Chris spürte, wie die anderen zusammenschraken. Und das nicht nur, weil sie als eingeschworene Universitätswissenschaftler nicht an den Druck der unternehmerischen Interessen gewöhnt waren. Sie konnten, was Quentin da vorschlug, nicht glauben. Es grenzte gefährlich nahe an blinde Verzweiflung.

»Quentin«, sagte Betsy, »solche Spekulationen können nicht im Interesse eines seriösen Pharma-Unternehmens liegen.«

Quentins Gesicht rötete sich, als habe sie ihn geohrfeigt. Er holte tief Luft und gewann seine Fassung zurück. »Nun, sagen wir mal, ich bin allmählich ein bisschen frustriert. In dieses Projekt haben zu viele wichtige Leute investiert, die nicht noch jahrelang darauf warten wollen, dass es auf den Markt kommt. Wenn Sie mich entschuldigen wollen.«

Er ging hinaus, und die anderen fragten sich, was das alles bedeuten sollte.

9

»Ich finde, deine Schwester ist ein bisschen paranoid.« Was Chris tatsächlich meinte, war, dass sie immer merkwürdiger wurde. »Sie hat sich eine halbe Stunde lang über sämtliche Übel der modernen Zivilisation ausgelassen.«

Es war ein paar Tage später und Jenny war zu einem Kurzbesuch da gewesen. Nachdem er sie zum Flughafen gebracht hatte, war Chris nach Hause gefahren, um mit Wendy weiter am Kinderzimmer zu arbeiten. Unter Quentins Druck blieb er meist lange im Labor, sodass er fast vergessen hatte, wie schön es war, Zeit mir ihr zu verbringen. Er tapezierte gerade, während Wendy Vorhänge aufhängte.

»Das hat sie manchmal. Ich frage mich nur, was es diesmal ausgelöst hat.«

»Ein Radiobericht über Drogen an einer Schule. Sie hat losgelegt, als würde der Antichrist persönlich auf jedem

Schulhof des Landes dealen. Kein Wunder, dass Kelly so verkorkst ist.«

»Chris, Jenny ist eine tolle Mutter. Sie hat für Kelly ihren Job als Krankenschwester aufgegeben. Niemand konnte ihre Probleme vorhersehen.«

»Na ja, sie versucht jedenfalls, das bei Abigail wieder auszugleichen. Das Kind ist gerade mal ein Jahr alt, und sie macht sich schon Gedanken über Privatunterricht zu Hause.«

»Vielleicht liegt das daran, dass es ihr zweites Kind ist. Sie ist wild entschlossen, es diesmal hinzubekommen.«

Wir auch, dachte Chris. Die alte Wunde heilte. Wendy war begeistert von der Aussicht, wieder Mutter zu werden. Und dadurch waren sie beide sich in den letzten Monaten näher gekommen. Es war, als drehten sie die Zeit zurück. Sie waren wieder wie jung verliebt.

Im vergangenen Monat hatten sie erfahren, dass es ein Junge werden würde. Daher klebte Chris eine Tapete mit Segelbooten vor einem blauen Hintergrund auf, während Wendy Vorhänge mit nautischen Motiven anbrachte. Sie hatten ein neues Babybett gekauft und ein Bücherregal mit einer Sammlung von Kindergeschichten, einem Kistenteufel und ein paar Stofftieren, darunter einen großen schläfrigen Garfield aufgestellt.

»Es kostet sie und Ted ein Vermögen«, sagte er.

Als sie gestern einkaufen waren, hatte Jenny Hunderte von Dollar für Spielzeug ausgegeben. Unter anderem hatte sie eine Spieldose mit Perlmutt-Intarsien gekauft, die »Bruder Jakob« spielte. Er mochte Jenny, doch er machte sich Sorgen wegen ihres Einflusses auf Wendy. Es waren nicht nur ihre Stimmungsschwankungen oder ihre übertriebene Ordnungsliebe. Es war ihre Besessenheit. Manche Leute konnten sich über die Russen ereifern, andere über die Umwelt. Jennys Dauerthema war, wie die amerikanische Kultur die Unschuld der Kinder abtötete. Beim geringsten Anlass predigte sie gegen die üblichen Dämonen: Drogen, Rockmusik, Alkohol, Gewalt im Fernsehen und darüber, dass Kinder keine Chance mehr hatten, Kinder zu sein. Wendy konnte solch ein Gerede nicht gebrauchen. Es war auch ohne diese überzogenen Tiraden schwer genug gewesen, sie zu einem neuen Kind zu überreden.

Wendy kam aus dem Nebenzimmer zurück. »Hast du das Foto von Kelly gesehen, das von ihrem fünften Geburtstag? Es stand bei den anderen im Arbeitszimmer.« Sie wollte eine Sammlung von frühen Familienfotos auf einem Regal im Kinderzimmer aufstellen.

»Nein.«

»Das ist seltsam. Es ist verschwunden.«

»Vielleicht hat Jenny es mitgenommen.«

»Dann hätte sie doch etwas gesagt.«

»Es sei denn, sie hatte wieder einen ihrer Anfälle.« Es war bekannt, dass Jenny Augenblicke der Verwirrung erlebte – Überreste ihrer frühkindlichen Schizophrenie, die trotz der Medikamente nicht ganz verschwunden war.

»Ich werde sie fragen«, murmelte Wendy. Sie hängte ein Aquarell auf, das Kinder an einem goldenen Strand vor einem sonnenbeschienenen Meer zeigte. »Was hältst du davon?«

Chris kam zu ihr und legte einen Arm um sie. »Sieht gut aus.«

»Hey, warum reisen wir nicht irgendwohin in die Tropen, nur wir zwei, bevor ich zu dick bin, um noch in ein Flugzeug zu passen?«

»Was schwebt dir vor?«

»Egal wohin, solange es nur romantisch ist und weit weg von Massenspektrometern und Rhesusaffen.«

»So einen Ort gibt es nicht«, grinste er.

»Das ist das Problem. Du verbringst mehr Zeit mit deinen

Affen als mit mir. Ich fange an, mich wie Jane aus einem Tarzanfilm zu fühlen.«

Er lachte und drückte sie an sich. Ihr Vorschlag hörte sich wunderbar an. Es war nur schwierig, die Zeit dafür zu finden. Er würde die Arbeitspläne im Labor überprüfen und sehen, wann er eine Woche frei nehmen könnte. »Wird gemacht.«

»Gut. Vielleicht Jamaica oder Barbados – irgendwo, wo es Strände, Palmen und ein großes Doppelbett gibt.«

»Du bist schamlos«, neckte er sie.

»Woher willst du das wissen?«

Er sah ein Glitzern in ihren Augen und küsste sie auf die Lippen. Sie schob ihre Zunge in seinen Mund und presste ihre Hüften gegen seine, und sofort durchflutete Wärme seinen Körper. »Ich werde Jimbo nie wieder küssen.«

Sie lachte und zog ihn zur Couch. Einen Augenblick später lag er nackt auf den Kissen. Seine Erektion ragte in die Höhe.

»Du bist obszön«, sagte sie und schlüpfte aus ihrer Hose.

»Ich hoffe, dass du in fünf Minuten immer noch so denkst.«

Ein Schatten legte sich für einen Augenblick auf Wendys Gesicht, als sie ein Gedanke durchfuhr. »Es wird doch alles gut gehen, nicht wahr?«

Da war sie wieder, die alte Wunde, die einfach nicht heilen wollte. Im Nu waren alle Schutzwälle gefallen.

»Natürlich wird alles gut gehen. Mit ihm wird alles in Ordnung sein. Mit uns allen.« Er streckte die Hände nach ihr aus.

Der Augenblick ging vorüber und sie lächelte wieder.

Ihre Brüste waren voller geworden und ihr Bauch sah aus, als habe sie einen Fußball verschluckt. Sie stieg auf die Couch und schwang sich auf ihn. »Hast du es schon mal mit einer alten Kuh getrieben?«

»Es gibt für alles ein erstes Mal.«

»Du hättest sagen müssen, dass ich nicht alt und keine Kuh bin.«

»Du bist nicht alt.«

»Muh«, erwiderte sie, und sie liebten sich, während Garfield sie mit einem schiefen Grinsen beobachtete.

Chris hatte gewusst, dass Betsy einen Vortrag halten würde, doch er war nicht auf das vorbereitet gewesen, was er zu hören bekam.

Sie trafen sich wie verabredet um zehn Uhr am Freitagmorgen im Konferenzraum des Labors. Versammelt waren Derek Wyman, Stan Chow, der Chemiker, Vartan Dolat und Quentin. In den letzten Monaten hatte Betsy die Zellstudien übernommen.

Betsy war eine stämmige Frau mit einem aufgeweckten, sympathischen Gesicht und großen, klugen Augen. Sie hatte dunkles, lockiges Haar, das sie offen trug und das ihren scharfen, kühlen Verstand nur noch mehr betonte. Bewaffnet mit Notizen und Kreide trug sie neuere Erkenntnisse der Wissenschaft vor und begann dann mit einer Beschreibung, wie Elixier auf der Zellebene wirkte.

»Eine als Telomer bezeichnete DNA-Sequenz schließt die Chromosomen von Säugetieren ab«, erklärte sie. »Wie die Plastikspitzen an Schuhbändern verhindern sie das Aufzwirbeln der DNA-Stränge und haben die Funktion, die Moleküle der Chromosomen vor Proteinen zu schützen, die jenen Verfall der Zellen auslösen, den wir mit dem Alterungsprozess verbinden.«

Sie illustrierte ihren Vortrag mit Diagrammen an der Tafel. »Jedes Mal, wenn eine Zelle sich teilt, werden die Telomere der neuen Zellen kürzer und kürzer. In gesunden, jungen Zellen gibt es ein Enzym mit Namen Telomerase, das den genetischen Code für die Wiederherstellung der Telomere enthält, sodass sich die Zellen teilen können, die Telomere aber lang bleiben. Wenn die Zellen altern, nimmt die Aktivität von Telomerase ab, und die Telomere werden kürzer. Nach einem halben Dutzend Replikationen bei Mäusen und fünfzig bei Menschen wird die Sequenz so kurz, dass die Zelle schließlich stirbt.

Doch wie wir entdeckt haben, altern mit Elixier behandelte Zellen nicht. Stattdessen behalten die Telomere in den Testtieren ihre Länge bei, während die Zellen fortfahren, sich zu vermehren. Meine Vermutung ist, dass Tabulon die Gene aktiviert, die Telomerase produzieren, sodass ein konstanter Bestand aufrecht erhalten bleibt, der die Telomere lang und die Zellen jung erhält.«

»Was sagt die Fachliteratur dazu?«, fragte Chris.

»Nun, alle Studien über den Alterungsprozess fahren am selben Punkt gegen die Wand: Wie kann die Telomeraseproduktion unendlich lange aufrecht erhalten werden?« Sie hob eine Ampulle Elixier hoch. »Das hier ist das Zaubermittel. Es erzeugt einen endlosen Vorrat an Telomerase – den Jungbrunnen, wenn Sie so wollen.«

Betsys Ausführungen waren brillant. Doch es ergaben sich auch einige fundamentale Fragen. »Sie sagen also, dass die Zellen in unserem Körper genetisch darauf programmiert sind, zu sterben?«, fragte Vartan.

Betsy zögerte mit der Antwort, weil sie von so enormer Bedeutung war. »Nein, denn das würde bedeuten, dass der Tod in der Evolution eine Notwendigkeit ist. Und offen gestanden, glaube ich nicht, dass der Alterungsprozess die Folge von evolutionären Kräften ist«, antwortete sie. »Der Grund dafür ist, dass die Natur ein reißender Dämon ist, der die meisten Tiere tötet, ehe sie das gebärfähige Alter erreicht haben, und selbst diejenigen, die es bis dahin schaffen, leben nicht lange genug, als dass die Alterung ein Teil des natürlichen Selektionsprozesses hätte werden können.«

Chris wurde von einem warmen Gefühl der Befriedigung erfüllt, denn zur selben Schlussfolgerung war er bereits vor Jahren gelangt. Darüber hinaus empfand er tiefe Bewunderung für Betsy; er war stolz darauf, dass eine Wissenschaftlerin von solch klarer Intelligenz und Autorität Teil seines Teams war.

Betsy fuhr fort: »Es gibt so genannte ›Big Bang‹ – Ausnahmen wie den pazifischen Lachs, der genetisch darauf programmiert zu sein scheint, binnen weniger Tage zu laichen und zu sterben. Doch im Großen und Ganzen scheint der Tod eindeutig das Ergebnis von Zellverfall auf der molekularen Ebene und nicht von natürlicher Selektion zu sein.«

»Was bedeutet, dass der Alterungsprozess so lange aufgeschoben werden könnte, wie die Zellen geschützt sind«, fügte Chris hinzu.

»Genau, und Tabulon scheint genau das zu tun. Solange das Antioxidant an die DNA-Telomer-Sequenz gebunden ist, kommt es nicht zum Absterben der Zelle.«

»Und was ist mit dem Verjüngungseffekt?«, fragte Chris.

Betsy nickte. Sie hatte diese Frage erwartet. »Ich vermute, dass der Prozess umgekehrt wird. Sagen wir einmal, wir haben bei Jimbo die Behandlung zum Zeitpunkt der 27. von 30 Replikationen begonnen. Als Elixier das Telomerase-Gen aktiviert hat, ging es nicht 28, 29, 30, Tod! weiter, sondern die Replikationen gingen 27, 26, 25 rückwärts, bis er einen stabilen Zustand erreichte. Mit jeder Zellteilung wurden die Telomere verlängert, und dadurch erlebte Jimbo eine Verjüngung. Das sind alles Vermutungen, doch das Wesentliche ist, dass Tabulon ein natürlicher Aktivator von Telomerase ist.«

Chris war verblüfft: Was Betsy da beschrieb, war ein Durchbruch in der Zellbiologie. Unter normalen Umständen würden solche Entdeckungen in jeder wichtigen wissenschaftlichen Zeitschrift publiziert werden. Doch sie hatten sich zur Geheimhaltung verpflichtet.

Der nächste Schritt – Phase 2 – war das Problem des beschleunigten Alterns. Andere würden die Arbeit auf molekularer Ebene übernehmen, und Chris würde sich darauf konzentrieren, die richtige Dosierung zu ermitteln, herauszufinden, wann genau der Alterungsprozess einsetzte und wie er umgekehrt werden konnte.

»Da ist noch etwas«, fuhr Betsy fort. Ihre Miene hatte sich plötzlich verdüstert. »Unsere bisherigen Erfolge garantieren zwar noch kein längeres Leben für Menschen, doch wir kommen dem unausweichlich näher. Ich brauche Sie wohl nicht daran zu erinnern, was für eine enorme Entdeckung das ist. Doch es ist unumgänglich, dass wir die weiteren Folgen in Betracht ziehen, ehe wir einfach blind weitermachen.«

Einen Augenblick lang war es still.

»Genauer gesagt, ich schlage vor, dass wir an dieser Stelle aufhören.«

»Aufhören? Was reden Sie denn da?« Das war Quentin aus der hinteren Reihe – die ersten Worte, die er seit fast zwei Stunden von sich gab.

»Ich weiß, was Sie denken, aber bei dem, was wir tun, gibt es eine ernsthafte moralische und soziale Dimension.«

Quentin fuhr in seinem Stuhl hoch. »Betsy, ich darf Sie daran erinnern, dass dieses Projekt wie all unsere Arbeit bei Darby den Richtlinien der FDA und dem Ehrenkodex der Industrie unterliegt.«

»Das weiß ich, Quentin, aber Elixier ist anders als jedes andere Medikament in der Geschichte. Wir sprechen nicht davon, die Lebenserwartung eines Menschen um zehn Jahre zu verlängern, sondern sie zu verdoppeln oder zu verdreifachen.«

»Ich sehe das Problem nicht.«

»Das Problem ist, dass wir nicht mehr nur Wissenschaftler sind, sondern Gott spielen. Und offen gesagt habe ich dazu nicht die richtige Qualifikation. Ich frage Sie, wollen wir diese Tür wirklich aufstoßen?«

»Was denn für eine Tür, um Himmels willen?« Quentin verlor zusehends die Fassung.

»Die Tür zu all den albtraumartigen Möglichkeiten. Wenn wir plötzlich ein Mittel haben, das die nächste Generation vor dem Tod bewahrt, würde die Bevölkerung in hundert Jahren auf sechsundzwanzig Milliarden Menschen anwachsen. In der Zwischenzeit gehen die Ressourcen zu Ende, die Umwelt wird zerstört, und es brechen Kriege aus zwischen denen, die Elixier haben, und denen, die es nicht haben.«

Quentin fiel ihr ins Wort. »Betsy, Ihr Albtraum könnte die einzige Hoffnung für Patienten sein, die unter Multipler Sklerose leiden, oder der Lou-Gehrig-Krankheit … oder Alzheimer.«

Letzteres zielte darauf, sich bei Chris einzuschmeicheln. Doch von Quentin war das pure Schleimerei. Er scherte sich einen Dreck um Ethik oder Humanität. Sein einziges Anliegen war sein Milliarden-Dollar-Traum.

»Die potenziellen Folgen sind unvorstellbar«, fuhr Betsy fort, »und wir sollten darüber nachdenken, solange noch Zeit ist.«

Die anderen nickten zustimmend. Quentin vermutete eine Verschwörung und warf Chris einen Hilfe suchenden Blick zu. Doch Chris schwieg. »Sie meinen, Sie wollen einen Schlussstrich ziehen, weil Elixier zu erfolgreich werden könnte?«

»Ja, weil wir daran arbeiten sollten, die Qualität des Lebens zu verbessern, nicht es zu verlängern.«

»Es zu verlängern ist eine Verbesserung der Lebensqualität, verdammt!«

»Dann sollten wir eine unabhängige Institution einschalten, die die Entwicklung beobachtet.«

»Großer Gott! Wir brauchen nicht wieder diesen verdammten Ralph Nader und seine Leute im Nacken.«

Vor vier Jahren hatte Naders Verbraucherorganisation die FDA dazu gebracht, eines von Darbys einträglichen Arthritismitteln vom Markt zu nehmen, weil es bei einigen Patienten zu Herzversagen geführt hatte. Allein die Erwähnung dieser Organisation machte Quentin rasend.

»Bitte.« Vartan hob die Hände. »Betsy hat da etwas sehr Wichtiges gesagt. Es gibt zu viele große Unbekannte, mit denen wir uns herumschlagen müssen. Vom ethischen Standpunkt aus gesehen ist es wichtig, dass wir alles noch einmal überdenken.«

Derek und Stan stimmten ihm zu. Es war offensichtlich, dass sie die Sache schon untereinander besprochen hatten. Nur Quentin und Chris hörten die Diskussion zum ersten Mal.

Chris konnte die Frontlinie förmlich spüren, die sie trennte. Es gefiel ihm nicht, auf derselben Seite zu stehen wie Quentin. Er spürte den Erwartungsdruck, dass er etwas sagte. Immerhin war es sein Projekt. Mit einem Mal sprachen seine Leute davon, seine seit sieben Jahren laufenden Forschungen, denen er sein Herz und seinen Verstand gewidmet hatte, einzustellen – und das genau auf der Schwelle zum Königreich. Und sie erwarteten von ihm, dass er etwas löste, was der ultimative Konflikt zwischen Wissenschaft und Ethik zu sein schien.

Als er seine Erwiderung nicht länger hinauszögern konnte, sagte er: »Ich denke, Sie haben beide Recht. Betsy, Sie haben einige unangenehme Folgen angesprochen, Dinge, die wir bedenken sollten. Aber ungewollte Möglichkeiten sind kein Grund, die Forschung einzustellen. Kokain und Heroin sind gefährlich, wenn sie missbraucht werden, aber viele Menschen nehmen sie, ohne dass jemand sie unter Druck setzt. Sollen wir aufhören, diese Stoffe herzustellen, weil sie ein soziales Problem geworden sind? Natürlich nicht, wegen all ihrer legitimen Anwendungen in der Medizin. Selbst die Atomspaltung ist nicht ihrem Wesen nach bösartig, nur eine ihrer möglichen Anwendungen ist es.«

»Das ist, als würde man sagen: Besteige den Berg, weil er da ist. Wissen um seiner selbst willen«, erwiderte Betsy.

»Ja, aber ich sehe daran nichts Falsches.«

»Nicht jedes Wissen ist gut.«

»Richtig, aber die Wissenschaft sollte nicht daran gehindert werden, ihre Grenzen auszudehnen, vor allem nicht in der menschlichen Biologie. Wie das Klonen, so war auch die Lebensverlängerung dazu bestimmt, entdeckt zu werden, und warum sollen wir es dann nicht richtig machen? Wir sind das beste Team, das es gibt.«

»Hört, hört!«, rief Quentin und signalisierte Chris mit erhobenem Daumen seine Zustimmung. Der Mann war ein verdammter Verrückter, und Chris nahm es ihm übel, dass er ihn als seinen Komplizen hinstellte.

»Dann können Sie uns vielleicht sagen, was genau unser Ziel ist«, meinte Betsy. »Ich habe es nämlich aus den Augen verloren.«

Chris sah Iwatis Gesicht vor sich. *Niemals alt werden.*

»Unser Ziel ist es, den Fortschritt, den wir erreicht haben, weiterzuführen und dann mit klinischen Tests zu beginnen. Tatsache ist, dass das Problem der beschleunigten Alterung uns noch vor unserem Gewissen Einhalt gebieten könnte.«

Wieder blitzte ein Gesicht vor Chris' Augen auf: Sam im Krankenhaus, der ihn anstierte und sich fragte, wer sein Gegenüber wohl war.

»Wenn Sie sich Sorgen darüber machen, dass die Substanz zu erfolgreich sein könnte«, sagte Quentin, »warum modifizieren Sie sie dann nicht so, dass sie nur, sagen wir mal, zehn oder zwanzig Jahre Lebensverlängerung bewirkt – eine Art chemisches Feintuning?«

Betsy holte wütend Luft. Es war ein absurder Vorschlag. »Selbst wenn wir so etwas wie eingebaute Zeitzünder für Moleküle entdecken sollten, sie zu aktivieren käme einem Massenmord gleich.«

»Ach, zum Teufel, lassen Sie sich etwas einfallen«, schnappte Quentin zurück. »Die Sache ist die, wenn Elixier das menschliche Leben um ein oder zwei Jahrzehnte verlängern kann, bin ich voll dafür. Darby Pharms ebenso und die menschliche Rasse sowieso, verdammt noch mal! Wir werden die Arbeit nicht einstellen, basta! Im Übrigen wissen wir ja noch nicht einmal, ob es überhaupt beim Menschen funktioniert.«

»Ehrlich gesagt hoffe ich, dass es das nicht tut«, sagte Betsy, nahm ihre Unterlagen und ging hinaus.

Die Konferenz war vorüber, und Derek, Stan und Vartan verließen wortlos den Raum.

Als sie allein waren, wandte sich Quentin an Chris. »Was zum Teufel ist los mit ihr? Das hier könnte die größte Entdeckung der Wissenschaft sein, und sie versucht sie verdammt noch mal zu sabotieren. Mein Gott! Wo um Himmels willen haben Sie diese Frau überhaupt aufgetrieben?«

Chris blickte in das breite, rosarote Wassermelonen-Gesicht. Dasselbe Gesicht, das wochenlang in seinem Labor herumhängen würde, um den Fortschritt zu überprüfen, um zu wiederholen, wie wichtig Elixier für die Firma war, um ihn daran zu erinnern, dass es ohne Quentin kein Elixier-Projekt gäbe. Chris musste sich mit aller Kraft zurückhalten, diesem Gesicht keine Ohrfeige zu versetzen.

»Quentin, ich bin sicher, dass Sie viel zu tun haben.«

Quentin warf ihm einen beleidigten Blick zu und verschwand.

Chris fühlte sich leer und ausgebrannt. Sie konnten reden, doch sie würden das Projekt nicht einstellen. Niemals. Er brauchte Betsy, doch wenn sie zu einem Risikofaktor werden sollte, würde er sie bitten, zu gehen und sich eine Stelle in einem anderen Labor zu suchen.

Er wollte bereits den Raum verlassen, drehte sich jedoch noch einmal zu den Notizen und Diagrammen auf der Tafel um.

Wollen wir diese Tür wirklich aufstoßen?

Und eine kleine Stimme in seinem Kopf flüsterte: *Ja, oh ja.*

Dexter hatte es vermasselt, hatte einem verrückten nostalgischen Impuls nachgegeben. Einer Torschlusspanik, noch einmal in den Feuern des Frühlings zu baden. Wenn es so weit wäre, würde Chris nicht so töricht sein.

Niemals.

10

1. Juli

Quentin traf um Punkt 14:30 Uhr ein und marschierte eine halbe Stunde lang im Kreis um George Washington und sein Pferd herum. In einer Schultertasche trug er nicht gekennzeichnete Hundert-Dollar-Scheine bei sich. Allerdings keine 25 000. In der vergangenen Woche hatte er nur 1,5 Millionen Dollar aufbringen können – eine Million weniger, als er schuldig war.

Es war ein kühler, regnerischer Tag, und nur wenige Menschen waren im Park unterwegs. Quentins Magen war der reinste Säurekessel. Er kaute ununterbrochen Magentabletten und dachte, dass Antoine sicher vorsichtig war. Vermutlich beobachtete er ihn, um festzustellen, ob er die Polizei oder die Drogenbehörde mitgebracht hatte. Auf diesen Gedanken war er nie gekommen. Gegen 15 Uhr kam ein Jugendlicher in Jeans und Regenjacke auf ihn zu. »Er wartet in der Lounge auf der anderen Straßenseite auf Sie.« Er zeigte auf das Ritz-Carlton Hotel und verschwand dann in der entgegengesetzten Richtung.

Quentin überquerte die Arlington Street, erleichtert darüber, dass sie sich an einem zivilisierten Ort trafen. In der Lounge war es düster, und nur ein paar Geschäftsleute saßen am Fenster. Ein Kellner wies Quentin zu einem Tisch in einer abgelegenen Ecke, an dem ein Mann saß, der jedoch nicht Antoine Ducharme war.

»Was macht der Finger?«, begrüßte ihn Vince Lucas.

Augenblicklich begann Quentins Hand zu pochen. Der Finger war irreparabel verkrümmt, was Vince mit einem Lächeln zur Kenntnis nahm.

»Wo ist Antoine?«

»Sagen wir einfach, dass es für Antoine derzeit nicht opportun ist, zu reisen.«

Quentin setzte sich, und der Kellner nahm ihre Bestellung auf: einen Chivas on the Rocks für Quentin, ein zweites Perrier für Vince. Quentin umklammerte die Tasche mit dem Geld mit den Füßen. Er konnte nicht aufhören zu zittern. Das Einzige, woran er denken konnte, war seine Tochter Robyn.

»Stimmt etwas nicht?«, fragte Vince. »Sie scheinen etwas nervös zu sein.«

»Ich bin nur außer Atem vom Weg hier herüber«, stammelte Quentin und wischte sein Gesicht mit einer Serviette ab.

Der Kellner brachte die Drinks. Lucas' Augen waren tiefschwarz und undurchdringlich. Er war gekleidet wie ein Börsenmakler: grauer Anzug, blaues Hemd, Krawatte mit Paisleymuster. Quentins Herz schlug so heftig, dass er sich fragte, ob Lucas es hören konnte. Er rief den Kellner zurück und bestellte Nüsse. Als er gegangen war, fragte Lucas: »Haben Sie das Geld, Mr. Cross?«

»Oh, natürlich.« Er stopfte sich eine Hand voll Nüsse in den Mund.

Lucas griff herüber und zog die Tasche zu sich. Quentin wollte protestieren, schluckte die Worte jedoch hinunter. Lucas benötigte nur wenige Sekunden, um den Inhalt zu schätzen.

»Wo ist der Rest?«

»Darüber möchte ich mit Antoine reden.«

Lucas seufzte. »Mr. Cross, ich habe Ihnen vor langer Zeit gesagt, dass ich für Antoine spreche, verstanden? Er ist nicht glücklich.« Seine Augen verhärteten sich zu kalten Onyxkugeln.

Plötzlich kam Quentin ein Gedanke, ein interessanter Gedanke, der ihm bis in die Eingeweide fuhr. Er trank sein Glas aus und bedeutete dem Kellner, dass er noch einmal dasselbe wollte. Mit unbeweglichem Gesicht beobachtete Lucas ihn, wie er sich wand und Nüsse verschlang.

»Wir sind beide Geschäftsmänner, das stimmt«, begann Quentin. »Und Sie sind erfolgreich, nehme ich an. Ich meine, Sie kleiden sich gut und so weiter …« Er verstummte.

Wieder lähmendes Schweigen, während Lucas Quentin durchdringend ansah.

»Wie Sie sich vielleicht erinnern werden, bin ich der Finanzchef eines sehr renommierten pharmazeutischen Unternehmens.«

»Lassen Sie das Gelaber und kommen Sie endlich zur Sache.«

»Okay. Da drin sind fast eineinhalb Millionen Dollar. Ich weiß, dass es zu wenig ist, und ich habe die volle Absicht, den Fehlbetrag zu bezahlen, aber offen gestanden kann ich einen solchen Betrag einfach nicht aufbringen, ohne dass es zu schwerwiegenden Folgen kommen würde. Aber Darby Pharms steht an der Schwelle zu einer Erfindung mit einem unglaublichen Potenzial.«

Der Kellner erschien mit mehr Nüssen und Quentins Drink.

»Wie alt sind Sie, Mr. Lucas?«

Lucas sah Quentin aus zusammengekniffenen Augen an, ohne ihm zu antworten, dann sah er auf die Uhr.

»Ich schätze ›fünfunddreißig.‹« Quentin zog ein halb leeres Röhrchen Magentabletten aus der Tasche und legte sie auf den Tisch. »Wie viel würden Sie für ein Mittel bezahlen, das Sie für die nächsten hundert Jahre fünfunddreißig bleiben ließe?«

Lucas schaute auf die Tabletten und durchbohrte Quentin dann wieder mit seinem bedrohlich leeren Blick. »Stellen Sie mir eine echte Frage oder ist das Ihre Vorstellung von einer Unterhaltung? Übrigens, Ihnen bleiben noch genau drei Minuten.«

Eine Woge der Panik durchflutete Quentin. »Wofür?«

»Um Ihre Schulden zu bezahlen.«

Vor Quentins Augen lief eine ganze Serie von Horrorbildern ab: zu einem wartenden Auto draußen geschleift zu werden, oder vielleicht sogar hier an Ort und Stelle mit Schalldämpfer erschossen zu werden, wenn niemand hinsah. Verzweifelt blickte er zu dem Tisch mit Geschäftsleuten am Fenster herüber.

»Die gehören zu mir«, bemerkte Lucas. »Was wollten Sie sagen?«

Oh Gott, dachte Quentin. Bei diesen Leuten gab es keine Kompromisse. Keinen Aufschub. Keine zweite Chance. Es blieb ihm kein anderer Ausweg. »Schauen Sie, bitte. Ich meine es ernst. Ich… ich spreche über etwas Historisches. Etwas, an dem Darby Pharms arbeitet, während wir beide uns hier unterhalten. Es existiert tatsächlich. Was würden Sie sagen, wenn das hier keine Pillen gegen Sodbrennen wären, sondern ein Mittel, das Sie vor dem Altern bewahren könnte?«

»Wo ist der Haken daran?«

»Es gibt keinen Haken.«

»Hört sich an wie Schwachsinn.«

»Das ist es aber nicht. Es funktioniert. Das Mittel gibt es. Ich sage Ihnen, es gibt es tatsächlich.«

»An wie vielen Menschen haben Sie das Zeug schon ausprobiert?«

»Bisher an keinen, aber es funktioniert bei Labortieren, Mäusen und Affen.«

»Vielleicht sollten Sie darüber nachdenken, es an Menschen zu testen, denn ich würde Ihnen keinen Cent dafür geben, wenn ich nicht sicher sein könnte.«

»Aber angenommen, es funktioniert? Was glauben Sie, wie viel solch ein Stoff für die Firma wert wäre, die ihn produziert?«

»Unbegrenzt viel, vermute ich. Warum? Stellen Ihre Leute diesen Stoff her?«

Quentin verspürte eine Woge der Erleichterung. Er hatte Lucas' Interesse geweckt. »Ja.« Den beschleunigten Verfall erwähnte er nicht. »Wir müssen noch ein paar Tests vornehmen und die FDA-Zulassung bekommen, dann sind wir auf dem Markt.«

Plötzlich tauchte Betsy Watkins spitzes, kleines, selbstgerechtes Gesicht vor ihm auf. Er schob es beiseite, doch ein anderes Gesicht schoss empor. Ross Darbys. *»Ich brauche dich nicht daran zu erinnern, dass dies absolut vertraulich ist.«* Sie begriffen es nicht. Keiner von ihnen. Er stand mit dem Rücken zur Wand, und ein Berufskiller hatte ihn im Visier. Er hatte keine andere Wahl, also erzählte er Vince Lucas in allen Einzelheiten von den Mäusen und den Rhesusaffen. Und Lucas hörte aufmerksam zu.

»Sie reden von Monaten, wenn nicht Jahren, bis dieses Zeug auf den Markt kommt. Antoine will sein Geld heute.«

»Vince, Sie sind ein erfolgreicher Geschäftsmann.«

Vince griff über den Tisch und packte Quentins Zeigefinger. »Kommen Sie zur Sache, oder ich reiße Ihnen einen Finger nach dem anderen ab.«

»W-was ich sagen will, ist, dass ich Ihnen eine Beteiligung an Elixier anbiete. Wir können die Einzelheiten später aushandeln, aber ich biete Ihnen Darby-Aktien im Austausch gegen eine Investition, die meine Schulden gegenüber Mr. Ducharme abdeckt.«

Vince Lucas starrte ihn ungläubig an. »Sie wollen, dass ich Ihnen eine Million Dollar leihe, damit Sie Ihre Schulden bei Antoine bezahlen können?«

»Nein, kein Darlehen. Eine Investition in Elixier.«

Lucas lächelte. »Das ist ja ein ganz neuer Trick.«

»Wir sprechen von der absoluten Wunderdroge, einer kleinen Pille, die das Leben unendlich verlängern würde. Und ich biete Ihnen die Gelegenheit, daran teilzuhaben – teilzuhaben an ungeahnten Profiten. Es ist buchstäblich die Chance Ihres Lebens.«

Quentin machte in glattester Unternehmermanier weiter. Er zog die Werbebroschüre heraus, die Ross dem kleinen Zirkel von Investoren vorgelegt hatte, und ein Videoband mit Aufnahmen der Labortiere und Finanzkalkulationen, sollte Vince Lucas einer Beteiligung zustimmen. Das ganze Material, das er ursprünglich Antoine Ducharme hatte anbieten wollen.

Lucas studierte die Unterlagen, blätterte die Zahlen und Diagramme durch. »Sieht interessant aus.«

»Interessant! Mr. Lucas, dies ist die Straßenkarte zum Garten Eden!«

»Nein, Mr. Cross, das hier sind ein paar Fetzen Papier. Sie könnten das alles erfunden und dann in Druck gegeben haben.«

»Was kann ich dann tun, um Sie zu überzeugen?«

»Zeigen Sie mir Ihre hundert Jahre alten Affen.«

»Sie meinen, Sie wollen die Labors besichtigen?«

»Es sei denn, Sie hätten die Tiere mitgebracht.«

Das hatte Quentin nicht erwartet. Er sagte, er könnte ihn

am Montag nach Feierabend hereinlassen. Doch Vince bestand auf dem heutigen Tag.

»Heute sind zu viele Leute da.«

»Um wie viel Uhr gehen sie nach Hause?«

Natürlich, er konnte ihn hereinlassen, nachdem alle weg waren. »Heute Abend um neun Uhr.«

»Sie haben noch immer nichts über Ihre finanziellen Vorstellungen gesagt.«

»Wenn Sie mir meine Schulden erlassen, garantiere ich Ihnen, dass Ihre Million sich in zwei Jahren zu zweieinhalb Millionen Dollar vermehrt. Ein Zuwachs von zweihundertfünfzig Prozent.«

»Und wenn Ihr Elixier bei Menschen nicht wirkt?«

»Dann zahl ich Sie aus meiner eigenen Tasche aus, auch wenn das bedeutet, dass ich mein Haus verkaufen muss. So sehr glaube ich an diese Sache.« Lucas schaute ihn wieder in undurchdringlichem Schweigen an. »Also, was denken Sie?«

»Ich denke, dass Sie dieses Elixier bald selber brauchen werden, so wie Sie sich mit Nüssen voll stopfen und Whisky runterkippen.«

Quentin kicherte nervös. »Ich möchte hinzufügen, dass diese Übereinkunft strengster Vertraulichkeit unterliegt.«

Lucas griff in die Innentasche seines Jacketts und zog ein Mobiltelefon heraus. Er tippte eine Nummer ein. »Ich bin's. Etwas hat sich ergeben. Ja, alles ist prima. Erregt kein Aufsehen. Yeah. Wir sehen uns später.« Dann legte er auf. Er reichte Quentin das Telefon. »Sagen Sie Ihrer Frau Bescheid, dass Sie nicht zum Abendessen nach Hause kommen.«

»Aber sie ist nicht zu Hause.«

»Sie ist zu Hause, und Ihre Tochter ebenfalls.«

Großer Gott! Er ließ seine Familie beobachten, während sie hier saßen. »Haben Sie etwa geglaubt, ich würde die Polizei mitbringen?«

»Es geht um Ihre Zahlungsmoral.« Er drückte ihm das Telefon in die Hand. »Rufen Sie Ihre Frau an.«

Zitternd gehorchte Quentin und sagte seiner Frau, dass er später nach Hause kommen würde. Dann schwang Vince sich die Geldtasche über die Schulter und führte Quentin zum Fahrstuhl in der Eingangshalle. Allein fuhren sie in den obersten Stock. »Sagen Sie mir eines«, fragte Vince auf halbem Weg nach oben. »Kann Ihr Elixier jemand vor dem Sterben bewahren? Sagen wir einmal, wenn jemand Ihnen eine Kugel in den Kopf gejagt hat?«

Quentin zuckte zusammen. »Nun, n-nein, nein, nicht wirklich.«

»Dann machen wir es anders: Ich will vierhundert Prozent, nicht zweihundertfünfzig.«

»Das sind vier Millionen Dollar!«

»Korrekt.«

»Das ist verdammt viel Geld ...«

»Wie viel ist Ihnen das Leben Ihrer Tochter wert?«

»Okay, okay, vier Millionen.«

»Und ich will die Hälfte nächstes Jahr um diese Zeit – zwei Millionen am 1. Juli nächsten Jahres. Dann noch mal zwei Millionen im darauf folgenden Juli. Und wenn Sie nicht liefern, bekommen Sie eine Kugel in den Kopf – Ende der Geschichte.«

Die Fahrstuhltüren öffneten sich auf einen leeren Flur.

Vince stieß ihn hinaus. »Und Sie werden es mir persönlich überbringen.« Die Türen schlossen sich mit einem lauten Klicken.

Vince Lucas führte ihn den Korridor hinunter zu seiner Suite. Er schloss die Tür auf und öffnete sie. »Bis jetzt scheint Ihr Elixier ja zu funktionieren.«

Zwei Tage später flog Vince nach Puerto Rico, wo er in einer auf einer Klippe gelegenen Villa mit Meeresblick 2,5 Millionen Dollar in bar an Antoine übergab. Er sagte nichts davon, dass eine Million davon sein eigenes Geld war. Ebenso wenig erwähnte er Elixier oder das Video, das Quentin ihm gegeben hatte, oder das, was er an diesem Abend im Darby-Labor gesehen hatte. Das war seine eigene private Investition. Wenn sie sich nicht auszahlte, konnte er sie jederzeit wieder eintreiben. Quentin besaß Werte – ein schickes Haus, eine Sommerresidenz und die Teilhaberschaft an der Firma, die er im Januar übernehmen würde. Wenn es jedoch funktionierte, könnte es eine gigantische Goldader werden.

Der August kam, und wieder verschob Chris ihre Karibikreise. Im Labor war einfach zu viel los um wegzufahren, sagte er Wendy. Sie war verständlicherweise enttäuscht.

Dann rief Jenny am 5. August an, um ihnen mitzuteilen, dass Kelly wieder in die Klinik eingewiesen worden sei. Sie sagte nicht, warum. Sie spielte die Angelegenheit sogar herunter, sagte nur, dass alle dachten, es sei am besten so. Doch Jennys ausweichende Art beunruhigte Wendy so sehr, dass sie beschloss, selbst zu ihr zu fliegen. Jenny protestierte, alles sei in Ordnung, doch schließlich gab sie nach, weil sie in der folgenden Woche eine Party zu Abigails erstem Geburtstag geben wollte und Wendy mit ihnen feiern könnte.

»Es war so merkwürdig«, erzählte Wendy am Abend ihrer Rückkehr aus Kalamazoo. »Kelly hatte wieder einen Nervenzusammenbruch, und Jenny hat so getan, als sei sie zur Kur gefahren.«

»Hast du sie gesehen?«, fragte Chris auf dem Heimweg vom Flughafen.

»Nur, weil ich darauf bestanden habe. Jenny wollte mich nicht nur nicht zum Krankenhaus fahren, sie wollte noch nicht einmal mit mir in den Besucherraum kommen. Und als sie schließlich doch mitgekommen ist, hat sie pausenlos über die Bilder an der Wand geredet und wie viel besser das Essen dort ist verglichen mit der üblichen Krankenhauskost.«

»Wenn das keine Realitätsverleugnung ist!«, meinte Chris. »Wie geht es Kelly?«

Wendy schüttelte besorgt den Kopf. »Sie war wie ein Zombie. Vielleicht lag es an den Medikamenten, aber ich konnte gar nicht glauben, wie sie aussah. Du weißt doch, wie groß und kräftig sie als Kind war. Also, jetzt ist sie nur noch Haut und Knochen, ganz eingefallen. Sie sieht alt aus. Es hat mir regelrecht Angst gemacht. Als ich sie gefragt habe, wie sie sich fühlt, hat sie mich mit ganz toten Augen angeschaut und gesagt: ›Verrückt.‹

Jenny hat das gehört und hat gleich losgeplappert, wie wunderbar ihre Ärzte doch seien, aber Kelly hat sie unterbrochen. ›Ich hab drei Tage im Koma gelegen‹, hat sie gesagt. ›Ich hab vierzig Tabletten von ihrem Lithium genommen, aber sie haben mich gefunden und es wieder rausgepumpt.‹

Was mich wirklich erschüttert hat, Chris, war, dass sie enttäuscht klang, dass man sie rechtzeitig gefunden hat. Ich konnte nur noch daran denken, dass sie erst sechzehn Jahre alt ist und dass das Leben noch vor ihr liegt und dass sie sterben wollte. Mit sechzehn. Es ist so traurig.« Sie dachte daran, dass Ricky noch nicht einmal sechs Jahre alt geworden war.

»Das muss Jenny sehr mitgenommen haben«, meinte Chris.

»Schwer zu sagen. Sie hat mit diesem schiefen Grinsen im Gesicht dagesessen und sah aus, als würde sie gleich anfangen zu lachen oder zu schreien. Stattdessen ist sie aufgestanden und hinausgegangen. Ich habe versucht, sie aufzuhalten, aber Kelly meinte: ›Lass nur. So geht sie nun mal mit Dingen um, denen sie nicht gewachsen ist.‹

Ein paar Minuten später, als wir allein waren, hat Kelly mich gefragt, wie es mir damit geht, noch ein Baby zu bekommen. Ich habe ihr gesagt, dass ich glücklich bin. Sie hat gefragt, ob wir vorhaben, noch mehr Kinder zu bekommen. Ich antwortete ›nein‹, und sie hat genickt, dann hat sie gesagt: ›Unser Baby ist auch ein Einzelkind.‹ Damit hat sie Abigail gemeint!«

»Gott, das arme Kind«, sagte Chris.

Wendy nickte. »Als ich ging, habe ich sie zum Abschied umarmt und gesagt: ›Pass gut auf dich auf‹, und sie hat mich angesehen, als wollte sie fragen: Wozu?«

»Hört sich an, als ob sie eine ganze Weile dort drin wird bleiben müssen.«

»Das fürchte ich auch. Ich habe die Station verlassen und fand Jenny unten im Geschenkeladen. Sie war dabei, Spielsachen für Abigail zu kaufen und mit der Verkäuferin herumzublödeln. Dann hat sie zwei Tage später diese Riesenparty für Abigail geschmissen. Das Haus war voller Eltern mit kleinen Kindern. Alle hatten Hüte auf und haben Happy Birthday gesungen und von einer riesigen gelben Torte und Eis gegessen. So wie sich Jenny aufgeführt hat, wärest du nie darauf gekommen, dass ihre andere Tochter erst vor ein paar Tagen in die Psychiatrie eingeliefert worden war, weil sie zum zweiten Mal versucht hatte, sich das Leben zu nehmen. Ich bin mir vorgekommen wie Alice im Wunderland.«

Nach einem längeren Schweigen fragte Wendy: »Und erinnerst du dich an das verschwundene Foto von Kelly? Nun, es steht auf Jennys Schminktisch in ihrem Schlafzimmer, zusammen mit ein paar Babyfotos von ihr. Sie hatte es tatsächlich mitgenommen.«

»Und wo war Ted die ganze Zeit?«, fragte Chris.

»Er war nicht viel zu Hause«, antwortete Wendy. »Während der Party war er bei der Arbeit, und abends ist er mit Freunden losgezogen. Was Kelly angeht, da bleibt er auf Distanz – schließlich ist sie Jennys Tochter.«

»Und da fragst du dich noch, warum sie versucht hat, sich umzubringen! Er will nichts mit ihr zu tun haben, und Jenny kann ihrer Tochter nicht verzeihen, dass sie kein Baby mehr ist.«

Der Monat August verging, und 7,2 Millionen Menschen waren gestorben.

Unter den Toten waren Jack Lescoulie, 75, ehemaliger Moderator der Today-Show; Richard Egan, 65, Schauspieler, John Houston, 81, weltbekannter Filmregisseur; Vincent Persichetti, 72, amerikanischer Komponist und Pädagoge; Lee Marvin, 63, Schauspieler; Bayard Ruston, 85, politischer Philosoph und Menschenrechtsaktivist; Pola Negri, Stummfilmstar; Jesse Unruh, 64, politisch einflussreicher kalifornischer Abgeordneter; David Martin, 50, Rocksänger und Bassist von »Sam the Sham and the Pharaohs«; Joseph E. Levine, 81, Medienmogul; Jim Bishop, 79, Bestseller-Autor; und Rudolf Hess, 93, letzter Überlebender des inneren Kreises um Hitler.

Außer Hess, der sich im Spandauer Gefängnis erhängt hatte, waren alle anderen Todesfälle unter »natürliche Ursachen« aufgelistet.

Natürliche Ursachen: Ein hilfreicher medizinischer Ausdruck, der nach Chris' Ansicht nichts anderes bedeutete, als dass die behandelnden Ärzte keine Ahnung hatten. Bei so gut wie niemandem über 75 wurde noch eine Autopsie vorgenommen, weil den meisten Todesfällen keine klare Ursache zu Grunde lag – keine spezifische Krankheit. Um dem amerikanischen Gesetz Genüge zu tun, wurde auf den Totenscheinen einfach »natürliche Ursachen« eingetragen, was sich als der Verlust von körperlichen Funktionen infolge des Alterungsprozesses übersetzen ließ.

Was diese Totenscheine nicht aussagten, war, dass die Zellen der Opfer aufgehört hatten, sich zu teilen und daher bis zu einem Punkt verfallen waren, an dem die lebenswichtigen Organe versagten.

Dieser Prozess war universell. Sie hatten ihr Ende erlebt, die Reichen, die Berühmten, die Mächtigen, ungeschützt – so ungeschützt, wie jedes andere menschliche Wesen, das je gelebt hatte.

Außer Iwati.

Der September kam und ging, und wieder verschob Chris ihre Reise. Vielleicht würden sie fahren, wenn das Baby da war.

Seit 18. September war Sam Bacon permanent an sein Bett im Pflegeheim gefesselt, weil er sich nicht mehr daran erinnern konnte, wie man sich aufsetzt.

Am 10. Oktober rief Vince Lucas Quentin an, um sich nach den Fortschritten von Elixier zu erkundigen. Quentin hatte nichts Neues zu berichten, weil diese Dinge ihre Zeit brauchten. Doch das Laborteam unternehme alles, um das Serum zu perfektionieren und bis Anfang kommenden Jahres die Zulassung zu bekommen. Lucas schien zufrieden zu sein, dann fragte er nach dem Namen des leitenden Wissenschaftlers und seiner Frau. Quentin nannte sie ihm nur zu gern.

Im Monat November wurden auf der ganzen Welt zehn Millionen Menschen geboren. Einer von ihnen war der kleine Bacon-Junge. Sie nannten ihn Adam.

11

Adam Samuel Bacon wurde am 4. November 1987 um 8:10 Uhr im Beth Israel Krankenhaus in Boston geboren. Er wog 3400 Gramm.

Weil sein Kopf so groß war, nahmen die Ärzte einen Dammschnitt vor. Während der Geburt hielt Chris Wendys Hand, flüsterte ihr Worte der Ermutigung zu, und sagte ihr, wie sehr er sie liebe. Während die Ärzte den Schnitt nähten, brachten die Krankenschwestern Adam zu ihr. Sie und Chris weinten und lachten durcheinander.

Minutenlang hielt Chris den winzigen, rosigen Miniaturfinger seines Sohnes mit seinem Finger umschlungen. Er dachte daran, dass diese Hand noch vor wenigen Monaten ein flaches Ding mit Schwimmhäuten in einem Uterussack gewesen war, dass jedoch dank eines genialen Mechanismus genau die richtigen Zellen zur exakt richtigen Zeit abgestorben waren, sodass diese zerbrechlichen kleinen Finger ihre jetzige Form annehmen konnten. Und doch, so hatte Betsy insistiert, waren nach dem Embryostadium lebendige Zellen nicht länger Teil desselben Mechanismus. Außerhalb des Mutterleibes waren die menschlichen Zellen nicht zum Absterben programmiert, nur zum Altern. In diesem kleinen Bündel Leben tickte keine Todesuhr.

Er schloss die Augen, um seinen Kopf von all dem frei zu machen. Es war ihm fast zum Zwang geworden, Menschen nur noch in Hinblick auf ihre Zellen und ihre DNA zu betrachten. Gedanken zu wälzen, die er noch nicht einmal in Erwägung ziehen sollte.

Als er die Augen wieder öffnete, legte er seinen neugeborenen Sohn an Wendys Brust. Es war der schönste Augenblick seines Lebens.

Später am selben Abend, nachdem Jenny gegangen und

Wendy eingeschlafen war und im ganzen Krankenhaus Stille herrschte, stand Chris vor dem Fenster der Säuglingsstation, schaute seinen schlafenden Sohn an und fragte sich, welche Träume aus dem Mutterleib wohl durch sein zartes kleines Gehirn schwirren mochten. Ihm kam der Gedanke, dass er zuletzt vor acht Jahren und drei Monaten in einem Krankenhaus gewesen war, als Ricky gestorben war. Auch damals hatte er die Hand seines Sohnes gehalten.

Damals war sein Hirn von Gedanken an den Tod erfüllt gewesen.

Jetzt brodelte es vor Gedanken an die Ewigkeit.

Nach der Rückenmarksanästhesie hatte Wendy fast den ganzen Nachmittag geschlafen, sodass Jenny Zeit zum Einkaufen gefunden hatte. Außer ihrem Gepäck hatte sie nun, einen Tag später, noch zwei große Tüten mit Spielzeug dabei, das sie für Abigail im teuren Spielwarenladen FAO Schwartz gekauft hatte. Sie hatte wieder ein Vermögen ausgegeben. Die Art, wie Jenny mit ihrer neuen Mutterschaft umging, war bizarr – eine geradezu manische Kompensation. Als Chris fragte, wie es Kelly ginge, erwiderte sie munter »danke, gut«, und das war alles zu diesem Thema. Über Abigail hingegen sprach sie auf dem ganzen Weg zum Flughafen, und sie zeigte ihm einen ganzen Stapel von Fotos. »Ich bin so verliebt in sie«, gestand sie. »Es macht mir fast Angst.«

Abigail macht es vermutlich auch Angst, dachte Chris.

Weil Wendy noch am selben Tag entlassen werden sollte, fuhr er zum Krankenhaus zurück. Doch als er ihr Zimmer betrat, spürte er sofort, dass etwas nicht stimmte. Ihr Gesicht hatte einen angestrengten Ausdruck, den selbst die Schmerzmittel nicht zu verdecken mochten.

Sein erster Gedanke galt dem Baby. Doch es schlief friedlich in ihren Armen. Und es konnten auch keine Komplikationen infolge der Geburt sein, denn dann säße Wendy nicht voll angekleidet mit Adam im Arm auf einem Stuhl. Auf dem Tisch stand eine Vase mit einem neuen Blumenstrauß.

»Ist alles in Ordnung?«

»Alles prima.« Ihre Stimme klang flach.

»Du siehst aber nicht so aus. Von wem sind die Rosen?«

»Von Betsy Watkins.«

»Das war nett von ihr.«

»Ja, das war es.«

Ein langes Schweigen, das die Wände aufzusaugen schienen.

»Wendy, was ist los? Und sag nicht wieder, dass es nichts ist, denn ich sehe dir an, dass etwas nicht stimmt.«

Wendy sah zu ihm auf. »Sie hat erzählt, dass sie vorgeschlagen hat, eine Ethikkommission hinzuzuziehen, dass du aber dagegen warst.«

Sofort fühlte er sich in die Defensive gedrängt. »Ich weiß nicht, was sie zu beweisen versucht, aber sie hatte kein Recht, darüber zu sprechen. Und wir brauchen keine Ethikkommission.«

»Sie hat mich gebeten, dich davon zu überzeugen, das Projekt auf Eis zu legen, bis eine Kommission eingesetzt wurde.«

»Wendy, du hast da nicht mitzureden. Das ist Sache von Darby und kein Familienforum.«

»Was du tust, ist gefährlich.«

»Können wir ein andermal darüber reden? Du hast gerade ein Baby bekommen, um Himmels willen.« Er stand auf und ging zum Fenster.

»Gerade mit dem Baby hat das doch alles zu tun«, gab sie aufgebracht zurück. »Du bist besessen von all dem, Chris, und das macht mir Angst.«

»Ich bin nicht besessen, nur sehr beschäftigt.«

»Nein, *besessen*, und das schon seit Monaten. Es kommt

mir vor, als ob wir eine Fernbeziehung führten. Ich sehe dich nicht mehr, und wenn doch, bist du dauernd abgelenkt.«

Er seufzte hörbar. Betsy hatte sie voll erwischt, und jetzt würde sie nicht locker lassen. »Ich werde nur mit Arbeit überhäuft, das ist alles, ich stecke bis zum Hals in Protokollen und so etwas.«

»Chris, was du tust, macht mir Angst.«

»Ich tue nur, was die gesamte medizinische Wissenschaft tut, jeder Arzt und jede Schwester in diesem Krankenhaus mit eingeschlossen. Mein Ziel sieht nicht anders aus als ihres.«

»Krankheiten sind nicht dasselbe.«

»Nicht dasselbe wie was?«, schoss er zurück. »Der Tod ist die ultimative Krankheit – hundertprozentig tödlich.«

»Ich meine Viren und Bakterien. Sie kommen von außen. Der Tod ist in uns mit vorprogrammiert.«

»Alzheimer auch.« Im selben Augenblick, als das Wort heraus war, wünschte er, er könnte es zurücknehmen. Sie reagierte sofort. »Ist es das, worum es dir wirklich geht?«

»Für Sam ist es zu spät.«

»Ich rede nicht davon, Sam zu retten. Ich meine dich.«

Chris stand auf, um zu gehen. »Ich muss noch den Papierkram für deine Entlassung erledigen.«

»Chris, du weißt genau, wovon ich rede.«

Er fuhr herum. »Nein, das weiß ich nicht, Wendy«, widersprach er. »So abgedroschen es auch klingen mag, was wir tun, geschieht im Namen der Wissenschaft und der Humanität, nichts weniger.« Er legte eine Hand auf den Türgriff.

»Denk an ihn«, sagte sie. »Denk daran, wie du zu deinem Sohn stündest, wenn er altern würde, du aber nicht. Denk an den Tag, an dem dein Kind an Altersschwäche stirbt, und du noch immer so gesund bist wie mit zweiundvierzig Jahren.« Ihre Augen waren riesig. Genauso wie Jennys, wenn sie ausflippte.

»Wendy, wovon zum Teufel redest du eigentlich?«

»Du denkst doch daran, das Zeug selbst zu nehmen.«

»Allmächtiger!«, rief er aus. »Das ist das Lächerlichste, was ich je gehört habe.« Seine Reaktion war übertrieben, nicht aus Wut auf Wendy, sondern auf sich selbst, weil er so leicht zu durchschauen war. »Das hier ist eine wissenschaftliche Forschung ersten Ranges, keine Abenteuergeschichte von Robert Louis Stevenson.«

»Versprich mir, dass du es nicht tust.«

»Das kannst du nicht ernst meinen.«

Tränen stiegen ihr in die Augen und fielen auf das Baby.

»Um seinetwillen, versprich mir, dass du es nicht tun wirst. Versprich es mir!«

»Ich glaube das einfach nicht!«

»Versprich es!«

Chris stand wie gelähmt an der Tür, festgenagelt von der Verzweiflung in der Stimme seiner Frau. »Ich verspreche es«, sagte er schließlich.

Dann öffnete er die Tür und ging hinaus. Und fragte sich, ob sie ihm wirklich glaubte. Fragte sich, ob er sich selbst glaubte.

Später kam er zurück, um Wendy und das Baby nach Hause zu bringen. Sie war noch immer verstimmt. Sie legten Adam zum ersten Mal in seinem Leben in sein Bettchen. Und zum zweiten Mal in seinem Leben schlief ein neugeborener kleiner Junge in ihrem Haus.

Wendy war erschöpft, und nachdem Adam eingeschlafen war, ging sie zu Bett und schlief fast augenblicklich ein. Über Elixier sprachen sie nicht mehr.

Normalerweise trank Chris abends zwei Bier, um sein Gehirn auf Schlaf einzustellen. Doch heute brauchte er eine schnelle Wirkung, daher genehmigte er sich einen Wodka mit Eis. Die Wärme breitete sich in seinem Kopf aus. Mit einem zweiten Glas schlich er ins Kinderzimmer, um seinen

Sohn anzuschauen. Die kleine Tischlampe, deren Schirm ein Clownskopf in Rot und Gelb war, tauchte den Raum in einen sanften Schimmer. Adam schlief auf dem Rücken, den Kopf zur Seite gedreht, eine Fingerspitze im Mund.

Chris hob seinen Drink auf Augenhöhe und betrachtete ihn einen Augenblick lang. Der Wodka war durchsichtig und farblos. Wie Elixier.

Besessen.

Sie hatte Recht.

Und nicht nur eine wissenschaftliche Forschung.

Auch damit hatte sie Recht.

Seine Gedanken wanderten zu Sam, und er spürte, wie ihn eine tödliche Logik ergriff. Wurde er nicht immer vergesslicher? Musste manchmal nach Worten suchen? Stolperte manchmal über Betonungen? Vergaß die Namen der Ehefrauen von Kollegen? Vergaß, welcher Monat gerade war? Vergaß, ihre Karibikreise zu buchen?

Wendy hatte gesagt, das sei Zerstreutheit. Zerstreutheit, Stress, Nervosität. Was jeder durchmachte, wenn er so viel Verantwortung übernahm. Sicher.

Dann erhoben sich aus den dunklen Regionen seines Gehirns leuchtend rot ein paar Klischees:

Wie der Vater, so der Sohn.

Ganz der Vater.

Demnächst in diesem Theater, dachte er angewidert: *Das sabbernde Ebenbild seines Vaters.*

Der Raum schien sich zu bewegen, wie in jenem Augenblick der Erkenntnis mit Iwati vor dem Feuer. Was wäre, wenn es bereits begonnen hätte – die große Verblödung –, wenn die Windungen seines Gehirns ganz allmählich nachließen? Er sah die Anzeichen: Vergesslichkeit, Verwirrtheit, Wiederholungen derselben Gesten. Diese Augenblicke, in denen sich sein Gehirn aufführte wie eine nicht fest eingeschraubte Glühbirne mit einem Wackelkontakt.

Nerven? Zerstreutheit? Stress? Vielleicht. Vielleicht auch nicht.

Er könnte zum Arzt gehen, doch in seinem Alter gab es noch keinen Test, der wirklich Aufschluss gab. Erst wenn es zu spät wäre, wenn man in den Spiegel sah und feststellte, was für ein furchterregendes, fremdes Ding das eigene Gesicht geworden war.

Sicher, er war erst 42, aber Alzheimer konnte früh mit seinem bösartigen Werk beginnen. Die Ärzte hatten gesagt, dass Sam unter einer ungewöhnlich virulenten Form litt. *Beschleunigt,* war ihr Ausdruck. Wenn es schon bei ihm selbst begonnen hätte, gab es keine Heilung. Keine Rettung vor dem Entsetzen und dem Schrecken. Nur das Nichts.

Außer vielleicht Elixier. Es schützte auch die Gehirnzellen.

Chris kippte den Rest seines Drinks hinunter und berechnete die nötige Dosis für einen 77 Kilogramm schweren Mann.

12

9. Dezember

Der Morgen war kalt und unangenehm. Es war der Tag an dem Jimbo sterben würde.

Phase eins der Tests war abgeschlossen. Da es keine Leitlinien gab, an die sie sich halten konnten, hatten Chris und sein Team je nach Körpergewicht eine Mindestdosis berechnet, die notwendig war, um bei den Tieren einen stabilen Zustand aufrechtzuerhalten – die Dosis, bei der die Chemie und das Verhalten übereinstimmten, bei der sich die Zellen der Testkulturen unendlich weiter teilten, bei der Elixier seine maximale Wirkung entfaltete und etwaige Überdosen den Körper durchliefen, ohne absorbiert zu werden.

Phase zwei war der Entzug, die Phase, die jeder hasste, weil sie bedeutete, dass Tiere geopfert werden mussten, die ihnen ans Herz gewachsen waren.

Als Erster hatte Fred, 23 Jahre alt, daran glauben müssen. Sie hatten ihn über einen Zeitraum von zwei Wochen von Elixier entwöhnt. Zuerst war die Wirkung kaum wahrnehmbar gewesen: Appetitverlust und Lethargie. Dann hatte er sich eines Tages in einer Ecke zusammengerollt und hin und wieder vor Schmerzen gestöhnt. In diesem Zustand war er zwei Tage lang geblieben, bis er gestorben war. Die Autopsie ergab Nierenversagen. Dann kam ein 21 Jahre altes Weibchen namens Georgette an die Reihe. Nach zwei Tagen bekam sie hohes Fieber. Einen Tag lang zitterte sie unkontrolliert, dann fiel sie in einen komatösen Schlaf und starb an Herzversagen. Das einzige erkennbare Zeichen von Alterung war, dass ihr Herz sich um 30 Prozent vergrößert hatte. Vier weitere Tiere wurden geopfert – alle starben binnen weniger Tage, alle an Ursachen, die mit dem Alter zusammenhingen: Nierenversagen, Herzversagen, Hirnschlag, Leberschäden. Sie wurden ein wenig runzelig, zeigten jedoch sonst keine äußerlichen Alterserscheinungen.

Am Abend, bevor sie Jimbo vom Tropf nehmen wollten, besuchte Chris ihn allein. Er war der älteste der Affen, und Chris hatte vor seinem Tod die größte Angst. Im Laufe der Monate hatte er zu ihm eine Zuneigung entwickelt wie zu einem Haustier. Mehr noch, Jimbo war eine Art Seelenverwandter für ihn, ein Alter Ego jenseits der Trennlinie der Evolution.

Sein Käfig war dreimal so groß wie die der anderen allein lebenden Affen – eine Verneigung vor seinem Alter. Chris fand Jimbo zusammengerollt auf einem alten L. L. Bean-Kissen. Weil er einen leichten Schlaf hatte, wachte er auf, als Chris näher kam. Er kam ans Gitter und schob seine Finger hindurch. Chris ergriff sie und fragte sich, ob Jimbo bewusst war, welche wunderbaren Veränderungen in den vergangenen Monaten mit ihm vorgegangen waren. Wusste er, dass er jünger, stärker und aufmerksamer geworden war? Erinnerte er sich daran, alt gewesen zu sein? Konnte er den Unterschied spüren? Chris hoffte es, aber vermutlich konnte das Tier es nicht wahrnehmen. Selbsterkenntnis und Staunen waren Fähigkeiten, die nur dem Menschen zu Eigen waren.

»Du bist ein Wunder, Großer, und du weißt es noch nicht einmal.«

Jimbo sah mit seinen flachen, schwarzen Regenwaldaugen zu ihm auf. Chris' Herz zog sich zusammen. »Tut mir Leid, mein Freund.«

Seine Gedanken wanderten zu einem Zimmer im Rose Hill Pflegeheim in West Hartford, wo Chris letzte Woche die Hand seines Vaters gehalten hatte, der seine Tage in einem Zustand völliger Verwirrung zubrachte. Ein alter Rhesusaffe hatte mehr Selbsterkenntnis.

Chris gab Jimbo seine Henkersmahlzeit, dann fuhr er nach Hause und weinte.

Die Stimmung am nächsten Morgen war gedrückt, als Chris und sein Team zusammenkamen. Quentin Cross tauchte ungebeten auf. Wie auch bei den anderen Tieren würden zwei Videokameras den gesamten Prozess aufzeichnen, der nach ihrer Schätzung vier Tage dauern würde. Anschließend würde an Jimbos lebenswichtigen Organen eine umfangreiche Autopsie vorgenommen werden.

Elixier wurde den Tieren durch Minipumpen verabreicht, die mit nachfüllbaren Implantaten unter die Haut verbunden wurden. Dies funktionierte am besten, denn Injektionsnadeln waren für sie traumatisch. Jimbos nächster Nachschub wäre um neun Uhr fällig gewesen. Nach dem, was sie bei den anderen Testtieren beobachtet hatten, war in den kommenden zwölf Stunden noch nicht mit Zeichen des Verfalls zu rechnen.

Um kurz nach 13 Uhr erhielt Chris einen Anruf von Vartan, dass Jimbo sich merkwürdig verhielte. Er konnte die Schreie schon hören, bevor er das Labor erreichte. Alle anderen standen um den Käfig herum. »Er macht irgendeine Art Trauma durch«, erklärte Vartan.

Jimbo hockte ganz oben auf seinem Klettergerüst, zitterte und umklammerte die Stange mit beiden Händen. Seine Augen waren schreckerfüllt, und er schrie, als verfolgten ihn Phantome.

»Er sieht aus wie besessen«, kommentierte Betsy, die Jimbo mit einer Mischung aus Furcht und Staunen beobachtete.

Als der Affe Chris erblickte, verstummte er und starrte ihn an. Seine Ohren legten sich flach an den Kopf, ein verängstigtes Grinsen breitete sich auf seinem Gesicht aus, und seine Lippen zogen sich zurück, sodass seine großen Eckzähne frei lagen. Dann sprang er ohne Vorwarnung mit einem schrillen Schrei auf Chris zu. Chris war sicher, dass Jimbo ihm das Gesicht zerfetzt hätte, wären die Gitterstäbe nicht gewesen.

Plötzlich ließ sich Jimbo auf die Erde fallen und begann, im Kreis herumzulaufen. Seine Gedärme entleerten sich, und er gab grunzende Laute von sich, die niemand je von ihm gehört hatte. Vor Entsetzen war sein Schwanz steil aufgerichtet wie bei einem Weibchen. Auf seinem Gesicht wechselten sich widerstreitende Gefühle ab, die ganze Palette seines Kampf- und Fluchtprogramms. Abrupt blieb er stehen. Seine Augen, groß und trüb, richteten sich auf Chris. Sein Mund öffnete sich zu einem großen »O«, als begreife er plötzlich eine furchtbare Wahrheit.

Im nächsten Augenblick begann er zu zucken. Er fiel auf den Boden, in seinen eigenen Kot. Seine Glieder krümmten sich, als erhalte er elektrische Schläge. Dann, zunächst langsam, begannen sein Gesicht und sein Torso auszutrocknen.

Sein Fell wurde faltig, als sei es plötzlich zu weit für seinen Körper. Betsy keuchte entsetzt, als Jimbos Haut sich ausbeulte und zusammenzog, als bewegten sich darunter kleine Lebewesen. Sie sprang vor, um ihm eine Todesspritze zu geben, merkte dann jedoch, dass es nichts ändern würde. Jimbo war bereits tot, als sie die Nadel aufzog.

Was als Nächstes geschah, war unglaublich, es ergab aber einen entsetzlichen Sinn. Ohne den vorbeugenden Schutz durch Elixier wurden die Telomerase-Gene in den Zellen von Jimbos Körper plötzlich aktiviert und lösten einen rasenden Verfall aus. Krebszellen vermehrten sich mit Lichtgeschwindigkeit und explodierten in blutig-roter Gewebsmasse aus den Öffnungen von Jimbos Körper – Ohren, Nase, Maul und Anus. Aus dem Harnkanal seines Penis wucherte ein dünner roter Wurm bis auf seinen Bauch. Zugleich schwoll ein pulsierendes Gewebe aus Jimbos Hals und bedeckte bald seinen ganzen Kopf.

Innerhalb von Minuten holten Krebszellen Monate der erzwungenen Ruhe auf. Noch lange, nachdem das Tier gestorben war, wuchsen und vermehrten sich die Zellen weiter und flossen wie Lava über seine Gliedmaßen und seinen Torso, bis jegliche Ähnlichkeit mit seiner ursprünglichen Gestalt von einer grotesken, pulsierenden roten Masse überzogen war.

Als es vorüber war, drehte sich Betsy zu Chris und Quentin um. »Sind Sie jetzt zufrieden?«, schrie sie. »Was wir tun, ist falsch, und dieses furchtbare Schauspiel war eine Warnung. Das hier ist teuflische Wissenschaft. »*Teuflisch!*«

Sie drehte sich auf dem Absatz um und stürmte aus dem Labor.

»Was meinen Sie mit einem *technischen Problem*?«

»Nun ja, eine Art … Sie wissen schon, Nebenwirkung.«

»Welche Art von Nebenwirkung?«

Quentin schwitzte, versuchte jedoch Ruhe zu bewahren.

»Nun, das Mittel bringt die Tiere um, wenn sie auf Entzug gesetzt werden. Ich verstehe es nicht – irgendetwas auf der DNA-Ebene.«

Vince Lucas hörte unbewegt zu und nippte an seinem Tee. Er war elegant gekleidet: graues Flanelljackett, weißes Hemd und Seidenkrawatte im Paisleymuster. An seinem Handgelenk prangte eine dicke goldene Rolex. Mit dem glatten schwarzen Haar und seiner Sonnenbräune sah er aus wie ein italienischer Filmstar.

»Wir arbeiten daran, aber wenn wir das nicht eliminieren können, wird es nie auf den Markt kommen.«

Sie saßen in der Lounge des neuen Four Seasons Hotels in Boston. In sieben Monaten würde Quentin Vince Lucas die ersten zwei Millionen Dollar bezahlen müssen, die er ihm für sein Darlehen – und für sein – Leben schuldete, und derselbe Betrag war am 1. Juli des darauf folgenden Jahres noch einmal fällig. Und das zusätzlich zu den fünf Millionen Dollar, die er bereits für die Aprikosen an Antoine überwiesen hatte. Neun Millionen Dollar Schulden, und nichts auf der Habenseite außer ein paar entstellten Affenkadavern.

»Ich denke aber, es gibt etwas, das wir tun können.«

Vince sah ihn mit diesen undurchdringlichen schwarzen Augen an. »Ich höre.«

»Es ist nicht legal.«

»Jetzt kommen wir uns näher.«

Der Kellner kam mit einem zweiten Chivas. Quentin trank einen Schluck und erklärte dann: »Ich denke, dass eine reiche Klientel gutes Geld für einen unerschöpflichen Vorrat an Elixier bezahlen würde. Leute, die Wert auf ihre Privatsphäre legen.«

»Howard Hughes ist tot.«

»Ich meine Ihr Konsortium.«

Der Vorschlag hing in der Luft. Vince trank geduldig seinen Tee.

»Also, ich dachte, dass Sie und Antoine ihnen vielleicht einen Vorschlag unterbreiten könnten … die Chance, unsterblich zu sein, und ausloten könnten, wie viel ihnen das wert wäre.«

Vince stellte sein Glas auf den Tisch. »Das Konsortium ist kein Club für reiche Einsiedler«, sagte er. »Was passiert, wenn der Junge, der deine Limousine gefahren hat, dich zwanzig Jahre später wieder trifft, und er ist fünfundvierzig und du bist noch immer genauso alt wie damals? Erzählst du ihm, dass du ein geheimes Verjüngungsmittel nimmst?«

»Bis dahin haben wir alle Nebenwirkungen beseitigt, und das Mittel ist auf dem Markt. Ich meine die Zeit bis dahin. Sie wissen schon, jetzt sofort.«

Vince dachte darüber nach. »Wie lange dauert es, die Nebenwirkungen wegzukriegen?«

»Drei Jahre, höchstens vier.«

»Hört sich nach einer Falle an, wenn Sie mich fragen.«

»Wieso eine Falle?«

»Sagen wir einmal, das Konsortium ist interessiert. Sie werden eine Garantie verlangen, dass sie das Zeug auch weiterhin bekommen können, ohne irgendwelche Haken oder plötzliche Preiserhöhungen.«

»Wir geben ihnen schriftliche Garantien.«

»Die durch welche Autoritäten durchgesetzt werden sollen?«

Quentin sah ihn an, ohne zu antworten.

»Noch etwas: Angenommen, Ihnen gehen wieder die Rohstoffe aus, oder die Behörden finden heraus, dass Sie mit illegalen Pharmazeutika handeln und machen Ihre Firma dicht. Was geschieht dann mit Ihrer Kundschaft? Es ist ja nicht so, als ob der Dealer eines Junkies eingebuchtet wird und der zapft einfach einen anderen an. Die Leute wollen Sicherheit.«

»Wir können ein todsicheres Kartell einrichten.«

»So etwas gibt es nicht.« Vince nahm eine einzelne Mandel aus der Nussschale und kaute sie, während er einen Gedanken in seinem Kopf hin- und herschob. »Sie sagen, Elixier funktioniert immer noch bei den Primaten, solange sie regelmäßigen Nachschub bekommen.«

»Ja.«

»Ehe Sie sich nach Abnehmern umsehen, sollten Sie herausfinden, ob es auch bei Menschen wirkt. Andernfalls wäre niemand interessiert.«

»Das ist ja das Problem. Wir können nicht einfach in eine Klinik marschieren und fragen, wer sich freiwillig für eine Studie über Langlebigkeit zur Verfügung stellt, die mit dem Tod endet.«

»Freiwillige können auch ernannt werden.«

Quentin sah ihn mit leerem Blick an, während die Bedeutung seiner Worte zu ihm durchdrang. »Ich verstehe.«

»Das größte Problem liegt auf Ihrer Seite: Leute dazu zu bekommen, das Zeug herzustellen, ohne dass die FDA es herausfindet.«

»Subunternehmer«, sagte Quentin. Das hatte er bereits alles geplant. Das Mittel würde von Laboren außerhalb der Firma hergestellt werden; niemand würde seine Wirkung kennen, niemand würde Fragen stellen. Und niemand müsste sich um die Leitlinien sorgen.

Vince nickte, als Quentin ihm dies erklärte. »Wie steht es mit den Leuten in Ihrem Labor? Irgendwelche Probleme?«

Quentin trank sein Glas aus und bestellte einen dritten Whisky. »Das ist etwas, über das wir reden sollten.«

Adam quengelte fröhlich, und Wendy lachte voller Glück.

Es war zwei Tage vor Weihnachten, und sie badete ihn im Waschbecken in der Küche. Sie dachte daran, wie sehr sie von Liebe für ihr Baby erfüllt war, das hemmungslos lachte, während sie mit dem Waschlappen über seinen kleinen, rosigen Körper fuhr.

Es war ein kurzer Augenblick in den Millionen Augenblicken ihres Lebens, doch es war einer, den sie am liebsten für immer aufgehoben hätte.

Sie wusste natürlich, dass dieser Wunsch albern war. Wenn man solche Momente bewahren könnte, wie könnten sie dann so glücklich bleiben? Freude war eine Erfahrung, die sich durch den Kontrast zu weniger schönen Augenblicken definierte. Außerdem würde es noch mehr davon geben.

Als sie Adam den Schlafanzug anzog, legte sich Elixier wie ein dunkler Umhang um ihre Gedanken. In solchen Augenblicken verstand sie seine Anziehungskraft.

Sie konnte Chris' Worte hören: »*Das Problem am Leben ist, dass es hundertprozentig tödlich ist.*«

Und: »Ich bin noch nie gestorben, Wendy, und ich will es auch nicht lernen.«

Und: »*Denk doch nur, wie viele Bücher du schreiben könntest, wenn du noch einmal fünfzig oder hundert Jahre hättest. Du könntest die Dorothy Sayers des 21. Jahrhunderts werden.*«

Es gab fast kein Entrinnen. An einem Abend vor ein paar Wochen hatten sie eine Wiederholung von »Philadelphia Story« im Fernsehen gesehen. Vor einer Werbepause hatte sich ein junger, gut aussehender Jimmy Steward zu einer 22-jährigen Katherine Hepburn umgewandt und gesagt: »In dir ist etwas Herrliches, Tracy. Es liegt in deinen Augen und in deiner Stimme und in der Art, wie du dort stehst und der Art, wie du gehst. Du leuchtest von innen...« Während Chris aufgestanden war, um sich noch ein Bier zu holen, hatte er sich laut gefragt, wie schmerzvoll es wohl für die 80-jährige, verrunzelte und zittrige Hepburn sein musste, sich selbst in solchen alten Filmen zu sehen. Vermutlich schaute sie sich gar nicht mehr an, schloss er. Wendy hatte darauf geantwortet, dass Kate Hepburn alt werden und sterben musste. So schmerzlich es auch war, sie hatte dies ohne Zweifel akzeptiert. So wie wir alle es akzeptieren müssen.

Es war eine gute Antwort gewesen, so wie ihre üblichen Warnungen vor dem Herumpfuschen an Mutter Natur oder ihr alter Spruch: *»Der Tod ist die Mutter der Schönheit.«*

Mit Adam in ihren Armen spürte Wendy, dass dieses Zitat von Stevens noch nie wahrer gewesen war. Solche Augenblicke waren schön, weil man sie eben nicht festhalten konnte. Außerdem waren alle Labortiere durch den Entzug gestorben, was bedeutete, dass es bis zu Tests an Menschen noch Jahre dauern konnte. Vielleicht würde es sogar nie dazu kommen. Sie konnte es nur hoffen.

Das Telefon klingelte und riss sie aus diesem Augenblick heraus. Ihr erster Gedanke galt Chris. Er war auf einer zweitägigen Konferenz über Zellbiologie in Philadelphia. Doch es war Quentin Cross.

»Chris hat erzählt, Sie hätten Probleme, ein Hotel in der Karibik zu finden.«

»So etwas passiert eben, wenn man seine Reisepläne in letzter Minute macht«, antwortete Wendy. »Alles ist seit Monaten ausgebucht.«

»Nun, wie es der Zufall will, sind wir Anteilseigner an einem Apartment in Las Palmas an der Ostküste von Puerto Rico, das in den beiden ersten Februarwochen frei ist, falls Sie daran interessiert sind. Margaret und ich fliegen jedes Jahr dorthin, aber dieses Jahr kommen wir nicht dazu, weil Ross in Rente geht und so viel los ist«, sagte er.

»Ist das Ihr Ernst?«

Quentin lachte gut gelaunt. »Ja, und es geht auf uns, es kostet Sie nichts.«

»Oh, Quentin, ich bin sprachlos. Wie großzügig von Ihnen!«

»Der einzige Haken ist, dass Sie den Flug noch heute buchen müssen. Ich hoffe, das macht Ihnen nichts aus, aber ich habe mir die Freiheit genommen, für alle Fälle Plätze auf Ihre Namen zu reservieren. Sie brauchen nur noch bei Eastern Airlines anzurufen und den Flug zu bestätigen. Aber es muss noch heute sein. Was meinen Sie?«

»Mein Gott, ja, wir nehmen an!«, sagte Wendy. »Und danke, Quentin. Vielen Dank. Mein Gott!«

»Nun, betrachten Sie es als ein kleines Zeichen der Anerkennung für das, was Chris für uns getan hat – und für Sie, weil Sie die ganze Zeit über zu ihm gestanden haben.«

Erfreut dankte Wendy ihm noch einmal. Nachdem sie aufgelegt hatte, rief sie Eastern Airlines an und bestätigte ihre Reservierungen. Wie aufmerksam von Quentin. Vielleicht hatte Chris ihn falsch eingeschätzt.

13

29. Januar

Jeden Morgen um fünf Uhr fuhr Betsy Watkins zum YMCA von Cambridge und schwamm dort 50 Bahnen im Pool, bevor sie zur Arbeit ging.

Mit 48 Jahren schaffte sie ihr Pensum mühelos in 40 Minuten. In dieser Zeit ließ sie ihre Gedanken schweifen, während ihr Körper auf Autopilot zwischen den Markierungen der Bahnen hin- und herzog. Gegen halb sieben kamen normalerweise ein paar Leute. Doch an diesem Morgen regnete es in Strömen, und sie schwamm ihre Bahnen allein.

Während sie schwamm, dachte sie an die neue Stelle, die sie in zwei Wochen am Nationalen Krebsforschungsinstitut antreten würde. Sie hätte schon am Tag nach Jimbos Tod dort angefangen, wenn Chris sie nicht angefleht hätte, ihr Ausscheiden aus der Firma zu verschieben, damit er Ersatz für sie finden konnte. Sie hatte nur unter der Bedingung zugestimmt, dass nicht noch mehr Tiere geopfert wurden. Chris versprach es, und tatsächlich wurden keine weiteren Tiere mehr auf Entzug gesetzt.

Am Krebsforschungsinstitut wollte sie untersuchen, auf welche Weise Tabulon Krebszellen das Telomerase-Enzym vorenthielt – eine Forschung, an der Darby kein Interesse hatte. Doch ehe sie ging, wollte sie Ross noch einmal ansprechen. Sie hoffte, ihn dazu bewegen zu können, doch noch eine unabhängige Institution hinzuzuziehen, die die Entwicklung von Elixier überwachen sollte. Quentin war strikt dagegen, doch Ross würde die Notwendigkeit einer abgesicherten ehtischen Praxis und Verantwortlichkeit vielleicht einsehen. Die Verlängerung des menschlichen Lebens war wissenschaftliches Neuland, befrachtet mit allen Gefahren eines unabsehbaren Geländes.

Bei Bahn 44 dachte sie darüber nach, wie sie reagieren sollte, falls sie bei Ross gegen eine Wand lief. Sie schloss nicht aus, die FDA über Darbys Aktivitäten zu unterrichten.

Sie dachte auch an Chris – dass er ein guter Mann war und ein begabter Wissenschaftler, der hin- und hergerissen war zwischen ethischen Erwägungen und einer fast persönlichen Anziehungskraft, die Elixier auf ihn ausübte. Seine Frau hatte eine ganz andere Meinung als er, und doch schien sie ihn sehr zu lieben. Betsy würde Chris und seine wunderbaren zweifarbigen Augen vermissen.

Bei Bahn 45 sah sie auf und bemerkte, dass der Bademeister kurz herausgehen wollte, um sich einen neuen Kaffee zu holen. Sie bedeutete ihm mit einem Winken, dass das in Ordnung war.

Bei Bahn 46 nahm sie am Rand des Blickfeldes ihrer Schwimmbrille eine Bewegung wahr, als sie in der Mitte des Pools war. In einer Nachbarbahn war ein weiterer Schwimmer, der ihr entgegenkam. Ein Mann mit weißer Badekappe, Schnorchel und Flossen. Betsy zog es vor, ohne derartige Ausrüstung zu schwimmen.

Bei Bahn 47 verspürte sie plötzlich einen Schlag auf den Kopf. Geblendet vor Schmerz schlug sie verwirrt um sich, schluckte Wasser und spürte, wie zwei Arme sich wie eine Anakonda um ihre Beine schlangen und sie hinunterzogen. Eine weiße Badekappe blitzte auf. In den Schmerz und das verzweifelte Ringen nach Luft mischte sich tiefe Ungläubigkeit. Sie wurde unter Wasser angegriffen.

Dort, wo sie mit Bahn 48 hätte beginnen sollen, wurde ihr Verstand für den Bruchteil einer Sekunde klar. Sie sah den Boden des Pools auf sich zukommen, während ihr Zwerchfell verzweifelt nach Luft verlangte und ihre Arme sich gegen die Umklammerung wehrten und um sich schlugen.

Bei Bahn 49 stiegen unter ihr Luftblasen auf… so viele Luftblasen… und Panik erfüllte ihre Brust… und das Gewicht an ihrem Bein… so schwer… alles so schwer und dunkel, und ihre Lungen, die nach Sauerstoff lechzten, das Wasser, das ihre Kehle füllte… und ein Gesicht in einer Maske… Augen, die sie anstarrten… und das Aufblitzen von Chrom an einem Sauerstoffregler… schwarze Schläuche und Blasen… das bleierne Gewicht ihrer Glieder… ihr Verstand füllte sich mit schwarzem Wasser… und sie schwamm weiter… schwamm… auf einen Mann mit zwei großen schwarzen Augen zu…

Bei Bahn 50 war sie tot.

14

LONG ISLAND, NEW YORK

29. Januar 1988

Vince Lucas reichte Quentin einen Chivas on the Rocks und ging hinein. Sie befanden sich auf seinem Anwesen in den Hamptons, das nach dem Vorbild von Thomas Jeffersons Landsitz in Monticello erbaut worden war.

Vince trug einen eleganten Zweireiher mit weißem Hemd und weißer Krawatte. Er führte Quentin ins Haus, wo sich eine Partygesellschaft über mehrere Räume verteilte. Hinten im großen, opulent ausgestatteten Tanzsaal spielte eine Jazzcombo. Schwarz-weiß gekleidete Kellner und Kellnerinnen arbeiteten sich mit Champagner und Appetithäppchen durch die Menge.

Quentin umklammerte seine Aktentasche mit der rechten Hand, während er sich einen Weg bahnte. Immer wieder entdeckte er jemanden, den er aus Zeitschriften oder dem Fernsehen kannte – Sportler, Leute aus dem Showgeschäft, New Yorker Politiker.

Am hinteren Ende des Gebäudes lag unter einem Glasdach ein gewundener Pool, umgeben von kleinen Hainen aus Palmen und anderen tropischen Pflanzen. Bewässert wurden sie aus Springbrunnen und Wasserfällen, die aus einer Steingartenanlage an einem Ende des Pools entsprangen. Dahinter war eine Bar. Die ganze Szenerie sah aus wie der Drehort für einen Urwaldfilm. Ein paar Männer und Frauen planschten im Wasser herum, während um sie herum andere Gäste in Klubsesseln saßen und Kellner Drinks und Häppchen servierten. Durch eine Glaswand war in der Ferne der Atlantik zu sehen, der vom Dezember-Vollmond in weißes Licht getaucht wurde.

Quentin nahm einen Drink und unterhielt sich mit einigen Gästen. Um 22 Uhr wurde er in ein Hinterzimmer geführt, wo sie in einen privaten Fahrstuhl stiegen und zwei Stockwerke tiefer in einen unterirdischen Keller fuhren, in dem nichts von der Musik und dem Partylärm zu hören war. Sie gingen einen Flur hinunter und an mehreren Räumen vorbei, darunter ein verspiegelter Fitnessraum voller Übungsgeräte. Am Ende des Flurs war eine schwere Eichentür, die Vince aufschloss.

Quentin betrat einen Raum, in dem Männer und Frauen um einen riesigen ovalen Konferenztisch herum versammelt waren – Leute, die er oben getroffen hatte, und einige, die er von der Insel kannte.

»Lange nicht gesehen.« Antoine Ducharme.

Quentin schüttelte ihm die Hand und dachte daran, dass Antoine ihn und seine Familie ausgelöscht hätte, wenn es Elixier nicht gäbe. Jetzt waren sie wieder Geschäftspartner.

Sie plauderten einen Augenblick, während alle ihre Plätze einnahmen. Quentin erkundigte sich, wie es Lisa ging, und Antoine lächelte wehmütig. Nach der Bombardierung von Apricot Cay hatte sie ihn wegen eines anderen Mannes verlassen. »Das Fleisch ist schwach«, fügte er kryptisch hinzu.

Am anderen Ende des Raums war eine Leinwand für die Dia- und Videovorführung aufgebaut. Sie waren ihre Vorgehensweise mehrmals durchgegangen, trotzdem schlug Quentins Herz schneller. Um den Tisch herum waren etwa dreißig Milliarden Dollar versammelt. Er wusste sehr wenig über die einzelnen Mitglieder des Konsortiums, außer dass sie einen exklusiven internationalen Zirkel von Drahtziehern bildeten – Finanziers, Vertreter ausländischer Regierungen, Scheichs, ehemalige Geschäftsführer von Ölkonzernen und Ähnliches – Leute, die mit einem Wort Aufruhr an den Börsen der Welt oder internationale Zwischenfälle verursachen konnten. Eine Elite der Unberührbaren, die durch vollendeten Opportunismus dorthin gelangt waren, wo sie waren. Und hier hatten sie sich für die ultimative Eroberung versammelt.

Vinces Aufgabe war es gewesen, sie für dieses Treffen zu ködern. Quentins Aufgabe war es, ihnen die Ware mit all seinem unternehmerischen Geschick zu verkaufen. Und er war gut vorbereitet. Er stieg auf das kleine Rednerpult und beschrieb Elixier, schilderte der Gruppe die verschiedenen Stadien. Er zeigte Dias von medizinischen Diagrammen und Verfahrensweisen und führte ein Video über die Mäuse und Affen vor. Die Zuschauer waren verblüfft über den Unterschied zwischen Vorher und Nachher, über die anfangs altersschwachen Primaten, die plötzlich herumsprangen, als sei die Zeit für sie zurückgedreht worden. Quentin erklärte, dass die Tiere unendlich lange so weiterleben konnten. Über die Folgen eines Entzugs sprach Quentin offen – oder fast offen. Wie jeder Patient, der von einem Medikament abhängig war, würden diese Tiere widrige Symptome entwickeln, die schließlich zu ihrem Tod führen würden. Er ging nicht ins Detail.

Was die Gruppe schließlich anbeißen ließ, war das Video, das Antoine mitgebracht hatte.

Vince dämpfte das Licht, und auf der Leinwand wurde es lebendig. Der Ort, an dem das Video aufgenommen worden war, war nicht sofort erkennbar, aber es wurden mehrere Menschen gezeigt, die in einem Raum saßen. Die meisten von ihnen waren über 70 Jahre alt. Zuerst schien es, als handele es sich um ein Krankenhaus, doch ein schneller Zwischenschnitt zeigte vergitterte Fenster. Ein Sprecher, der nicht zu sehen war, sprach mit lebhaftem karibischem Akzent. Jeder der acht Patienten trug ein Schild mit seinem Vornamen um den Hals. Eine dicke Frau saß im Rollstuhl. Alle trugen weiße T-Shirts und Shorts, damit ihre körperliche Verfassung deutlich zu sehen war.

Der Sprecher forderte jeden Patienten auf, durch den Raum zu gehen. Drei der Männer waren kahl, einer hatte volles weißes Haar. Einige hatten Zahnlücken. Ihre Haut war schlaff und faltig, die Augen verfärbt und gerötet. Zwei Frauen waren sehr schwach; eine dicke weiße Frau konnte infolge ihrer Arthritis kaum gehen und blieb in ihrem Rollstuhl sitzen. Die übrigen humpelten ein paar Mal durch den Raum, so gut sie konnten. Zwei benutzten Gehstöcke. »Sehr gut, sehr schön«, lobte der Sprecher.

Um die Daten zu dokumentieren, zoomte die Kamera auf die aktuelle *New York Times*. Der erste Tag war der 16. Dezember. Die Patienten wurden aufgefordert, sich wieder zu setzen. Ohne sein Gesicht zu zeigen, injizierte ein Mann in Weiß jedem Patienten eine klare Flüssigkeit in den Arm. Bevor ausgeblendet wurde, fragte die Stimme jeden Einzelnen, wie er oder sie sich fühle, und alle murmelten, dass es ihnen gut gehe.

Die Leinwand wurde für einen Augenblick schwarz, dann ging es mit einer Nahaufnahme der *New York Times* weiter.

30. Dezember. Derselbe anonyme Raum. Dieselbe Gruppe alter Menschen auf Stühlen an der Wand. Dieselbe saubere weiße Kleidung. Einige starrten ausdruckslos vor sich hin, zwei lächelten. Zunächst schien alles wie vorher. Doch als die Kamera sich bewegte, wurden kleine Veränderungen erkennbar. Der dunkelhäutige, verrunzelte Mann namens Rodney schien ein wenig wacher zu sein; seine Augen waren klarer und weiter geöffnet. Auch saß er aufrechter da, ebenso wie zwei andere Männer. Die schwache Frau namens Francine berichtete, dass es ihr besser ginge als letztes Mal.

11. Januar. Derselbe Raum. Diese Gruppe von acht Menschen. Doch was eine spontane Reaktion beim Konsortium hervorrief, war das Aussehen von Alice, der dicken Frau im Rollstuhl. Als sie nach der Arthritis in ihren Füßen gefragt wurde, antwortete sie, ihre Füße seien »viel glücklicher« als

zuvor. Die anderen schritten ebenfalls mit größerer Geschmeidigkeit und in aufrechterer Haltung durch den Raum. Ezra und Hyacinth, die vorher Stöcke benutzt hatten, konnten jetzt ohne Stütze gehen. Die Kamera zoomte auf ihre Gesichter, die glatter und straffer wirkten. Dem Sprecher zufolge fühlten sich alle besser und tatkräftiger. Zwei berichteten außerdem, dass ihr Gedächtnis sich verbessert habe.

19. Januar. Diesmal war die Stimmung sichtlich gut. Plaudernd und lachend marschierten sie aufrecht und mühelos durch den Raum, sogar Alice, die jetzt keinen Stock mehr brauchte. Sie hatte abgenommen, ihr Gesicht war dünner, ihre Augen größer geworden. Die Kamera hielt auf Robert, der sich mit Rodney im Armdrücken maß, während die anderen sie anfeuerten.

27. Januar. Die Gruppe der acht Patienten tanzte mitten im Raum zu Reggaemusik. Ihre Verwandlung war so verblüffend, dass das Konsortium erstaunt nach Luft schnappte. Innerhalb von sechs Wochen war jeder Patient um zehn Jahre oder mehr verjüngt worden. Alle lachten und bewegten sich zur Musik, auch Alice, die ohne Hilfe auf den Beinen war, die Haare sorgfältig gekämmt, das Gesicht geschminkt und strahlend lächelnd.

Als Vince das Licht wieder einschaltete, brach im Raum lauter Jubel aus. Ein Franzose fragte, wo er noch heute Nacht einen Liter von dem Zeug herbekommen könnte, und zog sein Scheckbuch heraus. Andere reagierten ähnlich.

Quentin wurde mit Fragen bombardiert.

Jemand fragte nach dem Schicksal der Patienten, und Antoine antwortete, sie würden gut gepflegt und seien in sicherer Verwahrung – eine Antwort, die das Konsortium zufrieden stellte. Eine Antwort, die weit von der Wahrheit entfernt war.

Zum Abschluss der Zusammenkunft nahm Vince Bestellungen für Elixier-Behandlungen zum Preis von zwei Millionen Dollar im Jahr entgegen.

Gegen Mitternacht leerte sich der Konferenzraum. Vince, Quentin und Antoine blieben zurück.

Vince nahm die Videokassette aus dem Rekorder. »Übrigens, Ihre Betsy Watkins hatte heute Morgen einen bedauerlichen Unfall.«

»Wie schade«, lächelte Quentin.

»Und das andere Problem wird gerade aus der Welt geschafft.«

Quentin verspürte eine Woge der Erleichterung. Alles lief glatt. In wenigen Wochen würden sie voll im Geschäft sein, alle Hindernisse wären aus dem Weg geräumt. Pharmazeutische Firmen außerhalb von Neuengland würden mit der Herstellung von Elixier beauftragt werden, die Verteilung würden die Leute von Vince und Antoine übernehmen, und für die Einkünfte würden Konten im Ausland eröffnet werden. In einer Hand voll Jahren würde Elixier ein Milliarden-Dollar-Molekül sein.

»Kennen Sie den Roman *Das Bildnis des Dorian Gray* von Oscar Wilde?«, fragte Antoine.

»Nein«, sagte Quentin.

»Wie steht es mit der Kriminalstory *Der Fall Valdemar* von eurem Edgar Allan Poe?«

»Nicht wirklich.«

»Zu schade. Es ist eine wunderbare Geschichte über einen Mann, der im Augenblick seines Todes in Hypnose versetzt wird, sodass sich sein Leben um Monate verlängert. Der beste Teil ist der, als er aus seiner Trance auferweckt wird. Er verrottet in weniger als einer Minute zu einer matschigen verfaulten Masse.«

Quentin sah ihn verständnislos an.

Aus seinem Koffer nahm Antoine ein weiteres Video und

schob es in den Rekorder. »Schauen Sie gut zu, mein Freund.«

Blauer Himmel füllte die Leinwand. Langsam zog die Kamera auf und zeigte den Horizont am Meer, Boote, die in dunstiger Ferne schaukelten. Die Kamera schwenkte auf Lisa, die am Bug der *Reef Madness* posierte. Sie war genauso, wie Quentin sie in Erinnerung hatte – blendend schön, mit einem strahlenden Lächeln und einem schlanken, straffen Körper. Sie trug eine Baseballkappe und einen weißen Einteiler, der sich an ihren Körper schmiegte wie feuchtes Seidenpapier. Sie hätte ein Supermodel sein können, das für ein Kalenderfoto posiert. Die kleine tätowierte Rose auf ihrer rechten Schulter glühte im Sonnenlicht wie ein Medaillon. Sie lachte und richtete einen Fotoapparat auf denjenigen, der sie filmte.

Plötzlicher Ortswechsel zu dem Raum aus dem ersten Video. Er schien leer zu sein, bis die Kamera eine dunkel gekleidete Gestalt in einem Rollstuhl erfasste. Jemand, der nicht zu sehen war, sagte etwas, und die Gestalt hob langsam den Kopf.

»Großer Gott!«, keuchte Quentin.

Es war Lisa. Sie war verwelkt und gebeugt. Ihr Haar war eine dünne weiße Schicht über ihrer Kopfhaut, ihr Gesicht ausgetrocknet wie Pergament. Ihr Mund stand offen und rang mühsam nach Atem, die Lippen waren aufgesprungen, die meisten Zähne waren ihr ausgefallen. Ein Auge war nur noch ein blinder, milchiger Ball, das andere ein geleeartiger Schlitz.

Quentin hoffte entgegen jeder Hoffnung, dass es sich um eine Fotomontage oder geschickte Theaterschminke handelte. Doch es war echt. Und es war wirklich Lisa – er konnte die tätowierte Rose erkennen. Sie hatten sie auf Elixier gesetzt, aus der Lieferung, die Quentin vor ein paar Wochen für die alten Patienten aus dem Labor gestohlen hatte.

Antoine hatte ihr das Mittel entweder gegen ihren Willen oder mit dem Versprechen von Unsterblichkeit injiziert und ihr dann den Nachschub gesperrt, damit sie verrotten würde.

Antoine genoss Quentins Reaktion. Er hielt das Video bei einer Nahaufnahme ihres unglücklichen Gesichts an. »Manche Dinge altern nicht gut, vor allem nicht ein betrügerisches Herz.«

15

29. Januar

»Ich glaube, sie ist ermordet worden«, sagte Chris.

»Ermordet!«

Chris und Wendy waren unterwegs zum Einkaufszentrum in Burlington, um letzte Besorgungen für ihre Reise zu machen. Adam schlief in seinem Kindersitz.

»Aber wer sollte Betsy denn ermordet haben? Und warum?«

»Ich bin mir nicht ganz sicher, aber die Fragen, die sie mir gestellt haben, deuteten auf Fremdeinwirkung hin. Ich vermute, dass sie den Bericht des Pathologen abwarten und einigen Hinweisen nachgehen wollen.«

Chris hatte an einem Seminar über Zellbiologie im Heritage Hotel außerhalb von Providence teilgenommen, als die Kriminalbeamten aus Cambridge auftauchten. Sie befragten ihn fast eine Stunde lang, vor allem dazu, warum er an diesem Morgen um fünf Uhr das Haus verlassen hatte, obwohl es nur eine Stunde Fahrt zu der Konferenz war, die um neun Uhr begonnen hatte. Er sagte, er habe den Berufsverkehr vermeiden und in Ruhe frühstücken und seine Fachliteratur studieren wollen.

»Was für Hinweise?«

»Ich weiß es nicht, aber sie haben gefragt, ob Betsy irgendwelche Feinde gehabt hat. Mir ist nur Quentin Cross eingefallen.«

»Quentin? Das ist doch lächerlich.«

»Vielleicht nicht. Einmal ist ihm rausgerutscht, dass ein paar Leute viel Geld für Elixier bezahlen würden, so wie es jetzt ist. Ich vermute, das war eine Art Testballon, um herauszufinden, wie ich darüber denke.«

»Was hast du gesagt?«

»Dass ich dagegen bin. Dass Elixier kein Luxusmedikament für die Elite sein sollte. Daraufhin hat er einen Rückzieher gemacht und behauptet, er habe das nicht ernst gemeint. Aber er hat mich nicht überzeugt. Ich denke, dass er mir auf den Zahn fühlen wollte. So etwas macht er oft.«

»Warum sollte er solch ein Risiko eingehen? Er wird in einem Monat Geschäftsführer.«

»Weil er die Firma bis zur Halskrause verschuldet hat. Und weil Quentin Cross davon träumt, Imperien zu errichten, ganz gleich, woraus sie gemacht sind.«

»Das ist absurd.«

»Vielleicht. Aber ich glaube, ich bin als Nächster dran.«

Wendy wandte sich zu ihm um. »Chris, du machst mir richtig Angst.«

»Und die machen mir Angst. Ich glaube, sie wollen mich aus dem Weg haben, so wie Betsy. Sie war eine unsichere Kandidatin. Sie hatte damit gedroht, aus moralischen Gründen die Öffentlichkeit über Elixier zu unterrichten. Wenn sie Verdacht geschöpft hätte, dass sie vorhatten, es unter der Hand zu vermarkten, hätte sie sofort Alarm geschlagen. Und das ist auch der Grund, weshalb sie mich aus dem Weg haben wollen.«

»Er hat doch bloß rumgesponnen.«

»Quentin spinnt nicht rum. Und dann aus heiterem Himmel dieses Angebot mit der Karibik. Zwei Wochen in einem schicken Apartment am Meer, mit Auto und Boot, und alles umsonst. Und all das Gequatsche, wie schön wir es dort unten haben werden, und wie toll man gleich hinter dem Strand tauchen kann.«

»Wie wär's damit, dass er einfach nur großzügig sein wollte?«

»Wie wär's damit, dass er einfach zu sehr daran interessiert ist, uns dort unten zu haben? Er hat heute Morgen aus New York angerufen, um mir zu sagen, dass wir kein schlechtes Gewissen haben sollten, weil wir Betsys Beerdigung verpassen, weil die Firma nächsten Monat einen Gedenkgottesdienst für sie abhalten wird.«

»Ich sehe das Problem noch immer nicht.«

»Wendy, es ist zu schön, um wahr zu sein. Quentin ist ein schleimiger Opportunist, der von Egoismus angetrieben wird und nicht von Großzügigkeit.«

»Ehrlich gesagt, Liebling, finde ich, du bist undankbar. Er hat gesagt, sein Freund Barcello habe ihm das Apartment angeboten, aber er könne nicht weg, wegen Ross' Ruhestand und wegen der Feiertage. Also hat er es an uns weitergereicht.«

»Schöner Zufall, nur bin ich dem nachgegangen. Erstens kann man hinter dem Strand von Las Palmas gar nicht tauchen – das nächste Riff liegt dreißig Meilen entfernt.

Zweitens habe ich einen Makler dort unten wegen der Wohnung angerufen, und es gibt gar keinen Besitzer namens Barcello Mendez, und niemand hat je von ihm oder von Quentin Cross gehört. Dann habe ich die Nummer angerufen, die er mir gegeben hat, und habe den Anrufbeantworter einer Firma namens Fair Caribe Exchange, Ltd. erreicht, die, wie sich herausstellte, ihren Sitz in Apricot Cay hat, derselben Insel, von der unsere Aprikosen kamen.«

»Und?«

»Vor etwa einem Jahr wurde Apricot Cay von amerikanischen Marineflugzeugen bombardiert, weil die Insel ein riesiger Kokainumschlagplatz war. Worauf ich hinauswill, ist, dass Quentin Geschäfte mit Drogenhändlern gemacht hat, mit Leuten, die ihre Probleme lösen, indem sie sie eliminieren.«

»Woher weißt du das alles?«

»Von Ross Darby.« Chris bog auf den Parkplatz des Einkaufszentrums ab. »Wendy, ich glaube, diese Reise ist eine Falle. Ich glaube, dass die Leute, mit denen er Geschäfte macht, Betsy ermordet haben und die Absicht haben, mit mir da unten dasselbe zu machen. Vielleicht sogar mit uns beiden.«

»Aber wenn sie dich wirklich loswerden wollten, warum sollten sie dich dafür den ganzen Weg bis nach Puerto Rico schicken?«

»Um meinen Tod von Betsys abzugrenzen – und von Darby Pharms. Um es aussehen zu lassen wie eine furchtbare Tragödie mehr, die armen Touristen widerfährt.«

»Und warum gehst du dann nicht zur Polizei?«

»Weil ich keine konkreten Beweise habe, nur eine Menge unguter Gefühle. Außerdem müsste ich denen von Elixier erzählen.«

Sie sah ihn entsetzt an. »Du scheinst mehr daran interessiert zu sein, Elixier zu schützen als dich selbst. Oder uns.«

»Ich bin daran interessiert, uns und Elixier zu schützen.«

»Indem du was unternimmst?«

»Darüber wollte ich mit dir reden«, sagte er. »Aber es würde einige Veränderungen mit sich bringen.«

In der nächsten Nacht betrat Chris kurz vor 1:00 Uhr Darby Pharmaceuticals durch den Hintereingang. Seine Pistole, die er seit Papua-Neuguinea nicht mehr benutzt hatte, steckte in seinem Gürtel.

Er schaltete die Alarmanlage aus, dann schlüpfte er ins Hauptlabor. An der hinteren Wand stand ein verschlossener Aktenschrank mit sämtlichen Aufzeichnungen, die es über Elixier gab. Sie waren nach Jahren geordnet – von den ersten Tagen der Analyse der Blüte bis zu den Notizen über die Tiere vom Vortag. Die vollständigen wissenschaftlichen Unterlagen: Chemie, Pharmakologie, Biologie, Toxikologie; die Details über die verschiedenen Verfahrensweisen, Ausdrucke, Reinheitsanalysen, Spektraldaten, die medizinische Geschichte der Tiere. In einem anderen Raum, ein Stück weit den Flur hinunter, stand ein roter, feuerfester Schrank, in dem Duplikate dieser Unterlagen lagerten.

Er brauchte mehr als eine Stunde, um alles bis zur letzten Seite aus beiden Schränken zu entfernen, in zwei Kisten zu verpacken und diese in den Lieferwagen zu hieven, den er unter falschem Namen gemietet hatte. Als er fertig war, blieb nichts zurück, was es der Firma ermöglichen würde, das Elixier-Molekül jemals wieder herzustellen.

Dann ging er ins Labor und nahm jede einzelne der über 200 Ampullen Elixier aus dem Lagerraum an sich, außerdem eine Reserveflasche mit zwei Litern Inhalt. Er nahm sogar jedem der Tiere die mit den Implantaten verbundenen Elixier-Pumpen ab. Was ihm das Herz zusammenzog, war das Wissen, dass sie alle innerhalb weniger Tage sterben würden, einige von ihnen unter entsetzlichen Qualen. Es schmerzte ihn, doch bevor er ging, verabreichte er jedem von ihnen eine tödliche Injektion Phenobaritol.

Dann fuhr er zum Logan-Flughafen und stellte den Lieferwagen auf dem Hauptparkplatz ab. Er nahm ein Taxi nach Belmont, dem Nachbarort von Carleton, und ging zu Fuß durch die Dunkelheit nach Hause, damit niemand seine Rückkehr bemerkte.

Es war fast fünf Uhr morgens, als er das Haus betrat. Es war dunkel und still. Sein Auto parkte hinter dem Haus.

Wendy wachte auf, als er hereinkam. So weit, so gut, sagte er. Doch sie sah vollkommen traumatisiert aus. Sie konnte nicht glauben, was sie da taten, doch er hatte sie davon überzeugt, dass es ihre einzige Option war.

Pünktlich um 5:50 Uhr bog die Limousine, die Quentin gemietet hatte, in ihre Einfahrt ein. Der Fahrer lud ihr Gepäck in den Kofferraum. Sie hatten mehrere schwere Koffer dabei. Wendy stieg mit dem Baby ein. Sie befand sich in einer Art Trance. Chris setzte sich neben sie und legte eine Hand auf ihre, die andere auf die Pistole für den Fall, dass der Fahrer irgendwelche Tricks versuchte. Das tat er nicht.

Um 6:40 Uhr fuhr die Limousine vor dem Terminal von Eastern Airlines vor. Es wimmelte von Bussen und Autos. Mehrere Reisegruppen flogen kurz hintereinander ab. Ihr Flug ging um 8 Uhr. Chris gab dem Fahrer ein Trinkgeld und holte einen Träger, um ihr Gepäck nach drinnen zu schaffen. Durch das Fenster beobachtete Chris, wie die Limousine wegfuhr, und prägte sich die Nummer ein, falls sie zurückkommen sollte. Sie kam nicht zurück. Der Mann war also nur ein einfacher Angestellter.

Während sich Wendy mit Adam in die Cafeteria setzte, brachte Chris die beiden schweren Koffer in die Herrentoilette. Dort wischte er die Fingerabdrücke ab und deponierte sie anschließend in Schließfächern. In jedem befand sich Geschirr in der Originalverpackung, damit sie schwerer wogen.

In der Halle wimmelte es von Menschen. Vor dem Eincheckschalter hatte sich eine lange Schlange gebildet, und er stellte sich mit klopfendem Herzen hinten an. Er glaubte nicht, dass jemand ihn hier beobachtete. Trotzdem behielt er seine Sonnenbrille auf und zog sich die Baseballkappe tief in die Stirn.

Als er sich dem Schalter näherte, bemerkte er unter den Standby-Passagieren ein Ehepaar mit einer kleinen Tochter. Er trat aus der Schlange heraus und ging zu den Telefonzellen am anderen Ende der Wand. Dort tippte er ein paar Zahlen ein und verzog das Gesicht, als höre er schlechte Nachrichten.

Als er zurückkam, winkte er das Ehepaar zu sich. Unter ihren Parkas waren sie für warmes Wetter gekleidet; das kleine Mädchen trug schon Shorts.

»Hören Sie, ich habe ein kleines Problem«, sprach Chris sie an. »Meine Frau, mein Sohn und ich sind auf diesen Flug gebucht, aber ich habe gerade erfahren, dass wir zu Hause einen medizinischen Notfall haben. Mein Vater ist im Krankenhaus.« Er hasste es, Sam als Entschuldigung vorzuschieben.

»Tut mir Leid, das zu hören«, erwiderte der Mann.

»Die Sache ist die, wir können nicht nach Puerto Rico fliegen, und müssen so schnell wie möglich nach Hause. Deshalb habe ich mir gedacht, dass wir unsere Tickets nicht umtauschen, sondern sie Ihnen zum Standby-Preis überlassen. Wir sind zu dritt, und Sie sind zu dritt. Ich weiß nicht, auf welchem Platz der Warteliste Sie stehen, aber hier sind mindestens zwanzig Leute für Standby.«

Chris hätte ihnen die Tickets liebend gern umsonst überlassen, doch das hätte Verdacht erregt.

»Das ist sehr nett von Ihnen«, sagte die Frau.

Neben ihr zupfte das kleine Mädchen seinen Vater am Ärmel. »Heißt das, wir können jetzt fliegen?«, fragte es hoffnungsvoll.

Der Vater machte ein argwöhnisches Gesicht, doch seine Frau war ebenso begierig darauf wie ihre Tochter, in die Karibik zu fliegen.

Chris trat näher an den Mann heran. »Sie brauchen für Puerto Rico keine Pässe, also können Sie unter unserem Namen fliegen und brauchen sich keine Gedanken zu machen, Sitzplätze zu bekommen. Wenn Sie erst einmal dort sind, reisen Sie einfach unter Ihren eigenen Namen weiter, und die Charade ist vorbei.«

Der Mann brauchte nicht lange, um sich zu entscheiden. Er zog sein Scheckbuch heraus. »Wie viel?«

Die Tickets hatten 1050 Dollar gekostet. »Sagen wir siebenhundert Dollar.«

»Mann, das ist ja ein richtiges Schnäppchen.«

»Die Schlange ist sehr lang, und wir müssen wirklich sofort los«, erklärte Chris.

Er überreichte dem Mann die Tickets mit den Namen C., W. und A. Bacon.

Nachdem der Mann sich überzeugt hatte, dass sie echt waren, stellte er den Scheck aus. Die Kontoinhaber waren Thomas und Karen Foley aus Brockton, Massachusetts. Chris dankte ihm.

Strahlend vor Freude über das tolle Geschäft schüttelte Foley Chris' Hand. »Danke, und ich hoffe, alles wird gut für Sie und Ihre Familie.«

»Ich auch«, sagte Chris. *Gott, ich auch!*

Lange Zeit fuhren sie in qualvollem Schweigen.

Chris versuchte, ein Gespräch zu beginnen, doch Wendy reagierte nicht. Sie starrte nur aus dem Fenster und schüttelte dann und wann ungläubig den Kopf. Fast konnte er ihre Gedanken lesen. Auf der Straße waren Menschen unterwegs, die normale, alltägliche Dinge taten – zur Arbeit gehen, einkaufen, Kinder irgendwo hinfahren. Familien auf dem Weg zu Freunden oder Verwandten. Sie fürchteten nicht um ihr Leben. Und sie dachte daran, dass in drei Wochen in Kates Krimiladen in Cambridge die Verlagsparty für *Müde bin ich …* stattfinden sollte. Auf dem Höhepunkt in Wendys Leben – Mutterschaft und der Beginn einer Karriere als Schriftstellerin – waren sie unterwegs in die vereisten Wälder der Adirondacks. Es war unglaublich unfair. Und Chris' Herz zog sich vor Schuldgefühlen zusammen. Seine einzige Hoffnung war, dass sie einen Plan schmieden könnten, wenn sie sich erst einmal in der Hütte eingerichtet hatten – vielleicht würden sie Anwälte konsultieren – und dass Wendy sich dann wieder beruhigen würde.

Im Rückspiegel betrachtete er Adam in seinem Kindersitz. Er trug einen Schneeanzug in unschuldigem Blau. Und hinter ihm standen die beiden Kisten voll ewiger Jugend und Tod.

In was habe ich dich da nur mit reingezogen, kleiner Mann?

Wendy hatte keine Ahnung, was sie da mit sich führten. Er hatte ihr gesagt, dass er ein paar persönliche Unterlagen aus dem Labor geholt habe, nicht dass er es regelrecht ausgeraubt hatte.

Erst als sie in Albany eine Pause einlegten, um zu Mittag zu essen, erkundigte sie sich nach den beiden großen Kisten im Kofferraum. Chris gestand ihr die Wahrheit.

Wendy explodierte. »Zuerst täuschen wir eine Flugreise vor, und jetzt hast du auch noch einen riesigen Diebstahl begangen. Jetzt sind wir flüchtige Gesetzesbrecher, verdammt noch mal. Warum hast du das verdammte Zeug mitgenommen?«

»Damit es nicht in die falschen Hände fallen kann.«

»Das ist mir egal, Chris. Mich interessiert nur unser Schicksal.«

»Mich auch, aber ich habe dir doch gesagt, was sie vorhaben.«

»Du hast keine Beweise dafür, dass sie es unter der Hand vermarkten wollen.«

»Betsys Tod ist Beweis genug.«

»Das kann auch ein Zufall gewesen sein – irgendein Verrückter. Verdammt noch mal, Chris, ich werde so nicht leben. Ich will mich nicht verstecken müssen. Entweder versprichst du mir, zur Polizei zu gehen, oder ich tue es selbst.«

»Liebling, bitte, beruhige dich.«

»Nenn mich nicht Liebling. Gib mir dein Wort, oder ich rufe an, so wahr mir Gott helfe!«

»Okay. Aber gib mir zwei Tage Zeit, das Ganze zu durchdenken. Bitte.«

»Zwei Tage, mehr nicht. Dann bringst du uns zurück nach Hause und gehst zur Polizei.«

»Okay.«

»Schwöre es mir.«

Für den Bruchteil einer Sekunde hörte er Iwatis Stimme. »Ich schwöre.«

Kurz vor 18 Uhr trafen sie in der alten Jagdhütte ein. Sie lag tief im Wald neben einem Weg für die Waldarbeiter, ganz in der Nähe des Black Eagle Sees. Außer den Lichtern ihres Autos gab es nirgends ein Lebenszeichen. Nur undurchdringliche Finsternis.

Der Besitz war noch immer auf den Namen von Wendys Großmutter mütterlicherseits registriert, die ihn in den Dreißigerjahren gekauft hatte. Die Hypothek war seit langem abbezahlt, und das Haus würde nicht leicht mit Chris und Wendy in Verbindung zu bringen sein, sollten sie sich hier für eine Weile verstecken müssen. Das nächstgelegene Haus, das auch im Winter bewohnt war, lag über eine Meile entfernt, und bis zur nächsten Stadt, Lake Placid, waren es zwölf Meilen. Jeden Sommer hatten Wendys Eltern sie und Jenny von Albany aus hierher gebracht. Wegen der langen Anfahrt von Boston aus benutzten Chris und Wendy das Haus nur selten. Jenny und Ted kamen nie hierher.

Bedauerlicherweise war die Einfahrt nicht geräumt worden, daher mussten sie durch den tiefen Schnee stapfen, um das Haus zu erreichen.

Als sie drinnen waren, schaltete Chris die Heizung ein und zündete ein Feuer im gemauerten Kamin an. Das alte Fernsehgerät empfing noch immer einen Sender aus Vermont. Sie fanden Wein und Lebensmittelkonserven, und Wendy ließ sich neben dem Feuer unter einer Decke nieder. Unterdessen richtete Chris für Adam in einer Schreibtischschublade ein improvisiertes Babybett ein. Er wickelte und fütterte ihn und legte ihn hin, als er plötzlich Wendy nebenan aufschreien hörte.

Reflexartig zog er die Pistole und stürmte ins Wohnzimmer, halb in der Erwartung, jemanden durchs Fenster einsteigen zu sehen. Stattdessen erblickte er Wendy, die sich kerzengerade aufgerichtet hatte, die Hände auf den Mund gepresst, die Augen in ungläubigem Entsetzen auf den Fernsehschirm gerichtet.

»Die Maschine ist explodiert. Eastern Airlines Flug Nummer 219. Explodiert!«

Der Nachrichtenmoderator beschrieb die Explosion: »... war auf dem Weg von Boston nach San Juan und stürzte hundertfünfzig Meilen vor der Küste von Savannah, Georgia, ab.

Es gibt keine Augenzeugen, aber die Maschine verschwand heute Morgen um 10:20 Uhr vom Radar. Wrackteile und Leichen sind über eine große Fläche verstreut, was nach Angaben der Behörden darauf hinweist, dass das Flugzeug vor dem Absturz explodiert ist.

Nach ersten Vermutungen wurde die Maschine vom Blitz getroffen. Ein schwerer Sturm behindert weiterhin die Such- und Rettungsaktionen. Bisher gab es keine Berichte von Überlebenden ...«

Rechts von dem Moderator war auf dem Bildschirm eine Landkarte der mittleren Atlantikküste eingeblendet, auf der ein Stern die Absturzstelle markierte. Plötzlich wurde die Karte durch ein Foto ersetzt.

»Diese armen Leute«, sagte Wendy. »Wenn wir nicht gewesen wären –« Plötzlich schnappte sie nach Luft.

Das Foto auf dem Bildschirm zeigte Chris.

»Durch die Explosion wurden auch Dr. Christopher Bacon, seine Frau Wendy und ihr kleiner Sohn Adam getötet.

Erst vor wenigen Stunden hatte die Polizei von Boston einen Haftbefehl gegen Dr. Bacon ausgestellt, wegen des Todes einer Kollegin, Betsy Watkins, deren Leiche gestern im Schwimmbad des örtlichen YMCA gefunden worden war. Nach offiziellen Angaben hatte die Polizei Bacon am Vormittag befragt und auf freien Fuß gelassen. Bei der gerichtsmedizinischen Untersuchung wurde jedoch festgestellt, dass Watkins vor dem Ertrinken mit einem schweren Gegenstand auf den Kopf geschlagen worden war. Es wurden Beweismaterialien gefunden, die Bacon mit dem Tatort in Verbindung bringen ...«

Die Textzeile unter dem Foto lautete: Mordverdächtiger stirbt bei Flugzeugabsturz.

Wendy sagte etwas, und der Sprecher fuhr mit seinem Bericht fort, doch Chris starrte nur auf das Flimmern des Bildschirms und dachte, was für eine neue, brutale Form die Welt angenommen hatte.

16

30. Januar

»Sie haben nichts davon gesagt, dass Sie das ganze Flugzeug in die Luft jagen würden«, sagte Quentin. »Sie haben gerade hundertsechsunddreißig unschuldige Menschen ermordet. Sie hätten es auf der Insel tun sollen – er allein, ganz einfach. Wie bei Betsy.«

»Das war Antoines Idee«, erwiderte Vince. »Er hat das Sagen.«

»Der Typ ist ein Ungeheuer.«

»Vielleicht sollten Sie diese Meinung lieber für sich behalten.«

Quentin befand sich in einer Telefonzelle vor einer Tankstelle an der Route 2 in Concord, etwa drei Meilen von seinem Haus entfernt. Es war Sonntagmorgen, und nachdem sie ein paar Mal hin und her telefoniert hatten, war er mit Vince Lucas in einer anderen Telefonzelle irgendwo auf Long Island verbunden. Auf diese Weise konnten sie miteinander sprechen, ohne befürchten zu müssen, abgehört zu werden.

»Jeden Tag sterben unschuldige Menschen«, erklärte Vince. »Es musste wie ein Unfall aussehen, damit niemand zu viele Fragen stellt. Wenn er mit einer Kugel im Leib aufgetaucht wäre, hätten die Behörden nach einer dritten Partei gesucht. Sie hätten es mit zwei ungelösten Morden innerhalb von einer Woche in ein und derselben Firma zu tun gehabt. Was bedeutet, dass sie angefangen hätten sich zu fragen, ob das Ganze eine betriebsinterne Sache ist, und damit wären sie automatisch auf Sie gestoßen. Auf diese Weise gibt es keine offenen Fragen.«

Daran hatte Quentin noch nicht gedacht, doch Vince hatte Recht.

Aus den Nachrichten wusste er, dass der Ozean an der Absturzstelle fast eine Meile tief war, und dass nur wenige Wrackteile geborgen werden konnten, die Aufschluss über die Absturzursache geben konnten. Es wurde allgemein davon ausgegangen, dass ein Blitz die Explosion verursacht hatte. Wie ein Kommentator betont hatte, waren Passagiermaschinen zwar so gebaut, dass sie Stürme überstehen konnten, nicht jedoch einen direkten Treffer durch zwei Millionen Volt. Tatsächlich waren nur drei Volt aus zwei normalen Batterien nötig gewesen, dazu ein Zeitzünder mit zwei Pfund Simtec Plastiksprengstoff, der in einem Laderaum unter dem mittleren Benzintank verstaut war. Und zwei Gepäckarbeiter, die auf Antoines Gehaltsliste standen.

»Jetzt können Sie und Ihre Leute fein säuberlich mit der Produktion weitermachen«, sagte Vince.

»Yeah, fein säuberlich. Sie haben zu allem anderen auch noch unser ganzes Elixier vernichtet.«

»Wie bitte?«

»Er hatte es bei sich. Alles, auch die wissenschaftlichen Aufzeichnungen.«

»Was wollen Sie damit sagen, Quentin?«

»Ich will damit sagen, dass Chris Bacon uns ausgeraubt hat. Er hat jeden gottverdammten Tropfen Elixier und jedes gottverdammte Blatt mit Notizen darüber mitgenommen, wie man das Zeug herstellt. Der Dreckskerl hat sich mit der ganzen Chose aus dem Staub gemacht. Vermutlich hatte er Anschlussflüge von San Juan nach Südamerika oder Europa oder wohin auch immer gebucht. Er hatte alles im Flugzeug bei sich: Seine Frau, sein Kind und Elixier.«

»Woher wissen Sie, dass nicht alles in seinem Haus ist?«

»Das ist der erste Ort, den ich durch die Polizei habe nachprüfen lassen.«

Das Schweigen wurde vom Rauschen der offenen Leitung übertönt. Und von Quentins hämmerndem Herzen, das in seinem Ohr dröhnte.

»Sie meinen, Sie haben keine Formel, um das Zeug herzustellen?«

»Genau das versuche ich Ihnen gerade zu sagen.«

»Wissen Sie denn nicht, wie es gemacht wird? Und all diese Wissenschaftler, die Sie haben, weiß von denen keiner, wie man das macht, was sie ein ganzes verfluchtes Jahr lang getan haben?«

»Vince, wir reden hier nicht von einem Backrezept. Das sind hunderte komplizierte Schritte und Prozeduren. Er muss es seit Wochen geplant haben. Großer Gott! Können Sie das glauben? Wir schieben ihm die Sache mit Betsy in die Schuhe, und in der Zwischenzeit raubt er uns bis aufs Hemd aus.«

»Was ist mit Sicherungskopien der Aufzeichnungen?«

»Die hat er auch mitgenommen.«

Wieder Schweigen, während Vince die Bedeutung des Gesagten verdaute. »Und wo genau waren diese Kopien?«

»In dem feuersicheren Schrank, den ich Ihnen gezeigt habe.«

»Zwei Sätze von Aufzeichnungen über die Formel für endlose Jugend in nur fünfzehn Metern Abstand voneinander?«

»Eher fünfundzwanzig bis fünfunddreißig Meter«, murmelte Quentin, und plötzlich konnte er förmlich spüren, wie sich ein Abgrund vor ihm auftat. »Außerdem waren das feuerfeste Schränke aus verstärktem Stahl. Ich meine, sie waren völlig sicher. Das ganze Haus hätte abbrennen können, und sie wären unbeschädigt geblieben.«

Doch das beschwichtigte Vince nicht. Feuerbeständigkeit war nicht das Problem. »Wie sieht es mit weiteren Kopien außerhalb des Firmengeländes aus?«

»Außerhalb des Firmengeländes?« Der Abgrund öffnete sich weiter, und Quentin versank bis zur Taille.

»Kopien in Bankschließfächern oder in Ihrem Safe zu Hause. Zweite Kopien für den Fall, dass das Gebäude in die Luft fliegt oder irgendein Arschloch beschließt, die Firma auszurauben?«

»Nun, nicht wirklich. Das entspricht nicht der Firmenpolitik... ich meine, es bestand nie die Notwendigkeit, wissen Sie. Niemand hat je die Aufzeichnungen von Projekten gestohlen. Unsere Leute sind sehr, Sie wissen schon... vertrauenswürdig...« Er verstummte, wünschte sich einen Zufluchtsort, wünschte sich, er könnte die letzten 30 Sekunden dieser Unterhaltung streichen. Wünschte, er hätte die fehlenden Aufzeichnungen nie erwähnt.

»Haben Sie mir nicht einmal erzählt, dass er nicht von der Idee angetan war, das Zeug illegal zu vermarkten?«

»Ich vermute, das habe ich wohl getan.«

»Und haben Sie mir nicht einmal erzählt, dass Sie befürchteten, er könnte versuchen, das Patent zu stehlen und sich damit selbstständig zu machen?«

»Yeah, aber das hatte ich nicht ernsthaft geglaubt. Ich meine, er war eigentlich nicht der Typ dafür. Er hatte nicht das Zeug für so etwas, und überhaupt …«

Schweigen.

»Vince, hören Sie, es tut mir Leid. Sagen Sie Antoine, dass wir jedem seine Einlage zurückzahlen. Sie bekommen Ihr Geld. Bitte sagen Sie ihm, dass jeder bekommen wird, was wir ihm schulden.«

»Es geht nicht um Geld.«

»Worum dann?«

»Ein langes Leben.«

»Sicher, natürlich. Ich weiß, ich habe das auch verloren, glauben Sie mir. Großer Gott, dieses Arschloch. Aber, wissen Sie … was kann ich sagen?«

»Nichts«, sagte Vince. »Kein verdammtes Wort.«

Und er legte auf und ließ Quentin im rauen Winterwind stehen, kalt wie die Ewigkeit.

Wenn Jenny die Abendnachrichten einschaltete, würde sie einen hysterischen Anfall bekommen. Deshalb fuhr Wendy zu einer abgelegenen Telefonzelle am Highway 87 außerhalb von Lake Placid. Damit wollten sie verhindern, dass der Anruf zu der Hütte zurückverfolgt werden könnte. Chris wäre gefahren, doch man hätte sein Gesicht erkennen können. Er dachte schon wie ein Flüchtling.

Wegen des Schnees würde es zwei Stunden dauern, bis Wendy zurück wäre. In der Zwischenzeit trug Chris die Kiste mit dem Elixier in eine kleine Kammer im Keller, wo Wendys Eltern früher ihren Wein gelagert hatten. Der Raum war abgeschlossen und gut isoliert. Das Thermometer zeigte minus sechs Grad Celsius; das war gut, denn Elixier hielt sich in gefrorenem Zustand unbegrenzt, ohne sich zu zersetzen. Den Zwei-Liter-Behälter, der bei Minusgraden zerspringen könnte, stellte er oben in den Kühlschrank. Der Rest befand sich in 212 Ampullen, die mit Gummipfropfen verschlossen waren, um daraus die jeweiligen Rationen steril mit Spritzen aufziehen zu können. Tabulon war bereits in niedriger Konzentration hochgradig aktiv, deshalb schätzte Chris, dass er genügend Elixier hatte, um einen Rhesusaffen für 2000 Jahre am Leben zu halten.

Kurz nach 2 Uhr kam Wendy völlig erschöpft zurück. Sie hatte Jenny erreicht.

»Was hast du ihr gesagt?«, fragte Chris.

»Dass der Polizeibericht falsch war, dass man versucht hat, dir Betsys Mord anzuhängen.«

»Wie hat sie es aufgenommen?«

»Was glaubst du wohl, wie sie es aufgenommen hat? Sie war schockiert, verwirrt und völlig entsetzt«, erwiderte Wendy.

»Weiß sie, dass wir hier sind?«

»Ja.« Wendy war so müde, dass sie sich am Kaminsims festhalten musste, um nicht zusammenzubrechen. Ihr Gesicht hatte vor Verzweiflung jegliche Farbe verloren. »Ich habe ihr erzählt, dass wir abgehauen sind, weil du befürchtest, dass sie dir auch nach dem Leben trachten.« Ihre Stimme klang dünn, wie eine schlechte Tonbandaufnahme. »Als sie sich schließlich wieder beruhigt hat, hat sie angeboten, uns zu helfen.«

Chris nickte und fragte sich, wie Jenny ihnen wohl helfen könnte. »Hast du ihr gesagt, worum es geht?«, fragte er vorsichtig.

»Nein, ich habe ihr nichts von deinem geliebten Elixier erzählt.« Selbst die Erschöpfung konnte den Sarkasmus in ihrer Stimme nicht überdecken.

»Das war das einzig Richtige«, erwiderte Chris, wohl wissend, wie hohl das klingen musste. Sie scherte sich keinen Deut darum, das Mittel geheim zu halten.

Wendy stieß sich von der Wand ab. Sie wollte ins Bett. »Also, was sollen wir tun?«, fragte sie. »Immerhin haben sie deine Schnorchelausrüstung im Umkleideraum gefunden.«

»Die muss jemand dort versteckt haben. Es war eine Falle. Ich war um diese Zeit schon auf halbem Weg nach Providence.«

»Und wie kannst du das beweisen?«

Chris packte sie bei den Schultern. »Mein Gott, Wendy, du glaubst doch nicht etwa auch, dass ich sie umgebracht habe, oder?«

Für den Bruchteil einer Sekunde schien sie mit der Antwort zu ringen. »Nein, aber die Polizei glaubt es.«

»Ich kann nicht belegen, wo ich um diese Zeit war.« Er war geradewegs nach Providence gefahren und hatte sich vom Frühstücksbuffet in der Hotellobby ein paar kostenlose Donuts und einen Kaffee genommen, dann hatte er sich in eine Ecke der verwaisten Bar zurückgezogen, um ungestört seine Seminarunterlagen durchzusehen. Er hatte mit niemandem gesprochen und keine Quittungen gesammelt. Er hatte keine Beweise, und niemand konnte sich erinnern, ihn so früh am Morgen gesehen zu haben.

»Dann hast du kein Alibi. Dein Wort steht gegen ihres.« Er holte tief und zitternd Atem. »Es tut mir Leid«, flüsterte er und zog sie an sich. Wendy lag teilnahmslos an seiner Brust. Es war, als umarme er eine Tote.

Chris hielt seine Frau lange fest. Er dachte, dass dies das erste Mal seit 17 Jahren sein könnte, dass Wendy es bereute, ihn geheiratet zu haben.

Während der nächsten drei Tage rückten die Berichte über den Flugzeugabsturz in den Nachrichtensendungen weiter nach hinten. Als das Wetter aufklarte, setzten die Behörden Hubschrauber und ein Schiff der Küstenwache ein, um nach Leichen und Wrackteilen zu suchen.

Die Stimmung in der Hütte schwankte zwischen eisigem Schweigen und Panik. Obwohl sie wusste, dass es irrational war, machte Wendy doch unbewusst Chris für die Zerstörung ihres bisherigen Lebens verantwortlich. Weil sie von Anfang an gegen Elixier gewesen war, diente ihr das Komplott gegen Chris als weiterer Beweis dafür, dass auf dem ganzen Vorhaben ein Fluch lastete. Vor sieben Jahren war Chris ins innerste Heiligtum der Natur eingedrungen, und jetzt saßen sie in diesem gottverlassenen Wald fest, waren von ihrem alten Leben und der normalen Welt abgeschnitten. Und all das war geschehen, als ihre Lebensfreude gerade wieder voll erblüht war. Trotzdem beschloss Wendy, dass sie kämpfen würde, komme was wolle. Sie würde ihr Baby nicht auf der Flucht aufziehen.

Chris verbrachte die nächsten Tage damit, aus den Telefonbüchern die Namen von Anwälten herauszusuchen und Besorgungen zu machen. Er hackte und spaltete Holz. Im Keller lag zwar eine alte Motorsäge, doch er befürchtete, dass der Lärm Aufmerksamkeit erregen könnte.

Wendy kaufte unterdessen in einem Supermarkt in Lake Placid Lebensmittel ein. Sie trug eine Skimütze und eine Sonnenbrille, obwohl niemand sie hier kannte. Es erschütterte sie, dass sie selbst bei der alltäglichsten Verrichtung Angst haben musste, dass jemand ihr ins Gesicht schauen und sie als die Komplizin eines Mörders erkennen würde.

Sie bezahlte alles bar. Chris hatte vor ihrer Abreise mehr als 17 000 Dollar von ihren Konten abgehoben. Sie waren für tot erklärt worden, und Wendy begann sich selbst als nicht existierend zu betrachten – als Frau ohne Kreditkarten, Schecks und Sozialversicherungsnummer. Oder Namen. Es war fast komisch. Sie war so etwas wie ein unbeschriebenes Blatt geworden.

Zum Glück gab es genügend Kleidungsstücke in der Hütte. Und die Strom- und Wasserrechnungen waren bis Juni im Voraus bezahlt worden, aus einem Treuhandvermögen, mit dem sie nicht in Verbindung gebracht werden konnten. Der Propantank war mehr als zur Hälfte voll. Sie könnten mehrere Wochen hier überleben, wenn es sein musste, obwohl Chris ihr versprochen hatte, noch vor dem Wochenende einen Anwalt zu kontaktieren und sich dann der Polizei zu stellen.

Doch dazu kam es nicht. Am Donnerstagabend sahen sie sich die Nachrichten an, nachdem Adam eingeschlafen war. Die Aufmacherstory war wieder der Absturz der Eastern-Maschine. Doch diesmal wurde nicht Chris' Foto auf dem Bildschirm eingeblendet, sondern ein Familienfoto – aber nicht von ihnen.

»... Verwandte der Foleys geben an, dass die Familie hoffte, einen Standby-Flug nach Puerto Rico zu bekommen. Die Behörden gehen jetzt davon aus, dass Thomas und Karen Foley die Flugtickets für sich und ihre Tochter von Christopher Bacon gekauft haben.«

Das Familienfoto der Foleys wurde durch das Bild von Chris ersetzt.

»Nach Angaben der Behörden nahmen Videoüberwachungskameras Bacon dabei auf, wie er mit Foley und seiner Frau sprach ...« Eine verwackelte Schwarz-Weiß-Videosequenz wurde eingespielt, auf der Chris dicht bei den Foleys zu sehen war und dann in der Menge verschwand.

»Seitdem haben weder Freunde noch Verwandte von den Foleys gehört. Es gibt auch in Puerto Rico keine Spur von ihnen, was die Ermittler zu der Schlussfolgerung gelangen ließ, dass sie an Bord der Maschine nach San Juan waren, die Bacons jedoch nicht.

In einer bizarren Wendung der Ereignisse wurde gegen Chris Bacon und seine Frau Wendy, eine Schriftstellerin, nicht nur wegen des Todes von Betsy Watkins, sondern nunmehr auch wegen des schwerwiegenderen Vorwurfs der Sabotage ein Haftbefehl ausgestellt. Nach Auskunft der Nationalen Transportsicherheitsbehörde NTSB lassen erste Analysen der Wrackteile darauf schließen, dass vermutlich kein Blitz, sondern eine Bombe die Absturzursache war. Das FBI zitierte die Aussage eines namentlich nicht genannten Sprechers von Darby Pharmaceuticals, Bacon habe nicht nur die nötigen Kenntnisse, um eine solche Bombe zu bauen, er habe offenbar auch die dazu notwendigen Chemikalien gestohlen ...«

»Quentin!«, schrie Chris. »Er hat uns reingerissen.«

Wendy stieß einen verzweifelten Schrei aus. Auf dem Bildschirm war jetzt ein Foto von Wendy und Chris zu sehen, das zwei Jahre zuvor auf der Weihnachtsfeier bei Darby aufgenommen worden war.

»Zu der Frage, ob es Hinweise auf den derzeitigen Aufenthaltsort der Bacons gibt, hat sich die Polizei nicht geäußert. Allerdings wurde das FBI hinzugezogen, und die Bacons wurden auf die Liste der zehn meistgesuchten Personen des Landes gesetzt ...«

»Mein Gott«, stöhnte Chris. »Wie viel schlimmer kann es denn noch kommen?«

WEISSES HAUS

5. Februar

Ross Darby beugte sich dem Präsidenten entgegen. »Ron, er war es nicht. Dazu ist er nicht der Typ.«

»Vom FBI höre ich was ganz anderes. Sie sagen, er hat die Bombe angebracht, um seinen eigenen Tod vorzutäuschen.«

Ross und der Präsident saßen sich im Oval Office auf Sofas gegenüber. Sie waren allein. Nach all den Besuchen, die er über die Jahre hier gemacht hatte, war dies das erste Mal, dass Ross nicht das erregende Gefühl hatte, ein Stück Geschichte mitzuerleben.

»Ich weiß, was sie sagen, aber ich kenne diesen Mann. Ich habe ihn selbst eingestellt. Er ist ein begeisterter Wissenschaftler, kein Massenmörder.«

»Wer war es dann?«

Ross verspürte ein Kribbeln im Nacken. »Ich weiß es nicht.«

»Nun, sie haben jedenfalls ihre besten Leute auf ihn angesetzt.«

»Genau darüber wollte ich mit dir sprechen«, sagte Ross. Dann beschrieb er das Elixier-Projekt. Reagan hörte aufmerksam zu.

Schließlich neigte er den Kopf und lächelte. »Junge, davon könnte ich wirklich etwas gebrauchen.«

»Das könnte das ganze Land«, sagte Ross. »Denk nur an den wirtschaftlichen Aspekt. Die medizinische Versorgung der Babyboomer-Generation wird den Staat wahrscheinlich in zwanzig Jahren ruinieren. Wenn es uns aber gelingt, die Nebenwirkungen zu eliminieren, könnte Elixier das verhindern.«

Reagan dachte darüber nach. »Und wie dicht seid ihr dran?«

»Vielleicht noch zwei Jahre, aber das Problem ist, dass er alles mitgenommen hat. Er hat uns sämtliche wissenschaftlichen Aufzeichnungen und das Mittel selbst geklaut.«

»Wie kam das?«

»Das weiß ich noch nicht genau, aber er ist jedenfalls irgendwo da draußen und hat das Geheimnis ewiger Jugend bei sich.«

Ross vermutete, dass Chris aus Furcht um sein Leben gehandelt hatte. Was Ross beunruhigte, war Quentin. Er war zu sehr darauf bedacht, Chris den Mord an Betsy Watkins und den Bombenanschlag in die Schuhe zu schieben. Irgendetwas stimmte da nicht. Ein Mann, der wegen Mordes gesucht wurde, würde nicht das heißeste Geheimnis der gesamten Pharmaindustrie stehlen, um eine eigene Firma zu gründen. Erstens würde er immense Ressourcen benötigen, um Elixier herzustellen. Zweitens würde er binnen kürzester Zeit verhaftet werden, weil sein Gesicht in aller Welt über die Fernsehschirme geflimmert war. Außerdem lag das alles nicht in Chris' Natur.

Vielleicht aber in Quentins.

»Ron, ich bitte dich, alles in deiner Macht Stehende zu tun, um ihn lebend fassen zu lassen. Wenn du denkst, dein Krieg gegen die Drogen sei schon schwierig – du hättest das reinste Armageddon, wenn dieses Zeug in die falschen Hände fallen sollte.«

Am Ende ihres Gespräches rief Reagan FBI-Direktor Buck Claymann an und forderte ihn auf, alle notwendigen Maßnahmen zu ergreifen, um Christopher Bacon lebend zu fassen. Es sei eine Frage der nationalen Sicherheit.

»Was bedeutet dir das alles noch?«, fragte Reagan. »Gehst du nicht nächste Woche in den Ruhestand?«

»Das habe ich verschoben. Er hat uns ziemlich auf dem Trockenen sitzen lassen. Wir sind bis über beide Ohren verschuldet.«

Der Präsident begleitete Ross zur Tür. »Ist dieses Zeug schon an Menschen getestet worden?«

»Noch nicht, aber die Wirkung bei Primaten ist unglaublich.«

»Na ja«, lächelte der Präsident, »ich kenne da ein paar höhere Primaten, die sich nur zu gern freiwillig zur Verfügung stellen würden.«

17

Jeden Morgen brachte Quentin seine Tochter zur Sunny Vale Tagesschule etwa eine halbe Meile außerhalb von Lincoln. Dann fuhr er die Hauptstraße hinunter, die sich zu einer hübschen Allee verengte und ihn auf die Route 2 führte. Gleich hinter der Abfahrt Lexington lag Darby Pharms. Doch dieser Morgen verlief anders.

Er hatte Robyn gerade vor der Schule abgesetzt, als ein Lieferwagen dicht auf seinen Wagen auffuhr und aufblendete. Im Rückspiegel sah er, dass der Fahrer ihn an die Seite winkte. Quentin bog in eine Haltebucht ein. Vielleicht hatte Robyn ein Buch oder etwas anderes vergessen. Oder vielleicht war sein Hinterreifen platt.

Der Mann trat an Quentins Fahrertür. Er trug eine Sonnenbrille und einen Parka.

»Gibt es ein Problem?«, fragte Quentin.

Ohne zu antworten, öffnete der Mann seine Tür. Ehe sich Quentin versah, zogen ihn zwei weitere Männer aus dem Auto und schoben ihn in den Lieferwagen.

»Was geht hier vor? Wer sind Sie?« Sie schnallten ihn an. »Wo bringen Sie mich hin?«

Niemand antwortete ihm.

Der Fahrer stellte das Radio auf einen Oldie-Sender ein. Während die Bee Gees »I started a Joke« sangen, starrte Quentin hinaus auf die vorbeiziehenden Häuser von Lincoln, das mit seinem altmodischen Gemischtwarenladen, der weißen Kirche mit Turm und der Bibliothek aus roten Ziegeln wie ein Gemälde von Norman Rockwell wirkte. Und er dachte, dass dies die ideale Kleinstadt war, in der nie etwas passierte, und dass er sie jetzt zum letzten Mal betrachtete.

Quentin hatte diese Männer noch nie gesehen, doch er

wusste, warum sie geschickt worden waren. Er wusste nur nicht, was sie mit ihm anstellen würden. Sein einziger Wunsch war, rechtzeitig ohnmächtig zu werden oder einen Herzstillstand zu erleiden.

Sie fuhren eine halbe Stunde über Nebenstraßen, dann bog der Fahrer in einen verlassenen Weg ein, der mit dunklem Immergrün gesäumt war. Bald hörten die Bäume auf, und es war nur noch überfrorenes Marschland zu sehen. Quentins Blick blieb an einer Stelle hängen, wo das Eis noch nicht ganz zugefroren war und Schilfrohr wuchs. Er überlegte, wie kalt das Wasser sein musste und wie das Eis wohl von unten aussehen mochte.

Die Tür glitt auf, und Quentin wurde herausgezogen. Er fror und fühlte sich wie betäubt, und er hoffte, dass es schnell gehen würde. Die Männer rieben sich die Hände und warteten. Der Mann mit Sonnenbrille nahm ein Päckchen Kaugummi aus der Tasche und zog einen Streifen für Quentin heraus. Ein paar Mal auf einem Juicy Fruit kauen, damit es ihm angesichts der Aussicht, in den Kopf geschossen und in einen gefrorenen Sumpf geworfen zu werden, besser ginge.

Dann ertönte aus dem Nichts ein flatterndes Geräusch, und ein kleiner Hubschrauber landete auf einer nahe gelegenen Lichtung. Den Piloten kannte Quentin nicht. Doch der Passagier war Vince Lucas. Er trug ein Kopfhörerset. Wenn sie ihn umbringen wollten, hätten sie das längst getan.

Die Tür zum Cockpit wurde geöffnet, und Mr. Juicy Fruit schob Quentin auf den Sitz hinter dem Piloten und stieg dann selbst neben ihm ein. Einen Augenblick später waren sie über den Baumwipfeln und flogen mit voller Geschwindigkeit auf Boston zu.

Quentin lehnte sich zurück. Er wusste nicht warum, doch sie würden ihn verschonen.

Als sie sich der Skyline Bostons näherten, nahm der Pilot Kurs in Richtung Norden. Doch statt den Flughafen anzusteuern, flog er in 300 Metern Höhe über das offene Wasser. Nach einer Weile tippte Vince dem Piloten auf die Schulter. Dieser nickte und zog den Reißverschluss seiner Jacke hoch. Dann legte Vince seine Hand auf den Türgriff auf Quentins Seite und begann, daran zu rütteln.

Mein Gott!, dachte Quentin. Sie würden ihn hinausstoßen. Alle waren angeschnallt, nur er nicht. Sie würden eine scharfe Kurve fliegen, und Vince würde gleichzeitig die Tür öffnen, sodass Mr. Juicy Fruit ihn hinausstoßen konnte.

Was als Nächstes geschah, nahm er so nebelhaft wahr, dass Quentin sich später kaum daran erinnern konnte: Die Hand des Piloten am Steuerknüppel, Quentin, der plötzlich zur Tür rutschte, seine Hände, die nach etwas griffen, um den Sturz aufzuhalten, das leuchtend blaue Meer, das auf ihn zuraste, der plötzliche Sturz, der ihm den Magen hob, der unvermittelte eiskalte Wind. Der lange, qualvolle Schrei, als er zum letzten Mal ausatmete …

Der Hubschrauber landete mit einem dumpfen Aufprall.

Quentins Gehirn hatte wenig begriffen: Nicht dass Vince das Schloss an Quentins Tür überprüft hatte, nicht den wütenden Fluch des Piloten über eine Cessna, die aus dem Nichts aufgetaucht war und sie zum scharfen Abdrehen zwang, nicht die Tatsache, dass sie auf dem Hubschrauberlandeplatz eines 30 Meter langen Kreuzfahrtschiffes aufgesetzt hatten, und auch nicht, dass er sich in die Hosen gemacht hatte. Das Einzige, was durch Quentins Keuchen drang, war das Gesicht, das ihn durch die Tür anstarrte, die Vince aufgerissen hatte.

Antoine Ducharme.

Ross verstand sehr wenig von Computern, und das ausgeklügelte neue System, das sie vor einem Jahr hatten installieren lassen, bildete da keine Ausnahme. Wenn er Finanzunterlagen überpüfen wollte, wandte er sich immer an

Quentin, dem die Buchhaltung und die Rechtsabteilung direkt unterstellt waren. Doch Quentin war nicht im Büro, deshalb forderte er dessen Sekretärin Sally auf, ihm die vierteljährlichen Berichte über ihre Einnahmen für die letzten zwei Jahre auf sein eigenes Terminal zu laden. Sie notierte die Zugangscodes für ihn und rief die Unterlagen auf.

Ross ging die Zahlentabellen und Abrechnungen durch. Er notierte sich bestimmte Zahlen, vor allem die Verluste bei Geschäften mit ausländischen Pharmaunternehmen. Weil Sally Quentin gegenüber etwas erwähnen könnte, ging er in die Buchhaltung, um die Unterlagen mit Helen Goodfellow durchzugehen, einer vertrauenswürdigen Mitarbeiterin, die Ross lange vor Quentins Hochzeit mit seiner Tochter eingestellt hatte.

Sie blätterte gerade die Aktenmappen durch, als ihr etwas auffiel. »Sie sind gar nicht hier. Mr. Cross hat sie mitgenommen. Er hat persönlich an diesen Unterlagen gearbeitet, und er hatte eine Frist einzuhalten, also hat er mir nur die Zahlen genannt und gesagt, es sei in Ordnung, wenn ich es so abzeichne.« Sie blickte in die leeren Fächer. »Ich vermute, er hat vergessen, sie zurückzubringen.«

»Ich verstehe«, sagte Ross. »Helen, es wäre mir lieb, wenn Sie dies Quentin gegenüber nicht erwähnen würden. Er hat zurzeit ziemlich viel am Hals.«

»Natürlich, Mr. Darby.«

Um 10:30 Uhr wählte Ross die Nummer von Werner Ackermann, dem Vorsitzenden der Firma Alpha-Chemie in Genf, wo es jetzt 16:30 Uhr war. Sie arbeiteten seit Jahren zusammen.

Zum Glück war Werner im Büro. Ross plauderte ein wenig mit ihm, dann sagte er: »Werner, ich muss dich um einen Gefallen bitten. Unsere Unterlagen sind ein wenig durcheinander geraten. Wäre es dir möglich, die Einkünfte des ersten und zweiten Quartals vom vergangenen Jahr zu überprüfen und mich wissen zu lassen, welche Nettoverluste du auf dem R- und D-Bericht hast?« Zwanzig Minuten später rief Werner mit den gewünschten Zahlen zurück. Er erkundigte sich, ob alles gut liefe, und Ross log ihn an.

Alle Projektabrechnungen unterstanden Quentins Kontrolle. Das mochte geschäftlich gesehen keinen Sinn ergeben, da auf diese Weise weder Schecks noch Abrechnungen vorlagen. Doch Quentin gehörte schließlich zur Familie. Was Ross schockierte, war die Tatsache, dass Schecks für über drei Millionen Dollar auf zwei Firmen in der Karibik ausgestellt worden waren: Global Partners Inc. in Grand Cayman und Fair Caribe Ltd. in Apricot Cay.

»Entweder sind Sie besonders raffiniert, oder es gibt dieses Elixier wirklich.« Vince schob sich ein Stück Honigmelone in den Mund.

Sie befanden sich an Bord von Antoines neuer Jacht, einem riesigen Schiff, das er nach seiner Mutter *Regine* genannt hatte. Die Kabine war größer und eleganter als die der versenkten *Reef Madness*. Doch ebenso wie auf ihrer Vorgängerin gab es auch auf der *Regine* Bücherregale voller gebundener Ausgaben von Kriminalromanen. Quentin stellte sich vor, wie Antoine von Hafen zu Hafen fuhr und zwischen P. D. James und Sue Grafton seine Drogendeals abschloss.

»Es heißt, dass er sich irgendwo versteckt«, sagte Antoine. »Was bedeutet, dass er Elixier und die Unterlagen bei sich hat. Glauben Sie das auch?«

»Ja«, antwortete Quentin. »Absolut.«

Draußen näherte sich von Westen her eine Wolkenbank. Am Abend würde es schneien. Quentin fragte sich, wohin Antoine als Nächstes segeln würde. Er war wie ein Geist, der ganz nach Belieben auftauchte und wieder verschwand. Er schien über unbegrenzte Kräfte und Mittel zu verfügen.

»Wie lange hat er für Sie gearbeitet?«

»Fünfzehn Jahre.«

Antoine trug einen dicken tannengrünen Seemannspullover, doch sein Gesicht hatte noch immer seine tropische Bräune. Er beugte sich vor. »Ich werde Ihnen jetzt etwas mit ganz einfachen Worten erklären, Quentin.« Sein eindringlicher Blick ließ Quentin an jene Nacht zurückdenken, als Antoine mit demselben leidenschaftlichen Ausdruck über Loyalität und Vertrauen gepredigt hatte, nur wenige Augenblicke, bevor er Marcel über Bord werfen ließ.

»Jeder Mann hat eine wesentliche Mission im Leben, eine, nach der er seinen Kalender datiert, verstanden? Einen Wendepunkt im Lauf seiner Tage – der Punkt, nach dem nichts mehr so sein wird wie vorher, und alles, was vorher war, für immer ausgelöscht ist. Wie Geburt und Tod kommt dieser Punkt nur einmal. Drücke ich mich klar aus, Quentin? Verstehen Sie?« Antoines Gesichtsausdruck war starr und ausdruckslos. Seine Augen waren wie Laserstrahlen, die dabei waren, seine Mitteilungen in Quentins Schädel zu brennen.

Quentin fühlte sich wie ausgedörrt vor Furcht. »Ja, ich verstehe.«

»Eine Mission, bei der es keinen Spielraum für Irrtümer gibt.«

Quentin sah zu Vince Lucas hinüber, der an der verglasten Wand der Kabine stand. Er trug einen schwarzen Ledermantel und eine dunkle Brille und sah aus wie die Allegorie des Todes auf einem mittelalterlichen Gemälde. »Ich verstehe.«

»Eine Mission, bei der der Einsatz höher ist als Ihr Leben. Und das ist Ihre Mission, Quentin Cross: Finden Sie die Namen der Vertrauten von diesem Doktor Christopher Bacon heraus: Freunde, Verwandte, die Freunde und Verwandten seiner Frau, wo sie Ferien machen, was für Hobbys sie haben, alles und jedes, das uns zu ihm führen könnte. Geben Sie ihre Akten durch, reden Sie mit ihren Leuten. Tun Sie alles, was nötig ist, um ihn zu finden, denn alles, was Ihnen im Leben lieb und teuer ist, hängt davon ab. *Comprende?*«

»Ja.«

Wenn die Polizei Jenny nicht längst im Visier hatte, so würde es bald soweit sein – man würde sie und Ted verhören, ihr Telefon abhören, ihre Post lesen, sie auf Schritt und Tritt verfolgen.

Aus einer Telefonzelle in Lake Placid rief Wendy Ted in seinem Büro in Kalamazoo an und verabredete, dass Jenny sie wie neulich abends aus einer Telefonzelle zurückrufen sollte.

Jenny brauchte fast eine halbe Stunde, um eine Telefonzelle zu finden, in der sie nicht auffiel. Als sie schließlich miteinander sprachen, kam Wendy gleich zur Sache: »Ich weiß, was im Fernsehen berichtet wird, aber es ist alles ein Komplott«, erklärte sie.

»Und weshalb geht ihr dann nicht zur Polizei?«, fragte Jenny.

»Weil wir nicht beweisen können, dass Chris nicht in der Stadt war, als Betsy Watkins ermordet wurde, und dass er die Bombe nicht in seiner Tasche eingecheckt hat.« Auf den Überwachungsaufnahmen des Flughafens war Chris mit einer Schultertasche zu sehen, die auf dem Video mit den Foleys nicht mehr auftauchte. Mit Quentins Hilfe hatten die Medien Chris bereits des Mordes und der Sabotage für schuldig befunden. »Jenny, wir hätten bei dieser Explosion sterben sollen. Die Bombe war unseretwegen an Bord.«

»Das ist ja furchtbar! Aber wer um Himmels willen sollte euch so etwas antun, und warum?«

»Ich weiß es nicht. Ich weiß es nicht. Chris vermutet, dass es sein Chef Quentin Cross und ein Krimineller war, mit dem der sich eingelassen hat.«

»Ich glaube das einfach nicht«, sagte Jenny. »Warum

sollte er so etwas tun? Ich meine, das ist doch einfach unglaublich.«

»Das ist eine andere Geschichte«, erwiderte Wendy. Sie wollte vom Thema ablenken, wollte nicht der Panik nachgeben, die sie in Jennys Stimme hörte. »Es lohnt sich nicht, jetzt in Einzelheiten darauf einzugehen. Aber wir brauchen deine Hilfe.«

»In den Berichten war die Rede von Diebstahl in der Firma.«

»Darum geht es nicht.«

Doch Jenny ließ nicht locker. »Also, hat Chris ihnen etwas gestohlen? Das haben sie nämlich gesagt.«

»Jenny, ich möchte das jetzt lieber nicht diskutieren. Bitte, ich brauche Hilfe, kein Verhör.«

»Wendy, ich bin am anderen Ende der Stadt in einer anderen Telefonzelle als letztes Mal. Es ist weit und breit niemand zu sehen, und niemand belauscht uns.«

»Das ist unwichtig.«

Jenny schnitt ihr das Wort ab. »Wenn du möchtest, dass wir dir helfen, muss ich wissen, in was wir da verwickelt werden. Das ist nur fair.«

Wut begann in Wendy aufzusteigen, doch Jenny war hartnäckig, und das war schließlich ihr gutes Recht. »Es hat etwas mit einem geheimen neuen Medikament zu tun.«

»Aber jeder weiß doch von dem Krebsmittel. Es war vor ein paar Monaten überall in den Fernsehnachrichten.«

»Nicht das Krebsmittel.«

»Es ist also etwas anderes?«

»Ja.«

»Du meinst, du willst es mir nicht sagen.«

»Es tut mir Leid, Jen, aber ich habe es Chris versprochen.«

Wendy konnte durch das Schweigen in der Leitung förmlich hören, wie verletzt Jenny war, und sie fragte sich, warum sie und Chris ein Firmengeheimnis über ihre Familie stellten, umso mehr, da diese Firma darauf aus war, sie zu vernichten.

Ihr ganzes Leben lange hatte Wendy versucht, Jenny wegen ihrer Krankheit und ihres labilen Geisteszustandes vor Schmerz zu bewahren. Außerdem war Jenny wie ein Vogel mit gebrochenem Flügel, weil sie nicht mit Krisen umgehen konnte, obgleich ihr Leben eine einzige Verkettung von Krisen war – von ihrer schwierigen Kindheit über untreue Liebhaber und den Tod ihres ersten Mannes, bis hin zu den seelischen Problemen ihrer Tochter Kelly und ihrer zweiten Ehe mit einem Mann, der sie grob beschimpfte. Wenn sie sich Jenny jetzt nicht anvertraute, würde sie das nur in ihrer Wahrnehmung bestärken, dass sie unterlegen, nicht vertrauenswürdig oder unfähig war, mit Schwierigkeiten umzugehen.

Und doch hatte Wendy sie ironischerweise angerufen, um sie in der schlimmsten Krise ihres Lebens um Hilfe zu bitten. Den Grund dafür konnte sie ihr jedoch nicht sagen. Wendy hasste sich selbst dafür, doch sie hatte Chris versprochen, Elixier nicht zu erwähnen.

»Es gefällt mir nicht, aber wir müssen uns weiter in der Hütte verstecken, ich weiß nicht, für wie lange«, sagte Wendy.

»Ich vermute, du brauchst Geld.« Wendy konnte den Zorn in Jennys Stimme hören.

»Nein, wir haben Geld. Was wir brauchen, sind falsche Papiere – Führerscheine und Sozialversicherungskarten.« Damit könnten sie ein Postfach mieten, Konten eröffnen, Kreditkarten und sogar Pässe beantragen. »Ich habe mich gefragt, ob du das wohl durch Teds Kontakte deichseln könntest. Wir können dafür bezahlen. Und wir brauchen sie, um zu überleben.«

Ted besaß ein Autogeschäft; vor Jahren war er mit dem

Gesetz in Konflikt geraten, weil er illegal Autos ins Ausland verkauft hatte. Sie hoffte, dass er noch immer Leute kannte, die ihnen gefälschte Papiere verschaffen konnten.

Wieder herrschte lange Schweigen, während Jenny Wendys Bitte verarbeitete. Schließlich schnappte sie: »Ich verstehe – du bittest uns also, alle möglichen Gesetze zu brechen, wofür wir für Jahre ins Gefängnis kommen könnten, aber du willst mir nicht erklären, warum. Und das alles nur, weil deine kleine Schwester kein Geheimnis für sich behalten kann, stimmt's? Weil sie es bei den Nachbarn ausplaudern oder es der Polizei erzählen könnte. Aber ruf sie einfach aus heiterem Himmel an und frag nach gefälschten Ausweisen, und sie steht zur Verfügung wie ein alter Hund, der ganz scharf darauf ist, dir zu Gefallen zu sein.«

»Mein Gott, Jen, das stimmt doch überhaupt nicht«, bettelte Wendy. »Mir ist das alles mehr zuwider, als du dir vorstellen kannst, aber wir werden wegen Massenmordes im ganzen Land gesucht. Und vielleicht sind uns irgendwelche Killer auf den Fersen. Wir haben sonst niemanden, an den wir uns wenden könnten, und du bist meine Schwester.«

»Ja, dieselbe Schwester, der du dich nicht anvertrauen kannst.«

Wendy konnte es nicht fassen, wie Jenny ihr die Worte im Mund umdrehte. »Wenn ich dir nicht vertrauen würde, hätte ich dich nicht angerufen, um Himmels willen.«

»Dann was, um Himmels willen, hältst du zurück? Oder hat er diese Frau etwa doch ermordet und das Flugzeug in die Luft gejagt?«

»Verdammt, Jennifer, Chris ist unschuldig! Er ist von Natur aus unfähig zum Töten, und ich auch!«

Wieder schwieg Jenny, dann sagte sie: »Na ja, du kannst mein Misstrauen sicher verstehen.«

Wendy hatte sie zurechtgewiesen wie ein kleines Kind, und sie konnte hören, wie gekränkt Jenny war.

Es war für Jenny eindeutig sehr wichtig, zu erfahren, worauf sie sich einließ. Wendy blickte sich um und spürte, wie ihre Entschlossenheit abbröckelte. Sie befand sich in einer Telefonzelle in einem kleinen Einkaufszentrum gleich außerhalb von Lake Placid. Auf der Straße fuhren Autos vorbei, und Menschen waren unterwegs, um ihre alltäglichen Erledigungen zu machen. Niemand kümmerte sich um sie. Niemand lauschte. Niemand wusste, dass sie auf der FBI-Liste der zehn meistgesuchten Personen stand. Und Jenny hatte Recht: Niemand belauschte sie.

Sie hoffte nur, dass Chris es verstehen würde. Mit leiser Stimme sagte sie: »Es hat mit einem Verjüngungsmittel zu tun, das Chris entdeckt hat.« Jenny hörte aufmerksam zu, als sie alles in groben Zügen schilderte und dabei betonte, dass es der Erfolg des Mittels war, der all das Blutvergießen verursacht hatte.

»Und er hat es mitgenommen?«

»Ja.«

»Es ist in der Hütte?«

»Ja.«

»Oh Gott!«

Als Jenny genug gehört hatte, versprach sie, mit Ted zu reden.

»Danke.«

Bevor sie auflegte, hatte Jenny eine letzte Frage: »Wirkt das Zeug auch bei Menschen?«

»So weit sind sie nicht gekommen«, antwortete Wendy.

Als sie auflegte, fühlte sie sich ausgelaugt und schuldig. Zugleich empfand sie Erleichterung, weil sie es jemandem gesagt hatte, weil es heraus war. Es war, als sei ein Geschwür aufgestochen worden. Sie betete nur, dass ihre Enthüllung bei Jenny sicher war. Sie hatte es ihr zwar versprochen, aber Jenny hatte nun einmal ihre Aussetzer.

Wendy ging die Straße hinauf zu einem Geschäft, um Lebensmittel und eine Haartönung zu kaufen. Sie wanderte an den Regalen entlang und beneidete die anderen Kunden, die ihre Einkäufe erledigen konnten, ohne sich Sorgen wegen Polizeifotos machen zu müssen. Die einfachsten Dinge im Leben waren plötzlich mit tödlicher Angst belastet. Was sie aufrecht erhielt, war die Illusion, dass dies alles nur vorübergehend war, dass sie zu ihrem normalen Leben zurückkehren und ihren Sohn in Freiheit aufziehen konnten. Jenny hatte vorgeschlagen, dass sie sich einen Anwalt nehmen sollten. Doch das war ein Risiko. Selbst für den unwahrscheinlichsten Fall, dass sie vor Gericht freigesprochen werden sollten, waren immer noch eiskalte Killer hinter ihnen her. Und in einem Zeugenschutzprogramm der Polizei zu leben, wäre schlimmer als Gefängnis. Ihre einzige andere Option war es, sich weiter zu verstecken.

Also kaufte Wendy Whitehead Bacon, 42 Jahre alt, Mutter eines Neugeborenen und Autorin des demnächst erscheinenden Kriminalromans *Müde bin ich…* eine Coloration von Cover Girl, um die erste Hälfte ihres Lebens wegzubleichen.

18

Als Quentin die *Regine* verließ, durchflutete ihn Erleichterung darüber, dass er noch atmete, eine Erkenntnis, die ihn ein seltsames Pflichtgefühl Antoine gegenüber verspüren ließ. Als er schließlich auf seinen Parkplatz bei Darby fuhr, wusste er, dass er töten würde, um Chris Bacon und Elixier zu finden.

Auf seinem Schreibtisch fand er den üblichen Haufen Unterlagen und Telefonnotizen. Er schob alles beiseite und rief auf seinem Computer Chris Bacons Personalakte auf: Einstellungsvertrag, Abschriften seiner Abschlusszeugnisse, Empfehlungsschreiben – alles, was Namen von Verwandten, Mitarbeitern und Ähnliches enthalten konnte.

Wegen der vielen vertraulichen Unterlagen hatte Quentin eine Sicherungs-Software installiert, die ihm anzeigte, wenn jemand versucht hatte, Zugriff auf seine Dateien zu nehmen, und ihm gleichzeitig den Benutzernamen des Eindringlings verriet. Als er sich einloggte, leuchtete ein Kasten auf dem Monitor auf: UNERLAUBTER ZUGRIFF. Schockiert tippte er auf ein paar Tasten, und auf dem Schirm erschien ROBYN.

Das Passwort von Ross. Erschrocken gab er ein paar weitere Codes ein.

Scheiße! Ross hatte Dateien über die finanziellen Transaktionen des vergangenen Jahres aufgerufen. Wenn er weitergeforscht hatte, musste er auf die Zahlungen an Antoine gestoßen sein.

Quentin riss sich zusammen, dann rief er Sally herein.

»Ja, er wollte ein paar der Quartalsberichte vom letzten Jahr durchgehen. Deshalb habe ich ihm den Zugangscode gegeben.«

Quentin spürte, wie er erstarrte. »Ich verstehe.«

»Ist das alles, Mr. Cross?«

»Ja, danke.«

Sally verließ sein Büro, und wenige Minuten später ging Quentin den Korridor hinunter zum Büro von Helen Goodfellow in der Buchhaltung. »Helen, Ross war heute Morgen hier, um ein paar Unterlagen zu holen.« Er bemühte sich, einen beiläufig interessierten Ton anzuschlagen. »Können Sie sich noch erinnern, welche das waren?«

Sofort ging sie in die Defensive. »Ross?«, fragte sie und gab vor, ihr Gedächtnis zu erforschen.

Quentin schoss zurück: »Ja, Ross. Irgendwann heute Morgen.«

»Nun, ja, ich glaube, er war hier, jetzt wo Sie es erwähnen«, sagte sie. »Aber, mein Gott, wir haben es hier jeden Tag mit so vielen Akten zu tun, dass ich Ihnen nicht sagen kann, welche er gesucht hat.«

Helen, Anfang sechzig und noch fünf Jahre vom Ruhestand entfernt, hatte kein großes Talent dafür, Ausflüchte zu erfinden. Ihr Gesicht lief rot an, während sie versuchte, die Fassung zu bewahren.

Quentin sah sich unterdessen wieder in der Kabine der *Regine* sitzen, mit Vince, der ihn anstarrte wie ein Aasgeier.

»Helen, ich bin verantwortlich für die Leistungsfähigkeit und Organisation dieses Büros, und dazu gehört auch der Umgang mit allen Akten, die, daran brauche ich Sie nicht zu erinnern, sehr wichtig und vertraulich sind. Im Gegenzug sind Sie dafür verantwortlich, sicherzustellen, dass solche Akten nicht achtlos herausgegeben werden. Ist das klar?«

»Natürlich, Mr. Cross«, antwortete sie. Ihr war klar, dass er gerade angedeutet hatte, sie durch eine jüngere Angestellte mit besserem Gedächtnis zu ersetzen. »Ach ja«, fügte sie nach einer kurzen Pause hinzu. »Ich glaube, es war Alpha-Chemie.«

Quentin brachte kaum ein Dankeschön heraus.

Ross wusste Bescheid.

Wieder an seinem Schreibtisch saß Quentin angesichts dieser Erkenntnis wie betäubt und erwartete fast, dass Ross hereingestürmt käme und eine Erklärung verlangte. Doch nichts geschah. Ross war früh nach Hause gegangen, ohne bei ihm hereinzuschauen.

Eine Stunde vor Feierabend kam Sally in sein Büro und sagte ihm, Ross habe angerufen und bitte Quentin, heute Abend zu ihm nach Hause zu kommen.

Den restlichen Nachmittag verbrachte Quentin mit Papierkram und Telefonaten, während in seinem Hinterkopf etwas Gestalt annahm. Zunächst war es nur das Saatkorn einer Idee. Er wälzte den Gedanken hin und her, ging alle möglichen Alternativen durch, suchte nach Schwächen, versuchte alle Konsequenzen bis zum Ende durchzudenken und schmiedete schließlich einen Plan.

Nachdem der letzte Angestellte gegangen war, betrat Quentin einen abgesperrten Bereich des Lagers und schloss einen Tresorraum auf, zu dem nur eine Hand voll Menschen Zutritt hatten. Hier bewahrten sie hochsensible Medikamente und Drogen wie Kokain, Heroin und LSD auf, einige davon mit einem Reinheitsgrad von fast 100 Prozent.

Ganz hinten aus einem Regal nahm er ein kleines Glasfläschchen. Er ließ es in seine Tasche gleiten und ging hinaus.

Ross wohnte in einem ansehnlichen Ziegelhaus im wohlhabenden Viertel Belmont Hill. Das Haus stand auf einem weitläufigen, eichengesäumten Grundstück mit altem Baumbestand. Er und seine verstorbene Frau hatten es gekauft, als die Firma vor einigen Jahren zu florieren begonnen hatte.

Gegen 21 Uhr bog Quentin in die lange Auffahrt ein. Ross beobachtete ihn, als er aus dem Mercedes stieg, und dachte, dass dies das letzte Mal sein würde, dass Quentin so ungezwungen zu Besuch kam. Noch heute Abend würde alles anders werden. In Ross' Zorn und Enttäuschung mischte sich Trauer. Nach Quentins Hochzeit mit Margaret hatte Ross begonnen, ihn als den Sohn zu betrachten, den er nie gehabt hatte. Ja, sie hatten unter seinen unrealistischen Abenteuern gelitten, die die Firma teuer zu stehen gekommen waren. Aber Quentin war intelligent und aggressiv, und er war durchaus zur Besonnenheit fähig; das hatte sich Ross jedenfalls bisher eingeredet. Jetzt war er ein Betrüger.

Ross erwartete Quentin an der Tür. Es gelang ihm nicht, ein Lächeln aufzusetzen. Er führte ihn ins Wohnzimmer, wo ein kleines Feuer im Kamin brannte. Auf der Bar standen eine Flasche Scotch und ein Eiskübel. Quentin bediente sich. Ross setzte sich mit seinem Brandy ans Feuer. Seit seinem

Herzinfarkt vor fünf Jahren war ihm nicht mehr als ein Drink pro Abend erlaubt.

»Soll ich dir nachschenken?«, fragte Quentin. Ross reichte ihm sein leeres Glas. Quentins Auge zuckte. »Die Polizei sagt, sie gehe Hinweisen nach. Wendy hat eine Schwester irgendwo in Michigan.«

Ross nippte schweigend an seinem Drink.

»Die Leute im Labor versuchen, die Formel auf der Grundlage von alten Aufzeichnungen zu rekonstruieren, aber das ist so, als versuche man, ein Auto aus dem Gedächtnis nachzubauen.«

»Deshalb habe ich dich nicht hergebeten«, sagte Ross schließlich. Er stand auf und legte ein Scheit auf das Feuer. »Ich bitte dich um deine Kündigung, Quentin.«

»Meine Kündigung? Das soll wohl ein Witz sein.«

»Das ist kein Witz. Ich möchte, dass du die Firma bis Freitag verlassen hast.«

»Warum denn, in Gottes Namen?«

Ross reichte ihm die Ausdrucke der Dateien. »Im vergangenen Jahr hast du drei Millionen Dollar aus unseren Auslandsgewinnen auf Firmenkonten bei karibischen Banken überwiesen – Scheinfirmen, die nichts weiter waren als Kontonummern. Ich vermute, dass du das Geld benutzt hast, um deine Drogenkumpel auf Apricot Cay auszubezahlen. Ich würde gern glauben, dass das nicht wahr ist, aber du hältst den Beweis in deinen Händen.« Ross blickte auf ihn herab, dann fragte er einfach: »Warum?«

Ein langes Schweigen erfüllte den Raum, während Quentin versuchte, Erklärungen zu erfinden. Doch er hatte keine. Schließlich räusperte er sich und sagte mit leiser getragener Stimme: »Sie haben damit gedroht, Robyn umzubringen, wenn ich nicht bezahle.«

»Du hättest zu mir kommen können. Wir hätten uns an die Behörden wenden können. Wir hätten etwas unternehmen können. Allmächtiger Gott, Quentin, du hattest andere Möglichkeiten als Betrug und Diebstahl.«

»Das verstehst du nicht.«

»Nein, das tue ich nicht, denn du hast gegen alles verstoßen, was wichtig ist, deine Familie, deine Karriere, deine Zukunft, dein Selbstwertgefühl.«

Quentin starrte schweigend ins Feuer. Es gab nichts mehr zu sagen. Nächste Woche würde Ross beginnen, außerhalb der Firma nach einem Nachfolger für ihn zu suchen. Quentin stand auf. »Es tut mir Leid, Ross.«

»Es tut dir Leid! Ist das alles? Sonst hast du nichts zu sagen? Keine Erklärung, warum du Geld aus der Firma deiner eigenen Familie gestohlen hast, um es Drogenbaronen in den Rachen zu werfen? Eine Firma, für deren Aufbau ich mich beinahe umgebracht habe? Eine Firma, die an dich übergegangen wäre, damit du sie für dein eigenes Kind und für deine Enkel ausbaust? Nichts weiter als ein kleines ›es tut mir Leid‹, als hättest du nur mal eben deinen Drink verschüttet?«

Quentin schaute Ross in die Augen, und sein Gesicht verdüsterte sich, als sei etwas Großes und Dunkles über ihn hinweggegangen. »Ich schätze nicht.«

Ross seufzte, als breche ihm das Herz.

Quentin ging auf die Tür zu und blieb dann stehen. »Es wäre mir lieb, wenn du Margaret nichts davon erzählen würdest. Es ist mein Problem und meine Aufgabe, ihr das beizubringen.«

Ross nickte. Er hatte ihr nichts gesagt, und er wollte es ihr auch nicht sagen. Es wäre so, als würde ein Todesurteil ausgesprochen. Und er war so oder so schon an der Schwelle zur Verzweiflung. 74 Jahre alt, kurz vor dem Ruhestand und mit der größten Krise seines Lebens konfrontiert. »Noch eines«, sagte Ross. »Es heißt, dass der Flugzeugabsturz Sabotage war. Weißt du etwas darüber?«

Quentin knallte sein Glas auf den Tisch. »Nein, verdammt! Und du wirst mir das nicht auch noch anhängen.«

»Ich hänge dir gar nichts an, aber du hast es mit Leuten zu tun, die sich nichts dabei denken, andere zu töten.«

»Nun, du liegst falsch, Ross. Grundfalsch! Das war dein Goldjunge, und wenn die Bullen ihn kriegen, dann kommt er auf den elektrischen Stuhl.«

Quentin ging und knallte die Tür hinter sich zu. Ross blieb mit Tränen in den Augen zurück. Er fühlte sich sehr alt und müde und vermisste seine Frau entsetzlich. Er schaltete das Licht aus, ging hinauf und schluckte eine doppelte Dosis Xanax, um schlafen zu können. In seinem Alter war Schlaf ein widerwilliger Gefährte.

Er legte sich ins Bett und spürte, wie ein warmer Nebel die Nischen seines Gehirns erfüllte, und jenen letzten Ausdruck auf Quentins Gesicht, bevor er hinausgestürmt war, auslöschte – jenen Ausdruck, der zeigte, dass er log.

Tubarinchlorid ist ein Salz, das aus der Curarepflanze gewonnen wird, die im feucht-tropischen Klima Südamerikas gedeiht. *Curarea toxicofera* ist ein holziger Busch, dessen Rinde von den Jamandi-Indianern Brasiliens, den Kofans in Ecuador und vielen anderen Stämmen als wichtigste Zutat für das Gift in ihren Blasrohrpfeilen benutzt wird. Das Chlorid ist als Tubarin bekannt und wird mit sterilem Wasser vermischt, bevor es injiziert wird. Eine Überdosis verursacht Atemstillstand. Die Symptome zeigen sich zunächst als Schwere in den Augenlidern, Schluckstörungen, Lähmung der Extremitäten und des Zwerchfells, ein furchtbarer Schmerz hinter dem Brustbein und enden mit Kreislaufversagen und Tod. Die Wirkung setzt sofort ein, nach nur 10 bis 20 Sekunden –, und Rückstände der Droge bleiben nach dem letzten Atemzug nur kurze Zeit im Körper zurück. Sofern es keinen anderen Verdacht gibt, erscheint der Tod als Folge akuten Herzversagens.

In seiner Tasche trug Quentin eine Spritze mit fünf Kubikzentimetern Tubarin, genug, um das Herz eines Elefantenbullen zum Stillstand zu bringen.

Er fuhr in der Gegend herum und ging das Treffen mit Ross immer wieder durch, bis er die notwendige Entschlossenheit aufgebaut hatte. Dann kehrte er um und fuhr zurück nach Belmont Hill.

Ross' Haus war dunkel. Und weil es ein Wochentag war, war die Straße leer; weder Autos noch mitternächtliche Spaziergänger waren zu sehen.

Quentin bog in die Auffahrt ein und streifte sich Latexhandschuhe über. Wegen seiner Schlafprobleme war Ross von Xanax abhängig geworden. Außerdem hatte er mindestens zwei Gläser Brandy getrunken, eine gefährliche Mischung.

Quentin benutzte Margarets Schlüssel, um durch die Küchentür ins Haus zu gelangen. Nur das Summen des Kühlschranks war zu hören. Das Haus war alt, und die Dielen knarrten, als er zur Vordertreppe ging. Dort zog er seine Schuhe aus und stieg die Stufen hinauf. Nach jedem Schritt blieb er stehen und lauschte. Nichts außer dem gelegentlichen Knacken des Hauses, das zur Ruhe kam. Er war nervös, aber entschlossen. Er hatte keine andere Wahl, rief er sich in Erinnerung.

Eine Mission ohne Spielraum für Irrtümer.

Eine Mission, deren Einsatz höher ist als das Leben.

Elixier war das Einzige, das ihn und vielleicht sogar Robyn vom Grab trennte. Das war etwas, was Ross niemals begreifen könnte.

Die Schlafzimmertür stand offen, und die Leuchtziffern des Radioweckers warfen ein grünliches Leuchten auf die Erhebung von Ross' Körper. Er würde schnell und präzise handeln müssen. Glücklicherweise war das Obergeschoss mit Teppich ausgelegt, sodass er sich leise wie eine Katze bewegen konnte.

Ross lag auf dem Rücken; wegen seiner Rückenprobleme war dies für ihn die einzige bequeme Position. Nach seinem flatternden Atem zu schließen, lag er in tiefem, medikamentös erzeugtem Schlaf.

Quentin betrachtete den Mann einen Augenblick und schob dann jeden Gedanken außer seiner Entschlossenheit beiseite.

Kein Spielraum für Irrtümer.

Quentin knipste das Licht an. Ohne auf eine Reaktion zu warten, zog er Ross' rechtes Augenlid hoch und rammte die Nadel ein Stück über der Iris in das Weiße des Augapfels; dabei drückte er den Kolben ganz hinunter.

Ross' Kopf flog im Reflex zur Seite, und er stieß einen markerschütternden Schrei aus. Um den Augapfel nicht zu verletzen oder aus seiner Höhle zu reißen, ließ Quentin los und beobachtete entsetzt, wie die Nadel in Ross' Auge stecken blieb und hin- und herschwang, während er schrie und zuckte. Ross hob die Hände, um nach der Spritze zu greifen, doch auf halber Strecke erstarrten sie, gelähmt von dem furchtbaren Schmerz.

Quentin warf sich mit seinem ganzen Körper auf Ross und drückte seine Arme und Beine auf die Matratze. Ross schrie weiter, und sein Gesicht zog sich in Todesqual zusammen. Sein Kopf schlug mit der Nadel, die noch immer in seinem Auge steckte, hin und her.

Stirb, verdammt! Stirb endlich!, schrie es in Quentins Kopf.

Tubarin hatte auf der Skala von Giften die höchstmögliche Stärke von sechs. Es sollte innerhalb von 20 bis 30 Sekunden wirken. Ross sollte bereits gelähmt sein – völlige Muskelinaktivität. Stattdessen kämpfte er immer noch, sein Mund bewegte sich, und seine Lungen pressten lange, furchtbare Schreie heraus.

Dann fiel ihm das Xanax ein – Alprazolam, das ebenso

wie Tubarin eine entspannende Wirkung auf die Muskeln hatte. Im Laufe der Jahre musste sich Ross' Körper daran gewöhnt haben, und diese Wirkung wurde durch den Alkohol noch zusätzlich verstärkt. Großer Gott! Das konnte noch ewig so weitergehen.

Um die furchtbaren Schreie zu ersticken, presste Quentin eine Hand auf Ross' Mund und zog mit der anderen Hand die Nadel heraus. Plötzlich war sein Gesicht nur Zentimeter von diesen Augen entfernt; eines war riesig und starrte ihn an, aus dem anderen tropfte Flüssigkeit. Durch die Latexhandschuhe spürte er, dass Ross weiter stöhnte. Es war zum Verrücktwerden. Seine Muskeln sollten jetzt schon nutzlos sein. Und doch zuckten seine Beine noch, und sein Becken hob sich in der obszönen Parodie eines Geschlechtsverkehrs.

Quentin blieb auf Ross liegen; es erschien ihm wie eine Ewigkeit, bis er endlich spürte, dass die neuromuskuläre Lähmung bei dem alten Mann einsetzte. Sein Mund klaffte auf, und sein Oberkörper entspannte sich, sodass sein Zwerchfell nutzlos wurde und seine Lungen nichts weiter als tote Lufttaschen waren. Reflexartig zuckte Ross' Kopf noch einmal hoch, um einen letzten Atemzug zu tun, dann sank er ins Kissen zurück, und ein Keuchen entrang sich seiner Kehle. Eine widerwärtige Brandywolke drang in Quentins eigene Lungen.

Als er angeekelt hochfuhr, bewirkte der plötzlich nachlassende Druck, dass ein Strahl Erbrochenes aus Ross' Mund in Quentins Gesicht sprudelte.

Angewidert rannte er ins Bad und wusch sich; dabei musste er sich Mühe geben, den Inhalt seines eigenen Magens bei sich zu behalten. Der Gestank durchdrang sogar seine Kleidung. Er riss sich sein Hemd vom Leib und seifte es ein, bis auch die letzte Spur des Gestanks daraus getilgt war.

Als er ins Schlafzimmer zurückkam, starrte Ross ihn direkt an. Um seinen Mund klebte eine Masse Erbrochenes.

Quentins Herz erstarrte, fast erwartete er, dass Ross sich erheben würde. Doch er war tot. Unbeweglich, ohne Atem, ohne Gefühle. Das Gesicht blau.

Quentin wischte die Flüssigkeit von Ross' verletztem Auge, das rot und geschwollen war, das jedoch bis zum Morgen, wenn die Körperflüssigkeiten zur Ruhe gekommen waren, auf seine normale Größe schrumpfen würde. Dann drehte er ihn auf die Seite, um den Ablauf eines Herzinfarkts nachzustellen. Erbrechen ist dabei ein Symptom, nicht die Ursache des Todes. Das Opfer würde reflexartig versuchen, seine Atemwege frei zu halten. Angesichts von Ross' Alter und seinen Herzproblemen war sich Quentin sicher, dass es keine Autopsie geben würde. Das Brandyglas im Spülbecken und das Xanax auf dem Nachttisch ergaben das perfekte Szenario. Selbst wenn es zu einer Autopsie kommen sollte, würde es in Ross' Körper keine sichtbaren Anzeichen dafür geben, dass sein Tod andere als natürliche und vorhersehbare Ursachen gehabt hatte. Aus diesem Grund hatte Quentin Ross die Injektion ins Auge gegeben. Über die Blutgefäße war das Mittel in seinem ganzen Körper verteilt worden, die Einstichstelle jedoch blieb so gut wie unsichtbar.

Und in zwei Tagen würde es in der Todesanzeige heißen, dass Ross Darby im Alter von 74 Jahren zu Hause im Schlaf einem Herzinfarkt erlegen war, und dass er eine trauernde Tochter, Margaret Darby Cross, seine Enkelin Robyn und seinen Schwiegersohn, Quentin W. Cross, hinterlasse, der nun neuer Chef von Darby Pharmaceuticals Inc. werden würde.

Und Gott war im Himmel, und alles stand zum Besten in der Welt.

Quentin schaltete das Licht aus, fuhr nach Hause und ging zu Bett.

19

Bis zur ihrer dritten Woche hatten sie eine Routine für ihre Kommunikation mit Jenny ausgearbeitet. Sie rief jeden vierten Abend zu einer festgelegten Zeit von einer Telefonzelle in Kalamazoo aus in einer ständig wechselnden Telefonzelle in Lake Placid an.

Die gute Nachricht war, dass Ted Kontakt mit einer paar zwielichtigen Typen aufgenommen hatte, die ihnen gefälschte Papiere besorgen konnten. Sie würden 2000 Dollar kosten, und sie brauchten Fotos und Unterschriften mit ihren neuen Namen. Jenny würde mit einem unauffälligen Auto zu ihnen hinausfahren und dieses gegen den von Chris gemieteten Lieferwagen eintauschen, den Ted an einen Ersatzteilhändler weiterverkaufen würde. Bevor sie auflegten, erwähnte Jenny noch, dass Wendys Buch veröffentlicht war und gute Kritiken bekommen hatte, und dass es dank ihrer neuen Berühmtheit sogar in einigen Orten auf der Bestsellerliste stand. »Zu dumm, dass ich die Lesereise ausfallen lassen muss«, kommentierte Wendy bitter.

Vier Abende später traf Jenny in einem zwei Jahre alten Ford Explorer ein. Für den Fall, dass sie verfolgt worden war, wartete Chris bei einer 20 Meilen entfernten Raststätte auf sie. Als er sicher war, dass niemand ihr auf den Fersen war, fuhr er zur Hütte voraus.

Jenny hatte zwei Formulare zur Unterschrift und eine Polaroidkamera mitgebracht. Mit schwarz gefärbtem Haar und Bart würde Chris nicht so leicht mit dem Fernsehfoto in Verbindung gebracht werden. Und Wendy war jetzt blond und 25 Pfund leichter als auf dem Foto auf dem Buchrücken.

Jenny war seit fast 15 Jahren nicht mehr in der Hütte gewesen. Abgesehen von der weiten Entfernung war es auch nicht der richtige Ort für sie. Und vor allem nicht für Ted, dessen Vorstellung von Ferien Las Vegas war.

»Besser du als ich«, hatte Jenny gesagt, als sie sich in der alten Hütte umgesehen hatte.

»Aber wir hatten hier doch schöne Zeiten«, erinnerte Wendy sie. Sie war immer noch verblüfft darüber, dass Jenny neue Papiere für sie organisiert hatte und die ganze Strecke hier heraus allein und unentdeckt gefahren war. Manchmal war Jennys Verhalten so unvorhersehbar, dass Wendy ein schlechtes Gewissen hatte, weil sie sie unterschätzt hatte. Die Gefahr schien Jenny neue Kraft verliehen zu haben. Vielleicht hatte ihre neue Mutterschaft auch ihren Familiensinn und ihren Beschützerinstinkt gestärkt.

»Mit dem Schnee und dem Schlamm, den Insekten und Mäusen würde dieser Ort mich wahnsinnig machen. Aber«, fügte sie hinzu, »ich vermute, hier draußen könnte man gut Kinder aufwachsen lassen. Es sei denn natürlich, man hätte eine von diesen furchtbaren Satellitenschüsseln. Gott, das Zeug, das sie heutzutage im Fernsehen zeigen. Kein Wunder, dass die Kinder so verkorkst sind.«

Nach dem Abendessen setzten sie sich ans Feuer, und Jenny zeigte ihnen Fotos. Sie hatte etwa zwei Dutzend mitgebracht, alle von Abigail zu Weihnachten, in immer neuen Kleidern herausgeputzt und zwischen Bergen von Geschenken sitzend. »Sie wird groß«, sagte Wendy.

»Zu groß. Die Babyzeit vergeht wie im Flug.«

»Wie geht es Karen?«, fragte Chris.

»Karen? Wer ist Karen?«

»Deine andere Tochter«, antwortete er peinlich berührt.

»Kelly.«

»Kelly«, wiederholte er und schlug sich an die Stirn. »Was ist nur los mit mir?«

Ich sage dir, was mit dir los ist, flüsterte eine innere Stimme. *Es geht los: Dein Gehirn stirbt.*

Wendy warf ihm einen besorgten Blick zu. Sie wusste, was er dachte.

Du hast heute Morgen auch vergessen, wo du die Axt gelassen hattest, und du musstest Listen aufstellen, damit du dich an Dinge erinnerst, und neulich hast du die Milch in die Vorratskammer und das Müsli in den Kühlschrank gestellt, und du musst schon einfachste Rechenaufgaben auf dem Papier lösen, und du hast immer wieder diese Augenblicke der Desorientiertheit, wenn du ein anderes Zimmer betrittst.

Wendy hatte gesagt, das käme vom Stress und von den Sorgen, doch er wusste es besser. Fast konnte er fühlen, wie ganze Haufen von Hirnzellen verklebten und abstarben.

Sein Blick fiel auf ein Foto von Abigail, und er dachte daran, dass er seinen nicht aufwachsen sehen würde. Dass er Adam nie als Jungen oder jungen Mann kennen würde. Dass er in zwei Jahren, wenn er dann noch am Leben wäre, Adam ansehen würde, ohne zu wissen, wer er war unter all den anderen fremden Gesichtern in der Welt. Wie Sam.

Eine besondere virulente Form von Alzheimer.

Lieber würde er sterben, als Wendy und Adam das alles zuzumuten.

»Es geht ihr besser, danke«, fuhr Jenny in ihrem übertriebenen Singsang fort, der signalisierte, dass sie nicht weiter über Kelly reden wollte. »Aber könnt ihr glauben, dass Abigail in nur fünf Monaten schon zwei Jahre alt wird? Wir werden eine große Party veranstalten. Was mich daran erinnert.« Ohne Übergang zog sie ein leuchtend rot verpacktes Päckchen aus der Tasche. »Nachträglich frohe Weihnachten.«

Wendy wickelte es aus und erstarrte. Es war ein Exemplar von *Müde bin ich …* Sie betrachtete das Cover, den Einband und ihr Foto. Dann legte sie das Buch in eine Schreibtischschublade und verließ wortlos den Raum.

Jenny sah Chris erstaunt an. »Ich wollte sie nicht verletzen.«

Es gab etwas, das Chris nicht vergessen hatte. Den 3. März. »Morgen sollte die Verlagsparty sein.«

Aussetzer in Jennys Gehirn hatten weniger mit Pathologie als mit Gedankenlosigkeit zu tun, mutmaßte Chris.

»Oh, das hatte ich vergessen. Na ja, es ist ja nicht so, als würdet ihr für immer im Untergrund leben. Ihr sucht euch doch einen Anwalt, nicht wahr?«

Chris versuchte, einen klaren Kopf zu bekommen. »Daran arbeiten wir gerade.«

Einen Augenblick starrten beide ins lodernde Feuer.

»Also«, sagte Jenny schließlich, »erzähl mir von diesem Elixier. Wirkt es tatsächlich?«

Chris wünschte, Wendy wäre nicht schwach geworden und hätte ihr alles erzählt. »Es wirkt an Labortieren.«

»Was genau bewirkt es?«

»Es scheint sie vor Krankheiten zu schützen, die mit dem Alterungsprozess einhergehen.«

»Zum Beispiel?«

Zum Beispiel Alzheimer.

Zum Beispiel Alzheimer.

Zum Beispiel Alzheimer.

Und er sah Methusalem wie aufgezogen durch ein kompliziertes Labyrinth sausen.

»Arthritis, Krebs, Herzschwäche.«

»Meine Güte, das ist ja wunderbar. Und man vermutet also, dass es auch bei Menschen funktioniert.« Sie massierte ihren verspannten Nacken. »Offen gestanden, könnte ich selbst ein bisschen davon vertragen. Ted auch. Er geht auf die fünfzig zu.«

Chris konnte Wendy oben im Kinderzimmer hören. Es war Stillzeit. Er konnte auch das Ticken der alten Standuhr in der Ecke hören. In einem Jahr könnte er hirntot sein.

»Wäre es möglich, dass ich mir das Zeug mal ansehe, das die ganze Aufregung verursacht?«, fragte Jenny. »Dieses Elixier?«

»Da gibt es wirklich nichts zu sehen.«

»Christopher, ich erzähle es schon niemandem«, erwiderte sie in gespielt beleidigtem Ton.

Jenny war 700 Meilen mit gefälschten Papieren für zwei Flüchtlinge gefahren, die auf der FBI-Liste der meistgesuchten Personen ganz oben standen, daher konnte er ihr diese Bitte nicht guten Gewissens abschlagen. »Es ist nur, dass das hier für uns ein Drahtseilakt ist.«

Jenny stand auf. »Das verstehe ich vollkommen. Ihr steht unter enormem Stress.«

Chris nickte. *Stress.*

Er stand auf und führte sie nach unten in den Weinkeller. Er schloss auf und zog eine der Kisten heraus. 212 Ampullen waren wie Glasgeschosse in Styropor verpackt.

»Meine Güte«, sagte Jenny. Sie nahm eine heraus und hielt sie gegen das Licht. »Und das kann einen Menschen unbegrenzt lange am Leben erhalten?«

»Jedenfalls scheint es bei Affen eine solche Wirkung zu haben.« Er gab sich bescheiden, um weiteren Fragen aus dem Weg zu gehen, doch sie war hartnäckig. Als ehemalige Krankenschwester überlegte sie, wie sie die richtige Dosis für die Tiere ermittelt hatten. Chris erklärte, dass sie durch Ausprobieren festgestellt hatten, dass ein 15 Pfund schwerer Affe zehn Milligramm vertrug.

»Das heißt also, dass ein Mann von 150 Pfund zehnmal so viel braucht, richtig?«

»Ich nehme es an.«

»Und wie lange könnte eine von diesen Ampullen einen Affen am Leben erhalten?«

»Etwa zehn Jahre.«

»So lange?«

»Es ist hoch konzentriert, daher müsste es mit Salzlösung verdünnt werden. Mir wird kalt.« Er machte Anstalten zu gehen. Ihre Fragen waren ihm unangenehm. Genauso wie die Anziehungskraft dieser Ampullen.

Doch Jenny ignorierte ihn. »Brauchen sie nur eine Spritze, und dann leben sie einfach immer weiter?«

»Eher eine Spritze im Monat.« Er wollte nach oben gehen.

»Und wenn sie ihre monatliche Dosis nicht bekommen?«

»Dann sterben sie.«

»Ich verstehe.« Sie hob die Ampulle hoch. »Bist du je selbst in Versuchung gewesen?«

Seine Kopfhaut prickelte. »Nein.«

Er wollte gerade die Kiste verschließen, als Wendy von oben etwas rief. Er trat vor die Tür, um sie besser verstehen zu können. Einen Augenblick später kam er zurück. »Madam wünschen eine Flasche Zinfandel«, verkündete er.

»Ich unterstütze diesen Antrag«, lachte Jenny und ging hinaus, während Chris nach einer Flasche suchte.

Er trat an die Kiste, um sie abzuschließen, doch das hatte Jenny bereits erledigt. Einen Augenblick lang wunderte es ihn, dass sie sich solche Freiheiten herausgenommen hatte. Er hätte etwas gesagt, doch sie war schon auf dem Weg nach oben. Typisch Jenny: ließ sich von Anmaßung und Ordnungssinn leiten.

Chris schloss die Tür ab und ging die Treppe hinauf. Unterwegs dachte er daran, wie gut der Wein schmecken würde. Vielleicht würde er sich ein halbes Glas genehmigen. Wenn seine Gehirnzellen ohnehin abstarben, was machte dann noch ein bisschen Wein?

Ehe sie am nächsten Morgen abfuhr, bat Chris Jenny, im Rose Hill Pflegeheim anzurufen und sich nach Sams Zustand zu erkundigen. Sie versprach es, und er gab ihr die

Nummer und ein paar Anweisungen. Kurz nach 10 Uhr fuhr Jenny in dem Lieferwagen davon. In ihrer Handtasche hatte sie die Fotos von Wendy und Chris und ihre Unterschriften. Außerdem zwei Ampullen Elixier.

Am 18. Abend fuhr Chris zu einer Telefonzelle vor einer Feuerwehrstation in Rumford. Die Straße war dunkel und verlassen. Um kurz nach 21 Uhr erreichte ihn Jennys Anruf. Schon nach wenigen Sekunden wusste er, dass etwas nicht in Ordnung war. Hatten die Behörden sie in die Enge getrieben? Fürchteten sie und Ted, dass sie sich zu tief mit hineinziehen ließen? Ging es ums Geld?

»Chris, es tut mir Leid. Es geht um deinen Vater. Er ist tot.«

»Oh nein.«

»Ich habe es genauso gemacht, wie du gesagt hast: Ich habe mich als Mitarbeiterin der Staatsanwaltschaft von Massachusetts ausgegeben …«

»Wann ist es passiert?«, fragte Chris.

»Vor zehn Tagen. Sie haben mir mitgeteilt, dass seine sterblichen Überreste eingeäschert worden sind. Das ist die übliche Vorgehensweise des Heims, wenn die nächsten Verwandten nicht ausfindig gemacht werden können. Es tut mir Leid, Chris.«

Er spürte, wie Trauer in ihm aufstieg, doch er unterdrückte sie. »Danke, Jenny.« Er legte auf und fuhr zurück; dabei konzentrierte er sich darauf, die Geschwindigkeitsbeschränkung nicht zu überschreiten.

Gegen 23 Uhr kam er bei der Hütte an. Wendy und das Baby waren im Bett. Er wusste, dass er nicht würde schlafen können. Ihm war klar, dass er sich dem vollen Ausmaß seiner Trauer und seiner Schuld stellen musste. Er setzte sich auf die Couch und schaltete den Fernseher ein.

Auf einem der Sender lief »Die jungen Wilden« mit einem

jungen, schlanken Marlon Brando, der in engen Jeans und mit trotzigem Gesicht über den Bildschirm stolzierte. Heute war er ein 300 Pfund schwerer, kahler, asthmatischer Berg von Fett, der sich in schwarze Gewänder hüllte, um zu verstecken, was die Zeit ihm angetan hatte.

Chris schaute den Film ohne Ton an. Das einzige Geräusch war der Regen, der gegen die Fenster prasselte. Ohne Brille erschien ihm das Bild verschwommen. Doch das war egal, denn alles, was er sehen konnte, war Sam in seinem Bett, ein bemitleidenswerter, geschrumpfter Schatten des Mannes, der er einst gewesen war, wie er in einer Institution starb, die von Händen und Füßen und Mündern erfüllt war, die sich ohne jede Vernunft bewegten.

Chris hatte gewusst, dass Sam nicht mehr lange leben würde, dass seine Organe versagen würden, während er vor sich hinvegetierte. Doch es nagte an ihm, dass er keine Gelegenheit gehabt hatte, sich von seinem Vater zu verabschieden. Dass sein Leben so bizarr geworden war, dass er es noch nicht einmal hatte riskieren können, seinen Vater ein letztes Mal zu besuchen.

Ohne etwas zu sehen, starrte er auf den Fernseher und begann, sich durch ein Sechserpack Bier zu arbeiten, eine Flasche nach der anderen – zum Teufel mit den Hirnzellen – bis sein Kopf nur noch eine pochende Masse war, die Geometrie des Raumes nichts mehr mit den Gesetzen Euklids gemein hatte und sich aus dem Flimmern auf dem Bildschirm Formen und Gestalten herauskristallisierten, die seinen Blick bannten.

Grün. Das Schwarz-weiß hatte sich in strahlendes Grün verwandelt. Er ging zwischen Sam und seiner Mutter Rose über eine riesige Grasfläche. Sie waren in Campobello, im Hyde Park, in New York. Er konnte es mit leuchtender Klarheit sehen, das große weiße Haus mit den hohen Fenstern. Den schweren weißen Marmorgrabstein Franklin D. Roosevelts. Dann rollte er über den Rasen, und seine sieben Jahre alten Beine waren kühl vom Gras. Er trug eine marineblaue Hose, schwarz-weiße Sportschuhe und eine Baseballkappe der Brooklyn Dodgers.

»Hey, du Schlägerass!«

Dann veränderte sich das Gras und wurde zum Baseballfeld im Goodwin Park in Hartford, und Sam stand mit einem Eimer voller Bälle auf dem Werferhügel und Chris mit seinem Louisville-Schläger am Schlagmal. Sam hielt einen sauberen weißen Ball in die Höhe. »Was meinst du, sollen wir es dem hier mal so richtig zeigen?« Und Chris schwang den Schläger mit aller Kraft und feuerte den Ball in die Wolken.

Im nächsten Moment kletterte Sam an Bord des Taucherbootes bei einem Riff vor Boroko an der Südküste von Papua-Neuguinea; sein Körper war noch schlank und gebräunt, er scherzte über den riesigen Fisch, der ihm einen Schrecken eingejagt hatte, und reichte Chris eine große Schneckenmuschel. Chris hielt die Muschel dicht vor seine Augen und stellte sich vor, dass er um die Windungen herumschauen konnte, die sich unendlich ins Innere drehten … bis er durch ein Fenster im Pflegeheim spähte, wo er Sam im Bett entdeckte …

Chris stieg durch das Muschelfenster und dachte, wie seltsam es doch war, dass Sam in seinen marineblauen Shorts, einem weißen Polohemd, Socken und Sportschuhen schlief. Sams Gesicht jedoch war nicht gebräunt und voll, sondern dünn, ausgetrocknet und mit Altersflecken übersät. Seine Haare standen in einer schütteren Wolke um seinen traurigen, rosafarbenen Schädel. Er atmete rasselnd durch einen wunden, zahnlosen Mund.

Damit er sich nicht selbst verletzte, waren Sams Hände an den Seiten des Bettes festgebunden. Chris löste eine Fessel und schob den Ärmel seines langen Unterhemdes hoch. Der

Arm, in dem eine Infusionsnadel steckte, sah aus wie ein Stock, der mit altem Wachspapier überzogen war. Sam sah aus wie eine Mumie seiner selbst.

»Dad? Ich bin's, Chris.«

Sam regte sich, öffnete jedoch nicht die Augen. Er erkannte Chris' Namen nicht. Er wusste noch nicht einmal seinen eigenen Namen. Chris nahm die Spritze aus seiner Tasche und führte sie in den intravenösen Schlauch ein, dann drückte er den Kolben hinunter.

Es dauerte nicht lange. Sams Augen öffneten sich. Er sah verwirrt und verängstigt aus, und Chris sank das Herz. »Dad, ich bin's, Chris.«

Sam nickte und schloss die Augen. Als er sie wieder öffnete, lächelte er. »Hey, Schlägerass, wo bist du gewesen?«

Wie durch Zauberhand hatte sich sein Gesicht gestrafft und geglättet, seine Lippen waren voller, die Haut verheilt, und seine Augen strahlten. Unter der Bettdecke zog er einen nagelneuen Baseball heraus. *»Was meinst du, sollen wir es dem hier mal so richtig zeigen?«*

Darauf kannst du wetten!

Und Chris erwachte.

Sein Hemd war schweißgetränkt. In seinem Kopf hämmerte es schmerzhaft, und er hatte einen sauren Biergeschmack im Mund. Der Fernseher lief immer noch: Der junge Brando bestieg gerade seinen verchromten Hengst.

Chris schaltete den Fernseher aus, dann stolperte er ins Bad und übergab sich. Als er ins Wohnzimmer zurückkam, fiel sein Blick auf ein gerahmtes Foto von Sam, Rose und ihm selbst auf Logenplätzen bei einem Spiel der Washington Senators. Chris musste damals 13 Jahre alt gewesen sein.

Plötzlich spürte Chris, wie die Trauer aus der Tiefe seiner Seele aufwallte wie ein Springbrunnen. Er umklammerte das Foto und fiel auf die Knie, um die Trauer kommen zu lassen.

Und sie kam. Er sank über dem Foto zusammen und brach in tiefes, verzweifeltes Schluchzen aus – ein Schluchzen, das völlig hemmungslos war und aus finsterem Zorn geboren wurde. Chris weinte um seinen Vater. Um seine Mutter. Um Wendy und Adam und sich selbst. Um den Verlust von allem. Er weinte, bis seine Augen brannten und seine Brust nur noch eine schmerzende Höhle war.

»Was meinst du, sollen wir es dem hier mal so richtig zeigen?«

Chris stockte der Atem. Für einen Augenblick fühlte er sich völlig nüchtern.

Kein Grund, überrascht zu tun. Es ist die ganze Zeit da gewesen, ein paar Schichten unter der Oberfläche. Wie ein fremder Organismus mit einem Eigenleben, der ab und zu Lebenszeichen von sich gibt. Kleine Tritte und Bewegungen, wie von einem Fötus, der jeden Tag stärker wird. Das Ding, das schließlich den alten Dexter Quinn erwischt hat.

Chris zog sich hoch. Seine Beine waren wacklig wie die eines neugeborenen Fohlens. Doch er war plötzlich fest entschlossen. Dexter war verzweifelt gewesen, sagte er sich. Er hatte ein krankes Herz gehabt und gewusst, dass er bald sterben würde. Bei ihm war es eine einmalige Angelegenheit gewesen. *Aber nicht bei mir. Ich habe Gallonen von dem Zeug – das reicht für hundert Leben.*

Chris begann zu kichern, doch stattdessen stieß ihm Säure auf.

Du verdrehst die Dinge, Kumpel, schaltete sich eine andere Stimme ein. *Du ziehst jeden noch so fadenscheinigen Grund aus dem Hut, von einer Klippe in die Dunkelheit hinabzuspringen, in der irrigen Hoffnung, dass du in dem Land landest, wo Milch und Honig fließen. Das Problem ist, dass du total betrunken bist. Das stimmt: Zugedröhnt, abgefüllt, weggetreten und bis oben hin von Schuld und Trauer erfüllt. Du bist wie ein Typ, der sich einredet, dass er diesen besonderen, alkoholbeständigen Radar in seinem Schädel hat, der ihn sicher durch den Sturm nach Hause führen wird, ganz gleich, was passiert, der dann aber gegen einen Baum rast und den Rest seines Lebens im Koma verbringt, zusammengerollt wie eine Garnele.*

Doch eine andere Stimme wisperte: *Hey, Schlägerass, was meinst du, sollen wir es dem hier mal so richtig zeigen, hm?*

Wir wollen doch nicht enden wie Dad, oder?, fragte er sich selbst.

Oh nein, auf keinen Fall!

Und was ist, wenn du dich verrechnet hast?

Unmöglich! Er hatte die Dosis schon seit langem genau ausgerechnet.

Und was ist, wenn es nicht funktioniert?

Iwati log nie. »*... bei der Seele von Jesus.*«

Und was ist mit Wendy und Adam? Was wirst du deiner Frau erzählen?

Das würde sich schon ergeben, argumentierte er. Sie könnte ja auch Elixier nehmen.

Und was ist, wenn es wirkt und euer Kind sich in vierzig Jahren fragt, warum ihr immer noch so jung ausseht?

Doch Chris war nicht in der Stimmung für Spekulationen. In 40 Jahren: Darüber würde er sich Sorgen machen, wenn es so weit war. Hier ging es um *carpe diem*, solange er noch ein paar *diem* und Hirnzellen hatte, um seine Hand zu führen.

Plötzlich rannte sein Verstand ins Leere.

Er hielt sich am Kaminsims fest, starrte in die verglühende Asche und versuchte sich mit aller Kraft an den Namen des alten Rhesusaffen zu erinnern. Er sah das Gesicht des Tieres vor sich. Er konnte ihn wie ein Jungtier im Käfig herumtollen sehen. Wie konnte das sein? Er hatte monatelang mit diesem Tier gearbeitet.

Großer Gott! Zwei Silben. Zwei gottverdammte Silben. *Denk nach.*

Simba. Rumba. Rambo. Jumbo. Allmächtiger! Hilf mir, mich an den Namen dieses Affen zu erinnern.

Es muss am Bier liegen, sagte er sich. Du bist einfach betrunken.

Blödsinn! Du weißt genau, *was los ist. Nur ein Fingerbreit unter deinem Haaransatz verwandeln sich ganze Haufen von Neuronen in Kaugummi. Richtig, du hast deinen Sturz in den Alzy-Abgrund schon begonnen. Sicher, noch sieht es nicht so finster aus, aber warte nur ab, bis die Dunkelheit sich um dich schließt, bis der Rest deines Gehirns zu Schlamm wird, sodass am Ende von Dr. Christopher Bacon nur noch ein an einen Katheter angeschlossenes Etwas übrig sein wird.*

Er schüttelte den Kopf, und die Fuge kam schließlich zum Ende. Stille.

Lange starrte er in das erloschene Feuer.

Dann löste sich ein kleiner, heller Knoten im Zentrum von Chris' Bewusstsein, und er ließ sich von ihm wie von einem verrückten Autopiloten durch das Wohnzimmer steuern; er blieb einmal stehen, um den kleinen schwarzen Beutel aus der Schreibtischschublade zu nehmen, ging dann den Flur hinunter zur Kellertür, öffnete sie, schaltete das Licht ein und stieg leise die Treppe hinunter. Er spürte die modrige Kälte der Kellerluft und den harten Betonfußboden, der auf die dicke Eichentür mit dem großen Stahlschloss zuführte, dessen Kombination Chris nicht aufsagen konnte, die seine Finger jedoch auswendig kannten, sodass sie die Drehungen nach rechts und links vollführen konnten, bis das Schloss dieses befriedigende Klicken von sich gab und die Tür aufschwang, er die Kette der Deckenlampe ziehen konnte und Licht auf ein harmlos wirkendes Regal mit Weinflaschen und zwei verschlossene Kisten dahinter fiel.

Er öffnete sie mit den Schlüsseln, die um seinen Hals hingen, dann starrte er eine Weile auf die Reihen durchsichtiger Glasampullen – 212 Stück, jede davon genug, um einen Mann, der 76 Kilogramm wog, drei Jahre lang zu versorgen.

Zwei Ampullen fehlten.

Das konnte nicht sein. Vielleicht hatte er sich verzählt, als er sie eingepackt hatte. Der Himmel wusste, dass das in Anbetracht seines Geisteszustands zu diesem Zeitpunkt möglich war. Doch im Augenblick hätte ihm nichts gleichgültiger sein können.

Er öffnete den Beutel und nahm die Spritze und die Alkoholtupfer heraus.

Hey, Schlägerass, was meinst *du?*

Er zögerte kurz, als er an Wendy dachte, die oben mit Adam an ihrer Seite schlief, doch er verdrängte diese Gedanken.

Um der alten Zeiten willen, hm? Du, ich und 1,8 Milliliter.

Home run, dachte Chris und setzte sich die Spritze.

Er spürte nichts.

Selbst wenn es eine unmittelbare Wirkung gab, so mussten seine Sinne erst einmal mit zwei Litern Bier fertig werden. Außerdem hatte sich bei den Labortieren erst am vierten Tag die erste erkennbare Veränderung gezeigt. Also stolperte er nach oben ins Bett und fiel in einen traumlosen Schlaf, bis er am nächsten Morgen um 8 Uhr mit einem mordsmäßigen Kater aufwachte.

Wendy war mit dem Baby unten. Er konnte Kaffee und Toast riechen. Mit schmerzhaft pochendem Kopf stand er auf, duschte und verbrachte den Rest des Tages damit, nach Veränderungen durch das Mittel zu forschen. Es waren keine zu bemerken.

Nichts außer der Angst, die ihn am Vormittag wie mit

Klauen packte, als ihm klar wurde, was er getan hatte. Es gab keinen Weg zurück. Die Substanz war in seinem Körper und brauchte eine stabile Konzentration, die er aufrechterhalten musste, wenn er nicht seinen eigenen Verfall riskieren wollte. Nach nur zwei kurzen Behandlungswochen hatten Mäuse, denen man den Stoff entzogen hatte, verfrühte Alterserscheinungen an den Tag gelegt. Nach drei Wochen waren ihre Schritte immer kürzer geworden, und sie waren vor ihrer Zeit gestorben.

Das Mittel hatte eine unmittelbare genetische Wirkung. Er war bereits abhängig davon. Schlimmer noch, er würde es Wendy sagen müssen, denn bald würden Folgen zu sehen sein, die er nicht vorhersagen konnte.

Während der nächsten Tage hatte er immer wieder kurze Panikanfälle. Zugleich empfand er auf einer anderen Ebene eine perverse Erleichterung darüber, dass nun alle anderen Optionen ausgeschaltet waren. Er ließ sich Wendy gegenüber nichts anmerken und füllte seine Zeit mit Routinearbeiten. Inzwischen hatte Jenny die Namen von drei verstorbenen Personen aus dem Mittleren Westen ausfindig gemacht, deren Sozialversicherungsnummern Ted für die gefälschten Führerscheine und anderen Papiere verwenden würde.

Am sechsten Tag begann Chris sich zu fragen, ob Elixier tatsächlich wirkte, denn er konnte noch immer keine Reaktion an sich entdecken. Am siebten Tag traf es ihn dann wie ein Sturm.

Er war allein auf dem Dachboden und reparierte eine undichte Stelle im Dach, als er plötzlich ein merkwürdiges summendes Gefühl im Kopf spürte, als sei eine Hornisse in seinem Schädel gefangen. Rasch schien das Summen den vorderen Teil seines Gehirns mit einer seltsamen Wachsamkeit zu erfüllen.

Er hielt sich an einem Deckenbalken fest, um die Wirkung

zu beobachten. Sein Herz raste, und seine Arme prickelten. Im Nu erfüllte eine Leichtigkeit seinen Körper, als habe er eine Heliumtransfusion erhalten.

Er nahm seine Brille ab, spürte das Verlangen nach frischer Luft. Als er zu der kleinen Dachluke hinüberging, durchzuckte ein wildes Gefühl seine Lenden. Plötzlich wollte er sich bewegen, wollte nach draußen laufen und rennen, hüpfen, springen – alles, um die Energie freizusetzen, die durch seinen Körper brauste. Er drückte die Luke auf und sog die kalte Bergluft ein.

Die Aussicht war großartig – der zugefrorene See, gesäumt von hohen, dunklen Kiefern, und in der Ferne die Bergkette mit einer finsteren Wolkenbank darüber. Ein Hirsch stand an einer Stelle des Seeufers, die frei von Eis war.

Während er dem Tier beim Trinken zusah, wurde ihm bewusst, wie gestochen scharf die Szene war. Alles war in stereoskopischer Klarheit zu sehen. Es war schockierend, denn seine Brille baumelte um seinen Hals. »Mein Gott!«, flüsterte er.

Seit der neunten Klasse hatte er jeden Tag eine Brille getragen. 28 Jahre Kurzsichtigkeit, die mit zunehmendem Alter immer schlimmer geworden war. Jetzt lag nicht nur der See in vollkommener Klarheit vor ihm, sondern auch die Bergkette, als schaue er durch ein Fernglas. Er drehte sich um, und das Innere des Dachbodens war selbst im Dämmerlicht deutlich zu erkennen. Es war geradezu magisch. Er setzte seine Brille auf, und sofort wurde alles verschwommen.

Seine Muskeln verlangten nach Bewegung, daher lief er nach unten. Wendy reparierte den Toaster, und Adam saß plappernd in seinem Kindersitz. Chris zog seinen Pullover über und sagte, dass er frische Luft brauchte. Wendy hatte gerade nichts für ihn zu tun, daher konnte er gehen.

Es herrschten null Grad, doch ihm war heiß. Mit tief in

die Stirn gezogener Mütze begann er zu laufen. Seine Beine trugen ihn wie von einem starken Motor angetrieben die vier Meilen bis zur Hauptstraße. Er blieb stehen, kaum außer Atem und begierig darauf, weiterzulaufen. Es war verblüffend. Genauso wie der alte Jimbo, der durch den Hof gerannt war.

Jimbo. Der Name war da, sobald er daran dachte.

Das war eine andere Entdeckung. Sein Verstand war scharf und stark. Keine Löcher oder Schatten.

Er rannte zurück zur Hütte. Während Wendy das Abendessen kochte, ging er hinters Haus und hackte noch mehr Holz. Nach ein paar Minuten kam sie mit einer Tasse Kaffee heraus. »Hast du vor, an einem Holzfällerwettkampf teilzunehmen?«

»Es geht doch nichts über frische Bergluft«, lachte er. Er nahm den Kaffee, wohl wissend, dass dies Wendys erste versöhnliche Geste war, seit sie vor einem Monat hier angekommen waren. Er fragte sich, wie lange es dauern würde, bis sie ihm ganz vergeben würde, falls es jemals so weit wäre.

»Wie viel mehr willst du noch hacken?«

»Noch eine halbe Stunde, warum?«

»Ich möchte nur nicht, dass du dich übernimmst.« Ein kleiner Funke blitzte in ihren Augen auf. Etwas, das er seit Wochen nicht mehr gesehen hatte. Sie lächelte. »Ich hatte gehofft, dass du dir ein bisschen Energie für mich aufsparst.«

»Sag jetzt nicht, dass du vorhast, einen Schreibtisch zu verrücken.«

»Nein, aber dusch zuerst.« Sie nahm seine Hand, und sie gingen ins Haus.

Chris duschte, und als er ins Schlafzimmer kam, lag Wendy nackt unter der Bettdecke. Im Kamin brannte ein Feuer.

Chris legte sich zu ihr. »Es ist so lange her. Macht man es immer noch genauso?«

»Mal sehen, ob wir uns noch erinnern.«

Sie erinnerten sich noch.

Als es vorbei war, lagen sie ruhig nebeneinander und lauschten dem Prasseln des Feuers. Nach ein paar Minuten streifte Chris ihre Lippen mit seinen. »Ich liebe dich, Wendy.«

»Danke«, sagte sie.

»Danke?«

»Ich liebe dich auch.«

Eine Sekunde lang fürchtete er, weinen zu müssen. Er hatte sich schon damit abgefunden, im Kriegszustand zu leben, damit, dass ihre Liebe sich zu Wut und Schmerz verhärtete. Doch er weinte nicht. Stattdessen küsste er ihre Lippen und ließ seinen Mund über ihre Brüste gleiten. Dann küsste er eine lange, langsame Linie ihren Körper herunter, bis er zwischen ihren Schenkeln lag, ließ seinen Mund noch weiter hinabwandern, bis sie sich gegen sein Gesicht wölbte und wieder tief aufstöhnte. Dann schob er sich hoch und drang von neuer Leidenschaft erfüllt noch einmal in sie ein.

»Was ist denn in dich gefahren?« Doch sie schloss die Augen und seufzte lustvoll, ohne wirklich eine Antwort zu erwarten.

Die Feuer des Frühlings, dachte Chris und schob eine Hand unter ihre Hüften, hob sie an, bis er tief in ihr war. Er bewegte sich bewusst langsam. Wendy schloss die Arme um ihn, und sie fanden einen gemeinsamen Rhythmus, bis sie ein zweites Mal zusammen kamen.

Chris rollte sich auf den Rücken. Lange, träge Minuten lagen sie eng umschlungen da. Nur ihr Atem und das Feuer waren zu hören. Sie dösten für ein paar Minuten ein, bis ein Holzscheit auseinander brach.

Wendy gähnte und streckte sich. Ihre warmen Brüste fielen gegen seine Brust, ein Bein umschlang unschuldig seines. Chris fühlte, wie sich bei ihm wieder etwas regte, und ehe er sich versah, hatte er unter der Decke wieder eine vollständige Erektion.

»Das war schön!«, flüsterte sie.

»War?« Er zog sie auf sich.

»Du machst wohl Witze.« Sie fasste nach unten und ertastete ihn. »Das glaube ich einfach nicht. Hast du dir eine Batterie einpflanzen lassen oder so was?«

Chris grinste: »Liebesentzug.«

»Es waren doch nur drei Wochen.«

»Drei Wochen, vier Tage und zwei Stunden«, erwiderte er. »Aber wer zählt schon mit?«

»Gott sei Dank, dass es keine drei Monate waren.«

Wäre Adam nicht in diesem Augenblick wach geworden, hätte Chris noch eine dritte Runde eingelegt.

20

Es gefiel ihm nicht, dass Wendy allein fahren würde. Aber nachdem sie sechs Wochen in der Hütte eingesperrt gewesen waren, war sie ganz wild darauf, einmal hinauszukommen. Jenny hatte angerufen und berichtet, dass ihre Papiere fertig waren, und Wendy würde sie persönlich in Detroit abholen.

Weil Jenny und Ted vom FBI überwacht wurden, konnten sie nicht reisen. Und Wendy hatte weniger Ähnlichkeit mit ihrem Fernsehfoto als Chris mit seinem. Sie würde die Sachen am Busbahnhof von Detroit in einem Schließfach vorfinden, wo ein vertrauenswürdiger Angestellter von Ted sie deponieren würde. Sie hatten alles bis ins kleinste Detail geplant. Trotzdem war Chris beunruhigt. Es war das erste Mal, dass sie getrennt sein würden.

An einem Mittwochmorgen setzte Chris Wendy am Bahnhof von Lake Placid ab. Adam hatte er in seinem Kindersitz dabei.

»Ich hoffe, bei euch Jungs geht alles klar«, sagte sie. Sie hielt Chris' Hand und knuddelte das Baby.

Chris küsste sie. »Wir kommen schon zurecht«, versicherte er. »Wir haben so viel Holz zu hacken – du wirst zurück sein, ehe wir überhaupt wissen, was los ist.«

Wendy gab Adam ein Dutzend Küsse. »Ich rufe aus Detroit an.« Sie strich Chris die Haare aus der Stirn und betrachtete sein Gesicht. »Du siehst übrigens gut aus. Deine Haut ist schön glatt, und deine Augen sind klar. Muss von all dem Sport kommen.«

Chris grinste lüstern. »Nur das, was du mit mir im Bett machst, Kätzchen.«

Sie lachte leise. »Das ist der zweite Grund, warum ich fahre – um mich von dir zu erholen.«

Chris sah ihr nach, bis sie im Bahnhof verschwand und wartete im Auto, während sie ihre Fahrkarte kaufte. Er vermisste sie schon jetzt.

Während sich der Bus füllte, schaute er in den Spiegel. Sie hatte Recht: Er sah besser aus, obwohl Wendy nicht halb so viel entdeckt hatte wie er. Die Krähenfüße um seine Augen hatten begonnen, sich zu glätten. Erste Altersflecken auf seinem rechten Handrücken waren verschwunden. Sein Haar war voller. Und es lag nicht nur an dem vielen Holzhacken – sein Körper hatte sich in den eines zehn Jahre jüngeren Athleten verwandelt. Seine Oberarmmuskeln traten deutlich hervor, und seine Unterarme sahen wie kleine Schinken aus – nichts, was ein bisschen Axtschwingen allein hätte bewirken können. Tatsächlich waren die Veränderungen fast beängstigend. Wie eine Art *Twilight Zone*-Erfahrung: in den Spiegel zu schauen und das eigene Spiegelbild vergangener Zeiten zu sehen.

Noch bemerkenswerter waren die inneren Veränderungen. Er fühlte sich agiler, stärker, und, ja, erotischer. Mit einem Wort: jünger. Am wichtigsten war, dass er hätte schwören können, dass sein Verstand schärfer und sein Gedächtnis besser geworden war. Er hätte sogar gewettet, dass sein IQ gestiegen war. Sein einziger Wunsch war, dies mit Wendy teilen zu können. Doch dafür war die Zeit noch nicht reif. Erst wenn sie sich mit ihren neuen Identitäten an einem sicheren Ort niedergelassen hätten.

Der lange Bus rollte aus seiner Bucht auf die Straße. Wendy saß am Fenster und winkte ihnen zu. Chris winkte zurück und betete im Stillen: *Gott, schick sie mir wohlbehalten zurück.*

Später würde Wendy anrufen und ihm sagen, dass sie sicher in Detroit angekommen war und dass sie ihn am Freitagabend am Busbahnhof treffen würde.

Die beiden Tage vergingen, während Chris sich um Adam kümmerte und das Haus in Ordnung hielt.

Er setzte sich die zweite Spritze. Es verwirrte ihn noch immer, dass zwei Ampullen zu fehlen schienen. Seine einzige Erklärung war, dass er sich in jener Nacht bei Darby verzählt haben musste.

»Frère Jacques, Frère Jacques, dormez vous? Dormez vous …?«

Jenny wechselte Abigails Windel und sang zu der Spieluhr. Klimpernde metallische Töne erfüllten die Luft wie Seifenblasen.

»Das ist Französisch, und eines Tages bringe ich dir das bei, aber jetzt singen wir es erst einmal in unserer Sprache. »Bruder Jakob, Bruder Jakob …« Sie hielt die kleinen Füße in ihren Händen und ließ sie durch die Luft tanzen, während sie sang und ihre Tochter sich kichernd wand. »Ding, ding, dong. Kannst du ›ding, ding, dong‹ sagen?«

»Donk, donk.«

»Genau, genau«, lachte Jenny.

Es war der einzige friedliche Augenblick des ganzen Abends. Bevor Ted zu seinem Kartenabend mit den Jungs aus dem Haus gestürmt war, hatten sie einen heftigen Streit gehabt. Es gefiel ihm nicht, wie sehr sie sich mit ihrer polizeilich gesuchten Schwester und deren Mann eingelassen hatten. »Ihre Gesichter sind in sämtlichen Fernsehnachrichten zu sehen«, hatte er geschrien.

»Sie ist meine Schwester.«

»Und wenn sie die Jungfrau Maria wäre, es wäre mir egal. Wenn auffliegt, dass wir ihnen geholfen haben, sperren sie uns für zwanzig verfluchte Jahre ein.«

Sie hasste ihn, wenn er so laut und vulgär wurde. Sie hasste es, wie sein Gesicht sich verzerrte und rot anlief, und sie hasste die schmutzige Sprache, die aus seinem Mund strömte wie aus einer Kloake. »Würdest du bitte leiser sein? Das Baby kann dich hören.«

»Das Baby, das Baby. Ist das das Einzige, woran du denkst? Wir haben den meistgesuchten Verbrechern im ganzen verdammten Land falsche Ausweise besorgt, und du machst dir Sorgen, dass das Baby aufwachen könnte. Großer Gott!« Er tippte sich mit einem Finger an die Stirn. »Manchmal glaube ich, du bist nicht ganz richtig im Kopf.«

Jenny wich aus. »Es ist ja nicht das erste Mal, dass du gegen das Gesetz verstoßen hast.«

Beide wussten, wovon sie sprach. Ende der Siebzigerjahre hatten die Behörden Ted der Steuerhinterziehung überführt und ihn zu drei Jahren Gefängnis verurteilt. Jenny argwöhnte außerdem, dass er etwas mit einem Ring von Autodieben zu tun hatte, der gestohlene Luxuswagen nach Europa und in den Nahen Osten schmuggelte.

»Du Miststück. Du kannst einfach nicht damit aufhören, oder? Der Hund scheißt einmal, und du stößt ihn immer wieder mit der Nase hinein.«

»Würdest du *bitte* aufhören zu fluchen. Sie wird dich hören.«

»Mein Gott«, brüllte er frustriert. »Jetzt weiß ich, warum dein anderes Kind so durchgeknallt ist.« Er griff nach seinen Schlüsseln und verließ türenkrachend das Haus.

Sie hörte ihn wegfahren und dachte daran, dass Wendy sich seit Jahren beklagt hatte, Chris sei nie zu Hause. Wie Jenny sie darum beneidete. Sie fand es wunderbar, wenn Ted nicht da war. Er verstand nicht, wie sensibel Kinder waren, wie leicht sie zu beeinflussen waren. Das war das Problem mit Männern. Sie schufen eine vulgäre und gefährliche Welt, die nicht für die Babys taugte, die sie zeugten.

Jenny lief nach oben. Das ganze Geschrei hatte Abigail aufgeweckt. »Nicht weinen, mein kleiner Engel, nicht weinen«, flötete sie und nahm sie in die Arme. »Papa war böse, aber jetzt ist er weg. Und Mama ist bei dir.«

Jenny dimmte das Licht und setzte sich in den Schaukelstuhl. Die Spieluhr klimperte leise im Hintergrund.

»Weine nicht, meine kleine Süße, weine nicht. Mama wird noch ganz, ganz lange deine Mama sein.« Ihr Blick fiel auf die beiden Glasampullen, die auf dem Nachttisch lagen.

Wie verabredet rief Wendy am Freitagmorgen an und berichtete, dass sie einen kompletten Satz neuer Papiere hatten – Führerscheine, Geburtsurkunden und Sozialversicherungskarten. Ihre Namen lauteten jetzt Roger und Laura Glover, und ihr Sohn hieß Brett.

Die Namen gefielen ihm, doch er konnte die Tatsache nicht verdauen, dass sie nach Wendys Rückkehr nicht länger Christopher, Wendy und Adam Bacon sein würden. Es war zu schwierig, sich das vorzustellen.

Tatsache war, dass Chris' Verstand Probleme hatte, überhaupt irgendetwas zu erfassen. Sein Metabolismus hatte auf Turbo geschaltet. Es war, als stehe er pausenlos unter Amphetaminen. Er konnte sich nicht konzentrieren. Wäre Adam nicht gewesen, hätte er einen langen Dauerlauf gemacht, um sich zu verausgaben. Stattdessen legte er das Baby ins Bett und prägte sich ein, dass er an diesem Abend drei Dinge tun musste – DREI DINGE: Nach Adam sehen. Wendy abholen. Sich seine nächste Elixierspritze setzen.

Wenn ihn die nächste Dosis noch mehr aufputschen sollte, würde er ein wenig Xanax einnehmen – Ross Darby hatte es einmal gegen Schlafprobleme empfohlen.

Er rannte hinaus zu dem Stapel Baumstämme. Die Nacht war klar und kalt, eine Million Sterne funkelten am Himmel. Tief am Horizont ging über den Bäumen ein runder, weißer Mond auf. Während der vergangenen Woche hatte er doch die Kettensäge herausgeholt. Der Lärm war zwar weithin zu hören, doch im Winter waren zu wenige Menschen hier, denen etwas auffallen könnte. Außerdem hatte er eine Menge Holz zu zerteilen. Es war auch aufregender so. Er zog an der Schnur, und die Säge erwachte heulend zum Leben.

Er arbeitete im Licht der Außenlampe, sägte, bis er einen hohen Holzstapel zusammen hatte. Dies tat er eine Stunde lang, bis seine Hände mit der Maschine verschmolzen zu sein schienen – als seien seine Armmuskeln über die Griffe und in das Sägeblatt des Rotors gewachsen, als würden die kreischenden Sägezacken von der Hitze seines eigenen Blutes angetrieben. Er dachte an nichts außer an das wilde Vergnügen, durch das Holz zu sägen, Sägemehl und Rauch aufzuwirbeln und seinen Kopf mit diesem befriedigenden Heulen zu erfüllen.

Er sägte, bis er kein Benzin mehr hatte, dann füllte er nach und machte weiter, wusste dabei jedoch in einem Teil seines Kopfes, dass er auf eine verrückte Automatik geschaltet hatte.

Tief drinnen flüsterte eine Stimme von Dingen, die er nicht vergessen durfte – *drei* Dinge.

Adam.

Er schaltete die Säge aus und rannte zurück ins Haus. Das Baby schlief tief und fest. »Gut«, flüsterte er und schoss wieder hinaus.

Eine Bewegung seines Armes, und die Säge heulte wieder auf. Er sägte weiter, bis der Motor wieder verstummte.

Du vergisst etwas.

Adam geht es gut, sagte er sich. Wieder füllte er den Tank nach und zog die Schnur.

Etwas anderes. Wendy. Wendy abholen… Aber wo? Wo war Wendy?

Busbahnhof.

Lake Placid.

Die Gedanken kamen in kleinen periodischen Ausbrüchen. Ausbrüchen, zwischen denen immer größere Abstände lagen. *Lake Placid.* Jede Menge Zeit.

Zeit.

Wie spät?

Er legte die Säge mit laufendem Motor hin und lief ins Haus, um nach Adam zu sehen. Er kam an der Uhr vorbei, doch nichts erreichte ihn. Nicht die Tatsache, dass es 21:45 Uhr war und er jetzt schon unterwegs sein sollte.

Wieder draußen, jagte er die Säge hoch und ließ sie kreischend noch einen drei Meter langen Eichenstamm zerteilen, bis er einen Haufen schöner großer Scheite zusammen hatte.

etwas anderes vergessen

Zeit

Adam

etwas anderes

Er schaltete die Kettensäge aus und sah sich um, als erwarte er, dass jemand mit einem Hinweis auf ihn zukäme. Er ging zum See hinunter, eine glänzende Fläche, überstäubt mit Diamanten. Es war ein magischer Anblick, und eine

Weile stand er einfach am Ufer und nahm alles in sich auf. Sein Kopf summte noch immer von der Säge.

Ohne zu denken, ließ er sich auf die Erde fallen. Er schwitzte heftig, und sein Hemd lag eisig auf seiner Haut. Er rieb das kalte Metallband seiner Armbanduhr. Im Mondlicht sah er, dass der kleine Zeiger auf der Elf, der große auf der Drei stand. Doch es drang nicht zu ihm durch, weil er sich schwach fühlte.

In der Hoffnung, dass Bewegung ihm helfen würde, stand er auf. Er ließ sich vom Mondlicht leiten und begann ein Bein vor das andere zu setzen, doch statt zurück zum Haus zu gehen, wanderte er gedankenlos in Richtung Wald. Immer tiefer stolperte er ins Dickicht, bis er völlig orientierungslos war und sich noch schwächer fühlte, getrieben nur noch von der Hoffnung, dass ihm einfallen würde, was er vergessen hatte.

Wendy.

Er stützte sich gegen einen Baum. »Wo ist Wendy?«, fragte er laut.

Kommt nach Hause.

»Muss Wendy abholen. Fast vergessen.«

Du hast noch etwas anderes vergessen.

Er drehte sich und sah das Mondlicht durch die Bäume, und fühlte, wie ein Ruck durch seinen Körper fuhr.

»Es war entsetzlich. Er ist einfach so verschrumpelt.«

»Oh Gott, nein. Neeeeeeiiin …«

Er stolperte auf den Mond zu, im Glauben, es seien die warmen, hellen Lichter des Hauses, mit Wendy und Mama und Papa und Baby Adam am Feuer. Und einem großen Bett.

und in dem großen Bett war …

muss zurück, bevor es zu spät ist.

nicht genug Zeit.

muss meine Spritze haben.

nein, nicht das Insulin.

ELIXIER

ELIXIER

Er sah das Bett, aufgeschlagen mit sauberen, weißen, schimmernden Laken, so groß und so weich ... Ich will nach Hause. Fühle mich nicht gut. Ganzer Körper wund. Tut weh.

ich aua

Er fiel auf das Bett und spuckte einen Zahn aus. Seine Zungenspitze fand das klaffende Loch. Er fasste mit dem Finger hin und spürte, dass ein weiterer Zahn wackelte. Seine Zähne brachen in zackigen Stücken heraus. Es war furchtbar. Sie füllten seinen Mund, und er spuckte sie aus.

Sein Kopf schmerzte. Er zog die Handschuhe aus und fuhr mit den Fingern über seine Kopfhaut. Dicke Büschel Haare lösten sich unter seinen Händen. Sein Kopf fühlte sich kalt an. Er wurde mit jeder Sekunde kahler.

Im Mondlicht sah er seine Hände.

Seine Hände, sie schrien vor Schmerz, und vor seinen Augen schrumpften sie zu kleinen, knotigen Dingern zusammen. Er hielt eine vor sein Gesicht. Sie war winzig und dunkel geworden. Seine Finger taten weh, doch er spürte den Schmerz kaum. Sein Gesicht fühlte sich gänzlich fremd an. Es war voll und schlaff, die Falten zu tief, das Fleisch unter dem Kinn zu locker, der Hals zu dünn. Es war, als berühre er das Gesicht eines anderen. Und sein Kopf war ganz glatt, mit dünnem Flaum im Nacken.

Dann brach der Schmerz in einer heftigen Eruption aus. Und plötzlich sah er sich von oben. Er lag auf einem Bett aus Schnee auf einer Lichtung, sein Körper zuckte in Todesqual, begann zu schrumpfen und zu sterben – wie Methusalem und Jimbo –

Wie Dexter Quinn –

Wie Sam –

Doch dann hörte der Schmerz auf, und er spürte, wie sein Denkvermögen sich wie unter einer nachlassenden Batterie verlangsamte – ein altes, müdes Ding, kaum in der Lage, die wenigen verbleibenden traurigen Augenblicke zu verarbeiten, erfüllt von dem Wunsch, es hinter sich zu bringen, von dem Wunsch, noch ein letztes Mal seine Frau zu sehen (*lass sie mich nicht so finden*), erfüllt von dem Gefühl, eine lange, gewundene Treppe hinunterzugleiten, nicht polternd Stufe für Stufe, sondern mit weichen Bewegungen, weil er nicht gehen konnte, weil seine Füße ganz knorrig und verdreht waren, was erklärte, warum er in einem großen Metallstuhl mit Rädern kauerte, die festgestellt waren, während er in einem besonderen Fahrstuhl in spiralförmigen Bewegungen auf einen kleinen weißen Lichtball ganz unten zugetragen wurde, der größer und heller wurde, je tiefer er kam, die Augen in entsetzter Faszination auf das Leuchten gerichtet, das rasch ein verträumtes weißes Licht wurde, nicht hart oder grell, sondern wie ein von innen leuchtender Nebel – eine warme, glühende Leere, die sich wie eine Muschel um ihn schloss, deren Inneres immer dunkler und stiller wurde, bis er nur noch das leise, raue Seufzen seines letzten Atems wahrnahm, bevor sich die lange, lange Nacht über ihn senkte.

Dritter Teil

But at my back I always hear
Time's winged chariot hurrying near;
And yonder all before us lie
Deserts of vast eternity.

ANDREW MARVELL,
»TO HIS COY MISTRESS«

21

DEVIL'S LAKE, WISCONSIN

Gegenwart

Der Junge mit dem blonden Pferdeschwanz unter der Kappe war gut.

Er gehörte zur Mannschaft der Pierson-Highschool, deren hingebungsvoller Trainer seine Jungs beim Ringen antrieb, als ginge es um die Olympischen Spiele.

Wally Olafsson hatte sich den letzten Kampf des Jungen am frühen Nachmittag angesehen. Er hatte den Mannschaftskapitän von Appleton Tech in nur 39 Sekunden bezwungen. Er war nicht besonders groß, aber gut gebaut und schnell, und seine Koordination war gut. Schlimmer noch, er hatte ein paar ausgefeilte Griffe auf Lager, denen Wallys Sohn Todd noch nie begegnet war, darunter eine geschickte Umklammerung von hinten. Ungünstigerweise stand Todd ausgerechnet diesem Jungen im Kampf um den ersten Platz der Regionalliga in der 135-Pfund-Klasse gegenüber. Wenn Todd siegte, würde er eine 60 Zentimeter große Trophäe nach Hause tragen. Wenn er verlor, bekäme er als Zweiter nur einen halb so großen Pokal.

Es war nach 19 Uhr, und die Turnhalle war bis zum letzten Platz besetzt. Die Zuschauer saßen auf der Tribüne, und die Wettkampfteilnehmer drängten sich um die drei Matten, auf denen seit Samstagmorgen ununterbrochen Ringkämpfe ausgetragen worden waren. Eltern knieten am Rand, fotografierten begeistert ihre Söhne, johlten und feuerten sie an.

Wally hatte sich einen Platz hoch auf der Tribüne gesucht, sodass er von oben mit der Videokamera auf Todd zoomen konnte.

Er war umgeben von Ringern – junge Götter mit gestählten Körpern, die einen Geruch nach Gatorade-Sportdrinks und Testosteron ausströmten. Die Hitze ihrer Gegenwart versetzte ihn zurück in seine eigene Schulzeit, als er in der Baseball-Schulmannschaft von Buckley High in Urbana gespielt hatte. Jetzt war er fett, kahl und furchtbar schlecht in Form. Seine Gelenke schrien beim bloßen Anblick dieser Jungen auf, die sich gegenseitig wie Gummitiere verbogen. Und doch hatte es eine Zeit gegeben, da war auch sein Körper schlank und zäh wie Hartgummi gewesen. Leider jedoch war Wally Olafsson zu dem Schluss gelangt, dass er mit seinen 57 Jahren zu alt für Fitness war, und hatte sich der Reife seiner mittleren Jahre ergeben. George Bernard Shaw hatte Recht: Die Jugend war etwas Wunderbares; zu schade, dass sie an die Jungen verschwendet wird.

Weil Marge nach der Scheidung mit Todd ans andere Ende des Bundesstaates umgezogen war, sah Wally seinen Sohn nur bei solchen Wochenendturnieren ringen. Und dies war sein bisher wichtigstes Turnier – mit Teilnehmern aus drei Bundesstaaten. Wally gelang es kaum, Todd im Sucher der Kamera zu behalten, als er und der Junge in der grünen Pierson-Mannschaftshose aufeinander losgingen. Der erste Platz bedeutete für Todd alles.

Der Schiedsrichter pfiff an, und sofort ging der Pierson-Junge in Angriffshaltung in die Knie und tänzelte herum, um Todd auf Abstand zu halten. Es war dieselbe Strategie, die er in seinem letzten Kampf angewendet hatte: langsam anfangen, ein paar Sekunden hopsen, dann vorschnellen, seinen Gegner ungeschützt erwischen und ihn zu Boden reißen wie ein Gepard, der sich auf eine Gazelle stürzt.

Todd hatte genug und holte aus, um seinen Gegner in den

Schwitzkasten zu nehmen. Doch der wich aus. Dann schoss der Pierson-Junge hoch, packte Todd um die Schultern und zog ihn herunter, sodass er mit einem lauten Aufschlag auf den Rücken fiel. Aus einem Reflex heraus rollte Todd auf den Rücken des Jungen, was durch den Sucher wie ein kluger Schachzug aussah, sich jedoch als fatal erwies – eine Taktik, die der Pierson-Junge schon bei seinem letzten Gegner eingesetzt hatte. Wie der Blitz schlang er seinen rechten Arm um Todds Hals, drehte sich im rechten Winkel zu seinem Körper und presste seinen Rücken an Todds Brust und Bauch, sodass er ihn auf brillante Weise in eine umgekehrte Umarmung zwang. Der Schiedsrichter ging in die Knie, und einen Augenblick später schlug er mit der Handfläche auf die Matte. Es war vorbei. Todd war in 57 Sekunden zu Boden geworfen worden.

Sofort brachen die Pierson-Anhänger in lauten Jubel aus und sprangen begeistert in die Luft. Wallys Herz sank, als er Todd heranzoomte. Die Enttäuschung auf seinem Gesicht war greifbar. Er schüttelte dem Pierson-Jungen die Hand, dann nahm dieser seine Kappe ab und winkte der Menge zu.

In dem Bruchteil einer Sekunde, als der Junge sich frontal zur Kamera drehte, blitzte etwas in Wallys Gedächtnis auf. Es ging zu schnell, als dass er die Erinnerung hätte verarbeiten können – als versuche man, sich ein Fernsehbild vor Augen zu rufen, nachdem das Gerät ausgeschaltet wurde. Aber irgendetwas hatte seinen Verstand in Bewegung gebracht.

Er stieg von der Tribüne herunter und bahnte sich einen Weg durch die Menge in der Hoffnung, Todd aufmuntern zu können, der mit dem Kopf in den Händen auf der Bank saß. Er murmelte ein paar Worte des Trostes, aber Todd wollte allein damit fertig werden.

Die vielköpfige Pierson-Mannschaft in grünen Trikots hatte sich am anderen Ende der Turnhalle versammelt. Obwohl Wally vor Groll kochte, beschloss er, dem Sieger zu gratulieren. Außerdem wollte er die Erinnerung wieder wecken, die ihn beim Blick durch den Sucher durchzuckt hatte.

Er schritt durch eine Reihe der Tribüne; dann erblickte er den blonden Pferdeschwanz und richtete die Kamera darauf. Der Junge wurde gerade von seinen Mannschaftskameraden mit Schulterklopfen und Handschlag gefeiert. Wally hielt den Zoomknopf gedrückt, bis er das Gesicht des Jungen in Nahaufnahme vor sich hatte. Er sah gut aus, mit straffem, muskulösem Kiefer, fein geschnittenen Gesichtszügen, schmaler, gerader Nase und einer hohen Stirn. Jemand umarmte ihn, und Wally erstarrte.

Der Mann im blauen Trainingsanzug mit der Baseballkappe war eindeutig der Vater des Jungen – derselbe Körperbau, dieselbe Gesichtsstruktur. Was Wally den Atem verschlug, war nicht die Ähnlichkeit des Mannes mit seinem Sohn, sondern mit jemand anderem ... mit dem Typen, der 1970 in Harvard über ihm gewohnt hatte.

Christopher Bacon.

Freudige Erregung durchfuhr ihn, als er ihn erkannte. Das Letzte, was er von ihm gehört hatte, war, dass Chris einen Job in einem Chemielabor in der Nähe von Boston angenommen hatte. Er musste inzwischen in diese Gegend umgezogen sein.

Wally arbeitete sich durch die Menge hindurch, um ihn besser sehen zu können. Der Mann drehte sich um. Abgesehen von dem dunklen Bart und den langen Haaren war es Chris Bacon.

Mein Gott, der Mann hatte sich gut gehalten.

Durch den Sucher zoomte er ihn ganz nahe heran und drückte auf den Aufnahmeknopf.

Wenn es wirklich Chris war, musste er irgendwelche Schönheitsoperationen hinter sich haben – das taten ja heutzutage viele Männer –, denn er sah keinen Tag älter aus als damals an der Uni, wo Chris im Fachbereich Biochemie eine Assistentenstelle als Postdoktorand gehabt und Wally an seiner Doktorarbeit in Betriebswirtschaft gearbeitet hatte. Sie hatten damals zusammen die Aufsicht über die Erstsemester im Pennypacket Wohnheim gehabt. Chris hatte den Eckschlafsaal im ersten Stock unter sich gehabt, wo es nachts immer hoch herging.

Plötzlich fühlte sich Wally nach Cambridge zurückversetzt: in diesen Schlafsaal, in die bayerische Kneipe am Square, wo sie anstießen und einander im Suff »Freundschaft fürs Leben« schworen, auf die Partys in den engen Wohnungen in der Garden Street, zu ihren Demonstrationen gegen die Versuche von Dow Chemical, auf dem Campusgelände Studenten anzuwerben, auf den Harvard Square, den sie aus Protest gegen Nixons Bombardierung von Hanoi gestürmt hatten, ins Tränengas der Polizei nach Kent State, zu den Hockeyspielen, zu ihren Verabredungen zu viert im Orson Welles Kino und zum King of Hearts Marathon am Central Square … (wie war noch gleich der Name des Mädchens gewesen? Brenda …? Wanda …? Nein … Wendy. Das war es: *Wendy*.)

Während Wally durch den Sucher schaute, war plötzlich alles wieder da, als sei die Zeit zurückgedreht worden.

Obwohl er sich einzureden versuchte, dass dieser Mann dort nur wie der junge Chris Bacon aussah, in Wirklichkeit aber jemand ganz anderes war, wurde Wally von Gefühlen überwältigt. Er wollte es glauben, er wollte nicht, dass der Kerl in seinem Sucher jemand anderes war als Chris Bacon von 1970. Es war irrational und gefühlsduselig, doch für einen verführerischen Augenblick ließ sich Wally durch die Linse in die goldene Vergangenheit zurückversetzen.

Ein Summton erklang, und er war wieder in der Turnhalle.

Er ging zu der Tafel hinüber, an der die Namen der Finalteilnehmer standen. Todds Gegner war als BRETT GLOVER, Pierson-Highschool aufgeführt.

Glover, nicht Bacon.

Wallys Herz sank. *Nicht Chris Bacon, aber Gott, was für eine Ähnlichkeit!*

Er bahnte sich einen Weg zu dem Haufen grüner Trainingsanzüge. »Gut gemacht.« Der Glover-Junge bedankte sich bei ihm.

Gleichzeitig schaute der Vater des Jungen über seine Schulter. Und Wally dachte automatisch: *Chris Bacon!*

»Das war mein Sohn, den er da gerade platt gemacht hat.« Er streckte die Hand aus. »Wally Olafsson. Übrigens kommen Sie mir sehr bekannt vor.«

»Roger Glover«, erwiderte der andere. »Ich glaube nicht, dass wir uns schon einmal begegnet sind.« Doch etwas huschte über sein Gesicht.

»Sie haben nicht zufällig nach Ihrer Promotion in Harvard studiert, oder?«

»Nein.«

»... oder sind mit einem Mädchen namens Wendy gegangen?«

»Tut mir Leid, das war wohl jemand anderes.« Glover machte Anstalten, zu gehen.

Zu jung – straffes, glattes Gesicht, keine Falten, keine Tränensäcke, kein Bauch über seinem Gürtel, kein dünner werdendes Haar oder tiefe Geheimratsecken. Keine Spur von den Folgen von Zeit und Schwerkraft, die Wally genauso alt aussehen ließen, wie er war – 57 Jahre.

Aber, Mutter Gottes! Es war unheimlich – als schaue er durch einen Riss in Zeit und Raum.

Der Falsche, sagte Wally sich.

(Diese Augen. *Irgendwas* ist mit diesen Augen.)

Der Falsche

Zufall

»Ja, vermutlich«, entschuldigte sich Wally. »Ihr Sohn hat ein paar tolle Griffe drauf. Ein verdammt guter Ringer. Glückwunsch«, murmelte er und kam sich albern vor.

Glover nickte und wandte sich ab.

Doch Wally stand wie gebannt da. Sein Gedächtnis war noch immer bei längst vergessenen Details. Als stolpere man nach Jahrzehnten über seinen ersten Baseballhandschuh aus der Zwergenliga – erstaunlich, wie dann alles wieder da war: der Ledergeruch, die Art, wie sich die glänzenden Lederenden krümmten, wie das Logo der Firma wie von Zauberhand auf dem Handgelenkriemen eingraviert war, und der eigene Name stolz in Druckbuchstaben daneben. Kleine, vergessene Auffälligkeiten, die einem gleich beim ersten Blick wieder einfielen. Genauso mit Gesichtern. Die Form des Mundes, der Haaransatz, die Art, wie sich die Nasenlöcher weiteten, die leicht asymmetrischen Augenbrauen.

Zufall, sagte er sich.

(Die Augen.)

Nur eine Ähnlichkeit.

Glover ging mit seinem Sohn hinaus, und Wally konnte einen dummen Impuls nicht unterdrücken. »Hey, Chris!«, rief er.

Der Mann zuckte weder zusammen noch blickte er über seine Schulter zurück.

Ein kindischer Test, und der Kerl hatte ihn bestanden. Wally fragte sich, was er getan hätte, wenn der Mann sich umgedreht hätte.

Mein Gehirn lässt nach, und mein Gedächtnis spielt mir aus Nostalgie Streiche, sagte er sich. Und dann benehme ich mich zu allem Überfluss auch noch wie ein grandioses Arschloch.

Später am Abend, nachdem er Todd zu seiner Mutter zurückgebracht hatte und wieder zu Hause war, lag Wally im

Bett und ließ das Zusammentreffen noch einmal Revue passieren. Dabei versuchte er, so gut er konnte, jenen Ausdruck festzuhalten, der in dem Augenblick über Roger Glovers Gesicht gehuscht war, als er Wally das erste Mal angesehen hatte.

Ja, es war schnell gegangen und kaum wahrnehmbar gewesen, doch für den Bruchteil einer Sekunde hätte Wally schwören können, dass das, was er in Roger Glovers Augen gesehen hatte, Wiedererkennen gewesen war.

»Er hat mich erkannt.«

»Woher weißt du das?«

»Ich habe mich als Roger Glover vorgestellt, aber er hat mir ›Chris‹ nachgerufen, als ich gegangen bin. Er hat mir nicht geglaubt.«

Lauras Gesicht erstarrte. »Wie hast du reagiert?«

»Gar nicht. Ich bin einfach weitergegangen.«

»Dann wird er glauben, dass er dich verwechselt hat.«

»Hoffen wir es.«

Sie hatten eine Gesichtsoperation erwogen, doch damals war sein Gesicht zu bekannt gewesen, als dass er es hätte riskieren können, in die Praxis eines plastischen Chirurgen zu marschieren. Das Land konnten sie auch nicht verlassen, weil ihre Fotos an jeder Passkontrollstelle hingen. Deshalb hatte er sich die Haare gefärbt, sich einen Bart wachsen lassen und farbige Kontaktlinsen getragen. Zusammen mit seiner Verjüngung war das eine ausreichende Tarnung gewesen, bis Brett alt genug war, um Fragen zu stellen. Inzwischen waren sie nach Eau Claire gezogen, wo niemand ihre Gesichter kannte. Chris ließ Bart und Haare unverändert, trug jedoch die getönten Kontaktlinsen nicht mehr.

Er hatte nicht damit gerechnet, jemandem aus seiner Jugendzeit zu begegnen. Und doch hatten sie diese Möglichkeit in den vergangenen 13 Jahren stets im Hinterkopf gehabt.

Er stand vor dem Spiegel und bearbeitete seinen Bart und seine Koteletten mit weißem Haarfärbemittel. Laura war schon im Nachthemd, fertig fürs Bett. Ihr Gesicht glänzte von der Creme, die sie jeden Abend auftrug. »Außerdem siehst du halb so alt aus, wie du bist, selbst mit dem Grau.«

»Das ist es ja gerade, was mir Sorgen macht.« Im College war sein Haar blond gewesen, nicht schwarz, und er hatte keinen Bart getragen.

»Liebling, es ist dreißig Jahre her. Ich kann mich kaum daran erinnern, wie meine Mitbewohnerin im Wohnheimzimmer im College aussah, ganz zu schweigen von irgendwelchen Leuten, die damals unter mir gewohnt haben«, sagte Laura. »Christopher Bacon ist tot, und Wendy ebenfalls.«

Nach 13 Jahren entsprach das praktisch der Wahrheit.

Sie wollten nichts weiter, als wieder normale Menschen sein, sich in ihre Umgebung einfügen, sich neu erschaffen, sodass niemand sich etwas dabei dachte. Deshalb hatten sie schon früh ganze Psychodramen durchgespielt, in denen sie ihre früheren Ichs sterben ließen, bis sie fast selbst davon überzeugt waren, dass sie schon immer die Glovers gewesen waren. Stundenlang, Tag für Tag hatten sie ihre neuen Namen, ihre Geburtsdaten und Sozialversicherungsnummern wie Mantras aufgesagt, hatten sie aufgeschrieben, bis sie ihnen zur zweiten Natur geworden waren. Sie hatten sich gegenseitig mit Roger und Laura angesprochen, hatten einander Fallen gestellt, bis sie alle alten Reflexe wegtrainiert hatten. Sie hatten sogar Reisen nach Wichita und Duluth unternommen, um die Heimatorte und die Schulen von Roger und Laura aufzusuchen. Es war schwierig, doch wie Einwanderer, die mit aller Kraft die neue Sprache lernen wollten, begruben sie schließlich ihre alten Identitäten und nahmen die neuen an.

»Das weiß ich. Aber Wally Olafsson weiß es nicht«, erwiderte Roger. »Ich sehe eher so aus wie 1970, und nicht wie 1988.«

Stille erfüllte den Raum, während sie das Risiko abschätzten.

»Ich werde unser Leben hier nicht aufgeben und mich wieder verstecken«, verkündete sie. »Eher halte ich ihn auf, wenn er etwas vorhat. Ich schwöre bei Gott, dass ich das tun werde.«

Roger glaubte ihr aufs Wort. Sie waren in den Medien zu Unrecht als monströse Verbrecher verurteilt worden, und niemand hatte sie verteidigt. Niemand! Laura Glover würde zwar nicht morden, doch sie würde nicht zulassen, dass Bretts Leben durcheinander gebracht wurde. Ein Dutzend Jahre ausgefeilter Lügen und ihre Mutterliebe hatten ihrem Sohn ein gutes, glückliches Leben ermöglicht und in ihr den Beschützerinstinkt einer Löwenmutter geweckt. Roger packte seine Make-up-Ausrüstung zusammen. »Laura, Wally war ein alter Freund.«

»Das war Wendy Bacon auch«, erwiderte sie und schaltete das Licht aus.

Die Dunkelheit des Schlafzimmers versetzte Roger Glover zurück. Zurück in jene Zeit, bevor seine Frau zu Laura Glover wurde, der Mutter von Brett Glover und Inhaberin von Lauras Blumenladen in der South Street in Eau Claire, und er selbst zu Roger Glover, dem Mitbesitzer des Geschäfts.

Chris Bacon war in jener Nacht im Wald in den Adirondacks nicht gealtert und gestorben. Im Gegenteil, Elixier hatte seine Zelluhr nicht nur angehalten, sondern sogar eine radikale Verjüngung bewirkt, sodass er selbst mit dem Bart eher wie 30 aussah – und damit zwölf Jahre jünger als zu jenem Zeitpunkt, als er sich zum ersten Mal Elixier gespritzt hatte, und 25 Jahre jünger als sein tatsächliches Alter. Und der Grund, weshalb sein Körper nicht dahinwelkte und seine Gehirnwindungen nicht verkalkten, war sein Diabetes.

Er hatte einige Zeit gebraucht, um dies zu begreifen, doch dann schloss er, dass das Tabulon-Steroid sich an einen bis dahin unbekannten Rezeptor in seine Zellen gebunden haben musste – einen von einem Dutzend »verwaisten« Rezeptoren, deren Zweck die Wissenschaft noch immer nicht erklären konnte. Wie Betsy Watson vor langer Zeit erklärt hatte, bewirkte die neue Verbindung, sobald sie einmal hergestellt war, die Produktion eines Eiweißstoffes, der den durch Telomerase bedingten Alterungsprozess der Zellen stoppte. Außerdem wurden noch weitere Inhibitoren ausgeschaltet, die die normale Regulierung der Enzyme behindern, sodass jemand, der von der Tabulon-Zufuhr abgeschnitten war, wie im Zeitraffer sterben musste.

Doch weil Chris Diabetiker war, signalisierte die überschüssige Glukose in Chris' System irgendeine biochemische Veränderung, die das Enzym auch ohne Tabulon aktivierte. Mit anderen Worten, eine Kombination aus Tabulon und Chris' Diabetes aktivierte den Rezeptor für längere Zeitabschnitte, in denen kein regelmäßiger Nachschub notwendig war. Offenbar traf dasselbe auf Iwati zu, der ebenfalls Diabetiker war – was erklärte, warum er keine regelmäßigen Injektionen brauchte, sondern die Substanz nur gelegentlich rauchen musste.

Aus diesem Grund hatte Wendy keine geschrumpfte, gefriergetrocknete Mumie in Chris' Kleidern vorgefunden, als sie in jener Nacht vor all den Jahren aus Lake Placid zurückgekommen war. Deshalb hatte sie ihn nach drei Tagen Fieber und Verwirrtheit gesund pflegen können. Mit der Zeit hatte er für sich so etwas wie einen Zeitplan ausgearbeitet. Er hatte entdeckt, dass er bis zu drei Monate ohne Nachschub auskommen konnte. Glücklicherweise signalisierte ihm sein Körper, wann es Zeit war. Für alle Fälle trug er eine

Notampulle um den Hals, die in einem schlichten Goldzylinder mit winzigem Federmechanismus verborgen war. Der unauffällige Anhänger sah aus wie ein Schmuckstück, enthielt jedoch einen Dreijahresvorrat an Elixier.

Mit 56 Jahren hatte Rogers Gesundheitszustand sich auf den eines halb so alten Sportlers eingependelt. Sein Blutdruck lag bei 110 zu 70, sein Cholesterinspiegel bei 160, und sein Körper hatte nur zehn Prozent Fettanteil. Es lief darauf hinaus, dass Roger Glover, geborener Christopher Bacon, unsterblich war. Der Tod konnte ihn nur durch Unfall, Mord oder Selbstmord ereilen.

Natürlich hatte er seiner Frau gestanden, was er getan hatte – wie er sich in jenem Augenblick, betrunken und von Trauer und Schrecken erfüllt, die Spritze gegeben hatte. Wie erwartet hatte sie mit ungläubigem Zorn reagiert. Doch es gab kein Zurück. Ihre erste Sorge galt unvorhersehbaren Komplikationen: etwa dass die Manipulation seiner DNA und seiner Hormone zu Krebs führen könnte. Als sich sein Zustand stabilisierte, waren diese Sorgen mit der Zeit verblasst. Außerdem fühlte er sich großartig. Die arthritischen Schmerzen in seinem Rücken und im Knie waren verschwunden. Verschwunden waren auch jene beängstigenden Gedächtnislücken.

Laura weigerte sich trotzdem, es ihm gleich zu tun. Ihr Instinkt sagte ihr, dass Elixier nicht gut war. Allerdings war die Versuchung im Laufe der Jahre immer stärker geworden. Sie war jeden Morgen da, wenn sie ihr Make-up auflegte. Sie stellte sich jedes Mal ein, wenn ihr bewusst wurde, dass Rogers Haut glatt wie Porzellan war, oder wenn sie die Energie und sexuelle Hitze seines straffen Körpers spürte. Oder wenn sie darüber nachdachte, dass sie als Paar jeden Tag mehr zu einem unmöglichen Anachronismus wurden. Sie tauchte auf, wenn er sie anflehte, ebenfalls Elixier zu nehmen, und manchmal sogar so weit ging, sie daran zu erinnern, dass sie eine genetische Veranlagung zu Brustkrebs hatte.

Doch Laura blieb hart, vor allem wegen Brett. Es war schlimm genug, dass sie ihm eines Tages würde erklären müssen, was mit Roger los war. Ein abnormales Elternteil reichte.

Weil sie sich körperlich fit hielt, ahnte niemand ihr genaues Alter. Beide sahen aus wie etwa vierzig – Roger, indem er sich älter machte, Laura, indem sie sich jünger schminkte. Das Problem war, dass Laura 56 und Roger biologisch gesehen nur halb so alt war. In zehn Jahren würde man sie für seine Mutter halten. Seine Begegnung an diesem Abend machte ihr das nur erneut deutlich.

»Wir sind noch dieselben Menschen«, sagte Roger. Er legte den Arm um sie und hoffte, dass sie sich an ihn schmiegen und mit ihm schlafen würde. Er war wie immer bereit, sie jedoch war nicht interessiert.

»Aber wir haben uns verändert.«

Da war es wieder, dachte er, dieser eine Faktor, der sie trennte. Nach all den Qualen und dem Kummer, den sie all die Jahre miteinander geteilt hatten, fragte er sich, ob er allein weitermachen könnte, wenn die Zeit dafür käme. Sie würde nie einwilligen, Elixier zu nehmen, solange Brett jung war, doch er hoffte, dass sie ihre Meinung mit der Zeit ändern würde – und zwar, bevor sie alterte. Er liebte sie zu sehr, um das mit anzusehen. Er wollte auch nicht das nächste Jahrhundert ohne sie erleben. Sie war der einzige Mensch, der wusste, wer er war.

Bis zum heutigen Abend.

»Wie war es für dich, ihn zu sehen?«, fragte sie.

»Merkwürdig. Ich wollte gleichzeitig davonlaufen und ihn umarmen.«

Obwohl er Wally hatte abblitzen lassen, hatte die Begegnung den alten Chris Bacon angerührt und unangenehme Gefühle in ihm aufgewirbelt. Wally war ein guter Freund gewesen, ein lustiger Kerl, mit dem er viel gelacht und eine schöne Zeit verbracht hatte. Indem er ihn heute Abend verleugnet hatte, hatte er eine Chance vertan, mit jener Vergangenheit in Verbindung zu treten, die nichts mit Roger Glover zu tun hatte. Ja, er und Laura hatten Bekannte und Geschäftsfreunde, doch ein Graben trennte sie von allen anderen, sodass sie ständig allein waren, ein Zustand, der manchmal eine Art Klaustrophobie verursachte. Es wäre nett, wieder mit Wally Kontakt aufzunehmen. Doch das war unmöglich.

Ein anderer Graben, der mehr und mehr zu Tage trat, trennte ihn von Brett. Sie hatten ihm nichts von Elixier oder ihrer Vergangenheit erzählt. Doch der Punkt, an dem sie es ihm würden erklären müssen, rückte unausweichlich näher. Er war ein intelligenter Junge und ein guter Beobachter, der glaubte, seine Eltern seien beide Ende dreißig. Und sie sahen auch so aus. Doch bald würde er sich fragen, warum sein Vater auf den Familienfotos immer gleich jung aussah, und warum er jünger war als die Väter seiner Freunde. Noch fand er es prima, einen Vater zu haben, der über die Laufbahn sprinten und ringen konnte und in Restaurants mit Alkoholausschank manchmal immer noch seinen Ausweis vorzeigen musste, um zu beweisen, dass er über 21 war. Doch der Tag würde kommen, an dem sich das änderte. An dem Brett ihn einholen würde. An dem sie wie Brüder aussehen würden. An dem Roger jünger sein würde als sein Sohn.

Es war ein Tag, der bisher in weiter Zukunft gelegen hatte – irgendwo im allgemeinen Nebel des Morgen. Ein Tag, den sie fürchteten, denn sie würden ihm ein Geheimnis anvertrauen müssen, das kein anderes menschliches Wesen kannte – oder überhaupt ein Wesen in der Geschichte der Welt.

Ein Haftbefehl der Bundespolizei hatte Roger seinen Mitmenschen entfremdet. Elixier hatte ihn seinem eigenen Fleisch und Blut entfremdet.

Aber wie sagt man seinem Kind, dass man nicht altern und sterben wird? Es war, als müsse man gestehen, dass man ein außerirdisches Wesen ist: Wenn das Lachen verklang, erhoben sich die Entsetzensschreie.

22

Diese Augen.

Wally schüttelte den Schlaf ab. Wie ein Polaroidfoto, auf dem alles langsam Konturen annimmt, bildeten sich die Einzelheiten in leuchtenden Farben heraus – und damit auch jenes Detail, das den ganzen Abend an ihm genagt hatte: Roger Glover hatte dieselben merkwürdigen zweifarbigen Augen wie Chris Bacon.

Und *das* war kein Zufall.

Chris war mit zwei verschiedenfarbigen Augen geboren worden, eines braun, das andere grün. Es war ein Merkmal, das man nicht vergaß. Wally selbst hatte einmal gesagt, wenn man Chris Bacon anschaue, sei es, als sehe man in zwei übereinander liegende Gesichter. Und er hatte gescherzt, dass Chris dazu geboren war, die Welt aus einer Entweder-Oder-Perspektive zu sehen.

(Hey, Chris, bist du ambivalent?

Ja und nein.)

Doch warum hatte er sich verleugnet? Sie waren einmal enge Freunde gewesen. Bei der Hochzeit von Chris und Wendy hatte Wally die Gäste auf ihre Plätze geleitet, und er hatte ihnen eine ausgefallene Kalligrafie geschenkt.

Wally stand auf und ging in den Keller, wo er Kisten mit Andenken durchsah, die er seit Jahren nicht mehr in der Hand gehabt hatte. Seine Frau hatte ihm immer in den Ohren gelegen, sie endlich wegzuwerfen. Dinge, die ihn ein wenig traurig machten. Alte Briefe, Konzertkarten, Baseballkarten, Fotos von Woodstock, Artikel aus der Schülerzeitung, die er geschrieben hatte, Schallplatten der Mamas and Papas, von Joan Baez, den Beatles, Jefferson Airplane, sogar alte Singles von Buddy Holly, Elvis und den Dell Vikings.

Erinnerungsstücke, von denen er sich einfach nicht trennen konnte.

Es musste eine Stunde gedauert haben, bis er das alte Album mit den Fotos fand, die sie in Cape Cod aufgenommen hatten, Fotos von ihm und seiner damaligen Flamme Jane Potter, von Chris Bacon und Wendy Whitehead. Die meisten Fotos waren aus größerer Entfernung geschossen worden. Bis auf zwei. Darauf saß die ganze Gruppe auf den Felsen, hinter ihnen war das Wasser zu sehen.

Dieselbe Gesichtsstruktur, derselbe drahtige Körperbau. Abgesehen von dem helleren Haar und der Sonnenbrille sah Chris aus wie Glover.

Er ging wieder nach oben, goss sich einen Portwein ein und sah sich die kurze Videoaufnahme von jenem Mann an, der sich Roger Glover nannte. Die Ähnlichkeit war bemerkenswert. Das konnte kein Zufall sein. Vielleicht war er ein jüngerer Bruder von Chris. Doch identische Zwillinge wurden nicht mit einem Altersunterschied von 20 Jahren geboren. Und selbst wenn er ein jüngerer Bruder mit auffallender Ähnlichkeit wäre, warum sollte er seinen Namen verleugnen?

Und wenn es doch Chris war, warum sollte er einen alten Freund verleugnen?

Was ihn frösteln ließ, war die Tatsache, dass Glover genauso aussah wie Chris Bacon auf den Fotos von 1970. Das ergab keinen Sinn. Wie auch immer er es betrachtete.

Einen Moment lang nippte er an seinem Drink und ging alle Möglichkeiten durch. Dann schaltete er seinen Computer ein, wählte sich ins Internet ein und rief eine Suchmaschine auf. Er tippte den Namen CHRISTOPHER BACON ein.

Sofort erschien eine lange Liste von alten Zeitungsartikeln aus dem Winter 1988. Der erste war vom 30. Januar datiert, eine Todesnachricht.

MORDVERDÄCHTIGER WISSENSCHAFTLER BEI FLUGZEUGABSTURZ GETÖTET
EASTERN FLUG NUMMER 219 FORDERT DAS LEBEN DES VERDÄCHTIGEN IM DARBY-MORDFALL

Vier Tage später lautete die Schlagzeile des *Boston Globe*:

»FBI: BIOLOGE BACON NICHT IM FLUGZEUG«

Dann am folgenden Tag Artikel in allen Zeitungen des Landes:

MORDVERDÄCHTIGER KÖNNTE FLUGZEUGBOMBER SEIN
WISSENSCHAFTLER WIRD ZUM MASSENMÖRDER
JAGD NACH SABOTEUR BACON
POLIZEI UND FBI VERSTÄRKEN SUCHE NACH BACON UND EHEFRAU
SABOTAGE-VERDÄCHTIGER, EHEFRAU UND BABY VERSCHWUNDEN

Wally zitterte vor ungläubiger Überraschung, während er einen der Artikel anklickte. Christopher Bacon war beschuldigt worden, eine Kollegin aus seinem Labor ermordet und dann eine Bombe an Bord eines Linienfluges nach Puerto Rico geschmuggelt zu haben.

Er konnte sich nicht an den Vorfall erinnern, weil er zu dieser Zeit mit seiner Familie in Japan gelebt hatte.

Wally überflog den Rest des Artikels. Nach dem Anschlag war Chris mit seiner Frau und dem Baby verschwunden. Im Laufe der Jahre waren die Artikel über ihn immer seltener geworden. Gelegentlich erschienen Artikel mit Überschriften wie »Lebt der mutmaßliche Massenmörder unter uns?« und Theorien, dass Bacon und seine Familie nach Mexiko oder Kanada geflohen seien. Seit 1991 waren keine neuen Artikel mehr erschienen. Doch noch in der letzten Erwähnung war Christopher Bacon als die meistgesuchte Person des FBI bezeichnet worden.

Wie auch immer die Anschuldigungen lauteten, dies waren Verbrechen, von denen Wally sich niemals vorstellen konnte, dass sein alter Kumpel sie begangen haben sollte. Außer den Artikeln gab es auch noch ein Farbfoto von Chris und Wendy. Es war körnig und hatte durch die geringe Auflösung beim Scannen weiter an Klarheit verloren, doch das Wiedererkennen traf Wally wie ein Schlag. Wenn man sich den schwarzen Bart wegdachte, war es derselbe Mann.

Aber das ergab keinen Sinn, denn Chris Bacon sah auf den Internetfotos von 1988 älter aus als heute in Fleisch und Blut. Mindestens zehn Jahre älter, wenn nicht sogar noch mehr!

Wally begriff es nicht. Er begriff gar nichts.

Entweder war Roger Glover eine Art Doppelgänger, oder Roger Glover *war* Chris Bacon, der sich auf erstaunliche Weise verjüngt hatte.

Verwirrt und ratlos trank Wally sein Glas aus. Dann ging er nach oben und legte sich ins Bett. Dabei fragte er sich, ob es auf die Belohnung von einer Million Dollar wohl eine Verjährungsfrist gab.

»Er ist so groß für sein Alter«, sagte Jenny.

»Er ist nur ein Jahr jünger als Abigail«, erwiderte Laura.

Auf dem Foto trug Brett sein Ringertrikot; er stand groß

und aufrecht da, mit breiten Schultern, sein junger Körper war straff und muskulös. Das Bild erfüllte Laura mit Liebe.

»Abgesehen von den Augen sieht er genauso aus wie Roger.« Brett hatte Lauras braune Augen. Alle beide.

Nur bei solchen geheimen Treffen in Hotels konnten sie und Jenny Neuigkeiten über die Familie austauschen. Heute waren sie im Milwaukee Marriott, nur ein paar Meter von der jährlichen Blumenmesse entfernt – Lauras Tarnung für das Treffen. Obwohl Jenny nicht mehr vom FBI überwacht wurde, bestand Laura weiterhin darauf, dass sie sich nur heimlich trafen – nie in der Öffentlichkeit und nie bei einer von beiden zu Hause. Dies war ihr erstes Treffen seit vier Jahren.

Laura wünschte, dass es in dem Hotelzimmer einen Videorekorder gäbe, damit sie Jenny die Aufnahme von Bretts Siegesturnier vom Vortag zeigen könnte. Ironischerweise hatte er lieber Basketball spielen wollen, hatte jedoch gefürchtet, dafür zu klein zu sein, und sich stattdessen zögernd fürs Ringen angemeldet.

»Wie sie sich verändern. Ich hätte ihn nie wiedererkannt.«

Jenny hatte Brett nicht mehr gesehen, seit er das Baby Adam gewesen war. Noch trauriger war, dass Brett nichts von Jenny wusste. Laura hatte ihm erzählt, sie sei ein Einzelkind gewesen, ebenso wie ihre Eltern und ebenso wie Roger. Also habe er keine anderen Verwandten. Laura hasste es, ihn so zu hintergehen, doch wenn sie ihm sagen würde, dass er Verwandte hatte, würde er sie besuchen wollen, und das könnte die Polizei auf ihre Spur bringen. Außerdem würde es diese furchtbare Pandora-Büchse öffnen. Erst wenn er älter wäre. Erst wenn er die ganze, verrückte Wahrheit verkraften könnte.

»Ich wünschte, du hättest Fotos von Abigail dabei«, sagte Laura.

»Ach, du weißt doch, wie das mit Teenagern ist. Sie ist kamerascheu.« Jenny hatte seit Jahren keine Fotos mehr von ihr mitgebracht. »Und sie ist noch etwas anderes, nämlich ungeheuer klug. Wir lernen zusammen Französisch.« Jenny bildete sich etwas darauf ein, kultiviert zu sein und über den billigen Werten des Fernsehens zu stehen.

»Wie schön, so etwas zusammen zu tun. Vielleicht kannst du sie eines Tages mit nach Frankreich nehmen.«

Jenny lächelte abweisend. »Das ist noch so eine Eigenheit von ihr: Sie reist nicht gern.«

Laura sah Jenny nur selten, aber sie wusste, dass sie eine hingebungsvolle Mutter war, die ihre gesamte Energie investierte, um Abigail groß zu ziehen und zu Hause zu unterrichten. Es war ihre Art, das mit Kelly wieder gut zu machen. Laura könnte schwören, dass Jenny nach all dem Aufruhr in ihrem Leben verrückt geworden wäre, hätte es Abigail nicht gegeben. Vor neun Jahren hatten sie und Ted sich scheiden lassen. Es war keine freundschaftliche Trennung gewesen, doch sie hatte das Sorgerecht für Abigail und eine üppige Abfindung zugesprochen bekommen. Zwei Jahre später war Ted für acht Jahre ins Gefängnis gekommen, weil er einen Ring von Autodieben organisiert hatte. Dann, 1993, war das Furchtbarste geschehen: Kelly beging im Alter von 29 Jahren Selbstmord.

Es war nicht möglich, am Telefon oder bei einem Treffen alle paar Jahre festzustellen, welche Folgen das für Jenny gehabt hatte. Doch es musste ein seltsamer Verdrängungsprozess eingesetzt haben, denn Jenny erwähnte Kellys Namen nie wieder. Sie war mit Abigail in einen Vorort von Indianapolis gezogen, wo sie noch einmal von vorn begann, als sei Abigail ihr erstes Kind.

Jenny blätterte nervös und zerstreut die Fotos durch. Sie hatte doch etwas. Laura hatte die Spannung bereits in dem Augenblick gespürt, als Jenny das Zimmer betreten hatte.

Schon in ihrer Stimme, als sie angerufen hatte, um dieses Treffen zu verabreden. Schließlich fragte Laura sie ganz direkt, was los sei.

Einen Augenblick lang versuchte Jenny abzuwiegeln. Dann jedoch platzte sie heraus: »Ich brauche Hilfe.«

»Welche Art Hilfe?«

»Elixier. Ich möchte Elixier. So einfach ist das. Ich brauche es, und du kannst mir das nicht abschlagen.«

Ihr eindringlicher Gesichtsausdruck verblüffte Laura. »Jennifer, das kann ich nicht machen und das weißt du auch.«

»Laura, ich bin fünfzig und altere schnell. Schau mich doch an, ich habe zugenommen, bin aufgegangen. Ich fühle mich älter, und ich hasse es.«

»Ich doch auch. Aber so ist das Leben nun mal.«

»Aber Mama war auch meine Mutter. Ich habe bestimmt ihre Veranlagung zum Krebs geerbt, und du hast gesagt, dass das Zeug Krebszellen davon abhält –«

Laura unterbrach sie. »Du weißt gar nichts über das Zeug. Es ist tabu. Alles daran ist tabu.«

»Aber Roger –«

»Nichts aber Roger! Ja, er altert nicht, aber willst du enden wie er – von deinem eigenen Kind abgeschnitten sein? Von deinen Freunden? In einem Zustand biologischer Schizophrenie leben – dein Haar grau färben und nicht wissen, wer zum Teufel du wirklich bist oder zu welcher Generation du gehörst? So ist das nämlich für ihn. So ist das für uns, und ich will verdammt sein, wenn ich zulasse, dass du dir das auch antust.«

Sie erwähnte nicht, was mit ihnen als Paar geschah. Sie liebte Roger, doch der immer tiefer werdende biologische Graben verursachte einen wahren Strudel verwirrender Gefühle – von purem Neid über Wut zu so etwas wie Ekel angesichts des Widernatürlichen an seinem Zustand. Selbst Sex war eine perverse, rückwärts gewandte Erfahrung – als schliefe sie mit Chris Bacon, dem lüsternen, immer bereiten Doktoranden. Nur war sie jetzt 55, hatte die Wechseljahre hinter sich und kam sich vor wie eine Kinderschänderin. Elixier hatte die Zeit und die Liebe aus den Angeln gerissen.

»Damit kann ich leben«, bettelte Jenny. »Ich bin bereit, das Risiko einzugehen. Bitte. Ich flehe dich an.« Sie begann zu weinen.

Ihre Schwäche rührte Laura, doch sie konnte nicht zulassen, dass diese Krokodilstränen sie umstimmten. »Du bist keine Einsiedlerin, die in den Wäldern lebt, um Gottes willen. Du hast eine Tochter, an die du denken musst.«

»Gerade an sie denke ich doch«, schoss Jenny zurück.

»Dann überleg dir mal, was du ihr in zehn Jahren erzählen wirst.«

»Und was ist mit Brett? Wie werdet ihr es ihm sagen?«

Laura antwortete nicht.

Jenny gab sich keine Mühe, ihre Tränen zurückzuhalten. Sie war an der Grenze zur Hysterie. »Du musst mir helfen. Du musst mir etwas besorgen. Ich will ja gar nicht viel. Nur ein paar Ampullen. Du kannst mir das nicht abschlagen, nach allem, was ich für euch getan habe – ich habe euch geschützt, für euch gelogen, euch Pässe und Ausweise besorgt. Ohne mich wäret ihr für den Rest eures Lebens im Gefängnis gelandet.«

»Und dafür bin ich dir sehr dankbar. Aber Elixier ist furchtbar, das reinste Horrorzeug.«

»Du verstehst das nicht«, sagte Jenny.

»Was verstehe ich nicht?«, schrie Laura. »Ich habe fünfzehn Jahre lang damit gelebt.«

»Aber Roger ist doch gut zurechtgekommen. Es geht ihm blendend. Du hast die Macht, das Leben zu verlängern, und du willst mir nicht einen Tropfen davon geben. Deinem eigenen Fleisch und Blut.«

»Mein Gott, Jenny, lebe die Jahre, die du hast, und hör auf, über die zu jammern, die du nicht hast.«

»Ich habe Angst vor dem Altwerden. Ich habe Angst davor, faltig und hinfällig zu werden. Du bist meine Schwester.«

»Und weil ich deine Schwester bin, lasse ich das nicht zu.« Laura legte ihre Hand auf Jennys. »Und du bist nicht alt und hinfällig, in Gottes Namen. Du machst dich nur verrückt. Du siehst zehn Jahre jünger aus, als du bist.«

Das war keine Schmeichelei. Jenny sah wirklich jünger aus. Ihre Haut war glatt und strahlend – die Haut von jemandem, der sich gut pflegte und das Sonnenlicht mied. Doch darüber hinaus kleidete sie sich jung. Nicht aufgedonnert wie ein Teenager, sondern in Pullover, flachen Schuhen und Modeschmuck. Sie sah aus wie ein Schulmädchen.

»Wenn ich es nicht besser wüsste, würde ich sagen, dass du das Zeug schon jetzt nimmst.«

Jenny sah sie erschrocken an, dann sammelte sie ihre Sachen zusammen, um zu gehen.

Ihr geheimes Treffen war vorbei. Und es war ein Desaster geworden. Zum ersten Mal hatten sie sich dabei gestritten. Ja, am Telefon hatte Jenny schon einmal angedeutet, wie sehr sie sich wünschte, wie Roger immer weiterleben zu können – wenn es nur sicher wäre. Laura hatte das als müßige Hirngespinste abgetan. Doch Jenny hatte es ernst gemeint, und es schockierte Laura zu sehen, wie viel bei ihr unter der Oberfläche brodelte.

Laura versuchte, ihre Schwester zum Abschied zu umarmen, doch Jenny stieß sie weg und öffnete die Tür.

»Ich möchte nicht, dass du im Zorn gehst.«

Jenny starrte sie eisig an. »Du verstehst nichts«, zischte sie durch die Zähne. »Du verstehst nichts, nichts, gar nichts.«

Laura sah ihr nach, wie sie den Flur hinunter zum Fahrstuhl ging, und dachte, dass sie eher Fremde als Schwestern waren. Sie fand, dass Jennys Verzweiflung über die normale Furcht vor dem 50. Geburtstag hinausging. Da war noch etwas anderes. Sie war vollkommen durchgedreht. Vielleicht sollte sie ihr vorschlagen, zum Psychiater zu gehen.

Laura ging zurück ins Zimmer und schloss die Tür. Sie hielt noch immer das Foto von Brett umklammert. Einen Augenblick lang starrte sie es an, nahm seine junge, ungezwungene Schönheit in sich auf.

»Was wirst du ihm sagen?«

Am Montagmorgen ging Wally Olafsson in die FBI-Zweigstelle in Madison und meldete seine Begegnung vom Wochenende und was er über das Internet herausgefunden hatte. Er legte die Zeitungsartikel vor, die er heruntergeladen hatte, Fotos, die er aus archivierten Zeitungen in der Universitätsbibliothek kopiert hatte, die Schnappschüsse aus Cape Cod und das Video, das er von Chris Bacon beim Schulturnier aufgenommen hatte.

Der Dienst habende Agent, Eric Brown, machte sich Notizen, während Wally von seiner früheren Bekanntschaft mit Christopher berichtete. Über seinen Computer durchforstete Brown die Datenbank des FBI und machte den noch immer geltenden Haftbefehl ausfindig. Er überprüfte, was Bacon zur Last gelegt wurde, verglich die Fotos in den FBI-Unterlagen mit denen, die Wally mitgebracht hatte, und spielte das kurze Video ab.

»Es besteht schon eine Ähnlichkeit«, gab Brown zu, »aber der Typ sieht eigentlich zu jung aus. Nach unseren Unterlagen müsste er sechsundfünfzig sein. Dieser Mann sieht eher aus wie um die dreißig.«

»Ist er aber nicht. Er ist in meinem Alter.« Wally war sich plötzlich seines breiten, fleischigen Gesichts und seines Bauches bewusst. »Sein Sohn muss vierzehn sein, wie mein Junge, was bedeuten würde, dass der Vater über vierzig

Jahre älter ist als sein Sohn. Sie haben das Video gesehen. Sie sehen eher aus wie Brüder.«

»Das sage ich doch, Mr. Olafsson: Er ist der Falsche.« Brown zeigte ein schmales Lächeln, um anzudeuten, dass Wally ihrer beider Zeit vergeudete. »Das ist nicht Christopher Bacon, sondern Roger Glover.«

»Ich habe verstanden, aber ich sage Ihnen, es ist doch Chris. Was mich überzeugt hat, sind seine Augen. Auf den Fotos kann man es nicht sehen, aber sie haben zwei verschiedene Farben. Das hatte ich vergessen, bis ich dicht vor ihm stand.«

»Klingt, als hätten Sie ihn ziemlich genau in Augenschein genommen.«

»Das habe ich auch, und ich würde mein Leben darauf verwetten, dass es Chris Bacon ist.«

»Außer dass er so ungefähr fünfundzwanzig Jahre zu jung ist.«

»Vielleicht hat er gute plastische Chirurgen gehabt. So etwas tun Kriminelle doch, wie man hört.« Browns abweisende Haltung ließ Wallys Stimme schärfer werden.

»Yeah, aber wenn die eine Generalüberholung wollen, lassen sie sich ihr Gesicht komplett neu formen, nicht nur die Augen liften.«

Er ließ das Video noch zwei Mal durchlaufen. Glover trug einen engen Pullover, unter dem sich sein straffer Körper abzeichnete. »Es ist nicht nur sein Gesicht. Schauen Sie sich seinen Körper an, die Haltung, den flachen Bauch …«

»Manche Männer halten sich gut«, wandte Wally ein.

Brown, der selbst schlank und um die 45 Jahre alt war, sah Wally ausdruckslos an. Doch Wally konnte seine Gedanken lesen: *Wenn Sie gleich alt sind, wie kommt es dann, dass Glover aussieht wie ein Model für Geritol-Aufbaupillen und Sie wie ein gealtertes Pillsbury-Männchen mit Hängebauch?*

Wally seufzte ungeduldig. »Schauen Sie, warum diskutieren Sie herum, statt ihn einfach zu verhaften und seine Fingerabdrücke zu überprüfen? Ist das nicht das übliche Verfahren?« Wally stand kurz vor einer Tirade. »Ich bin Steuerzahler und bezahle Ihr Gehalt.« Er hielt sich gerade noch zurück.

»Yeah, wenn wir einen hinreichenden Verdacht haben.«

»Großer Gott, Mann, schauen Sie sich doch die Fotos an! Wie viel mehr hinreichenden Verdacht brauchen Sie denn noch?«

»Wir können niemanden verhaften, nur weil er gewisse Ähnlichkeit mit einer gesuchten Person hat.«

»Gewisse Ähnlichkeit!« Wally schob ihm das Foto zu. »Rasieren Sie den Bart ab und schneiden Sie ihm die Haare, und es ist der gottverdammte selbe Typ.«

»Vielleicht in Ihrer Fantasie, aber auf diesem Bild trägt er eine Sonnenbrille, und das Computerfoto ist verschwommen. Und wenn es derselbe Typ ist, dann muss er schon der verdammte Peter Pan sein.«

Wally merkte, wie er rot anlief. »Hören Sie mal zu, Agent Brown. Ich bin kein durchgeknallter Fan von *America's Most Wanted*. Ich habe zwei Jahre mit dem Mann zusammengewohnt. Wir waren Saufkumpane, wir sind gemeinsam mit Mädchen ausgegangen, wir haben zusammen studiert. Roger Glover ist Christopher Bacon. Und wenn Sie nicht Ihre Arbeit tun und dem nachgehen, handeln Sie grob fahrlässig, denn Sie lassen einen Mann frei herumlaufen, der im ganzen Land wegen Massenmordes gesucht wird.«

Browns Blick wurde hart, doch er erwiderte nichts. Er schob die Fotos zusammen und stand auf. »Wir kümmern uns darum.«

Wally nahm seine Aktentasche und ging zur Tür. Er fühlte sich völlig erledigt. Draußen vor dem Fenster fiel ein leichter Regen. Die Fahrt zurück nach Eau Claire würde drei Stunden dauern. Er würde unterwegs anhalten und ein Sandwich essen.

Bevor er ging, wollte er die Situation entschärfen: »Hören Sie, es tut mir Leid, dass ich so explodiert bin, aber diese Geschichte hat mich die letzten zwei Tage nicht losgelassen. Ich kann den Mann, den ich kannte, einfach nicht mit diesen Verbrechen in Verbindung bringen. Er war kein Verrückter oder politischer Fanatiker. Er war ein netter Typ, ein Biochemiker, hat daran gearbeitet, den Krebs zu besiegen. Er wollte Menschenleben retten. Es passt einfach nicht zusammen.«

Brown öffnete die Tür. »Was soll ich sagen? Die Menschen verändern sich.«

»Wurde je bewiesen, dass er es war?«

»Den Unterlagen zufolge ist er der einzige Verdächtige.«

»Also, ich hoffe bei Gott, dass ich mich irre.«

Brown runzelte die Stirn: »Tatsächlich?«

»Natürlich. Wir waren alte Freunde.«

»Mr. Olafsson, wenn Sie wirklich hoffen würden, dass Sie sich irren, wären Sie nicht hier.«

»Ich glaube, ich kann Ihnen nicht ganz folgen.«

»Die erste Frage, die Sie heute Morgen am Telefon gestellt haben, war, ob die Belohnung von einer Million Dollar noch steht. So viel zu den guten alten Zeiten.«

23

Wally verließ das FBI-Büro in Madison um 12.10 Uhr und ging über den Parkplatz zu seinem großen, goldmetallicfarbenen Lexus – nicht gerade das passende Auto für einen Mann, der einmal eine lange blonde Mähne getragen hatte und Vorsitzender der Demokratischen Studentenbewegung von Cambridge gewesen war. Doch die Zeit hatte ihre eigene Art, die Dinge zu ändern. Ein gut bezahlter Job im Establishment, ein Haus in einem sauberen Vorort und drei Jahrzehnte Steuern konnten selbst den überzeugtesten Radikalen in einen Republikaner verwandeln.

Roger Glover folgte Wally in einem schwarzen, unauffälligen Dodge Caravan auf der Route 90 Richtung Norden bis zu seinem Haus in La Crosse. Es war dasselbe Auto, mit dem Wally am Vortag zur Universitätsbibliothek gefahren war, um im Zeitungsarchiv alte Artikel vom Mikrofilm zu kopieren. Nachdem Wally gegangen war, hatte Roger überprüft, welche Zeitungen Wally herausgesucht hatte: Den *Boston Globe* vom Februar 1988.

Auf der Parkplakette des Lexus stand »Midland Investment Company«, wo man ihm am Telefon bestätigte, dass Wally dort Vizepräsident der Marketing-Abteilung war. Es war nicht gerade ein Job, der persönliche Besuche beim FBI erforderlich machte. Auch konnte es sich nicht um einen Besuch bei einem Freund gehandelt haben – nicht zur Hauptgeschäftszeit an einem Montag, und außerdem würde er sich dafür nicht fünf Stunden ins Auto setzen und 250 Meilen hin und zurück fahren. Wally war dort gewesen, um Christopher Bacon zu verpfeifen.

Es war eine Furcht, mit der er und Laura all die Jahre gelebt hatten; trotzdem hatten sie sich nicht auf eine solche Situation vorbereiten können. Wenn sie nichts unternahmen, würden die Behörden bald auf ihrer Türschwelle stehen und Beweise dafür verlangen, dass sie tatsächlich Roger Glover, geboren in Wichita, und Laura Gendron Glover aus Duluth waren. Sie würden Dokumente fordern und ihre Fingerabdrücke nehmen. Obwohl sie die entsprechenden Geburtsurkunden besaßen, würde eine genauere Überprüfung ergeben, dass Roger Glover und sein Sohn Brett 1958 bei einem Autounfall ums Leben gekommen waren, und dass Laura Gordon 1968 im Alter von zwölf Jahren gestorben war.

Glücklicherweise hatte man nie Chris' und Wendys Fingerabdrücke genommen. Und obwohl ihre Abdrücke natürlich überall in ihrem Haus in Carleton, Massachusetts, zu finden gewesen waren, hatte es keine Möglichkeit gegeben, sie voneinander und von denen des Reinigungspersonals, der Freunde und Gäste zu unterscheiden, die damals in ihrem Haus ein- und ausgegangen waren.

Während Roger nach Eau Claire zurückfuhr, wog er seine Möglichkeiten ab. Die erste war, nichts zu unternehmen und auf das Klopfen an der Tür zu warten. Die zweite war, sich als Demonstration ihrer Unschuld selbst zu stellen. Beide Möglichkeiten würden lange öffentliche Prozesse nach sich ziehen. Da alles gegen ihn stand, könnte er verurteilt werden. Selbst wenn es nicht auf die Todesstrafe hinauslief, wäre diese angesichts seiner besonderen Umstände einer lebenslangen Haftstrafe ohne Aussicht auf Begnadigung doch bei weitem vorzuziehen.

Und dann war da noch Brett. Selbst wenn Roger dem Gericht entgegenkam und als Gegenleistung für ein milderes Strafmaß sich geringfügiger Vergehen für schuldig bekannte, müsste er immer noch ins Gefängnis, weil er sich trotz der Haftbefehle auf Bundes- und Staatsebene nicht gestellt hatte. Und Laura ebenfalls, als Komplizin. Damit wäre Brett allein – eine inakzeptable Option. Dasselbe galt für ein Zeugenschutzprogramm. Wer auch immer sie damals belastet hatte, könnte noch da sein und immer noch nach Elixier dürsten.

Die dritte Option war Flucht. Während ihrer 13 Jahre im Untergrund hatten Roger und Laura Pläne ausgetüftelt für den Fall, dass sie erkannt werden sollten. Sie hatten sich mehrere Ersatz-Identitäten zugelegt, mit verschiedenen Autos, Geschäftskarten, Konten und Kreditkarten und einem zweiten Wohnsitz in Minneapolis. Weil Brett von all dem nichts wusste, hatten sie ihn zwei Mal im Jahr bei Freunden gelassen und waren unter ihren anderen Namen in die Wohnung gefahren, um mit örtlichen Geschäftsleuten und Nachbarn ihr Rollenspiel durchzuziehen. Es war schizophren, doch es funktionierte. Außerdem ließ es ihre Rückkehr ins Leben der Glovers nach Eau Claire jedes Mal wie eine Heimkehr erscheinen. Die Bacons waren ein Ehepaar, das vor langer Zeit gestorben war.

Das Geld für ihre Ersatzexistenzen stammte aus Treuhandfonds, die Sam für Chris eingerichtet hatte, als er noch im College war. Vor ihrer Flucht hatte Roger die gesamte Summe auf ein namenloses Konto überwiesen. Mehrere Monate, nachdem sie nach Eau Claire gezogen waren, hatte er das Geld wieder auf ein neues Konto überführt – insgesamt etwas mehr als 1,2 Millionen Dollar. Einen Teil der Summe verwendeten sie, um die Glovers zu werden, den Rest hob er bar ab und versteckte es für den Fall, dass sie fliehen mussten. Das war seine dritte Option.

Die vierte erforderte eine Schusswaffe.

Roger war im Hinterzimmer und arbeitete an einem Friedhofskranz, als ein Agent des FBI den Laden betrat.

Er wusste, dass der Mann ein Agent war, weil er ihn schon früh morgens durch ein Fernglas beobachtet hatte, als er mit einem zweiten Mann in einem grünen Jeep Cherokee mit dunklen Scheiben auf der gegenüberliegenden Straßenseite gewartet hatte. Sein Verdacht hatte sich bestätigt, als die beiden ihm später bei seinen Lieferungen durch die Stadt gefolgt waren.

Der Mann sah aus wie Mitte dreißig, war mittelgroß und trug Jeans und eine Jacke der Chicago Bulls. Er wies sich nicht aus. Roger war nicht überrascht. Wenn sie keinen hinreichenden Verdacht hatten, konnten sie ihn nicht verhaften, nur weil er einem gesuchten Mann ähnlich sah. Und sie konnten ihn auch nicht in Gewahrsam nehmen, es sei denn, sie hätten einen Haftbefehl gegen Roger Glover. Vorerst war er noch in Sicherheit. Dies war lediglich eine erste Überprüfung, ob er tatsächlich dem Mann auf den alten Fotos ähnelte.

Der Agent gab vor, die Farne zu betrachten, doch Roger ertappte ihn dabei, wie er sein Gesicht musterte. Er wusste nur zu gut, dass er viel zu jung aussah, um der Gesuchte zu sein. Nach ein paar Minuten brachte der Mann eine Pflanze zur Theke. Neben der Kasse hing gut sichtbar das vergrößerte Foto eines lächelnden Rogers bei einer Überraschungsparty vor drei Jahren. Auf einem Banner über seinem Kopf stand »Alles Gute zum 35. Geburtstag«, und Roger hielt die Ausgabe eines alten *Life*-Magazins in der Hand.

Der Mann betrachtete es, während er sein Portemonnaie herauszog. »Sieht aus wie John Glenn in seiner Weltraumkapsel.«

»Ja, das ist er auch«, bestätigte Roger fröhlich. »Das ist die Ausgabe der Woche, als ich geboren wurde.«

Der Mann nickte. »Muss '62 oder '63 gewesen sein.«

»'62.«

»Nettes Geburtstagsgeschenk.«

»Ja, stimmt. Wäre das alles?«

Der Mann nickte, und Roger wickelte die Pflanze in Papier ein.

Während der gesamten Transaktion trug Roger seine gefärbten Kontaktlinsen und Latexhandschuhe. Als er fertig war, stellte er den Blumentopf auf die Ladentheke und zog die Handschuhe aus. Während der Mann sein Geld hervorsuchte, cremte Roger sich die Hände mit einer Lotion ein, die neben der Kasse stand. Dann streifte er die Handschuhe wieder über. »Aufgesprungene Hände. Ganz blöde Sache in diesem Geschäft«, erklärte er und gab dem Mann sein Wechselgeld.

Der Mann verließ den Laden, nahm sich jedoch beim Hinausgehen noch eine Visitenkarte mit.

Durch das Fenster sah Roger ihm nach, wie er zum Auto ging und wegfuhr.

Er würde seinem Partner erzählen, dass Roger wegen eines Hautproblems Handschuhe getragen hatte. Sie würden den Blumentopf, das Packpapier und die Visitenkarte auf Fingerabdrücke untersuchen. Es war möglich, dass seine oder Lauras Abdrücke darauf waren, oder aber die von einer Menge Kunden, Aushilfen, Großhändlern und Herstellern. Und sie hatten nichts in ihren Unterlagen. Der Agent würde seinem Partner außerdem von dem Foto berichten – dass Glover trotz aller Ähnlichkeit und trotz seines ergrauenden Haares zu jung war, um Bacon zu sein.

Roger fuhr an diesem Abend nicht nach Hause. Stattdessen schlüpfte er zur Hintertür hinaus und ließ die Luft aus einem Reifen seines Lieferwagens, sodass es aussah, als habe er einen Platten. Dann schlich er über ein paar Hinterhöfe zu einer mehrere Blocks entfernten Straße, wo er ein Taxi nahm. Als er sicher war, dass niemand ihm folgte, ließ er sich bei einem Parkplatz in der Stadt absetzen. Dort hatte er einen schwarzen Jeep abgestellt, der unter einem seiner Alias-Namen zugelassen war, Harry Stork. Er verließ die Stadt, ohne verfolgt zu werden, und fuhr dann über eine Stunde lang.

Das Haus Nummer 213 in der Chestnut Street war ein hübscher, moderner Bau mit einer Doppelgarage. Auf einer Seite parkte ein Auto. Drinnen brannte Licht, und hinter den Vorhängen war das Flimmern eines Fernsehers auszumachen.

Roger fuhr die Straße zwei Mal auf und ab, dann parkte er unter einem Baum. Er näherte sich dem Haus. In der rechten Hand trug er eine Aktentasche. In der Innentasche seines Jacketts steckte eine neun Millimeter Glock Pistole.

Als er sicher war, dass sonst niemand drinnen war, ging er zur Haustür. Es gab keinen Spion, nur schmale Fenster auf beiden Seiten der Tür. Doch Hut und Schal verbargen den größten Teil seines Gesichts.

Roger klingelte. Wenige Augenblicke später schwang die Tür auf.

»Hallo, Wally. Ich bin's, Chris Bacon.«

24

Wally wich das Blut aus dem Gesicht. »Verdammt noch mal.«

»Können wir uns setzen?«, fragte Roger. »Wir haben viel zu besprechen.«

»Yeah, so ungefähr dreißig Jahre.« Wally rang mühsam um Fassung und nickte. »Teufel, ich hab doch gleich gewusst, dass du es warst.« Er versuchte einen neutralen Ton anzuschlagen. »Aber wie kommt es, dass ich fett und kahl und du genauso aussiehst wie damals an der Uni? Müssen die Gene sein, was? Mann, oh Mann, wünschst du dir nicht auch, wir wären wieder dort?« Er bemühte sich, so zu tun, als sei dies ein lockeres Klassentreffen.

Roger folgte Wally ins Wohnzimmer, setzte sich jedoch nicht.

»Möchtest du einen Drink?« Wally schob sich unauffällig auf die Küchentür zu.

»Nein, danke.«

»Wie hast du mich gefunden?«

Roger antwortete nicht.

»Also, mach es dir bequem. Ich hol mir ein Bier. Mann, es ist schön, dich zu sehen.«

Roger wusste, was er vorhatte – in ein anderes Zimmer zu gehen und die Polizei anzurufen. Er hob eine Hand, um ihn aufzuhalten. »Wally, es wäre mir lieber, wenn wir uns zuerst unterhalten könnten.«

Wally starrte ihn einen Augenblick an. »Das ist es, was

dich verraten hat. Du bist der einzige Mensch mit zwei verschiedenfarbigen Augen, den ich je getroffen habe.«

Roger lächelte und spürte, wie ihn ein Gefühl der Wärme für seinen alten Freund überkam.

Hey, Chris, bist du ambivalent?

Ja und nein.

Wally schlug plötzlich einen anderen Ton an. »Chris, was ist eigentlich los – was hat dieses ganze Zeug mit Roger Glover zu bedeuten?«

Er stellte sich dumm, und Roger konnte ihm daraus keinen Vorwurf machen. »Setzen wir uns zusammen und reden ein bisschen, dann kannst du uns ein Bier holen.«

Wally ging zur Couch, und Roger setzte sich auf einen Stuhl neben der Tür. Er stellte seine Aktentasche auf den Boden. Die Pistole in seinem Jackett drückte gegen seine Rippen. Sollte Wally versuchen zu fliehen, würde Roger die Waffe ziehen. Es stand zu viel auf dem Spiel.

Als sie einander gegenübersaßen, fiel Roger auf, wie sehr Wally gealtert war. Er hatte fast alle Haare verloren, außer einem Haarkranz im Nacken und ein paar Strähnen, die er über dem Schädel verteilt hatte. Sein Bauch hing ihm über den Gürtel wie ein Mehlsack. Seine Schultern waren breit, aber genauso schlaff wie seine Arme, weil er offenbar keinen Sport trieb. Sein Gesicht war grau und fleischig, und die Haut auf Nase und Wangen war großporig – wie die Narben von alten Melanomen. Seine Augen waren noch immer von jenem Meeresblau, das Roger in Erinnerung hatte, doch sie blickten müde und unglücklich. Es stimmte ihn traurig, zu sehen, was die Jahre seinem alten Freund angetan hatten, einem Mann, der einst schlank und attraktiv gewesen war wie ein junger Alan Ladd.

»Wally, ich habe nur eine Frage, dann werde ich dir alles erklären.«

»Okay.«

»Was hast du dem FBI erzählt?«

Wally zuckte zusammen. »Dem FBI? Welchem FBI? Wovon redest du eigentlich?« Sein treuseliger Hundeblick war nicht überzeugend.

»Wally, ich bin gekommen, um ehrlich zu dir zu sein. Und um der alten Zeiten willen möchte ich, dass du auch ehrlich zu mir bist. Du warst vor zwei Tagen um halb elf in Madison im FBI-Büro und hast dort eine Stunde und vierzig Minuten lang mit Agent Eric Brown gesprochen.«

Wally sah verblüfft aus. Vorgetäuschtes Entsetzen. »Er ist ein alter Freund.«

»Nein, das ist er nicht.«

»Was zum Teufel meinst du mit ›nein, das ist er nicht…‹?« Jetzt spielte er den Empörten.

»Als ich später in deinem Büro angerufen und deiner Sekretärin gesagt habe, ich sei Eric Brown, hat sie mich gefragt, von welcher Firma ich sei. Jede Chefsekretärin, die ihr Geld wert ist, kennt die Namen der Freunde ihres Bosses.«

Wally versuchte, seinen empörten Gesichtsausdruck beizubehalten, doch es gelang ihm nicht.

»Darüber hinaus hast du vor zwei Tagen ein paar Artikel aus dem *Boston Globe* von Mikrofilm fotokopiert. Februar 1988. Und sag jetzt nicht, du hättest alte Baseball-Ergebnisse nachgelesen.«

Nach einem langen Schweigen sagte Wally: »Du scheinst ja bereits auf alles eine Antwort zu haben.«

»Ich will es aber von dir hören.«

Jetzt sah er ängstlich aus. »Was hast du vor?«

»Reden.«

»Und wenn ich nicht will?«

»Ich glaube, du solltest lieber wollen.«

Wally fuhr sich mit der Hand über den Mund. »In den Zeitungen stand, dass du eine Kollegin ermordet und ein Flugzeug mit 137 Leuten an Bord in die Luft gejagt hast.«

»Danke«, sagte Roger. »Dann lass uns jetzt das Bier holen, und ich erkläre dir, wie man mir diese Verbrechen angehängt hat.«

Als sie in die Küche gingen, sah Wally Roger an. »Übrigens, du siehst verdammt gut aus für sechsundfünfzig.«

»Weil ich nicht wirklich so alt bin, aber das werde ich dir auch erklären.«

Sie holten sich Bier und gingen zurück ins Wohnzimmer. Dann erzählte Roger während der nächsten zwei Stunden seine Geschichte. Er ließ sehr wenig aus. Ohne allzu technisch zu werden, beschrieb er, wie das Tabulon-Molekül auf die DNA-Sequenz wirkte und das Leben der Zellen verlängerte. Zur Dokumentation zeigte er Wally die alten Elixier-Broschüren von Darby und die Videos von Methusalem und Jimbo.

Wally war völlig verblüfft und stellte viele Fragen. Immer wieder betrachtete er ungläubig Rogers jugendliches Gesicht und seine glatten Hände. Einmal zog er sogar an Rogers Haaren, um zu prüfen, ob er auch keine Perücke trug.

»Du hast die Mutter aller Wundermittel entdeckt«, staunte er. »Aber, Mann, ich sehe dich an und sehe etwas, das es nicht geben sollte. Das ist verdammt gruselig. Wenn ich gläubig wäre, würde ich sagen, du bist von Jesus berührt worden.«

Dann schwieg er lange, trank sein Bier und ließ das alles auf sich wirken. Schließlich fragte er: »Wie ist es, wenn man nicht altert?«

Roger lächelte. »Spiegel deprimieren mich nicht mehr.«

»Das habe ich auch so geschafft. Ich gehe ihnen einfach aus dem Weg.«

Beide lachten. Er war immer noch derselbe alte Wally, mit demselben selbstironischen Witz. Und Roger fiel wieder ein, warum er ihn so sehr gemocht hatte. Doch trotz dieses warmen Gefühls rief er sich in Erinnerung, dass Wally ihn noch immer für einen Mörder halten könnte.

»Warum erzählst du mir das alles?«

»Weil man mich reingelegt hat. Das ist die Wahrheit, und ich möchte, dass du mir glaubst. Ich habe niemanden getötet.«

»Es muss noch einen anderen Grund dafür geben, dass du hier bist.«

Chris nickte. »Ich möchte, dass du noch mal zum FBI gehst und ihnen sagst, dass du dich geirrt hast. Dass du dir noch einmal alte Fotos angeschaut hast, und dass es doch nicht Christopher Bacon war, den du getroffen hast, sondern nur ein Mann, der ihm ähnlich sah. Er sei zu jung, um Bacon zu sein.«

Wally hörte ihm zu, ohne zu antworten.

»Ich will sie vom Hals haben, Wally. Ich habe ein Kind und eine Frau, und sie haben es nicht verdient, wieder untertauchen zu müssen. Wir haben ein neues Leben, und das möchten wir weiterleben.«

»Also, ich schätze, in meinem Kopf dreht sich noch alles.«

»Das verstehe ich, aber es sind schon eine Menge Menschen gestorben.«

Wallys Gesicht wurde hart. »Was soll das bedeuten?«

»Das bedeutet, dass ich wenig Skrupel hätte, noch jemanden auszuschalten, wenn ich ein Typ wäre, der schon 137 Leute auf dem Weg in den Urlaub in die Luft gesprengt hätte.«

»Du meinst mich.«

»Und deinen Sohn. Stattdessen trinke ich mit dir in deinem Wohnzimmer Bier.«

»Gott, bin ich dankbar!«

»Natürlich kriegst du die Belohnung nicht, wenn du es tust.«

»Nun, da ist was dran.«

»Eine Menge Geld. Damit könnte man sich einen schönen vorgezogenen Ruhestand leisten.«

Wallys Gesicht verdüsterte sich. Roger nahm seine Jacke und spürte das tröstliche Gewicht der Pistole. Er steckte eine Hand in die Innentasche und schloss die Finger um den Gegenstand darin. »Ich hasse es, dir deinen Ruhestand zu versauen, aber das wird dies hier auch tun.«

Wally schnappte unwillkürlich nach Luft, als Rogers Hand nach vorne schoss und mit einem langen Gegenstand auf ihn zielte: einer Glasampulle. »Elixier.«

»Was?«

»Elixier«, wiederholte Roger. »Du hast vorhin gefragt, ob es bei jedem funktioniert. Meines Wissens nach wirkt es heute auf der ganzen Welt bei zwei Menschen. Du könntest der Dritte sein. Als Entschädigung für den Verlust von einer Million Dollar: das ewige Leben.«

Wally starrte ihn ausdruckslos an. Das alles wollte ihm nicht so schnell in den Kopf.

»Du brauchst dich nicht jetzt sofort zu entscheiden, aber es muss bald sein. Sie beobachten uns. Ich biete dir einen unbegrenzten Vorrat Elixier an, der dich für immer am Leben hält. Im Gegenzug bitte ich dich, deine Aussage zurückzuziehen.«

Wally dachte über das Angebot nach. Sie wussten beide, dass er der ideale Kandidat war: geschieden, einsam, übergewichtig, zu schnell gealtert und mit bestenfalls noch zehn Jahren vor sich, bevor er starb.

»Du brauchst natürlich nicht anzunehmen.«

Wally rollte die Ampulle Tabulon zwischen den Fingern hin und her und dachte über das Versprechen nach, das in dem Glas enthalten war. Draußen war ein heftiger Wind aufgekommen und irgendwo im Esszimmer schlug eine Uhr Mitternacht.

»Zähl mir noch einmal die Nebenwirkungen auf.«

»Es gibt keine Nebenwirkungen im üblichen Sinne, nur einen Verjüngungsschub, der dich etwa zehn Jahre zurückversetzt. Es ist schwer zu messen. Aber es vollzieht sich in einem Zeitraum von sechs Wochen bis drei Monaten. Sobald sich dein Zustand einmal stabilisiert hat, brauchst du ab und zu eine Spritze, etwa alle zwei Wochen. Mit der Zeit nur noch einmal im Monat. Aber wenn du einmal damit angefangen hast, kannst du nicht mehr aufhören. Du würdest sonst sterben. Dasselbe gilt auch für mich.«

»Was ist mit Krebszellen? Was wäre, wenn ich schon einen Tumor in der Lunge oder in der Leber hätte?«

»Das Mittel bremst sie aus. Sie teilen sich nicht weiter, sondern bleiben einfach unverändert, während sich die normalen Zellen weiter teilen.«

»Also ist es wie eine Art Chemotherapie: Die guten Zellen vermehren sich, und die schädlichen sind unter Kontrolle.«

»So ähnlich, nur dass die guten Zellen sich unendlich lange weiter teilen.«

»Was passiert, wenn man Elixier nicht mehr nimmt?«

Roger konnte noch immer Jimbos Tod vor sich sehen, seinen Körper, der vor wild gewordenen Krebszellen förmlich explodierte. »Dann stirbst du.«

»Und die Organe – Herz, Nieren, Leber? Nutzen sie sich nicht mit der Zeit ab?«

»Theoretisch sollten sie das nicht tun, solange du gut auf dich achtest. Und falls doch, so gibt es Transplantate, alle zehntausend Meilen oder fünfzig Jahre, was auch immer zuerst kommt.«

Wally lachte. »Wie sagen unsere Kinder doch gleich: ›Heilige Scheiße.‹«

Er stand auf, um sich noch ein Bier zu holen. Roger begleitete ihn wieder, obwohl er nicht länger damit rechnete, dass Wally zum Telefon gehen würde.

Als sie zurückkamen, fragte Wally: »Du hast fast fünfzehn Jahre lang gelebt, ohne dich körperlich zu verändern. Bist du glücklich?«

Bist du glücklich?

Chris hatte diese Frage nicht erwartet, doch sie war durchaus legitim. Die Antwort darauf war allerdings alles andere als einfach.

Sein erster Impuls war, zu verkünden: *Natürlich bin ich glücklich. Nie alt werden. Nie erschöpft, deprimiert, gebrechlich werden. Nicht mit ansehen müssen, wie dein Körper verfällt. Nie sterben müssen. Dabei sein, wenn all die großartigen Veränderungen kommen – bemannte Raketen zum Mars, Nano-Technologie, kontrollierte Kernfusion, ein Heilmittel für Aids. Unendlich lange lernen und die Dinge tun, die du genießt. Deine Zeit mit den Menschen verlängern, die du liebst. Zum Teufel! Wer wäre dabei nicht glücklich?*

Doch es war komplizierter. Ja, er liebte seine Frau und seinen Sohn. Sie waren die Grundlage seines Lebens. Doch alles kostete seinen Preis. Als sich Christopher Bacon die erste Spritze gegeben hatte, waren sie auf der Flucht gewesen, hatten die Existenz von Fremden annehmen wollen. Das lag jetzt hinter ihnen, doch er konnte nie wieder der Mann werden, der für immer leben wollte, um weiter seine Forschung betreiben zu können. Ohne Zeugnisse konnte er nie wieder einen Fuß in ein Labor setzen.

Dasselbe galt für Laura. Sie hatte ihren Traum von einer Schriftstellerkarriere aufgeben müssen, und sie konnte auch nicht wieder unterrichten, weil sie als Laura Glover keinen entsprechenden Collegeabschluss hatte. Wenn sie das alles zu Ende dachten, stellten sich Bitterkeit und Langeweile ein. Was sie davor bewahrte, war Brett. Er rettete sie vor der Klaustrophobie ihrer geheimen Existenz. Er gab ihnen Liebe und einen Lebenszweck außerhalb ihrer selbst. Er bewahrte sie vor Depression und Scheidung.

Blumen zu arrangieren befriedigte Roger nicht, daher hatte er sich in seine Vaterrolle gestürzt, und zwar nicht nur auf all die männlichen Dinge wie Baseball, Ringen und Fischen. Er überwachte Bretts Fortschritte in der Schule, arrangierte Klavierstunden für ihn, sorgte dafür, dass er regelmäßig zum Arzt ging und ging mit ihm einkaufen. Damit sein Hirn nicht einrostete, gab Roger Nachbarkindern Nachhilfeunterricht in Biologie, Chemie und Mathematik. Manchmal führte er in einem improvisierten Labor in seiner Garage Experimente durch.

Bist du glücklich?

Doch Wally fragte nicht nach den Freuden des Vaterseins und des Unterrichtens. Er wollte wissen, ob es glücklich machte, im Augenblick zu verweilen.

Roger trug immer noch eine Uhr und betrachtete das Leben in Zeitabschnitten, die von Stundenplänen und Lieferfristen vorgegeben wurden. Und doch war die Zeit, biologisch gesehen, etwas, das nur anderen Menschen widerfuhr. Er war nur noch ein Zuschauer, lebte mit ihnen, war jedoch für die verstreichende Zeit unerreichbar. Außer durch Laura, die älter wurde, und Brett, der erwachsen wurde.

Wie ein Flüchtling auf einer Insel im Strom der Zeit konnte Roger nicht sagen, was schlimmer war: zuzusehen, wie seine Frau im Strom davontrieb, oder wie sein Sohn sich dem Ufer näherte.

Bist du glücklich …?

Roger wusste, was Wally meinte. Aber er musste lügen, denn in Wahrheit vermisste er zum Teil sein altes Leben und seine Frau und das Ticken der Uhr.

»Ja.«

»Langweilt dich das ewig Gleiche nicht?«

»Die Alternative ist es, zuzusehen, wie du alt wirst.«

»Das kenne ich schon«, sagte Wally. »Es ist also so, als sei man für immer Mitte dreißig.«

Roger musste sich eingestehen, dass er mit seinem Angebot auch egoistische Motive verfolgte. Wenn Wally zustimmte, hätte er jemanden, mit dem er die langen Strecken langsam vergehender Zeit teilen könnte. Laura hatte daran kein Interesse. »Ja.«

»Mein Gott!« Er grinste Roger voller Staunen an. »Wenn du sie nicht platt machen kannst, werde wie sie«, verkündete er dann.

»Ich verstehe nicht, was du meinst.«

»Nur dass ich das Alter erreicht habe, in dem ich endlich begriffen habe, dass dieser Ausflug nicht ewig dauern wird. Ich fange an, wie ein alter Mann zu denken, obwohl ein Teil von mir sich noch wie einundzwanzig fühlt. Das hat zur Folge, dass ich eine regelrechte Wut auf die Jungen kriege, weil ich nicht mehr zu ihnen gehöre. Ich gehe nicht mal mehr ins Kino, weil dort keiner älter ist als dreißig. Das Fernsehen ist noch schlimmer, mit seinem endlosen Beweihräuchern der Pubertät. Mein Gott, ich sitze manchmal hier und wünsche mir, es gäbe einen Rentnerkanal. Stattdessen leihe ich mir Randolph Scott-Videos aus oder höre mir die Russian Five an. Klar, lach mich nur aus, aber ich gehe jeden Morgen in der Erwartung zur Arbeit, dort irgendeinen Jugendlichen, der sich noch nicht mal rasieren muss, auf meinem Stuhl vorzufinden. Ich sage dir, wir leben in einer Kultur, die ihre Alten auffrisst.«

Roger lächelte. Er erinnerte sich an Wallys leidenschaftliche Überzeugungen, mit denen er vor dreißig Jahren Demonstrationen gegen den Vietnamkrieg organisiert hatte. »Ich verstehe, was du meinst, aber dein chronologisches Alter wird sich durch Elixier nicht ändern.«

»Aber wenn sie mich in den Ruhestand schicken, bleibt mir nicht nur noch, nach Hause zu gehen und zu sterben?«

»Nein. Aber vergiss nicht, dass dies kein Scherz ist. Es funktioniert, und es gibt kein Zurück. Du wirst nicht altern, aber dein Sohn und alle anderen Menschen, die dir nahe stehen, werden es tun. Mit der Zeit wird das ein nie gekanntes Problem werden. Über diese Dinge musst du gründlich nachdenken, bevor du dich entscheidest.«

»Ich habe begriffen.«

Roger zog eine sterile Spritze aus seiner Hemdtasche. Er stach die Nadel durch den Gummipropfen der Ampulle, zog 1,2 Milliliter Flüssigkeit auf und spritzte sie sich in den Arm. »Eine Auffrischungsspritze. Ich ruf dich in drei Tagen an, um zu sehen, wie du dich entschieden hast. Wenn du annimmst, bekommst du einen endlosen Vorrat.«

Dann bat Roger um eine Kerze und ein Streichholz. Er zündete die Kerze an, tropfte etwas Wachs auf den Propfen und forderte Wally auf, einen Finger darauf zu pressen, um ihn zu versiegeln. »Ich kann das nicht hier lassen, aber wenn du beschließt, dass du mitmachen willst, bekommst du eine Spritze aus derselben Ampulle, damit du sicher sein kannst, dass ich dir dasselbe Zeug injiziere. Du kannst an dem Siegel überprüfen, dass nichts daran verändert wurde.«

»Und wenn ich dein Angebot ablehne?«

»Dann werde ich von zwei Möglichkeiten ausgehen. Die erste ist, dass du beim FBI warst und deine Aussage zurückgezogen hast. Die zweite ist, dass du es nicht getan hast, was bedeutet, dass wir weiterhin überwacht werden. Da ich nicht mit Sicherheit das Beste annehmen kann, werde ich mich und meine Familie so oder so gefährdet betrachten müssen.«

»Und?«

»Und du wirst nie einen Cent von der Belohnung zu sehen bekommen.«

»Du meinst, du würdest mich umbringen.«

Roger antwortete nicht.

»Du hast eine Waffe dabei.« Wally deutete mit dem Kopf auf Rogers Jackett. »Ich habe gehört, wie sie auf dem Boden aufgeschlagen ist.«

»Ja.«

»Schau mal, Chris – sorry – Roger, ich glaube, dass du mir gegenüber den ganzen Abend aufrichtig warst. Ich glaube, dass das, was du mir erzählt hast, wahr ist. Ich glaube auch, dass jemand versucht hat, dich reinzulegen. Ich werde tun, was du gesagt hast. Ich werde zum FBI gehen und meine Aussage zurückziehen. Das schwöre ich dir, was auch immer das wert ist, denn du wirst mir vermutlich ohnehin folgen.«

Etwas in seiner Haltung sagte Roger, dass Wally es ernst meinte. »Du wirst mich in den nächsten drei Tagen nicht erreichen können«, sagte er. »Aber ich werde dich anrufen. Wenn du dich zu der Behandlung entschließt, sage ich dir, wo wir uns treffen können, um damit anzufangen.«

»Wie viel von diesem Elixier, sagtest du, hast du?«

»Genug, um dich bis in die Mitte des 37. Jahrhunderts am Leben zu erhalten.«

Wally kreischte auf. »Das 37. Jahrhundert? Mein Gott! Aber wer würde schon so lange leben wollen?«

»Vermutlich niemand, aber es ist allemal besser als nur siebzig Jahre.«

»Das kann man wohl sagen. Und was ist, wenn du genug vom Leben hast?«

»Eine Zyanidkapsel ist in der Behandlung mit eingeschlossen.«

Am nächsten Morgen fuhr Wally ins FBI-Büro nach Madison.

Agent Eric Brown war auf einer Konferenz in einer anderen Stadt und würde erst in einer Woche zurück sein. Ein Agent namens Mike Zazzaro übernahm Browns Aufgaben. Er wusste über den Fall Bescheid und hatte den Bericht gelesen. Als Wally ihm sagte, dass er seine Aussage zurückziehen wollte, bat Zazzaro um seine Erlaubnis, ihr Gespräch für Brown auf Video aufnehmen zu dürfen. Wally stimmte zu und unterschrieb ein entsprechendes Formular. Dann nahm Wally neben einem Tisch Platz, auf dem ein Farn in einem goldenen Blumentopf stand, und erklärte seinen Rückzieher.

»Ich habe mich geirrt. Es war der falsche Mann. Ich habe noch einmal ein paar alte Fotos durchgesehen und dabei meinen Irrtum bemerkt. Roger Glover ist *nicht* Chris Bacon. Es gibt eine Ähnlichkeit, auf die ich zunächst reingefallen bin, aber er ist nicht derselbe Mann. Außerdem ist er dreißig Jahre zu jung, das sieht man auf den ersten Blick. Ich weiß nicht, was ich mir dabei gedacht habe. Vielleicht vorzeitige Senilität. Deshalb bin ich gekommen, um mich dafür zu entschuldigen, dass ich Ihre Leute auf eine falsche Fährte gelockt habe. Ich hoffe, dieser Roger Glover hat keinen Ärger gekriegt. Mein Gott, ich sollte ihn anrufen und mich entschuldigen. Ich bin dem Mann vor zwei Wochen beim Ringkampf zum ersten Mal begegnet, und dann hetze ich ihm wegen Massenmordes die Behörden auf den Hals. Ich fühle mich furchtbar, wirklich furchtbar. Ich meine, wie entschuldigt man sich für so etwas? Er ist doch nicht etwa verhaftet worden, oder?«

»Nein.«

»Aber Sie ermitteln immer noch gegen ihn, oder?«

»Wir gehen der Sache nach, ja.«

»Nun, das muss aufhören. Er ist der Falsche …«

Wally plapperte weiter. Zazzaro stellte ihm ein paar Fragen, und Wally antwortete ihm, immer noch bemüht, reuevolles Bedauern an den Tag zu legen. Als er ging, fühlte er sich so ausgelaugt, als habe er gerade um sein eigenes Leben gekämpft.

Das hatte er auch getan.

Wally verbrachte die nächsten beiden Tage damit, seine Begegnung mit Roger/Chris immer wieder Revue passieren zu lassen. Nicht dass er ihm nicht glaubte. Im Gegenteil. Er war überzeugt, und zwar durch die Videoaufnahmen der Labortiere. Er hatte sie sich mehrmals von Roger vorführen lassen, um ganz sicher zu gehen, dass es keine Trickaufnahmen waren. Klugerweise hatte Roger jede Sequenz belegt, indem er die Titelseite des *Boston Globe* des jeweiligen Tages an den Käfigen der Tiere befestigt hatte. Hin und wieder hatte er das Datum in Nahaufnahme gezeigt. Darüber hinaus wäre es gar nicht möglich gewesen, die alten Tiere gegen jüngere auszutauschen, da sie aus der Nähe betrachtet ebenso unverwechselbar waren wie Menschen. Jimbo fehlte auf der linken Seite ein Schneidezahn, er hatte ein Loch im linken Ohr und eine Narbe über dem rechten Auge. Keines dieser Merkmale hätte nachgemacht werden können. Außerdem wurden die Tiere eindeutig jünger und kräftiger, je weiter die Zeit fortschritt.

Und dann war da natürlich noch Roger, oder Chris selbst. Sein ganzes Aussehen stand im Widerspruch zu seinem Alter. Selbst der besterhaltene 56-Jährige wies ein paar Altersmerkmale auf – Falten, Haare, Haut, Gewebe, Muskulatur, Haltung, eine Steifheit der Bewegungen – eines oder mehrere Kennzeichen, die Zeugnis dafür ablegten, dass er fünf Lebensdekaden hinter sich hatte. Bei Roger Glover aber fand sich keines dieser Merkmale.

Im Alter von 57 Jahren betrachtete Wally Olafsson sich selbst als einen rasch alternden Organismus, der den Rest seines Lebens allein verbringen würde. Er war übergewichtig, sein Cholesterinwert hatte bei der letzten Untersuchung 312 betragen, sein Blutdruck war zu hoch, er aß und trank zu viel und trieb keinen Sport. Er hatte stark abgebaut, seit seine Ehe zerbrochen war. Seine Frau hatte das Sorgerecht für Todd bekommen und war 200 Meilen weit weggezogen. Wally hatte ein paar Freunde, doch er fühlte sich nicht begehrenswert, vor allem nicht für jüngere Frauen. Obwohl er versuchte, nicht an den Tod zu denken, sah er seine Zukunft als einen dunklen Tunnel vor sich, der sich wie eine verstopfte Arterie immer weiter verengte.

Jetzt hatte er die Option, die Uhr zurückzudrehen und sie ein für allemal anzuhalten.

Plötzlich begann er wieder, wie ein jüngerer Mann zu denken. Daran, ins Leben zurückzukehren, wie es in Anzeigen für ein Haarwuchsmittel hieß. Er könnte einem Fitnessclub beitreten, sich wieder in Form bringen, vielleicht ein paar nette Frauen um die vierzig kennen lernen. Dann gab es noch Golf, einen Sport, den er immer schon hatte lernen wollen und eine gute Möglichkeit, Geschäftskontakte auszubauen. (Sein Sozialleben bestand zurzeit aus einer Lesegruppe für Männer.)

Und vielleicht würde er wieder anfangen, Ski zu laufen. Er hatte seine Skier vor zehn Jahren nach einem bösen Sturz an den Nagel gehängt. Todd lag ihm schon lange in den Ohren, es wieder zu versuchen, Auffrischungsstunden zu nehmen, damit sie auch einmal etwas anderes zusammen unternehmen konnten als einen gelegentlichen Besuch im Kino oder im Footballstadion. Er könnte sogar eine dieser Erlebnisreisen machen, eine Earthwatch Expedition. Mit Todd – einen Vater-Sohn-Abenteuerurlaub.

Er dachte nicht allzu weit in die Zukunft – etwa, wie er seinem Sohn und seinen Freunden erklären würde, warum er nicht älter wurde. Doch es kam ihm in den Sinn, dass er ein Vermögen an der Börse machen könnte. Er könnte in 20 oder 30 Jahren verkaufen und eine neue Identität annehmen, während er seine Gewinne für weitere 20 Jahre investierte. Wenn er das eine Weile durchzog, wäre er bis zum Ende des 21. Jahrhunderts so reich wie heute Bill Gates. Und immer noch nur 57 Jahre alt, mit dem Aussehen eines Mittdreißigers.

Bis Freitag hatte Wally sich entschieden: Er wollte Elixier.

Er würde sein Leben bis zur Neige leben.
Er würde die verlorene Zeit nachholen. Und wie!

Am Freitagnachmittag rief Roger Wally um 13.30 Uhr in seinem Büro an und wies ihn an, zu dem Parkplatz der katholischen Kirche St. Jerome in der Preston Street zu fahren, wo hinter der Statue der Jungfrau Maria eine Plastiktüte für ihn deponiert sei. Darin befinde sich ein Mobiltelefon.

Wally tat wie geheißen und holte die Tüte mit dem Telefon. Der Parkplatz war leer, und niemand folgte ihm. Um 14 Uhr rief Roger ihn an und befahl ihm, zum Siler Pines Motel an der Route 61 zu fahren und die Verbindung unterwegs aufrecht zu erhalten, damit Wally vor seinem Eintreffen nicht die Polizei alarmieren konnte. Roger war ein Mann ohne jegliches Vertrauen. Das kam von 13 Jahren auf der Flucht, vermutete Wally.

Um 14.36 Uhr traf er in dem Motel ein und betrat Zimmer 217. Die Telefonverbindung stand noch immer.

Roger erwartete ihn mit dem Telefon in der Hand. Wallys Gesicht glänzte vor Aufregung. »Was denkst du?«, fragte Roger ihn.

»Du weißt doch, was Woody Allen gesagt hat: ›Ich habe keine Angst vor dem Sterben. Ich will nur nicht dabei sein, wenn es passiert.‹«

Roger lächelte. »Also machst du mit?«

»Ja, aber unter einer Bedingung: Dass ich meinen eigenen Vorrat bekomme, aus dem ich mich bedienen kann.«

Chris schüttelte den Kopf. »Nein, das geht nicht.«

»Warum nicht?«

»Der gesamte Vorrat bleibt bei mir. So wird es gemacht und nicht anders.«

»Hast du etwa Angst, dass ich das Zeug auf dem Schwarzmarkt verkaufe?«

»Nein, aber wenn dir etwas passieren sollte und es in die

falschen Hände fällt, könnte es kopiert werden. Und das darf nicht passieren.«

»Dann hängt mein Leben von dir ab.«

»Und meines von dir. Das verpflichtet uns zur Ehrlichkeit.«

»Verdammt, Chris, ich werde dich nicht anzeigen. Man hat dir übel mitgespielt, und ich glaube dir. Ich bin noch mal zum FBI gegangen, wie du verlangt hast. Ich würde dich nie verraten.«

»Vielleicht in ein paar Jahren, wenn sich die Lage beruhigt hat, aber vorerst werde ich dich versorgen. Und mein Name ist Roger.«

»Aber was ist, wenn dir etwas zustößt – du weißt schon, wenn du einen Autounfall hast oder so etwas?«

»Ich werde bei Menschen, denen ich vertraue, Anweisungen hinterlassen, dir den Schlüssel zu einem Schließfach zu schicken, in dem sich genug Serum für Jahrhunderte befindet. Diesen Schlüssel und den Aufbewahrungsort des Serums kriegst du nur dann, wenn ich durch einen Unfall sterben sollte.«

»Wer sind diese Leute?«

»Blutsverwandte, völlig vertrauenswürdig.«

»Und wenn du von der Polizei geschnappt wirst?«

»Lass uns hoffen, dass das nicht passiert. Aber wenn es geschieht und klar ist, dass du nichts damit zu tun hattest, wird dir der Schlüssel geschickt. Sollte ich andererseits erfahren, dass du bei meiner Verhaftung oder der Verhaftung meiner Frau oder meines Sohnes die Hände im Spiel hattest, kriegst du nie wieder etwas.«

»Und was dann?«

»Dann stirbst du.«

»Großer Gott, du traust wirklich niemandem.«

Roger grinste. »Auf diese Weise werde ich sehr alt werden.« Er zog die Ampulle heraus und legte sie auf den Tisch.

Wally schaute sie lange an. Dann nahm er sie in die Hand und inspizierte das Wachssiegel mit seinem Fingerabdruck auf dem Gummiverschluss. Es war unversehrt.

»War das FBI überzeugt?«

»Ich glaube schon. Ich habe mein Bestes getan.« Wally rollte einen Ärmel hoch.

»Bevor wir das hier durchziehen, möchte ich dir noch einmal klar machen, dass du wirklich niemandem davon erzählen darfst. Wenn du es trotzdem tust, drehe ich dir den Hahn zu, und du bist innerhalb weniger Wochen tot.«

»Mann, das ist ja beruhigend.«

Beide lachten, und Roger spürte, dass etwas sie verband: das unzerstörbare Vertrauen eines alten Freundes.

Zum zweiten Mal erklärte Roger, dass die erste Spritze eine hohe Konzentration enthielt und nach drei Tagen aufgefrischt werden musste. Dann noch einmal wieder drei Tage danach, gefolgt von einer vierten Spritze am zehnten Tag. Die hatte den Zweck, eine gewisse Konzentration in Wallys Körper aufzubauen. In wenigen Tagen würde er den ersten Verjüngungsschub spüren. Die folgenden Spritzen würde er in wechselnden Motels erhalten. Für den Notfall – irgendwelche unerwartete Nebeneffekte – gab er Wally die Nummer eines Anrufbeantworters, den Roger regelmäßig abhörte.

Wally hörte gut zu, dann hielt er ihm den Arm hin. Roger band einen Stauschlauch um den Oberarm. Er trug seit seiner Ankunft Latexhandschuhe, um keine Fingerabdrücke zu hinterlassen.

Dann packte Roger eine neue Spritze aus und löste das Wachssiegel. Er stach die Nadel durch den Pfropfen und zog vier Milliliter Elixier auf.

»Fertig?«

»Für immer und ewig.« Wally lachte nervös. »Große letzte Worte.«

Dann spritzte Roger das Serum in Wallys Arm.

»Und was jetzt?«

»*Jetzt* sind wir Freunde fürs Leben.«

25

Die Frau lief wie eine Gazelle.

Sie war schlank, mit langen Gliedmaßen, und ihr silberfarbener Spandexanzug betonte die Muskeln und Kurven ihres Körpers. Ihr Gesicht und ihre Schultern glänzten vor Schweiß, die Augen hatte sie im Spiegel starr auf sich selbst gerichtet, während ihre Füße in gleichmäßigen Schritten mit acht Meilen in der Stunde auf das Laufband hämmerten. Sie war auf eine jungenhafte Art hübsch mit kurzem, zurückgekämmtem Haar und einem Stirnband. Aber sie war nicht sehr freundlich und strahlte eine kühle Überlegenheit aus.

Wally hatte versucht, am Trinkbrunnen ein Gespräch anzuknüpfen, doch sie war zu sehr damit beschäftigt gewesen, ihren Puls zu messen. Als er erzählte, dass er dem Club gerade erst beigetreten war, und sie fragte, ob sie ihm das Laufband erklären könnte, drückte sie widerstrebend auf ein paar Knöpfe und schlug dann vor, dass er sich einen Trainer nehmen sollte. Dann stülpte sie ihre Kopfhörer über und begann mit ausführlichen Dehnungsübungen, ohne dabei auch nur einmal in seine Richtung zu schauen. Trotzdem sorgte sie dafür, dass er die ganze Pracht ihres Körpers zu sehen bekam. Als sie fertig war, sprang sie auf ihr Laufband und zog los.

Auf dem Band neben ihr sah Wally Olafsson in seinen neuen weißen Shorts und dem ärmellosen Hemd wie ein watschelndes Michelin-Männchen aus. Seine Gelenke knackten und knirschten, als er die Geschwindigkeit langsam auf peinliche dreieinhalb Meilen in der Stunde erhöhte, in der Hoffnung, dass er das durchhalten würde. Im Geiste sah er sich schon mit einem Herzinfarkt zusammengebrochen, während Wonder Woman neben ihm weiterrannte und sich weigerte, auch nur einen Schritt auszusetzen, um ihm erste Hilfe zu leisten oder – Gott bewahre! – Mund-zu-Mund-Beatmung zu versuchen.

Einmal ertappte er sie dabei, wie sie sich in dem Spiegel neben ihnen beobachtete und dabei zweifellos bewunderte, was für ein vollkommenes Exemplar ihrer Art sie doch war – fest an Körper und Geist, bewundert von Männern aller Altersgruppen, der Neid der gesamten weiblichen Bevölkerung. Als sie bemerkte, dass er sie anlächelte, funkelte sie ihn verächtlich an und riss den Kopf wieder nach vorn.

Wally verspürte einen Anflug von Bedauern. Fast war er an die Ablehnung durch Frauen gewöhnt. Junge, gutaussehende Frauen waren für ihn nicht nur außer Reichweite, er war darüber hinaus überzeugt, dass sie einer anderen Spezies angehörten: Porzellangöttinnen, deren Sirenenlächeln Alphamännchen vorbehalten waren – jenen jungen Zuchthengsten, die am anderen Ende des Raumes auf den Drückbänken das halbe Gebäude stemmten. In ihren Augen war Wally ein fetter, kahler, angejahrter Scheißer, der die große Erfolgsleiter hinaufstarrte.

Doch das war in Ordnung, sagte er sich. Die Zellen seines Körpers waren mit voller Kraft dabei, sich zu erneuern. In der Woche seit seiner ersten Spritze hatte er drei Pfund abgenommen und wog jetzt 218 Pfund. Bei diesem Tempo würde er in ein paar Monaten sein Ziel von 180 Pfund erreichen. Abgesehen von seinem hohen Blutdruck, der mit der richtigen Ernährung und mit Sport ebenfalls zu beheben war, war er bei guter Gesundheit. Er war nie im Krankenhaus und nur einmal in medizinischer Behandlung gewesen, wegen aktinischer Keratosis, einer Krankheit, die vor allem hellhäutige skandinavische Typen befällt. Er war davon geheilt worden, indem man ihm ein paar sommersprossenartige Flecken von Stirn und Nase entfernt hatte, die Folge von zu viel Sonne in seiner Jugend.

Er war zwar fast so kahl wie eine Melone, aber Roger hatte erwähnt, dass sich vielleicht auch seine Haare erneuern könnten. Bei den Laboraffen war das geschehen. Und selbst wenn nicht, so konnte er immer noch eine Haarklinik aufsuchen. Wäre das nicht etwas – wieder Haare zu haben? Warum nicht? In seinem Körper vollzogen sich jede Minute Wunder. Er könnte schwören, dass er im Spiegel schon erste Anzeichen seiner verlorenen Jugend sehen konnte – die Falten um seine Augen glätteten sich, seine Lippen wurden voller, seine Haut straffer, sein Kiefer ausgeprägter. Er sah mit jedem Tag besser aus. Und was noch schöner war: Er konnte es auch spüren.

Es hatte am sechsten Tag mit einer merkwürdigen euphorischen Leichtigkeit begonnen, wie Roger es vorhergesagt hatte. Dann seltsame fließende Gefühle in seinen Muskeln, Gefühle, die in ihm den fast unbezwingbaren Drang weckten, sich zu bewegen, Sport zu treiben, sein Blut rasen zu fühlen. Gefühle, die zu seiner Mitgliedschaft bei UltraFit geführt hatten, dem beliebtesten Yuppie-Fitnessclub in La Crosse. Gefühle, die ihn zu den Oldies in seinem Kopfhörer energisch marschieren ließen, entschlossen, seinen Körper in einen Tempel der Gesundheit zu verwandeln.

Zum ersten Mal, seit er erwachsen war, freute sich Wally Olafsson auf die Zukunft. Zum ersten Mal seit Jahren hatte er keine Alt-Männer-Gedanken mehr. Er konnte es kaum erwarten zu sehen, was die nächsten Wochen bringen würden, wie sein Körper sich straffen und sein Gesicht schlanker werden würde. Wie sein Geist schärfer und sein Lebenswille stärker werden würde.

Als er sein Tempo auf vier Meilen in der Stunde erhöhte,

kam er nicht umhin darüber zu staunen, dass eine Zufallsbegegnung bei dem Ringkampf-Turnier letzten Monat ihn auf dieses Gerät geführt und seinen Kopf mit Gedanken an morgen erfüllt hatte.

Sie hatten verabredet, sich in den nächsten Wochen in verschiedenen Motels zu treffen. Bald würde er die kritische Phase der Stabilisierung erreichen, erklärte Chris. Deshalb war das Timing sehr wichtig. Er würde in dieser Phase nur einen Spielraum von einem Tag haben, bis sich Verfallssymptome zeigen würden. Das bedeutete natürlich, dass Wally die Stadt nicht verlassen und sich für die Spritzen nicht verspäten durfte.

In seinem Kopfhörer priesen die Beach Boys den besonderen Charme der kalifornischen Mädchen, was ihn in die Vergangenheit zurückversetzte, jedoch ohne die übliche traurige Sehnsucht. Er drehte die Lautstärke höher.

Wenige Minuten später stieg Wonder Woman von ihrem Laufband. »Gut gelaufen?«, fragte er freundlich.

Sie wischte sich die Stirn mit einem Handtuch ab und nahm einen Schluck von ihrem Modewasser. »Wie immer«, gab sie schnippisch zurück und ging davon, um sich zu ihren Alphas zu gesellen.

Wally lächelte in sich hinein, während er ihr chromfarben umhülltes Hinterteil im Spiegel bewunderte. *Wenn du alt und grau bist, dachte er, und übersät bist mit Leberflecken und dich an ein Gefühl klammerst, werde ich immer noch Acht-Meilen-Sprints hinlegen, mein Kind.*

»Ich würde sagen, er lügt.«

Mike Zazzaro hatte sich das Band in den letzten Minuten bereits zweimal angesehen, doch Eric Brown drückte noch einmal auf den Wiedergabeknopf. Es war sein erster Arbeitstag nach der Konferenz.

»Sieh dir sein Gesicht und seine Hände an. Und die Augen.«

»Ich seh's«, sagte Zazzaro. »Was ist damit?«

»Dieser Unschuldsblick«, erklärte Brown. »Und wie er die Stimme hebt. Er ist zu laut, und er bewegt die Hände zu viel. Das alles ist übertrieben. Er redet zu viel.« Er schaltete auf Zeitlupe um. »Da, siehst du, wie er sich den Mund abwischt als er sagt, dass es nur eine Ähnlichkeit ist?«

»Ja, und ?«

»Eine unbewusste Geste, als ob er versuchte, eine Lüge wegzuwischen.«

»Eine einwöchige Konferenz über Sektenpsychologie, und du kommst als Sigmund Freud zurück. Vielleicht hat er sich einfach nur aufs Kinn gespuckt.«

»Er spielt uns was vor.«

»Eric, der Kerl ist nervös und kommt sich vor wie ein Arschloch, weil er mit dem Finger auf einen unschuldigen Mann gezeigt hat. Das ist los.«

»Vielleicht, aber ich habe so ein Gefühl, dass sich hinter dem Gesicht dieses Mannes etwas ganz anderes verbirgt.«

»Zum Beispiel?«

»Zum Beispiel Furcht. Als ob er Angst hätte, dass etwas passieren wird, oder als sei er bedroht worden.«

Zazzaro schob sein Gesicht wieder ganz dicht vor den Bildschirm. »Es ist ihm peinlich, er ist nicht verängstigt«, erklärte er. »Außerdem hast du doch sein Video von Glover gesehen. Er ist fünfundzwanzig Jahre zu jung, so einfach ist das. Der falsche Mann.«

Doch genau das war es, was für Brown keinen Sinn ergab. Er hielt das Band an. Wally Olafsson hatte die Hände erhoben, in seinem Gesicht stand Bedauern. Als Brown ihn verhört hatte, war an seinem Verhalten nichts Aufgesetztes gewesen. Er war überzeugt gewesen, dass Glover und Bacon ein und dieselbe Person waren, und er hatte seine Position vehement vertreten. Jetzt war er ein Nervenbündel und bestand darauf, dass sie die Ermittlungen einstellten.

»Ich kenne dieses Gesicht, den Haaransatz, die Bewegungen, die Gesten.«

Zazzaro und Bill Pike waren zwei Tage später in den Blumenladen gegangen. Pike hatte das Verfolgerauto gefahren. In seinem Bericht hatte Zazzaro das Geburtstagsfoto von Glover mit dem *Life*-Magazin erwähnt, wonach er 38 wäre, nicht 56.

»Welche Farbe hatten seine Augen?«

»Braun.«

»Beide?«

»Ja.«

»Olafsson hat gesagt, eines sei braun und das andere grün.«

Eric nickte und dachte, dass der Mann gefärbte Kontaktlinsen tragen könnte. Doch ohne einen hinreichenden Verdacht konnten sie ihn nicht festnehmen, und kein Richter würde ihnen allein auf Grund der Möglichkeit von gefärbten Kontaktlinsen einen Haftbefehl ausstellen.

Mike durchquerte den Raum und goss sich an der Kaffeemaschine einen Becher ein.

»Haben wir einen guten Fingerabdruck von ihm?«, fragte Brown.

»Ja. Er hatte Handschuhe an, als ich dort war, aber Billy ist vorher vorbeigegangen und hat gesehen, wie er den Blumentopf mit dem Farn mit bloßen Händen angefasst hat. Er war voller Abdrücke.«

Doch in der Datenbank des FBI waren weder Fingerabdrücke von Roger Glover noch von Christopher Bacon gespeichert.

»Zu diesem Roger Glover kann ich nichts sagen«, meinte Brown. »Aber es ist möglich, dass unser Freund Wally nicht astrein ist. Auf dem Papier sieht er gut aus: Vizepräsident der Marketingabteilung von Midland Investments, aktiv in Bürgertruppen, Mitglied des Krankenhausbeirates, blah, blah, blah. Aber er könnte genauso gut in der Unterwäsche seiner

Mutter herumlaufen und behaupten, der Typ von der Midas Auspuffwerkstatt in seiner Straße habe JFK ermordet.«

»Also ist der Fall erledigt.«

»Noch nicht. Ich möchte, dass du und Billy ihm noch ein bisschen auf den Fersen bleibt.«

»Komm schon, Mann. Wir haben ein Memo bekommen, diese Fiskers zu überwachen. Dafür werden wir unsere ganze Zeit brauchen.«

Am Vortag war aus dem Hauptquartier in Clarksburg eine Direktive an alle Büros ergangen, die Anhänger einer in Maryland ansässigen Gruppe namens »Zeugen der Heiligen Apokalypse« zu beobachten. Seit dem Ausbruch der Hysterie um das Millennium hatten sie jeden Monat mehrere solcher Anweisungen erhalten. Bei den meisten dieser Gruppen wurden nur Feuer und Verderben gepredigt. Doch die Anhänger dieser Sekte hatten Verbindungen zu paramilitärischen Organisationen. Die Gefahr lag darin, dass ihr Anführer, Oberst Lamar Fisk, die Mentalität eines Kriegsherrn hatte und seine Jünger dazu aufrief, aktiv an der Schlacht von Armageddon teilzunehmen. Die Tatsache, dass Fisk sich mit Waffen auskannte und Gewalt predigte, bereitete den Behörden Sorgen.

»Das kann auch noch einen Tag warten«, erwiderte Brown und starrte auf das erstarrte Bild von Olafsson mit seiner weit ausholenden Geste. »Nur damit ich dieses ungute Gefühl loswerde.«

Weil der Fall 13 Jahre zurücklag, arbeitete niemand mehr aktiv daran. Der zuständige Agent in Boston war im Ruhestand, was bedeutete, dass es jetzt Browns Fall war.

»Was schwebt dir denn vor?«, fragte Mike.

»Lass die Fingerabdrücke nach Clarksburg schicken. Die sollen eigenhändig in der Bacon-Akte nachsehen. Gut möglich, dass es darin ein paar nicht identifizierte Abdrücke gibt, die sie mit diesen hier vergleichen können.«

»Das kann aber Monate dauern.«

Da das FBI nicht identifizierte Abdrücke nicht in seine Datenbank einspeiste, war die Wahrscheinlichkeit gering, dass sich irgendwelche Abdrücke aus Bacons Haus, Auto und Büro in der Akte befanden. Und selbst falls dies doch der Fall sein sollte, so bedeutete dies, dass jemand im Hauptquartier in West Virginia im Lagerhaus Kisten und Beweisbeutel durchsehen und nicht identifizierte Abdrücke heraussuchen, auflisten und klassifizieren musste, um sie dann mit denen zu vergleichen, die von Roger Glovers Blumentopf stammten. Mike hatte Recht. Es würde die Leute im Labor wochenlang aufhalten und den Steuerzahler Tausende von Dollars kosten, höchstwahrscheinlich für nichts und wieder nichts. Eric wusste das alles.

»Und das alles nur wegen so eines Gefühls«, kommentierte Zazzaro.

Brown zuckte die Achseln, wie um zu sagen: Was will man machen?

Zazzaro schüttelte den Kopf. Dann sagte er mit übertriebener Betonung: »DER FALSCHE MANN.«

»Wahrscheinlich.«

»ZU JUNG.«

»Wahrscheinlich.«

»DU BIST EIN ARSCHLOCH.«

»Wahrscheinlich.«

26

»Happy Birthday, Dad.«

Roger öffnete die Augen und erblickte eine große Eistorte mit brennenden Kerzen, auf der in rosafarbenem Zuckerguss geschrieben stand: »Alles Gute zum 38., Roger.«

Es war der 15. März und seiner Geburtsurkunde zufolge Roger Glovers Geburtstag.

Er verzog freudig das Gesicht. »Was für eine nette Überraschung!«

Ihr Haus, ein moderner zweistöckiger Bau, hatte eine angebaute Garage, die direkt mit der Küche verbunden war. Als Roger von der Arbeit nach Hause gekommen war, hatte Brett ihn dort in Empfang genommen, ihm befohlen, die Augen zu schließen und ihn ins Esszimmer geführt, wo der Kuchen mitten auf dem Tisch prangte und Papiergirlanden die Decke zierten.

Brett und Laura stimmten »Happy Birthday to You« an. Als sie zu Ende gesungen hatten, bestand Brett darauf, dass Roger die Kerzen ausblies und sich etwas wünschte. Er genoss die Situation, und Roger war gut darin, sich überraschen zu lassen.

»Ich weiß nicht, was ich mir wünschen soll«, sagte er.

»Eine Million Dollar wären ganz praktisch«, scherzte Laura.

»Das habe ich schon an den letzten zwei Dutzend Geburtstagen probiert – es hat nicht geklappt.«

»Du könntest dir wünschen, hundert Jahre alt zu werden«, schlug Brett vor.

»Ja, das ist eine gute Idee.«

Laura verspürte einen Anflug von Unbehagen, achtete jedoch nicht darauf.

»In ein paar Jahren ist auf dem Kuchen kein Platz mehr«, neckte Brett.

»Ho, ho, ho, du Scherzkeks.« Roger pustete die Kerzen aus.

Geburtstage weckten immer unangenehme Gefühle in ihnen, doch sie spielten mit, weil sie Brett beigebracht hatten, dass Familienfeste wichtig waren. Es würde Geschenke geben, und dann würden sie zur Feier des Tages bei Gino's in der Altoona Avenue essen gehen. Auf dem Kuchen stand zwar Rogers Name, eigentlich jedoch war die Party für Brett.

Das ist das Wichtigste, sagte sich Laura – die Liebe deines Sohnes und deines Mannes. Davon zehrte sie in jenen Momenten, wenn sie nicht mehr zwischen Realität und Maskerade unterscheiden konnte, wenn sie sich in Erinnerung rufen musste, wer sie waren oder in welcher Zeit und an welchem Ort sie lebten. Bei Gelegenheiten wie dieser kam sie sich ein wenig vor wie Alice, die auf halbem Weg im Spiegel zum Wunderland stecken geblieben war – die eine Hälfte in der normalen Welt, die andere in einer verrückten Scheinwelt.

Roger setzte das Messer an den Kuchen, der in der Mitte noch fest gefroren war.

Während er auftaute, überreichte Laura ihm sein Geschenk. Wie immer dehnte er den Augenblick spielerisch in die Länge. Es war ein kleines, flaches Päckchen, und er schüttelte es, um seinen Inhalt zu erraten. »Neue Sportschuhe. Nein, Golfschläger.« Als Brett sich beschwerte, packte Roger endlich zwei CDs aus, ein Album von Creedence Clearwater und die letzte Aufnahme von Bob Dylan.

Brett verzog das Gesicht. »Dad, wie kommt es, dass du dieses alte Zeug aus den Sixties so gern magst?«

»Der Dylan ist eine neue Aufnahme.«

»Ja, aber er ist ein alter Hippie.«

»Das bin ich doch auch«, rutschte es ihm heraus. »Irgendwie.«

»Achtunddreißig ist nicht alt.«

Laura zwang sich zu einem strahlenden Lächeln. »Brett hat auch etwas für dich«, verkündete sie und wünschte sich, dies alles wäre vorbei.

Brett gab Roger sein Geschenk. Es war in Papier verpackt, auf dem hüpfende Mädchen mit Ballons in der Hand prangten.

»Hey, nettes Machopapier!« Wieder wog und schüttelte Roger die Schachtel. »Keine CD. ... Zu klein für ein neues Auto ...«

»Dad, wir haben nicht den ganzen Abend Zeit. Mach es auf.« Er war aufgeregter als sein Vater.

Doch Roger spannte ihn weiter auf die Folter – befingerte die Form des Päckchens, roch daran, schüttelte es heftig. »Tropische Fische?«

»Wir haben den Tisch für sieben Uhr reserviert, und es ist schon halb sieben«, erinnerte Laura ihn.

»Mit euch macht das echt keinen Spaß.« Roger riss schließlich das Papier auf. Darin war ein großes gerahmtes Bild mit einem Draht zum Aufhängen. Um das Spiel noch einmal in die Länge zu ziehen, hielt er es falsch herum, sodass weder er noch Laura das Bild sehen konnten.

Brett kochte inzwischen. »Daaad!« Doch Roger schloss die Augen und drehte das Bild zu sich herum.

»Dad, würdest du die Augen aufmachen? Ich bin am Verhungern.«

»Weiß Mom, was es ist?«

»Keine Ahnung«, antwortete Laura. »Aber ich vermute, es ist ein Bild von dir, nackt auf einem Bärenfell mit einer Rose im Mund.«

»Das ist ja widerlich, Mom.«

»Übrigens, Gino's macht um zehn Uhr dicht«, lachte Laura.

»Also gut«, gab Roger nach und öffnete endlich die Augen.

Das Lächeln gefror ihm im Gesicht. Es war ein vergrößertes Foto von ihm mit dem einjährigen Ricky im Garten ihres Hauses in Charleston, Massachusetts.

»Das habe ich in deiner alten Brieftasche im Keller gefunden«, sagte Brett stolz. »Ich habe Mom nichts davon gesagt, aber sie hat mir das Geld gegeben, um es vergrößern zu lassen. Das bist du mit mir. Gefällt es dir?«

»Yeah.«

»Und dir, Mom?«

Laura starrte das Foto an und spürte, wie sich ihr Mund zu der Grimasse eines starren Lächelns verzog. »Es ist wunderschön.«

Sie hatte das Foto vergessen. Ricky mit 15 Monaten, im Sommer 1983. Sie hatten ihm Chris' Mütze und Sonnenbrille aufgesetzt, sodass seine Augen nicht zu sehen waren. Doch die Form seines Babygesichts konnte für Bretts gehalten werden, und er trug genauso einen roten Oshkosh-Overall, wie Brett einen gehabt hatte. In seiner Hand hielt er die rot-schwarze Mickymaus-Puppe.

Sie hatten Carleton so überstürzt verlassen, dass Laura zum ersten Mal seit 14 Jahren auf ein Foto von Ricky starrte. Was ihr schier das Herz zerriss, war, dass Brett glaubte, das sei er in den Armen seines Vaters.

»Gefällt es dir?«

Laura hielt die Luft an und nickte. »Ja.« Die Silbe blieb ihr in der Kehle stecken.

»Wie alt war ich da?«

»Ungefähr anderthalb Jahre«, antwortete Roger.

»Und du warst fünfundzwanzig. Werd jetzt nicht sauer, Dad, aber damals hast du viel älter ausgesehen als jetzt.«

Laura reichte Roger das Messer. »Ich glaube, jetzt können wir.«

»Aber wie kommt es, dass deine Haare heller waren?«, fragte Brett.

»Von der Sonne«, erwiderte Roger schnell. »Ich habe damals viel mehr Zeit draußen verbracht. Die Sonne hat sie ausgebleicht. Oh, leckerer Kuchen.« Er schob Brett ein Stück hinüber.

»Und meine Haare sehen auf dem Foto braun aus«, fuhr Brett fort.

»Na ja, sie sind heller geworden, als du älter wurdest.«

»Wirklich? Ich dachte, wenn man mit braunen Haaren geboren wird, bleibt man so, aber wenn man mit blonden Haaren auf die Welt kommt, werden sie später manchmal dunkler.«

»Nicht immer«, sagte Roger.

»Aber wer in der Familie hatte denn blonde Haare?«

»Dein Großvater.«

»Also habe ich seine Haare geerbt?«

Während Brett und Roger miteinander sprachen, versuchte Laura, sich auszublenden. Sie räumte den Tisch auf, faltete das Papier zusammen und schnitt noch mehr Kuchen ab.

»Ja.«

»Wie hieß er?«

»Sam.«

»Sam Glover?«

»Genau.«

»Und wo ist er begraben?«

»In Wichita, Kansas.«

»Vielleicht können wir am Memorial Day sein Grab besuchen.«

»Mh-hm«, Roger nickte. »Wir werden sehen.«

»Und wer waren meine anderen Großeltern? Und wo sind sie beerdigt?«

Doch bevor Roger antworten konnte, sagte Brett: »Mom, was machst du denn da? Wir sind nur zu dritt, und du hast schon acht Stücke abgeschnitten.«

»Oh.« Sie schaute verlegen auf und legte das Messer zur Seite.

Sie war vollkommen durcheinander. Bretts Fragen und Rogers erfundene Antworten waren fast zu viel für sie. Lügen und noch mehr Lügen. Sie vergifteten ihren Sohn damit. Und das Foto dort auf dem Tisch. Ricky lachte, seine beiden unteren Schneidezähne waren zu sehen, und Brett dachte, es wären seine Zähne, seine Haare, sein Leben. Wie konnten sie es ihm sagen? Wie könnte er jemals die Wahrheit akzeptieren und ihnen verzeihen?

»Zuerst habe ich gar nicht geglaubt, dass ich das bin«, sagte Brett. »Ich erinnere mich auch nicht an diese Mickymaus.«

»Du warst doch noch ein Baby«, erklärte Roger.

»Aber an Opus erinnere ich mich noch. Und ich habe ihn immer noch.«

»Ich schätze, Micky muss irgendwie verloren gegangen sein.«

»Es wird spät«, mahnte Laura, doch niemand achtete auf sie.

»Aber in wessen Haus waren wir da?«, fuhr Brett mit seiner Fragerei fort.

»Bei Freunden«, antwortete Roger.

»Was ist das für ein Auto?«

Laura erkannte erst jetzt Rogers gelben 240Z im Hintergrund. »Das ist ein Datsun.«

»Was ist ein Datsun?«

»Heute heißen sie Nissan.«

»Sieht ziemlich alt aus. Welches Baujahr war das?«

Laura sah Hilfe suchend zu Roger hinüber. »Ich glaube, '72 oder '73. Mein Freund hat Sportwagen gesammelt.«

Brett akzeptierte das. Doch zu ihrem Schrecken erkannte Laura das Nummernschild aus Massachusetts mit der grünen Schrift auf weißem Grund. Die Nummernschilder in Wisconsin waren gelb. Zum Glück war Brett das nicht aufgefallen. Doch etwas anderes hatte er bemerkt.

»Was ist denn *Darby Pharms*?«

Laura fühlte sich, als versinke sie immer tiefer in Treibsand.

»Meine Mütze. Da steht ›Darby Pharms‹ drauf. Ich kann es gerade noch erkennen, aber es ist irgendwie komisch geschrieben.«

Roger kniff die Augen zusammen und betrachtete das Foto, gab vor, die Buchstaben zu studieren. »Ach ja. Aber ich bin nicht sicher, was das genau war.«

»Hier, nimm etwas Kuchen, Schatz.« Laura war verzweifelt.

»Mom, du weinst ja.«

Sie winkte ab. »Du kennst mich doch.« Sie lächelte gezwungen.

»Nein, es gefällt dir nicht«, sagte Brett. Sein Lächeln fiel in sich zusammen.

»Doch, das tut es. Ich finde es toll. Es ist nur, dass ich so ein sentimentaler Jammerlappen bin, weißt du. Es ist so viele Jahre her. Du wirst das verstehen, wenn du einmal selbst Kinder hast.«

Bretts Schultern sackten nach unten. »Es gefällt dir nicht.« Tränen stiegen ihm in die Augen.

»Nein, Schatz, ich finde es wunderbar ... wirklich, das tue ich«, bekräftigte sie. »Es ist spät. Ich mache mich besser fertig.« Und sie rannte nach oben und überließ es Roger, Brett zu trösten, der dastand und sich fragte, was mit seiner großen Überraschung schief gelaufen war.

»Ich bin jünger als der Frühling. Lustiger als das Lachen, jaba, daba duu, jaba, daba duu, bin ich ... mit diiiiir.« Wally trat aus der Dusche. Es war der 22. März, und genauso fühlte er sich auch.

Er trocknete sich ab, dann stieg er auf die Waage und pendelte die Gewichte aus. »Ja!«, jubelte er.

199,4.

Der erste Frühlingstag, und das erste Mal seit 6 Jahren, dass Wally Olafsson weniger als 200 Pfund wog. Das war ein Gewichtsverlust von 21 Pfund in sechs Wochen. Es war auch das erste Mal, dass er sein Gewicht ablesen konnte, ohne seine Brille aufsetzen und den Bauch einziehen zu müssen. Immer noch nackt tänzelte er aus dem Badezimmer und betrachtete sich in dem hohen Spiegel, den er vor einigen Wochen gekauft hatte.

Es geschah wirklich. Sein Bauch hatte nicht länger diese exzessive Wölbung, seine Oberschenkel waren schlanker, und sein Hals war wieder zu erkennen. Er sah nicht mehr aus wie ein riesiger rosa Ochsenfrosch. Selbst die Rettungsringe um seine Taille hatten zu schmelzen begonnen, obwohl er den Verdacht hatte, dass er schon mit einer Veranlagung dazu geboren worden war.

Das viele Training an der Gewichtsmaschine hatte seinen Armen und Schultern Konturen verliehen. Seine wabbeligen Brüste machten Brustmuskeln Platz, und bemerkenswerterweise konnte er sogar den Körper erahnen, den er als junger Mann gehabt hatte.

Noch bemerkenswerter war, dass er jetzt Hosen in Größe 46 tragen konnte – acht Zentimeter enger als vorher. In einem weiteren Monat würde er in Größe 42 passen. Und bis zum Sommer vielleicht in eine schnittige 40 – die Größe, die er am College getragen hatte. Allein der Gedanke daran jagte einen Schauer durch seine Lenden.

Es gibt einen Gott. Und Er oder Sie hat mir Roger Glover in den Schoß fallen lassen.

Das Beste war, wie er sich fühlte: selbstbewusst, leichtherzig, lustig und schlagfertig wie früher. Er hatte aufgehört, wie ein alter Mann zu denken. Mit einem Wort, Wally war glücklich. So glücklich, wie er es seit den frühen Tagen seiner Ehe mit Marge nicht mehr gewesen war. Oder sogar noch früher, denn diese Form des Glücks war den ganz Jungen vorbehalten, die das Leben bis zur Neige aus bodenlosen Bechern tranken. Wenn Freunde und Kollegen Bemerkungen über sein gutes Aussehen machten, sagte er einfach, dass er einem Fitnessclub beigetreten war und eine Diät begonnen hatte.

Natürlich kannte nur Roger die Wahrheit, und Rogers Frau. Wally wünschte, er könnte Wendy wieder sehen. Es war 30 Jahre her. Roger gab zu, dass es Spaß machen würde, über die alten Zeiten zu reden, doch es war auch gefährlich. Obwohl das FBI offenbar seine Ermittlungen eingestellt hatte, würden sie Verdacht schöpfen, wenn man sie fröhlich zu dritt in einer Bar sehen sollte. Man beschuldigte nicht jemanden des Massenmordes und zog dann seine Aussage zurück, nur um der Kneipenkumpan des Betreffenden zu werden.

Wally öffnete das Fenster. Die erste, noch kühle Frühlingsluft flutete herein. Erstaunlicherweise roch sie sogar anders, so wie damals, als er noch ein Junge gewesen war. Elixier war wie eine Bluttransfusion. Besseres Sehvermögen, schärferer Blick, glattere Haut, mehr Energie. Und eine feurige Libido. »Noch ein, zwei Spritzen«, hatte er zu Roger gesagt, »und mir wächst ein zweiter Penis.«

Vergangene Woche hatte Wally ein zweites Auto geleast, einen roten Porsche Cabrio, der geradezu schamlos auffällig war. Und nächsten Dienstag hatte er seinen ersten Termin in einer Klinik für Haartransplantationen. Er hatte sein Haus, das viel zu sehr nach einem einsamen, geschiedenen Mann aussah, zum Verkauf inseriert und plante, kommenden Monat in eine Eigentumswohnung in der Stadt umzuziehen. Und heute Nachmittag hatte er Aktien im Wert von 300 000 Dollar verkauft und den Erlös in einen schnell wachsenden Risikofonds investiert.

Das Leben war gut. Und es wurde jeden Tag besser.

Er zog sich an. Obwohl er vorhatte, sich demnächst so zu kleiden wie Altrocker bei der Grammy-Verleihung – schwarzer Pullover unter lässigem schwarzem Sportjackett – musste er zuerst noch ein paar Pfunde loswerden. Aber schon bald, sagte er sich: Keith Richards, Paul McCartney und Wally Olafsson.

Heute Abend würde er sich noch in einem dunklen Nadelstreifenanzug von Brooks Brothers der Tradition unterwerfen. Als Konzession an seine bevorstehende Jugend schockierte er sein weißes Hemd mit einer schreiend bunten Jerry-Garcia-Krawatte. Den letzten Schliff gaben ihm teure, schwarze Lackschuhe. So ein Paar hatte er seit den Roy Roger-Fernsehsendungen nicht mehr besessen, als er neun Jahre alt gewesen war.

Als er fertig war, sah er in den Spiegel und deklamierte mit seiner schönsten Jack Palance-Stimme: »Shane, diese Stadt ist nicht groß genug für uns beide!« Dann schaltete er das Licht aus.

Er ging hinaus in die Garage und sprang in den Porsche. Er warf noch einen prüfenden Blick in den Spiegel, dann fuhr er durch die Stadt und kam sich dabei vor wie Tom Cruise in *Top Gun*.

Sie wollten zusammen essen gehen. Le Bocage, das schickste neue Restaurant in der Stadt. Er und Sheila Monks, alias Wonder Woman.

»Sie mögen also ältere Männer? Das haben Sie aber verdammt gut überspielt.«

»Das war ein lausiger Tag. Ich hatte gerade mit einem Typen Schluss gemacht und dem gesamten männlichen Geschlecht abgeschworen.«

»Sie meinen diesen muskelbepackten Kerl, mit dem ich Sie immer gesehen habe?«

»Ja, das ist er. Tory. Nach unserer Trennung ist er einem anderen Club beigetreten.«

Tory: Der Bodybuilder-Alpha mit dem Baseball-Bizeps, ausgestochen von einem Wally Olafsson in mittleren Jahren auf dem Weg zu einem Comeback. »Darf ich fragen, was genau Sie und Tory auseinander gebracht hat?«

»Sein Snowboard.«

Wally sah sie verständnislos an. »Sein Snowboard«, wiederholte er, als lege er einen Eid ab.

»Ja, und seine Roller-Blades, sein Tennisschläger und seine Golfschläger, außerdem seine Sportpistole und sein Mountainbike.«

»Ist der Typ so eine Art Sportgeräte-Fetischist?«

Sheila kicherte. »So ähnlich. Das Einzige, was wir je zusammen unternommen haben, war irgendeine Form des sportlichen Wettkampfes. Er war ein netter Kerl, aber er hatte eine engere Bindung an seinen Jagdhund als an mich. Als er auch noch einer Rugbymannschaft beigetreten ist, hatte ich genug. Lederbälle sind nicht meine Sache.«

Wally lächelte und trank von seinem Champagner. Schönheit, Grips und obendrein auch noch Witz. Sheila war Produzentin und Moderatorin einer lokalen Fernsehsendung und träumte davon, zu einem großen Sender zu wechseln. Bei ihrer letzten Sendung war es um das Thema gegangen, warum die USA das metrische System nicht übernahmen. Es war nicht gerade ein Knüller gewesen, aber nächste Woche würde sie Michail Gorbatschow interviewen, der nach Madison kam, um einen Preis der Universität entgegenzunehmen.

»Ich weiß, wie abgedroschen das klingt, aber mir sind ältere Männer einfach lieber. Männer zwischen vierzig und fünfzig.«

Wally lächelte. *Danke, Gott.* Aus dem alten Knacker mit der jungen Frau war bereits ein Mann in den besten Jahren mit einer jungen Frau geworden. Ihm kam der Gedanke, dass, wenn es so weiterging, er irgendwann für Sheila ein junger Spund sein würde.

Verdammt! Und was dann?

Doch Wally genoss das Leben erst einmal Augenblick für Augenblick. Und in diesem Augenblick schmeckte es sehr süß.

»Und wie alt sind Sie genau?«

Wally hatte diese Frage erwartet. Dies war zwar ihre erste offizielle Verabredung, doch sie waren sich im Fitnessclub bereits näher gekommen und schon zusammen Kaffee trinken gewesen. Er sah inzwischen etwa zehn Jahre jünger aus, als er war. Doch er konnte nicht lügen, denn wenn aus ihrer Beziehung etwas werden sollte, würde sie seine Freunde und seinen Sohn kennen lernen und sein wahres Alter erfahren. Wenn es etwas »Ernstes« werden sollte, würde er ihr irgendwann den Zustand seiner Zellen erklären müssen. Wenn er jetzt »siebenundfünfzig« antwortete, würde sie das schockieren, »siebenundvierzig« war eine Lüge. Schon sah er Probleme auf sich zukommen.

Als sie so dasaßen und einander über Champagner und Forelle mit Mandeln und weißem Spargel mit den Augen anlächelten, musste Wally sich in Erinnerung rufen, dass Sheila zwar eine wunderbare junge Frau war, dass es jedoch noch viele andere wunderbare junge Frauen auf der Welt gab, und so viel Zeit.

Es war schwer zu begreifen, doch das Leben von Wally Olafsson war im Begriff, ein einziger unendlicher Augenblick zu werden.

Plötzlich sah Wally selbst aus der Ferne, wie er in diesem eleganten Raum voller Paare saß, die mit den Augen aneinander hingen, und ihn überkam der Gedanke, was für ein merkwürdiges und wundersames Wesen er doch geworden war. Sie alle waren einfache Sterbliche, wohingegen er eine Apotheose erlebte. Er kam sich unter ihnen wie ein Außerirdischer vor. Nein, wie eine Art geheime Gottheit.

»Also?«, fragte Sheila.

Wally kicherte in sich hinein. »Ich hatte noch nie Probleme damit, ins metrische System umzurechnen.«

Sie runzelte die Stirn. »Ich fürchte, ich kann Ihnen nicht ganz folgen.«

»Sie haben nach meinem Alter gefragt.«

»Ja, und?«

»Neunundzwanzig Grad Celsius.«

Sheila lachte und ließ das Thema fallen.

27

Etwas verriet Roger, dass er beobachtet wurde.

Ob man es nun den sechsten Sinn, hellseherische Kräfte oder antrainierte Paranoia nannte, er war wie eines dieser hoch empfindlichen seismographischen Geräte, die Erschütterungen unterhalb der menschlichen Wahrnehmungsgrenze registrierten.

Es schlug nicht oft aus, doch wenn es geschah, wusste er Bescheid – wie dieses eine Mal letzten Monat, als die beiden Agenten seinen Laden überwacht hatten. Zwei Tage später waren sie verschwunden gewesen, offenbar überzeugt, dass sie eine unschuldige amerikanische Durchschnittsfamilie verfolgten, die nichts weiter tat als ein unauffälliges Leben zu führen.

Jetzt schlug die Nadel wieder aus, als er mit Brett in der Schlange der anderen Läufer vor dem Anmeldungstisch für den Wohltätigkeitslauf der Stadt anstand.

Er sah sich um und versuchte, das Epizentrum zu lokalisieren. Eine Menge Leute waren dort, Läufer, Zuschauer, Fotografen, doch niemand schien ihm besondere Beachtung zu schenken. Niemand außer Laura, die ihm von der Tribüne an der Start- und Ziellinie zuwinkte.

Falscher Alarm, dachte er.

Es war ihm schon früher in Menschenmengen so ergangen. Und diese hier pulsierte vor nervöser Energie. Läufer sprangen auf und ab, gingen herum, streckten sich, warfen ein paar letzte Kohlenhydrate in Form von Powerriegeln und Orangensaft ein. Nichts weiter als die kollektive Elektrizität der Masse, beschloss Roger und widmete sich wieder dem Augenblick.

Während Brett sein Anmeldeformular abgab und dafür einen Umhängelatz mit seiner Startnummer in Empfang nahm, betrachtete Roger seinen Sohn mit stolzer Bewunderung. Er war zu einem gut aussehenden, wohlproportionierten jungen Mann mit wie gemeißelten Muskeln, einer schlanken Taille und harten, runden Gesäßmuskeln herangewachsen. Er sah aus wie ein junger griechischer Gott.

Ich liebe dich, du wunderschöner Junge, flüsterte Roger im Stillen.

Auf dem Anmeldeformular wurden die üblichen Angaben verlangt: Name, Adresse, bisherige Teilnahme an Wettläufen. Die Läufer wurden außerdem aufgefordert, ihre Altersgruppe anzukreuzen, denn es gab Preise für jede Kategorie: 12 bis 18 Jahre, 19 bis 29 Jahre und so weiter. Wie die Gewichtsklassen beim Ringen. Die Überlegung dahinter war, den Sieg zu relativieren und die älteren Läufer nicht zu blamieren. Für Roger jedoch stellte diese Frage immer ein Dilemma dar, denn er kam sich vor wie ein Betrüger. Wie Rosie Ruiz, die in den Achtzigerjahren den Boston Marathon der Frauen gewonnen hatte, bis sich herausstellte, dass sie die Strecke zum Teil mit der U-Bahn zurückgelegt hatte.

Roger legte die Strecke mit Elixier zurück. Er kreuzte das Kästchen »30–39 Jahre« an und erhielt eine Startnummer.

Roger liebte es zu laufen. An den Wochenenden liefen er und Brett immer ein paar Meilen auf der Bahn der Pierson-Highschool. Brett hatte einmal gesagt, wie toll es sei, einen sportlichen Vater zu haben. Die Väter vieler anderer Jungen waren schlecht in Form und waren gerade noch in der Lage, einen Baseball zurückzuwerfen. *Sein* Dad hingegen konnte ringen, Ski fahren, Gewichte stemmen und eine Meile in sechs Minuten zurücklegen.

Sie machten ihre Aufwärmübungen und begaben sich dann an ihre Startplätze. Etwa 300 Läufer nahmen an dem Rennen teil. Weil es sich um eine Wohltätigkeitsveranstaltung handelte, war die Einhaltung der Spielregeln nur eine Formsache. Die schnelleren Läufer starteten vorn, während Jugendliche und ältere Jogger das Schlussfeld bildeten.

Brett und Roger standen drei oder vier Reihen hinter der Startlinie, die von Mitgliedern der Laufmannschaften der North und Memorial Highschool und der Universität besetzt war sowie von Läufern ohne jegliches Körperfett, die nur aus Beinen bestanden und jedes Rennen sehr ernst nahmen.

Beim Startschuss preschte die erste Reihe davon. Roger und Brett blieben unmittelbar dahinter und schlugen ein gleichmäßiges, bequemes Tempo an. Hier ging es nur ums Dabeisein, es bestand keine Notwendigkeit, sich zu verausgaben.

Das Wetter war kühl mit bedecktem Himmel; perfekte Bedingungen für den Stadtlauf, der in einem großen Bogen von der Spitze des Carson Parks am Fluss entlang und durch ein paar Straßen zurück zum Startpunkt führen würde.

Nach dem vierten Kilometer waren viele, die zunächst an der Spitze gelaufen waren, zurückgefallen und ließen Brett und Roger vorbei. Ältere Läufer spürten die Entfernung, und den jüngeren fehlte das Durchhaltevermögen, das ein gleichmäßiges Tempo verlieh. Auch Brett wurde müde. Also verlangsamte Roger sein Tempo.

Als sie die Markierung des sechsten Kilometers passierten, stellte sich das Gefühl wieder ein, wie ein magnetisches Rucken im Hinterkopf. Roger blickte über die Schulter. Ein paar Läufer hielten sich in loser Formation hinter ihnen. Ein junges Paar in identischen Trikots. Ein drahtiger schwarzer

Mann. Zwei weiße Frauen. Sie alle konzentrierten sich ganz und gar aufs Laufen.

Sein Blick fiel auf einen weißen Mann. Nummer 44. Ein großer Kerl, zwischen 20 und 30 Jahre alt, mit einem Stirnband, einem weißen ärmellosen Hemd und blauen Shorts. Der Mann hielt einen stetigen Abstand von etwa zehn Schritten zu ihnen ein. Er war Roger und Brett seit dem Start auf den Fersen gewesen.

Dann erinnerte er sich plötzlich wieder. Bei der Anmeldung. Roger hatte es als reine Neugier abgetan. Doch plötzlich erschien ihm Nummer 44 nicht mehr länger wie jeder andere Läufer, der die Konkurrenz abschätzte. Er beobachtete ihn und Brett. Roger fing seinen Blick auf, einen durchdringenden Blick, dann wandte der andere die Augen ab. Allem Anschein nach brauchte er sich nicht anzustrengen. Er hätte sie leicht überholen können, doch er behielt sein langsameres Tempo bei.

Dann fiel Roger noch etwas anderes ein. Er hatte diesen Mann vorhin in der Anmeldehalle zusammen mit einem älteren Mann in einer Windjacke herumwandern sehen, der eine Kamera mit Teleobjektiv dabei hatte. Roger mochte Kameras nicht, schon gar nicht solche mit dicken Zoom-Objektiven.

Sie bogen von der First Avenue in die River Street ein. Nur noch ein knapper Kilometer bis zum Ziel. Brett wirkte müde, daher verlangsamte Roger sein Tempo noch mehr.

Sofort zog Nummer 44 vorbei und warf ihm dabei einen scharfen Blick zu. Roger fühlte sich besser. Der Kerl war wohl doch kein Polizist, sondern nur ein eingebildeter Läufer. Probierte es mit dem bösen Blick. Alles, um die Konkurrenz einzuschüchtern.

Brett gefiel es nicht, dass Roger zurückfiel. »Lauf weiter«, rief er. »Nicht langsamer werden.«

Roger schüttelte den Kopf. »Ist schon in Ordnung.«

»Nein, mach schon!« Brett musste sich sehr anstrengen, doch er wollte nicht, dass Roger sich zurückhielt.

»Bist du sicher?«

»Ja!«

Trotzdem wollte er Brett nicht hinter sich lassen.

Brett schien seine Gedanken zu lesen. »Häng ihn ab, Dad. Häng ihn ab!«

Mehr brauchte Roger nicht. *Für dich, Brett*, flüsterte er, dann schoss er in einem Sprint los, den kein anderer 56-Jähriger jemals hätte hinlegen können – und auch nur sehr wenige 38-Jährige.

Innerhalb weniger Sekunden schloss er zu Nummer 44 auf. Irgendwo hinter sich hörte er Brett laut johlen.

Etwa 300 Meter vor der Ziellinie hatte Roger Nummer 44 bis auf etwa fünf Schritte eingeholt. Er konnte ein tätowiertes Kleeblatt auf seiner rechten Schulter erkennen.

Roger hielt diesen Abstand für mehrere Sekunden bei, während er sich darauf vorbereitete, vorbeizuziehen. Dann holte er auf, bis er auf gleicher Höhe mit dem Kerl war, etwa drei Meter links von ihm. Die Straße vor ihnen war frei. So liefen sie für eine Weile nebeneinander her. Der Mann sah ein paar Mal zu Roger herüber. Roger heftete seinen Blick auf ihn und in diesem Augenblick geschah etwas zwischen ihnen. Roger wusste nicht, was es war, und es war ihm auch egal. Seine ganze Konzentration galt jetzt der leuchtend gelben Ziellinie hundert Meter vor ihnen.

Auf der Tribüne brach Jubel aus, als eine kleine Gruppe Laufstars aus der Stadt die Linie als erste passierte.

60 Meter vor dem Ziel legte Roger noch einmal zu, so sehr er konnte. Mit letzter Kraft überholte er Nummer 44, ohne ihn anzusehen, und preschte die Straße hinunter auf die breite gelbe Linie zu. Mit einem Dutzend Schritten Vorsprung passierte er sie.

Die Menge tobte, nicht weil sie Roger kannte, sondern

wegen seines Schlussspurts. Über 100 Meter hatten die Zuschauer die beiden beobachtet, wie sie exakt auf gleicher Höhe liefen, bis Roger seinen erstaunlichen Sprint zur Ziellinie hinlegte.

Laura lief zu Roger hinüber, der taumelnd versuchte, wieder zu Atem zu kommen. Sie umarmte ihn und reichte ihm einen Becher mit Wasser.

Er wusste, dass das, was er getan hatte, irrational war – er war einfach seinem Testosteron gefolgt. Aber, großer Gott, es hatte gut getan, diesen Kerl abzuhängen.

Agent Eric Brown stand auf einer Bank in dem Park gegenüber der Ziellinie und schoss ein Dutzend Fotos mit seiner Nikon mit dem schwarzen Zoom und dem automatischen Filmtransport, während Roger über die gelbe Linie in die jubelnde Menge flog.

Er nimmt einen Becher Wasser von jemandem entgegen. Er beugt sich vor und schnappt nach Luft. Er erhebt sein verzerrtes Gesicht zum Himmel. Er lässt sich von seiner Frau umarmen, die im Zoom älter aussieht als er. Er gießt sich Wasser über den Kopf. Er rubbelt sich trocken. Er trinkt mehr Wasser. Er schüttelt seinem Sohn die Hand. Er winkt Bill Pike zu, als dieser über die Linie läuft.

Und Brown hatte alles aufgenommen.

»Olafsson hatte Recht«, keuchte Pike, als er sich schließlich einen Weg zu Brown gebahnt hatte. »Er ist der Falsche.« Er war noch immer außer Atem und rubbelte sich die Stirn mit einem Handtuch ab.

»Yeah, aber für achtunddreißig kann der Bastard ganz schön rennen.«

»Wem sagst du das.« Pikes Gesicht war weiß, und seine Lungen brannten noch immer. »Ich weiß nicht, was sein Geheimnis ist, aber der Kerl muss Raketentreibstoff in den Adern haben.«

»Roger, es tut mir Leid, dich im Laden anzurufen, aber es ist ungeheuer wichtig.«

Jenny versuchte, die Verzweiflung in ihrer Stimme zu verbergen, doch er hörte sie trotzdem.

Dennoch reagierte er barsch. »Wenn es um die Orchideen geht, Ma'am, kann ich Ihnen nicht helfen. Sie sind nicht erhältlich.«

Das war ihr Codewort. Immer wenn sie am Telefon Elixier diskutierten, hatten Laura und Roger von den »Orchideen« gesprochen.

Es war so unfair, dachte Jenny. So unfair. Und es war Lauras Schuld.

Sie hatte ihn gegen sie aufgebracht. Ihre eigene Schwester! »Aber du musst«, bettelte Jenny. »Du musst. Sonst –«

»Es tut mir Leid, Ma'am, aber ich kann Ihnen nicht helfen«, beendete er das Gespräch.

Jenny stand einen Augenblick lang verblüfft mit dem Hörer am Ohr da. Er hatte aufgelegt, weil er befürchtete, dass ihre Telefone abgehört wurden. Aus diesem Grund nannte er sie auch nie beim Namen.

Aber das war lächerlich, nach all den Jahren. Roger und Laura hatten ein neues Leben, und Jenny war vor Jahren aus Kalamazoo weggezogen. Nicht einmal Ted wusste, wo sie und ihre Tochter jetzt wohnten.

Jenny legte den Hörer auf und dachte, wie selbstsüchtig und rücksichtslos er doch war. Ihr eigener Schwager. Nach allem, was sie für ihn getan hatte.

Die Musik in Abigails Zimmer lief noch immer. Gott sei Dank hatte sie das Gespräch nicht mit angehört.

Jenny spürte, wie die Panik sie wieder überkam. Die letzte Injektion des Serums konnte nicht mehr lange vorhalten. Jeden Tag könnte sie beginnen, sich zu verändern. Laura hatte gesagt, was mit den Affen passiert war, sei entsetzlich gewesen.

Was wird mit mir geschehen?, schrie es in Jennys Kopf. Es hieß, dass man binnen weniger Stunden alterte und starb. Es war zu furchtbar, um auch nur daran zu denken.

Ich kann sie nicht so im Stich lassen!

»Mama!«, rief Abigail von oben.

»Ja, Liebling?«

»Was heißt Känguru auf Französisch?«

»Ich weiß es nicht«, rief sie, »aber ich schlage es nach.«

Als sie das Wörterbuch holen ging, betrachtete Jenny ihr Gesicht im Spiegel. »Gott, hilf mir«, flüsterte sie.

»Das ist das zweite Mal in dieser Woche, dass sie angerufen hat. Sie hat sich ein bisschen durchgedreht angehört«, rief Roger aus dem Badezimmer.

Wie üblich lag Wendy im Bett und las. Das tat sie jeden Abend vor dem Einschlafen.

Jenny war vor ein paar Monaten 50 Jahre alt geworden, und Wendy wusste, dass sie das schwer getroffen hatte. Sie hatte wiederholt wegen Elixier angerufen, war sogar so weit gegangen, darum zu betteln. Da sie einmal Krankenschwester gewesen war, könnte sie sich die Spritzen selbst geben und würde ihnen keine Last sein, versicherte sie. Sie könnten ihr sogar einfach ein paar Ampullen per Federal Express schicken. Aber sie hatten sich strikt geweigert.

Roger schaltete das Badezimmerlicht aus und kam zum Bett. Er hatte sich den Bart und die Schläfenhaare grau gefärbt.

»Sie war nicht einfach nur irrational«, fuhr er fort. »Es war auch die Art, wie sie geredet hat. Sie hatte ein merkwürdiges Tempo, hat lange Pausen gemacht, bevor sie antwortete. Ich war mir noch nicht einmal sicher, dass sie verstanden hat, was ich gesagt habe. Einmal hat sie mich Mr. Bigshot genannt und gedroht, mir die Freundschaft aufzukündigen. Es war, als ob man mit einem Kind redet.«

Wendy wollte nicht noch mehr auf Jenny herumhacken. »Sie hat viel durchgemacht«, sagte sie.

»Aber ich glaube nicht, dass sie locker lassen wird. Sie hat sich fast drohend angehört.«

Er legte sich neben sie.

An diesem Abend las Laura einen Kriminalroman. Sie hatte das Genre jahrelang gemieden, weil es sie an ihre eigene aufgegebene Karriere erinnerte. Ironischerweise hatte ihr Verschwinden damals *Müde bin ich...* zu einem Bestseller gemacht. Sie hatte daran gedacht, unter einem Pseudonym wieder mit dem Schreiben zu beginnen, doch es war zu riskant, etwas zu veröffentlichen. Sie lebten noch immer in der Furcht, in den Augen eines Fremden Wiedererkennen aufflackern zu sehen. Außerdem könnte ein Leser mit Adleraugen besondere Merkmale ihres Stils entdecken und sie mit Wendy Bacon in Verbindung bringen. Daher hatte sie mit Bedauern ihre Leidenschaft fürs Schreiben aufgegeben und war einfach nur eine Leserin geworden.

Roger lehnte sich herüber, nahm ihr das Buch aus den Händen und küsste sie. Er hatte wieder diesen lüsternen Ausdruck in den Augen. Er streichelte ihren Schenkel.

»Nicht heute Abend.« Die Enttäuschung war ihm deutlich anzusehen. Brett schlief schon in seinem Zimmer, das war also keine Entschuldigung. Trotzdem, ihr war einfach nicht danach. Versöhnlich streichelte sie seine Hand. »Es tut mir Leid.«

»Und mir erst.«

Es hatte eine Zeit gegeben, da hätte er protestiert, damals, als sie beide jünger waren. Als sie noch biologisch auf einer Ebene standen. Inzwischen jedoch hatte er sich damit abgefunden, zurückgewiesen zu werden. Sie liebten sich jetzt nur noch ein paar Mal im Monat.

Er nahm ihr Gesicht in seine Hände. »Ich liebe dich, das weißt du.«

»Ja, ich weiß es«, antwortete sie. Es gefiel ihr noch immer, wenn er das sagte, doch sie fand in seinen Worten keine Zuflucht mehr. »Und ich liebe dich. Morgen Abend, versprochen.«

Roger nickte. »Sicher«, sagte er und küsste sie leicht auf den Mund.

Sie dimmte das Licht und lag ein paar Minuten still an ihn geschmiegt. Das Schweigen war von unguten Gefühlen erfüllt. Sie hatte ihn wiederholt dabei ertappt, wie er jüngere Frauen ansah, wenn sie ausgingen. Und wie könnte sie ihm das zum Vorwurf machen? Obwohl sie Aerobic trieb, sich richtig ernährte, ihre Haare färbte, Vitamine einnahm und sämtliche Antifaltencremes kaufte, die es nur gab, trennte sie ein Vierteljahrhundert Biologie. Rein rechnerisch gesehen könnte sie seine Mutter sein.

»Uns bleiben nicht mehr viele Jahre dafür«, sagte sie.

»Wofür?«

Sie wünschte, er würde sich nicht dumm stellen. »Für diese Charade.«

»Müssen wir jetzt darüber reden?«

Es machte ihm Angst, wenn sie dieses Thema ansprach, denn das Unvermeidliche geschah – mit ihr, nicht mit ihm. Dank ihrer falschen Identitäten und dem geschickten Make-up war er beinahe selbst auf ihre Fassade hereingefallen. Einmal, vor ein paar Jahren, hatte sie die Wurzeln ihrer Haare auswachsen lassen, und er war über das viele Grau schockiert gewesen. Er hatte fast vergessen, dass sie alterte.

»Wann sonst möchtest du darüber reden?«, fragte sie.

»Wie wäre es mit morgen Nacht, nachdem wir übereinander hergefallen sind?«

»Roger, wann wirst du dem Unvermeidlichen endlich ins Gesicht sehen? Ich bin fünfundfünfzig. In vier Jahren kann ich Seniorenrabatte in Anspruch nehmen.«

»Du bist in Topform.«

»Nein, das bin ich nicht. Ich bin älter und schwerer. Ich habe nicht deine Energie und auch nicht deinen sexuellen Appetit. Ich habe mich verändert. Ich lasse nach.«

»Das ist Unsinn. Dir geht es gut, und du siehst toll aus.«

»Roger, würdest du bitte damit aufhören?«

»Womit?«

»Hör auf damit, mich von oben herab zu behandeln. Und hör auf mit diesem Sex aus Mitleid.«

»Es ist kein Sex aus Mitleid. Ich möchte dich lieben.«

»Nein, du möchtest Wendy Bacon lieben.«

Er wollte protestieren, doch ihm war der Wind aus den Segeln genommen. Er wandte den Blick ab, aber sie hatte die Tränen in seinen Augen schon gesehen.

Sie spürte, wie auch ihr die Tränen kamen. Sie nahm seine Hand. »Es tut mir Leid, aber es ist einfach nicht mehr so, wie es einmal war.«

Nach einer langen Pause erwiderte er: »Du hast eine Wahl.«

»Das ist keine Wahl für mich, und du weißt es.«

»Lebst du denn nicht gern? Möchtest du nicht mehr mit mir zusammenbleiben?« Einen Augenblick lang sah er wie ein kleiner Junge aus, der um das Verständnis seiner Mutter bettelte.

Laura seufzte. Ja, die Versuchung war da. Mehr als ihre Schwester oder jede andere Frau vernahm sie jeden Tag den Sirenenruf. Doch sie hatte sich selbst vor langer Zeit ein Versprechen gegeben.

»Und wenn er einmal älter ist?« Er hielt an der Hoffnung fest, dass sie nachgeben würde, wenn Brett erst einmal erwachsen war. »In sieben Jahren wird er einundzwanzig.«

»Und ich werde dreiundsechzig.«

Schon jetzt grenzte ihr Sex ans Bizarre. In sieben Jahren würde er abartig sein. Sie würde sich vorkommen wie eine alte Kinderschänderin, und er würde ihr etwas vormachen müssen.

»Aber du würdest wieder wie fünfzig werden, oder noch jünger.«

»Du meinst, Laura würde so jung sein wie Wendy.«

»Wenn du es so sehen willst.«

»Vielleicht will ich aber nicht so werden.«

»Und vielleicht doch.«

Sie schwiegen lange, und Laura spürte, wie die alte Wut sich durch ihre Traurigkeit brannte. Roger hatte sich dies selbst angetan. In einem Akt gigantischer Dummheit hatte er sich vor 13 Jahren das Zeug in die Adern gespritzt und damit das Gewebe ihrer Leben für immer vergiftet. Obwohl sie verstand, was ihn zu dieser Tat getrieben hatte, konnte sie ihm nie verzeihen. Mehr als jeder andere Mensch war er in der Lage gewesen, die Konsequenzen vorherzusehen, doch er hatte beschlossen, sie außer Acht zu lassen. Und obwohl sie Mitleid für ihn empfand, gab es Augenblicke, in denen sie ihn für das, was er getan hatte, hasste.

»Laura, ich brauche dich. Ich möchte das nicht allein durchmachen.«

Laura schloss die Augen und schwieg. Sie wusste von der Panik, die er zu spüren begann. Abgesehen von Wally, der an der Peripherie der Dinge stand, war sie der einzige Mensch in der Welt, der wusste, wer und was Roger war. Sie war seine einzige Vertraute. Sein Leben war zum Stillstand gekommen, und die Zukunft erschien ihm wie eine weite, leere Fläche. Sie könnte noch dreißig Jahre am Leben bleiben. Zum Schluss könnte es sogar sein, dass er sie wie eine alte Mutter pflegte. Aber würde er nach ihrem Tod ohne sie weiterleben können? Könnte er allein mit seinem Geheimnis leben? Würde er sich eine andere Frau suchen?

Seit es Brett in ihrem Leben gab, waren diese Überlegungen nicht länger von höchster Wichtigkeit. Das sprach sie natürlich nicht aus. Und auch eine dritte Option, die ihr in den Sinn gekommen war, erwähnte sie nicht: Scheidung.

Brett war noch zu jung. Er war verrückt nach seinem Vater, und eine Trennung würde ihm dauerhaften Schaden zufügen. Auch würde er den Grund nicht begreifen können: Nicht Mangel an Liebe, sondern an Zeit.

Wenn er älter wäre, sagte sie sich. Wenn sie ihm all die anderen furchtbaren Dinge erklärt hätten.

»Laura, versprich mir nur eines«, flehte er. »Dass du dir die Option offen hältst, okay? Vielleicht wenn Brett ausgezogen ist und sein eigenes Leben lebt?«

Sie seufzte. »Mir sind die Versprechen ausgegangen«, antwortete sie und schaltete das Licht aus.

Und als sie im Dunkeln lag, staunte sie über das einmalige Durcheinander in ihrem Leben.

Allmächtiger Gott, wie sollte das alles enden?

FBI-Hauptquartier, Clarksburg,
West Virginia

Eileen Rice merkte kaum, dass der Kaffee in ihrer Tasse kalt wurde. Sie war zu sehr vertieft in das, was sie auf ihrem Bildschirm entdeckt hatte.

Es war das Bild eines Teilabdrucks mit elf Linien vom Triradius zum Zentrum des inneren Terminus. Sie vermutete, dass es sich um einen rechten Zeigefinger handelte, doch das spielte keine Rolle, da die Struktur an allen Fingern identisch war.

Was sie hatte aufmerksam werden lassen, war eine fast vollständige Linie aus einem latenten Abdruck mit der Bezeichnung »Abdruck (4)-1.37-links II.«

Auf dem geteilten Bildschirm vergrößerte sie das Bild und klickte auf den älteren Abdruck. Sie drehte ihn auf dem Monitor um seine Achse, bis beide Abdrücke parallel ausgerichtet waren. Dann tippte sie auf ein paar Tasten und schob die beiden Bilder übereinander.

Sie stimmten vollkommen überein.

Der linke Abdruck stammte aus Carleton, Massachusetts. Der Abdruck war 1988 überall in einem bestimmten Haus gefunden worden, auf Kaffeetassen und allen möglichen Haushaltsgeräten. Der Abdruck auf der rechten Seite war vor sieben Wochen auf einem Blumentopf in einem Laden in Eau Claire, Wisconsin, sichergestellt worden.

Es hatte so lange gedauert, weil es sich um einen alten Fall handelte und in der Datenbank keine Abdrücke gespeichert waren. Das bedeutete, dass Eileen per Hand sämtliche latenten Abdrücke von Türgriffen, Kleidungsstücken und Haushaltsgegenständen aus den Beweismaterialien durchsehen musste. Und weil sie kürzlich in ein neues Hauptquartier umgezogen waren, waren einige Kisten mit alten Fällen falsch eingeordnet worden. Sie hatte schließlich Dutzende verschiedener Abdrücke gefunden, sie eingescannt, in ihr Computerprogramm eingespeist und sie schließlich klassifiziert und mit den neuen verschiedenen Abdrücken verglichen, die sich auf dem Blumentopf aus Eau Claire, dem Packpapier, dem Kassenzettel und der Geschäftskarte befunden hatten. Auch diese Abdrücke hatte sie einscannen und klassifizieren müssen.

Das bedeutete, dass sie mehr als 300 Vergleiche vornehmen und jede Eliminierung sorgfältig katalogisieren musste. Zudem deckte sich keiner der Fingerabdrücke aus diesem Fall mit einem der 43 Millionen Abdrücke, die im Nationalen System zur Identifizierung von Fingerabdrücken gespeichert waren.

Doch die Abdrücke Personen zuzuordnen war nicht das Problem von Eileen Rice. Sie klickte mit der Maus auf das Druckersymbol, um die beiden übereinstimmenden Abdrücke auszudrucken, einen Ausdruck für ihre eigenen Unterlagen und einen für den Computer im FBI-Büro von Madison, Wisconsin. Dann nahm sie den Hörer ab und wählte die Nummer von Agent Eric Brown.

Wally wusste nicht so recht, wie er sie fragen sollte.

Es war so viele Jahre her, seit er zuletzt mit Frauen ausgegangen war, 25 Jahre, wenn er die zwei Jahre Zusammenleben vor seiner Hochzeit, die 19 Jahre Ehe und vier Jahre zölibatäres Junggesellenleben nach der Scheidung zusammenrechnete – er war sich nicht mehr sicher, wie man es anstellte. Dies war ihre sechste offizielle Verabredung, und sie hatten noch keinen Sex gehabt. Wie genau formulierte man so eine Bitte in der Jetzt-Generation?

»Sag mal, ist dir romantisch zu Mute?«

Oder: *»Wow, Sheila, weißt du, es ist jetzt 104 Tage her, seit wir uns kennen gelernt haben, und wir haben uns sechsmal zur Begrüßung und zum Abschied geküsst. Es war alles nett und unschuldig, aber ist es nicht langsam an der Zeit, dass wir zu Phase Zwei übergehen?«*

Oder: *»Bis jetzt hat mich das Ganze 1239 Dollar gekostet, und ich bin immer noch nicht bei dir gelandet. Wie steht es damit?«*

Oder einfach: *»Willst du bumsen?«*

Sie waren in Wallys Porsche auf dem Nachhauseweg vom Kino. Er hatte das Verdeck geschlossen, weil es für die Jahreszeit ungewöhnlich kalt war. Aber die Sterne waren zu sehen, es herrschte wenig Verkehr, und sie waren bester Stimmung.

Wally Olafsson war fröhlich wie Tinkerbell.

Dies umso mehr, als er an diesem Morgen unter die 185-Pfund-Marke gefallen war, ein Territorium, das er seit dem College nicht mehr betreten hatte. Außerdem war er bei Hosengröße 42 und Kragenweite 39 angelangt. Noch bemerkenswerter war, dass seine Haare wieder zu wachsen begonnen hatten. Irgendwie musste dieses Tabulonzeug die Haarwurzeln stimuliert haben, sodass jetzt ein neuer goldener Flaum die einst kahle Region seines Schädels zierte. Er fühlte sich an wie feine Seide, wie die Haare eines Neugeborenen. Sie waren schon mehr als zwei Zentimeter lang, und er hatte sich tatsächlich einen Scheitel gekämmt. Er hatte Sheila erklärt, dass er ein Haarwuchsmittel einnahm.

»Du siehst aus wie ein anderer Mensch.«

»Derselbe wunderbare Wally, nur ein bisschen weniger.«

»Du solltest diese Diät, die du machst, patentieren lassen. Du könntest Millionen damit verdienen.«

»Willenskraft kann man nicht in Flaschen füllen, Lady«, tönte er mit seiner schönsten John-Wayne-Stimme. Im Spiegel betastete er seine neuen Haare, immer noch ungläubig. *Gott, es war schön, am Leben zu sein!*

»Wenn ich es nicht besser wüsste, würde ich sagen, du wirst jünger.«

Ups!, dachte er.

»Ich meine es ernst. Es ist verblüffend.«

»Das liegt an dir, meine Liebe. Du bringst den Jungen in mir wieder zum Vorschein.« Er stimmte ein paar Takte von »You make me feel so young« an.

»Unsinn! Es liegt daran, dass du neunzig Minuten am Tag auf dem Stairmaster verbringst, und an den alten Menudo-Bändern, die du versteckt hast.«

Er lachte glücklich. »Au weh, sie hat meine Tarnung durchschaut.«

»Also, wie alt bist du gleich noch mal?«

Es war ein Spiel zwischen ihnen geworden: Er der verschämte ältere Begleiter, sie die hartnäckige junge Inquisitorin.

»Warum ist es dir so wichtig, zu wissen, wie alt ich bin?«

»Reine Neugier. Außerdem ist es Sache der Frauen, ihr Alter zu verschweigen, nicht der Männer.«

»Ich bin emanzipiert.«

»Ich würde auf vierundvierzig tippen.«

»Vierundvierzig!« Er schlug sich in gespieltem Entsetzen auf die Brust.

Sie lachte. »Okay. Vierzig… vielleicht neununddreißig.«

»Das klingt schon besser«, schniefte er.

»Du wirst mich hassen, aber als du damals in den Fitnessclub eingetreten bist, dachte ich, du wärst so um die sechzig.«

Er fuhr einen scharfen Schlenker.

Sie kicherte wieder. »Sicher, ich habe mich geirrt, aber du weißt, was ich meine – dein Gewicht und die Glatze.«

»Ja, ich weiß«, lächelte er. Morgen würde er sich mit Roger treffen, um seine nächste Spritze zu bekommen – die erste von drei großen Dosen, die er an aufeinander folgenden Tagen erhalten sollte. Die kritische Phase, hatte Roger gesagt. »Ich schlage dir einen Handel vor.«

»Lass hören.«

»Ich verrate dir mein Alter, wenn wir den Abend über ein einfaches *Bon soir* auf deiner Türschwelle ausdehnen können.«

»Wally Olafsson, das ist Erpressung.«

»Oder sexuelle Belästigung, je nachdem, wie dringend du mein Alter erfahren willst.«

Sie lächelte und dachte ein paar Augenblicke darüber nach.

Im Rückspiegel strich er wieder über seine Haare und bemerkte wieder denselben großen Geländewagen hinter sich, dessen Scheinwerfer ihn wie Zwillingssonnen verfolgten. Heutzutage war jedes zweite Auto auf der Straße irgendein Geländewagen. Er kam sich in seinem Porsche vor wie ein Einwanderer.

Als er den Spiegel auf Nachtsicht umstellte, spürte er Sheilas Hand auf seinem Bein.

»Zu dir oder zu mir?«, fragte sie.

Der Freudentaumel riss Wally vom Spiegel los. Der große Jeep Cherokee hätte sein Auto jetzt überrollen können, und er hätte es nicht bemerkt. »Was ist denn näher?«, japste er.

Sie lachte und gab ihm einen dicken Kuss auf seinen Scheitel. »Zu dir.«

28

Roger war gerade in die Margaret Street eingebogen, um seine nächste Lieferung abzugeben, als er zwei Wagen hinter sich den grünen Geländewagen entdeckte.

Er konnte die Gesichter der beiden Männer nicht erkennen, doch es schien derselbe Jeep Cherokee zu sein. Wenn das der Fall war, handelte es sich nicht mehr um eine sporadische Überwachung. Sie hatten Beweise gefunden und hatten einen Haftbefehl.

Sein erster Gedanke galt Laura. Sie war einkaufen, Lebensmittel und ein Geschenk für Brett, der in drei Wochen die Mittelstufe abschließen würde. Er zog sein Mobiltelefon aus der Tasche. Diesen Anruf fürchtete er fast ebenso sehr, wie gefasst zu werden.

Der Geländewagen hielt sich zwei Autos hinter ihm. Auf den Hauptstraßen herrschte nicht viel Verkehr, sodass er ihn mühelos im Blick behalten konnte. Wenn es das FBI war, dann waren sie auf etwas gestoßen. Etwas, mit dem Wally nichts zu tun hatte. Seine Behandlung war weit fortgeschritten, und er hatte zu viel Spaß daran, den wieder geborenen Playboy zu spielen. Es musste etwas anderes sein.

Zu seinen Füßen stand eine Kühltasche mit vier Dutzend Ampullen Elixier. Seit dem Tag, an dem das FBI ihm den ersten Besuch abgestattet hatte, hatte er stets einen Vorrat in dem Kühler bei sich, unter einer Schicht Eis, etwas Insulin und ein paar Pepsidosen. Weitere 13 Ampullen lagen im Gefrierschrank ihrer Eigentumswohnung in Minnesota. Abgesehen von dem Dreijahres-Vorrat, den er als Notration um den Hals trug, war der restliche Bestand meilenweit entfernt vergraben. Die Kühlbox nahm er überallhin mit, für alle Fälle. Selbst einem Mann in der Todeszelle ist es erlaubt, seine Medikamente einzunehmen.

Roger fuhr zwei Schleifen durch die Innenstadt. Und sie blieben hinter ihm.

Er schlug mit der Hand auf das Lenkrad. *Das hätte nicht passieren dürfen.*

Auf dem Mobiltelefon wählte er Lauras Nummer. Sie besaßen beide ein Telefon, das unter falschem Namen angemeldet war. Dies war erst ihr zweiter Alarm in 13 Jahren, und beim ersten Mal war es falscher Alarm gewesen. Gott gebe, dass es diesmal wieder so war.

Er hörte ihre Stimme und murmelte ein Dankgebet. »Wo bist du?«

»Im Auto. Ich bin gerade mit Einkaufen fertig.«

»Wo bist du genau?«

Sie nannte ihm die Straße. »Warum?«

»Ich werde verfolgt. Ich glaube, es ist das FBI.«

»O Gott, nein.«

Er bemühte sich, einen ruhigen, beschwichtigenden Ton anzuschlagen. »Laura, krieg jetzt keine Panik. Vielleicht ist es nichts. Aber hol für alle Fälle lieber Brett ab.«

Das FBI würde sie zuerst in ihrem Haus suchen. Sie würden herumfragen, und einer der Nachbarn würde sich daran erinnern, dass Brett ein Spiel in der Pierson-Highschool hatte. Er spürte ihr Entsetzen. »Laura, hast du verstanden? Hol Brett ab und fahr in die Wohnung.«

Ganz gleich, wie ruhig sein Ton auch war, die Erwähnung ihres Zufluchtsortes machte die Bedrohung noch realer. Ihre

Wohnung befand sich in Minneapolis, 100 Meilen von hier entfernt.

»Laura, hast du verstanden?«

Es hatte ihr die Sprache verschlagen. Sie holte tief Luft, um die Fassung zurückzugewinnen. »Ja. In Ordnung. Ich fahre ihn abholen.« Der Gedanke, dass Brett ohne Eltern zurückbleiben könnte, hatte ihr einen Energieschub versetzt. »Was ist mit dir?«

»Ich komme heute Abend nach.«

»Heute Abend? Warum erst heute Abend?«

Er wünschte, sie hätte es nicht vergessen. »Ich habe es dir doch gesagt, ich treffe mich mit Wally in Black River Falls.«

Wenn die Situation nicht so gefährlich wäre, würde sie jetzt in die Luft gehen. Sie war von Anfang an dagegen gewesen, dass er Wally behandelte, selbst wenn es dem Zweck diente, ihn auf ihre Seite zu ziehen. Der bloße Anblick der Ampullen war ihr zuwider. Sie waren Schuld daran, dass sie vor 20 Jahren in diesen Albtraum geraten waren.

Bevor er die Verbindung beendete, sagte er: »Laura, alles wird gut.«

Doch sie legte nur auf.

Einen Augenblick lang verloren sich seine Gedanken in dem Schweigen der offenen Leitung, ein Schweigen, in dem angstvolle Ungläubigkeit darüber knisterte, dass all das jetzt wieder geschah. Das, was sie das »Allerschlimmste« genannt hatten. Doch alles, was er hörte, war Furcht und Wut.

Die Ampel an der Fenwick Street schaltete auf Gelb, und Roger trat das Gaspedal durch. Der Lieferwagen schlitterte über die Kreuzung und bog gleich dahinter links in eine Seitenstraße ein. Der Jeep musste die übrigen Autos überholt und die Kreuzung bei Rot überquert haben, denn er tauchte 100 Meter hinter Roger wieder im Rückspiegel auf.

Er bog noch drei Mal ab, dann überquerte er den Fluss

und fuhr in Richtung Flughafen. Der Jeep blieb immer wenige Autos hinter ihm.

Er bog in eine Zufahrtsstraße ab, schlängelte sich durch den Verkehr, dann erreichte er ein Gewerbegebiet aus mehreren Reihen von Lagerhallen, die durch lange Auffahrten voneinander getrennt waren, sodass genug Platz für Lastwagen war. Weil Samstag war, herrschte hier kein Verkehr.

Die Straße war voller Schlaglöcher, doch der Jeep raste hinter ihm her, als sei es eine Autobahn.

Vor sich sah Roger das vertraute gelbe Schild über der schmalen Straße, die *Triple E Sheet Metal* von *DeLaura Display* trennte.

Er trat das Gaspedal durch, bis er nur noch 30 Meter davon entfernt war, dann stieg er auf die Bremse und schlug scharf ein, sodass der Lieferwagen quietschend in die kleine Straße schlitterte. Zum Glück war sie frei, sodass er wieder Gas geben konnte. Wenige Augenblicke später bog der Jeep hinter ihm ein.

Die Gasse war gerade breit genug für einen einzelnen Lastwagen. Dahinter lag ein großer Parkplatz mit Lkws und einem halben Dutzend Autos, darunter ein dunkelblauer Toyota Camry Baujahr 1992, den er für genau solch einen Fall dort bereit gestellt hatte.

Kurz vor dem Ende der Gasse trat Roger voll auf die Bremse und schlug das Lenkrad wieder scharf ein, sodass der Wagen quer zum Stehen kam. Selbst wenn der Fahrer des Jeeps beschließen sollte, ihn zu rammen, war der Lieferwagen zu schwer, um nach einmal Rammen den Weg frei zu machen. Außerdem könnte der Jeep dabei draufgehen.

Roger packte die Kühltasche und rannte über den Parkplatz zu dem Toyota hinüber.

Er hörte keinen Aufprall, als er durch den Hinterausgang vom Parkplatz fuhr. Doch er konnte die Männer hinter sich herrennen sehen. Den mit dem Mobiltelefon am Ohr erkannte er. Nummer 44 vom Stadtlauf.

Also war er doch ein FBI-Agent!

Roger blieben nur wenige Augenblicke, ehe jeder Streifenwagen im Umkreis von 20 Meilen alarmiert wurde, deshalb raste er durch die Stadt zu dem Parkplatz hinter der Jefferson Street, wo er den schwarzen Blazer, zugelassen auf Harry Stork, stehen hatte.

Im Laufe der Jahre hatte er diese Fahrten immer wieder geübt und dabei aus tiefstem Herzen gehofft, dass sie nie nötig werden würden. Im Handschuhfach hatte er Theaterschminke, Schnurrbärte, eine Perücke und eine Brille deponiert.

In weniger als zehn Minuten war er auf der Auffahrt zum Highway 94. Jedes Atom seines Körpers schrie danach, nach Norden Richtung Minneapolis zu fahren. Laura war bestimmt in einem furchtbaren Zustand und musste zudem noch versuchen, für Brett alles normal erscheinen zu lassen. Es war der denkbar schlimmste Zeitpunkt, von ihnen getrennt zu werden.

Doch er wusste, was er zu tun hatte und bog auf die Zufahrt nach Süden ab, die ihn zum Best Western Motel in Black River Falls führen würde, um Wally seine Stabilisierungsspritze zu geben.

Laura war auf dem Heimweg vom Supermarkt, als der Anruf kam.

Wie verabredet fuhr sie in ein Parkhaus in der Stadt, wo sie einen dunkelblauen Subaru Outback abgestellt hatten, der unter falschem Namen zugelassen war. Die Polizei würde nach ihrem braunen Volvo suchen. Wenn dies wirklich das »Allerschlimmste« war, dann würde ihr Gesicht bald in allen Fernsehsendungen und Zeitungen zu sehen sein, was bedeutete, dass sie in einem Umkreis von 100 Meilen kein Geschäft betreten konnte. Deshalb lud sie ihre Einkäufe aus dem Volvo in den anderen Wagen um, bevor sie zur Pierson-Highschool raste.

Vor Jahren hatte sie versprochen, bei Roger zu bleiben, komme, was da wolle. Heute jedoch lagen die Dinge anders. Sie waren nicht mehr dieselben Menschen. Wenn Brett nicht wäre, würde sie sich stellen und das ganze Serum wegwerfen, bis auf die Menge, die Roger brauchte.

Sie näherte sich der Schule und hoffte verzweifelt, dass das Gelände nicht von Polizeiautos mit Blaulicht wimmeln würde. Das war nicht der Fall. Doch wenn die Polizei hinter ihnen her war, blieb ihr nur sehr wenig Zeit, bevor sie hier auftauchen würde.

Der Parkplatz war wegen des Spieles voller Autos. Während sie einbog, tastete sie unter dem Sitz nach der Schachtel mit der geladenen Smith and Wesson, Kaliber 38. Roger hatte mit ihr im Wald Schießen geübt, bis sie sich sicher fühlte. Es machte keinen Sinn, eine Waffe zu besitzen, wenn man nicht wusste, wie man damit umging.

Sie stellte den Wagen am hinteren Ende des Parkplatzes ab und ließ die Pistole in ihre Schultertasche gleiten. Dabei betete sie, dass sie sie nicht würde benutzen müssen. Sie ging zwischen der Ansammlung kleiner Gebäude hindurch zu den Spielfeldern. Die gute Nachricht war, dass die weiß gekleidete Pierson-Mannschaft gerade mit Schlagen dran war. Die schlechte Nachricht war, dass Brett mit der Nummer 33 gerade am zweiten Schlagmal stand und damit mitten im Spiel war.

Eine laute Menschenmenge füllte die Tribüne und umstand das Spielfeld. Laura war Mitglied des Elternbeirates der Schule, und sie sah viele Bekannte. Doch das Spiel war spannend – alles hing davon ab, ob Brett jetzt einen Punkt machen würde – daher achtete niemand auf sie, als sie sich hinter der Menge einen Weg bahnte. Nur Brett entdeckte sie und nickte ihr kurz zu.

Trainer Starsky und seine Mitarbeiter waren auf der Pierson-Bank versammelt. Sie wusste nicht, wie lange das Spiel noch dauern würde. Wenn es Hits oder Walks gäbe, könnten es noch 20 Minuten sein. Mit wild hämmerndem Herzen wartete sie unter einem Baum und fürchtete, einen Herzinfarkt zu bekommen, wenn sie Brett nicht bald hier weg bekäme.

Es folgte ein schwacher Wurf, und sie hätte fast vor Ungeduld geschrien. Der nächste Schläger verschlug zwei Bälle und feuerte den dritten hoch ins Mittelfeld. Gott sei Dank wurde er gefangen.

Während Brett vom Spielfeld trottete, ging sie zu Starsky hinüber. Sie musste schnell und bestimmt handeln.

Starsky, ein Mann von Ende zwanzig, bellte seine Anweisungen. Als er sie sah, zeigte er auf Brett und meinte: »Er spielt großartig.« Er deutete mit dem Kinn auf die Tafel mit dem Spielstand. »Unter dreien von diesen Runs steht Bretts Name.«

Sie bemühte sich, erfreut auszusehen. »Hören Sie, Star, es tut mir Leid, aber ich werde ihn mitnehmen müssen.«

Er sah sie ungläubig an. »Was?«

»Es ist ein medizinischer Notfall. Roger ist im Krankenhaus.« Ihre Kehle schnürte sich zusammen.

Starskys Gesicht wurde ernst. »Oh Gott, das tut mir Leid. Ja, sicher. Gott, ich hoffe, er kommt wieder in Ordnung. Er ist doch noch so jung.«

Brett kam zu ihnen herüber.

Sie holte tief Luft und kam sich absolut niederträchtig vor. »Es geht um Dad. Er ist im Krankenhaus. Wir müssen sofort los.«

Sofort verdüsterte sich Bretts Gesicht. »Was fehlt ihm? Was ist passiert?«

»Ich glaube, er kommt wieder in Ordnung, aber wir müssen gehen.«

Glücklicherweise protestierte Brett nicht. »Tut mir Leid«, sagte er zu Starsky.

»Mein Gott, viel Glück. Tolles Spiel, Brett.«

Laura scheuchte ihn zum Parkplatz. Sie konnte die Blicke der anderen auf sich spüren. Die Leute dachten, dass es etwas ziemlich Schlimmes sein musste, wenn sie ihn mitten aus dem Spiel wegholte. Sie hasste sich selbst für ihren Betrug. Sie hasste es, ihn um seinen Ruhm zu betrügen. Dies war ein Höhepunkt in seinem jungen Leben. Und in ein paar kurzen Stunden würde das Fernsehen die Story hinausposaunen, dass er aus dem Spiel geholt worden war, weil seine Eltern Massenmörder waren, die sich als das unauffällige Ehepaar Glover getarnt hatten.

Sie führte ihn zu dem Subaru. Brett kämpfte mit den Tränen und fragte sie nach Einzelheiten. »Im Auto«, knurrte sie.

Sie hatten den Wagen fast erreicht, als ein Streifenwagen auf den Parkplatz einbog. Laura hätte fast aufgeschrien. Doch der Wagen fuhr ans andere Ende des Parkplatzes. Sie wühlte in ihrer Handtasche nach den Schlüsseln. Ihre Hand zitterte so stark, dass sie den Schlüssel kaum ins Schloss bekam.

Plötzlich hielt der Streifenwagen direkt hinter ihrem Subaru.

»Mom, wem gehört dieses Auto?«, fragte Brett so laut, dass der Polizist es hören konnte.

Verdammt, Brett.

»Hey!«, rief der Polizist.

Laura erstarrte. In der nächsten Minute würde sich ihr Leben für immer verändern. Sie ließ ihre Hand in ihre Tasche gleiten und umklammerte die Pistole. Noch immer schaute sie den Polizisten an.

Der Mann rief noch einmal, und Laura entsicherte die Waffe. Sie wusste, dass sie ihn erschießen würde, wenn er versuchen sollte, sie aufzuhalten. Das wusste sie so gewiss, wie dass auf Tag Nacht folgt. Es war sinnlos, und sie ahnte, dass sie sich sofort danach wünschen würde, anders gehandelt, eine weniger brutale Alternative gewählt zu haben. Doch in diesem Augenblick wurde sie allein von ihrem Löwinnen-Instinkt getrieben. Sie dachte nur an eines: ihren Sohn vor einem Leben im Heim zu bewahren.

»Mom, das ist Mr. Brezek.«

»Fahren Sie weg?«

Gene Brezek war der Vater des Top-Werfers Brian, eines guten Freundes von Brett. Laura keuchte ein »Ja«.

»Ich habe gerade Feierabend gemacht«, sagte Brezek. Er trug noch seine Uniform. »Wer gewinnt?«

»Es steht unentschieden, sechs zu sechs«, antwortete Brett.

Brezek fuhr den Streifenwagen zur Seite, damit sie rückwärts herausfahren konnte. »Wie kommt es, dass ihr schon geht?«

Laura kämpfte mit dem Schlüssel. »Ihm ist schlecht.«

»Neues Auto?«

Fast hätte sie gesagt, es sei ein Leihwagen, doch ihr fiel gerade noch rechtzeitig ein, dass Leihwagen codierte Nummernschilder hatten. »Gehört einem Freund.«

»Wo ist Roger?«

Ohne zu antworten, öffnete sie die Tür und ließ Brett einsteigen. Jede Sekunde würde das Funkgerät den Fahndungsaufruf nach ihnen ausspucken.

»Ich hoffe, es geht dir bald besser.« Brezek gab den Versuch auf, ein freundliches Gespräch zu führen.

Sie nickte und setzte zurück; dabei musste sie sich mit aller Kraft darauf konzentrieren, kein anderes Auto zu rammen und nicht mit quietschenden Reifen davonzurasen.

»Warum hast du gesagt, mir sei schlecht?«

Es sah Brett ähnlich, sich an ihrer Lüge zu stören. Sie hatten ihn zur Ehrlichkeit erzogen. Vertrauen hielt Familien zusammen.

Sie fuhr vom Parkplatz herunter und dann stadtauswärts weiter.

»Du hast ihn angelogen, Mom.«

»Es war zu kompliziert, ihm alles zu erklären. Wir mussten los.«

»Mom, du fährst sechzig. Auf dem Schild steht fünfunddreißig.«

Sie befanden sich in einer Wohnstraße auf dem Weg zum Highway. Sie wusste nicht, wie viel Zeit ihr blieb, bis die Polizei auftauchen und Brezek erfahren würde, dass sie ihm vor der Nase entwischt war. Ihre einzige Hoffnung war, dass er nicht darauf geachtet hatte, welche Richtung sie eingeschlagen hatte. Sie fuhr langsamer.

»Was fehlt Dad denn?«

»Schmerzen in der Brust.«

Wieder eine Lüge, doch ihr Leben wimmelte schon von Lügen.

»Wo ist er?«

»Im Krankenhaus.«

»Das Memorial liegt aber in der anderen Richtung.«

»Es ist ein anderes Krankenhaus.«

»In dieser Gegend gibt es keine anderen Krankenhäuser. Du fährst zur Autobahn.«

»Nach Minneapolis.«

»Minneapolis? Das ist hundert Meilen von hier.«

»Er hatte dort geschäftlich zu tun.«

Und noch eine, sagte sie sich. Doch in diesem Augenblick war nur ihr Überleben wichtig, nicht die Wahrheit. Die konnte später kommen, wenn sie von Roger hörte. Wenn es sich um einen Fehlalarm handeln sollte, konnten sie es vielleicht noch einmal ein paar Jahre hinauszögern.

Wenn es aber wirklich das »Allerschlimmste« war, dann war das Leben ihres Sohnes, wie er es bisher gekannt hatte, vorüber.

Sie waren um 14 Uhr verabredet. Wally war um die Mittagszeit auf dem Highway und unterwegs zu ihrem Treffpunkt.

Er war an diesem Morgen kurz vor 9 Uhr neben Sheila aufgewacht. Wie stark die Anziehungskraft wirklich war, stellte sich meist erst am Morgen danach heraus, bevor Dusche, Mundwasser und Haarbürste ihre Wunder wirkten.

Und sie sah schön aus im Schlaf – die kleine, gerade Nase, die langen, fedrigen Augenbrauen, ein paar winzige Sommersprossen auf der Nase, volle, blasse Lippen, glänzendes braunes Haar, das wie flüssige Schokolade auf dem Kissen lag. Er wollte sie wach küssen und noch einmal mit ihr schlafen. Doch er fühlte sich nicht recht in Form. Vielleicht lag es an dem vielen Champagner, den sie getrunken hatten. Und daran, dass er nur fünf Stunden geschlafen hatte. Sie hatten sich vier Mal geliebt, bevor Sheila erschöpft eingeschlafen war.

Wally ging ins Bad. Er fühlte sich lausig und sah auch so aus. Das Leuchten war aus seinem Gesicht verschwunden. Seine Augen waren glasig und rot. Vielleicht lag es am Alkohol. Vielleicht brauchte er die Stabilisierungsspritze.

Nach einer ausgedehnten Dusche ging es ihm ein wenig besser, und er machte Kaffee und Frühstück. Als er Sheila nach Hause fuhr, war sein Tief wieder da. Doch er flüchtete sich in die Erinnerungen an die vergangene Nacht. Was für eine Nacht das gewesen war!

Sie waren zu seiner neuen Wohnung gefahren, die auf einer Erhöhung über dem Mississippi lag. Er war vor drei Wochen eingezogen, nachdem seine Möbel eingetroffen waren, darunter ein großes Doppelbett und eine elegante Stereoanlage mit tollem Sound. Für diese Gelegenheit hatte er eine Flasche Veuve Clicquot auf Eis gelegt.

Sie hatten im gedämpften Licht im Wohnzimmer auf dem weißen Ledersofa mit Blick auf den Fluss und die Boote angefangen und waren rasch nach nebenan ins Bett umgezogen. Ihre Kleider blieben über den ganzen Raum verstreut zurück.

Er konnte sie noch immer vor sich sehen, wie sie mit angezogenen Beinen auf dem Bett saß und darauf wartete, dass er eine CD aussuchte. Und während er das tat, konnte Wally nur eines denken: Danke, Gott. Danke, Gott.

Sheila hatte im Scherz Ravels Bolero vorgeschlagen, wie in dem Film *10* mit Bo Derek. Wally besaß diese CD nicht. Er dachte, dass es eine Zeit gegeben hatte, wo »Old Man River« mehr seinem Tempo entsprochen hätte.

»Bist du auch mit dem Säbeltanz zufrieden?«

»Mein Gott, worauf habe ich mich hier eingelassen?«

Sheilas klangvolles Lachen ertönte noch immer in seinem Herzen.

Dies war der Himmel, sagte er sich und legte Sinatra auf, was ihm passend erschien. Sheila stimmte ihm zu.

Und irgendwo mitten in »In the Wee Hours of the Morning« schlang sie die Arme um Wallys Nacken, und er wusste, dass er die Ewigkeit gefunden hatte.

Gegen 13:30 Uhr bog er auf den Parkplatz des Best Western Motels in Black River Falls an der Route 94 ein. Wie üblich hatte er dort ein Zimmer reserviert, nachdem Roger ihm den Zeitpunkt für ihr Treffen durchgegeben hatte.

Wie bei ihren vorherigen Treffen rief Wally aus dem Zimmer Rogers sichere Nummer an und hinterließ eine kryptische Nachricht, die bedeutete, dass er unbemerkt eingetroffen war. Um die Zeit totzuschlagen, inspizierte er sich im Badezimmerspiegel. Er sah noch immer wie sein Ebenbild von vor 20 Jahren aus, allerdings müde, blass und ein wenig aufgedunsen im Gesicht. Exzessiver Alkoholgenuss und Ausschweifungen, sagte er sich. Die Geißel eines puritanischen Gottes.

Er lag auf dem Bett, schloss die Augen und dachte an Sheila Monks. Und an Barbara Lopez, die neue Marketingmanagerin in der Firma, Cyetta McCormick, die Immobilienagentin, die ihm seine Wohnung vermittelt hatte, Julie Goodman, die er letzten Monat im Black Swan kennen gelernt hatte, und Barbara Fleishman, Todds rassige Englischlehrerin.

Alle allein stehend, alle zu haben.

So viele Frauen, so viel Zeit.

Um 13:50 Uhr klingelte das Telefon. Paranoid, wie er war, rief Roger vor seinem Eintreffen immer an, um sich zu vergewissern, dass alles in Ordnung war.

Wally meldete sich, doch es war niemand dran. Nur das Rauschen der Leitung war zu hören, dann ein Klicken und das Freizeichen.

Eine Stunde später war Roger immer noch nicht aufgetaucht und hatte sich auch nicht gemeldet. Es sah ihm nicht ähnlich, sich zu verspäten. Sie hatten sich in den vergangenen drei Monaten neun Mal getroffen, und er war immer pünktlich zum verabredeten Zeitpunkt erschienen.

Um 16 Uhr war Wally ernsthaft beunruhigt und fühlte sich schlechter. Roger war seit zwei Stunden überfällig, und gerade jetzt war das richtige Timing entscheidend.

Fieberhaft ging Wally alle Möglichkeiten durch. Vielleicht war er im Verkehr stecken geblieben – aber an einem Samstag? Oder sein Wagen war liegen geblieben. Oder es hatte einen Notfall in seiner Familie gegeben.

Oder vielleicht fürchtete er eine Falle.

Dann kam ihm ein noch finsterer Gedanke: Was wäre, wenn Roger beschlossen hätte, nicht zu kommen? Klar, mach ihn abhängig von dem Zeug und lass ihn dann hängen, wenn es kritisch wird; eine bequeme Art, den einzigen Menschen zu eliminieren, der sein Geheimnis kannte. Aber warum? Fürchtete er, dass Wally etwas ausplaudern könnte?

Hatte er Angst, er könnte es Sheila oder seinem Sohn erzählen?

Doch das würde Roger nicht tun. Nicht sein alter Kumpel. Ihre Verbindung war etwas Besonderes. Freunde fürs Leben.

Aber wenn doch?

Vor ihm standen die Agenten Eric Brown und Mike Zazzaro. Sie traten ins Zimmer, schlossen die Tür, und Zazzaro lehnte sich dagegen.

»Wen haben Sie denn erwartet?«

»Wer sagt, dass ich jemanden erwarte? Und warum zum Teufel verfolgen Sie mich?«

»Mr. Olafsson«, sagte Brown. »Wir möchten, dass Sie mit uns ins Hauptquartier kommen.«

»Wozu?«

»Wir haben weitere Fotos eines Mannes ausfindig gemacht, von dem wir glauben, dass es sich um Christopher Bacon handelt, und wir möchten, dass Sie ihn identifizieren.«

»Ich dachte, das hätten wir schon vor Wochen geklärt«, protestierte er. »Es war alles ein Irrtum. Fragen Sie ihn.« Er deutete auf Zazzaro.

»Ich habe das Video gesehen und, ehrlich gesagt, glauben wir, dass es doch Bacon war, dem Sie begegnet sind.«

»Ich glaube das nicht.«

»Die beiden sind ein und derselbe Mann, wie Sie gesagt haben«, widersprach Zazzaro. »Deshalb bitten wir Sie, mit uns ins Büro zu kommen.«

Alles lief furchtbar schief. Roger hatte vermutlich bemerkt, dass sie ihn verfolgt hatten. »Wollen Sie damit behaupten, ich sei ein Lügner?«

»Das haben wir nicht gesagt. Aber wenn Sie lügen, dann könnte es sein, dass Sie ihn decken.«

»Ihn decken? Das ist doch Blödsinn.« Um glaubwürdiger

zu klingen, fügte er hinzu: »Wenn Sie so interessiert an Roger Glover sind, warum fragen Sie ihn dann nicht selbst?«

Zazzaro warf Brown einen Blick zu, und Brown übernahm es, zu antworten. »Er ist verschwunden, und das ist ein weiterer Punkt, den wir mit Ihnen besprechen möchten.«

Wally fühlte sich plötzlich schwach. »Verschwunden?«

»Und seine Frau und sein Sohn auch. Ich möchte nicht ins Detail gehen, aber es sieht so aus, als ob sie sich ihrer Verhaftung entziehen wollten. Das kommt uns verdächtig vor. Wir finden es auch verdächtig, dass Sie zwei Tage, nachdem Sie Meldung erstattet hatten, wieder aufgetaucht sind, um alles zu widerrufen.«

Wally war außer sich. Der Radiowecker zeigte 16:22 Uhr. Sein Spielraum schrumpfte mit jeder Minute.

»Wir haben seine Fingerabdrücke verglichen. Es ist derselbe Mann.«

Roger war auf der Flucht, was bedeutete, dass er überall im Umkreis von 300 Meilen sein konnte. ALLMÄCHTIGER GOTT!

Er musste diese Typen loswerden, damit er eine Nachricht hinterlassen konnte. »Vielleicht ähnelten sich die Fingerabdrücke ja nur.«

Brown seufzte. »Sie sind identisch.«

»Aber er ist zu jung.« Etwas anderes fiel Wally nicht ein.

»Wenn Sie wissentlich Kontakt mit diesem Christopher Bacon gehabt haben sollten, haben Sie sich der Begünstigung und Komplizenschaft mit dem Tatverdächtigen eines Bundesverbrechens schuldig gemacht, was im Falle einer Verurteilung mit lebenslanger Haft geahndet werden kann.«

»Jetzt habe ich aber genug.« Es war ein letzter verzweifelter Versuch, rechtschaffene Empörung an den Tag zu legen. »Das ist blanker Unsinn. Sie haben nichts gegen mich in der Hand. Selbst wenn es derselbe Mann ist, können Sie mir nicht mit einer Anklage drohen. Ich kenne meine Rechte. Sie haben nichts gegen mich in der Hand. Gar nichts.«

»Bisher nicht.«

»Was zum Teufel soll das bedeuten?«

»Wir drohen Ihnen nicht. Wir bitten Sie nur, mit uns zu kommen und ein paar Fragen zu beantworten.«

Wally spürte Hitze in sich aufsteigen. »Haben Sie einen Haftbefehl?«

»Nein, aber –«

»Gar nichts aber!« Er sprang auf. »Raus hier«, verlangte er und öffnete die Tür. Er hoffte, dass Roger irgendwie da draußen auf der Lauer lag und auftauchen würde, sobald sie weg waren.

Doch die Agenten rührten sich nicht von der Stelle.

»Raus, verdammt noch mal. Sie haben kein Recht, mich festzuhalten. *Verschwinden Sie.*«

Und ehe er sich anders besinnen konnte, packte er Zazzaros Arm und schob ihn nach draußen. Als Brown versuchte, ihn zurückzuhalten, verlor Wally vollends die Beherrschung. Er schlug nach Brown und traf ihn seitlich am Kopf. Mit einem Schlag ins Genick warf Zazzaro Wally auf die Knie und legte ihm Handschellen an. »Jetzt bleibt Ihnen nichts anderes mehr übrig, Arschloch.«

Wally stieß einen verzweifelten Schrei aus. »Bitte lassen Sie mich los. Sie verstehen das nicht.«

Sie zogen ihn auf die Füße. »Sie können uns alles im Büro erklären.«

Das FBI-Büro war in Madison, drei Stunden von hier entfernt.

Sie kamen gegen 21:30 Uhr dort an.

Weil es auf dem FBI-Gelände keine Zellen gab, hatten sie einen Streifenwagen des US-Marschalls bestellt, um Wally ins Gefängnis von Madison County bringen zu lassen, wo gegen ihn offiziell Anklage wegen Angriffs auf einen Bundesoffizier erhoben werden sollte. Brown erklärte ihm, dass er die nächsten beiden Nächte eingesperrt bleiben würde und irgendwann am Montag zur formellen Anklageerhebung vor Gericht gebracht werden würde.

Das bedeutete mindestens 40 Stunden, ehe er gegen Kaution auf freien Fuß gesetzt werden könnte. Vermutlich Tage, bis er wieder frei war, um sich mit Roger zu treffen.

Während sie auf den Streifenwagen warteten, sagte Brown, er dürfe seinen Anwalt anrufen. Sie nahmen ihm die Handschellen ab, damit er wählen konnte, aber Brown blieb im Raum.

Die Uhr an der Wand zeigte 20:20 Uhr.

Es war fast komisch, wie eine Ironie der nächsten auf dem Fuße folgte. Endlich hatte er Gelegenheit, unter Rogers sicherer Nummer eine Nachricht zu hinterlassen, und er saß an einem Telefon des FBI, nur drei Meter von einem Agenten entfernt. Selbst wenn er eine kryptische Nachricht auf Band sprach, könnten sie den Anruf mit all ihrer ausgeklügelten Technologie zurückverfolgen, und wo auch immer er war, die Behörden würden sich auf Roger stürzen wie Hyänen auf einen Zebrakadaver.

Stattdessen rief Wally seinen Anwalt an, erklärte ihm kurz die Situation und bat ihn, sich morgen vor Gericht mit ihm zu treffen.

Sie brachten ihn ans andere Ende der Stadt ins Büro des US-Marschalls, wo man ihm die Handschellen abnahm und ihn in einer Einzelzelle mit Toilettenschüssel, Waschbecken und Pritsche sperrte. Er legte sich auf die Pritsche.

Seine Gedanken wanderten zu Todd. Würde er seinen Sohn jemals wiedersehen?

Er dachte an Sheila. Endlich hatte er sich aus der erdrückenden Verzweiflung der letzten Jahre befreit, um Liebe, Glück und einen Zustand jenseits der Sterblichkeit zu entdecken, nur um sich auf der Schwelle zum Paradies niedergeworfen zu sehen.

Es war fast komisch.

Er verdrängte alle Gedanken und versuchte festzustellen, ob er bereits Symptome des Verfalls hatte. Abgesehen von der kratzigen Bettdecke und Kopfschmerzen fühlte er nichts Ungewöhnliches. Nur die Angst, die ihm in den Eingeweiden saß.

Angst, die eine Stunde später begann, ihn schläfrig zu machen. Seine Hoffnung war es, dass der Richter die Anschuldigungen gegen ihn als spontanen Ausrutscher einordnen und ihn freilassen würde. Dann könnte er Kontakt mit Chris aufnehmen und rasch ein Treffen vereinbaren.

Chris/Roger. Wo war er?

Entzieht sich der Verhaftung.

Er könnte schon in Mexiko sein.

In der Zelle war es still, und irgendwann kurz nach Mitternacht fiel er in tiefen Schlaf. Noch immer hatte er keine Symptome an sich festgestellt.

Am nächsten Morgen gegen 7 Uhr wurde Wally von dem Wärter geweckt, der sein Frühstück brachte. Er fühlte sich immer noch schwach und knabberte nur an einem Toast.

Am späten Vormittag begannen seine Arme und Beine zu schmerzen. Außerdem hatte sich ein merkwürdiges Gefühl in seinem Kopf eingestellt, wie eine Migräne, aber im Stirnbereich.

Um 11 Uhr begann seine Haut noch stärker zu jucken, als habe er einen Nesselausschlag.

Kurz vor Mitternacht kam ein Wärter herein und sagte Wally, sein Anwalt, ein Harry Stork, wolle ihn sprechen.

Der Name sagte Wally nichts. Sein Anwalt hieß Michael Craig. Trotzdem bat er darum, den Mann hereinzulassen.

Wally wartete auf der Pritsche, den Kopf auf das Kissen gestützt. Er starrte durch die Gitterstäbe, während er sich

Arme und Brust kratzte und die Augen auf die Überwachungskamera über der vergitterten Tür richtete.

Sein Herzschlag beschleunigte sich, als er die Schritte näher kommen hörte. Einen Augenblick später schloss der Wärter die Tür auf. »Fünfzehn Minuten«, sagte er und ließ Harry Stork herein.

Es war Roger.

»Das wird aber auch Zeit«, schimpfte Wally zur Begrüßung. »Ich zahle euch Drecksäcken schließlich gutes Geld.«

»Sie sind nicht mein einziger Klient, der seine Wochenenden im Zellenblock verbringt.«

Der Wärter verschwand.

»Harry Stork?«, flüsterte Wally.

»Frag nicht.«

»Mann, du hast wohl für jeden Anlass einen anderen Namen.«

»So ähnlich.«

»Was ist los mit mir?«

»Du kommst wieder in Ordnung«, flüsterte Roger.

Obwohl dies kein Sicherheitstrakt war, gab es an der Decke eine Überwachungskamera, um mögliche Selbstmordversuche der Insassen zu verhindern. Roger konnte spüren, wie sie ihn anstarrte.

Der Wärter hatte ihn gründlich durchsucht und in seine Aktentasche geschaut. Doch er hatte die Spritze und die Ampulle Elixier übersehen, die Roger in Mull eingewickelt im Schritt unter seiner Unterwäsche bei sich trug.

Irgendwie musste Roger es schaffen, der Kamera den Rücken zuzuwenden, seinen Reißverschluss zu öffnen, in seine Hose zu greifen und das Päckchen herauszuziehen, ohne Aufmerksamkeit zu erregen. Er versuchte, nicht daran zu denken, wie seine Bewegungen von hinten betrachtet wirken würden, doch wenn der Wärter den Monitor beobachtete, würde es auf jeden Fall verdächtig aussehen.

»Ich fühle mich beschissen«, flüsterte Wally. »Total schwach, ich sehe verschwommen, und es juckt mich am ganzen Körper.«

»Wir kriegen dich schon wieder hin.«

Roger gab vor, leise mit ihm zu sprechen, während Wally mit aufgestütztem Kopf auf der Pritsche lag. Seine Haut sah gelb aus. Seine Augen waren glasig und unruhig und die Lippen weiß und trocken. Seine Hände zitterten. Er hatte Schmerzen. Doch er musste sie verbergen, damit die Wärter keinen Arzt riefen. Was er brauchte, waren die vier Milliliter, die unbequem in Rogers Hose steckten.

Es musste schnell gehen.

Mit dem Rücken zur Kamera kauerte sich Roger hin, zog seinen Reißverschluss auf und steckte eine Hand in seine Hose. Mit einer raschen Bewegung zog er das Paket heraus und packte den Inhalt aus. Er hatte keine Zeit, Wallys Arm zu desinfizieren und eine Vene zu suchen.

Mit den Zähnen riss er die Zellophanhülle von der Spritze, jagte die Nadel in den Propfen und zog die vier Milliliter Flüssigkeit auf.

Jemand rief etwas, und Roger erstarrte. Im Flur war plötzlich Lärm zu hören. Rufe und Schritte. Der Wärter. Großer Gott! Er hatte sie die ganze Zeit beobachtet.

»Was zum Teufel machen Sie da?«

Der Wärter war an der Tür und hantierte mit seinen Schlüsseln. Roger warf einen Blick über die Schulter und sah, dass der Mann die Tür aufgerissen hatte und mit erhobenem Schlagstock auf ihn zukam.

»Was zum Teufel tun Sie? Was haben Sie da? Spritzt ihr Typen Drogen?«

Aber Roger hielt nicht inne. Er holte aus, um die Nadel in Wallys Körper zu jagen in der Hoffnung, Fleisch zu treffen und nicht eine Rippe oder ein Schlüsselbein, bevor der Schlagstock auf seinen Kopf sauste.

Doch so weit kam es nicht. Der Wärter packte seinen Arm und stieß ihn gegen die Wand. Die Spritze flog Roger aus der Hand.

Dann fühlte Roger, wie der Stock ihn in den Kniekehlen traf, und er klappte sofort zusammen. Es folgte ein brutaler Schlag zwischen die Schultern, der Roger zu Boden warf.

Einen Augenblick später vernahm er das widerliche Geräusch, als der Fuß des Wärters auf die Spritze trat. Es war die einzige, die er dabei hatte.

Wally stieß einen Schrei aus, einen Laut wie ein Tier, das weiß, dass es verloren ist.

Der Wärter zog Roger am Hemd hoch. Seine Hose war nass von der Elixier-Pfütze auf dem Fußboden.

Als der Wärter nach seinen Handschellen griff, schlug Roger ihm mit der Handkante gegen die Luftröhre. Der Mann fiel nach hinten, landete auf der Toilettenschüssel und schnappte nach Luft.

Die Zellentür stand noch offen. Roger schaute Wally an und streckte ihm seine leeren Hände entgegen, um ihm zu signalisieren, dass er nichts weiter tun konnte. Er trug zwar den Notvorrat um seinen Hals, hatte jedoch keine Möglichkeit, ihn Wally zu spritzen.

Wallys Gesichtsausdruck zeigte, dass er verstand. »Du hast es versucht«, flüsterte er. Dann bemerkte er, dass der Wärter wieder zu Kräften kam. »Lauf! Lauf!«

Roger blieben nur wenige Augenblicke, bis der Wärter auf den Beinen wäre und um Hilfe rufen würde. Es traf ihn bis ins Mark, Wally so zurücklassen zu müssen, doch sein Freund war nicht in der Verfassung, mit ihm zu fliehen.

Der Wärter kam stolpernd auf die Beine, und Wally griff nach seinen Schlüsseln und warf sie Roger zu, der durch die Tür hechtete und hinter sich abschloss.

Ehe er davonrannte, sah Roger Wally ein letztes Mal an. »Es tut mir Leid.«

Wally zuckte schwach die Achseln. »Es war der reinste Rock and Roll, solange es eben ging.«

Der Wärter griff nach dem Funkgerät an seinem Gürtel. Bevor er Alarm auslösen konnte, ließ sich Wally mit seinem ganzen Gewicht auf ihn fallen.

Als der Alarm schließlich doch losging, war Roger schon durch den Haupteingang und saß in seinem Auto. Ihm war, als würde ihm das Herz brechen.

Sie verlegten Wally in eine andere Zelle im Keller des Gebäudes. Er ließ sich nicht anmerken, wie schlecht er sich fühlte. Selbst wenn sie ihn in ein Krankenhaus brachten, konnten sie dort nichts für ihn tun. Das Medikament für seine Krankheit befand sich in einer getrockneten Pfütze auf dem Fußboden oben in der alten Zelle.

Er schlief den ganzen Nachmittag. Abends brachte ihm ein anderer Wärter ein Tablett mit Essen. Er rührte es nicht an. Als der Wärter sich erkundigte, ob mit ihm alles in Ordnung sei, nickte Wally. Ihm gehe es gut, er sei nur müde. Der Wärter fragte, ob er jemanden anrufen wolle, seinen Anwalt, Freunde, seine Frau, aber Wally grunzte ein Nein. Er wollte nur in Ruhe gelassen werden, um zu schlafen.

Im Halbschlaf stellte er sich vor, dass Roger zurückgekommen war, diesmal als Wärter verkleidet, und dass er ihm heimlich eine Stabilisierungsspritze gab. Der Traum war so überzeugend, dass Wally in einen tiefen, friedlichen Schlaf fiel. Mehrere Stunden lang störte ihn niemand mehr. Irgendwann am nächsten Morgen, Montag, würde man ihn ins Gerichtsgebäude von Madison bringen, um Anklage gegen ihn zu erheben. Dann würde er gegen Kaution freikommen.

Kurz nach Mitternacht schreckte Wally aus einem furchtbaren Traum hoch, in dem er lebendigen Leibes von Läusen aufgefressen wurde. Er wachte davon auf, dass er sich wild Gesicht und Ohren kratzte. Er richtete sich auf. Sein ganzer

Kopf fühlte sich heiß und dick an, auch seine Augenlider, die so stark geschwollen waren, dass er sie kaum öffnen konnte. Durch den winzigen Spalt sah alles so zersplittert aus, als schaue er durch eine zerbrochene Brille.

Schlimmer noch, seine Ohren waren von einem schrillen Tinnitus-Ton erfüllt, der mit jeder Minute weiter anschwoll, als drehe jemand die Lautstärke immer weiter auf.

Der Lärm wurde bald unerträglich; er verwandelte sich in heiße Schmerzflächen, die durch sein Gehirn schossen. Er konnte ihnen mit seinen Fingern keinen Einhalt gebieten, weil sie aus dem Inneren seines Schädels kamen, als erfüllten eine Million Insekten seinen Kopf mit irrer Musik.

Was geschieht mit mir?

Er hörte sich schreien, doch der Laut schien von jemand anderem zu kommen.

Im Geiste schwebte er hoch über seiner Zelle und schlug mit dem Kopf so hart gegen die Decke, dass er sicher war, sich den Schädel gebrochen zu haben. Doch das hatte er nicht getan, und der Lärm hörte nicht auf. Auch verlor er nicht das Bewusstsein, wie er gehofft hatte.

Schreiend fiel er zu Boden. Blut rann ihm über die Brauen und in die Augen, weil seine Haut aufgesprungen war. Er rollte über den Fußboden, während ein merkwürdiger, heißer Schmerz die Muskeln und Sehnen seiner Gliedmaßen wild zucken ließ. Er litt Todesqualen, als läge er auf einer Folterbank. Stimmen schrien auf ihn ein.

»Hört mit dem verdammten Lärm auf.«

»Das Arschloch hat mich aufgeweckt.«

»Jemand soll ihn verdammt noch mal zum Schweigen bringen.«

Sein Gehirn war ein lärmendes animalisches Wesen, das nicht klar denken konnte. Er konzentrierte sich auf einen Gedanken, und plötzlich war er verschwunden, als öffneten sich in seinem Gehirn Löcher wie in einem Schweizer Käse.

Helft mir.

Für einen Augenblick befand er sich wieder im Schlafsaal in Pennypacker, spielte Bridge und trank ein Haffenreffer, weil es das billigste Zeug war, und wenn man kaum Geld hat, ist gutes Bier das, was man sich eben leisten kann. Die Beatles sangen »When I'm Sixtyfour«, und Wendy und Chris tanzten nackt, und Sheila saß auf seinem Schoß und küsste sein neu gewachsenes Haar.

Jemand öffnete das Fenster, und heißer, gelber Eiter ergoss sich über die Fensterbank.

In seinem Kopf schrie es: *Hilf mir, Chris, du musst mir helfen.*

Seine Lungen füllten sich mit feuchter Luft. Er hatte Schwierigkeiten zu atmen, seine Lungen frei zu bekommen. Als wäre das alte Gewebe brüchig geworden.

Ertrinken. Du wirst ertrinken.

Er rollte sich auf die Seite und spuckte zähe Flüssigkeit aus. Seine Lungen füllten sich immer weiter. Er bekam keine Luft mehr.

Noch mehr Schreie.

Dann spürte er Hände auf seinem Körper. Sie drehten ihn um.

Wischten ihm die Stirn ab.

»Es ist nur ein Kratzer. Mach ein Pflaster drauf.«

»Chris? Bist du das?«

»Was sagt er?«

»Er will wissen, ob du Christus bist.«

»Yeah, J. Christus höchstpersönlich, zu Diensten.«

»Wir kriegen hier so etwa einmal im Monat einen Schreihals, und für solche Fälle haben wir das hier.«

Jemand zog an seinem Ärmel und schob ihm die Ärmel hoch.

»Sein Kumpel war gestern hier und hat versucht, ihm einen Schuss zu verpassen. Hat Clint in die Kehle geboxt, und der hier hat ihn unten gehalten, während der Typ mit der Nadel abgehauen ist. Brauchst du einen kleinen Fix?«, fragte er Wally. »Na gut, hier hast du ihn.«

Wally spürte den Nadelstich kaum.

Danke, Chris... Roger.

Er hörte seinen Mund etwas murmeln.

»Was sagt er?«

»Ecleckshier?«

»Er will wissen, ob man das leckt.«

»Yeah, leck das, Kumpel.«

Er stach zu.

»Lecken, Sir?«

»Yeah, einmal Lecken, Sir, und das war's schon, Kumpel. Jetzt schlaf schön.«

»FreundefürsLebn.«

»Yeah, Freunde fürs Leben. Morgen früh geht's dir besser.«

Sechs Stunden später brach der Montagmorgen an.

Draußen ging eine kalte Sonne am Horizont auf und schickte ihre Lichtstrahlen durch das Fenster des Wärterzimmers.

Die Frühschicht hatte Lenny Novak. Auf dem Tagesplan, den Clint Marino, der Nachtwächter, ausgefüllt hatte, standen die Namen der Männer, die zurzeit inhaftiert waren. In Zelle Nummer vier saß ein gewisser Walter P. Olafsson, Alter 57 Jahre, der vor zwei Nächten wegen Angriffs auf einen Bundesoffizier festgenommen worden war. Er sollte um 9:30 Uhr im Gerichtsgebäude in der Innenstadt vorgeführt werden, wo Anklage gegen ihn erhoben werden sollte.

Lenny verteilte jeden Morgen die Frühstückstabletts. Er war noch neu hier und gab sich Mühe, freundlich zu sein und jedem Häftling Guten Morgen zu sagen. In Zelle drei fragte er: »Wie geht's denn so heute, Tom?«

Tom schlurfte zur Durchreiche an der Tür. »Würde mir viel besser gehen, wenn dieses Arschloch mich nicht die halbe Nacht wach gehalten hätte.« Er deutete mit dem Kinn auf die Wand, die ihn von Zelle vier trennte.

»Kommt ab und zu vor. Sie kriegen Raumangst und flippen aus.«

Lenny schob seinen Wagen zur nächsten Zelle weiter. »Hey, Mr. Olafsson, Frühstück.« Und Lenny schob das Tablett in die Durchreiche.

Keine Antwort.

»Zeit zum Aufstehen. Ich bringe Sie um neun ins Gericht.«

Nichts.

Lenny rief noch einmal. Immer noch keine Antwort. Der Mann rührte sich nicht. Es musste an dem Beruhigungsmittel liegen, das sie ihm verabreicht hatten.

Er sah auf die Uhr. Es war 7:38 Uhr. In etwas mehr als einer Stunde musste der Mann gefrühstückt haben und angezogen sein.

»Hey, Kumpel. Aufwachen.«

Nichts.

Weil Olafsson zur Wand gedreht auf der Seite lag, konnte Lenny sein Gesicht nicht sehen.

Er zog seine Schlüssel heraus und schloss die Tür auf, dabei umfasste seine Hand automatisch den Schlagstock. In diesem Fall war das eine unnötige Vorsichtsmaßnahme, weil der Kerl vermutlich noch von der Spritze benommen war. Lenny legte die Hand auf die Schulter des Mannes und schüttelte ihn. »Kommen Sie schon, Zeit zum Aufstehen.«

Doch der Mann rührte sich nicht.

Was Lenny zuerst auffiel, war der Geruch. Der süßliche, eklige Geruch von totem Fleisch. Einen Augenblick später wurde ihm klar, dass der Körper des Mannes kalt war.

Mit einer einzigen schnellen Bewegung riss er die Decke weg und drehte den Mann auf den Rücken.

Er war eindeutig tot. Lennys erster Gedanke war, dass er

den falschen Häftling vor sich hatte. Auf dem Plan hieß es, dass Walter Olafsson ein Weißer war. Dieser Mann hier jedoch war schwarz.

Er knipste seine Taschenlampe an. »Mein Gott!« Eine Gänsehaut kroch ihm den Nacken hinauf.

Der Kopf des Mannes sah nicht menschlich aus. Er war doppelt so groß wie ein normaler Kopf und übersät mit dunkelroten Wunden. Die Augen waren angeschwollene Kugeln. Seine Nase war wie eine riesige, deformierte schwarze Kartoffel, die von einer Flechte überzogen war. Das eine freiliegende Ohr war auf seine doppelte Größe angeschwollen, ein dickes, ausgefranstes Blatt; aus dem Ohrkanal rann eine dunkle Flüssigkeit.

Was Lenny fast das Herz still stehen ließ, war die Feststellung, dass diese schuppigen Wunden sich bewegten. Es war keine optische Täuschung: Die Haut auf dem Gesicht des Mannes, wenn man es denn Haut nennen konnte, wölbte sich tatsächlich, während weiterhin neue, feuchte Wucherungen wie fremde Organismen aus dem Fleisch wuchsen.

Im nächsten Augenblick rannte Lenny den Flur hinunter zum Telefon und konzentrierte sich dabei mit aller Kraft darauf, den Schrei zu unterdrücken, der ihm in der Kehle emporquoll.

29

Laura bemühte sich, ihre Panik zu verbergen, damit Brett nicht dachte, Rogers Zustand sei kritisch. Doch es gelang ihr nicht sehr gut.

Als er das Radio einschaltete, drückte sie sofort auf den Ausknopf, weil sie befürchtete, dass ein Polizeibericht über ihre Flucht gesendet werden würde. Brett protestierte und versprach, den Ton leise zu stellen, doch sie blieb hart. Als er wissen wollte, warum nicht, explodierte sie. »Nein heißt NEIN! Ich will kein verdammtes Radio hören, okay?«

Einen Augenblick später entschuldigte sie sich. Er hatte sie noch nie aufgebracht gesehen.

»Mom, sag mir die Wahrheit. Wird Dad sterben?«

Sie sah ihn an. Seine wunderbaren, goldbraunen Augen waren so voller Furcht, dass sie beinahe in Tränen ausgebrochen wäre. Es war so verdammt unfair. »Nein, Liebling, er kommt wieder in Ordnung. Es sind vermutlich nur Muskelkrämpfe. Sie machen Tests mit ihm.«

Mehr konnte sie nicht tun. Wenn sie weiter ins Detail ging, würde die Lüge immer größer werden, und sie würde sich noch schlechter fühlen. Ihr Ziel war einfach nur, seine Angst zu dämpfen.

Er antwortete nicht, und sie war nicht überzeugt, dass er ihr glaubte.

Irgendwo bei Hudson an der Route 94 hielt sie an einer Tankstelle, um aufzutanken. Bevor der Tankwart herauskam, drückte sie Brett einen Zwanziger in die Hand und rannte zur Toilette.

Drinnen wählte sie Rogers Nummer. Der Klang seiner Stimme erfüllte sie mit Erleichterung.

Er war fast schon in Black River Falls. Sie erzählte ihm, wie sie Brett abgeholt hatte und welchen Vorwand sie gebraucht hatte, um ihn aus dem Spiel zu holen. Er hörte zu, bemühte sich, ruhig zu klingen. Er berichtete, dass es tatsächlich das FBI war und dass ihm mit dem abgestellten Reservewagen die Flucht gelungen war.

Kaum hatte sie die Verbindung beendet, musste sie sich in die Toilette erbrechen. Das Allerschlimmste hatte begonnen.

»Wem gehört diese Wohnung?«

»Einem Freund von Dad.«

»Welchem Freund?«

»Niemand, den du kennst. Einer von unseren Lieferanten. Er stellt sie Geschäftsfreunden zur Verfügung, wenn sie in der Stadt sind.«

Brett schien ihr das abzukaufen. Laura dachte bitter, wie gut sie darin geworden war, ihren Sohn zu täuschen. Es war schon ein Reflex geworden.

Sie konnte ihm nicht sagen, dass die Wohnung ihnen gehörte, denn dann hätte er wissen wollen, warum sie sie noch nie erwähnt und ihn nie hierher mitgenommen hatten. Sie konnte auch nicht sagen, dass sie sie gemietet hatten, denn dann würde er sich fragen, warum Roger sich nicht ein Hotelzimmer genommen hatte, um Geld zu sparen. Sie hatten Brett immer mit Respekt behandelt, daher vertraute er darauf, dass sie wenig vor ihm geheim hielten und ihm nie etwas vormachten. Er akzeptierte ihre Erklärung ohne weitere Fragen.

Sie fragte sich, ob er ihnen je wieder vertrauen würde, wenn er erst einmal erfahren würde, dass die letzten 13 Jahre eine einzige grandiose Lüge gewesen waren.

Sie fragte sich auch, wie lange sie den Schein noch wahren konnte, bevor sie zusammenbrach.

Die Wohnung lag am westlichen Ende von Minneapolis in einem großen, anonymen Komplex, der vor allem von jungen Geschäftsleuten bewohnt wurde. Sie hatte fünf Zimmer. Sie hatten sie vor allem deshalb ausgesucht, weil unter den Bewohnern nur wenige Rentner waren, die sie den ganzen Tag im Auge behalten würden.

»Warum können wir Dad nicht besuchen?«

Sie hatte diese Frage erwartet und hatte eine Antwort parat: »Besuchszeit ist erst morgen wieder.«

»Willst du nicht wenigstens im Krankenhaus anrufen?«

Er trug noch immer sein Baseballtrikot. Sie sah auf die Uhr. »Gleich. Warum duschst du nicht, und ich mache inzwischen Abendessen, okay?« Brett stimmte widerstrebend zu.

Sie wartete, bis er im Bad war und das Wasser lief, bevor sie Roger wieder anrief. Er war noch immer in seinem Auto, doch jetzt war er unterwegs nach Madison. Er hatte schlechte Neuigkeiten.

Durch das Fernglas hatte er beobachtet, wie FBI-Agenten Wally aus dem Motel in einen Wagen eskortiert hatten. Entweder hatte er Widerstand geleistet, oder das FBI hatte belastendes Beweismaterial ausgegraben. Wie auch immer, er war in Gewahrsam und unterwegs ins Gefängnis, vermutlich bis zur Anhörung vor einem Gericht nächste Woche.

Laura stöhnte. »Was sollen wir nur tun?«

»Halt durch.«

»Halt durch? Brett ist ganz krank vor Sorge, weil du im Krankenhaus bist.«

»Ich bin morgen zurück.«

»Was hast du vor?«

»Ich möchte sehen, wohin sie ihn bringen. Er braucht seine nächste Spritze.«

»Und was soll ich Brett sagen?«

»Dass es mir gut geht, und dass ich morgen nach Hause komme.«

»Er hat Angst.«

»Dann lass mich mit ihm reden.«

»Ich hasse das alles.«

»Ich auch. Gib ihn mir.«

Sie klopfte an die Badezimmertür und reichte Brett das Telefon. »Es ist Dad, aber du musst es kurz machen.«

Ein paar Minuten später gab Brett ihr das Telefon zurück. »Er klingt ziemlich gut.« Dann ging er zurück unter die Dusche.

Laura schloss die Badezimmertür. Wieder gut gelogen.

Als Brett geduscht und sich angezogen hatte, schaute er sich in der Wohnung um. Den Räumen fehlte jegliche persönliche Ausstrahlung, die auf echte Bewohner schließen ließe. Sie waren mit billigen, unauffälligen Sofas, Stühlen und Tischen möbliert, der Teppichboden beigefarben, und an den Wänden hingen ein paar Kunstdrucke. Es hätte ein Motel 6 sein können, aber mehr hatten sie sich nicht leisten können. Die Kommoden und Schränke enthielten ein paar Kleidungsstücke, an einigen von ihnen hingen noch die Preisschilder.

Während Brett die Wohnung erkundete, machte Laura Abendessen. Es ging ihr besser, seit Roger Brett beruhigt hatte. Doch sie wünschte, er wäre bei ihnen, weil sie sich durch die Entfernung von ihm nur noch verletzlicher fühlte.

Würden sie jetzt wieder so leben müssen – versteckt? Und wie sollten sie das Brett erklären? Er hatte nächste Woche seine Abschlussprüfungen, und in drei Wochen sollte er die Mittelstufe beenden und mit Brian für ein paar Tage in ein Zeltlager in die Dells fahren. Wie konnten sie ihm sagen, dass das alles vorbei war? Dass er seine Freunde und sein Zuhause nie wiedersehen würde? Dass seine Eltern nicht die Menschen waren, für die er sie gehalten hatte?

Rogers Einstellung war, dass sie es schaffen würden. Er hatte an dem Tag, als er die Überwachung zum ersten Mal bemerkt hatte, für alle Fälle 65 000 Dollar in bar abgehoben. Sie hatten noch mehr Geld zusammen mit der anderen Hälfte des Elixier-Vorrats vergraben. Sie konnten an Orte ziehen, die weit entfernt von den Großstädten lagen. Es bedeutete Opfer – wieder ihre Namen wechseln, neue Papiere besorgen, Unterricht zu Hause, Verkleidungen. Aber Brett war jung genug, um sich anzupassen.

»Chris, wir sind doch nicht die Familie des Unabombers«, hatte sie gesagt.

»Die Alternative ist lebenslänglich für uns und Heime für Brett. Was ist dir lieber?«

Die Pasta war halb gar, als Brett in der Küchentür erschien.

»Geht es dir besser?«, fragte sie und sah auf.

Er trug noch immer sein Trikot, weil er sonst nichts anzuziehen hatte. Doch seine Haare waren nass von der Dusche, und sein Gesicht glänzte.

Er hielt ein Buch in der Hand. »Bist du das?«

Laura wäre beinahe auf der Stelle in Ohnmacht gefallen.

Müde bin ich …

Das Exemplar, das Jenny ihr vor Jahren geschenkt hatte. Sie hatte vergessen, dass es im Nebenzimmer im Bücherregal stand. Brett starrte das schwarz-weiße Foto auf dem Umschlag an.

Von allen Albträumen, mit denen Laura gelebt hatte, war dies derjenige, den sie am meisten gefürchtet hatte. Sie hatten daran gedacht, eine Geschichte zu erfinden: Roger sei eines Tages zufällig Zeuge eines Banküberfalls gewesen; er habe das Gesicht des Mannes gesehen, der den Bankangestellten getötet hatte, und deshalb hätten sie ein Zeugenschutzprogramm beginnen und neue Identitäten annehmen müssen.

Bretts Augen wanderten von Wendy Bacons Foto zu Laura. Er las die Angaben über die Autorin im Klappentext. Sie wusste, dass sie keine weitere Lüge über die Lippen bringen würde. »Ja, das bin ich.«

In Bretts Augen stand Verwirrung. »Aber hier steht Wendy Bacon.«

Laura spürte, wie ihr die Tränen kamen, doch sie zwang ihr Gesicht zu einem Lächeln. »Na ja, Liebling, das war der Name, den ich damals benutzt habe.«

»Wann damals? Wann hast du das geschrieben?«

Sie holte tief Luft und legte den Arm um seine Schulter. So hatte sie es ihm nicht beibringen wollen. »Vor langer Zeit.«

»Hier steht: ›Mrs. Bacon lebt mit ihrem Mann und Sohn in Carleton, Massachusetts.‹« Er schaute sie fragend an.

»Dort haben wir damals gewohnt.«

»Aber du hast doch gesagt, ich bin in Kansas geboren worden.«

»Wir sind umgezogen.«

Brett sah wieder auf das Foto. »Aber du siehst so anders aus. Deine Haare...« Auf seinem Gesicht lag blanke Verblüffung. »Das Nummernschild auf dem Foto für Dad war auch aus Massachusetts.«

»Warum setzen wir uns nicht ins Wohnzimmer, und ich erkläre dir alles.«

Sie ging mit ihm nach nebenan. Brett setzte sich nicht, sondern blieb vor ihr stehen, das Coverfoto einer brünetten Wendy Bacon erhoben, die aus einer einfacheren Zeit in die Welt lächelte.

Laura nahm sein Gesicht zwischen ihre Hände. »Liebling, als Erstes möchte ich dir sagen, dass wir dich sehr lieb haben, und dass wir, weil wir dich lieben –«

»Mom, hör auf mit dem Scheiß!« Er ließ das Buch auf den Tisch fallen; sein Gesicht war verängstigt. »Es geht um Dad. Er stirbt oder so was.«

»Nein, das ist es nicht. Uns beiden geht es sehr gut. Du hast doch gerade mit ihm gesprochen. Er wird morgen hier sein. Glaub mir.«

»Ich dachte, er ist im Krankenhaus.« In seinen Augen stand jetzt Panik. »Wo ist er?«

Sie holte tief Luft. »In Madison.«

»Du hast gelogen.«

»Liebling, du hast nach dem Buch gefragt.«

»Das blöde Buch ist mir egal. Was machen wir hier? Was zum Teufel ist los? Wo ist das?«

»Ich sage dir doch, dass Dad in Madison ist. Und er ist nicht im Krankenhaus. Ich schwöre es.«

Brett wischte sich über die Augen Er begriff überhaupt nichts mehr.

Es war widerlich. *Dies ist der schlimmste Augenblick meines Lebens,* sagte sie sich.

»Liebling, es gibt da ein paar Dinge, die wir dir nicht gesagt haben, deshalb möchte ich, dass du dich hinsetzt –«

»Ich werde mich verdammt noch mal nicht hinsetzen!«

»Okay«, sagte sie und versuchte, ihre innere Ruhe wiederzufinden. »Ich beginne ganz am Anfang, und alles, was ich dir erzähle, ist die Wahrheit, das schwöre ich bei Gott. Ich schwöre es bei meinem Leben.«

Er sah sie völlig verängstigt an.

»Lange bevor du geboren wurdest, haben wir in Massachusetts gewohnt. Dad war Biologe. Vor etwa zwanzig Jahren ist er nach Papua-Neuguinea geflogen, wo er eine sehr seltene Blüte entdeckt hat, die …«

Und sie erzählte ihm die ganze Geschichte.

Zuerst glaubte Brett ihr nicht. Er dachte, das Ganze sei nichts weiter als eine weitschweifige Erklärung, wie Roger sich eine exotische Krankheit geholt hatte, an der er jetzt sterben würde. Als ihm klar wurde, dass sie das alles nicht erfunden hatte, setzte er sich hin, verblüfft und verwirrt.

»Aber Dads Haare werden doch grau.«

»Weil er sie färbt.«

»Nein, das tut er nicht«, protestierte Brett zornig.

»Brett, ich weiß, wie unheimlich sich das alles anhört, aber Dad ist vollkommen gesund. Elixier verhindert nur, dass er altert. Das einzige Problem ist, dass ein paar böse Menschen es in die Hände bekommen und illegal verkaufen wollten, die Leute, die dieses Flugzeug in die Luft gesprengt haben, um uns umzubringen. Aber weil wir nicht in der Maschine waren, hat man uns den Anschlag angehängt.«

Bretts Augen füllten sich mit Tränen. »Wie heiße ich wirklich?«

»Brett ist dein wirklicher Name.«

»Aber du hast gesagt, ich wurde geboren, bevor ihr

untergetaucht seid und neue Papiere bekommen habt. Als ihr noch in Massachusetts gewohnt habt.« Seine Stimme bebte.

»Wir hatten dich Adam genannt, aber nach sieben oder acht Monaten wurden wir, wurdest du … Brett.« Sie konnte ihm einfach nicht sagen, dass Brett der Name auf der Sozialversicherungskarte eines toten Jungen war.

»Adam und wie weiter? Wie ist mein voller Name?«, verlangte er.

Laura musste sich mit aller Kraft beherrschen, um nicht zusammenzubrechen. »Adam Bacon.«

»Was?«

»Adam Bacon.«

»Adam Bacon?« Zum ersten Mal in seinem Leben sprach er seinen Geburtsnamen aus.

»Aber das war nur, solange du ein Baby warst.«

»Ich bin adoptiert. Darum geht das hier alles. Ihr habt mich adoptiert, und jetzt wollen meine richtigen Eltern mich zurück.«

»Nein, nein, so ist es nicht.«

»Doch. Deshalb bin ich auch so klein.«

Sie verspürte den absurden Impuls zu lachen. »Brett, Liebling, Gott ist mein Zeuge, dass ich dir die reine Wahrheit gesagt habe. Du bist unser Sohn. Ich habe dich geboren. Bitte glaub mir. Du kannst doch sehen, dass du Dad ähnelst, die Form deines Gesichts, deine Augen und dein ganzes Aussehen … und du bist nicht klein.«

Brett sah aus, als sei er plötzlich in einen Strudel geraten und greife verzweifelt nach den über dem Wasser hängenden Ästen. »Wie alt bin ich? In echt?«, schrie er. »Wie alt bin ich?«

»Du bist 14. Im November wirst du 15. Du wurdest am –«

»Das auf dem Foto, das ich euch geschenkt habe, das bin nicht ich, oder?«

»Nein … das war dein Bruder, der viele Jahre bevor du geboren wurdest, gestorben ist. Sein Name war Ricky.«

»Ich wusste, dass ich das nicht war, aber ihr habt gesagt, das sei ich. Ihr habt gelogen. *Ihr habt gelogen!*«

Bevor sie noch etwas erklären konnte, sprang er auf und rief: »Ich glaube das alles nicht!« Sein Gesicht war gerötet, und gleich würde er in Tränen ausbrechen.

»Ich weiß, es ist hart, das so alles auf einmal zu erfahren –«

Er fuhr mit einem wilden Gesichtsausdruck zu ihr herum. »Dad ist ein Monster«, schrie er. »Er ist ein Monster. Er kann nicht alt werden, so wie jeder andere. Er ist ein Monster, und ihr seid Kriminelle.«

Laura trat mit ausgestreckten Armen auf ihn zu, doch er wich zurück. »Verdammt noch mal, fass mich nicht an!«, schrie er. »Ich weiß ja noch nicht einmal, wer du bist.«

»Ich bin deine Mutter. Ich bin immer deine Mutter gewesen.«

Panisch blickte er sich wieder in dem Zimmer um, als sehe er es zum ersten Mal. »Wir werden alle im Gefängnis landen. Dad ist wahrscheinlich schon im Gefängnis.«

»Du hast doch gerade noch mit ihm gesprochen. Er wird morgen hier sein.«

Bretts Kopf fuhr zu ihr herum, und er sah sie an, als sei sie ein Wesen von einem anderen Stern. »Wie alt bist du? *Die Wahrheit!* Wie alt?«

Sie wusste, dass ihm das noch mehr Angst einjagen würde als Rogers Zustand – die Tatsache, dass seine Mutter plötzlich 15 Jahre älter war, als er dachte. »Fünfundfünfzig. Ehrlich.«

Sie hatte die Worte kaum herausgebracht, da stürzte er in sein Zimmer. Die Tür knallte zu; das Geräusch durchzuckte ihr Herz wie ein Pistolenschuss.

Von drinnen hörte sie erstickte Laute, als er in sein Kissen schluchzte.

Roger kam spät am nächsten Abend bei strömendem Regen zurück. Während der ganzen letzten Woche war für die Jahreszeit ungewöhnlich kalte Luft aus Kanada heruntergeströmt und hatte den Frühling zum Winter gemacht.

Nachdem er Madison verlassen hatte, war er in einen Wald gefahren und hatte dort bis zum Einbruch der Dunkelheit gewartet. Erst dann war er nach Minneapolis weitergefahren.

Brett war tagsüber die meiste Zeit in seinem Zimmer geblieben, hatte immer wieder geschlafen und sich geweigert, mit Laura zu sprechen. Er war noch immer im Bett, als Roger eintraf.

Rogers Gesichtsausdruck ließ Laura schaudern.

»Wally ist im Gefängnis«, sagte er. Er wusste, dass sie im Augenblick nichts weniger interessierte als Wally. Er war jemand, den sie vor 30 Jahren gekannt hatten. Er war jemand, der mit Elixier zu tun hatte.

Doch sie unterdrückte das alles. »Kannst du irgendetwas tun?«

»Ich hab's versucht.« Und er erzählte es ihr.

»Du hättest umkommen können.«

»Ich konnte ihn doch nicht im Stich lassen.«

»Was bedeutet das?«

»Es bedeutet, dass er sterben wird, wenn er nicht schon tot ist.«

»Oh Gott. Kann man denn gar nichts tun?«

»Nein.«

»Aber er ist dein Freund. Du hast ihn da reingerissen. Du hast ihm das Zeug gegeben, und jetzt ist er tot oder wird bald sterben.«

»Schau, ich fühle mich deswegen schlecht genug, auch ohne dass du mir Vorwürfe machst. Ich habe getan, was ich konnte. Und rede nicht mit mir, als sei ich irgendein Drogendealer.«

Sie trat ans Fenster. Ein kalter weißer Mond hing am östlichen Himmel und ließ die letzten Sturmwolken an sich vorbeiziehen. »Es tut mir Leid«, sagte sie. »Ich habe einfach Angst.«

»Ich auch.«

»Was sollen wir tun?«

»Nichts.« Das war keine gute Antwort, doch vorerst war die Eigentumswohnung so gut wie jeder andere Ort. Solange das so war, konnten sie sich hier für ein paar Wochen verstecken und Brett zum Einkaufen und auf Besorgungsgänge schicken. Ihre Gesichter würden in sämtlichen Medien verbreitet werden, seines nicht. »Wie viel hast du ihm erzählt?«

»Alles.«

Er nickte. »Das ist wohl das Beste, nehme ich an.«

Schweigen erfüllte den Raum.

»Roger, ich möchte, dass wir uns stellen. Ich habe dir gesagt, dass ich nicht noch einmal fliehen will. Er soll das alles nicht mit durchmachen müssen.«

»Wäre es dir lieber, wenn Brett mit Eltern aufwächst, die in der Todeszelle sitzen?«

»Das kannst du nicht wissen. Vielleicht werden wir freigesprochen. Wie auch immer, Brett kann bei Jenny bleiben.«

»Jenny ist emotional nicht stabil genug, um einen Teenager im Griff zu behalten.«

»Sie ist schließlich seine Tante. Und es ist besser, als mitten in der Nacht von einem Ort zum nächsten zu fliehen. Denk an ihn.«

»Ich denke an ihn.« Wenn die Medien erst einmal Wind davon bekamen, würden dieselben Leute, die damals das Flugzeug in die Luft gesprengt hatten, sich wieder an ihre Fersen heften. Leute, die mehr an Elixier als an Gerechtigkeit interessiert waren. Leute, die Brett benutzen könnten, um an das Mittel heranzukommen. »Wir bleiben eine oder zwei Wochen hier, dann ziehen wir aus.«

»Nein, wir suchen uns einen Anwalt.«

»Und legen unser Schicksal in die Hände des Justizsystems?«

»Das ist immer noch besser als das, was wir allein zu Stande gebracht haben. Wir sind unschuldig, und wir müssen nur die richtigen Leute finden, die uns glauben.«

»Wir können es nicht beweisen.«

»Es ist nicht unsere Aufgabe, zu beweisen, dass Quentin und seine Leute schuldig sind. Es reicht, wenn bewiesen wird, dass wir unschuldig sind. Und es gibt kein Beweismaterial, das uns mit dem Sprengstoff in Verbindung bringt.«

»13 Jahre lang waren wir auf der Flucht, haben fremdes Eigentum gestohlen, Ausweise gefälscht und unter falschen Namen gelebt.«

»Dafür können sie uns nicht hinrichten.«

»Nein, aber sie können uns zu lebenslänglich verurteilen. Wäre das nicht die ultimative Ironie?«

»Wenn du es nicht tust, tue ich es.«

Er schaute in die Dunkelheit hinaus und dachte darüber nach. »Es könnte auch bedeuten, dass wir in ein Zeugenschutzprogramm kommen, neue Namen, neuer Wohnort, neue Identitäten.«

»Und? Immerhin müssten wir nicht bei jedem Polizeiwagen Angst haben.«

»Und das auch nur, wenn man uns glaubt.«

»Wir haben keine andere Wahl. Er soll nicht im Untergrund aufwachsen.«

Sie hatte Recht: Brett brauchte seine Eltern, noch mehr jedoch brauchte er so etwas wie ein normales Leben.

»Und was ist mit dem Mittel?«

Sie sah ihn bestürzt an. »Das ist mir egal. Nimm, so viel du brauchst, und vernichte den Rest.«

»Ich meine den wissenschaftlichen Nutzen.«

»Es gibt keinen wissenschaftlichen Nutzen!«

Er sagte nichts.

»Wir müssen hier raus«, verlangte sie. »Selbst wenn niemand uns bemerkt hat, würde ich verrückt werden, wenn wir so eingesperrt sein müssten.«

»Nur ein paar Tage, bis sich die Lage beruhigt. Dann gehen wir von hier weg und suchen uns ein paar gute Anwälte.«

»Und wo sollen wir wohnen?«

»Es gibt schließlich noch Tante Jenny.«

30

»Ich weiß nicht, woran er gestorben ist. Ich habe so etwas noch nie gesehen. Er ist wie ein hypertrophes Melanom, nur hundert Mal schneller.«

»Klartext«, bat Eric Brown.

»Hautkrebs, der total außer Kontrolle geraten ist.« Ben Friedman war der Chefpathologe von Madison. »Er hatte zahllose Karzinome am ganzen Körper und Tumore im Magen und in den Eingeweiden. Es war, als sei der Krebs in ihm förmlich explodiert.«

»Der Wärter hat berichtet, sein Kopf habe nicht mehr wie der eines Menschen ausgesehen, sondern sei doppelt so groß und von Wucherungen übersät gewesen.«

Friedman schüttelte völlig ratlos den Kopf. »Das verstehe ich auch nicht«, sagte er. »Meine einzige Vermutung ist, dass er an einer beschleunigten Form des Werner'schen Syndroms gestorben sein könnte.«

»Was ist das?«

»Ein Chromosomendefekt, der bewirkt, dass Menschen mit abnormer Geschwindigkeit altern und sterben, bevor sie vierzig werden. Nur dass dieser Mann buchstäblich über Nacht gealtert zu sein scheint.«

»Sie sagen also, das ist unmöglich.«

»Ich sage, dass das, was mit ihm passiert ist, nach meinem Wissen noch nie vorgekommen ist. Abgesehen von den Krebswucherungen war sein Körper geradezu durchsetzt von Krankheiten, die mit fortgeschrittenem Alter einhergehen: Arteriosklerose, bösartige Neoplasie, Osteoporose, Katarakte, Leber- und Nierenstörungen. Wenn ich es nicht besser wüsste, würde ich sagen, der Mann war neunzig oder hundert Jahre alt.«

Brown hatte Wally Olafssons Fingerabdrücke vor sich ausgebreitet, diejenigen, die vom Tag seiner Inhaftierung stammten, und die, die man ihm nach seinem Tod abgenommen hatte. »Es ist derselbe Mann, geboren am 13. Februar 1943.«

»Das ist der unmögliche Teil«, fuhr Friedman fort. »Denn das würde bedeuten, dass sein Körper innerhalb von Stunden einen totalen und katastrophalen Verfallsprozess durchlaufen haben müsste. Und wie das passiert sein könnte, kann ich mir beim besten Willen nicht vorstellen.«

»Wie steht es mit diesen Bakterien, die die Zellen verschlingen?«

»Negativ. Außerdem ist kein bekanntes Bakterium derart virulent.«

»Und eine unbekannte Bakterienart?«

»Bakterien wirken nicht auf diese Weise.« Er betrachtete das Foto vom Kopf des Toten. »Dieser Mann ist an einer monströsen genetischen Katastrophe gestorben.«

Ben Friedmans Verwirrung versetzte Brown einen kalten Stich. Der Arzt war ein Profi, der in drei Jahrzehnten jede noch so grausige Form des menschlichen Todes gesehen hatte und dabei so gut wie nie eine Regung gezeigt hatte. Er war ein Mann, der immun gegen jede seelische Erschütterung zu sein schien. Jetzt jedoch war er völlig verwirrt.

Doch medizinische Abnormitäten aufzuklären war nicht

Browns Aufgabe. »Irgendwelche Beweise, dass er Kontakt mit Glover hatte?«

»Wir haben seine Kollegen, seine Ex-Frau und seine Freundin befragt. Niemand hat je von Roger Glover gehört«, antwortete Zazzaro.

Nach Aussagen der Nachbarn waren die Glovers nette, normale Leute. Sie hatten einen Sohn, Brett, ein toller Junge. Sie besaßen einen Blumenladen. Nichts Ungewöhnliches. Keine bekannten Verwandten. Und kein Freund namens Wally Olafsson.

»Und sie haben sich in Luft aufgelöst.«

Die Tatsache, dass Glover sie in eine Sackgasse zu einem Fluchtauto gelockt hatte, bedeutete, dass er einen gut durchdachten Fluchtplan gehabt hatte. Der Schweinehund war clever, dachte Brown.

»Ich weiß nicht, wie Olafsson gestorben ist oder ob sein Tod etwas mit Roger Glover zu tun hat«, sagte Zazzaro. »Aber der Dreckskerl hat gewusst, dass wir hinter ihm her waren. Er wusste, dass wir ihn mit dem Eastern Flug Nummer 219 in Verbindung gebracht hatten. Warum sonst diese Verfolgungsjagd? Niemand legt sich einen so ausgeklügelten Fluchtplan zurecht, nur um ein paar Verfolger abzuschütteln.«

»Ich möchte eine Aufstellung von allem, was Glover, Bacon, Olafsson, die Frau und die Kinder miteinander verbindet«, verlangte Brown. »Schlüsselwörter, Ortsnamen, Leute, Geburtstage, alles.«

Zazzaro nickte. »Wir haben das Haus überprüft. Sieht so aus, als seien sie Hals über Kopf abgehauen. Die Schränke sind voller Kleider. Zahnbürsten stehen noch im Bad. Die Schulbücher sind noch in der Schultasche des Jungen. Leere Koffer im Keller. Er muss gemerkt haben, dass wir ihn verfolgt haben und hat seine Frau angerufen.«

Das vermutete Brown auch. Der Baseballtrainer der

Pierson-Highschool hatte ausgesagt, sie sei ängstlich darauf bedacht gewesen, den Jungen sofort aus dem Spiel herauszuholen. Erzählte etwas davon, dass ihr Mann im Krankenhaus sei. Sie hatten das natürlich überprüft, doch kein Krankenhaus der Gegend hatte einen Zugang mit dem Namen Roger Glover oder Christopher Bacon gehabt. »Irgendetwas, das sie mit den Bacons in Verbindung bringt?«

»Noch nicht, aber wir gehen Briefe, alte Rechnungen und so etwas durch. Und wir haben das hier gefunden.« Aus einem Beweismittelbeutel zog Zazzaro ein Täschchen. »Haarfärbemittel, blond für die Frau, schwarz für ihn. Interessant daran ist, dass in der kleinen Dose Theaterschminke ist. Grau. Für seinen Bart und seine Koteletten.«

»Warum sollte er sich älter machen? Wenn ich einen 13 Jahre alten Haftbefehl im Nacken hätte, würde ich es umgekehrt machen, wie seine Frau.«

»Sollte man meinen«, sagte Zazzaro. »Es ergibt ebenfalls keinen Sinn, dass die schwarze Haarfarbe und graue Schminke in einer Schachtel ganz hinten in seinem Kleiderschrank waren, während ihr Clairol offen auf einem Regal im Bad stand. Als ob nur er die Tatsache verbergen würde, dass er sich die Haare färbt.«

»Frauen sehen so etwas doch im Dunkeln.«

»Ich meine vor dem Jungen.«

»Das ergibt keinen Sinn«, wiederholte Zazzaro.

Ihren Unterlagen zufolge war Christopher Bacon 56 Jahre alt. Und Glover hatte Zazzaro in seinem Laden erzählt, er sei 1962 geboren worden, demnach wäre er 38. Warum, fragte sich Brown, sollte ein 56-jähriger Mann, der sich als 38-Jähriger ausgab, Make-up benötigen, um sich älter zu machen? Mike hatte Recht: Nichts ergab einen Sinn.

»Wie alt gibt die Frau vor zu sein?«, fragte Brown.

»38.«

Brown betrachtete die Fotos, die er von ihr beim Stadtlauf aufgenommen hatte. Sie konnte für 38 durchgehen, obwohl sie auf einigen Nahaufnahmen älter aussah. Er schob eine zu Friedman herüber. »Wie alt würden Sie sie schätzen?«

Das Telefon klingelt, und Zazzaro nahm den Anruf entgegen, während die anderen weitersprachen.

Friedman studierte das Foto einen Augenblick.

»Mitte vierzig.«

»Wie wäre es mit 38?«

»Möglich, aber dann hätte sie sich nicht gut gehalten.« Er betrachtete die anderen Fotos. Mit einem Bleistift deutete er auf Merkmale. »Sehen Sie den Hals hier. Die Haut weist Falten und Furchen auf wie bei einer älteren Frau. Ich sage nicht, dass sie älter ist, aber es ist ein Hinweis. Deshalb tragen Frauen, die sich das Gesicht haben liften lassen, auch immer Schals. Man kann ein siebzig Jahre altes Gesicht wie Plastikfolie strecken, aber es bleibt auf fünf Zentimeter Hühnerhaut sitzen.«

Zazzaro notierte etwas und legte dann auf. »Wir haben die Information zu ihren Ausweisen«, berichtete er. »Roger und Brett Glover aus Wichita, Kansas, sind 1958 bei einem Autounfall ums Leben gekommen. Laura Gendron Glover starb zehn Jahre später im Alter von 12 Jahren. Drei Fälschungen.«

»Verdammt große Überraschung«, kommentierte Brown.

Friedman hob die Fotos von Roger Glover und Christopher Bacon auf und betrachtete sie eingehend. »Und das ist derselbe Mann?«

»Ihre Fingerabdrücke sind identisch.«

Friedman hielt die Fotos nebeneinander ans Licht. »Ich sehe die Ähnlichkeit. Aber wenn es derselbe Mann ist, wie kommt es dann, dass dieser Roger Glover jünger aussieht als Christopher Bacon?«

»Ich weiß nicht, wie es kommt«, bellte Brown. »Und es

ist mir scheißegal. Aber ich will, dass diese Fotos abgedruckt und im ganzen Universum verteilt werden. Wir werden diesen Scheißkerl kriegen, egal wie.«

31

CAMBRIDGE

Unten auf der Titelseite des *Boston Globe* war ein Farbfoto von Roger Glover abgedruckt, das von der Videoaufnahme des verstorbenen Walter Olafsson stammte. Es war ein wenig verschwommen, jedoch trotzdem erkennbar. Daneben prangte das bekannte Zeitungsfoto von Christopher Bacon aus dem Jahr 1988. Die Überschrift lautete: »Derselbe Mann? FBI behauptet, Roger Glover aus Eau Claire, Wisconsin, ist Christopher Bacon, einer der meistgesuchten Verbrecher, der 1988 die Eastern Maschine mit der Flugnummer 219 in die Luft gesprengt haben soll.«

Im Innenteil der Zeitung fanden sich die Fortsetzung der Story und ein weiteres Foto von Glover, das FBI-Experten so bearbeitet hatten, dass es dem Foto von Christopher Bacon ähnelte. Per Computeranimation hatten sie ihm die Haare gekürzt und gebleicht und den Bart abgenommen. Die beiden Männer sahen identisch aus.

Das Frühstücksfernsehen hatte dieselbe Geschichte als Aufmacher. Die Frage, die am häufigsten gestellt wurde, lautete, wieso Roger Glover jünger aussah als Christopher Bacon vor fast 15 Jahren. Alle glaubten, dass Bacon sich hatte liften lassen. Doch Quentin Cross wusste es besser.

Er saß in seinem Chefbüro von Darby Pharmaceuticals, Inc. und spürte, wie der alte Traum von Milliardengewinnen sein Herz wieder schneller schlagen ließ.

Auch nach all den Jahren hatte sich die Firma nicht ganz von Bacons plötzlichem Verschwinden erholt. Fünf Jahre lang hatte Quentin sich persönlich tief verschuldet, um Antoine und die Investoren des Konsortiums auszubezahlen. Noch mehr Kapital ging bei dem Versuch verloren, Elixier aus dem Gedächtnis zu rekonstruieren.

1991 hatte er den Versuch aufgegeben, Bacon aufzuspüren. Er hatte vermutet, dass er im Ausland lebte oder tot war. Quentin hatte außerdem alle Bemühungen eingestellt, das Mittel zu reproduzieren.

Bis zu diesem Morgen.

Die Nachricht wirkte auf ihn wie eine Frischzellenkur. Es waren nicht nur die finanziellen Aussichten. Mit 51 Jahren spürte Quentin den immer schärfer werdenden Zahn der Zeit. Und Christopher Bacon hatte der Zeit ein Schnippchen geschlagen.

Doch ohne Hilfe würde es ihm nicht gelingen, seinen einstigen Mitarbeiter ausfindig zu machen, umso weniger, als eine ganze Armee von FBI-Agenten hinter ihm her war.

Quentin stand auf und wanderte in seiner Suite auf und ab. Es war Jahre her, seit er zuletzt an Antoine Ducharme gedacht hatte. Das Letzte, was er gehört hatte, war, dass der Drogenboss jetzt eine Kette von Fitnessclubs und andere legale Unternehmen besaß. Vermutlich handelte er immer noch mit Drogen und hatte einen anderen Namen angenommen. Quentin hatte keine Ahnung, wo und unter welchem Namen er jetzt lebte, oder ob Antoine Ducharme wirklich sein richtiger Name war. Der Mann hatte mehrere Existenzen.

Doch Quentin besaß noch eine alte Telefonnummer. Sie war vermutlich schon vor langer Zeit geändert worden. Sein Herz raste, während er wählte.

Bemerkenswerterweise meldete sich die Stimme von Vince Lucas. »Ihr alter Kumpel ist wieder aufgetaucht«, sagte er zur Begrüßung.

»Deshalb rufe ich ja an.«

»Haben Sie dort, wo Sie gerade sind, Internet-Anschluss?«

Lucas fürchtete, dass sie abgehört werden könnten.

»Ja.«

»Gut. Wählen Sie sich ein, ich finde Sie.«

Quentin ging online. Innerhalb weniger Minuten schickte Vince ihm eine E-Mail: *Was haben Sie vor?*

Quentin schrieb zurück: *Ich denke, wir sollten zu unserem alten Plan zurückkehren.*

Klingt gut. A. hat schon Leute darauf angesetzt. Wir halten Sie auf dem Laufenden.

Quentin war verblüfft. Denen entging nichts. A. war Antoine. Immer noch da. Immer noch an der Spitze. Und er war zur selben Schlussfolgerung über Bacon gelangt wie Quentin.

Quentin tippte ein: *Wir müssen Tests an ihm vornehmen. Rufen Sie mich an.*

Wenige Minuten später rief Vince von einem Mobiltelefon aus an. »Was meinen Sie mit Tests?«

»Wenn sein System sich stabilisiert hat, müssen wir die Chemie seines Körpers erforschen, die Dosis, Nebenwirkungen, all so was.«

»Sie meinen, Sie wollen ihn lebend?«

»Ja! Absolut. Es darf ihm nichts geschehen, und seiner Frau auch nicht, wenn sie das Zeug ebenfalls nimmt.«

Sie mussten begreifen, dass dies wichtiger war, als das Mittel für eine betuchte Klientel herzustellen. Es war die Jagd nach dem Göttlichen. Christopher Bacon war das kostbarste Lebewesen im ganzen Universum. Wenn sie ihn erst einmal gefunden hätten, würden sie ihn bis aufs letzte Atom auseinander nehmen.

Präsident John Markarian erinnerte sich an den Anschlag auf die Eastern-Maschine 219, doch er wusste nichts von Elixier.

Bevor er nach San Diego abflog, um dort eine Rede zu halten, hatten seine Mitarbeiter Memos aus Reagans Amtszeit ausgegraben und mit Regierungsmitgliedern gesprochen, die mit der Suche nach Christopher Bacon vertraut waren.

Während er ihrem Bericht folgte, galten seine Gedanken nicht den Bemühungen, das erste in den USA verübte Flugzeugattentat aufzuklären, sondern der Bedeutung des Serums.

»Glauben die Leute wirklich, dass er so etwas besessen hat?«, fragte er Tim Reed, einen Mitarbeiter.

»Mr. Reagan hat es offenbar geglaubt.« Reed reichte dem Präsidenten einen Bericht über das Treffen zwischen Ross Darby und Reagan.

Er war nicht in allzu wissenschaftlicher Sprache abgefasst, doch er war detailliert genug, um den Präsidenten davon zu überzeugen, dass Bacon die menschliche DNA so manipuliert hatte, dass die Zelluhr angehalten wurde.

Als er den Bericht gelesen hatte, zeigte man Markarian die *Washington Post* vom selben Tag mit den beiden Fotos.

»Es ist derselbe Mann«, stellte er fest.

»Welcher von beiden, würden Sie sagen, sieht jünger aus, Sir?«

»Abgesehen von den weißen Haaren, der Mann mit dem Bart.«

Der Mitarbeiter nickte. »Dieses Foto wurde vor vier Monaten aufgenommen, das andere 1985.«

»Ist es nicht retouchiert?«

»Nein.«

»Lebt Darby noch?«

»Nein, Sir. Zufälligerweise starb er ein paar Tage nach seinem Besuch im Weißen Haus im Schlaf an einem Herzinfarkt.«

»Was wird unternommen, um Glover zu finden?«

»Alles, was in unserer Macht steht.«

»Lebend und unversehrt.«

»Wir versuchen es.«

Während 10 000 Meter unter ihm die Vereinigten Staaten vorbeizogen, dachte der Präsident über dieselben möglichen Konsequenzen nach, die schon Ronald Reagan fasziniert hatten. Dank des medizinischen Fortschrittes wurde die Bevölkerung immer älter. Die Kehrseite der Medaille war die Zunahme altersbedingter Krankheiten. Er sah die Zukunft vor sich: Eine Unzahl ergrauter Baby-Boomer mit Gehhilfen und Rollstühlen, die Renten beziehen und die Kosten für das Gesundheitswesen ins Unermessliche treiben würden.

Schon heute floss mehr als die Hälfte des Staatshaushalts in irgendeiner Form in die Taschen der Rentner, mehr als in die Verteidigung und in die Bedienung der Staatsschulden. In zehn Jahren, wenn die letzten Baby-Boomer in den Ruhestand gingen, würde mehr als die Hälfte des steuerpflichtigen Einkommens der nächsten Generation dafür aufgewendet werden, diese Kosten zu tragen. Im Jahr 2020 wäre die Nation bankrott. Es war eine zu monströse Krise, als dass irgendeine Regierung sie hätte lösen können.

Wenn hingegen dieses Elixier das Leben tatsächlich um eine oder zwei Dekaden verlängerte, spekulierte Markarian, könnte es die Krise der Sozialversicherungen lösen und die Nation retten. Wenn die Leute länger lebten, konnten sie weit über ihr 65. Lebensjahr hinaus arbeiten, was höhere Steuereinnahmen und eine phänomenale Senkung der Gesundheitskosten zur Folge hätte.

Allerdings war in dem Reagan-Bericht lediglich die Rede

von Mäusen, deren Lebensspanne versechsfacht worden war. Nicht von Menschen. Seine Überlegungen waren also nichts weiter als Fantasien.

Und doch kehrten seine Gedanken immer wieder zu der Tatsache zurück, dass Roger Glover heute so viel jünger aussah als vor 15 Jahren. War es möglich, dass der Mann das Zeug an sich selbst ausprobiert hatte? Es hörte sich an wie ein Sciencefiction-Roman.

Trotzdem ließ es ihn an seine eigene statistische Lebenserwartung denken. Seine ganze Familiengeschichte deutete darauf hin, dass John Markarian noch etwa zehn Jahre blieben. Sollte er für eine zweite Amtszeit wieder gewählt werden, hätte er nur drei kurze Jahre, um seine Autobiografie zu schreiben, sein Golfspiel zu verbessern und Zeit mit seinen Enkeln zu verbringen.

Während er aus dem Fenster in den endlosen blauen Himmel starrte, konnte er nur an eines denken, »Biologische Verjüngung«, und wie sehr er sich wünschte, diesen Christopher Bacon/Roger Glover einmal von Nahem und mit eigenen Augen zu betrachten.

Der große weiße Jet landete kurz nach 13 Uhr im warmen kalifornischen Sonnenschein. Der Präsident und sein Stab wurden auf der Landebahn in Empfang genommen.

Als der Präsident in seiner Limousine saß, schlüpfte Tim Reed neben ihn, um ihm mitzuteilen, dass CNN gerade einen Bericht gebracht hatte, in dem ein namentlich nicht genannter ehemaliger Mitarbeiter von Darby Pharmaceuticals mit dem Gerücht zitiert wurde, Christopher Bacon habe eine Art »Jungbrunnen«-Mittel entdeckt.

»Na toll. Jetzt werden jeder Idiot und sein Bruder nach ihm suchen.«

»Wir können die Story dementieren.«

»Da können wir uns noch so viel Mühe geben, das wäre,

als würden wir versuchen, Zahnpasta zurück in die Tube zu quetschen. Ich will, dass wir diesen Roger Bacon fassen.«

»Glover. Roger Glover.«

»Wie auch immer. Schnappen Sie ihn. Das ist so, als würde Jesus da draußen frei herumlaufen.«

Als er seine Suite im obersten Stock des El Coronado erreichte, berichteten bereits alle Fernsehsender pausenlos über das Verjüngungsmittel.

Bis zum frühen Abend hatten die Sender Aussagen früherer Darby-Angestellten ausgegraben, wonach Versuchstiere weit über ihre erwartete Lebensspanne hinaus gelebt und sogar eine Verjüngung erfahren hatten.

Biologen verwahrten sich gegen diese Gerüchte. Es sei höchst unwahrscheinlich, dass es einen Durchbruch bei der Lebensverlängerung gegeben habe; solche Fortschritte lägen Jahrzehnte weit in der Zukunft, es sei denn natürlich, Bacon und seine Gruppe hätten wahrhaft wundersame Entdeckungen gemacht. Doch selbst dann hätte die Welt davon erfahren müssen. Große Entdeckungen ließen sich nicht unter einer wissenschaftlichen Käseglocke halten.

Ein Genetiker sagte, er wünschte, er wüsste, um welchen Stoff es sich handelte. »Wir wissen seit Jahren von dem Telomerase-Enzym. Aber wenn das, was alle behaupten, zutrifft, dann haben sie das Ei des Kolumbus entdeckt.«

Ein anderer Forscher erklärte, eine solche Entdeckung wäre das Großartigste in der menschlichen Geschichte.

Ein religiöser Führer ging so weit zu behaupten, Elixier erhebe die menschliche Art auf eine neue Stufe und mache sie den Engeln gleich.

Andere jedoch malten ein düsteres Bild. Ein Sprecher der »Zeugen der Heiligen Apokalypse«, ein etwa 40-jähriger Mann, der als Reverend Oberst Lamar Fisk vorgestellt wurde, erklärte, falls Elixier tatsächlich das Leben unendlich verlängern könnte, sei dies ein Zeichen dafür, dass das Jüngste Gericht gekommen sei. Jetzt schließe sich der Kreis, der mit dem Tod des Erlösers begonnen habe, jetzt sei die Zeit Seiner Wiederkehr angebrochen. Als er gefragt wurde, was dies für die Menschen bedeute, verkündete Fisk fröhlich, dass die Welt in einer Feuersbrunst zu Grunde gehen würde.

»Dies wird kein Krieg zwischen Arabern und Juden, Serben und Moslems, Schwarzen und Weißen sein«, prophezeite er vor laufender Kamera. »Sondern ein Krieg zwischen denen, die für immer leben, und denen, die sterben. Dies ist das Werk des Antichristen selbst.«

Dann zitierte er ganze Passagen aus den *Offenbarungen*: »Wehe den Bewohnern der Erde, denn der Teufel ist gekommen, sie mit falschen Wundern zu täuschen... Nur durch Jesus Christus, den Herrn, sollen die Menschen ewig leben.«

Markarian schaltete mit der Fernbedienung den Ton aus. »Die haben nicht gerade lange gebraucht, die alten Vergleiche auszugraben«, sagte er zu Reed. »Sie wiederholen dieselbe Leier, seit Galileo die Sonnenflecken entdeckt und Morse den Telegrafen erfunden hat.«

»Nur dass Fisk kein harmloser Technologiegegner ist. Seine Predigten sind auf hundert verschiedenen Sendern zu hören.«

»Woher stammt der Oberst-Titel?«

»Operation Wüstensturm.«

Im Anschluss an Lamar Fisk brachte der Sender Meinungsumfragen. Nach Angaben des Sprechers ergab eine Blitzumfrage vom selben Nachmittag, dass 79 Prozent der Befragten Elixier nehmen würden, wenn es ungefährlich wäre, 14 Prozent sagten, sie würden es nicht nehmen, und die verbleibenden 7 Prozent waren unentschlossen.

In einer anderen Umfrage erklärten sich nur neun Prozent überzeugt davon, dass die Regierung in dieser Sache nichts zurückhielt, wohingegen eine überwältigende Mehrheit von 81 Prozent die Meinung äußerte, die Regierung sage nicht die Wahrheit.

Ein Mann spekulierte sogar, ursprünglich habe das Projekt das Ziel gehabt, nur ein paar »Auserwählten« ein längeres Leben zu ermöglichen. Er erinnere ihn an den Stanley Kubrick-Film *Dr. Strangelove*, in dem nur wichtigen Regierungsmitgliedern, hoch dekorierten Militärs und Wissenschaftlern Zugang zu dem atombombensicheren Bunker gewährt wurde. »Die Allgemeinheit kann sehen, wo sie bleibt.«

Ein anderer beklagte sich darüber, dass die Regierung »die wirklich spannenden Sachen«, wie die UFO-Landeplätze Roswell, New Mexico und Area 51 schon immer geheim gehalten habe.

Markarian schüttelte den Kopf. »Da sehnt man sich ja geradezu nach Oliver Stone.«

»Der Präsident hat heute auf Anfrage erneut dementiert, dass die Regierung die Sache vertuscht, und hat die Medien beschuldigt, für die wilden Gerüchte verantwortlich zu sein. ›Demokratie überlebt durch Ehrlichkeit, nicht durch Täuschung‹, betonte der Präsident.«

Es folgte ein Schnitt zu einem Reporter in Lexington, Massachusetts, der versuchte, eine Stellungnahme von Quentin Cross zu bekommen. Der Darby-Chef wurde auf dem Weg zu seinem Auto gezeigt.

Cross bestätigte, dass Christopher Bacon ein ehemaliger Angestellter sei, der wegen Mordes gesucht wurde, sagte jedoch, die Elixier-Gerüchte entbehrten jeglicher Grundlage. »Das ist alles Unsinn. Wir hatten nie eine Jungbrunnen-Wunderdroge.« Dann stieg er in sein Auto und fuhr davon.

»Setzt jemanden auf diesen Mann an«, befahl Markarian.

»Das haben wir bereits getan. Er weiß nichts.«

Hilton Head, South Carolina

Antoine Ducharme sah auf seine Uhr.

Er wusste, dass es gegen 18.30 Uhr sein musste, weil gerade die Nachrichten liefen und die Sonne tief über dem Meer stand. Außerdem hatte er eine zuverlässige innere Uhr, die ihm stets bis auf wenige Minuten genau die tatsächliche Zeit signalisierte.

Er legte den Kriminalroman, den er gerade las, zur Seite. Er hatte Krimis schon immer geliebt, seit er als kleiner Junge in Marseilles die gesamte Sammlung von George-Simenon-Romanen der örtlichen Bibliothek verschlungen hatte. Noch heute verbrachte er seine Zeit damit, wenn er nicht in einem seiner Fitnessclubs war oder vor dem Computer saß.

Er drehte den Fernseher lauter.

»Ein gottverdammter Affenzirkus«, stellte Vince Lucas fest.

»Und es wird noch schlimmer werden.«

Sie saßen im Fernseh- und Musiksalon seines Anwesens, das auf einer Klippe über der Caliogny Bay lag. Der atemberaubende Bau aus Stein und Glas trug den Namen »Vita Nova«, das Grundstück mit einer Breite von mehreren hundert Metern bot besten Meeresblick. Unter dem Fenster erstreckte sich der Atlantik, hinter ihnen lag ein üppiges Gewächshaus, in dem Blumen in ungeheurer Farbenpracht blühten. Neben der Laube hatte Antoine einen Wasserfall anlegen lassen, der den Hof mit seinem Plätschern erfüllte. Dieser Ort war sein privater kleiner Garten Eden.

Antoine trug einen grünen Trainingsanzug, den er selbst für seine Health Ways Clubs entworfen hatte, eine große Kette, die Filialen in elf Bundesstaaten betrieb. Er hatte sich für grün entschieden, weil es die Farbe der Natur und des Geldes war.

Er war jetzt 61 Jahre alt, und er würde nicht widerstandslos in diese lange Nacht eingehen. Deshalb hatte er sich ein umfangreiches Trainingsprogramm auferlegt und seine alten Essgewohnheiten zu Gunsten einer Wunderdiät aus Hawaii aufgegeben, die aus Taro, Poi und Meeresfrüchten bestand. Er hatte sich einen teuren Entsafter zugelegt, mit dem er sich allerlei gesunde Mischungen braute. Im Augenblick nippte er gerade an einem Seetang-Broccoli-Mango-Cocktail.

Vince schaltete den Fernseher aus. »Wir werden über jeden FBI-Agenten des Landes stolpern.«

»Was wissen wir über die Schwester der Ehefrau?«

»Geschieden, 16-jährige Tochter. Ihr Exmann wurde letztes Jahr aus dem Bundesgefängnis in Marion entlassen. Sie ist aus ihrem Haus in Kalamazoo ausgezogen.«

Die Glovers konnten nicht ohne ihre Hilfe untergetaucht sein. »Aber du weißt nicht, wo sie jetzt wohnt.«

»Wir arbeiten daran. Wir vermuten, dass sie immer noch im Mittleren Westen ist.« Er hielt ein Blatt Papier hoch. »Wir haben allein in den vier Bundesstaaten, in denen wir suchen, fast hundert Jennifer Kaminskys.«

»Da sucht das FBI sie auch, wenn sie sie nicht schon gefunden haben.«

Und wenn sie die Schwester fanden, würden sie sie ausquetschen. Der Unterschied war nur, dass die Behörden bei ihrer Wahrheitssuche an demokratische Regeln gebunden waren. Das war Antoine nicht.

Er ging zu der gläsernen Schiebetür hinüber und drückte einen Knopf, sodass sie summend aufglitt.

Frische, kalte Seeluft strömte in den Raum, bevor er die Tür wieder schloss.

Er liebte das Meer. Er hatte sein ganzes Leben am Meer verbracht, zuerst in Frankreich, dann in der Karibik. Es lag ihm im Blut, und aus diesem Grund könnte er sich nie in

Chicago oder Las Vegas oder einem anderen Ort im Landesinneren niederlassen. Er brauchte diese Aussicht, den konstanten Rhythmus des Wassers, den fischigen Salzgeruch.

Seit die Medien über Glover berichtet hatten, hatte Antoine immer wieder das Video mit den Aufnahmen der alten Jamaikaner abgespielt, die verjüngt worden waren. Er wünschte fast, er hätte es nicht getan, denn das verstärkte noch sein Verlangen danach, das Mittel zu finden. Zu diesem Zweck hatte er sämtliche Ressourcen mobilisiert, die ihm zur Verfügung standen, darunter auch Computertechniker, die illegal in die Datenbanken von Kreditinstituten und anderen großen Unternehmen eindringen konnten.

Doch die Schwester der Ehefrau, Jennifer, war ihnen bisher noch nicht ins Netz gegangen.

Er sah hinaus auf das glänzende Blau und dachte, dass er mehr besaß, als ein anderer Mensch in seinem ganzen Leben verbrauchen konnte. Ihm gehörten Anwesen in Hilton Head, Jamaika und Korsika. Er besaß Flugzeuge, Schiffe und Autos, eine ganze Reihe von Unternehmen und dazu einen Anteil an dem gesamten Kokain, das aus Kolumbien nach Nordamerika gelangte. Als er zuletzt nachgerechnet hatte, betrug sein Nettovermögen mehr als 2,8 Milliarden Dollar. Er hatte das Vermögen und die Macht eines Königs Midas.

Es gab nichts in der materiellen Welt, was er nicht besaß. Nichts, was er brauchte. Nichts, was er einem anderen Mann geneidet hätte, jetzt oder jemals.

Nur das eine.

Er wusste, dass es 18:55 Uhr war, doch er schaute trotzdem auf die Uhr. »Ich möchte ihm von Angesicht zu Angesicht gegenüberstehen, diesem Roger Glover.«

»Wieso?«

»Ich will den Mann kennen lernen, der keine Uhr mehr tragen muss.«

32

Die Medien bestätigten, dass die unglaubliche Geschichte seiner Eltern stimmte. Doch Brett stand noch immer unter Schock.

Zwei Tage lang sprach er nicht mit ihnen. Er fühlte sich betrogen, und er hatte Angst. Sie waren nicht die Eltern, für die er sie gehalten hatte. Nicht die Eltern, die ihn großgezogen hatten. Sie waren Wendy und Christopher Bacon, die vom FBI wegen Massenmordes gesucht wurden. Sie hatten ein Dutzend Jahre unter Vorspiegelung falscher Tatsachen gelebt.

Einmal fragte er Roger geradeheraus. »Habt ihr dieses Flugzeug in die Luft gesprengt?«

»Nein, das haben wir nicht.«

»Wer war es dann?«

Laura hatte das alles schon in der ersten Nacht mit ihm durchgesprochen, doch Roger fühlte sich verpflichtet, es Brett noch einmal aus seinem Munde hören zu lassen. »Ich glaube, dass ein Mann namens Quentin Cross etwas damit zu tun hatte.« Er erklärte ihm, wer Cross war, erzählte ihm von Betsys Tod und der Verbindung zum Drogenhandel.

»Aber warum hast du das damals nicht der Polizei gesagt?«

»Dazu hatten wir nie Gelegenheit. Wir hatten Angst, dass wir als Nächstes an der Reihe sein könnten, deshalb sind wir abgehauen. Dann haben sie das Flugzeug in die Luft gejagt, in dem wir hätten sein sollen, und haben es uns angehängt. Damit waren sowohl die Polizei als auch die Gangster hinter uns her, und wir hatten niemanden mehr, an den wir uns wenden konnten. Du warst noch ein Baby, und unsere einzige Sorge war, dich in Sicherheit zu bringen.«

Roger tat sein Bestes, Brett von der Wahrheit seiner Worte

zu überzeugen. Doch die Wahrheit der Vergangenheit brachte wenig Gewissheit für die Zukunft.

Es waren die Fernsehberichte, die dazu beitrugen, dass Brett sich ihnen schließlich wieder zuwandte. In den Berichten behaupteten vollkommen fremde Menschen entsetzliche Dinge über seine Eltern, Behauptungen, die nichts mit der Mutter und dem Vater zu tun hatten, die ihn 14 Jahre lang liebevoll aufgezogen hatten. Als Quentin Cross Berichten über ein Verjüngungsmittel widersprach, zugleich jedoch behauptete, Christopher Bacon sei ein Mörder, explodierte Brett. »Das ist doch ein Haufen Scheiße, du blöder Idiot. *Du* hast es getan.«

Sein Ausbruch war Musik in Rogers Ohren.

Brett war außerdem beeindruckt davon, dass Wendy Bacon als »viel versprechende neue Krimiautorin« und Chris als »brillanter Wissenschaftler« bezeichnet wurden.

Als ein Genetiker sagte, Bacon habe möglicherweise »das Ei des Kolumbus« der menschlichen Unsterblichkeit entdeckt, klopfte Brett Roger auf die Schulter. »Wow, Dad, weiter so!«

Ihr Zentrum hielt immer noch stand, dachte Roger, zumindest für den Augenblick.

Am fünften Tag befolgte Laura Rogers Rat und rief Jenny an, die jetzt in Prairie, Indiana lebte. »Jenny, wir brauchen Hilfe.«

»Hilfe. Was für Hilfe? Ich habe kein Geld, wenn es das ist, was du meinst.«

»Wir brauchen einen Ort, wo wir für ein paar Tage unterkommen können.«

Jenny reagierte sofort nervös: »Unterkommen? Du meinst doch wohl nicht hier? Das ist unmöglich. Warum braucht ihr denn eine Unterkunft?«

Jenny hatte die Nachrichten nicht mitbekommen, was eigentlich unfassbar war, doch sie besaß weder einen Fernseher noch ein Radio und las offenbar auch keine Zeitung. »Die Polizei ist wieder hinter uns her.«

Nach einer Pause sagte Jenny: »Ich verstehe, aber ehrlich gesagt, verlangst du ganz schön viel. Ich meine, wirklich! Außerdem ist es hier viel zu eng für euch alle.«

Sie waren nur zu dritt, aber Laura vermutete, dass Jenny Angst hatte, wieder in die Sache hineingezogen zu werden. Und das war nur verständlich, schließlich war sie die allein erziehende Mutter eines Teenagers. Flüchtige Verdächtige aufzunehmen konnte sie ins Gefängnis bringen. »Das verstehe ich. Es tut mir Leid, dass ich überhaupt frage, wirklich, Jen. Es ist nur so, dass unsere Lage ziemlich heikel wird.«

»Naja, ich hasse es, Nein sagen zu müssen«, sagte Jenny. »Habt ihr denn nicht irgendwo Freunde?«

»Nein.«

»Ich verstehe. Also …«

Jenny hatte kein Talent dafür, sich zu verstellen, und sie konnte in Krisensituationen auch nicht gut schnell denken. Wie erwartet, war sie erschüttert über die Entwicklung, und Laura konnte spüren, wie sie mit sich kämpfte.

»Wenn es euch wirklich so viel bedeutet«, setzte sie an, unterbrach sich dann jedoch.

»Aber wenn die Polizei euch hier finden würde … das wäre schrecklich. Ich meine, wir würden alle verhaftet werden und im Gefängnis landen.«

»Du hast Recht. Vergiss es«, sagte Laura, die Jenny keinen Schuldkomplex anhängen wollte. »Wirklich. Es ist in Ordnung. Wir schaffen das schon.« Und sie verabschiedete sich und legte auf.

»Und was passiert jetzt?«, fragte Brett.

Obwohl die Wohnanlage völlig anonym war, würde sich bald jemand fragen, warum der Teenager aus Nummer C7 Einkäufe erledigte und nicht zur Schule ging, obwohl er völlig gesund zu sein schien. Und wo waren seine Eltern?

»Wir bleiben vielleicht noch eine Woche hier«, antwortete Roger. »In der Zwischenzeit sehen wir uns nach einem guten Anwalt um. Glaubst du, du hältst es noch ein paar Tage aus?«

»Yeah, aber was ist mit dir und Mom?«

»Was meinst du?«

»Du wirst nicht älter, so wie Mom.«

Der Gordische Knoten, dachte Roger – das, was all dem zu Grunde lag. Jene eine Unvermeidbarkeit, über die sie nicht nachdenken wollten. Laura würde nicht nachgeben, und Rogers Zustand war unumkehrbar. Ihre Köpfe würden nicht auf einem Kissen alt werden. Eines Tages würde sie sterben, und er würde für immer und unverändert ohne sie weiterleben. Diese Vorstellung nagte an ihm.

Die Zeichen waren bereits sichtbar – Falten in ihrem Gesicht, schlafferes Fleisch, eine Verlangsamung ihrer Bewegungen. Und schlimmer noch, unter der Oberfläche schwelten Unzufriedenheit und Ressentiments. Sie entfernten sich voneinander.

Brett spürte von all dem nichts. Doch als Laura ins Zimmer kam, fragte er: »Wirst du auch Elixier nehmen?«

»Nein, Liebling, das werde ich nicht tun.« Sie sagte es mit derselben Sicherheit, als erkläre sie, dass der Himmel blau ist.

Bretts Augen füllten sich mit Tränen. »Warum nicht? Ich will nicht, dass du stirbst.«

Sie nahm seine Hand. »Brett, ich werde nicht sterben, jedenfalls noch lange nicht. Bis dahin wirst du erwachsen sein und dein eigenes Leben leben, wie jeder andere Junge auch.«

Sie hatte eine Gabe dafür, die Dinge so normal klingen zu lassen. Brett dachte über ihre Worte nach. Sie trösteten ihn nicht. »Und wie kam es dann, dass Dad es eingenommen hat?«

»Das war ein Fehler«, sagte Roger. »Ich wünschte, ich hätte es nicht getan. Ich konnte zu der Zeit nicht klar denken. Ich habe eine Dummheit gemacht. Aber das Wichtigste ist, dass wir immer noch eine Familie sind, und dass wir das noch viele Jahre bleiben werden. Du musst jetzt stark sein, damit wir aus diesem Schlamassel wieder herauskommen.«

Brett starrte Roger lange an. Sein Gesicht war undurchdringlich. Dann fragte er: »Was ist so dumm daran, für immer zu leben?«

Eric Brown hatte gehofft, dass Sally Johns, die Verkäuferin im Laden der Glovers, deren Freunde oder Verwandte kennen würde, bei denen sie untergekommen sein könnten.

Doch sie wusste nichts. Sie hatte sie auch nie von einer Ferienwohnung oder einem Lieblingsort sprechen hören. Sie hatte keine Ahnung, wohin sie geflohen sein könnten. Der Schock über die Vorwürfe gegen die Glovers saß ihr tief in den Knochen.

»Er hat im Hinterzimmer Kinder unterrichtet. Er hatte eine Tafel, und sie haben Pflanzen zum Unterricht mitgebracht, die er ihnen dann beschrieb und erklärte. Die Kinder haben ihn geliebt. Und er war wunderbar – freundlich und warmherzig – und hat sich an Spendenaktionen für die Schulen beteiligt. Ich kann es einfach nicht glauben.«

Brown kritzelte in seinen Notizblock. Ähnliche Berichte hatte er von den Nachbarn bekommen: zum Langweilen nette Leute. Noch nicht einmal ein verdammter Strafzettel.

Zazzaro kam mit eingeschaltetem Mobiltelefon herein. »Ben«, sagte er und reichte Eric das Telefon.

Brown ging ans andere Ende des Raumes.

Vor vier Tagen hatte Ben Friedman eine gründliche Durchsicht der Unterlagen im Zentrum für Seuchenkontrolle in Atlanta angeordnet, um nach Hinweisen auf den Tod von Walter Olafsson zu suchen; er hatte dem oberste Priorität eingeräumt. Eine umfangreiche Autopsie hatte keine biologischen Abnormitäten ergeben. In den alten Unterlagen hatte sich jedoch ein ähnlicher Fall eines Todes durch beschleunigtes Altern gefunden, der sich 1986 in Canton, Ohio, ereignet hatte.

»Ein 62-jähriger Mann namens Dexter Quinn«, berichtete Friedman. »Es wird Sie interessieren, dass Mr. Dexter Quinn nach Auskunft der Sozialversicherungsbehörde von 1970 bis 1986 als Biologe für Darby Pharmaceuticals in Lexington, Massachusetts, gearbeitet hat.«

»Meine Güte.«

Am Abend des sechsten Tages klingelte das Mobiltelefon.

Brett war unter der Dusche, und Laura und Roger gingen eine Liste mit Namen von Anwälten durch, die Brett in der örtlichen Bibliothek aus dem Telefonbuch von Boston herausgesucht hatte. Es war am besten, sich Hilfe bei jemandem zu suchen, der sich am Ort des Geschehens befand.

Erschrocken sahen sie einander an. Nur zwei Menschen auf der Welt kannten diese Nummer. Und Wally war tot. Roger nahm ab.

Es war Jenny. Glücklicherweise hatte sie daran gedacht, das sichere Telefon zu benutzen, das sie ihr vor Jahren gekauft hatten und das sich nicht zurückverfolgen ließ.

»Ich habe noch einmal über eure Bitte nachgedacht, bei uns zu wohnen«, erklärte sie in merkwürdig formellem Ton. »Und ich glaube, wir können euch helfen.«

»Nun, das ist unglaublich nett von dir, aber bist du dir wirklich sicher?«

»Ja, ich bin mir sicher.«

»Du weißt, dass die Polizei nach uns sucht«, warnte Roger sie.

Sie musste sich eine Zeitung gekauft haben, denn sie erwiderte. »Ja, ich weiß Bescheid. Aber ihr werdet bestimmt vorsichtig sein und euch nicht erwischen lassen, wenn ihr hier herunterfahrt.«

»Wir werden unser Möglichstes tun.«

»Das müsst ihr auch«, sagte sie mit übertriebenem Eifer. Dann trat eine lange Pause ein, in der sie mit sich selbst zu sprechen schien. »Es ist nur so, dass ich einen Gefallen als Gegenleistung brauche.«

»Und das wäre?«

Sobald er es ausgesprochen hatte, wusste er, was sie antworten würde. »Die Orchideenmedizin. Ich möchte, dass du mir etwas davon mitbringst, wenn ihr kommt.«

Großer Gott! Sie erniedrigte sich so weit, mit ihm zu feilschen. »Jenny, das haben wir doch alles schon durchgesprochen. Du weißt, dass ich das nicht machen kann.« Er versuchte sich zurückzuhalten, damit sie ihr Angebot, ihnen zu helfen, nicht zurückzog.

»Du kannst sehr wohl, wenn du nur willst.«

»Aber das werde ich nicht tun.«

»Dann könnt ihr nicht hier wohnen!«

»Dann eben nicht.«

Sie änderte ihren Ton. »Leg jetzt ja nicht auf, Christopher!«

Er wusste nicht, ob sie ihn aus Feindseligkeit so nannte, oder ob sie einfach durcheinander war.

»Wenn ihr mir nichts davon bringt, informiere ich die Polizei. Und ich weiß, wo ihr seid.«

Roger holte tief Luft. Das konnten sie jetzt gar nicht gebrauchen. Er sah zu Laura herüber. »Sie droht damit, uns an die Polizei zu verraten, wenn wir ihr nicht etwas Elixier mitbringen.«

»Scheiße!« Laura packte das Telefon. »Jennifer, was zum Teufel soll das alles?«

Ein langes, tiefes Schweigen. Einen Augenblick lang dachte sie, Jenny habe aufgelegt, doch sie konnte ein seltsames Geräusch im Hintergrund hören, ein Klimpern, als zerbreche Glas.

»Hallo?«

Dann verlangte Jenny mit einer seltsamen, mädchenhaften Stimme. »Laura, ich brauche meine Medizin. Und ich lasse kein Nein gelten.«

Sie klang völlig verrückt. »Jenny, das haben wir doch alles schon besprochen.«

Doch Jenny fiel ihr ins Wort. »Ich weiß, wo ihr seid, und wenn ihr mir die Medizin nicht bringt, muss ich es ihnen sagen. Ich habe die Nummer hier vor mir. Die Polizeistation von Minneapolis.« Und sie las eine Telefonnummer vor.

»Ich kann nicht glauben, dass du das tust, Jenny. Ich kann nicht glauben, dass du uns verraten würdest.«

»Ihr seid es doch, die mich verratet«, erwiderte sie in ihrem seltsamen Singsang.

Laura hatte sie noch nie so verzweifelt erlebt. Sie hatte sich so sehr da hineingesteigert, dass sie durchgedreht war. »Jenny, hör zu, du hast die Polizei doch nicht etwa schon angerufen, oder?«

»Nein, aber ich werde es tun. Ihr solltet lieber morgen damit hier sein. Das ist kein Witz.«

»Bitte warte einen Augenblick und leg nicht auf.« Laura legte eine Hand über den Hörer und starrte Roger an. »Wir werden ihr etwas bringen müssen. Sie meint es ernst.«

Roger nickte und hob beide Hände, wie um zu sagen: Versprich ihr alles.

»In Ordnung, wir kommen«, versprach Laura. »Aber, Jennifer, wage es ja nicht, jemanden anzurufen, sonst werden wir verhaftet, und du bekommst nie etwas. Hast du verstanden?«

»Ja, aber ihr solltet wirklich kommen, sonst tue ich es doch noch.« Dann gab sie Laura ihre Adresse, fügte hinzu: »Es ist ein rosa Haus mit grünen Fensterläden« und legte auf.

Laura wählte ihre Nummer, doch das Telefon war ausgeschaltet. »Was sollen wir tun? Sie hört sich an, als wäre sie verrückt.«

»Wir haben wohl kaum eine Wahl.«

Das Einzige, woran Roger denken konnte, war, dass Jenny der letzte Mensch auf der Welt war, dem er Brett anvertrauen würde.

Jenny lebte 500 Meilen von Minneapolis entfernt. Schon unter normalen Bedingungen würde die Fahrt etwa zehn Stunden dauern.

Doch die Umstände waren alles andere als normal. Roger Glover alias Christopher Bacon war der meistgesuchte Mann des Landes, was bedeutete, dass sie Nebenstraßen benutzen und nachts fahren mussten, um kein zu großes Risiko einzugehen. Die Hin- und Rückfahrt würde Tage dauern, und er würde sich auf keinen Fall so lange so weit von Laura und Brett entfernen. Sie steckten zusammen als Familie da drin, und sie würden zusammen als Familie fahren.

Sie hatten vor, eine oder zwei Nächte bei Jenny zu bleiben und ihr ein paar Ampullen und eine Spritze dazulassen.

Natürlich wussten sie nicht, wie hoch die richtige Dosis für sie sein würde, und auch nicht, was sie tun sollten, wenn sie eine toxische Reaktion haben sollte. Zu viel könnte sie töten, zu wenig könnte schwere Schädigungen verursachen. Und Jenny war auch so schon angeschlagen genug. Laura konnte damit nicht leben. Die einzige Lösung war, sie zu täuschen.

Daher füllten sie, bevor sie losfuhren, sechs Ampullen mit Kochsalzlösung. Jenny würde es nicht merken, und wenn sie es Wochen später doch herausfände, würden sie bereits mit dem Anwalt an ihrer Verteidigung arbeiten. Abgesehen davon, dass ihr Besuch Jenny für ein paar Wochen ruhig stellen würde, würde er ihr auch die Gelegenheit geben, Brett kennen zu lernen für den Fall, dass sie vor Gericht verloren.

Brett gegenüber erwähnten sie vorerst nichts von diesem Plan. Es war einfach undenkbar.

Von Jenny aus würden sie weiter nach Osten fahren und sich die beiden Anwälte suchen, die sie sich leisten konnten.

»Es ist schwer zu glauben, dass irgendjemand unseren Fall überhaupt übernehmen wird«, sagte Laura, als sie allein waren.

»Sogar dieser Oklahoma-Bomber Timothey McVeigh hatte einen Anwalt«, erwiderte Roger. »Außerdem haben wir eine Trumpfkarte.« Er klopfte auf die Notration unter seinem Hemd.

»Willst du etwa versuchen, den Richter zu bestechen, so wie Wally?«

»Laura, ich habe ihn nicht bestochen, und das weißt du auch. Er hatte die Möglichkeit, es abzulehnen.« Dann fügte er hinzu. »Genau wie du.«

Sie erklärten Brett, dass sie für einen oder zwei Tage Lauras Schwester Jenny besuchen würden, die allein mit ihrer 16-jährigen Tochter lebte. Und dass er bei den beiden bleiben würde, während sich seine Eltern der Justiz stellen würden.

Doch bis dahin würde es noch eine Weile dauern. Vielleicht Wochen.

Sie würden Lauras Subaru nehmen und mit anderen Ausweisen reisen – als Peter, Ellen und Larry Cohen.

»Dad, wenn das hier alles vorbei ist, nehmt ihr dann wieder eure alten Namen an?«

»Wir sind jetzt schon so lange Roger und Laura Glover, das könnte vielleicht zu verwirrend werden. Oder was meinst du?«

»Stimmt. Ich muss meinen Namen doch nicht in Adam ändern, oder?«

»Natürlich nicht.«

»Ich will euch ja nicht zu nahe treten, aber das klingt einfach irgendwie bescheuert – du weißt schon, Adam und Eva. Nackt rumlaufen und den Tieren Namen geben. Ich würde lieber bei Brett bleiben.«

»Außerdem würde sich niemand namens Brett mit einem Feigenblatt erwischen lassen, habe ich Recht?«

»Ich bin froh, dass du mich verstehst.«

Laura trug eine dunkle Perücke und eine getönte Brille und hatte eine Bräunungscreme benutzt, die ihre Haut dunkler aussehen ließ. Roger rasierte sich den Bart ab und schnitt sich die Haare raspelkurz. Er sah geradezu unheimlich jung aus. So jung, dass Brett herausplatzte: »Du könntest echt mein älterer Bruder sein«, und dann verstört wegsah.

Roger nahm außerdem Watterollen mit, wie sie in Zahnarztpraxen verwendet wurden, um sie sich in den Mund zu stopfen und so seine Gesichtsform zu verändern, wenn sie anhalten müssten, um zu tanken oder um Straßengebühren zu bezahlen.

Sie beluden das Auto mitten in der Nacht, ohne dass jemand sie bemerkte.

Zwischen den Koffern steckte die Kühlbox mit Eiswürfeln und 200 Ampullen gefrorenem Elixier. Der restliche Vorrat und die wissenschaftlichen Unterlagen befanden sich meilenweit entfernt an einem Ort, wo Roger sie vor fast einem Jahrzehnt vergraben hatte. Und mit ihnen 120 000 Dollar in bar.

Bevor sie aufbrachen, bat Brett darum, Elixier einmal sehen zu dürfen, und Roger nahm seine Notration vom Hals. Er ließ den Zylinder aufspringen und zog eine lange Glasampulle heraus.

Brett hielt sie gegen das Küchenlicht. Er hatte die ganze Woche davon gehört, doch dies war das erste Mal, dass er jene Substanz mit eigenen Augen sah, über die sich die ganze Welt ereiferte.

»Sieht aus wie Wasser«, bemerkte er und gab seinem Vater die Ampulle dann ohne weiteren Kommentar zurück.

Kurz vor Mitternacht brachen sie auf.

Roger hatte berechnet, dass die Fahrt etwa 17 Stunden dauern würde, wenn sie Nebenstraßen benutzten. Jenny hatte darauf bestanden, dass sie bis zum Nachmittag des folgenden Tages eintrafen. Es hatte fast so geklungen, als stelle sie ihnen ein Ultimatum.

Während die Lichter der Wohnanlage im Rückspiegel verschwanden, kreiste der Gedanke durch Rogers Kopf, dass es unter diesem schwarzen Himmel Horden von Menschen gab, die alles tun würden, um sie in die Hände zu bekommen. Alles.

Damit Laura und Brett leichter einschlafen konnten, legte er eine Kassette mit »Schwanensee« ein und drehte die Lautstärke herunter.

Laura war zu aufgeregt zum Schlafen, Brett jedoch streckte sich mit einem Kissen und einer Decke auf dem Rücksitz aus. Als er in den Rückspiegel blickte, kamen Roger Bilder aus jener Nacht vor 13 Jahren in den Sinn, als sie mit einem anderen Auto und unter anderem Namen nach Norden zum Black Eagle See unterwegs gewesen waren. Eine andere Nacht, eine andere Flucht in Furcht.

Als sie Faribault erreichten, war Laura neben ihm eingeschlafen. Und Brett war eine lang ausgestreckte Gestalt unter der Decke.

Um diese Zeit herrschte wenig Verkehr. Die US 35 war ein Umweg, doch sie umging Madison und andere größere Polizeistationen.

Es war merkwürdig, doch auf der Flucht zu sein bewirkte, dass Roger sich Laura näher fühlte als seit langem. Sie taten etwas zusammen, als Familie, so bizarr es auch war. Einmal wachte sie auf und griff nach seiner Hand. Sie sprachen nicht miteinander, doch diese Geste wärmte ihn. Er musste einfach an sie und an ihre Liebe glauben. Und doch, wenn er versuchte, sich ihre gemeinsame Zukunft vorzustellen, sah er nur Leere vor sich.

Irgendwo mitten in Odetts Verwandlung in einen Schwan setzte sich Brett auf.

»Dad, was würde passieren, wenn ich Elixier nehmen würde?«

Die Frage traf ihn wie ein Schlag aus dem Nichts. Er wollte antworten, doch Laura kam ihm zuvor. »Schlag dir das lieber gleich aus dem Kopf«, sagte sie scharf, plötzlich hellwach. Sie fuhr herum und funkelte ihn an. »Wir haben dich immer vor Drogen gewarnt, und dies ist viel schlimmer. Eine einzige Spritze, und dein Körper ist sofort abhängig. Und wenn du damit aufhörst, stirbst du einen schrecklichen Tod.«

Brett war über ihre Reaktion so verblüfft, dass er lachte: »Das sagst du doch nur so.«

»Weil es wahr ist. Wir haben dir doch von den Tieren erzählt.«

»Kann dir das auch passieren, Dad?«

»Affen und Menschen zeigen dieselben Reaktionen.«

»Ist es schon mal jemandem passiert?«

»Ja, aber niemandem, den du kennst.«

»Warum hast du dann damit angefangen?«

»Ich habe dir doch gesagt, dass es ein Fehler war.«

»Aber du wirst für immer leben, stimmt's?«

»Nicht für immer. Nur länger. Aber es war trotzdem ein Fehler.«

»Wenn du die Zeit zurückdrehen könntest, würdest du es dann nochmal tun?«

Es war typisch Brett, ihn mit Fragen zu löchern. »Nein, das würde ich nicht.«

»Das sagst du nur so.«

Roger hatte keinen Grund, sein Bedauern weiter auszuspielen, sonst würde Brett sich daran festbeißen. »Das sage ich nicht nur so. Es war falsch.«

»Und wenn ich älter bin?«

»Brett, du hast ein langes Leben vor dir. Du brauchst das Zeug nicht.«

»Aber eines Tages…«

Roger sah sich in dem Dilemma, die Gefahren zugleich herunterspielen und betonen zu müssen. »So weit in die Zukunft können wir nicht denken.«

»Aber du wirst lange leben, warum nicht wir beide? Und du auch, Mom.«

»Das haben wir doch schon besprochen, Brett«, erwiderte Laura. »Ich werde das Zeug nicht nehmen. Und du wirst es auch nicht nehmen. Es ist widernatürlich und gefährlich, so einfach ist das. Ende der Diskussion.«

Doch Roger spürte, was in Brett vorging. Laura hatte zu stark dagegen gehalten. »Brett, hör mir zu.« Er schlug einen Ton väterlicher Vernunft an. »Wenn du jetzt Elixier nehmen würdest, würdest du nie älter werden. Du würdest nie ganz erwachsen werden. Du würdest körperlich nicht altern, sondern für immer vierzehn bleiben. Ist das etwas, was du wirklich möchtest?«

Brett schwieg lange.

»Also?«

»Vielleicht.«

»Das glaube ich einfach nicht.«

Präsident John Markarian drehte den Fernseher im Oval Office lauter. Tim Reed und zwei weitere Mitarbeiter waren hereingekommen, um ihn auf den letzten Stand zu bringen. Sie wurden von FBI-Direktor Kenneth Parrish begleitet.

Wie befürchtet, hatten sich die Elixier-Gerüchte im Eiltempo verbreitet, und das Weiße Haus drohte nun unter dieser Lawine halbwahrer und erfundener Geschichten begraben zu werden. Auf dem Bildschirm waren Videoaufnahmen von Labormäusen und Rhesusaffen zu sehen.

»Was Sie hier sehen, sind dieselben Tiere im Abstand von wenigen Wochen«, sagte der Sprecher. »Nach Angaben von früheren Darby-Angestellten waren die Tiere mit Elixier behandelt worden, einem geheimen Mittel, das angeblich den Alterungsprozess aufhalten kann.« Der Bildschirm wurde geteilt in ein Bild mit VORHER und eines mit NACHHER als Unterzeile.

»Ehemalige Mitarbeiter der Darby-Labore geben an, dass die Tiere zur Rechten mit dem Mittel behandelt wurden und sich tatsächlich verjüngten.«

Dann nahmen zwei weitere Fotos den geteilten Bildschirm ein: Christopher Bacon und Roger Glover.

»Es gibt Spekulationen, wonach Dr. Bacon das Serum an sich selbst ausprobiert haben soll ...«

Auf dem Schreibtisch des Präsidenten lagen Faxe und E-Mails von Wissenschaftlern, religiösen Führern und Regierungen aus der ganzen Welt, die wissen wollten, ob die Gerüchte zutrafen, und forderten, dass die USA, wenn dem so wäre, das Geheimnis mit dem Rest der menschlichen Rasse teilten. Auch flehentliche Bitten des Vorstandes der Rentnerorganisation lagen vor, die Regierung möge diesen Christopher Bacon und sein Geheimnis der Lebensverlängerung ausfindig machen.

Überall wurden die Dementis des Weißen Hauses in Frage gestellt. Ein Kommentator erklärte, das Oval Office müsse entweder der dümmste oder aber der verlogenste Ort der Welt sein.

Auf dem Bildschirm war jetzt eine anti-amerikanische Demonstration in Kairo zu sehen.

Wie zum Teufel sind die Leute so schnell mobilisiert worden?, fragte sich Markarian.

Menschen schwenkten Plakate mit der Aufschrift: »Tod

den USA« und »Markarian ist Satan«, »Elixier ist Teufelszeug« und »Elixier – amerikanisch-israelische Verschwörung«. Außerdem: »ELIXIER: Genetischer Imperialismus«.

»Sprecher im Nahen Osten bezeichneten Elixier als Bedrohung des internationalen Friedens«, fuhr der Reporter fort. »Ein Diplomat warnte vor einem möglichen militärischen Konflikt, sollten die USA nicht zugeben, das Mittel zu besitzen und es allen Menschen zugänglich machen.«

Es folgte ein Schnitt auf einen erregten Prediger, der sich von einer Kanzlei in Baltimore aus an seine Anhängerschar wandte.

»Unterdessen rufen viele religiöse Führer hier zu Lande zur Ruhe auf, während andere Elixier als Büchse der Pandora betrachten. Nach den Worten von Reverend Oberst Lamar Fisk ist das Anti-Alterungsmittel eine ›höllische Zuwiderhandlung gegen die göttliche Herrschaft‹.«

»Ihr wisst weder den Tag noch die Stunde, da der Herr kommen wird!«, rief Fisk. »Und in dieser Stunde, wenn das siebte Siegel gebrochen wird, werden die Heerscharen des Herrn das Böse vernichten, das Babylon heißt…«

Die Kamera fing leidenschaftliche Anhänger ein, die johlend mit Fäusten und Stöcken in der Luft herumfuchtelten.

»Ein gefundenes Fressen für die Irren«, kommentierte Markarian.

»Nur dass der hier gefährlich ist«, sagte Parrish. »Die hier sind so eine Art Himmelstor mit Zähnen.«

»Und das heißt?«, fragte Markarian.

»Das heißt, dass die keine Selbstmordpillen schlucken oder auf fliegende Untertassen warten, die sie mitnehmen. Dieser Fisk hat die Mentalität eines Kriegsherrn. Er predigt, dass sie aktiv an Armageddon teilnehmen sollen. Es richtig krachen zu lassen, und während sie in den Himmel auffahren, verbrutzelt der Rest von uns.«

»Nette Religion.«

»Das Beängstigende an ihm ist, dass er sich mit Waffen auskennt und Gewalt predigt. Außerdem ist er charismatisch und setzt auch Gehirnwäsche und körperliche Misshandlungen ein, um seine Anhänger bei der Stange zu halten. Eine Mischung aus Charles Manson und David Koresh, nur dass er bisher noch nicht gegen das Gesetz verstoßen hat. Es macht mir Sorgen, dass er das tun könnte.«

»Was gibt's Neues über Glover?«, fragte der Präsident Parrish.

»Jeder Flughafen, Bahnhof und Busbahnhof im Umkreis von 400 Meilen um Eau Claire wird überwacht. Die Straßenkontrollen sind verstärkt worden. Wir wissen nicht, was für einen Wagen sie fahren, weil er eine ganze Flotte von Autos zu haben scheint. Oder er stiehlt eines nach dem anderen. Aber die örtliche Polizei geht allen Hinweisen nach.«

»Mit anderen Worten, Sie haben keine Ahnung.«

»Ich fürchte nein.«

»Wir brutzeln jetzt schon.«

33

Roger fuhr die ganze Strecke wie im Adrenalinrausch praktisch in einem Stück.

Sie aßen im Auto und machten nur Halt, um zu tanken oder auf die Toilette zu gehen. Er hielt wenn möglich an Selbstbedienungs-Tankstellen, um Tankwarten aus dem Weg zu gehen.

Doch in Fairfield, Iowa, gab es keine Tankstelle zum Selbsttanken, und sie hatten kein Benzin mehr. Roger fuhr an eine Mobil-Tankstelle. Ein etwa 20-jähriger Mann kam heraus und füllte ihnen Benzin für 24 Dollar ein.

Erst als er bezahlen wollte, entdeckte Roger das handgeschriebene Schild im Fenster: »Sorry. Keine Fünfziger und Hunderter.«

Sie hatten nur noch große Scheine, was bedeutete, dass sie mit Kreditkarte bezahlen mussten. Roger war nicht allzu besorgt, dass der Tankwart ihn in dieser entlegenen Gegend mit den endlosen Maisfeldern erkennen würde, vor allem nicht in seiner Verkleidung. Doch er hatte nicht damit gerechnet, dass er seinen Kreditrahmen überschritten hatte.

Der Junge kam heraus und teilte ihm mit, dass die Karte zurückgewiesen worden war.

Brett schlief, und Laura döste, als Roger aus dem Auto stieg, die Karte wieder in seine Brieftasche steckte und eine andere Karte herauszog.

Doch während der Junge damit in das Zahlhäuschen zurückging, fiel Roger plötzlich ein, dass die zweite Karte auf den Namen Peter Cohen ausgestellt war, während die erste auf Harry Stork lautete.

Wenn der Tankwart aufmerksam wurde, würde ihm die Diskrepanz auffallen, und er würde sich fragen, was es mit dem zweiten Namen auf sich hatte. Wenn er das meldete, könnte dies verheerende Folgen haben, denn Harry Stork war der Name, den Roger als Wallys Anwalt benutzt hatte, ein Name, der inzwischen sicher in den Polizeiakten stand. Innerhalb von 15 Minuten würde jede Straße im Umkreis von 50 Meilen gesperrt sein.

Roger blieben nur etwa zehn Sekunden, bevor der Tankwart die Kreditkartenmaschine erreichen würde.

Wenn er jetzt in den Wagen sprang und davonfuhr, würde der Junge sofort zum Telefon greifen. Wenn er gar nichts täte und der Junge etwas merkte, hätte er für das FBI förmlich ein Leuchtfeuer hinterlassen. Selbst wenn ihm die unterschiedlichen Namen nicht auffielen, gäbe es einen American Express-Beleg dafür, dass Harry Stork über Fairfield, Iowa, in Richtung Osten gefahren war.

Roger stürzte in das Büro und riss dem verblüfften Jungen die Karte aus der Hand, bevor er sie in die Maschine stecken konnte.

»Warten Sie, mit der hier habe ich auch meinen Rahmen überzogen. Sie wissen ja, wie das ist.« Er hielt dem Jungen einen Fünfziger vors Gesicht. »Ich weiß, dass das gegen die Firmenpolitik verstößt, aber ich habe sonst nichts, und der ist echt.« Er hielt den Schein ans Licht, um ihm das Wasserzeichen und den Faden zu zeigen. »Sehen Sie? Das kann man nicht fälschen.«

Der Junge untersuchte den Schein, dann sah er Roger an, als frage er sich, ob dieses strahlende Lächeln die Maskerade eines redegewandten Fälschers war.

»Und ich sage Ihnen noch etwas. Weil Sie so ein netter Kerl sind, können Sie das Wechselgeld behalten.«

»Ist das Ihr Ernst?«

»Klar doch.«

Der Junge hielt den Schein noch einmal ins Licht, und wog 26 Dollar Trinkgeld gegen die Reaktion des Managers ab, wenn er einen Fünfziger in der Kasse finden würde. Das Trinkgeld siegte.

»Danke, Mister«, sagte er. Und Roger war zur Tür hinaus, ehe er seine Meinung ändern konnte.

Während der nächsten zwei Meilen zitterte er innerlich wie Gelatine. Er verlor die Kontrolle. Das war ein doppelter Schnitzer gewesen – die falsche Kreditkarte zu nehmen und mit seinen Zahlungen an die Kartengesellschaft im Rückstand zu sein. Er hätte vorsichtiger sein müssen.

Was die Lage jedoch noch schlimmer machte, war, dass Roger Glover jetzt den Weg von Chris Bacon genommen hatte – direkt an die Spitze der Fahndungsliste. Und Harry Stork ebenfalls. Er stand mit drei verschiedenen Karten da – unter drei verschiedenen Namen, Adressen und Geburtsdaten. Allmächtiger! Langsam fragte er sich, wer zum

Teufel er wirklich war. Peter Cohen? James Hensel? Frank D'Amato?

Er kam sich ein wenig schizophren vor, wie er so durch das erste Morgengrauen fuhr.

Ein paar Stunden später hielten sie an einer Lkw-Raststätte, und Brett holte ihnen Frühstück. Sie aßen im Auto und gingen nacheinander zur Toilette. Roger sehnte sich nach einer heißen Dusche. Die anderen auch.

Gegen 10 Uhr rief Laura bei Jenny an, um die Wegbeschreibung noch einmal durchzugehen. Laura hörte die Erleichterung darüber in Jennys Stimme, dass sie nur noch ein paar Stunden entfernt waren.

Doch als sie erzählte, dass Brett bei ihnen war, reagierte Jenny merkwürdig.

»Oh nein, das geht nicht. Kein Besuch. Besucher können wir auf keinen Fall empfangen.«

Laura wollte nicht laut aussprechen, warum dieses Zusammentreffen so wichtig war, nicht in Bretts Gegenwart. »Wieso denn nicht? Du hast doch gesagt, dass wir über Nacht bleiben können.«

Eine Pause trat ein, in der Jenny etwas Unverständliches zu sich selbst sagte. Dann schien sie wieder zu sich zu kommen. »Ein anderes Mal. Abigail liegt krank im Bett, und die Ärzte sagen, dass sie keinen Besuch haben darf, weil ihre Abwehrkräfte so schwach sind.«

»Was fehlt ihr denn?«

»Ups. Ich muss Schluss machen«, stotterte Jenny und legte auf.

Damit Brett keinen Verdacht schöpfte, täuschte Laura von ihrer Seite aus vor, dass das Gespräch weiterging. »Ich verstehe. Dann komme ich eben allein. Ich hoffe, es geht ihr bald besser. Wir müssen so gegen drei Uhr bei euch sein. Bis dann.«

Roger sah Laura fragend an.

»Abigail ist krank.«

»Und wo sollen wir wohnen?«

»Ich weiß es nicht.«

Gegen 14.30 Uhr erreichten sie die Einfahrt zu Nummer 247 Farmington Road in Prairie, Indiana.

Roger fuhr einmal daran vorbei, wendete dann und fuhr zurück, um festzustellen, ob Polizei in der Nähe war. Das nächste Haus lag etwa eine Viertelstunde entfernt und schien leer zu stehen. Doch das reichte Roger nicht. Er fand die Straße, die hinter Jennys Haus vorbeiführte, und suchte nach Anzeichen für einen Hinterhalt. Es gab keine. Dies war eine ländliche Region, in der sich Felder mit niedrig stehendem Mais und Weizen aneinander reihten. Es waren kaum Spuren von menschlichem Leben zu sehen.

Roger fuhr in die Einfahrt. Aus der Entfernung sah das Haus wie ein typischer Wohnort für Jenny aus: ein ordentliches kleines Bauernhaus in Rosa und Grün. Es lag am Ende einer langen Zufahrtsstraße zwischen ein paar Bäumen und war meilenweit von den wuchernden sozialen Krankheiten des Großstadt-Amerikas entfernt.

Doch beim Näherkommen fiel auf, dass einige Fensterläden kaputt waren; es fehlten Dachziegel, im Schornstein klafften Löcher, und der Anstrich war zu einem hautfarbenen Gelb verblasst und blätterte stark ab. Das Haus sah irgendwie krank aus. Der Rasen war seit Wochen nicht mehr gemäht worden, obwohl neben der Garage ein kleiner Elektromäher stand, der aussah, als könnte selbst Jenny oder ein Teenager ihn handhaben.

Sie hatten vereinbart, dass Laura herausfinden sollte, was mit Jenny los war, und dass Roger und Brett in der Zwischenzeit zu einem Laden fahren und Lebensmittel einkaufen sollten. Wenn es Probleme geben sollte, so hatten sie einen Polizeifunkscanner und Mobiltelefone dabei. Jenny war irrational, doch sicher nicht so sehr, dass sie ihren eigenen privaten Erlöser verpfeifen würde.

Roger fuhr vor die Haustür. Alle Vorhänge waren zugezogen. Kein Lebenszeichen von Jenny. Überhaupt kein Lebenszeichen.

Laura stieg aus und ging zur Tür. Auf einem handgeschriebenen Zettel neben der Klingel stand: KAPUTT. Daneben hieß es auf einem zweiten Zettel: KEINE VERTRETER.

An der Tür war ein Umschlag befestigt, auf dem in kleinen, sorgfältigen Buchstaben der Name »Wendy« geschrieben stand.

Wütend, dass Jenny ihren echten Namen für alle Welt sichtbar draußen angeschlagen hatte, riss Laura den Umschlag auf. Darin befand sich eine Mitteilung in einer winzigen, akribischen Handschrift in Rosa: »Bitte hinterlass die Orchideen im Briefkasten. Viel Glück.«

Das war alles?, schäumte Laura. Sie waren 16 Stunden gefahren, hatten dabei jeden Polizisten des ganzen Landes im Nacken gehabt, und Jenny wollte, dass sie das Mittel einfach in den Briefkasten warfen und wieder verschwanden. Sich irgendwo ein Motel suchten oder sich in einem Maisfeld versteckten. Niemals! Wenn Jenny blöd genug war, ihren Namen hier hinzukleistern, was würde ihr dann sonst noch einfallen?

Laura hämmerte gegen die Tür.

Nichts.

So ungeschützt hier draußen zu stehen verstärkte ihre Angst nur. Sie bedeutete Roger und Brett, im Auto zu warten, und ging um das Haus herum nach hinten.

Die Küchentür war ebenfalls verschlossen. Aber ein Fenster stand offen, und der Moskitoschutz war nicht ganz heruntergelassen, sodass sie ihre Finger darunter schieben konnte.

Laura schob das Fenster auf. Dann ging sie wieder zur Vorderseite des Hauses zurück und winkte Roger und Brett, loszuziehen. Sie ging wieder nach hinten und kletterte durch das Fenster.

Ihr erster Eindruck war, dass alles so dunkel und leblos wirkte wie in einem Haus, dessen Bewohner verreist waren.

Obwohl die Vorhänge zugezogen waren, konnte sie sehen, dass die in Weiß und Rosa gehaltene Küche aufgeräumt zu sein schien. Am Kühlschrank klebten Zeitschriftenfotos von Kätzchen und ein paar Babyfotos.

Auf dem Tisch stand eine Schale mit überreifen Früchten, um die winzige schwarze Fliegen summten. Neben der Schale stapelten sich ein paar Briefe. Obenauf lag eine Stromrechnung, die an Jennifer Phoenix, 247 Farmington Road adressiert war. Darunter befanden sich weitere Rechnungen und ein paar Spielzeugkataloge, alle an Jennifer Phoenix gerichtet.

Jennifer Phoenix?

Laura war schockiert. Jenny hatte ihren Namen geändert und ihnen nie davon erzählt. Wie viele Jahre war das schon her? Und warum hatte sie es getan?

Mit einem unbehaglichen Gefühl trat Laura in den düsteren Eingangsflur, um nach oben zu rufen. Im Vorbeigehen fiel ihr Blick ins Wohnzimmer. Ihr blieb beinahe das Herz stehen.

Es war weihnachtlich geschmückt.

Neben dem Kamin stand ein großer künstlicher Baum, geschmückt mit Kugeln, Eiszapfen und Lichterkette. Geöffnete Geschenkschachteln lagen auf dem Boden verstreut. Neben dem Kamin stand ein großes rosa Puppenhaus mit Miniaturmöbeln von Jennys eigenem Haus. Das Kaminsims war mit bunten Kerzen, künstlichen Kiefernzweigen und großen roten Weihnachtsmännern dekoriert. Über dem Kamin hing ein Pastell, das Abigail als kleines Mädchen zeigte.

Auf der anderen Seite des Flures war das Esszimmer für eine Geburtstagsparty hergerichtet, die jedoch schon eine Weile zurückliegen musste, denn einige der bunten Papierschlangen, die kreuz und quer unter der Decke hingen, hatten sich gelöst, und in den meisten Ballons war keine Luft mehr. Ein teilweise aufgegessener Kuchen prangte mitten auf dem Tisch, um den mehrere Stühle herumstanden, von denen alle bis auf zwei von großen Stoffhasen, -bären und -kängurus besetzt waren.

Ein Kälteschauer durchfuhr Laura.

Aus dem obersten Stock drang ein leises Geräusch. Ein Klimpern, kaum hörbar.

Sie ging auf die Treppe zu und erstarrte. Das hatte sie schon einmal gehört. Dasselbe metallische Klimpern, fast wie ein Windspiel.

Musik. Das Hintergrundgeräusch bei ihrem letzten Telefongespräch. »*Frère Jacques.*« Es war die Melodie von »*Frère Jacques*«.

Eine unbestimmte Furcht ergriff sie, als sie begann, die Treppe hinaufzusteigen. Es war die Spieldose, die Jenny vor Jahren in Boston gekauft hatte.

»Ihr erstes Weihnachtsgeschenk.«

Noch ein paar Stufen, und sie konnte Jenny leise singen hören.

»... hörst du nicht die Glocken. Hörst du nicht die Glocken. Ding, ding, dong. Ding, ding, dong.«

Sie erreichte die Tür.

Drinnen sagte Jenny: »Und jetzt auf Französisch ... *Frère Jacques, Frère Jacques, dormez vous? Dormez vous? ...*«

An der Tür klebten Abziehbilder von Comic-Tieren. Ein großes Porzellanschild verkündete in riesigen, fröhlichen Buchstaben: ABIGAILS ZIMMER.

Eine zweite Stimme jagte einen Eissplitter durch Lauras Herz. Eine kleine, dünne Stimme, die mit Jenny sang.

Laura stieß die Tür auf.

»*...Sonnez les matines. Sonnez les matines. Din, Don, Din. Din, Don. Din.*«

Jenny blickte mit einem strahlenden Lächeln auf. Sie saß in einem Schaukelstuhl und hielt ein kleines Kind auf dem Schoß.

In einem einzigen kurzen Augenblick völliger Klarheit nahm Laura das weiche blonde Haar, die großen braunen Augen und die rosigen Porzellanwangen in sich auf. Das rosageblümte Kleid von den Fotos.

»Wir singen auf Französisch«, verkündete Abigail stolz.

Blankes Entsetzen erfasste Laura. Das Zimmer war ein Mausoleum der Kleinmädchenzeit: Häschentapete, rosa Spitzenvorhänge, Stofftiere, Puppen, ein großes rosa Kinderbett, auf dem sich Kissen, Stoffkatzen und Puppen türmten. Ein weißer Schreibtisch mit Abziehbildern von Ballerinas und eine große rote Spieluhr, die den Raum mit ihrem leblosen Geklimper erfüllte.

»Oooooh, sieh nur«, flötete Jenny. »Es ist deine Tante Wendy. Wie nett. Und sie hat dir deine Medizin mitgebracht.«

»Jenny!«, keuchte Laura.

»Oh, natürlich: Und *das* ist Abigail. Ich hatte vergessen, wie lange es her ist.« Jenny strahlte.

»Hallo, Tante Wendy. Du siehst genauso aus wie auf deinem Foto«, sagte das kleine Mädchen. Es öffnete ein kleines Fotoalbum, das auf dem Regal gestanden hatte. »Deine Haare sehen anders aus, aber es steht dir gut. Mir gefällt es besser so.« Ihre Artikulation war perfekt.

»Wir haben ganz viele Fotos«, warf Jenny stolz ein.

»Sprichst du Französisch?«, fragte Abigail.

Laura zermarterte sich das Gehirn nach einer Lösung, die einen Sinn ergab: Das Mädchen musste jemand anders sein, nicht Jennys Tochter.

Nein: Jenny, hatte ein zweites Kind adoptiert und ihr aus irgendeinem Grund nichts davon erzählt.

Nein: Es war Abigail, aber sie hatte eine Wachstumsstörung – irgendeine furchtbare Krankheit, die ihre Gliedmaßen verkrüppelt hatte.

»Was ist, kannst du Französisch oder nicht?«

Laura gab einen unverständlichen Laut von sich und schüttelte den Kopf.

»Aber ich.« Und sie ratterte eine Reihe von Wörtern herunter, von denen kein einziges Laura erreichte. »Und Spanisch auch.« Und sie sagte etwas auf Spanisch. »Ich kann noch nicht lesen, aber Mama sagt, dass ist was für ältere Kinder. Findest du nicht, dass ich alt genug bin, um lesen zu lernen?«

»Jetzt lass uns nicht albern sein«, mahnte Jenny. »Du hast es immer so eilig, alles Mögliche zu tun.«

Nichts an Jennys Verhalten verriet, dass sie etwas anderes war als eine geistig normale, willensstarke und vernünftige Frau, die nachsichtig mit ihrer kleinen Tochter sprach.

»Du musst entschuldigen«, sagte Jenny. »Wir sind nicht an Besuch gewöhnt, deshalb haben wir auch keine zusätzlichen Stühle.«

Lauras Blick fiel auf den Tisch neben dem Bett, und sie musste einen Aufschrei unterdrücken. Darauf lagen eine Spritze und eine leere Elixier-Ampulle. Roger hatte gesagt, dass ein paar Ampullen fehlten, doch er hatte es auf sein schlechtes Gedächtnis geschoben.

»Jenny, was hast du getan?«, flüsterte Laura.

Aber Jenny achtete nicht auf sie. »Auch gut«, sang sie, »wir waren gerade dabei, uns für unseren Mittagsschlaf fertig zu machen, nicht wahr?«

Ihre Stimme hatte den melodischen Klang einer Frau, die mit ihrem Leben zufrieden ist.

Laura suchte nach Anzeichen dafür, dass sie ihr des Kindes zuliebe etwas vorspielte, dass unter der eingeübten Fassade liebevoller mütterlicher Geduld so etwas wie Bewusstsein lag. Dass Jenny wusste, was sie ihrer Tochter angetan hatte.

Doch da war nichts.

»Darf ich nicht aufbleiben, Mama? Bitte!«

Nichts war so, wie es zu sein schien. Jenny war wahnsinnig. Ihre Tochter war eine Sechzehnjährige mit dem Körper eines Kleinkindes. Roger war bei der Hälfte seiner tatsächlichen Lebensjahre erstarrt.

Einen Augenblick lang fürchtete Laura, ihr eigener Verstand würde aussetzen, dass sie ohne Vorwarnung ein widerliches Klicken hören würde und dass ihr dann all der ganze Horror dieser Irrenshow vollkommen normal vorkommen würde.

»Es ist längst Schlafenszeit, kleines Fräulein.«

»Aber ich will aufbleiben. Ich kriege sonst nie Besuch.«

»Du hast jede Menge Besuch.« Jenny deutete auf all die Stofftiere.

»Ich meine *richtigen* Besuch.«

Abigail sah auf die Uhr an der Wand. »Oh, Mama, es ist Zeit für meine Medizin.«

Die Uhr war eine große Plastik-Taschenuhr wie die, die das weiße Kaninchen ins Wunderland mitgenommen hatte. Nur dass die Zahlen in umgekehrter Richtung standen und der Minutenzeiger rückwärts lief.

Großer Gott! Das Kind hatte sich Zeigerstände gemerkt, ohne eine Ahnung zu haben.

»Jetzt gib Tante Wendy einen dicken Gutenachtkuss.«

Hingerissen sah Jenny zu, wie das Kind von ihrem Schoß herunterkletterte.

Abigails Körper war winzig wie der eines anämischen Zwerges, mit der Haut und den Haaren eines Neugeborenen, doch mit älteren Bewegungen. Sie sah aus wie die außerirdische Kopie eines menschlichen Kindes. Sie breitete die Arme aus, doch Laura wollte sie nicht berühren.

»Wie alt bist du?«, fragte Laura mit belegter Stimme.

Jenny versuchte, ihr ins Wort zu fallen. »Kein Geplauder mehr. Schlafenszeit.«

»Sechs.«

»Sechs?«

»Fast sieben. Dann darf ich nach draußen.«

»Warum darfst du denn nicht jetzt schon nach draußen?«

»Genug jetzt, ihr zwei«, flötete Jenny. »Zeit für brave kleine Mädchen, ins Bett zu gehen.«

»Weil ich krank bin«, antwortete Abigail.

»Was fehlt dir denn? Wieso bist du krank?«

»Ich bin eben krank, das ist alles. Aber Mama sagt, dass die Medizin mich gesund machen wird. Und dann kann ich nach Boston fahren. Sprechen die Leute in Boston Französisch?«

Jenny stand auf. »Langsam werde ich ärgerlich.« Sie hob Abigail hoch und legte sie aufs Bett, um ihre Windel zu wechseln. »Wenn es dir nichts ausmacht«, forderte Jenny ihre Schwester auf und scheuchte Laura mit einer Handbewegung aus dem Zimmer.

Die Tür wurde hinter ihr geschlossen, und Laura lehnte sich mit fest zusammengekniffenen Augen dagegen. Sämtliche Instinkte schrien ihr zu, so schnell und so weit wie möglich davonzurennen.

»Du verfluchtes Luder!«

Laura riss die Augen auf.

Ein Mann stand vor ihr und hielt ihr eine Waffe vors Gesicht.

»Was zum Teufel hast du mit meiner Tochter angestellt?«

»Ted?« Fast hätte sie ihn nicht erkannt.

»Du hast ein Monster aus ihr gemacht.« Er schob ihr die Waffe unters Kinn.

»Ich wusste nichts davon«, keuchte sie.

»Sie ist genauso alt wie vor zehn Jahren. Verdammt nochmal, genauso alt. Sie ist nie größer geworden.« Sein Gesichtsausdruck änderte sich, als er Laura musterte. »Sie hat ihr euer Scheißzeug gegeben und dann zehn Jahre lang hier eingesperrt. Niemand hat etwas gewusst. Niemand. Die Nachbarn glauben, sie sei eine Witwe, die allein lebt. Sie hat sie nie aus dem Haus gelassen. Nie.«

Laura konnte nur den Kopf schütteln.

»Sie hat noch nie ein anderes Kind gesehen.« Seine Stimme brach, und Tränen rollten ihm über das Gesicht.

»Wo hat sie das Zeug her?«

»Sie hat es gestohlen.«

Laura erklärte, dass Jenny ein paar Ampullen mitgenommen haben musste, als sie vor Jahren in der Hütte in den Adirondacks gewesen war.

Ted hörte zu und ließ die Waffe sinken. »Ich habe ein Jahr gebraucht, um sie zu finden. Ich wusste nicht, wo sie hingezogen waren. Sie hatte einmal erwähnt, dass ihr der Name Phoenix gefallen würde, also bin ich die Telefonbücher durchgegangen. Ein ganzes Jahr lang.« Er sackte in sich zusammen. »Sie erinnert sich noch an mich. So wie damals, als ich weggegangen bin. Dabei sollte sie sechzehn sein.«

Drinnen protestierte Abigail gegen irgendetwas.

Ted steckte die Pistole unter seine Jacke, als Jenny heraustrat. Sie sah ihn, und sofort erlosch ihr Lächeln, und ihr Blick verhärtete sich. »Ich habe dir doch gesagt, dass erst morgen Besuchszeit ist, nicht heute. Anweisungen des Arztes.«

Ted sah Laura an. »Sie ist verrückt.«

»Mama, ist das Daddy?«

»Jetzt hat sie dich gehört«, schnappte Jenny. »Es ist Zeit für ihre Medizin.« Sie wandte sich an Laura. »Den Nachschub, bitte.«

»Mama, ich will, dass Daddy mir meine Medizin gibt. Ich zeige ihm, wie es geht«, rief Abigail.

Laura suchte in ihrer Schultertasche nach dem Päckchen mit den Ampullen.

»Bitte, Mama? Daddy hat mich nicht mehr gesehen, seit ich fünf war.«

»Nur dieses eine Mal«, gab Jenny nach und öffnete die Tür. Sie schnitt Ted eine Grimasse. »Aber mach es kurz«, befahl sie.

Abigail saß aufrecht in ihrem Bett inmitten ihrer Puppen und hielt eine Spritze in der Hand. »Dann kann Daddy mir auch von der Armee erzählen.«

Jenny ging voraus, und durch die geschlossene Tür hörte Laura Abigail sagen: »Wein doch nicht, Daddy. Es tut gar nicht weh.«

Laura versuchte sich zu entscheiden, was sie tun sollte, als ihr Mobiltelefon klingelte.

Es war Roger. Die Polizei war unterwegs. Er wusste nicht, wie sie ihnen auf die Spur gekommen war, doch über seinen Scanner hatte er gehört, wie ein Einsatzbefehl für 247 Farmington Road gegeben wurde. Sie sollte sofort verschwinden. Er würde sie in einer Minute abholen.

Ted musste die Polizei angerufen haben, sagte sie sich. Ja, er hatte die Polizei angerufen, um Hilfe für Abigail zu bekommen.

Laura schoss die Treppe hinunter und rannte nach draußen. Im selben Augenblick fuhr Roger vor. Er stieß die Beifahrertür auf. »Wem gehört das Auto da?«

»Ted. Roger, wir müssen ihr das echte Mittel geben«, schrie Laura. Es war im Kofferraum unter ihrem Gepäck vergraben.

»Beeil dich!«, rief Brett. »Sie sind direkt hinter uns.«

»Nein. Sie hat es Abigail gegeben.«

Roger sah sie an. Er begriff nicht, was sie meinte. *»Steig ein!«*

»Sie hat Abigail Elixier gegeben. Wir müssen ihr mehr dalassen.«

Doch Roger achtete nicht auf ihre Worte und zerrte sie auf den Beifahrersitz.

Sie könnten ihr den Nachschub schicken, sagte sie sich, während sie die Tür zuzog. Ja, sie würden ihr von unterwegs ein paar Ampullen schicken. Laura schlug die Tür zu. Das einzige Problem war, dass sie nicht wusste, wann Abigail ihre letzte Spritze bekommen hatte.

Sie fuhren gerade aus der Einfahrt, als im Haus drei Schüsse fielen.

»Oh mein Gott!«, schrie Laura. »Neeeeeiiin!« Sie versuchte, die Autotür zu öffnen, doch Roger riss sie zurück und bog mit quietschenden Reifen in die Hauptstraße ein. »Kehr um, um Himmels willen, kehr um!«

Laura schrie noch immer, als mehrere Polizeiautos in Jennys Einfahrt einbogen und die ersten Polizisten ins Haus stürmten.

»Er hat sie umgebracht. Er hat sie umgebracht.«

Antoine ließ das Buch auf seinen Schoß sinken und schaute aus dem Fenster seines Learjets.

Nur noch zwei Kapitel bis zum Ende, und er hatte noch immer nicht herausgefunden, wie die Heldin der Gefahr entkommen würde. Das ließ ihm keine Ruhe, denn er war immer stolz darauf gewesen, den Gedankengang von Autoren erraten zu können. Nur Agatha Christie war ihm überlegen. Und dies hier war die zweite Autorin. Bisher.

»Schon fertig?«, fragte Vince.

»Noch zwanzig Seiten.«

»Die können Sie lesen, während wir auftanken lassen.«

Vince ging noch einmal die Informationen durch, die seine Leute aus verschiedenen Datenbanken gestohlen hatten. Er gab Antoine und den anderen Männern in der Kabine jeweils eine Kopie der Unterlagen.

Antoine las sich das Material durch. Sie waren ihrem Ziel näher gekommen, doch sie hatten noch nicht genug, um sie wirklich festzunageln. Ein Element fehlte, und es kam auf das richtige Timing an.

Der Learjet flog den Flughafen von Atlanta an, wo sie für den Weiterflug nach Indianapolis auftanken würden. Die für die Jahreszeit ungewöhnliche Kaltfront hatte den Nordosten mit einer Schneedecke überzogen, aber glücklicherweise würden sie nicht so weit nach Norden fliegen.

Was für ein merkwürdiges Wetter für diese Jahreszeit, dachte Antoine. Während Meteorologen La Niña, die kalte Schwester von El Niño, dafür verantwortlich machten, ging ein religiöser Eiferer so weit zu erklären, es sei *der Zorn Gottes* – derselbe Mann, der Roger Glover als »Handlanger des Satans« bezeichnet und Elixier als »Gebräu des Teufels« angeprangert hatte.

Obwohl die gesamte Polizei die Glovers jagte, verfügte sie nicht über die Daten, die in Antoines Schoß lagen. Daten, die Auskunft darüber geben würden, wohin sie unterwegs waren, wenn nicht ein winziges Detail fehlen würde.

Er sah auf die Uhr, obwohl er wusste, dass es 16:15 Uhr sein musste.

16:09 Uhr. Er ließ nach. Das Alter, sagte er sich. Es störte seine innere Uhr.

Die Maschine landete.

Während die Bodenmannschaft die Tanks auffüllte, trank Antoine seinen Wein und las sein Buch zu Ende.

Mit großem Vergnügen überflog er die letzten Seiten noch einmal. Eine sehr interessante Wendung, dachte er. Eigentlich genial. Er hatte es nicht kommen sehen. Überhaupt nicht, obwohl es natürlich genug Hinweise gegeben hatte, allerdings nichts Banales wie liegen gebliebene Knöpfe oder Pfeifenreiniger. Es lag im Charakter der Protagonistin. So offensichtlich im Rückblick: Die Sehnsucht nach der Vergangenheit. Wie Dorothy in *The Wizard of Oz*. Dreimal die Absätze zusammenschlagen.

Charakter, sagte er sich. Und was ist das anderes als die Prägung durch Ereignisse? Und was ist ein Ereignis anderes als die Dramatisierung des Charakters? Das stammte von Henry James.

Antoine leckte sich die Lippen, wie er es immer tat, wenn er erregt war, dann griff er zum Telefon und erklärte dem Piloten, dass er seine Pläne geändert hatte. Sie würden doch nach Nordosten fliegen. Und sich auf eine Landung im Schnee vorbereiten.

34

Die Glovers befanden sich seit etwa drei Stunden in Ohio, als die Story über den Äther verbreitet wurde: Ein Doppelmord und ein Selbstmord, der die kleine Farmergemeinde von Prairie, Indiana, in Aufruhr versetzt hatte. Zunächst gab es noch wenig Informationen, und die Behörden gaben die Namen der Opfer nicht bekannt, ehe nicht die nächsten Verwandten informiert worden waren.

Laura schaltete das Radio aus: »Die nächsten Verwandten«, wiederholte sie mit vom Weinen rauer Stimme. »Wir sind die nächsten Verwandten.«

Roger sagte nichts. Er war dankbar dafür, dass ihre Weinkrämpfe vorbei waren.

Anfangs hatte sie so verzweifelt umkehren wollen, dass es ihr nichts bedeutet hätte, gefasst zu werden. Obwohl sie sie nicht hätte retten können, war Jenny ihre Schwester, und Abigail war immer noch ihre Nichte. Sie musste dort sein, verlangte sie. Sie musste sicher gehen, dass man sich richtig um die Leichen kümmerte, dass sie ein ordentliches Begräbnis bekämen – und sei es auch nur, um einen Schlussstrich unter den Wahnsinn zu ziehen. Außerdem waren sie an allem schuld.

»Laura, wenn wir zurückfahren, werden wir verhaftet«, hatte Roger sie verzweifelt angefleht. »Man könnte uns sogar für ihren Tod verantwortlich machen.«

»Ich hätte es wissen müssen«, stieß sie hervor. »Er hatte eine Waffe. Deshalb ist er gekommen. Ich hätte nie weggehen dürfen.«

»Er hätte dich auch umbringen können, Mom«, warf Brett ein.

Doch Laura reagierte nicht darauf. »Meine Familie ist tot«, schluchzte sie. »Sieh dir doch nur an, was wir ihnen angetan haben.«

Für mehrere Meilen sagte sie nichts mehr. Sie lehnte ihren Kopf an die Nackenstütze und zog sich in schweigenden Kummer zurück. Immer wieder weinte sie still vor sich hin.

Erschöpft fuhr Roger weiter.

Am meisten belastete ihn die Frage, wie sich dies alles auf Brett auswirken würde. Zuerst der Schrecken darüber, dass seine Eltern von der Polizei im ganzen Land gesucht wurden. Dann der Schock des Mordes an Jenny und Abigail. Dazu kam, wie erschöpft Roger und Laura waren. Sie war immer unerschütterlich gewesen, und er die Stimme der Vernunft. Jetzt jedoch taumelten sie am Rande des Abgrunds dahin.

Als sie an Hinweisschildern zur Autobahn nach Pennsylvania vorbeifuhren, fragte Brett: »Wohin fahren wir eigentlich?«

»Upstate New York«, antwortete Roger.

»Wer ist dort?«

»Niemand, hoffe ich. Aber dort gibt es ein sicheres Haus, in dem wir einmal gewohnt haben.« Er erzählte Brett von der Hütte am Black Eagle See. »Glaubst du, du könntest es ein paar Wochen in den Wäldern aushalten?«

»Klar. Das wird wie ein Sommerlager.«

Brett betrachtete die Dinge in einem positiven Licht, als sei dies eine Art Outdoor-Abenteuer. Und Roger ließ sich dadurch ermutigen. Brett war alt genug, um ein wenig Verantwortung für ihr Schicksal mitzutragen. Auch seine Meinung und seine Kraft waren wichtig.

Unbewusst betastete Roger den Zylinder um seinen Hals.

Die religiösen Fanatiker hatten ihn den Antichristen genannt. Zunächst hatte er diese absurde Anschuldigung amüsant gefunden, doch während er weiterfuhr, traf ihn die Erkenntnis, dass sie gar nicht so abwegig war. Jedes menschliche Wesen und jedes Tier, das er mit Elixier in Berührung gebracht hatte, hatte nicht neues Leben, sondern schon fast biblische Heimsuchungen erfahren.

Sie durchquerten Ohio und die nordwestliche Ecke von Pennsylvania und erreichten das westliche Ende des Staates New York.

Brett schlief die ganze Nacht hindurch, Laura döste unruhig oder starrte dumpf aus dem Fenster. Sie sprach sehr wenig.

Roger hatte daran gedacht, die Nacht in einem Motel zu verbringen, doch das war zu riskant. Außerdem hätte er angesichts der Nachrichten ohnehin nicht schlafen können.

Den Radioberichten zu Folge nahmen die Proteste gegen die Regierung überall zu. Die Menschen verlangten, dass das Weiße Haus seine Vertuschungsaktion beendete. Andere wollten, dass Elixier der Öffentlichkeit zugänglich gemacht wurde. In Kairo war die US-Botschaft von Fundamentalisten belagert worden. Mehrere Menschen waren getötet worden, andere befanden sich in der Gewalt einer Gruppe von Männern, die den USA wegen »genetischem Imperialismus« einen Heiligen Krieg erklärt hatten. Und Roger war der böse Anführer der genetischen Imperialisten.

Doch seine Dämonisierung hörte damit noch nicht auf. Von jüdischen Kabbalisten bis zu christlichen Millennialisten wurde Elixier als Zeichen dafür angesehen, dass der Messias kommen würde, dass das Ende der Zeit bevorstand. Für einige war Roger nur ein neutraler Vorbote. Für andere war er der leibhaftige Satan.

Es gab noch andere Nachrichten, darunter einen Bericht über die Mord- und Selbstmord-Tragödie in Prairie. Roger versuchte das Radio auszuschalten, doch Laura hatte die Ansage gehört und hielt ihn davon ab. Sie hatte wider alle Hoffnung gehofft, dass die Tragödie doch nicht die Familie ihrer Schwester betraf.

»Wir haben jetzt die Bestätigung, dass es sich bei den Opfern um ein geschiedenes Ehepaar mittleren Alters handelte, Theodore Kaminsky, 63 Jahre, und seine Frau Jennifer, 50 Jahre alt. Jennifer Kaminsky ist die Schwester von Wendy Bacon alias Laura Glover, Ehefrau des Biologen Christopher Bacon der ...« Der Sprecher fuhr fort, die bizarre Entwicklung zu erläutern, die sie mit diesem Verbrechen in Verbindung brachte.

Was Laura ein lautes Stöhnen entrang, war jedoch das Ende des Berichts.

»... Wie berichtet, gab es ein drittes Opfer, das später im County Memorial Hospital starb; wegen des ungewöhnlichen körperlichen Zustands dieses Opfers ist es den Behörden jedoch noch immer nicht gelungen, sein Alter oder seine Identität zu ermitteln. Nach Angaben der Polizei von Prairie schien es sich um eine alte Frau zu handeln, die Kinderkleidung trug.«

»Oh Gott!«

»Was ist passiert?«, fragte Brett, der aufgewacht war.

Laura sah Roger an. Ihr Gesicht war leichenblass. Sie versuchte zu sprechen, brachte jedoch kein Wort heraus.

»Ein Bericht über Jenny«, erklärte Roger. Dann holte er

tief Luft. »Mom hat dir nicht erzählt, dass Jenny ihrer Tochter Elixier gegeben hatte, damit sie ein kleines Kind bleibt.«

»Was? Warum das denn?«

»Ich bin mir nicht sicher, aber ich vermute, sie kam sich wegen Kelly wie eine Versagerin vor. Wie auch immer, als Abigail gestorben ist, muss sie binnen Minuten stark gealtert sein.«

»Du meinst, sie ist richtig alt geworden?«

»Ja.«

»Stimmt das, Mom?«

Doch Laura antwortete ihm nicht. »Fahr rechts ran«, befahl sie Roger. »Ich möchte, dass du rechts ranfährst.«

Sie befanden sich auf einer Landstraße, die von Farmen gesäumt war. Es war Vormittag, und der Verkehr war spärlich. Ein kalter Regen fiel. »Warum?«

»Ich will, dass du dir nimmst, was du brauchst, und den Rest wegschüttest. Bitte.«

Sie hatte einen wilden, verzweifelten Ausdruck in den Augen; für einen Augenblick schien es Roger, als schaue er Jenny an.

»Mom, beruhige dich.«

»Halt hier an.«

»Laura, ich finde, wir sollten zuerst darüber reden.«

»Roger, ich bitte dich. Nimm, was du brauchst, und vernichte den Rest.«

»Und wozu soll das gut sein?«

»Es wird andere verschonen.« Ihre Stimme klang merkwürdig flach, ihr Verhalten war vollkommen kontrolliert. Doch er wusste, dass sie am Rande eines Abgrunds stand, dass sie zusammenbrechen würde, wenn er sich weigerte. »Da vorn ist eine Parkbucht«, zeigte sie.

Roger hielt auf einer kleinen Anhöhe neben einem Maisfeld an.

»Lass uns darüber reden«, bat er.

»Es gibt nichts zu bereden.«

Er wusste, was sie dachte: Das Mittel hatte alles in ihrem Leben getötet. Die ganze Welt drohte zu explodieren. Sie wollte, dass es vernichtet wurde. Es war ihr egal, wie er es machte, ob er die Ampullen von der nächsten Brücke warf oder sie mit einem Stein zertrümmerte. Sie wollte nur, dass das Mittel nicht länger existierte.

In diesem Augenblick war Roger die Welt völlig egal; es war ihm auch nicht länger wichtig, unendlich lange zu leben. Sicher war, dass er sie nicht bitten konnte, sich ein paar Wochen in der Hütte zu verstecken. Sie würde entweder verrückt werden oder Brett selbst zur Polizei bringen.

Er starrte durch die Windschutzscheibe. Nur das trostlose Prasseln des Regens auf dem Autodach war zu hören.

»In Ordnung, aber gib mir vierundzwanzig Stunden Zeit. Dann werde ich es vernichten. Ich verspreche es, egal was geschieht. Du kannst es sogar selbst tun.«

Sie blickte ihn an. »Vierundzwanzig Stunden? Wer weiß, wo wir in vierundzwanzig Stunden sind, oder wer es bis dahin in die Finger bekommen hat?« Sie ergriff seinen Arm. »Roger, bitte tu es für mich.« In ihren Augen standen wieder Tränen.

»Bitte.«

»Gib mir noch einen Augenblick Zeit«, bat er und zog das Mobiltelefon aus seiner Jackentasche und ein tragbares Aufnahmegerät aus dem Handschuhfach. Er verband die beiden Geräte miteinander und rief dann die Auskunft in Washington, D.C. an. Als sich die Vermittlung meldete, sagte er: »Das Weiße Haus bitte.«

»Was tust du?«, fragte Laura.

»Einen Handel abschließen.«

»Was für einen Handel? Wovon redest du eigentlich?«

»Vertrau mir.«

Laura sah ihn ausdruckslos an.

»Dad, mach keinen Blödsinn.«

»Das habe ich schon getan.«

Nachdem er mehrmals durchgestellt worden war und minutenlang darauf gewartet hatte, mit jemandem in der Telefonzentrale verbunden zu werden, verkündete er, wer er war und verlangte, mit dem Präsidenten zu sprechen.

»Es tut mir Leid, der Präsident ist beschäftigt. Wenn Sie eine Nachricht hinterlassen möchten, wird sich einer seiner Mitarbeiter wieder bei Ihnen melden.« Die Telefonistin sagte das so, als riefen andauernd normale Bürger an, die verlangten, ins Oval Office durchgestellt zu werden.

»Hören Sie zu«, knurrte er. »Ich bin Roger Glover, ehemals Christopher Bacon alias Jesus oder Satan, je nach Ihrer spirituellen Ausrichtung. Wenn Sie meinen Namen nicht kennen, dann schalten Sie Ihren gottverdammten Fernseher ein.«

Eine lange Pause trat ein. »Einen Augenblick bitte.«

Zwei Mal wurde er weiterverbunden, dann meldete sich ein Mann, der sich als stellvertretender Chef des Sicherheitsdienstes des Weißen Hauses vorstellte und fragte: »Warum genau möchten Sie den Präsidenten sprechen, Mr. Glover?«

Entnervt erwiderte Roger: »Weil er der mächtigste Mann der Welt ist, und weil ich die mächtigste Droge der Welt besitze. Wollen Sie noch weiter mit mir feilschen, oder soll ich die Rentnerorganisation AARP anrufen?«

Zweimal klickte es noch, es folgte eine lange Pause, und dann vernahm Roger die bekannte Stimme. Das Herz hämmerte in seiner Brust.

»Hier spricht John Markarian.«

Roger nickte, um den anderen zu bestätigen, dass er durchgestellt worden war.

Laura starrte ihn benommen und ungläubig an, und Bretts Augen wurden tellergroß. »Echt cool, Dad«, flüsterte er.

»Mr. President, hier spricht Roger Glover.«

»Woher weiß ich, dass Sie tatsächlich Roger Glover sind?«

»Weil jeder andere den Versuch längst aufgegeben hätte, zu Ihnen durchgestellt zu werden.« Um ihn zu überzeugen, nannte er ein paar Einzelheiten über Elixier, die nur der Präsident kannte, darunter die Tatsache, dass Ross Darby mit Ronald Reagan befreundet gewesen war.

»Okay. Was kann ich für Sie tun?«

»Es geht darum, was wir füreinander tun können.«

Dann erklärte Roger, dass er, seine Frau und sein Sohn bereit seien, sich zu stellen und den gesamten Vorrat an Elixier sowie die wissenschaftlichen Aufzeichnungen über seine Herstellung den zuständigen Behörden auszuhändigen.

Der Präsident hörte ihm zu und sagte dann, er sei erfreut, das zu hören. Roger erklärte, dass er Betsy Watkins nicht ermordet und die Eastern-Maschine nicht in die Luft gesprengt habe. »Was ich für Sie tun kann, ist, mit diesem ganzen mystischen Müll aufzuräumen, der überall verbreitet wird. Angefangen bei der Tatsache, dass ich noch immer sterblich bin.

Das Wichtigste aber ist, Mr. President, dass Elixier Krebszellen am Wachstum hindert. Es schaltet ihren genetischen Code aus. Und eine der Nebenwirkungen ist ein längeres Leben.« Er erklärte dies kurz und erläuterte die Problematik des beschleunigten Alterns.

Der Präsident lauschte aufmerksam. »Eine Chemikalie, die Krebs verhütet und dabei das Leben unendlich verlängert, hätte erstaunliche Auswirkungen auf die Gesundheitsvorsorge und die Wirtschaft, das brauche ich Ihnen sicher nicht zu sagen.«

»Ich habe die Hysterie mitbekommen«, entgegnete Roger. »Das ist ein weiterer Grund, warum das Mittel überwacht werden muss.« Dann nannte Roger seine Bedingungen dafür, dass er sich und das Serum den Behörden auslieferte.

Vorerst stand sein Wort, dass sie unschuldig waren, gegen das der Polizei. Doch Roger verlangte eine Begnadigung durch den Präsidenten im Anklagepunkt Flucht vor Strafverfolgung sowie Immunität für Laura und Brett. Der Präsident stimmte dem zu. Für seine Verteidigung gegen die Anklage auf Mord und Sabotage verlangte Roger die beste juristische Vertretung. Außerdem forderte er ein Zeugenschutzprogramm für Laura und Brett. Auch das sicherte der Präsident ihm zu.

Schließlich stellte er die Bedingung, dass der gesamte Vorrat an Elixier und die wissenschaftlichen Aufzeichnungen der Verbraucherschutzorganisation »Public Citizen« überantwortet werden sollten, mit der Auflage, dass sie ausschließlich für Alterungsstudien, nicht jedoch für die Verlängerung des menschlichen Lebens verwendet werden durften. Roger ging nicht ins Detail, warnte jedoch, dass die möglichen Gefahren des Stoffes unvorstellbar seien.

Er sah zu Laura herüber, die zustimmend nickte.

»Aber darum geht es bei der ganzen Aufregung doch«, erwiderte Markarian.

»Mr. President, die Gefahren sind der reinste Albtraum; sie reichen weit über die des Klonens von Menschen hinaus, das, wie Sie wissen, ebenfalls verboten ist. Ich muss Ihre Zustimmung dazu haben, dass das Mittel regierungsunabhängig kontrolliert wird, oder ich vernichte es.«

»Oh, tun Sie das nicht.«

»Ich brauche Ihr Wort.«

»Nun, ich werde tun, was ich kann, um Ihre Forderungen zu erfüllen.«

»Einschließlich eines landesweiten Verbots der Forschung zum Thema Lebensverlängerung.« Er formulierte das als Feststellung, nicht als Frage.

Markarian klang zögerlich. Zweifellos betrachtete er Elixier als zentrales Element bei dem Versuch, die Wirtschaft des Landes zu retten.

»Mr. President, stellen Sie sich vor, dass Ihre Enkel irgendwann älter sein könnten als Sie selbst. Oder dass ein Kind für immer sechs Jahre alt bleibt.«

Eine Pause trat ein, in der der Präsident diese Szenarios erwog. »Ich verstehe. Nun, das Abgeordnetenhaus und der Senat müssen natürlich zustimmen, aber ich werde tun, was ich kann. Ich gebe Ihnen mein Wort.« Dann fügte er hinzu, dass FBI-Direktor Kenneth Parrish für ihre Überantwortung an die Behörden zuständig sei. »Wo sind Sie?«, fragte der Präsident.

»Mir liegt genauso viel daran, dies zu beenden, wie Ihnen, Sir, aber das kann ich Ihnen noch nicht sagen.«

Roger sagte, er brauche noch 24 Stunden, bevor sie sich selbst und das Elixier den Behörden ausliefern würden. Sie wollten nicht, dass in der letzten Nacht, die sie für eine lange Zeit gemeinsam verbringen würden, die Polizei ihre Unterkunft stürmte. Morgen früh um 8 Uhr würde Roger anrufen und Zeitpunkt und Ort nennen. Und er bestand darauf, dass alles geordnet ablaufen sollte.

»Wenn ich aufgelegt habe, Mr. President, werde ich die Redaktionen der *New York Times*, der *Washington Post* und des *Boston Globe* anrufen, außerdem alle großen Fernsehsender.«

»Mr. Glover, ich sehe keinen Sinn darin, dies in einen Medienzirkus zu verwandeln. Es geht um eine Angelegenheit der Nationalen Sicherheit.«

»Und um die Ehrlichkeit in der Demokratie.«

Der Präsident lachte. »Sie haben mir gut zugehört.«

»Ja, und noch zwei Dinge. Erstens, ich habe dieses Gespräch aufgezeichnet. Zweitens, ich rufe von einem Telefon aus an, das nicht geortet werden kann.«

»Sie haben an alles gedacht.«

Dann bat Roger den Präsidenten um eine direkte Durchwahl, unter der er ihn am nächsten Morgen erreichen konnte. Markarian nannte ihm die Nummer von Ken Parrish und die des Oval Office.

Roger wiederholte sie, und Laura schrieb mit.

Als er aufgelegt hatte, klatschte Brett ihm die Hand ab. »Das war toll, Dad. Wahnsinnig toll.«

Er schaute zu Laura hinüber. Ihr Gesicht sah weicher aus. »Das war klug«, bestätigte sie und drückte ihm die Hand. »Ich bete nur, dass es funktioniert.«

Ich auch, dachte er.

Während sie weiterfuhren, spielte Roger die Tonbandaufnahme des Gesprächs ab.

Als er zu der Stelle kam, wo er ein Verbot des Mittels gefordert hatte, glaubte er, hinter der Zusage des Präsidenten etwas Verborgenes wahrzunehmen – einen dunklen, fast unbewussten Gedanken, der auch ihm vor vielen Jahren einmal im Kopf herumgespukt war.

Eric Brown dachte gerade daran, nach Hause zu fahren und ins Bett zu gehen, als das Fax aus der Regionalstelle Indianapolis eintraf. Es war der gerichtsmedizinische Befund von Abigail Kaminsky. Er machte eine Kopie für Zazzaro und las ihn bei einer weiteren Kanne Kaffee durch.

Der Bericht war 17 Seiten lang und gespickt mit medizinischen Fachausdrücken, doch er begriff das Wesentliche, und es jagte ihm eine Gänsehaut über den Rücken.

Sie war klein wie ein Kind, gekleidet wie ein Kind, sah aber aus wie eine alte Frau.

Das Problem war, die forensischen Befunde mit den Fakten des Gerichtsmediziners in Einklang zu bringen. Über mehrere Seiten wurde die Diskrepanz zwischen den Fotos vom Tatort diskutiert, die ein Kind zeigten, und dem pathologischen Befund im Krankenhaus. Der Bericht endete mit der Schlussfolgerung, dass das Opfer körperlich und geistig zurückgeblieben gewesen sein musste und daher von seinen

Eltern wie ein kleines Kind behandelt worden war. Was den Zustand der Leiche anging, waren die Pathologen ratlos. Abigail Kaminsky Phoenix war in die Brust geschossen worden und drei Stunden später gestorben; sie hatte jedoch in dieser Zeit eine abnorme Mutation ihres Erbmaterials erlitten, die zu einem hyper-beschleunigten Alterungsprozess geführt hatte. »Ursachen, unbekannt. Pathologie, unbekannt.«

Brown starrte lange auf den Schlussabsatz.

»Denkst du auch, was ich denke?«

»Walter Olafsson«, sagte Zazzaro.

»Yeah.«

Man brauchte kein Nobelpreisträger zu sein, um die drei Fälle miteinander in Verbindung zu bringen. Jennifer Whitehead Kaminsky Phoenix war die Schwägerin des Mannes, der Elixier erfunden hatte; Walter Olafsson war der Mann, der ihn als Erster angezeigt hatte; und Dexter Quinn hatte vor vielen Jahren bei Darby Pharms mit ihm zusammengearbeitet.

»Aber warum sollte man das Zeug einem Kind geben?«

»Keine Ahnung.«

Bisher hatten sie Fotos von vier Personen gesehen, die Elixier genommen hatten. Die drei, die gestorben waren, hatten sich in genetische Monster verwandelt. Der Vierte war verjüngt worden.

»Das ist echt üble Scheiße«, sagte Brown. »Ganz üble Scheiße.«

Brown konnte die Augen nicht von den Autopsiefotos des Kaminsky-Mädchens abwenden. »Mein Gott, sie sieht aus wie eine von diesen ägyptischen Mumien in einem Kleinmädchenkleid.«

35

Sie trafen gegen 18 Uhr am Black Eagle See ein.

Roger steuerte die Hütte nicht direkt an, sondern fuhr über einen Waldweg ans andere Ufer zu einer geschützten Stelle zwischen den Bäumen.

Er glaubte nicht, dass die Behörden die Hütte mit ihnen in Verbindung bringen konnten. Vor zwölf Jahren hatte Roger sie unter falschem Namen gekauft und die Grundsteuer seitdem mit Barschecks bezahlt. Wenn Jenny dicht gehalten hatte, war es nicht möglich, dass die Polizei davon wissen konnte. Trotzdem bestand er darauf, dass sie nach Anzeichen für einen Hinterhalt Ausschau hielten.

Es war kalt, und so weit im Norden lag Schnee; noch mehr Schnee war vorhergesagt worden.

Sie warteten bis zum Sonnenuntergang und beobachteten die Hütte durch Ferngläser. Ein älteres Ehepaar, vermutlich Mieter eines der Häuser direkt am Wasser, angelte von einem Boot aus. Das war das einzige Lebenszeichen. Keine Flugzeuge oder Hubschrauber. Keine Mannschaftswagen mit Sonderkommandos.

Es wurde dunkel, und der einzige Lichtschein kam aus einem Sommerhaus eine halbe Meile weiter unten am Ufer. Sonst war der See tiefschwarz.

Als sie sich überzeugt hatten, dass keine Gefahr bestand, fuhren sie schließlich zur Hütte hinüber. Roger trug seine Pistole im Gürtel.

Das Gelände war dunkel und lag wie ausgestorben da. Sie waren seit fast einem Jahrzehnt nicht mehr hier gewesen. Im Licht der Autoscheinwerfer sah zunächst alles unverändert aus, abgesehen von ein paar fehlenden Dachziegeln. Im Vorgarten stand noch immer der alte Brunnen, den Lauras Vater gebaut hatte, als sie und Jenny noch klein waren. Früher war er elektrisch betrieben worden, sodass Wasser aus einer Vase strömte, die ein nackter Junge auf den Schultern balancierte. Die Figur war seit langem verschwunden, und der Brunnen war nur noch ein schäbiges Becken voll verrotteter Blätter und eisigem Wasser.

Als sie vorfuhren, hatte Roger das Gefühl, als kehrten sie wie Geister aus ihrer eigenen Vergangenheit zurück. Nach 13 Jahren waren sie wieder am Ausgangspunkt angelangt.

Der Schlüssel passte noch, doch die Tür musste mit Gewalt aufgedrückt werden.

Drinnen sah alles unverändert aus seit ihrem letzten Aufenthalt. Keine Anzeichen für einen Einbruch. Kein Vandalismus. Nichts war in Unordnung. Nur Spinnweben, Staub und feuchte, kalte Luft, die nach Vernachlässigung roch. Eine Sekunde lang träumte Roger davon, der Hütte ihren früheren gemütlichen Charme zurückzugeben und bis ans Ende ihrer Tage hier zu leben. Doch dazu würde es nicht kommen.

Die gute Nachricht war, dass es Strom und Wasser gab. Die schlechte Nachricht war, dass der Kühlschrank den Geist aufgegeben hatte. Das bedeutete, dass er einen kalten, sicheren Aufbewahrungsort für die Ampullen suchen musste. Während Brett und Laura ihre Kleider auspackten, fand Roger eine geeignete Stelle. Dann warf er die Heizung an, damit die Hütte warm wurde und sie genug heißes Wasser für drei lange Duschen hatten.

Laura brachte Brett in ihr altes Schlafzimmer. Es war modrig, aber aufgeräumt. Laura hatte sauberes Bettzeug eingepackt, und während Brett duschte, bezogen sie und Roger die Betten.

Als sie fertig waren, sank sie an seine Brust. »Fast überstanden«, sagte er.

»Gott sei Dank.«

Er küsste sie und hielt sie lange in seinen Armen.

Laura duschte und machte sich zum Schlafen fertig, während Roger sich mit Brett hinlegte. Es war ein Ritual, das noch aus der Zeit stammte, als er sein erstes großes Bett bekommen hatte. Damals hatte einer von ihnen ihm abends vorgelesen und mit ihm gesprochen, bis er eingeschlafen war.

Roger legte sich neben seinen Sohn und fragte sich, wie viele Nächte ihm wohl noch blieben.

»Erinnerst du dich an dein Lieblingsbuch?«

»Natürlich, ich habe es schließlich oft genug gelesen. *Jack und die Bohnenstange.*«

Sie hatten ihm eine große, gebundene Ausgabe gekauft, die schön illustriert war. Am meisten hatten Brett zwei Bilder fasziniert: das des Riesen, der Jack jagte, und die letzte Seite, auf der Jack Hand in Hand mit seiner Mutter auf ein Schloss zuging. Neben ihnen watschelte die Gans, die goldene Eier legte.

»Was ist eigentlich aus Jacks Vater geworden?«

»Vielleicht hat der Riese ihn erwischt, weil er seinen Schatz geklaut hat.«

»Aber Jack hat ihm am Ende eins ausgewischt. Muss irgendwie toll sein, so eine Gans zu haben. Ich würde sie bis in alle Ewigkeit Eier legen lassen.«

Für einen Augenblick herrschte Schweigen, dann räusperte sich Brett. »Das Einzige, was mir an der Geschichte nicht gefallen hat, ist, dass Jacks Vater nie zurückgekommen ist.«

»Es ist doch nur eine Geschichte.«

Brett streckte die Hand aus und berührte den Zylinder, der um Rogers Hals hing. »Wie geht's jetzt weiter, Dad?«

»Wir werden uns morgen stellen. Und sie werden Elixier in der Krebsforschung verwenden.«

»Ich meine mit uns. Wie sollen wir weitermachen?«

Roger lehnte sich über Brett und küsste ihn auf die Stirn. Er konnte das Lavendelshampoo in seinem Haar riechen.

»Die Liebe hält uns am Leben, nicht irgendein Verjüngungsmittel.«

Ein paar Augenblicke verstrichen in Schweigen. »Brett, wenn mir etwas passieren sollte, glaubst du, du wirst es schaffen?«

»Wie meinst du das?«

»Ich meine, falls sie mich für eine Weile einsperren sollten…«

»Wie lange?«

»Ich weiß es nicht, vermutlich nicht lange. Aber wenn wir mit irgendeinem Trottel von Anwalt enden und ich, sagen wir mal, fünf Jahre bekäme, glaubst du, du könntest auf Mom und auf dich selbst aufpassen?«

»Ja, ich glaub schon.«

»Das habe ich mir gedacht.«

Brett sagte nichts.

»Ich hab dich lieb, mein Großer.«

»Ich dich auch.«

In der dunklen Stille hielt Roger noch lange die Hand seines Sohnes, bis Brett eingeschlafen war.

Als er schließlich aufstand, sah er nach Laura in ihrem Schlafzimmer.

Aus dem Flur fiel Licht auf ihre schlafende Gestalt, die allein im Bett lag. Sie trug sein uraltes »Legion«-T-Shirt, das noch aus der Zeit stammte, als er Bretts Kindermannschaft trainiert hatte.

Er betrachtete sie lange im Schlaf. Er wünschte, sie wäre noch wach. Er wünschte, er könnte sie noch einmal in den Armen halten.

Er wünschte, er könnte die Uhr zu jener Nacht vor 13 Jahren zurückdrehen, als er in einem Anfall von Furcht und Selbstmitleid in den Keller hinuntergestolpert war und sich die Spritze gegeben hatte.

Er wünschte sich diese Dinge, denn er wusste, dass der Tag kommen würde, an dem Laura morgens aufwachen und beim Frühstück verkünden würde, dass sie ihn zwar noch immer liebe, dass es jedoch besser sei, sich zu trennen, da sie nicht länger vorgeben könnten, nach derselben Uhr zu leben.

Roger unterdrückte seine Traurigkeit und schloss leise die Tür.

Er war erschöpft, aber gleichzeitig zu angespannt, um zu schlafen. Daher ging er nach unten und streckte sich auf der Couch aus.

Nach ein paar Minuten schaltete er den Fernseher ein, um den Raum mit Geräuschen zu füllen. Sie empfingen immer noch nur zwei Sender.

Zuerst dachte er, er sei in einen Spielfilm hineingeraten. Menschen liefen auf der Straße, Feuer brannten, im Hintergrund war Geschützdonner zu hören. Doch es war eine Live-Nachrichtensendung.

»... haben aufgehört zu schießen. Ich kann es von meinem Standort aus nicht erkennen«, sagte der Reporter, »aber die Botschaft scheint wieder sicher zu sein.« Es folgte ein Schnitt zum Moderator. »Noch einmal: Die Belagerung der amerikanischen Botschaft in Kairo ist vorbei, allerdings nachdem vier Menschen getötet und mehrere weitere verletzt wurden. Der Zwischenfall begann spät am gestrigen Abend, als islamische Fundamentalisten gegen das angebliche Verjüngungswundermittel Elixier demonstrierten, das sie als amerikanisch-israelische Verschwörung anprangerten ...«

Schockiert saß Roger vor dem Bildschirm. Er hatte das Serum noch nicht einmal der Regierung übergeben, doch die Welt war schon allein durch die Gerüchte aus den Fugen geraten.

»Zuvor hatten die Anführer gefordert, dass die US-Regierung die angebliche Wunderdroge allen Menschen auf der Welt zugänglich macht, andernfalls drohe ein Heiliger Krieg.

… Als Reaktion auf die Unruhen wurden die Sicherheitsvorkehrungen in sämtlichen US-Militärstützpunkten im Ausland verschärft, ebenso in amerikanischen Firmen, die genetische Forschung betreiben.

Unterdessen bestreitet Quentin Cross, der Geschäftsführer von Darby Pharmaceuticals in Lexington, Massachusetts, weiterhin, dass seine Firma früher an der Entwicklung von Elixier beteiligt war. Als er zu den inzwischen weltbekannten Videoaufzeichnungen von verjüngten Labortieren befragt worden war, hatte er behauptet, die Aufnahmen seien Fälschungen, die von verärgerten Mitarbeitern angefertigt wurden.« Es folgte ein Schnitt zu Quentin Cross, der über den Darby-Parkplatz zu seinem schwarzen Mercedes eilte.

»Wie sollten diese Leute die Veränderungen bei den Tieren und die Titelseite des *Boston Globe* gefälscht haben?«

»Man kann sich aus der Bibliothek alte Zeitungen besorgen«, antwortete Quentin und lief weiter. »Außerdem sehen alle Affen gleich aus.«

»Und wieso wirkt Roger Glover so jung?«

»Woher soll ich das wissen? Vielleicht kennt er irgendwelche guten plastischen Chirurgen«, schnappte Quentin und brauste vom Parkplatz.

»Auf einer Pressekonferenz im Weißen Haus hat der Präsident unterdessen zugesagt, alles Menschenmögliche zu tun, um Roger Glover zu fassen, der den Behörden bisher trotz intensiver Fahndung entkommen konnte.«

Roger stand auf, um den Fernseher auszuschalten, doch der nächste Satz des Sprechers ließ ihn innehalten.

»Der Ruf nach einem Heiligen Krieg ist nicht nur im Nahen Osten laut geworden. Die größte Bedrohung kommt von einer bisher unbekannten Gruppe, die sich ›Zeugen der Heiligen Apokalypse‹ nennt.«

Es folgte ein Schnitt auf Lamar Fisk, der seinen Anhängern predigte.

»Nach Angaben des Sektenexperten Professor Dennis Hadlock der Universität von Connecticut betrachten solche extremistischen Gruppen Elixier als den Anfang vom Ende.«

Hadlock erschien auf dem Bildschirm. »Selbst wenn Elixier tatsächlich einen wissenschaftlichen Durchbruch darstellen sollte, ist es nach der Denkweise der Apokalyptiker Blasphemie, ein Geschenk des Teufels. Eine große Lüge und ein untrügliches Zeichen, dass der Tag des Jüngsten Gerichts gekommen ist.«

»Wie sehen die anderen Zeichen aus?«, fragte der Reporter weiter.

»Nun, für die, die auf die Erlösung warten, sind die Zeichen überall zu sehen. Zum einen das Wetter. Im Winter waren es Überschwemmungen und Erdrutsche von geradezu biblischen Ausmaßen in Kalifornien. Ebenso die verheerende Dürre in Afrika und der jüngste Vulkanausbruch in Zentral-Neuguinea. Dann das ungewöhnlich kalte Wetter hier, das den Frühling zunichte macht. Für diejenigen, die nach so etwas Ausschau halten, sind das klare Zeichen für den Zorn Gottes. Ganz zu schweigen von dem wachsenden weltweiten Chaos wegen dieser Geschichte. Die wahre Gefahr ist –«

Plötzlich war wieder der Moderator im Bild. »Wir haben soeben aus Kairo erfahren, dass eine Einigung erreicht wurde und dass die Geiseln in den nächsten Minuten freikommen sollen. Wir schalten live zur amerikanischen Botschaft …«

Roger sah zu, wie mehrere Männer mit Sturmgewehren auf dem Dach der Botschaft auftauchten. Unten auf der Straße hatten sich die ägyptischen Soldaten hinter Barrikaden verschanzt. Rauch stieg von brennenden Autos und Straßenblockaden aus Reifen auf.

»Von hier aus können wir Botschafter Boyle und sieben seiner Mitarbeiter sehen, die von ihren Entführern eskortiert werden. Sie scheinen auf einen amerikanischen Hubschrauber zu warten...«

Eine zweite Kamera zeigte den großen Kampfhubschrauber, der sich der Botschaft näherte. Unter den sich drehenden Rotoren ließen die Entführer die sieben Botschaftsmitarbeiter frei, die sogleich auf die Luke im Hubschrauber zuliefen. Amerikanische Soldaten halfen ihnen an Bord.

Als der Letzte hochgehievt worden war, bedeuteten die Entführer dem Piloten abzufliegen. Den Botschafter, der noch immer mit Handschellen gefesselt war, hielten sie zurück.

Die Kamera zoomte auf den startenden Hubschrauber, als die Entführer plötzlich mit Maschinenpistolen und Granatwerfern das Feuer eröffneten. Unmittelbar darauf explodierte das hintere Ende des Hubschraubers, und das Gefährt stürzte in schrägem Winkel zur Erde.

»Oh mein Gott«, rief der Moderator.

Die Schützen jubelten, als die Explosion ertönte. Dann zoomte die Kamera auf ihren Anführer, der den Botschafter an den Rand des Daches führte, ihm mit einer Pistole in den Kopf schoss und ihn vom Dach stieß.

Angewidert schaltete Roger den Fernseher aus.

»Ich bin der Tod geworden.«

36

LEXINGTON, MASSACHUSETTS

»Ich weiß nicht, wie die Videos an die Öffentlichkeit gelangt sind. Die Geschichte ist dreizehn Jahre her. Menschen stehlen eben«, erklärte Quentin Cross. »Von der alten Labormannschaft ist längst niemand mehr da. Einige sind in Rente, andere sind tot. Ich weiß nicht, wo die Bänder hergekommen sind.«

»Es war trotzdem unachtsam«, rügte Antoine. Er rief aus seinem Learjet an. »Sie hätten die Bänder in Ihrem Tresor einschließen müssen.«

»Es müssen Kopien gezogen worden sein. Was soll ich sagen?«

»Die wesentliche Frage ist: Sind Sie immer noch in der Lage, das Mittel zu reproduzieren, wenn Sie Proben bekommen?«

»Natürlich sind wir das. Das wissen Sie doch.«

Es hatte Jahre gedauert, die Firma von den Schulden zu befreien, mit denen Chris Bacon sie zurückgelassen hatte, doch jetzt hatte Darby ein erstklassiges Labor mit der gesamten notwendigen Ausstattung, um die molekulare Zusammensetzung der meisten Substanzen zu ermitteln. Und was ihnen fehlte, konnten sie dazukaufen.

»Wir brauchen nur ein paar Milliliter, dann können wir das Zeug literweise herstellen«, versicherte Quentin.

»Wie steht es mit dem technischen Stab?«

»Wir haben die richtigen Leute.«

»Leute, denen wir vertrauen können, nicht nur geschickte Techniker?«

»Vertrauen kann gekauft werden. Man braucht nur genug Kapital.«

Er hörte Antoine lachen. »Sie werden auf Ihre alten Tage ja richtig zynisch.«

»Dazu habe ich auch allen Grund«, erwiderte er und konnte die Galle in seiner eigenen Stimme förmlich schmecken. »Haben Sie eine Ahnung, wo sie sind?«

»Ich habe Ahnungen, ja.«

Vince hatte mit einem ausgedehnten Computernetz und erstklassigen Hackern geprahlt, die in die Datenbanken von großen Unternehmen, Kraftfahrzeug-Zulassungsstellen,

Krankenhäusern, der Sozialversicherungsbehörde und sogar einiger Banken eindringen konnten. »Wenn der Kerl noch einen Pulsschlag hat, werden wir ihn finden«, hatte er überzeugt verkündet.

»Darf ich fragen, wo?«

»Das dürfen Sie, aber ich werde es Ihnen nicht verraten. Ihre Aufgaben sind die Genies und die Teströhrchen. Gehaben Sie sich wohl, mein Freund. *Bon soir.*«

Quentin legte auf und rief sich wieder in Erinnerung, warum er Antoine nicht mochte. Er war ein schleimiger, arroganter Gangster. Andere Menschen waren für ihn nur Sprossen auf der Leiter nach oben. Doch das war nicht der Grund, warum Quentin ihn brauchte. Sein Konsortium war inzwischen ein Haufen alternder Multimillionäre, die der Erfüllung der Verheißung des ewigen Lebens entgegenfieberten.

Und sie brauchten ihn – nicht nur, um das Zeug herzustellen. Er hatte die Leute, die notwendig waren, um die Körperflüssigkeiten und Hirnzellen von Roger Glover zu untersuchen und herauszufinden, was ihn im Innersten zusammenhielt.

Es war kurz nach 21 Uhr, als Quentin das Telefongespräch in seinem Büro beendete. Während der letzten sechs Tage hatte es auf dem Gelände von Darby Pharms von Reportern und Demonstranten nur so gewimmelt. Zwei Mal hatte er die Polizei rufen müssen, als mehrere Gruppen versuchten, gewaltsam in das Firmengelände einzubrechen.

Er hatte sogar bewaffnete Sicherheitsleute angeheuert, die Tag und Nacht auf dem Gelände patrouillierten. Dies und ein verbessertes Überwachungssystem hatten ihn Tausende gekostet.

Doch das wäre es wert, wenn sie Glover bekämen. Und es ging nicht mehr nur darum, die Gans, die goldene Eier legte, nach Hause zu holen. Jedesmal, wenn Quentin das Foto von

Robyn auf seinem Schreibtisch betrachtete, erblickte er in dem spiegelnden Glas das Gesicht eines müden Mannes in mittleren Jahren, an Körper und Geist schwer geworden und von der Routine, ein mehr oder weniger erfolgreiches Pharmaunternehmen zu leiten, abgestumpft. Vielleicht lag es daran, dass er ein ganzes Jahr lang hatte kämpfen müssen, um wieder auf die Füße zu kommen, jedenfalls hatte er sein altes Feuer verloren. Er vermisste die Tage, an denen sie sich für ihren großen Coup abgestrampelt hatten, Wände eingerissen, schicke neue Geräte angeschafft und Mitarbeiter eingestellt hatten. Nein, es war nicht der alte Mann, der ihm fehlte. Ross war ein blöder Hund gewesen, der seine Ideen als Hirngespinste abtat, der ihn nie mit dem Respekt behandelt hatte, der einem Partner gebührte. Der einzige Grund, warum er ihn zu seinem Nachfolger gemacht hatte, war gewesen, die Firma in der Familie zu halten. Der Bastard hatte es verdient zu sterben. Nein, was Quentin vermisste, war ein jüngerer Quentin, der die besten Jahre noch vor sich hatte und voller Träume und Kampfgeist war.

Was ihm in diesen Tagen an Feuer geblieben war, war sein Verlangen, Chris Bacon in die Finger zu bekommen und ihn für das zur Rechenschaft zu ziehen, was er diesen Träumen angetan hatte.

Er sah auf die Uhr. Vielleicht gab es noch Hoffnung.

Als er seine Sachen zusammenpackte, um nach Hause zu gehen, bemerkte Quentin, dass das rote Alarmlicht an der gegenüberliegenden Wand lautlos blinkte.

Er hatte der Anlage den Rücken zugekehrt, während er mit Antoine sprach, daher hatte er keine Ahnung, wann das Signal ausgelöst worden war. Es war den ganzen Tag über immer wieder an- und ausgegangen, doch das war kein Grund zur Beunruhigung gewesen; schließlich war das volle Sicherheitsaufgebot da, um die Menschenmenge zurückzuhalten.

Offenbar hatten die Bewegungsmelder, mit denen das Gebäude umgeben war, irgendwann etwas aufgefangen und waren nicht überprüft worden.

Quentin ging durch die Eingangshalle ins Büro des Sicherheitsdienstes. Per Knopfdruck schaltete er eine Reihe von zwölf Überwachungsmonitoren ein, die ihm einen Überblick über das gesamte Anwesen gaben, einmal in natürlicher Beleuchtung und einmal in Infrarot. Jedenfalls zeigten die Kameras niemanden in der Nähe des Gebäudes.

Der Wachmann saß weithin sichtbar in einem schwarzen Wagen vor dem Eingang. Er fuhr in regelmäßigen Abständen das Gelände und den Parkplatz ab.

Noch eine Alarmlampe blinkte auf.

Bewegung im Lagerraum am hinteren Ende des Gebäudes.

Das war seltsam. Nachts patrouillierten die Wachleute nur draußen. Doch selbst tagsüber war dieser Bereich gut gesichert und nur bestimmten Personen zugänglich. Außerdem war der hintere Gebäudeteil aus Stein und Stahl erbaut und so gut wie uneinnehmbar. Er hatte keine Fenster, und die einzigen Zugänge waren die Ladebucht für die Lastwagen und eine Stahltür mit Alarmanlage. Um dort hineinzukommen, brauchte man eine ganze Batterie von Schlüsseln oder aber einen Infanteriepanzer.

Quentin verließ den Bürotrakt.

Er ging den langen Flur zum Lager hinunter und verschaffte sich mit seinen Schlüsseln Zugang. Die schwere Stahltür fiel mit einem lauten Klicken hinter ihm zu, als das Schloss einrastete.

Es war dunkel; nur ein paar Nachtlichter waren eingeschaltet. Und still. Das einzige Geräusch war das Summen der Belüftungsanlage.

Quentin schritt langsam die langen Regale ab, in denen sie Tausende von Chemikalien in Flaschen und Kisten aufbewahrten. Die Absätze seiner Schuhe klangen laut auf dem sauberen Zementboden.

Nichts Ungewöhnliches.

Über seinem Kopf machte er die Überwachungskameras und Bewegungsmelder aus, die rot aufleuchteten, als er vorbeiging. Im Büro des Sicherheitsdienstes würden die stummen roten Lichter jetzt wie wild blinken.

Weil der Raum so gut abgeschottet war, gab es keine Möglichkeit, dass ein Tier hier hätte hereingelangen können. Es sei denn, es war eine Taube, die tagsüber durch die Lieferbucht hereingeflogen war. Das war schon gelegentlich vorgekommen. Doch er konnte keine entdecken. Wenn sie in den Dachbalken saß, würden sie sie morgen wegscheuchen müssen, sonst würden die roten Lampen immer weiter blinken.

Mit Hilfe seines Schlüssels gelangte Quentin in den abgesperrten Bereich hinter einem dicken Stahlgitter. An der hinteren Wand stand der schwarze Tresorschrank für die wertvollsten und gefährlichsten Chemikalien. Er sah hinter dem Tresor und verschiedenen Regalen nach. Nichts. Dann öffnete er den Tresor, um sicherzugehen, dass nichts fehlte. Von ganz hinten nahm er ein kleines braunes Fläschchen mit Tubarinchlorid. Er sah es an, dachte an Ross und an diesen Bastard Bacon.

Pling.

Quentin erstarrte und umklammerte das Tubarin.

Pling. Pling.

Quentin drehte sich um.

Jemand war hinter ihm auf der anderen Seite des Stahlgitters. Jemand in der schwarzen Uniform des Sicherheitsdienstes.

»Sie haben mich zu Tode erschreckt«, fuhr Quentin ihn an. »W-wie sind Sie hier hereingekommen?«

Der Mann antwortete nicht. Sein Gesicht lag im Schatten seines Mützenschirms.

»Ich habe Sie gefragt, wie Sie in dieses Gebäude gekommen sind?«

Pling. Klick.

»Was machen Sie da?«

Der Mann hatte die Tür mit seinem eigenen Schloss verriegelt.

Quentin ging ans Gitter. »Was machen Sie denn? Nehmen Sie das dort weg. Lassen Sie mich raus.«

Der Mann sagte noch immer nichts.

Quentin steckte die Finger durch das Gitter und rüttelte am Tor. Es war fest verschlossen. »Lassen Sie mich hier raus. Dieses Gebäude gehört mir. Das hier ist meine Firma. Für wen halten Sie sich eigentlich?«

Der Mann hob den Kopf, sodass das Sicherheitslicht auf sein Gesicht fiel.

Ein bekanntes Gesicht.

Ein Fernsehgesicht.

»Du wirst zur Hölle fahren, Sünder.«

Reverend Oberst Lamar Fisk.

Es waren seine Leute, die seit einer Woche draußen auf dem Gelände campierten. Die Fanatiker mit den Schildern, die zu Armageddon aufriefen.

»Für wen halten Sie sich, dass Sie hier einfach so eindringen?«

»Für wen?« Fisks Augen waren vollkommen rund. »Für einen Soldaten des Herrn. Du hast zum letzten Mal in seine verbotene Frucht gebissen.«

»Wovon zum Teufel reden Sie eigentlich?« Quentin rüttelte wieder an der Tür. »Lassen Sie mich hier raus. Lassen Sie mich raus.«

Fisk antwortete nicht, sondern starrte ihn nur so durchdringend an, dass Quentin zurückwich.

Dann schoss er zu einem Nottelefon an der Wand neben dem Tresor hinüber. Er nahm den Hörer ab und wollte die

Nummer des Notrufs wählen, doch er bekam kein Freizeichen. Die Leitung war tot.

Fisk hob die Hand. »Und ich hörte eine Stimme vom Himmel, die sagte: Die Toten, die von jetzt an im Dienst des Herrn sterben, dürfen sich freuen!«, rief er. Die Adern auf seinem Hals traten hervor wie dicke Seile.

Hinter Fisk erschien ein halbes Dutzend weiterer Gestalten in schwarzen Uniformen. Einer hielt eine Fackel in der Hand.

Nein, keine Fackel. Einen Molotow-Cocktail.

»Was glauben Sie eigentlich, was Sie hier tun?«

Doch Fisk trat zu den anderen zurück. Der Mann reichte ihm die brennende Flasche. Dann hob Fisk die Hand mit der Brandbombe und brüllte mit dröhnender Stimme, die in der Stahlkammer widerhallte:

»Und das Tier wurde gefangen genommen, und auch der falsche Prophet, der vor dem Tier die Wunder getan hatte. Durch diese Wunder hatte er alle verführt, die das Zeichen des Tieres trugen und das Standbild des Tieres verehrten. Das Tier und der falsche Prophet wurden bei lebendigem Leib in einen See von Feuer geworfen, in dem Schwefel brannte.«

Dann schleuderte er die Flasche in Quentins Richtung. Mit einem splitternden Knall explodierte der Fußboden in einem roten Flammenmeer, das sich rasch ausbreitete.

Im Feuerschein sah Quentin, wie zwei Männer zu den Laboren und Büros liefen. Einen Augenblick später hörte er von dort laute Explosionen.

Dann schleuderten die verbliebenen Männer Brandgranaten in alle Ecken des Lagerhauses und in jeden Gang.

Quentin schrie, als müsse seine Kehle bersten.

Doch er wurde vom Lärm der Granaten und explodierenden Chemikalien, dem Wüten der Flammen und den heulenden Sirenen übertönt.

Binnen Augenblicken war die Halle ein dichter Strudel aus Rauch und Feuer. Auf den Regalen explodierten Behälter mit Chemikalien und verbreiteten noch mehr Flammen und giftige Dämpfe, bis der ganze Raum ein brüllendes, giftiges Inferno war.

Im Sicherheitskäfig rüttelte Quentin am Tor und heulte, bis der Rauch in seine Lungen drang und seine Augen mit tödlicher Hitze erfüllte. Er fiel zu Boden und umklammerte dabei immer noch das kleine braune Fläschchen mit Tubarin.

37

Dem Thermometer vor dem Küchenfenster zufolge herrschte am nächsten Morgen eine Temperatur von knapp unter null Grad. Frischer Schnee bedeckte den Garten. Der See war nicht vereist, doch das Wasser in dem alten Brunnen war gefroren und mit einem weißen Kissen bedeckt.

Im Wetterbericht wurde eine Erwärmung vorausgesagt. In wenigen Stunden würde die Welt wieder grün sein. In wenigen Stunden würde das Gelände von Polizei und Presseleuten mit ihren Übertragungswagen und Satellitenschüsseln wimmeln. Und bis zum frühen Nachmittag würde alles vorbei sein, sagte sich Laura. Das Ganze hatte etwas seltsam Abgerundetes. Die Saga war in der Wildnis eine halbe Welt entfernt geboren worden, und sie würde in der Wildnis ihres eigenen Gartens ihr Ende finden.

Laura war vor Roger und Brett aufgestanden. Sie kochte sich Kaffee, um ihren Kreislauf in Gang zu bringen. Sie fühlte sich furchtbar, und so sah sie im Spiegel auch aus. Die Haut ihres Gesichts war ein schlaffer grauer Teig, und ihre Augen waren geschwollen. Sie hatte bis etwa vier Uhr fest geschlafen, dann war sie wegen der Vereinbarung, die Roger mit dem Präsidenten getroffen hatte, in Panik aufgewacht.

Der Gedanke war ihr schon gestern gekommen, doch sie war so sehr von Entsetzen und Kummer erfüllt gewesen, dass sie ihn kaum wahrgenommen hatte. Doch vor zwei Stunden hatte sie die Erkenntnis wie ein Schlag getroffen: In seinem Bemühen, sie und Brett zu retten, hatte Roger sein eigenes Todesurteil unterschrieben.

Er kam um kurz vor sieben Uhr herunter.

Laura reichte ihm einen Becher Kaffee. Auf dem Fernsehschirm im Esszimmer liefen weitere Berichte zum Dauerbrenner »Elixier-Unruhen«. In den letzten Tagen war das Thema so wichtig geworden und hatte solche Ausmaße angenommen, dass CNN mittlerweile eigene Anreißer und Intros einsetzte.

Laura setzte sich neben Roger und nahm seine Hand.

Die Nachrichten waren noch schlimmer als vergangene Nacht. Eine weitere Serie von Bombenanschlägen auf amerikanische Firmen im Ausland. Neue Aufrufe zu einem Heiligen Krieg. »Elixier-Dschihad« hatte ihn jemand genannt.

Besonders erschrocken waren sie über die Meldung, dass auf Darby Pharms ein Brandanschlag verübt worden war, bei dem der Firmenchef getötet wurde. Irgendeine abgedrehte christliche Fundamentalistengruppe hatte die Verantwortung für den Anschlag übernommen. Dieselbe Gruppe, die Christopher Bacon einen falschen Propheten nannte, der sich mit dem Teufel verbündet hatte.

Unterdessen war für den Mittag desselben Tages in Washington eine große Demonstration gegen die Vertuschungspolitik der Regierung angekündigt worden. Sämtliche Bemühungen des Weißen Hauses, Elixier herunterzuspielen, waren kläglich gescheitert. Ein Wirbelwind des Wahnsinns peitschte um die Welt, und er trug Rogers Namen.

Laura schaltete das Gerät aus. »Was wird mit dir geschehen, wenn du Elixier weggibst?«

»Ich vermute, dass man mir regelmäßig eine Spritze geben wird, damit ich am Leben bleibe. Wahrscheinlich wird irgendeine Klinik mir eine Dosis verabreichen, je nachdem, wo wir landen.«

Sie wusste, dass das Mittel selbst ohne die Aufzeichnungen in seine molekularen Bestandteile zerlegt werden konnte, was bedeutete, dass es reproduziert werden konnte. Man brauchte nur ein Labor und gute Chemiker. »Du wirst nicht wirklich in Sicherheit sein.«

»Warum nicht?«

»Solange du lebst, werden Leute hinter dir her sein.«

Er hatte das Mittel in seinen Verhandlungen als Trumpfkarte eingesetzt, doch sie wusste, dass das noch mehr Unruhe zur Folge haben würde. Solange er Elixier nahm, würden sie von jedem Verrückten gejagt werden, der eine Probe haben wollte. Ebenso schlimm war, dass er die Todesliste jedes religiösen Fanatikers als oberster Ungläubiger anführen würde.

Sie drückte seine Hand. »Das macht mir Angst.«

»Aber die Regierung wird uns schützen.«

Seine Antwort war zu schnell gekommen, und seiner Stimme fehlte die nötige Überzeugungskraft. Es wäre das erste Mal, dass sie das Mittel aus der Hand gaben. Die Vereinbarung sah vor, dass »Public Citizen« die volle Verantwortung für Tabulon übernehmen würde. Doch wer wusste schon, wohin das führen konnte? Wenn etwas davon nach draußen gelangte, konnte es damit gehen wie mit den Atombomben der ehemaligen UdSSR, die heutzutage auf dem Schwarzmarkt angeboten wurden.

»Ich bete, dass wir keinen Fehler machen.«

»Das tun wir nicht«, versicherte er ihr.

Doch sie glaubte ihm nicht.

Gegen 7:30 Uhr weckte Laura Brett. Während er sich anzog, rief Roger im Weißen Haus an.

Sie hatten seinen Anruf erwartet, und er wurde umgehend ins Büro von Kenneth Parrish durchgestellt. Ihr Treffen sollte um 13 Uhr in der Hütte am Black Eagle See stattfinden. Roger beschrieb ihm den Weg. Dann rief er die großen Fernsehsender, die *New York Times*, *Associated Press*, *UPI*, *Reuters* und *CNN* an.

13 Uhr. Das gab allen Beteiligten mehr als fünf Stunden Zeit, sich zu organisieren. Jetzt mussten sie den versteckten Elixier-Vorrat ausgraben.

Sie packten ein paar Dinge in eine Reisetasche. Roger steckte die Pistole in seine Jacke.

Als Brett herunterkam, fragte er: »Also, was machen wir jetzt?«

»Zuerst kriegst du ein ordentliches Frühstück«, sagte Roger, »und dann unternehmen wir einen Ausflug in eine Höhle.«

Der Anruf ging auf Eric Browns Privattelefon ein, als er gerade unter der Dusche stand.

Seine Frau reichte ihm das schnurlose Telefon. Es war der stellvertretende FBI-Direktor Richard Coleman in Washington. Brown trocknete sich Hände und Gesicht ab und nahm das Telefon.

»Wir haben ihn«, berichtete Coleman. »Er ist in Upstate New York.«

»Wie haben wir ihn erwischt?«

»Er hat direkt im Weißen Haus angerufen, um einen Deal auszuhandeln.«

»Scheiße.«

»Yeah, na ja, wir können sie nicht immer im Supermarkt um die Ecke stellen. Die rechtlichen Einzelheiten müssen noch ausgearbeitet werden, aber es läuft darauf hinaus, dass sie sich stellen und Elixier den Behörden übergeben im Austausch gegen Immunität.«

»Er hätte kein besseres Druckmittel haben können.«

»Yeah, der Jungbrunnen.«

Coleman teilte ihm mit, dass ein Flugzeug des FBI in Madison auf Brown und seine Leute warten würde. Sie sollten innerhalb der nächsten Stunde starten. Das Treffen war um 13 Uhr, und der Flug nach Lake Placid, New York, würde dreieinhalb Stunden dauern. Ein Auto würde sie dort abholen.

»Und was passiert dann mit dem Zeug?«

»Das ist genau das, worüber wir reden müssen, Eric. Wir sind bis zur Halskrause mit religiösen Fanatikern eingedeckt, deshalb bitten wir Sie, als Verbindungsmann zur FDA zu fungieren.«

»Sie meinen, ich soll das Zeug persönlich nach Washington zur Gesundheitsbehörde bringen?«

»Wir werden für Sie in New York einen Hubschrauber bereitstellen.«

Er wusste, dass die Frage anmaßend war, aber er stellte sie trotzdem. »Warum benötigen Sie eigentlich einen Kurier für die Agency?«

Coleman zögerte kurz, bevor er antwortete: »Es ist möglich, dass es wegen der genauen Verwendung des Stoffes einen Konflikt mit Glover geben wird. Seine Forderung ist, dass er direkt an ›Public Citizen‹ geht.«

»Was ist das?«

»Eine von diesen Verbraucherorganisationen in medizinischen Fragen. Ich vermute, er versucht zu verhindern, dass die Regierung die Kontrolle über das Zeug behält.«

»Aber so ist das nicht geplant.«

»Eric, ich gebe die Neuigkeiten nur weiter, ich erfinde sie nicht.«

»Sicher.« Es stand Eric nicht zu, die Absichten der Regierung zu kritisieren. »Dick, ich weiß nicht, ob Sie die Autopsiefotos von Olafsson gesehen haben. Die Ärzte wissen nicht, ob die Opfer eine Über- oder eine Unterdosis oder was auch immer bekommen hatten, aber das Zeug hat ihnen ganz schön übel mitgespielt.«

»Ich habe sie gesehen, und auch die Videos mit den alten Tieren«, antwortete Coleman.

»Dann wissen Sie ja, was ich meine.«

Elixier war zwar nicht gerade der Ebola-Virus, doch es beunruhigte Brown, dass Glover, der die Nachteile des Mittels besser kannte als jeder andere, verlangt hatte, dass die Substanz unter Verschluss kam, obwohl sie ihn selbst in eine Art modernen Methusalem verwandelt hatte.

»Yeah, ich weiß«, sagte Coleman. »Ich habe auch Fotos von Glover gesehen. Er sieht aus wie ein Olympia-Athlet.«

»Stimmt.«

»Noch etwas«, fügte Coleman hinzu, bevor er auflegte. »Die Glovers haben eine Bandaufnahme seines Gesprächs mit dem Präsidenten. Nehmen Sie das Band und alle etwaigen Kopien an sich.«

»Sie meinen inoffiziell?«

»Korrekt.«

Als sie aufgelegt hatten, duschte Brown zu Ende und versuchte, das unangenehme Gefühl in seinem Bauch zu verdrängen.

38

Andreas Cave lag in den Hügeln am anderen Ende des Sees, etwa eine Meile von der Hütte entfernt. Roger parkte das Auto auf einer Lichtung, und die drei wanderten etwa 20 Minuten, bis sie dort waren.

Obwohl das Innere der Höhle stellenweise geräumig war, hatte sie keine sichtbare Öffnung als Eingang, sondern nur einen engen Durchgang zwischen Felsen, der völlig mit Büschen überwuchert war, sodass die Höhle verborgen war, bis man genau davor stand.

Die Höhle war den Einheimischen bekannt und wurde auch in Höhlenführern erwähnt. Weil sie so abgelegen war und keinerlei besondere Formationen aufwies, war sie jedoch kein Touristenmagnet. Für die Whitehead-Mädchen jedoch, die jeden Sommer aus Albany hier heraufgekommen waren, war sie ein magischer Ort, der Eingang zur Mittelerde, das geheime Schloss eines Zauberers, die Heimstatt von einäugigen Riesen, ein großartiges Versteck, das nur eine kurze Radfahrt von der Hütte der Familie entfernt war. Hier war auch die Stelle, wo Laura und Roger vor neun Jahren die Elixier-Aufzeichnungen und einen Zwei-Liter-Container des Serums vergraben hatten.

Sie führten Brett hinein. Drinnen war es dunkel und unwirtlich und noch kälter als draußen. Es gab keine Anzeichen dafür, dass in letzter Zeit jemand hier gewesen war. Der Steinring um ihre alte Feuerstelle war noch immer da.

Wie in einer alten Piratengeschichte hatten sie eine handgezeichnete Karte dabei, auf der die genaue Stelle vermerkt war. Weil der Untergrund voller großer Steine war, hatte Roger damals Stunden gebraucht, um die beiden Kunststoffkisten zu vergraben. Doch es würde leichter sein, sie auszugraben.

Er und Brett gruben mit einer Armeeschaufel und einer Hacke, während Laura mit Zeitungspapier und Holz Feuer machte. Der Rauch stieg nach oben und zog ab, weil sich tiefer im Inneren der Höhle eine natürliche Öffnung befand, die als Schornstein fungierte. Außerdem war sie Lauras und Jennys geheimer Ausgang gewesen.

Sie brauchten etwa eine halbe Stunde, um die Kisten freizulegen, die aus robustem Polyvinyl bestanden und mit Stahlschlössern gesichert waren. Sie waren intakt und unberührt.

Zum ersten Mal seit neun Jahren benutzte Roger den Schlüssel. Er ließ sich leicht drehen. Roger hob den Deckel des ersten Kastens ab.

Der große Glasbehälter saß unverändert in der Styroporhülle und war voll. Bemerkenswerterweise hatte die Dichtung der Kiste die Feuchtigkeit abgehalten, sodass das Originaletikett von Darby Pharmaceuticals ebenso glatt aussah wie an dem Tag, als er die Sachen vergraben hatte. Der Behälter stammte noch aus dem Labor; sein Inhalt war dafür vorgesehen gewesen, in Hunderte von Glasröhrchen und Ampullen umgefüllt und eingefroren zu werden.

Roger hielt ihn ans Licht.

»Für wie lange reicht das?«, fragte Brett.

»Für einen einzigen Mann etwa tausend Jahre.«

Bretts Gesicht leuchtete auf. Er schob sein Gesicht näher an das Glas heran. »Wow!«, sagte er. »In tausend Jahren werden die Menschen leben wie in *Star Trek*, da wette ich drauf. Zu anderen Planeten fliegen und so. Wahrscheinlich wird es nicht mal mehr Autos geben. Die Leute werden sich einfach überall hinbeamen lassen.« Er senkte die Stimme. »Beam mich rüber zu Brian, Scotty. Toll! Wahrscheinlich müsste ich nicht mal zur Schule gehen, sondern nur noch den Kopf an irgendeine Maschine anschließen, und schon wüsste ich alles.«

Laura saß auf einem Felsen, brach Zweige entzwei und warf sie ins Feuer. Sie sagte nichts, doch Roger konnte ihr Unbehagen angesichts von Bretts Gedankenspielen spüren.

Roger ließ die zweite Kiste aufspringen.

Seine gesamten Elixier-Aufzeichnungen in vier dicken Ordnern. Dazu 120 000 Dollar in Fünfzigern und Hundertern, in Plastik eingeschweißt. Eine Notreserve für alle Fälle.

Brett schaute auf das Geld. »Cool.«

Während Roger die Notizen durchblätterte, zog Brett los, um die Höhle zu erkunden.

Mehrere Minuten lang saßen sie schweigend am Feuer. Roger ließ die Jahre Revue passieren, in denen er bis ins innerste Refugium der Natur vorgedrungen war, wie Laura es ausgedrückt hatte. Er dachte daran, wie er damals, als die Tinte auf diesen Seiten noch feucht gewesen war, an die Rechtmäßigkeit seiner Forschung geglaubt hatte.

Er sah von den Blättern auf. Laura starrte ihn über das Feuer hinweg an. Im flackernden Licht sah sie weit entfernt aus, doch er konnte die Traurigkeit in ihren Augen erkennen. Sie lächelte ein wenig, sagte jedoch nichts.

In der Dunkelheit hörte Roger Brett herumstochern. Er sah auf die Uhr.

Vielleicht war es an der Zeit, das alles hinter sich zu bringen, dachte er. Er hatte der Polizei und den Medien fünf Stunden gegeben, doch Albany war nur drei Autostunden entfernt, und sie würden natürlich früher eintreffen. Vermutlich versammelten sie sich schon, während sie noch hier saßen. Er sah ein letztes Mal auf die Elixier-Aufzeichnungen hinunter. Auf der Seite, die aufgeschlagen war, befand sich eine lustige Karikatur, die er selbst gezeichnet hatte. Sie zeigte Methusalem in einer Kraftprotz-Pose und war vom 13. Dezember 1986. Sein 66. Lebensmonat, und Wendys 42. Geburtstag.

Er schloss den Ordner. »Was meinst du?«, fragte er.

»Auf geht's«, antwortete Laura. Doch sie machte keine Anstalten aufzubrechen. Er griff über das Feuer nach ihrer Hand. »Es tut mir Leid«, sagte sie.

Ihre Hand war warm. Er drückte sie, dann begann er, die Kisten zu schließen.

»Das wird nicht nötig sein.«

Laura schnappte nach Luft. Die Stimme war hinter ihnen erklungen.

Drei Männer waren aus dem Nichts aufgetaucht. Einer leuchtete mit einer Lampe, die anderen beiden richteten Waffen auf sie. Der ältere Mann hielt den Lichtstrahl auf den Glasbehälter gerichtet. »Sie haben uns viel Mühe erspart.« Er sprach mit einem melodischen französischen Akzent.

Die anderen sagten nichts, zielten aber weiterhin mit ihren Waffen auf Roger.

»Wer sind Sie?«, fragte Laura.

Sie sahen nicht wie religiöse Fanatiker aus. Oder wie die Polizei. Einer der Bewaffneten, ein Mann von um die fünfzig, mit glattem, grau meliertem Haar, trug eine teure schwarze Lederjacke mit Pelzkragen.

»Es spielt keine Rolle, wer wir sind«, erwiderte er in akzentfreiem Englisch.

»Wichtig ist nur«, fuhr der Franzose fort, »wer Sie sind und was sich in Ihrer kleinen Schatzkiste dort befindet, von der wir Sie gleich befreien werden, vielen Dank auch.«

Roger versuchte, mit der Flasche zurückzuweichen, doch der Amerikaner rammte den Lauf seiner Waffe in Lauras Ohr. Roger griff nach seiner Pistole, doch der zweite Bewaffnete zielte auf Rogers Kopf.

Der Franzose entwand Roger die Pistole und gab sie an den Amerikaner weiter. »Keine dummen Heldentaten, bitte«, sagte er und nahm Roger sanft die Flasche aus der Hand. Er lächelte charmant. »Also darum geht es bei dem ganzen Wirbel.« Er betrachtete die klare Flüssigkeit. »Die eine Hälfte der Sterblichen hätte das liebend gern in den Adern, die andere Hälfte sähe es genauso gern in der Kanalisation.«

Während er sprach, warf Laura Roger einen Blick zu und deutete mit dem Kopf ins Innere der Höhle.

Brett.

Er war tief in der Höhle, und aus irgendeinem Grund schienen die Männer das nicht zu wissen.

Doch wenn er Stimmen hörte, würde er herbeieilen.

Roger betete stumm, dass er die Gefahr spüren und den Ausstieg finden würde. Er brauchte nur dem Rauch zu folgen und seine Taschenlampe abgeblendet zu lassen.

Der Franzose leuchtete mit seiner Lampe in ihre Gesichter. »Ich muss schon sagen, es ist sehr aufregend, Sie persönlich kennen zu lernen. Sie sind weltberühmt. Und so gut erhalten. *Quelle merveille.* Ich fühle mich wie Ponce de León.«

»Was wollen Sie?«, fragte Roger. Er versuchte, so laut zu sprechen, dass Brett ihn hören konnte.

Komm nicht raus, schrie er in Gedanken. *Verschwinde von hier.*

»Was ich will? Das müssen Sie noch fragen? Ich will das, was Sie in dem Behälter haben.«

»Sie haben uns verfolgt«, sagte Roger.

Der Franzose runzelte die Stirn über diese Feststellung. »Das war nicht nötig. Aber wir haben Ihren Wagen gefunden.«

Die Männer waren aus der Richtung des Eingangs gekommen, dachte Roger, was bedeutete, dass sie nicht hier drin auf der Lauer gelegen hatten. Also wussten sie nichts von Brett.

»Wie haben Sie uns gefunden?«, griff Laura Rogers Stichwort auf. Sie würden auf Zeit spielen, damit Brett begriff, was los war, und entkam.

Der Franzose legte die Flasche in seine Armbeuge und zog mit der anderen Hand etwas aus seiner Gesäßtasche.

Er lächelte breit. »Ich habe Ihr Buch gelesen.« Er hielt die Taschenbuchausgabe von *Müde bin ich …* in der Hand.

Wie ein Lehrer schlug er das Buch an einer Stelle auf, die er mit einem Lesezeichen markiert hatte. »›Ceren Evadas‹. Dort versteckt sich Ihre mutige kleine Schnüfflerin am Ende vor den Bösen. Ceren Evadas, das kleine Versteck, das sie und ihre Schwester erfunden hatten, als sie Kinder waren, der sichere Hafen vor den Bösen, stimmt's? Und da sucht sie am Ende Zuflucht. Andreas Cave. Ich habe eine Weile gebraucht, um darauf zu kommen, aber selbst Höhlenforscher haben heutzutage Websites.

Dann haben wir die ISBN-Nummer Ihres Buches über die Library of Congress überprüft und herausgefunden, dass Ihr Mädchenname Whitehead lautete und dass Sie in Albany, New York, geboren wurden. Wir haben vermutet, dass Sie in Ihrer Kindheit hier oben ein Ferienhaus hatten, aber wir haben keine entsprechenden Unterlagen gefunden. Doch der wichtigste Anhaltspunkt war, dass Sie Ihre Höhle an den Black Eagle See, Ohio, verlegt haben. Das hat uns zunächst verwirrt, weil es in Ohio keinen Black Eagle See gibt. Außerdem bringt es nichts, ein Ferienhaus in Ohio zu haben, wenn man in Albany wohnt. Dann haben wir einen Black Eagle See in New York entdeckt, und dazu noch eine Höhle namens Andreas Cave. Und voilà! Die beiden Linien kreuzten sich, und hier sind Sie.

Gut, dass die Polizei nicht belesener ist.«

Weder sein kultiviertes Auftreten noch sein Akzent minderten die primitive Bedrohung, die dieser Mann ausstrahlte. Während er sprach, leckte er sich die Oberlippe wie ein Tier. Offenbar bereitete es ihm kaltes Vergnügen, sie in die Enge getrieben zu haben.

»Es heißt, man soll über das schreiben, was man kennt. Vielleicht ist das nicht immer die beste Strategie. Aber ich vermute, ihr berühmten Autoren seid alle Narzissten, nicht wahr? Jede Geschichte ist eine Art Autobiografie. Es ist unmöglich, der eigenen Person oder der Sehnsucht, nach Hause zurückzukehren, zu entgehen.« Er sah sich um. »Ich muss schon sagen, Sie haben das hier bis auf's I-Tüpfelchen beschrieben, wie ihr Amerikaner immer sagt.«

»Wer sind Sie?«, fragte Roger.

Der Mann sah mit demselben selbstgefälligen Grinsen auf Roger herab. »Der Hai in Ihrem Jungbrunnen, mein Freund.«

»Fair Caribe«, sagte Roger. »Fair Caribe. Sie sind der Mann aus Apricot Cay.«

»Vielleicht sollten *Sie* die Detektivgeschichten schreiben.«

»Sie wollten Elixier auf dem Schwarzmarkt verkaufen«, fuhr Roger fort. »Quentins kleiner Traum, die FDA zu umgehen – es an gut betuchte Kunden zu verscherbeln.«

»Es gehört sich nicht, schlecht über die Toten zu sprechen.«

»Ohne ihn werden Sie sich nach einem anderen Labor umsehen müssen. Oder nach jemandem, der weiß, wie man es herstellt.«

»Sie mögen unsterblich sein, aber Sie sind nicht unentbehrlich«, entgegnete der Franzose. »Das liegt nicht in unserem Interesse.«

Der Amerikaner in der schwarzen Jacke zeigte auf seine Uhr, um das Geplänkel zu beenden.

»Sie haben Recht«, sagte der Franzose und bedeutete dem zweiten Bewaffneten, die leere Kiste für den Behälter an sich zu nehmen.

Doch Roger stellte sich ihm in den Weg. »Was ist dann Ihr Interesse?« Sein einziges Bestreben war es, sie so lange wie möglich hinzuhalten, damit Brett entkommen konnte. Sein Blick fiel auf die Maschinenpistole.

»Macht Ihnen das wirklich solche Sorgen?«, fragte der Franzose.

»Ja.«

Der Amerikaner wollte die Angelegenheit eindeutig hinter sich bringen. »Antoine.«

Doch Antoine beachtete ihn nicht. »Ich habe es nicht nötig, aus Ihrem kleinen Wunder Kapital zu schlagen, wenn es das ist, was Ihnen Sorgen bereitet. Mein Leben ist erfüllt. Ich habe alles, was ich mir wünschen könnte – alles, außer mehr Zeit, es zu genießen, *n'est-ce pas*? Und die habe ich jetzt auch.«

So würde es also enden, dachte Roger. Damit, in einer abgelegenen Höhle von einem namenlosen Schützen getötet zu werden. Das perfekte Verbrechen: Elixier verschwunden, und die Nummern Eins und Zwei auf der Fahndungsliste auf rätselhafte Weise ermordet.

»Sie haben, was Sie wollten. Lassen Sie uns gehen.«

»So einfach ist das nicht, mein Freund. Um ewig zu leben, muss man unsichtbar sein – wie Sie sehr wohl wissen.«

»Und?«

»Sie haben mein Gesicht gesehen.«

»Sie Dreckskerl«, sagte Laura.

Das ließ den Amerikaner lächeln.

»Ihre Leute haben Betsy Watkins ermordet«, stellte Roger fest, »und dann das Flugzeug gesprengt.«

Antoine sah auf die Uhr. »Genug.«

Doch Roger blieb hartnäckig. »Sie haben Betsy ermordet und das Flugzeug gesprengt.«

»Die Kiste, bitte.«

Sagen Sie es. *Sagen Sie es!*«, schrie Roger.

»Jetzt habe ich aber genug von Ihnen gehört, verdammt noch mal«, schaltete sich der Amerikaner ein und rammte Roger die Pistole gegen die Stirn.

Laura schrie auf, und Roger wartete darauf, dass sein Kopf explodieren würde.

Doch Antoine gebot dem anderen Einhalt. »Warum ist es so wichtig, dass ich diese Dinge ausspreche?«

»Sie bringen uns doch ohnehin um.«

Antoine zuckte die Schultern, als wolle er sagen: Was soll's. »Ja, das werden wir tun. Und, ja, das waren wir.«

Der schweigsame Bewaffnete warf Antoine einen Seitenblick zu, wartete auf sein Stichwort.

»Und Ihr Name«, beharrte Roger. »Wie ist Ihr Name?«

»Ihr letzter Wunsch, mein Freund. Ein Mann, der sterben muss, hat es verdient, den Auftraggeber seines Todes zu kennen. Antoine Ducharme, meine Freunde. Etwas, das Sie mit sich nehmen können.«

Dann wandte er sich an Laura. »Autorin Wendy, wissen Sie, welches mein Lieblingssatz in Ihrem Buch ist? Nein? Dann werde ich es Ihnen sagen. Es ist der Schluss, als Ihre Detektivin Kate Krueger den Mörder in seinem eigenen Schlafzimmer stellt. Sie sagt: ›Menschen sind wie Lachse. Sie kehren nach Hause zurück, um zu sterben.‹«

Das war das Stichwort.

»Neeeiiin!«, schrie Laura auf.

Als der Amerikaner die Waffe auf ihren Kopf richtete, packte Roger die Schaufel und schwang sie wie einen Baseballschläger. Das Blatt traf die Flasche in Antoine Ducharmes Hand genau in der Mitte und zerschmetterte sie.

Ein unkontrolliertes Keuchen entrang sich der Kehle des Mannes, als Flüssigkeit und Glassplitter um ihn herum aufspritzten. Er machte den kläglichen Versuch, Elixier mit den Händen aufzufangen, doch es rann ihm zusammen mit seinem eigenen Blut durch die Finger und versickerte in der Erde.

Einer der Männer zielte im Reflex auf Rogers Kopf, besann sich dann jedoch und schlug ihm die Waffe über den Mund.

»Das war sehr dumm«, sagte Ducharme und sah auf seine Finger hinunter, von denen es rot tropfte. »Sehr dumm.«

Er zog einen Glassplitter aus seiner Handfläche und versuchte noch immer, etwas von dem Serum zu retten.

Roger spuckte Blut. »Jetzt haben Sie nichts außer uns.«

»Sie haben noch mehr davon«, stellte Ducharme fest, bemüht, die Fassung zurückzugewinnen. »Es wäre Blödsinn, alles in einem einzigen Gefäß aufzubewahren.«

Antoine murmelte etwas auf Französisch, und der schweigsame Schütze fiel auf die Knie und richtete den Lauf seiner Waffe auf die Stirn der am Boden liegenden Laura.

»Ich zähle bis drei, und dann wird das Gehirn Ihrer Frau über diese Wände spritzen. Keine Spielchen mehr. Drei Sekunden, und sie ist tot.«

Ducharme hatte keine Ahnung von der Hütte. Nach allem, was er wusste, hatten die beiden die Nacht hier draußen im Subaru verbracht.

»Eins…«

Lauras Gesicht verzerrte sich vor Entsetzen.

»Zwei…«

Roger starrte auf die Waffe, die auf Lauras Kopf gerichtet war. »Nein! Tun Sie das nicht. Ich werde Sie hinbringen.«

»Dann schnell. Ich friere.«

Der Schütze zog sich zurück.

»Etwa eine Meile von hier liegt eine Hütte«, begann Roger. Weiter kam er nicht.

Aus dem Schatten flog eine Gestalt auf den Mann mit der Waffe zu.

Brett.

Er nahm den Mann von hinten in den Schwitzkasten, zog ihn zu Boden und entriss ihm dabei mit der freien Hand die Pistole. Es ging so schnell, dass der Mann völlig überrumpelt war.

Inmitten der blitzschnellen Bewegungen rammte Laura dem Amerikaner den Kopf in die Genitalien. Mit einem gequälten Grunzen knickte der Mann ein, zielte dabei jedoch trotzdem auf Laura. Roger hechtete nach vorn, um sich vor sie zu werfen, als eine Explosion die Höhle erschütterte.

Der Amerikaner fiel mit dem Gesicht nach vorn zu Boden.

Brett hatte mit der Pistole in seiner rechten Hand auf ihn geschossen. Mit dem anderen Arm hielt er noch immer den Schützen im Schwitzkasten.

Mit erhobener Waffe sprang Brett auf. Der Amerikaner war nicht tot. Aber sein Arm war in die Flammen geraten, und er rollte sich stöhnend zur Seite. Die Kugel hatte ihn in den Ellenbogen getroffen.

»Keine verdammte Bewegung!«, schrie Brett.

Der Amerikaner wand sich vor Schmerzen, sonst rührte sich niemand. Brett hob die Maschinenpistole auf, sodass er in jeder Hand eine Waffe hatte, und richtete sie auf Antoine und seine Männer. Er sah aus, als wäre er völlig von Sinnen. Er sah aus, als wünsche er sich, dass sie eine falsche Bewegung machten, damit er Hackfleisch aus ihnen machen konnte.

Laura zog sich hoch und half dann Roger auf. Seine Lippe blutete.

Er zog seine eigene Pistole aus dem Gürtel des Amerikaners. »Und du wolltest lieber Basketball spielen«, sagte er zu Brett.

Doch Brett lachte nicht, und er beachtete Roger auch nicht.

»Aufstehen! Aufstehen!«, brüllte er.

Der Amerikaner mit dem zerschossenen Ellenbogen und dem versengten Ärmel mühte sich auf die Knie. Als er zögerte, trat Brett ihm in den Hintern.

»Verfluchter Bengel!«

Brett trat noch einmal zu.

Er sah halb wahnsinnig aus. Die Tage der Furcht und Wut entluden sich jetzt in diesem zügellosen Ausbruch.

Antoine murmelte etwas Giftiges auf Französisch, und Brett rammte ihm den Stiefel gegen das Schienbein.

Er hätte ihn mit Blei voll gepumpt, wenn Roger ihn nicht zurückgerissen hätte.

»Nach draußen!«, schrie Brett.

»Brett!«, sagte Roger und streckte die Hand nach den Waffen aus.

Doch der Junge reagierte nicht auf ihn. Er hatte es sich in den Kopf gesetzt, die Männer selbst nach draußen zu führen.

Wie eine Haifischflosse am Strand tauchte in Rogers Kopf der Gedanke auf, dass Brett durchgedreht sein könnte. Dass das Entsetzen darüber, seine Eltern kurz vor der Hinrichtung gesehen zu haben, ihn für den Augenblick völlig aus der Bahn geworfen hatte. Dass er die Männer draußen im Tageslicht in einer Reihe aufstellen und erschießen würde.

Laura versuchte, ihn zur Vernunft zu bringen, aber er blockte auch sie ab.

Brett steckte die Neun-Millimeter-Waffe in seinen Gürtel. Die Maschinenpistole umklammerte er mit beiden Händen wie ein Cop in einem Film. Dann stieß er einem der Männer die Waffe in den Rücken. »Hände hoch.«

Die Männer hoben die Hände.

Er hielt dem Mann die Waffe an den Schädel. *»Höher!«*

Der Mann reckte die Hände empor, so hoch er konnte. Mit einer Hand griff Brett nach vorn, riss dem Mann den Gürtel ab und warf ihn Roger zu, damit er ihm die Hände damit fesselte. Dann nahm er auch den beiden anderen die Gürtel ab und gab sie Laura.

Als die Männer gefesselt waren, stieß Brett sie zum Eingang. Er bewegte sich immer noch so, als habe er auf Autopilot geschaltet.

»Warte!«, rief Roger. Er hob einen der vier Ordner auf. Er betrachtete ihn einen Augenblick, dann öffnete er ihn, riss die Seiten heraus und warf sie ins Feuer.

»Was machst du denn?«, schrie Brett. »Die brauchen wir doch.«

»Nein, das tun wir nicht.«

Brett schwieg; ihm waren die Ampullen in der Hütte eingefallen.

Roger riss noch eine Hand voll Seiten heraus und warf sie in die Flammen. Dann noch mehr und noch mehr.

Während das Feuer loderte, versuchte er, nicht an die Jahre der Plackerei zu denken, die sie repräsentierten, wie er alles, was er seit seiner Rückkehr aus Papua-Neuguinea getan hatte, sorgfältig rund um die Uhr dokumentiert hatte: Methusalems erstes Jahr, sein Gewicht, seine Körperchemie; die Ergebnisse seiner Testläufe im Labyrinth; die molekularen Diagramme, Berechnungen, Diagnosen; die Affen Molly, Fred, Jimbo – sieben Jahre Arbeit. Arbeit, die seine wachen Stunden vereinnahmt hatte, die ihn mit unerreichbaren Träumen erfüllt hatte. Seite um Seite.

Es war wie eine Selbstamputation in rasierklingendünnen Scheiben.

Als er fertig war, loderte das Feuer wild.

Laura nahm seine Hand, und sie starrten einen Augenblick in die Flammen. Als er sich vergewissert hatte, dass alles vernichtet war, sagte er: »Gehen wir.«

Während die anderen zum Ausgang gingen, riss sich Roger den goldenen Zylinder vom Hals und warf ihn ins Feuer.

Dann folgte er Laura. Er ging an Brett vorbei, der offenbar nichts bemerkt hatte und wartete, um ihnen den Rücken zu decken, während alle die Höhle verließen.

Brett erschoss die Männer nicht. Es war ihm wichtiger, zur Hütte zurückzukehren.

Sie hatten den Subaru im Wald außer Sichtweite von der Straße geparkt. Doch ihre Verfolger hatten ihn trotzdem gefunden. Die Sitze waren aufgeschlitzt, die Deckenpolsterung herausgerissen, das Handschuhfach aufgebrochen, der Fußboden freigelegt. Sie hatten sogar den Motorraum nach dem Serum durchsucht.

Zum Glück funktionierte der Motor noch. Brett saß hinten und hielt die Maschinenpistole auf die drei Männer gerichtet. Laura fuhr, und neben ihr tupfte Roger seinen blutenden Mund ab.

Während sie zur Hütte zurückfuhren, versuchte Roger, Brett aus seinem Trancezustand zu reißen, jedoch ohne Erfolg. Ihm kam der Gedanke, dass er möglicherweise seinen eigenen Sohn würde überwältigen müssen, wenn der Wagen hielt. Außerdem befürchtete er, dass die Männer etwas Verzweifeltes versuchen könnten, um zu entkommen.

»Brett, das ist kein normales Gewehr. Wenn du den Abzug drückst, kommen da gleich dreißig Kugeln raus.«

Brett antwortete nicht, doch Roger war sich sicher, dass er verstanden hatte. Nach der starren Haltung der Männer zu schließen, hatten sie ebenfalls verstanden.

Den Rest des Weges legten sie schweigend zurück. Doch Roger konnte nicht anders, als einen irrationalen Stolz auf seinen Sohn zu empfinden.

An der Einfahrt zu dem Holztransportweg stand ein Pulk von Polizei- und Pressefahrzeugen. Uniformierte Polizisten winkten ihnen, anzuhalten.

Als Laura bremste, rief Brett: »*Nein!* Halt nicht an!«

Laura drückte auf die Hupe und winkte ihnen verzweifelt, dass sie durchfahren würden. Die Polizisten erkannten sie, doch bevor sie Laura zum Anhalten zwingen konnten, schauten zwei FBI-Agenten in den Wagen.

»Sie sind es«, rief einer von ihnen.

Roger erkannte Nummer 44 vom Stadtlauf.

»Fahren Sie rechts ran.« Mit gezückten Waffen versuchten die beiden Agenten sie zu zwingen, die verriegelten Türen zu öffnen. Sie wollten, dass sie sich gleich hier stellten und in den bereit stehenden schwarzen Hummer-Jeep stiegen.

Doch das entsprach nicht der Verabredung. Und Brett würde es nicht zulassen. »Fahr weiter!«, rief er Laura zu.

Laura ließ das hintere Fenster herunter, damit die Agenten Brett mit der TEC-9-Maschinenpistole sehen konnten, die er auf die drei Männer gerichtet hielt.

»Sie haben versucht, uns umzubringen. Wir halten nicht an.«

Nummer 44 trug einen Fotoausweis des FBI um den Hals: William Pike. Der Mann neben ihm war Eric Brown. Roger erkannte den Namen. Brown erfasste die Situation und befahl der Polizei, sie durchzulassen.

Sofort lösten sich drei Motorräder aus dem Pulk, um sie zur Hütte zu eskortieren, und mehrere weitere Autos folgten ihnen.

Am Ende der Straße warteten noch mehr Autos und Menschen – Streifenwagen, Zivilfahrzeuge, Fernseh-Übertragungswagen, Kameraleute, Fotografen, sogar ein paar Einheimische mit Kindern. Vielleicht 100 oder mehr Menschen.

Auf dem See lagen ein Wasserflugzeug und zwei TV-Hubschrauber auf Pontons. Es war verrückt, dachte Roger. Wie zum Teufel waren die so schnell mobilisiert worden? Und das hier oben mitten im Nirgendwo! Die nächstgelegene größere Stadt war Lake Placid.

Irgendwie war etwas durchgesickert, zweifellos durch die Fernsehleute, die die Geschichte über Stunden hinweg live sendeten.

Roger hätte sein Leben darauf verwettet, dass all diese Menschen nicht hier waren, um einen Blick auf den meistgesuchten Mann des FBI zu werfen, sondern auf den Typen, der nicht sterben musste.

Was ihn beunruhigte, waren die vielen Polizisten, die in ihrer Hütte ein- und ausgingen. Männer in Uniform und in Zivil. Sie hatten vermutlich alles auf den Kopf gestellt, um Elixier zu finden. Mit den Augen suchte er den Vorgarten ab und flüsterte ein Dankgebet dafür, dass der alte Kühlschrank den Geist aufgegeben hatte.

Während Laura bis zu dem kaputten Brunnen fuhr und dort schließlich anhielt, lief ein Reporter neben ihnen her und sprach dabei pausenlos in sein Mikrofon:

»Das Haus am Seeufer war verlassen, und es gab wilde Spekulationen, dass die Glovers entweder geflohen oder entführt worden waren. Doch gerade während ich hier berichte, kehren sie in einem schwarzen Subaru Outback zurück…«

Die Polizei winkte sie in die Einfahrt, und die Menschenmenge machte ihnen einen Weg frei. Weiter entfernt entdeckte Roger einen Raupenbagger, vermutlich für den Fall, dass der Elixiervorrat vergraben sein sollte.

Menschen umringten das Auto mit Kameras und schrien auf sie ein, während die Polizei versuchte, die Menge zurückzuhalten. Doch das war unmöglich. Mit diesem Mediensturm hatten sie nicht gerechnet.

Laura parkte den Wagen, und Polizisten und FBI-Agenten bildeten einen Ring um sie. Agent Brown hielt seine Pistole nur locker neben seinem Bein, doch er wollte, dass Brett ihm seine Waffe übergab.

Roger bahnte sich einen Weg zu Brown. »Schaffen Sie diese Leute hier weg.«

Er wusste nicht, was für ein Trauma Brett durchlitt, aber der Junge reagierte nicht auf ihn oder Laura. Der Ansturm der Menge könnte der Auslöser dafür sein, dass er das Feuer eröffnete. »Fassen Sie ihn nicht an, und er wird niemandem etwas tun«, rief Roger. Er war völlig mit Blut verschmiert. »Das da sind die Verbrecher.« Und er zog Ducharme und die anderen aus dem Wagen.

Brown brüllte den Polizisten Anweisungen zu, den Weg zu räumen.

Reporter schrien Fragen, und Kameras wurden nach vorn geschoben, um Aufnahmen zu machen. Brett sah aus, als würde er gleich völlig durchdrehen. Seine Augen blickten wild, und er schob sich hinter die drei Männer und stieß sie die Stufen zur Hütte hinauf.

Jemand machte den Fehler, Brett anzurempeln. Reflexartig richtete er die Waffe auf ihn, und der Mann sprang zurück. Niemand sonst griff ein.

Die Menge teilte sich wie ein Fischschwarm, um die drei gefesselten Männer und den Jungen in dem merkwürdigen Trancezustand durchzulassen, der mit beiden Händen eine große, schwarze Maschinenpistole umklammerte.

Wortlos führte Brett die Männer im Gänsemarsch die Treppe hinauf bis zur obersten Stufe. Dann befahl er ihnen, sich umzudrehen und die Menge anzusehen.

Er selbst trat hinter sie auf die Veranda und hielt die Waffe an Ducharmes Hinterkopf.

»Brett, *nein*! Tu es nicht. *Bitte!*«

Doch er hörte Roger nicht. Und auch nicht die Schreie seiner Mutter.

Ebenso wenig bemerkte er die Scharfschützen hinter dem Holzstapel, die ihre Präzisionsgewehre auf ihn richteten.

»Sagen Sie es ihnen«, befahl Brett Ducharme.

Die Menge wurde still und rückte näher, eine Mauer aus summenden Kameras und Mikrofonen, die alle auf den Jungen und seine Geiseln gerichtet waren.

»Sagen Sie es!«

»Was soll ich sagen?«, fragte Ducharme.

»Sagen Sie ihnen, dass Sie Betsy Watkins ermordet und das Flugzeug in die Luft gesprengt haben.«

Ducharme lächelte nachdenklich. »Und wenn ich es nicht tue, wirst du mich dann vor all diesen Leuten töten?«

Brett drückte den Gewehrlauf fester gegen seinen Hinterkopf. »Darauf können Sie Ihr verdammtes Leben verwetten.«

Ducharme warf einen Blick über seine Schulter. Als er Bretts Gesichtsausdruck sah, erlosch sein Lächeln.

»Eins …«, begann Brett.

Die Menge keuchte, und die Scharfschützen erhoben ihre Gewehre, ohne genau zu wissen, auf wen sie zielen und was sie tun sollten. Sie konnten doch nicht einen Jungen erschießen, während die laufenden Kameras alles live im ganzen Land übertrugen.

»Zwei …«

»Brett, nicht«, flehte Laura. »Nicht so.«

»Drei!« Und wieder stieß er den Gewehrlauf gegen Antoines Kopf.

»Okay«, sagte dieser und fluchte auf Französisch. »Was soll ich sagen, du verrückter Bengel?«

»Die Wahrheit. Sagen Sie ihnen die Wahrheit.«

»Christopher Bacon hat Betsy nicht getötet …«

»Weiter«, warnte Brett. »Das Flugzeug …«

»Er hat den Bombenanschlag gegen Flug 219 nicht verübt. Das waren Komplizen von Quentin Cross.«

»Und Sie.«

Eine lange Pause.

»Und Sie!«

»Und ich.«

»Lauter.«

»Und ich.«

»Lauter!«

»Und ich!«

Die Menge explodierte, Reporter redeten wild durcheinander. Brett blickte zu seinem Vater herüber und lächelte ihn eine kurze Sekunde lang an.

»Verdammt cool«, sagte Roger.

Ducharme ignorierte die Fragen der Reporter und sah Roger an. »Sie lassen also einen Jungen für sich arbeiten.«

»Genau wie sein Vater ist er älter, als er aussieht.«

39

Das FBI war ganz versessen darauf, das Serum in die Hände zu bekommen. Doch die Menge verlangte, dass Roger ans Mikrofon trat.

Nachdem Brett seine Waffen niedergelegt und die Polizei Antoine Ducharme und seine Männer abgeführt hatte, versuchten Brown und seine Agenten, die Glovers ins Haus zu treiben, um das Elixier bis zum letzten Tropfen an sich zu bringen, wo auch immer es sich befand. Doch so war es nicht verabredet gewesen.

Roger hatte eine Pressekonferenz versprochen, und sie würden eine bekommen. Dafür sorgten schon die Livekameras.

Er trat mit Brett und Laura an seiner Seite auf die Veranda. Hinter ihnen standen mehrere uniformierte Polizisten, Brown und seine Agenten. Brown hielt ein Funkgerät in der Hand, über das er ununterbrochen mit seinen unsichtbaren Vorgesetzten in Verbindung stand.

Das gefiel Roger nicht. Er hatte das Gefühl, dass sie andere Absichten verfolgten als er. Das hier lief nicht nach Vorschrift ab. Es war schlampig. Es fand vor der Öffentlichkeit statt und schaffte damit Bedingungen, denen sich das FBI nur widerwillig stellte.

Rasch trat Brown auf die oberste Stufe und erhob beide Hände, um die Menge zum Schweigen zu bringen.

»Ich bin Eric Brown vom FBI-Regionalbüro in Madison, Wisconsin. Mr. Glover hat eingewilligt, eine kurze Stellungnahme abzugeben, bevor wir aufbrechen. Wenn er fertig ist, bitten wir Sie, zu Ihren Fahrzeugen zurückzukehren und sich vom Gelände zu entfernen.«

»Wie steht es mit Fragen?«

»Das hier ist keine Pressekonferenz.«

Lauter Protest erhob sich. Roger wandte sich an Brown. »Ich kann ein paar Fragen beantworten.«

Brown neigte den Kopf, um der Stimme in seinem Kopfhörer zu lauschen. Er murmelte etwas in das Mikrofon. »Nur eine kurze Stellungnahme«, bekräftigte er entschieden.

Roger trat an die Mikrofone. »Ich hatte ursprünglich vor, an dieser Stelle unsere Unschuld an den uns vorgeworfenen Verbrechen zu erklären, doch das ist zum Glück bereits geschehen.

Ich weiß nicht, wer diese Männer sind, aber die Tatsache, dass sie die Absicht hatten, noch mehr Menschen zu töten, unterstreicht die Gefahren, die in dem Serum liegen. Dazu gehören auch ein paar Fehleinschätzungen, die auch die Medien aufgegriffen haben.

Entgegen allen Behauptungen bin ich nicht unsterblich. Wenn man mich schneidet, blute ich. Wenn man auf mich schießt, werde ich sterben. Es ist nicht möglich zu sagen, wie lange ich leben werde, doch bestimmt ist es nicht für immer, denn irgendwann werden meine inneren Organe versagen. Wann das geschehen wird, darüber kann man nur Vermutungen anstellen.«

Reporter versuchten, ihn mit Fragen zu unterbrechen, doch er hob die Hände und fuhr fort.

»Zweitens, trotz seiner großen Anziehungskraft birgt das Elixier furchtbare Gefahren – persönliche, medizinische, soziale und moralische. Ich brauche nicht ins Detail zu gehen, aber ich kann nicht genug betonen, dass die Substanz mehr Probleme verursacht, als sie löst. Und ich spreche aus Erfahrung.«

»Was für medizinische Probleme verursacht sie?«

Brown versuchte einzugreifen, doch Roger ging auf die Fragen ein. »Sie haben die Videoaufnahmen von Tieren gesehen, die wie im Zeitraffer altern. Das ist die Folge, wenn der Stoff abgesetzt wird.«

»Würde das auch mit Ihnen geschehen?«, rief eine rothaarige Frau.

Brown, der wieder über Funk kommunizierte, schaltete sich ein. »Keine Fragen mehr. Sonst beenden wir dieses Briefing.«

Das gefiel der Menge nicht, aber es wurde still.

Roger machte weiter: »Ein Schlüsselpunkt unserer Vereinbarung ist, dass der gesamte Vorrat an Elixier der Verbraucherschutzorganisation ›Public Citizen‹ übergeben und ausschließlich zur Erforschung seiner Wirksamkeit gegen Krebs verwendet wird. Zweitens sollen die Forschungsprotokolle und Daten genauestens beobachtet werden, um jegliche Verwendung zur Verlängerung des menschlichen Lebens zu verhindern.

Ich gebe zu Protokoll, dass die Regierung diese Bedingungen verstanden und ihnen zugestimmt hat.

Außerdem gibt es, entgegen der Berichte, keine versteckten Vorräte der Substanz. Der gesamte Vorrat der Welt befindet sich hier auf diesem Gelände.«

Die Menge murmelte aufgeregt durcheinander.

»Wo?«, rief jemand.

Brown und seine Männer umstellten die Glovers.

»Wo ist der Rest?«

»Wie viel ist noch vorhanden?«

Plötzlich geriet die Menge in Aufruhr, und die Fragen prasselten nur so auf Roger nieder.

Die Polizei begann, die Reporter zurückzudrängen, bis ein Tumult ausbrach, und Menschen begannen, nach vorn zu drängen. Eine Reihe von uniformierten Polizisten hielt die Menge mühsam in Schach.

Die Situation war fast außer Kontrolle. In wenigen Augenblicken würden Schlagstöcke geschwungen und Köpfe blutig geschlagen werden.

»Ich werde Fragen beantworten«, sagte Roger zu Brown.

»Nein, das werden Sie nicht.« Browns Männer machten Anstalten, sie in die Hütte zu schieben.

Das gefiel Roger nicht. Sie würden alles in ihrer Macht Stehende tun, um sie von den Medien abzuschirmen, das Mittel in die Hände zu bekommen und sie ins FBI-Hauptquartier nach Manhattan zu bringen. Plötzlich lief alles nach einem anderen Plan ab.

Roger entriss einem uniformierten Polizisten das Mikrofon. »Warten Sie. Ich werde Ihre Fragen beantworten.«

Brown versuchte, das Mikrofon zu packen, doch jemand quäkte etwas in sein Ohr. Wer auch immer hier die Befehle erteilte, wollte die Situation friedlich beilegen.

Brown zog Roger zur Seite. »Das entspricht nicht meinen Anweisungen.«

»Sie haben hundert Millionen Menschen auf der anderen Seite dieser Kameralinsen. Die sind Ihre Anweisungen.«

Browns Entschlossenheit brach zusammen. Er bedeutete dem Einsatzleiter, seine Männer zurückzubeordern.

Als sich alle wieder beruhigt hatten, begann Roger: »Okay.«

Wieder explodierte die Menge, Hände wogten wie Maiskolben im Wind. Eine Mauer aus Mikrofonen und Kameras war auf ihn gerichtet.

»Dr. Glover, Sie haben gesagt, dass Sie nicht unendlich lange leben können, aber ist es nicht wahr, dass Sie keinerlei Alterungserscheinungen gezeigt haben, seit Sie begonnen haben, Elixier zu nehmen?«

»Das ist wahr.«

»Wie alt sind Sie?«, rief ein anderer.

»56.«

Erstauntes Murmeln ging durch die Menge.

»Und Mrs. Glover?«

Roger übernahm auch diese Frage. Laura wollte nichts sagen.

»Wir sind gleichaltrig, aber nur ich habe das Serum genommen.«

»Mrs. Glover«, rief ein anderer Reporter, »können Sie uns sagen, warum Sie sich dagegen entschieden haben?«

Wieder beantwortete Roger die Frage: »Sie hat es eben getan.«

Doch der Reporter versuchte hartnäckig, Laura zu einer Aussage zu bewegen: »Bedauern Sie diese Entscheidung?«

»Nein«, antwortete Laura.

»Hat das für Sie als Familie Probleme verursacht?«, riefen die Frau mit den roten Haaren und ein Kameramann von TV 4.

»Ja«, erwiderte Roger ohne weitere Erklärung.

»Dr. Glover, ich wüsste gern, welche Langzeitfolgen Elixier hat«, rief ein anderer. »Wenn es die Lebensspanne verdoppelt oder verdreifacht, würde das nicht bedeuten, dass Sie eine höhere Stufe der menschlichen Art erfunden haben, eine Art Supermann?«

Bevor er antworten konnte, platzten zwei weitere Reporter mit Fragen heraus. Als sie verstummten, um seine Antwort abzuwarten, ertönten bereits neue Fragen. Brown wedelte mit den Armen, um ihnen zu bedeuten, eine Frage nach der anderen zu stellen.

Roger begann, dies hier zu bereuen. »Darum geht es nicht. Die Substanz wird nicht im Hinblick auf eine Verlängerung des Lebens erforscht werden. Selbst wenn die Nebenwirkungen ausgeschaltet werden könnten, so ist sie gefährlich und falsch, wie das Klonen von Menschen, das ebenfalls verboten ist…«

Doch niemand hörte ihm mehr zu.

Er schaute zu Laura hinüber. Sie sah völlig verängstigt aus. Brett stand neben ihr, wie betäubt von dem Spektakel.

»Wenn jemand eine Bluttransfusion von Ihnen bekäme, würde er dann auch für immer leben?«

»Ist es wahr, dass Elixier Krankheiten verhindert?«

»Kann die Substanz jeden verjüngen?«

Roger verstand plötzlich, wie sich Jesus gefühlt haben musste, nachdem er Lazarus vom Tode auferweckt hatte. Vermutlich hatte ihn jeder aus dem Dorf mit einer Liste von toten Verwandten verfolgt.

Er versuchte zu antworten, doch die Fragen hagelten nur so auf ihn ein. Und seine Antworten drangen nicht durch. Es war unmöglich.

»Wie viel muss man nehmen, damit es wirkt?«

»Funktioniert es auch bei Kindern?«

»Und wie ist es mit sehr alten Menschen?«

Sie verstanden es nicht. Sie hatten keine Ahnung. Und die Millionen, die das alles mitverfolgten, würden nur *ewige Jugend* hören.

Und morgen würden Larry King und Barbara Walters und Oprah Winfrey anrufen. Und er würde von Verlegern und Agenten gehetzt werden. Und Buch- und Filmangebote würden auf seinen Schreibtisch flattern. Und Pharmaunternehmen würden anrufen und ihm fantastische Verträge anbieten. Und das Telefon würde mitten in der Nacht klingeln: *»Hey, Rog, hier ist Charlie von Swansons Steak House. Wie isses, nur ein bisschen vom Ewigkeitssaft für Ihren Lieblingskellner?«*

Als er so vor der brodelnden Menge stand, lag seine Zukunft in gespenstischer Klarheit vor ihm. Laura hatte Recht. Sie würden ihn jagen wie Schakale. Selbst wenn er nicht mehr als zwei Milliliter in seinem Besitz hätte, würden sie hinter ihm her sein, um eine Probe in die Finger zu bekommen.

Noch schlimmer, sie würden sich auf Brett stürzen, weil er jung und verletzlich war. Mitschüler würden ihn auf dem Schulhof in die Enge treiben. *Mama wird langsam wirklich alt und depressiv, kannst du mir nicht helfen? Ein bisschen was vom Vorrat deines Alten abzapfen? Das merkt der doch nie.*

Und wenn nicht, blasen wir dir den Schädel weg.

Sie würden wieder auf der Flucht sein. Neue Namen, neue Ausweise, neue Fluchtpläne.

Er sah zu Laura und Brett hinüber, die voller Angst auf die Menge blickten. Leute schrien durcheinander.

Wie viel würde es kosten?

Könnte es als Tablette eingenommen werden?

Würde es auch bei Hunden funktionieren?

Was war mit dem Problem des Bevölkerungswachstums?

Belastet es Sie, dass einige Leute in Ihnen den Teufel sehen?

Was passiert, wenn das Serum an die Öffentlichkeit gelangt?

Sie werden so nicht leben, dachte Roger. Nicht solange ich es verhindern kann.

»Das war alles«, sagte Roger zu Brown.

Brown nickte, nahm das Mikrofon und verkündete, dass die Pressekonferenz beendet sei.

Gebrüll erhob sich, doch die Polizisten verteilten sich, um das Gelände zu räumen. Brown und seine Agenten begannen wieder, die Glovers nach drinnen zu drängen, doch Roger rief: »Da drin ist es nicht. Es ist hier draußen.«

Brown wandte sich an den Captain der New Yorker Polizei. »Schaffen Sie die Leute hier weg. Alle.«

Der Captain wollte die Anweisung an seine Männer weitergeben, doch Roger packte Brown am Arm. »Wenn Sie die Kameras von hier entfernen lassen, werden die Gerüchte nur so wuchern, dass Sie den Stoff zurückhalten. Drängen Sie sie einfach nur zurück.«

»Sie haben hier nicht das Sagen«, schnappte Brown.

»Wie dringend wollen Sie das Zeug haben?«

Brown starrte ihn einen Augenblick an. »Was haben Sie für ein Problem, Glover?«

»Die Typen in Ihrem Ohr.«

Wütend fuhr Brown herum und teilte dem Captain mit, dass die Medienvertreter bleiben würden, aber zurückgedrängt werden sollten, um den Weg frei zu machen.

Dann ging Roger, flankiert von Laura und Brett vor drei Dutzend Kameras die Stufen hinunter durch den Vorgarten zu dem schneebedeckten Brunnen hinüber, den die Menge nicht beachtet und nicht angerührt hatte.

Unter der dünnen Eisschicht und dem schmelzenden Schnee lagen 204 Ampullen Elixier, kühl und sicher.

Brown sah ihn an, als wolle er fragen, ob Roger Witze machte. Der Brunnen?

»Das Wortspiel war Absicht«, sagte Roger.

Und er durchstieß das Eis mit den Händen und holte ein paar Glasampullen heraus.

Eine Welle der Enttäuschung ging durch die Menge, als sie zusehen musste, wie Brett und Roger die Ampullen in zwei schwarze Plastikbehälter legten und diese verschlossen und verplombten.

Als sie davongingen, kritzelten die Reporter wie wild in ihre Notizblöcke und quasselten in ihre Mikrofone. Die Kameras zoomten die Glovers und die FBI-Agenten auf ihrem Weg zu dem Hummer-Jeep heran. Sie würden in dem Jeep zu Hubschraubern gebracht werden, die sie für das weitere Verfahren ins Hauptquartier des FBI nach New York fliegen sollten.

Als sie das Fahrzeug erreichten, erschien wie aus dem Nichts ein Mann im schwarzen Anzug. Er war von mehreren anderen Männern umringt, einige davon in FBI-Jacken.

»Mr. Glover, ich bin Ken Parrish, der Direktor des FBI. Und das sind Dr. Janet Jamal von der Gordon Medical School und Dr. Warren Castleman.«

Castleman streckte die Hand aus. »Es ist mir ein Vergnügen, Sie endlich kennen zu lernen, Dr. Glover.«

Parrish hatte Castlemans Arbeitsstätte nicht erwähnt, weil Roger den Namen erkennen würde. Er war der Beauftragte der FDA. Roger lockerte seinen Griff um die Behälter nicht.

»Wir nehmen Ihnen das ab«, sagte Parrish.

Zazzaro trat vor, doch Roger wich einen Schritt zurück. »So war das nicht vereinbart. Das hier geht an Doktor Nathan David von ›Public Citizen‹.«

Parrishs Gesicht verhärtete sich. »Was für eine Vereinbarung?«

Roger hatte das Gefühl, als bebe die Erde unter seinen Füßen. »Die Vereinbarung, die ich gestern mit Präsident Markarian getroffen habe.«

Parrishs Gesicht zeigte keine Regung. »Ich kann Ihnen versichern, dass alles in sicheren Händen sein wird.«

»Ich gebe Ihnen mein Wort«, fügte Castleman hinzu. Jamal schloss sich ihm an.

Sie versuchten, ihn zu überrumpeln, dachte Roger. Wie die meisten medizinischen Forschungseinrichtungen an Universitäten wurde auch Jamals Labor an der Gordon Medical School fast ausschließlich von der Regierung finanziert und von der FDA überwacht, deren Beauftragter Warren Castleman persönlich vom Präsidenten ernannt worden war. Sie hatten nicht die Absicht, Elixier an »Public Citizen« zu übergeben. Sie scherten sich einen Scheißdreck darum, die Enzyme zu ermitteln, die Krebszellen an der Teilung hinderten. Das Einzige, woran sie dachten, waren das Sozialversicherungssystem und die Bevölkerungsentwicklung, die Vermeidung von saftigen Steuererhöhungen für jüngere Wähler, und wer weiß, was sonst noch alles. Vielleicht lagen die Fanatiker im Ausland gar nicht so falsch mit ihrem Vorwurf des genetischen Imperialismus.

»Ihr Wort ist mir scheißegal. Es bleibt bei mir, bis ich Nathan David persönlich gegenüberstehe.« Roger spürte, wie Laura ihn auf den Wagen zuschob.

Parrishs Gesicht rötete sich vor Zorn, doch er war sich auch der Mauer aus Kameras bewusst, die auf sie gerichtet waren. Er rang sich ein versöhnliches Lächeln ab. »Gut.« Und er trat zur Seite, damit sie in den Jeep einsteigen konnten.

Brett und Laura sprangen hinein.

Doch Roger folgte ihnen nicht. Stattdessen ging er allein über den Hof zu den Reportern zurück. Er entdeckte die rothaarige Frau von TV 4. Während die FBI-Agenten bei den Autos warteten, gab er vor, ihr die Hand zu schütteln und schob ihr dabei die Tonbandaufnahme seiner Unterredung mit dem Präsidenten zu.

Diskret schloss sie die Hand darum. Sie beugte sich dicht zu seinem Ohr. »Was ist das?«

»Schutz für meine Frau und meinen Sohn.«

»Verstanden«, erwiderte sie.

Dann ging Roger zum Jeep zurück und kletterte auf den Rücksitz zwischen Laura und Brett, die beiden Behälter noch immer in der Hand.

Brown setzte sich nach vorn neben den Fahrer. Zazzaro, Pike und ein weiterer Agent setzten sich nach hinten.

Draußen sahen Parrish und seine Männer ihrem Aufbruch mit versteinerten Gesichtern zu. Laura ergriff Rogers Hand.

»Wenn Blicke töten könnten«, flüsterte sie.

Roger nickte.

Er saß direkt hinter Brown, und die anderen Agenten waren hinter ihnen. Niemand sagte etwas, und Rogers einziger Gedanke galt den Waffen unter den Jacken der Männer in Schwarz und der nackten Verletzlichkeit ihrer eigenen drei Köpfe.

Der Jeep reihte sich hinter Polizei-Motorrädern und drei Begleitfahrzeugen ein. Ihnen folgten zwei weitere FBI-Autos und dahinter ein langer Konvoi aus Medienfahrzeugen. Roger fragte sich, wie weit die Behörden der Presse erlauben würden, sie zu begleiten.

Mit dieser Eskorte würde die Fahrt zu dem Hubschrauberflughafen auf der Vermont-Seite der Crown Point Brücke weniger als eine Stunde dauern.

Draußen begann die Schneedecke bereits zu schmelzen.

Während sie auf die Route 10 zufuhren, ging Roger den Gefühlen in seinem Bauch auf den Grund. Was wäre, wenn das FBI nach ihrem Eintreffen in New York beschließen würde, trotz der Zusagen ein Verfahren gegen ihn einzuleiten? Wer würde sie aufhalten, selbst angesichts einer Tonbandaufnahme mit einer Vereinbarung? Sie brauchten nur zu sagen, dass die Angelegenheit von einem ordnungsgemäßen Gericht geklärt werden müsse, und dass gegen die Glovers auch Haftbefehle wegen einer ganzen Reihe von Anklagepunkten außer Mord und Sabotage vorlagen.

Was wäre, wenn Janet Jamal und ihre Mitarbeiter sich irgendeinen Herstellungsprozess patentieren ließen und Elixier vermarkteten?

Oder wenn so ein skrupelloser Kriecher wie der verstorbene Quentin Cross beschließen würde, ein paar Hundert Milliliter für sich abzuzweigen?

Oder wenn das Mittel in die falschen Hände gelangte, wie in Lauras Szenario mit den russischen Atombomben? Die Antoine Ducharmes dieser Welt gab es im Dutzend billiger.

Wer würde die Kontrolle ausüben? Welche unabhängige Organisation würde das Serum überwachen? Wer würde verhindern, dass der Horror sich auf dem ganzen Erdball ausbreitete?

Dann stellte er sich ein paar Fragen über die Zukunft. Auf einer primitiven Ebene wusste er, dass er eine Belastung war. Das FBI würde auf unabsehbare Zeit einen Elixier-Nachschub für ihn bewachen müssen. Das war ungünstig und gefährlich. Es machte sie alle drei verletzlich. Und ihn selbst überflüssig.

Was, wenn das FBI eine 38-Kaliber-Kugel mit seinem Namen bereithielt – die eines Abends durch sein Gehirn gejagt werden sollte, wenn er zu seinem Wagen ging? Die Medien würden es als einen weiteren Akt sinnloser Gewalt abtun.

Schlimmer noch war die Frage, die ihn seit Tagen verfolgte und zu der er immer wieder zurückkehrte: Was wäre, wenn jemand auf Brett oder Laura losging, um an seinen Nachschub zu kommen?

Die brutale Schlussfolgerung, die Roger auf dem Weg zu den FBI-Hubschraubern zog, war, dass er eine ebenso große Last für sie darstellte wie Elixier. Dass Lauras und Bretts Leben in Gefahr waren, solange er selbst am Leben blieb.

Diese Erkenntnis war verblüffend. Und doch hatte sie schon die ganze Zeit auf der Lauer gelegen und war ihm auf den Fersen geblieben.

In seinem Hinterkopf hörte er eine bekannte Stimme: *Eine Zyanidkapsel ist in der Behandlung mit eingeschlossen.*

Und noch eine schlimmere Bestrafung für sie, denn er würde nicht einfach sterben. Sie würden ihn eines Morgens entstellt vorfinden, wie Wally und Abigail.

Roger legte die Arme um seine Frau und seinen Sohn und versuchte, sämtliche Gedanken aus seinem Kopf zu verdrängen, die nicht ihnen galten.

Weil die örtliche Polizei alarmiert worden war, wurde der Verkehr an den wenigen Kreuzungen unterwegs gestoppt, sodass der Konvoi ohne Blaulicht passieren konnte.

Während Brett durch die Fenster die Landschaft betrachtete, lehnte Laura ihren Kopf an Rogers Schulter. Er küsste ihren Scheitel.

Ihre Hand glitt auf seine Schulter, und sie küsste ihn auf den Mund. Plötzlich fuhr ihr Kopf hoch. Sie konnte seine Notration nicht finden. Ihre Augen weiteten sich, forderten eine Erklärung. Bevor sie etwas sagen konnte, legte er einen

Finger auf seine Lippen und schüttelte den Kopf, damit Brett nichts mitbekam.

Doch sie wollte wissen, warum der Zylinder um seinen Hals verschwunden war. Er hatte ihn während all der Jahre nicht abgenommen. Niemals. Nicht einmal unter der Dusche.

Wieder schüttelte er den Kopf, um ihr zu bedeuten, dass er es ihr später erklären würde.

Doch was sollte er sagen? Dass er es für Brett getan hatte, als abschließende Geste? Dass er die Versuchung ausgeschaltet hatte? Er konnte immer noch mehr bekommen. Zwischen seinen Füßen standen 204 Ampullen. Sie würden mit Ärzten von »Public Citizen« regelmäßige Spritzen vereinbaren, um ihn am Leben zu erhalten.

Oder war seine Tat durch einen dunkleren Impuls motiviert gewesen, den er gerade erst zu erfassen begann?

»Ich liebe dich«, flüsterte er.

Laura nickte und küsste ihn.

Auf ihrem Handrücken entdeckte er Altersflecken.

Der Konvoi fuhr durch kleine Dörfer Richtung Port Henry. Die Leute draußen betrachteten diese Karawane und die lange Schlange von Übertragungswagen so hoch im Norden erstaunt.

In der Ferne konnten sie den hohen Bogen der Stahlbrücke sehen, die das südliche Ende des Champlain Sees in Port Henry mit einem offenen Feld auf der Vermont-Seite verband, wo mehrere Transporthubschrauber für sie bereit standen. Die Brücke war eine Stahlkonstruktion mit zwei breiten Fahrspuren. Zwei Streifenwagen warteten am Straßenrand, um ihre Spur frei zu halten.

Sie waren bereits halb über die Brücke, als der Fahrer abbremste.

»Was ist los?«, fragte Zazzaro.

»Die Lastwagen da. Es sollte keinen Gegenverkehr geben, bis wir auf der anderen Seite sind.«

Durch die Windschutzscheibe konnten sie zwei große Lkws auf der Gegenfahrbahn erkennen. Einer fuhr an ihnen vorbei, doch der andere verlangsamte das Tempo, schlug scharf nach links ein und kam dann zum Stehen, sodass er beide Spuren vor ihnen blockierte.

»Was zum Teufel?« Der Fahrer sah in den Rückspiegel. »Ach du Scheiße!«

Auch der zweite Lkw stellte sich mit quietschenden Reifen quer und sperrte den Konvoi etwa fünf Autos hinter ihnen ab.

Sie saßen in der Falle.

Ehe sie einen Gedanken fassen konnten, öffneten sich die Ladetüren beider Lastwagen und Dutzende von Menschen mit automatischen Waffen sprangen heraus und eröffneten das Feuer.

Reifen quietschten, und die Polizeimotorräder rutschten zur Seite. Die Fahrer stürzten, und einer von ihnen klemmte sein Bein unter seiner Maschine ein. Während er sich unter Schmerzen wand, um freizukommen, wurde er erschossen. Noch mehr Salven und die anderen beiden Fahrer waren ebenfalls tot.

Lauras Schrei erfüllte Rogers Kopf.

Zazzaro und Brown hatten sofort ihre Waffen gezückt, und die Männer hinter ihnen zogen Maschinenpistolen heraus. Doch sie waren bei weitem in der Minderzahl.

Hinter ihnen wurde eine Salve aus automatischen Waffen abgegeben. Die Männer aus dem hinteren Lkw leerten ihre Magazine auf die Begleitfahrzeuge und die ersten Medienwagen. Windschutzscheiben zersprangen, und Menschen schrien, als Kugeln auf den Konvoi niederprasselten.

»Sie bringen uns alle um«, schrie Brett.

Vor ihnen konnte Roger eine Mauer von Menschen mit

Gewehren sehen, die langsam in einer geschlossenen Reihe auf den Jeep zumarschierten. Sie trugen weiße Overalls. Und rote Schuhe. Alle hatten Waffen in der Hand.

An der Spitze schritt Lamar Fisk in einer fließenden weißen Robe dahin. Er presste etwas an seine Brust.

Brown forderte über Funk Verstärkung an. Doch es gab keine Chance, dass sie rechtzeitig hier eintreffen würde.

Zazzaro öffnete mit erhobener Waffe die Tür.

»Nicht!«, schrie Roger. »Sie werden uns alle niedermähen.« Vom Armaturenbrett griff er sich das Mikrofon für den Außenlautsprecher und schaltete es ein.

»Fisk, hier spricht Roger Glover. Stellen Sie das Feuer ein«, rief er. »Halten Sie Ihre Leute zurück. Ich habe, was Sie wollen. Ich bringe es Ihnen, aber hören Sie auf zu schießen.«

Laura packte ihn. »Roger, sie werden dich töten.«

Durch die Windschutzscheibe sahen sie, wie Fisk eine Hand hob. Der Mob blieb stehen. Und das Schießen hörte auf.

Roger stieß die Tür auf und packte die beiden Behälter.

»Nein, Roger«, schrie Laura.

»Dad, geh nicht!«, bettelte Brett.

»Es gibt sonst ein Blutbad«, sagte er.

Zazzaro schob sich vor ihn. »Ich kann nicht zulassen, dass Sie das tun.«

»Dann müssen Sie mich erschießen«, erwiderte Roger und drängte sich an ihm vorbei nach draußen.

Laura und Brett schrien immer noch, er solle es nicht tun, während er sich von dem Jeep abwandte.

Brown sprang hinter ihm aus dem Wagen. Er hatte die ausdrückliche Anweisung, das Serum in den Besitz der Regierung zu bringen, egal was geschah.

Roger wusste das inzwischen, doch jetzt war nicht der richtige Zeitpunkt, um den starken Cop zu markieren. »Die haben eine ganze Armee mit mehr Feuerkraft, als Sie in einem Umkreis von fünfzig Meilen aufbringen können«, sagte Roger. »Kümmern Sie sich lieber um die Verletzten.«

Brown hörte die Schreie der Männer hinter sich. Er sah die Mauer aus weißen Uniformen und Waffen an. Es war das Opfer nicht wert. »Geben Sie ihnen den Mist und retten Sie dann Ihren Arsch.«

»Dad«, schrie Brett. »Daaad!«

Roger schaute zurück. *Ich liebe dich sehr, schöner Junge.*

Ein rascher Blick zu Laura. In ihrem angstverzerrten Gesicht spiegelte sich entsetztes Begreifen wider.

Dann drehte er sich um und schritt langsam auf Lamar Fisk und seine Armee in Weiß zu.

Dutzende schwer bewaffnete Anhänger Fisks, die im ersten Lkw gesessen hatten, bildeten einen Ring um Roger. In den Autos lagen Tote und Verwundete und diejenigen, die verschont geblieben waren. Die »Zeugen« hatten kein Interesse mehr an ihnen. Sie ignorierten auch das Sirenengeräusch, das in der Ferne zu hören war, und die Presseleute, die mit ihren Mikrofonen und laufenden Kameras am Rand der Szene kauerten.

Niemand versuchte, Roger aufzuhalten, als er sich Fisk näherte. Doch alle ihre Waffen waren auf ihn gerichtet. Automatische Waffen, die aus Armeebeständen gestohlen waren.

Als er näher kam, bemerkte er den Ausdruck auf ihren Gesichtern. Eine wilde Leidenschaft. Vielleicht Verzückung, vielleicht Drogen. Männer und Frauen, jung und alt, die meisten von ihnen Weiße, aber auch ein paar Schwarze und Asiaten. Einige Frauen hielten Babys im Arm.

»Ich habe alles hier«, sagte Roger. »Bitten lassen Sie die anderen gehen. Es hat genug Tote gegeben.«

Fisk erhob seine Bibel, wie Roger es ihn so viele Male in den Fernsehnachrichten hatte tun sehen. Der Ausdruck blutleerer Pietät auf seinem Gesicht. »Und der Engel des Herrn öffnete die Phiolen eine nach der anderen und ergoss die Heimsuchungen über die Erde …«

Roger blieb ein paar Schritte von dem Mann entfernt stehen. Er hob die beiden Behälter. »Es gehört alles Ihnen.«

Doch Fisk ignorierte sein Angebot. »*Dies* ist das einzige wahre Elixier«, rief er und erhob die Bibel. »Dies ist der einzige Weg zum ewigen Leben. Nicht Ihr Schlangengebräu.«

Der Scheißkerl würde ihm zuerst noch eine Predigt halten, dachte Roger.

Die Zeugen schrien unisono: »Halleluja!«

Roger sagte nichts. Mit dem Mann konnte man nicht vernünftig reden. Er war jenseits jeglicher Vernunft. Er war jenseits des Augenblicks. Jenseits dieser Brücke. Jenseits des Hier und Jetzt. Seine Augen waren riesige, glasige Kugeln. Er schien wahnsinnig vor Sendungsbewusstsein zu sein.

Rogers Blick fiel auf Fisks andere Hand, die halb in den Falten seiner Robe verborgen war.

»Legen Sie sie hin«, befahl Fisk.

Roger stellte die Behälter zwischen sie auf die Erde.

»Öffnen Sie sie.«

Roger schloss die Behälter auf und öffnete sie.

Dann trat er zurück, während Fisk den Inhalt inspizierte. Als er zufrieden war, nickte er einer Frau zu, die die Behälter auskippte, sodass die Glasampullen wild durcheinander auf einem Haufen lagen.

»Phiolen der Abscheulichkeit«, erklärte er.

Rings um ihn herum zeigten Gewehrläufe zornig in den Himmel. Einen Moment lang sah Roger die Okamolu-Krieger vor sich. »Fisk, bitte lassen Sie die anderen gehen. Sie haben, was Sie wollten.«

Roger bereitete sich innerlich darauf vor, erschossen zu werden. Das hatten sie auch gewollt. Tod dem Antichristen.

Er wünschte nur, es müsste nicht vor den Augen seiner Frau und seines Sohnes geschehen.

Fisk schüttelte die Bibel vor seinem Gesicht: »Da hörte ich etwas wie den Ruf einer großen Schar und wie das Rauschen gewaltiger Wassermassen und wie das Rollen mächtiger Donner: Halleluja, denn König geworden ist unser Gott, der Herrscher über die ganze Schöpfung.« Und er stampfte mit den Füßen auf die Ampullen, sodass ihr Inhalt hoch aufspritzte.

Das war das Zeichen. Sofort begannen andere, die Glasröhrchen zu zertreten.

Roger stand da und sah zu, wie sie jede einzelne Ampulle zermalmten, bis nur noch Glassplitter und Nässe auf dem Asphalt übrig waren.

Als sie fertig waren, ließen sie ihre Waffen fallen und fassten einander um die Schultern. Sie bildeten einen Kreis um Roger und Fisk.

Es war verrückt: Sie hatten gerade zahlreiche Menschen getötet, und jetzt glühten ihre Gesichter in seligem Leuchten, als werde jeden Augenblick Jesus persönlich vor ihnen auftauchen.

Spontan stimmten sie einen Halleluja-Gesang an und traten und trampelten weiter auf dem zerschmetterten Glas herum.

Erst dann fielen Roger die roten Rucksäcke auf, die alle, auch Fisk, trugen.

»Halleluja.«

»HALLELUJA!« Der Gesang schwoll immer mehr an, und die Zeugen begannen zu zucken, als würden die Silben von unsichtbaren Kräften aus ihnen herausgerissen.

»HAL-LE-LU-JA!«

»HAL-LE-LU-JA!«

»HAL-LE-LU-JA!«

Über dem Gesang erhob sich Fisks Stimme: »›Dann sah ich das Tier zusammen mit den Königen der Erde. Ihre Heere waren angetreten, um gegen den Reiter und sein Heer zu kämpfen.‹«

»HALLELUJA!«

»HALLELUJA!«

Während Fisk weiterbrüllte, sahen seine Leute mit leuchtenden Gesichtern und offenen Mündern zum Himmel empor, alle gleichgeschaltet, unempfänglich für die Polizei, die sich am Seeufer sammelte, die Presseleute hinter ihnen und das Sirenengeheul, das sich von beiden Seiten näherte.

»›Und die Wasser sollen rot von Blut sein…‹«

»HALLELUJA!«

»HALLELUJA!«

Fisks Gesicht glühte voller Intensität, die Sehnen an seinem Hals waren angeschwollen, sein langes rotes Haar wehte wie Feuerzungen im Wind, während er vom Jüngsten Gericht und der Dunkelheit deklamierte und sich im Rhythmus des Gesangs wiegte.

Bei dieser Bewegung fiel Roger etwas kleines Schwarzes in seiner Hand auf.

»›… der Tod und sein Reich wurden in den See von Feuer geworfen. Wessen Name nicht im Buch des Lebens stand, der wurde ebenfalls in den See von Feuer geworfen.‹«

»HALLELUJA!«

»HALLELUJA!«

Eine Art Fernbedienung.

Natürlich, dachte Roger. Natürlich.

So wird es enden.

Dies ist mein Tod.

In fiebrigem Tonfall spie Fisk die Worte aus, seine Zunge versprühte Speichel, seine Augen quollen hervor, und sein Körper schien unter den Falten seines weiten weißen Umhangs anzuschwellen. Er erreichte sein Crescendo:

»›*Ich bin der, der alles erfüllt, der Erste und der Letzte, der Anfang und das Ende.*‹«

Als Fisk seine linke Hand hob und dabei noch immer in Bibelversen sprach, dachte Roger kurz daran, die Mauer der Zeugen zu durchbrechen und von der Brücke zu springen. Er sah eine Öffnung zwischen ein paar Frauen und Kindern – ein schneller Sprint, und er könnte es schaffen. Er könnte sogar den 20 Meter tiefen Sturz überleben. Blitzartig spielte er die Bewegung in seinem Kopf durch.

Nein.

Er schaute über die Köpfe hinweg zurück zu dem Jeep hinüber.

Laura und Brett waren ausgestiegen. Brett machte Anstalten, zu ihm zu laufen. Doch Brown hielt ihn zurück. Er sah ebenfalls, was passieren würde.

Danke, dachte Roger.

»DAAAAAD!«

Laura hielt ihn fest und schrie Roger zu, wegzulaufen.

Seine Augen ruhten auf ihnen. Für einen kurzen Augenblick schien die Zeit stehen zu bleiben, als habe die Welt sich in ein Stillleben verwandelt.

»Ich liebe euch«, rief Roger.

Bevor er noch die letzte Silbe ausgesprochen hatte, explodierte alles um ihn herum in einem gleißenden Lichtball.

Epilog

MADISON, WISCONSIN,

Sieben Jahre später

Bretts Körper brannte, als er die letzten beiden Meilen des Radweges zurücklegte, der ihn um das Südende des Mendota Sees führte.

Es war ein wunderbarer Aprilnachmittag. Die Sonne stand hoch, die Luft war lau, und eine leichte Brise wehte vom See herüber und bewegte die zarten neuen Blätter an den Bäumen entlang des Weges. Es war ein wunderbarer Tag, um am Leben zu sein – einer jener Tage, die für immer währen sollten.

Er war heute seit 8 Uhr morgens im Labor gewesen und hatte dabei beständig das Verlangen seiner Muskeln nach Bewegung gespürt. Gegen 14 Uhr beendete er den letzten Test, zog sich seine Radfahrerhose und den Helm an und stieg aufs Rad. Er fühlte sich so gut, dass er noch einen Umweg von acht Meilen zusätzlich zu seinen üblichen 35 Meilen einlegte.

Mit 21 Jahren war Brett Glover auf dem Höhepunkt seiner körperlichen Leistungsfähigkeit. Er hatte in der Oberstufe an der Pierson-Highschool mit dem Ringen weitergemacht und war seit seinem ersten Collegesemester in der Erstliga-Mannschaft der University of Wisconsin. Sein letztes Semester hatte er mit einem 24 zu 2 Rekord und mit einem Sieg über den Vorjahreschampion von Michigan State bei der MWC-Meisterschaft im vergangenen Monat beendet. Jetzt war die Saison vorbei, und er hielt sich mit Radfahren und Inline-Skating fit. Das musste er auch, denn er verbrachte seine restliche Zeit in Hörsälen und Laboren.

Gelegentlich begleitete Carolyn ihn auf seinen Fahrten, meistens jedoch fuhr er diese schnellen Strecken allein. Carolyn war eine Psychologiestudentin, mit der er seit zwei Jahren zusammen war. Nächstes Jahr würden sie beide als Doktoranden weiterstudieren, sie klinische Psychologie, er Biochemie, wie sein Vater. Sie sprachen davon, sich zusammen eine Wohnung zu suchen, doch über das Darüber-Reden ging es nicht hinaus, denn Brett war sich nicht sicher, ob er schon bereit war fürs Zusammenleben. Er hatte gern seine Ruhe.

Am südöstlichen Ende des Pfades ließ ihn die schräg über dem Wasser stehende Sonne an jenen anderen kalten See tausend Meilen von hier denken.

Der Tod seines Vaters hatte eine Leere in Bretts Leben hinterlassen, die nicht gefüllt werden konnte. Im Laufe der Jahre hatte er gelernt, damit zu leben, indem er von seinen Erinnerungen zehrte, um die immer wiederkehrenden Anfälle von Traurigkeit zu überwinden.

Er konnte seinen Vater noch immer neben sich in seinem Zimmer liegen sehen, konnte hören, wie er ihm die Geschichte von Jack vorlas, der den Riesen hereinlegte. Er erinnerte sich daran, wie sie im Hof Ball gespielt hatten, auf der Pierson-Rennbahn gelaufen waren, bei Stadtläufen mitgemacht hatten, Ringkampftricks geübt und zusammen an Schulprojekten gearbeitet hatten – Bilder, so warm wie der Sonnenschein des gestrigen Tages.

Er konnte noch immer hören, wie Roger vor der Presse erklärte, dass er nicht unsterblich sei. Dass er nicht über den Röntgenblick verfüge. Dass er die Kranken nicht heilen und die Toten nicht auferwecken könne.

Er konnte noch immer die Explosion hören, die ein klaffendes Loch in der Brücke und in seiner Seele hinterlassen hatten.

Er konnte noch immer seine Mutter schluchzen hören. Sie hatte in dieser furchtbaren Woche so viel durchgemacht. Das hatten sie alle.

Er fuhr vom Radweg ab und bog in die Lake Street ein, dann fuhr er quer über den Library Mall auf das Unigelände.

Überall waren Studenten unterwegs, die vermutlich über Abschlussprüfungen, Seminararbeiten und die Sommerferien nachdachten.

Noch lange danach hatten ihn Neugierige nach Roger gefragt:

Wenn das auf der Brücke nicht geschehen wäre, hätte er dann für immer weitergelebt?

Warum war er nicht geflohen? Er hätte es schaffen können. Die Kameras hatten die ganze Geschichte eingefangen. Er schien nur auf das Ende gewartet zu haben, als habe er es vorhergesehen.

Hatte sein Vater ihm je die Formel verraten? Und stimmte es, dass man nur ein paar Tropfen brauchte, um das Zeug herzustellen?

Und natürlich: Gab es noch irgendwo einen vergrabenen Vorrat?

Die Antworten, die Brett wusste, formulierte er vage. Nach sieben Jahren war der Bann gebrochen – wie im Märchen. Die Leute hatten schließlich aufgehört, Fragen zu stellen, und hatten akzeptiert, dass der einzige Jungbrunnen der Welt zusammen mit seinem Vater in einem ungeheuerlichen Augenblick zerstört worden war.

Auch von Antoine Ducharme und seinen Komplizen hörte man nichts mehr. Sie waren des Mordes und der Sabotage für schuldig befunden worden und zu lebenslanger Haft ohne die Möglichkeit einer vorzeitigen Entlassung verurteilt worden.

Bretts Mutter war wieder in Eau Claire und schrieb. Ihr Autorenname lautete Wendy Bacon, doch jeder nannte sie nach wie vor Laura. Sie hatte den zweiten Roman ihrer Krimiserie veröffentlicht und gute Kritiken bekommen. Das dritte Buch war fast fertig. Glücklicherweise hatte Roger eine hohe Lebensversicherung abgeschlossen, sodass sie genug Geld hatte und es sich leisten konnte, nur noch zu schreiben. Außerdem war sie mit 63 Jahren nicht gerade eine begehrte Kraft auf dem Arbeitsmarkt, wie sie sagte.

Vor sechs Jahren hatten sie einen an Roger adressierten Brief von einem Missionar aus einem Dorf in Papua-Neuguinea erhalten. Bedauerlicherweise war sein alter Freund Iwati bei einem Ausbruch des urzeitlichen Vulkans Omafeki vor einem Jahr getötet worden. Dabei war auch die kleine Insel und damit der einzige bekannte Ort zerstört worden, an dem die Tabukari-Orchidee mit jenem seltsamen Geruch nach Äpfeln und verwesendem Fleisch wuchs. Iwatis Alter wurde in dem Brief nicht angegeben. Doch Brett hatte eine ziemlich gute Vorstellung davon.

Er radelte die Johnson Street hinunter zu seiner Wohnung.

Nachher würde Carolyn vorbeikommen, und weil Samstag war, würden sie wahrscheinlich Wein trinken, Pizza essen und sich ein Video ansehen. Vielleicht noch einmal *Blade Runner*.

Er trug das Fahrrad nach oben. Ihm war heiß, er war verschwitzt und freute sich auf eine ausgiebige Dusche.

Vorher jedoch ging er in die Küche, nahm eine Literflasche Grapefruitsaft aus dem Kühlschrank und kippte sie zur Hälfte hinunter. Dabei starrte er auf ein Foto von Carolyn, das mit einem Magneten an der Tür des Gefrierfachs befestigt war. Sie trug ein Brautjungfernkleid auf der Hochzeit einer Freundin und sah so frisch und schön aus wie die Gardenien in ihren Haaren. Sie war seine erste Liebe. Die erste Frau, der er sich anvertrauen konnte. Die erste Frau, bei der er daran dachte, den Rest des Lebens mit ihr zu verbringen. Carolyn wusste alles über ihn.

Oder fast alles.

Er zog die Tür des Gefrierfachs auf. Hinter einem Stapel von Gemüsebergen und Bechern mit Jogurteis zog er eine kleine weiße Plastikbox hervor, die mit frostigem Pelz überzogen war.

Das vereiste Siegel schmolz in seiner Hand und sprang auf.

Es sah nach all den Jahren immer noch unverändert aus – immer noch in Gold eingefasst und an einer Kette. Er konnte die Hitze des Feuers fast spüren, als er hineingriff, um es herauszuziehen.

Er ließ das Ende aufspringen und zog den Glaszylinder heraus.

Manche Dinge änderten sich nie. Wie beim ersten Mal hielt er es vor die Deckenlampe und spürte, wie ein leiser Schauer durch seine Lenden ging. Das Licht beleuchtete es von hinten.

Ein Strahl gefrorener Ewigkeit, der darauf wartete, aufgetaut zu werden.

Danksagung

Besonderer Dank gilt den folgenden Personen, die mich mit medizinischen und technischen Informationen versorgt haben.

Am College für Pharmazie und Gesundheitsberufe der Northeastern University: Robert F. Raffauf, Barbara L. Waszczak, Carol Warner, Robert N. Hanson, Richard C. Deth, Wendy Smith und Susan Sexton. Außerdem William J. DeAngelis von der philosophischen Fakultät und James R. Stellar von der psychologischen Fakultät.

Dank auch an Dr. John Neumeyer und Dr. William White von Research Biochemicals International; an Mark Froimowitz von Pharm-Eco Laboratorys Inc.; David Lee-Parritz vom Primaten-Forschungszentrum Neuengland; Dr. Changiz Geula, Labor für Neurodegenerative und Altersforschung am Beth Israel Hospital; Ellen Kearns, Sonderagentin des FBI in Boston; David Sturges, Wirtschaftsprofessor am Colgate College; und Kenneth Van Cott, Leiter der Apotheke am Brattleboro Memorial Hospital.

Ich stehe tief in der Schuld von Leonard Hayflick für sein Werk *How and Why We Age*. Seine Forschungsergebnisse mit menschlichem Zellgewebe sind in diesen Roman mit eingeflossen.

Ein besonderer Dank geht an William Martin, Charles O'Neill, Barbara Shapiro, Christopher Keane, Kathryn Goodfellow und Alice Janjigian für ihre guten Ideen. Und auch an meine großartige Lektorin bei Tor Books, Natalia Aponte.

Zum Schluss noch eine besondere Würdigung von Susan Crawford, die stets mehr als eine Agentin war und immer zu mir gehalten hat.